JN089667

灼熱

BRASA

葉真中顕

Aki Hamanaka

新潮社

灼熱　目次

ウアラツーバ……サンパウロ州奥地・ソロカバナ線沿線の田舎町。

弥栄村《いやさか》……ウアラツーバ郊外の殖民地（日本人集団地）。

ピグアス……サンパウロ市内にある都会の街。

※本作の主な舞台となるこれらの町や村は、いずれも架空のものです

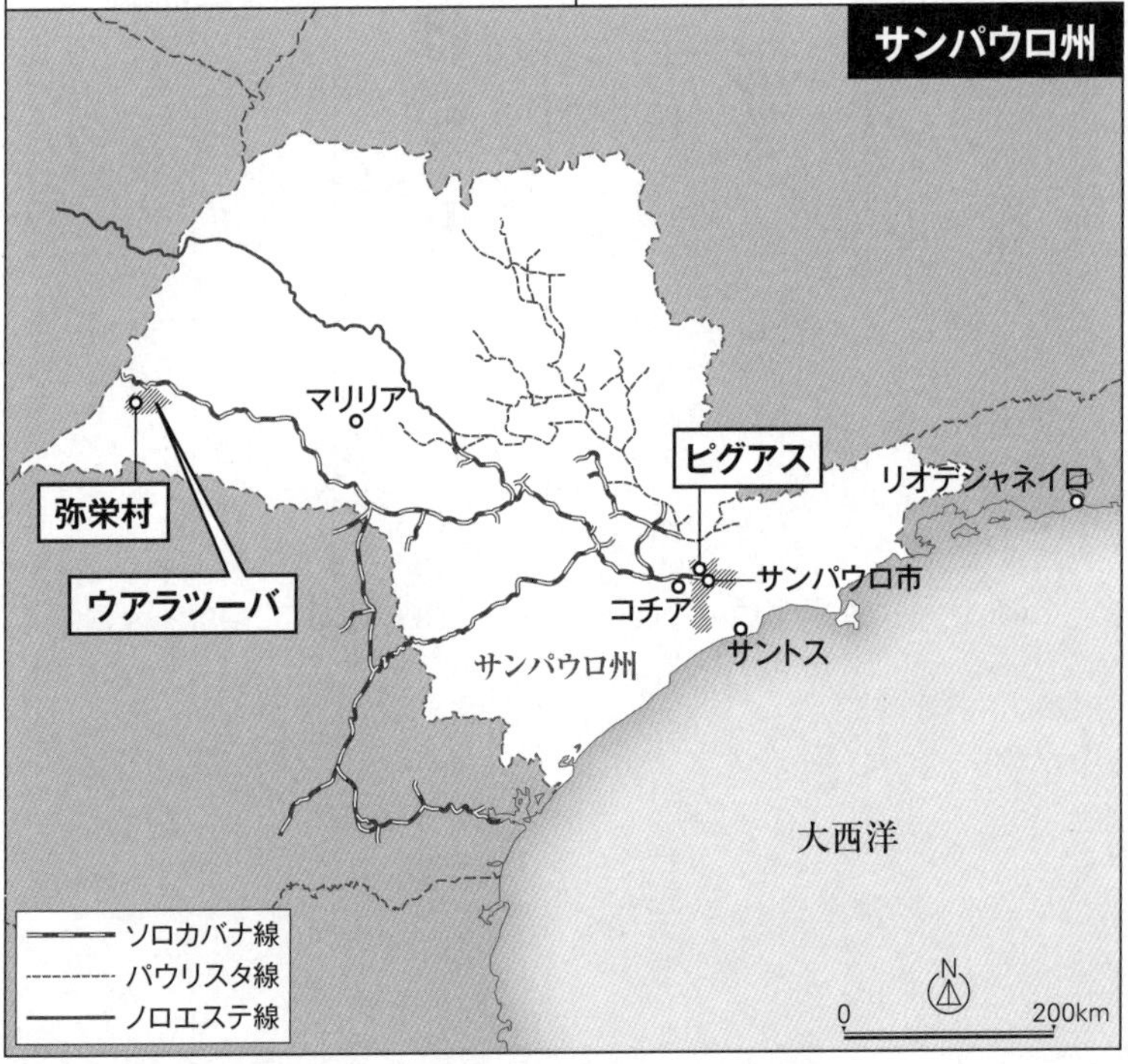

主要登場人物

弥栄村《いやさか》

比嘉《ひが》勇《いさむ》——沖縄生まれ。父の従弟夫婦と構成家族となりブラジルに渡る。

比嘉正徳《しょうとく》・カマ——勇の養父母。

南雲《なぐも》トキオ——ブラジル生まれ。勇と同い年。

南雲寿三郎《じゅさぶろう》——新潟生まれ。トキオの祖父。村一番の「南雲農園」を経営。

南雲甚捌《じんぱち》・彌生《やよい》——トキオの両親。

南雲喜生《よしお》——トキオの兄。

渡辺《わたなべ》重蔵《じゅうぞう》——比嘉家の地主。退役軍人で「少佐」と呼ばれる。

渡辺志津《しづ》——重蔵の妻。

重松勘太《しげまつかんた》——トキオの一つ上。

重松里子《さとこ》——ブラジル生まれ。勘太の妹。

前田《まえだ》太郎《たろう》・次郎《じろう》——双子の兄弟。

瀬良悟朗《せらごろう》——秋山稔に連れられ村に移住。志津の兄。柔道の師範。

移民会社『帝國殖民』

大曽根《おおそね》周明《しゅうめい》——『帝國殖民』ブラジル支社長。元帝国政府の外務官僚。

秋山《あきやま》稔《みのる》——『帝國殖民』職員、通事。

ウアラツーバ駅町

立花《たちばな》——ウアラツーバ駅町で商店を経営。

ジョゼー・シルヴァ——ウアラツーバ駅町で飲食店を経営。排日派の親玉。

サンパウロ市

樋口《ひぐち》パウロ——ブラジル生まれ。トキオの二歳上。

樋口洋平《ようへい》——パウロの父。南雲甚捌と戸籍上の兄弟となり渡伯。一家で弥栄村からリオデジャネイロに移り、その後、サンパウロ市でバールを開業。

樋口頼子《よりこ》——パウロの母。

カバー写真　iStock/Getty Images
表紙写真　所蔵：ＪＩＣＡ横浜 海外移住資料館
地図製作　アトリエ・プラン

灼熱

八月十五日

何と喜ぶべき日であろう。

然るに米国のデマに迷はされて日本無条件降伏等と聞き実にケシカラン日なり。

一夜中寝れず泣明かした。

然しよくよく考えて見ると不信の数々である。

十六日と言ふ日の夜明けを待って老人方へ参る。心強い事を言って下さった。

綜合して見るに何と日本の大勝利ではないか。嬉しい涙が止め度もなく流れ只喜びで考えも浮ばん。

DOPS（政治社会秩序局）臣聯資料一七一七
愛国団体『臣道聯盟』幹部・渡真利成一の日記より
一九四五年八月十五日付の記述

第Ⅰ部

殖民地

われらバビロンの河《かは》のほとりにすわり
シオンをおもひいでゝ涙《なみだ》をながしぬ

詩篇　137－1

序章　呪術師《マクンベイラ》の老婆は歌う

――一九九一年　八月。

淡い青に染まった空には、二つの天体が浮かんでいる。夜の名残のような有明の月と、じりじりと地上を灼く黄色い太陽。そのはるか下で白く濁った海が凪いでいる。吹く風は椰子の樹を揺らしている。

赤道のわずか南に位置するこの町では、真冬の八月だというのに、日中の最高気温は三〇度を超える。日陰のない道を歩くうちに背中がじんわりと汗ばむのを感じた。

今更、どれほどの意味があるのだろう――道中何度も繰り返した問いが頭に浮かぶ。陽の光が燦々と降り注ぐ朝に、過ぎ去った夜の記憶を掘り起こす意味はあるのだろうか。わからなかった。それでも私の足は止まらず、この町に辿り着いた。

伯剌西爾《ブラジル》。この地に生える樹木から炎のごとく赤い染料が得られるため、灼熱《ブラーザ》に由来し名づけられた国。その北部、パラー州。アマゾンの入口、ベレン。

ここで見かける人々の肌の色は、サンパウロやリオデジャネイロといった赤道から離れた南の都会で見かける人々のそれよりも濃い。古来この地に住む先住民《インディオ》、植民者《コロニザドール》たるポルトガル人、そしてアフリカ大陸から連れて来られた黒人奴隷たちの血が混ざり合う、混血《メスチーソ》の地だ。

町の西に広がるグァジャラー湾の畔《ほとり》まで進んでゆくと、海風に乗ったかすかな歌声が聞こえた。

Oh! que saudade do luar da minha terra
（ああ、懐かしき故郷の月）
Lá na serra branquejando folhas secas pelo chão
（真っ白い山々、枯れ葉広がる大地）

老婆が、か細く嗄れた声で口ずさんでいる。

ゆったりとした旋律。『ふるさとの月』。望郷を歌ったブラジル民謡。椰子の木陰で茣蓙《ござ》に座る老婆が、か細く嗄れた声で口ずさんでいる。

町でよく当たると評判の占い師《アディヴィニャ》だが、こんな噂も耳にした。

――あの婆さん、マクンベイラらしいぜ。

この地で混ざり合っているのは血だけではない。先住民の土着信仰とポルトガル人が持ち込んだカトリック、そして奴隷として連れて来られたヨルバ人の精霊《オリシャー》信仰が混ざり、独特のカンドンブレと呼ばれる民間信仰が生まれた。このカンドンブレから派生した呪術がマクンバ。マクンバにより人を呪う呪術師を女ならマクンベイラ、男ならマクンベイロと呼ぶ。

丸まった背筋と高い鼻、深い皺が刻まれた顔、おそらくすでに視力は失われているだろう灰色に濁った右目と、らんらんとした眼光を湛《たた》える左目。風貌といい佇まいといい、まるで物語に登場する魔女のよう。なるほど、噂が立つのも不思議ではない。

私は老婆に話しかける。日本語で。異国の言葉を喋り、名乗りもしない私を訝しむ様子もなく、老婆は苦笑した。

「あんたぁ、日本語上手じゃねえ。誰じゃね。日本から来た旅行者《ヴィアジャンテ》かね。うちがマクンベイラ？　は、勝手にそがぁに思うてくれるんなら、そういうことにしとったらええよ。占いに箔がつくけえね。うちには精霊《オリシャー》の声なんぞ聞こえんけどねえ。どうじゃ。あんたのことも占ってやろうかねえ」

流暢な日本語だった。

チョコレートのような褐色の肌で、一見、混血《メスチーソ》のように思えるこの老婆には、しかし先住民の血も黒人の血も流れていない。この肌は、長年、南米の強い陽射しに灼かれることでつくりあげられたものだ。

私は占って欲しくてこの老婆を訪ねたわけではない。「日本人、ですよね」と尋ねると彼女はこくり頷いた。

「そうよ。うちは日本人よぉ。ガイジンじゃなあよ。ずっと昔、まだものごころもつかん頃に、お父《とう》や、兄様《あん》たちと、ブラジル来たんよ」

彼女の言う「ガイジン」とはブラジル人のことだ。本来、この国では日本人こそが外国人のはずだが、彼女のような古い日本移民はブラジル人をガイジンと呼ぶことが多い。

今でこそブラジルは世界最大の日系人居住地であり、一九九一年現在、日本にルーツを持つ者がおよそ一五〇万人も暮らしている。その数は今後も増え続け、二〇二〇年までには二〇〇万人を超えると見られている。昨年、日本で日系人の定住が認められたため、多くの日系ブラジル人が日本に出稼ぎに赴くようにもなった。

しかし近世までは、日本とブラジルの人の行き来は少数の例外を除きほとんどなかった。その状況が変わったのは一九世紀末のことだ。

一八六八年の明治維新以降、日本は近代国家への道を歩み始めた。近代化は必然的に人口爆発を引き起こす。しかし富の拡大はそれに追いつかず、特に地方には失業者や困窮者が溢れるようになった。そこで政府は国内で吸収しきれない労働力の海外輸出、すなわち移民送出を行うようになった。

一方のブラジルでは一八八八年に奴隷制が廃止され、サンパウロ州のコーヒー農園では奴隷に代わる労働力としてヨーロッパ移民を積極的に受け入れた。ところがコーヒー価格暴落の影響でヨーロッパの国々は移民の送出を中止する。そこでサンパウロ州政府は新たな移民の供給源として日本への働きかけを始めた。

人を送り出したい政府と受け入れたい政府が移民契約を結ぶのは、必然と言えただろう。

老婆はこちらが訊くまでもなく、身の上を語り出した。

「うちはね、日本の安芸《あき》ゆうとこで生まれたんよ。ああ、そうよ。広島じゃあ。じゃけど日本のことは何《なん》も覚えとらんけんねえ。うちがブラジル来たんは、数えで四つんときじゃけえ」

日本からの第一回移民船笠戸丸が到着したのは一九〇八年。老婆が家族と共に来伯したのはその六年後の一九一四年、大正三年のことだった。このとき彼女は満年齢ならまだ三歳になったばかりだったという。

「最初に住んだのは、モジアナ線のどっかにあるコーヒー園《カフェー》じゃったらしいわ。そうよ、最初はもちろんコロノじゃったわ。お母《かあ》と一緒に朝から晩までカフェーの実をもいだんはうっすら覚えとるねえ」

コロノというのは、家族ぐるみで農園に雇われ、割り当てられたコーヒー樹の管理と収穫を行う契約農のことだ。

当時の移民は大半がこのコロノとして働くことを前提に募集されており、満一二歳以上の労働力が三人以上いる「家族」であることが必須の条件だった。幼い彼女も両親や兄とともに毎日働いたという。

「慣れん土地で仕事はきついし、そりゃあしんどかったんじゃろうけどねえ。しんどい思いはそのあともいっぱいしたけえねえ。お父は『騙された』とか『話が違う』てよう言うとったっけ。あん頃移民した日本人はみんなそう思っとったわいね。ブラジルのコーヒー樹は緑の黄金《オーロ・ヴェルデ》じゃ、金の生る木じゃゆう話じゃったんがぁ、とんでもなあ。奴隷みたいに働かされたんじゃ、たまらんわねえ」

　当時、日本では〝ブラジルのコーヒー農園で働けば楽に稼いで故郷に錦を飾れる〟などと、甘い宣伝文句で移民を募っていた。それに誘われ、実際にブラジルにやってきた移民たちを待っていたのは、粗末な住居と低賃金での過酷な労働だった。初期移民が来伯したばかりの頃は、コロノを奴隷同然に扱う農園主も珍しくなかったという。

「すごかったんは、うちのお母じゃあ。ブラジル来たばかりんときは、毎日泣いてばかりおったそうじゃが、生活んため日本から持ってきた家財道具や着物を売るようんなって、桐箪笥も繻珍《しゅちん》の打掛けもみんな鶏やらマンジョカ粉（ブラジルで常食されている芋の粉。タピオカの原料としても知られる）に化ける頃んなったら、腹ぁ据わったんじゃろかねえ。人が変わったみたあに逞しゅうなったそうよ。朝は誰より早《はよ》う起きて飯を炊いて家ん中掃除して、昼は男と同じ野良仕事して、夜帰ったらまた飯炊いて洗濯してうちら子供《ちご》の世話もして。お父の二倍も三倍も働いたそうじゃわ。日本にいた頃とは目の色が違うて、ブラジルの魔力《マジア》ぁ帯びて魔女《ブルシャ》にでもなったかと思うたて、お父が言うとったわ」

　こちらの相づちも待たず訥々と話し続けていた老婆は、目を細め小さく息を吐いた。

「当たり前じゃが、お母は魔女《ブルシャ》なんかじゃなあよ。ただ無理をしとっただけの女じゃったんじゃ。うちが六つんとき、お母、突然、熱を出して立ち上がれんようなってしもうたんよ。無理のツケが回ったんじゃろうねえ。夜、お母が泣きながらお父に頼んどるのが聞こえたん、まだよう覚えとるわ。お願いします。私を生かしてつかあさい。命が惜しいんじゃないんです。こんなところで小さな娘を残して死ねません。売れるもん全部売って薬を買《こ》うてつかあさい。お母、こんなふうに言うとったんじゃよ。うちのこと、心配じゃったんじゃねえ。でも、薬買う間もなく、死んでしもうた。まあ、うちはこんな歳までどうにかこうにか生きとるで、お母、あの世で安心してくれとったらええんじゃけどねえ」

母親を亡くしたあと、父と兄らは彼女を連れて、コーヒー農園から逃げ出したという。初期移民が報われないコロノ生活に見切りをつけて脱走することは決して珍しくはなかった。

「うちらサンパウロへ行ったんよ。コンデ街じゃあ。お父らは、人夫んなってねえ。線路敷きの人夫よお。あん頃、州に鉄道網つくるんじゃいうて、その手の仕事はずいぶんあったみたいよ。現場仕事じゃけえ、楽ではなかったんじゃろうが、コロノよりは稼げたみたいじゃねえ」

ここで言うサンパウロとは、サンパウロ州の中心街、サンパウロ市《シダーデ・デ・サンパウロ》のことだ。そのコンデ・サルゼーダス通りという坂道に面した界隈には、彼女たちのようなコーヒー農園から逃げ出した日本人が集まり、ブラジル初の日本人街「コンデ街」が形成されていた。

「うちは学校に通って読み書き教わったわ。そうよ、大正小学校じゃ」

コンデ街の坂の下には大正小学校という日本人学校もつくられた。コンデ街の住人たちの多くはその日暮らしだったが、有志が手弁当で教師役を引き受け、日本から持ってきた教科書を用いて子弟の教育を行っていたのだ。

「コンデ街にはずいぶんおったねえ。学校出たあと、うちはしばらく洗濯屋で働いたんじゃが、大して稼げんかったわ。そのうちお父が工事中の事故で亡くなってしもうた。そしたら女衒《ぜげん》みたいな連中が声かけてくるようなってねえ。身体売れゆうんよ。冗談じゃなあよ」

都市部に流れた移民女性の中には売春で稼ぐ者もいた。当時のブラジルでは圧倒的に数が少なかった日本人女性は、物珍しさも手伝い人気があったという。ただし当然のことながら、売春することを望んでブラジルに渡った女性がいたとは思えない。

「そうは言うても、背に腹は代えられんじゃろ。うちもいつか覚悟せんといかんのじゃろうかいうて心配しとったら、お嫁に行けることになったんよ。兄様が街で知り合ったお人を紹介してくれたんよ」

老婆が結婚したのは一九三〇年。一九歳のときだ。故郷の日本では、年号が昭和に変わっていた。この頃になるとブラジルは世界最大の日本人の受け入れ国になっていた。コロノではなく自営農として自立する者も増え、サンパウロ州の各地に「殖民地」と呼ばれる日本人の集団移住地がつくられていた。国民の海外送出を拡大する大日本帝国政府の後押しもあり、一九三〇年代にはサンパウロ州内の殖民地の数は五〇〇ヶ所を超えるまでになっていたという。

「結婚したあとは……え？　何じゃあ、あんた、うちのこと知っとるんじゃね。ただの旅行者《ヴィアジャンテ》じゃなあね。ひょっとして警察……いうことはなかろうねえ。何者《もん》よぉ。話を？　はあ、記者さんか何かかいね。まあ、あんたが何者でもええわい。聞きたいんじゃったら、話してやろうかねえ」

ブラジル日本移民の歴史の中には、多くの人々が忘れようと努めた悲劇が存在する。移民たちが、これだけは忘れてしまいたいとタブー化し封印しようとした、悲劇が。

一九九一年現在、八〇歳になっているはずのこの老婆は、その生き証人の一人である。

私は確かめるためにやってきた。その悲劇の中で誰にも知られず、老婆の命とともにこの世から消え去ってしまうかもしれない、ある真相を。

1章　赤と黒

1

――一九三四年　三月四日。


海を渡る風が、強く吹いている。

刃のような陽光を背に浴びながら、その鳥は、移民船を歓迎するように飛び立ち、ゆっくりと旋回を始めた。

青い空に炎で線を引いたような、美しい緋色の軌跡が描かれる。下船するため甲板に上がった比嘉勇《ひがいさむ》は、いっとき目を奪われた。

「見ぃよ、真っ赤な鳥さー」

「あいー、なんやろぉ。シギやサギみたいねー」

背後から声がした。比嘉正徳《しょうとく》とカマ。勇の両親――ただしほんの三ヶ月前に両親になったばかりの――だ。

長いクチバシを具えるその鳥の姿は、沖縄《ふるさと》でもよく見かけた水鳥に似ている。けれど、あんな鮮やかな赤に染まった鳥を勇は知らない。

「あれは、イービスです」

二人の隣に立つ男が明るい声で言った。

よく日に灼けた肌と、耳が隠れるほどの長髪。常に微笑を浮かべているような涼しげな顔立ちの優男。垢抜けた雰囲気に開襟シャツがよく似合っている。移民会社『帝國殖民』の職員で通事でもある、秋山稔《あきやまみのる》だ。

「イービス？」

正徳が訊き返した。

「トキのことです」

「トキ？　はあ、ブラジルには真っ赤なトキがおるが？」

「はい。イービス・イスカロアーチ。ショウジョウトキといってトキの近縁種です。地元のブラジル人はグアラーと呼びます」

朱鷺《トキ》。名前だけは勇も知っていた。明治以降の乱獲が原因で日本国内では絶滅したのではないかと言われている鳥だ。その親戚だという赤い鳥が舞う空の下、比嘉家の三人を含む一〇九三名を乗せた第二一五回移民船『りおでじゃねろ丸』は、無事、サンパウロの外港、サントス港に到着した。

「あの鳥は、幸運を運んでくれる鳥と言われています。見るだけで寿命が延びて、金がたくさん転がりこんでくるって」

「ほんまに？」

秋山は悪戯っぽく肩をすくめる。

「本当のところはわかりません。でもそう思った方がいいですよ。幸運の鳥を見た、これからいいことがある、金をたくさん稼げるってね。みなさんもきっと上手くやれます」

「なるほど《ンチャー》、そう言われると縁起ええような気ぃしますな」

「それはよかった。そうやって希望を持ってもらうことが、僕の仕事ですからね」

秋山は白い歯を見せて笑った。

港には大小いくつもの船が所狭しと停泊しており、マストにそれぞれの船籍の国旗を掲げている。文字どおりの万国旗。だが勇にはどれがどの国の旗か、ほとんどわからない。

日本の神戸港を出港したのは、一月二〇日。粉雪舞う日のことだったが、ブラジルに着いてみれば夏になっていた。行李や風呂敷包みを担いだ日本からの移民ですし詰めになった甲板に、黄色い陽射しが容赦なく突き刺さっている。

熱い。

不思議だ。日本の空にあるのと同じ太陽のはずなのに、熱も光も数倍は強い気がする。

「ようやっと着いたなあ、坊《ボン》。しかし大変《デージナ》な長旅やっさー」

「気分悪《ブチゲー》くなあとらん？」

正徳とカマが声をかけてきた。関西弁と沖縄弁《ウチナーグチ》が混ざった独特の言葉だ。

「大丈夫《ヒージー》！　もう、へっちゃらや」

「そうか。なんちゅうか、生まれ変わったみたいさー」

ああ、たしかにそんな気分や。汗ばむ頬を潮風に撫でられながら、勇は同意した。

あの赤い鳥、イービスは、ゆっくりと飛翔してゆく。やがて地上からは色も姿も判別できないほどのぼんやりとした影となって何処か遠くの空へと消えていった。

勇の生まれ故郷は沖縄本島南部の豊見城《トゥミグシク》。青い美しい海《チュラウミ》のある土地だが、記憶に強く残っているのは赤い花だ。大きな花弁を湛える真っ赤な花、仏桑花《ブッソウゲ》。かつて幕府に納めるため栽培していたそうで、その名残で群生地が残っていた。見た目どおりに「赤い花《アカバナー》」と呼ばれることもあれば、「後生花《グソーバナー》」と呼ばれることもあった。後生《グソー》とは、死後の世界、冥界のことだ。集落に死者が出たとき、大人たちはこの花を摘んできて手向けていた。

ソテツ地獄。勇が生まれる前から頻発していた沖縄の食糧難はそう呼ばれていた。飢えのあまり毒性のあるソテツの実を食べて倒れる者さえいたのだ。勇は幼い頃から、隣人が餓死し後生花《グソーバナー》を手にした大人たちに見送られる光景を幾度となく見ていた。

比嘉の家も痩せた土地を耕す農民として代々貧しい生活を強いられていた。勇は男ばかりの三人兄弟の真ん中。本当はあと二人、兄と姉がいたそうだが、勇が生まれる前に栄養不足で死んでしまったという。勇自身も生まれてこの方、腹一杯飯を食べたという記憶が一度もなかった。死んだ兄や姉と勇の境遇に差はなく、無事に育ったのは幸運としか言いようがない。

勇が満八歳になった翌年、弟が生まれたことをきっかけに、両親はソテツ地獄の沖縄に見切りをつけた。畑を祖父母と親戚に任せて、子供を連れて大阪に移り住むことにしたのだ。出稼ぎである。大阪には沖縄からの移住者や出稼ぎ者が多く、木津川《きづがわ》と尻無川《しりなしがわ》に挟まれた州《す》には沖縄出身者が集住する沖縄部落と呼ばれる地域がつくられていた。そこに身を寄せた。

西日本一の大都会である大阪には沖縄より多くの仕事があった。それでも腹一杯飯が食えるわけではなかったが、父親と兄が皮革工場の工員としての仕事を、母が細々した内職を得て、どうにか糊口を凌いだ。

街では沖縄人は一段低い存在と見做され、「土人」と蔑み毛嫌いする者や、沖縄人の利用を禁止する店は珍しくなかった。勇も街中で、「土人のガキが道の真ん中歩いてんやない」などと暴言を吐かれたことが何度もあった。そのたびに憤らずにいられなかった。

何でよ。みんな同じ日本人、皇国臣民ってやつじゃないん？　沖縄の小学校ではそう教わった。「いいですか、みなさん、廃藩置県で琉球王国は沖縄県になったんです。沖縄人《ウチナンチュ》も内地人《ヤマトンチュ》も等しく臣民なんです」。だったらどうしてこんなふうに差別されなきゃならないんや。結局、沖縄は日本やないってことなんか！

大阪で暮らすうちに父親はずぶずぶと酒に溺れた。もともと酒飲みで、沖縄では酔ったまま畑に出ることもしばしばあった。みなが食い詰めていても、それを咎めない大らかな気風が沖縄にはあった。沖縄弁《ウチナーグチ》で言うところの「上等《ジョートー》」だ。けれど都会の工場仕事では通用しない。沖縄では上等《ジョートー》でも、大阪では、ただだらしないだけ。なのに父親は酒を控えるどころか、より飲むようになった。酔っ払って「内地人《ヤマトンチュ》、殺してやる《シナスー》」とくだを巻くが、口だけで何もしない。いつの間にか身も心もアルコールで溶かしてしまったかのようだった。酒が抜けず働けない日が頻繁にあり、まだ子供の勇が代わりに働かされた。沖縄部落には、父親のような酒浸りの大人が何人もいた。

母も、大阪に来てからは内職とまだ幼い弟の世話に追われるようになり、勇にまったく構わなくなった。

勇は沖縄では辛うじて通えていた小学校にも通えなくなり、友達らしい友達もできなかった。大阪という街を好きにはなれなかった。そもそも来たくて来たわけではない。かといって沖縄に帰りたくもなかった。腹を空かして死ぬのに怯える生活はまっぴらだ。大阪でも沖縄でもない、別の場所へ行きたかった。

此処ではない何処かへ――そんな想いに駆られるばかりの暮らしが三年ほど続いたある日、正徳が勇の一家を訪ねてきた。

正徳は勇の父親の従弟にあたる。彼は勇たちより前から大阪で暮らしており、大阪に出てきたときも何かと世話を焼いてくれた。

「ブラジル行こう思うんや」

ブラジルという国名を勇はこのとき初めて聞いた。日本から見て、地球の真反対にあるらしい。

みな冗談かと思ったが正徳は本気だった。妻と一緒に世界で最も遠い国に移住するという。
勇の両親は目を丸くした。正徳とカマの夫婦は大阪にいる沖縄人の中でも稼げている方で、暮らし向きは勇の一家よりよかった。なのにどうして、そんなところへ行くというのか。

「稼げてるゆうても、たかが知れとるさー。ここじゃいい仕事《イーワジャー》、内地人《ヤマトンチュ》に取られてまう。俺《ワー》にゃ継ぐトートーメーもなあしね」

トートーメーとは、位牌、延いては先祖、家督のことだ。末っ子である正徳に相続権はない。その分、しがらみも少ないので、思い切って海外へ出て一旗揚げたいらしい。

「アメリカは駄目になってもうたそうやが、これからはブラジルさー。今ならブラジルまでの船賃とおまけに支度金までお国が出してくれるんやっさ」

正徳によれば、今、大日本帝国政府は国策として国民の海外雄飛を支援しており、移民希望者は手厚い支援が受けられるという。かつてはアメリカのハワイ島や西海岸への移民が奨励され、沖縄からもかなりの数が移り住んだ。しかし排日的な気運が高まったことでアメリカへの移民は制限されることになった。大陸に満洲国が建設されたのも、新たな移民の受け入れ先を確保するためらしい。ブラジルはその満洲以上に魅力的な移民先であるというのだ。

「ブラジルは図体こそ大きい《マギー》けど国としちゃ三等、いや四等国よー。せやけど、だからこそ土地も安うて、俺《ワー》でも地主んなれるんや。向こうの畑人《ハルサー》はとても《デージ》儲かるらしいさー。こっちみたあに、沖縄人《ウチナンチュ》を差別するやつらもおらん。ガラガラポンよ」

正徳は、移民会社からもらってきた案内の写しを手に熱弁を振るった。移民を受け入れるサンパウロ州という場所は今まさに開拓の真っ最中で、大きく稼げるらしい。土地は肥沃で肥料なしでも作物が日本の何倍も育つ。いろいろな国からの移民がいるので人種差別もない。むしろ教育水準が高く優秀な日本人は尊敬されている——とのことだった。

ただし規定により、移民をするのは〝労働力になる満一二歳以上の男女が三人以上いる家族〟でなければならないのだという。正徳らには子がなく、最低でも一人同行者を加えなければならない。働き手は多ければ多いほどいいので、勇の一家も全員で一緒に行かないかというのだ。

「何もずっとブラジル《むこう》で暮らすわけやなあよ。沖縄《シマ》から大阪出てきたんと同じ、出稼ぎや。長くても一〇年くらいで稼げるだけ稼いで帰ってくるさー」

此処ではない何処か――ブラジルは、ずっと勇が求めていた場所のように思えた。

兄も興味を示した様子だったが、両親が嫌がった。そもそも大阪に出稼ぎに来ているのに、さらにそんな遠い国に出稼ぎに行くやつの気が知れないというのだ。特に父親は頑なだった。絶対《ジョーイ》、無理《ナラン》だ。俺《ワー》は絶対行かん、と。

正徳は、ならばと一九歳の勇の兄だけでも一緒に行かないかと誘った。しかし兄は一家の稼ぎ頭であり跡継ぎでもある。両親はそれにも反対した。兄も両親の反対を押し切ってまで外国に行くつもりはないようだった。

しつこく兄を誘う正徳に父親が言い放った。連れてくんなら勇、連れてけ。すると母親は笑った。はあ、勇は無理よ《ナランヨー》。兄の代わりに自分を差し出そうとする父親も、無理だと笑う母親も気にくわなかった。

「ええよ。俺《ワー》が行くよ。そのブラジルってとこ連れてって」

いきおい、そう口にしていた。

両親は驚いたものの、特別、引き留めようとはしなかった。正徳もまだ小さい勇の方が向こうの暮らしに早く慣れるだろうと乗り気になった。出航予定の二日前が勇の誕生日で、満一二歳以上という条件も満たすことができた。もう一つの条件である「家族」であることを満たすため、養子縁組することになった。

「『構成家族』ゆうてな、頭数揃えんのに家族《ヤーニンジュ》んなるやつもいっぱい《イッペー》おるらしい。ブラジル着いたら、はいさいならで、ばらばらに暮らす人も多いそうやけど、俺たち《ワッター》にゃ子供《ワラバー》おらんで、坊《ボン》の面倒もずっとみたるさー」

正徳はそんなことを言っていた。

かくしてとんとん拍子で話が進み、日本を発つことになった。出立の日、両親と兄弟が神戸港まで見送りに来た。誰一人涙は見せず、万歳三唱していた。まだ幼い弟はわけもわからずはしゃいでいた。頑張れよ《チバリヨー》。元気でね《ガンジュウサショー》。それが両親から最後にかけられた言葉だ。

家族の誰も別れを惜しまぬことに苛立った。惜しまれたかったわけでもないのに。あるいは、神戸港がどんより曇っていたからかもしれない。旅立ちのとき、勇は名状しがたい鬱屈を抱えていた。

「俺たち《ワッター》んこと、お父《とん》、お母《かん》て呼んでええからね」航行初日の夜、正徳たちに言われた。気持ちはありがたいし「うん」と頷いたものの、これまで深い付き合いのなかった二人を親とは思えなかった。

大阪に出るとき船には乗ったが、ひと月以上もかける船旅など無論、初めてのことだった。移民の誰もがそうだったろう。船の移民部屋は掃除が行き届いておらず、隅を鼠が走り回っていた。そこに人がぎゅうぎゅう詰めに押し込められるので、常に人いきれと饐《す》えた臭いが充満していた。その上、北半球は冬だったことも手伝い、出港から一週間も経たないうちに移民たちの間で風邪と下痢が流行するようになった。

ほどなく勇も体調を崩した。酷い目眩《めまい》を覚え、最初は船酔いかと思ったが、やがて高熱が出て動けなくなった。部屋は蒸し暑いくらいなのに、身体の芯が冷えて震えが止まらなかった。

目眩なのか船の揺れなのかわからない不快な振動に苛まれながら、毛布にくるまっていると、たった独りで嵐の海を漂流している錯覚がした。心細くてどうかなりそうだった。

　すると何処かから、声が聞こえた。

「ああやっぱり騙されたんだ！　きっとブラジルなんてろくなところじゃない。体《てい》よく食い詰め者を放り出すためのゴミ溜めさ。俺たちはお国に棄てられたんだ！」

　同船する誰かが、半狂乱になってわめいているようだった。

　それは移民船に乗る誰もが、希望と裏腹に抱えていた不安かもしれない。勇にはまるで自分の声のようにも聞こえた。

　失敗やった。よう知らん親戚の子になってブラジル行くなんてアホやった——鬱屈にすっかり心が呑み込まれかけたとき、それをかき消すような明るい声を聞いた。

「騙すとは心外ですなあ！　みなさんは旅費はおろか支度金ももらっているでしょう。僕が最初に渡伯したときと比べたら、至れり尽くせりで羨ましいくらいなんですがね。そんなふうに思わせてしまうのは、まだまだ僕らの努力が足りないのかもしれませんね」

　案内役として同乗していた『帝國殖民』の秋山だった。彼自身も長くブラジルで暮らす移民なのだという。役者さながらに、顔に笑顔を声に抑揚を貼り付けて移民たちに語りかけた。

「まあこんなとこに何日も閉じ込められてちゃあ、不安になるのもわかります。僕も同じでしたからね。ブラジルなんてゴミ溜めだ、棄てられるんだって思ったものです。自分で移民するって決めたくせにね。でもね、ゴミ溜めで結構じゃないですか！　言ったら悪いけど、みなさん、日本でもゴミ溜めみたいなところで暮らしてたんでしょ？　おっと怒らないでくださいよ。僕もそうだったんですから」

　移民としては先輩にあたる男の明け透けな物言いに、そこかしこから苦笑が漏れた。そうだ。日本での暮らしが快適ならわざわざ地球の反対側まで行こうなどと思わない。

「みなさん、今がどん底。この先上がっていくだけじゃないですか。まあ自分で確かめてもらうしかないですが、ブラジルはゴミ溜めだとしても、なかなかいいゴミ溜めですよ。ゴミの中に黄金がごろごろしてる。これだけは保証できますが、向こうでは毎日、腹一杯、飯が食えます！」

おお、と歓声があがった。腹一杯の飯。まさに勇がずっと焦がれていたものの一つだ。移民部屋に充満していた不安が少し和らいだ気がした。

「あん人の言う通りよ。ブラジルきっといいところよ《イートゥクルヤー》」

勇のすぐ隣で囁いたのはカマだった。熱に浮かされ、まったく気づかなかったが、添い寝をしてくれていた。毛布の中に手を入れ、勇の手を握ってくれていた。

「そうさ。まあ、どんなとこでも何とかなるさあ《ナンクルナイサー》、坊《ボン》。楽しみさなあ。早《はよ》う、ようなろうな」

反対側から正徳の声もした。二人は川の字になり、勇に寄り添ってくれていたのだ。

大阪で風邪をひいたとき母親は小さな弟に感染《うつ》らないか心配し、勇は独りで寝かされた。まだ治りきらず熱があるのに父親の代わりに働かされたこともあった。

でも、この人たちは――

かたちだけ親になったばかりの二人は、けれど勇が独りでないことを教えてくれた。うつらうつら眠りと覚醒を繰り返す中、寂しさと不安が収まってゆくのがわかった。やがて、熱が下がる頃になると、すっかり心は穏やかになっていた。外洋に出るほど凪ぐ海のように。

お父《とん》、お母《かん》――勇が正徳とカマを初めてそう呼んだのは、ちょうど旅の中間地点。アフリカ東岸のモンバサ港に寄港したときのことだった。聞いたこともない土地の聞いたこともない海、その海岸一帯に広がる白い砂浜が目に染みた。

「早く《フェーク》、ブラジル着かんかな」勇の言葉に、二人は頷いて目を細めた。

そして大西洋を横断し、辿り着いた。陽光降り注ぐ、この国に。心は何とも晴れやかになっていた。

南米の海の玄関口であり数多くの船舶が出入りするサントス港の海は、ゴミや不純物で濁り、お世辞にもきれいとは言い難い。

勇は勝手に豊見城のような美しい海を想像していたが、期待は外れた。むしろ大嫌いだった大阪の沖縄部落から望む大阪湾と似た海だった。なのに、それすら輝いて見えるようだった。海という子宮を漂い、いよいよこの港で生まれ変わった——まさにそんな気分だった。


「下船！　下船します。みなさん列になってください」

秋山が号令をかけた。

甲板で団子になっていた移民たちが列をつくる。秋山は大きく手を打った。

「みなさん、あちらのマストにご注目！　日の丸が一番美しくはためいています。まるでみなさんの前途を祝福しているようではありませんか」

みな一斉に顔を上げた。彼の言うとおりだった。

いくつものマストに掲げられたいくつもの国旗。ほとんどは、何処の国のものかわからない。けれど一番きれいな国旗はすぐにわかった。この『りおでじゃねろ丸』のマストにはためく日の丸だ。

日本でもさんざん目にした国旗だったが、こうして他国の旗と並んでいるのを見ると、白地に赤という意匠は実に清らかで美しい。勇は誇らしさが湧き上がるのを感じていた。

「さあ、新しい人生の始まりです。船の中で言いましたよね、ブラジルがゴミ溜めだとしても、ゴミの中に黄金がゴロゴロしてるって。みなさんはすでに一つ黄金を持っているんです。それはここにある」

秋山は拳を握り自分の胸をどんと叩いた。

「日本精神です。是非、あの日の丸に恥じぬ活躍をしてください」

一同は自然に自分の胸に手を当てていた。ここにある、黄金。希望を持たせるのが仕事と言っていた秋山は、水先案内人としてなかなか頼もしい。

「望むところだ！　俺も日本男児さ、この新天地で一旗揚げてやらあ」

怪気炎をあげたのは、船内で弱音を叫び、不安をばらまいていたあの男だ。無事に着いたら掌を返したように威勢がよくなった。調子がいいよなと、みなあきれた苦笑を男に向けていた。

「ここで、たくさん稼《バンナイ》ごうな。そいで行李いっぱいに札束詰め込んで帰るんさー。俺たち《ワッター》馬鹿にしたやつら見返さんとねー」

正徳が勇の肩に手を乗せた。

そうだ。見返してやろう。大阪で俺を差別したやつらを。引き留めようともしなかった両親を。錦衣帰国《きんい》——見返してやりたいという気持ちを、きれいな四字熟語にすればこうなる。不遇をかこち遠い異国に活路を求めた。けれど祖国《日本》を棄てたわけではない。大金を稼いでいずれは故郷に帰る。錦を飾る。この想いはきっと、今、日の丸を見ている全員が共有するものだ。

下船する移民の列が甲板をゆっくり動いてゆく。

正徳は一〇年くらいで帰ると言っていた。一〇年も経てば、俺だってもういい大人になってる。行李いっぱいの札束を持って帰ったら、きっと何処にだって行けるし、何にだってなれるやろう。勇は空の向こうに、望む未来を思い描いていた。

「みなさん。ようこそブラジルへ。第一回移民船『笠戸丸』がここサントスに到着してから二六年。我ら日本人は、幾多の困難を乗り越え、この地を切り拓いて参りました。初期移民の多くはコロノとしてブラジル人の元で下働きをしておりましたが、そこから着々と地位を向上させ、今やサンパウロ州の各地に日本人の殖民地があり、逆にブラジル人を下働きとして雇っておるほどです。ええ、とても痛快なことです。コーヒー《カフェー》、綿花、米、蔬菜《そさい》。日本人のつくる作物の質は南米一とも言われ、産業組合の活動も活発で、サンパウロの、いやブラジルの経済は日本人が駆動させているといっても過言ではありません。ブラジル人たちは、我ら大和民族の優秀さに恐れおののいているほどです」

その男は一度咳払いをした。六〇は超えているだろう老人だが、背筋は定規で引いたかのようにまっすぐ伸びている。立派な禿頭に太い眉。黒縁眼鏡をかけた顔つきには、親しみやすさと威厳が同居していた。大曽根周明《おおそねしゅうめい》。移民会社『帝國殖民』のブラジル支社長である。

下船した移民たちは、さらに二時間ほど鉄道に揺られサンパウロ市まで移動し、移民収容所で一泊した。

南米一の大都会だというサンパウロ市は、白い街だった。移民たちが到着した夕方頃から、ぼんやりとした白い霧が立ち込め始めた。中心地には白壁のビルが並び、地面もやはり白い石畳。街ゆく人々の肌の色も、白かった。白人だ。サンパウロは港町のサントスに比べ明らかに白人が多かった。みな大きな身体をしており、気取った洋装でのそりのそりと歩いている。看板や標識には勇には読むことのできない文字が溢れ、聞き取れない奇妙な言葉が飛び交っていた。

俺は本当に外国に来たんやな――改めてそれを実感した。

移民収容所は、やはり白く巨大な西洋風の建物だった。ここで荷物の検査をかねて一日休み、その後移民たちはそれぞれの入植地へ向かう。その出発直前、大曽根が現れ、庭園でこの激励の訓示が始まったのだ。

「みなさんの中には、未開の国で一旗揚げてやろうと考えている向きも少なくないでしょう。その意気やよし。しかし驕り昂ぶってはいけません。ここブラジルでは我々は異邦人。言わば間借り人でもあるのです。少々思いどおりにならないことがあったからといって、癇癪を起こしたり、まして仕事を投げ出してしまうなどということは、あってはなりません。惰弱さゆえにおめおめと逃げ帰るなど言語道断。我らは不退転の決意を胸に刻み込まねばなりません」

直立不動のまま語気を強める大曽根のことは、航海の最中、秋山から聞かされていた。元は帝国政府の外務官僚で、退官後ブラジルに渡り『帝國殖民』の現地責任者を任されることになったという。

ブラジルの邦人社会では、移住を取り仕切るこの『帝國殖民』と、移民たちの産業を統括する『ブラジル拓殖組合』、そして帝国政府の出先機関である『在サンパウロ日本帝国総領事館』を、まとめて御三家と呼ぶ。その一角の現地責任者である大曽根は、邦人社会の重鎮の一人なのだという。

「日本人、大和民族は世界一優秀な民族です。もちろん出自は関係ありません。北海道から沖縄まで何処の出身であろうと、みなさんの肉体には、天皇陛下の赤子《せきし》としての血が脈々と流れているのです。先達に倣いみなさんも、その血に秘めたる精強さを存分に発揮してください。大東亜から遠く離れたこの地に、陛下の威光を示そうではありませんか」

沖縄を含め出自は関係ないと言ってくれたのが嬉しかった。正徳とカマも感じ入っているようだった。

「大日本帝国万歳！」

大曽根は両手を振り上げた。

隣に控えていた秋山が「大日本帝国万歳！」と復唱し万歳する。移民たちもそれに倣い万歳三唱をした。

大人たちに交じり、勇も両手を天に突き出すように万歳した。

ああ、そうや、俺は日本人。アジアで一番発展しとって、戦争したらロシアにだって勝った、誉れ高き神国の生まれなんや。白い街の中、黒い髪と目をした同胞たちと万歳を繰り返すほどに、気分が高揚してゆくのがわかった。


「入植先の路線ごとに順番に、駅に向かいます」

訓示が終わったあと、秋山の差配により、移民たちは駅に向かった。

今回の『りおでじゃねろ丸』の一〇九三人に限らず、ブラジルにやってきた移民の大半は、南米随一の開拓地であるサンパウロ州に入植する。サンパウロ州の面積は広大なブラジル全体からすれば、わずか三パーセントに過ぎないが、それでも日本の本州がすっぽり収まってしまうほど広いらしい。

州内の人の移動は、もっぱらサンパウロ市を中心に各地に枝分かれしている開拓鉄道によって行われる。勇たち比嘉家の三人が乗ったのはソロカバナ線。サンパウロ市から西に向かって走る路線だった。このソロカバナ線が延びる州の奥地、奥《アルタ》ソロカバナと呼ばれる地域は、比較的最近開拓が進み日本人が多く住んでいるという。

行き先は契約時に決められていた。ブラジルの土地のことなど何もわからないので「殖民地」と呼ばれる日本人の集団移住地を『帝國殖民』に見繕ってもらった。

何キロも延々と続く荒野、そこをうろつく犬のような狐のような動物、見知らぬ樹木が生い茂る原生林、赤い煉瓦造りの洋風住宅――煤で汚れた車窓からわずかに見える異郷の景色に勇の心は躍った。

しかし快適な旅とは言い難かった。列車の座席は固い板張りで小一時間も座っていると尻と腰が痛くなってきた。大人の正徳とカマは勇以上に応えるようで、立って座ってを何度も繰り返していた。

さらに難儀したのは車内の蒸し暑さだ。ブラジルの汽車は石炭で走る日本のそれと違い薪で走るため、とんでもない量の煙と火の粉が出る。それが車内に入り込み、悪くすると乗客の服や荷物が燃えるらしい。だからどんなに暑くても走行中は窓を開けてはいけないのだという。

季節は夏。しかもブラジルの夏は雨季と重なるため、ただでさえ湿度が高い。走行中も雨が列車を打つ音を何度か聞いた。多くの移民を乗せてほぼ満席の車内はあっという間に蒸し風呂のようになった。それに窓を開けられないのでは、せっかくの景色も存分に楽しむことができない。

「こういうところに国力が出るなあ。やっぱり《ンチャー》ブラジルは四等国さー」正徳は幾度となくそんな愚痴を漏らしていた。

列車に揺られ丸一日が経った昼下がり。勇たちが居住する予定の町に到着した。

ウアラツーバ。サンパウロ市から五〇〇キロと少し。秋山の説明では東京、大阪間より離れているそうだが、東京に行ったことのない勇にはピンとこなかった。

今回、この町に移住するのは比嘉家だけのようで、勇たちの他は誰も降りなかった。

閑散とした木造のホームに出ると、風がサンパウロ市やサントス港とは違う田舎の臭い——土と獣の臭い——を運んできた。

駅舎の前に広場があり、周りに木造や石造りの商店らしき建物が並んでいた。軒先に馬をつないでいるところも多い。このように開拓地の駅周辺に広がる中心街を「駅町」と呼ぶという。

勢いのある字で何かを書いたビラを貼り出している店が目に付いた。が、ポルトガル語《ブラジル語》の文字は勇には読めず、何が書いてあるのかも、その店が何屋かもわからなかった。広場の奥にある十字架を掲げた大きな建物が教会だろうということだけが辛うじてわかるくらいだ。

地面は舗装されておらず、少し前に雨が降ったのだろうか、ぬかるんでいた。

たくさんのブラジル人が行き交っているが、サンパウロのように白人ばかりではなく、肌の黒い者や赤茶の者もずいぶん目についた。そしてその誰もがサンパウロ市で見かけた人々よりも身なり顔つきが粗野な感じがした。

移民船の中で秋山が簡単なポルトガル語《ブラジル語》を教えてくれたが、野蛮な田舎者を「カボクロ」と呼ぶらしい。彼らこそがカボクロなのかもしれない。そのうち何人かは、勇たちに気づくと無遠慮にじろじろと見る。

サンパウロ市までは一〇〇〇人を超える同胞と一緒だったが、今ここでは日本人は勇たち三人だけ。うっすらとした恐怖と心細さを覚えずにいられなかった。

「あの野郎《アニヒャー》、何や。悪口でも言ってんのか」

正徳も同じように感じているのだろう、怪訝そうにつぶやいた。

そこに一人、女性が歩いてきた。髪を後ろで束ねており、白に近い薄茶のゆったりした服、日本ではアッパッパと呼ばれるような木綿のワンピースを着ている。

顔立ちが判別できるほど近づいてくると、日本人とわかった。柔和な顔立ちをしている。見たところ歳は二〇《はたち》歳を過ぎたくらいだろうか。勇たち三人の中で一番大きい正徳よりも顔半分ほど背が高い。

「比嘉さん、じゃね」

女性は話しかけてきた。耳に馴染みのある西日本のイントネーションだ。

「そうです。えっと、あなた、お迎え《ウンジュ》の？」

正徳が女性をまじまじ見ながら答えた。

勇たちが移住するのは、ここウアラツーバの外れにある殖民地「弥栄村《いやさか》」だ。村は駅町から一〇キロ以上も離れているので、馬車で迎えに来てくれるという話だった。

「はい。日本から長旅、お疲れさんでした。うちは渡辺《わたなべ》います」

「渡辺さんて、ひょっとして地主さん？」

「ええ。渡辺志津《しづ》です。みなさん、今後よろしゅうお願いします」

志津は頭を下げたあと、勇に「よろしゅうね」と微笑みかけた。何処かから、いい匂いが漂ってくるような気がした。

勇は何故か顔が熱くなるのを感じた。きっと赤面している。それを気取られるのが恥ずかしく、少し顔を俯《うつむ》けて「うん」と小さな返事をした。

どうぞこちらへ。志津に促され、三人はあとをついていった。

弥栄村では地主から土地を借り受け、農業を行うことになっていた。収益の一部を地代として納め、早ければ二、三年ほどで土地を自分のものにできるという約束だ。彼女はその地主、渡辺家の者らしい。

途中、カマが、あいー、と声をあげ、路肩に植えられた樹を指さした。

「それデイゴと違う？」

正徳を先頭にその樹に駆け寄った。

「ほんまさー。でもなんや、細っこいのお」

それは沖縄に生えるデイゴの花とよく似ているが、花弁がやけに細い。それでも、長い旅の末に辿り着いた場所で、大阪でも見たことのない生まれ故郷の花に出会い、勇は何とも言えない懐かしさを覚えた。

「それは、ブラジルのデイゴです」

志津の声にみな顔を向けた。

「うちはよう知らんのですけど、沖縄にもあるお花じゃそうですね。兄様がそういうことに詳しいんじゃけど、ブラジルも沖縄も、南国じゃけえ、似た植物が育つんじゃって、聞いたことあります。椰子の木なんかも、沖縄にもようけ生えとるんでしょう」

「はあ、なるほど」

「まあブラジルもずいぶん広い国ですけえ、ところによると思いますけどねえ。さ」

志津が再び促し、みなついてゆく。

「あん人は渡辺さんの娘さんかいな。美人《チュラサンドー》やな」

正徳が志津の後ろ姿を見ながらため息を漏らした。それを聞き勇はようやく気づいた。美人《チュラサン》。そうや。あの人、きれいなんや。

「このすけべ《イラー》、鼻の下伸ばしてんやないわ」

カマが正徳を小突いた。勇は自分のことを言われているようで内心、どきりとしていた。聞こえていたらしく志津が振り向いた。

「うち、娘じゃなあですよ。渡辺の妻なんです」

「奥さん？　え、渡辺……少佐の？」

「はい。そうなんです」

「はあ……。こりゃ失礼しました」

正徳が恐縮する。隣でカマは「まあ」と小さく声をあげた。勇も驚いていた。

地主の渡辺重蔵《じゅうぞう》少佐は、日露戦争で活躍した退役軍人だと聞かされていた。ならばどんなに若くても五〇代の後半以上のはずだ。

「うちは後添えなんです。実際、少佐とは親子くらい離れとりますから気にせんでつかあさい。

ああ、少佐もあっこのカロッサにおりますんで。気難しいとこもありますが、面倒見のええお人じゃけん。よろしゅうお願いします」

志津の指さす先に、幌つきの馬車が駐まっていた。カロッサというのは、馬車のポルトガル語なのだろう。

三人が志津に連れられ荷台に上がると、カーキ色のシャツを着た初老の男がいた。志津が「主人の渡辺です」と紹介する。

このたびはお世話になります。頭を下げる正徳とカマに、渡辺は厳かな笑みを浮かべて「こちらこそ」と答えた。

志津の夫にして地主でもある渡辺少佐は、大柄というわけではないが、がっしりした体つきをしていた。短く刈り揃えられた髪と立派な口髭、どちらも白髪交じりで、眉間には深い皺が刻み込まれており、独特の迫力がある。見た目の年齢は六〇歳くらいだろうか。移民収容所で訓示を垂れた大曽根周明より少し下に思えた。渡辺少佐はあの大曽根とはまた別の、場の空気を引き締める重みのある威厳を備えていた。この男と志津が夫婦かと思うと、何故か勇はそわそわと落ち着かない気分になった。

志津は馬車をあやつる御者も三人に紹介した。南雲喜生《なぐもよしお》といい、弥栄村で一番の規模を誇る「南雲農園」を経営する一家の青年だという。

その喜生が馬車を出発させた。荷台には茣蓙と座布団が敷いてあり、揺れはするものの列車より乗り心地はだいぶよかった。異国の見知らぬ田舎町を、歩くより少し速いくらいの速度で馬車は進んでゆく。

一同は改めて簡単に自己紹介をしあった。渡辺夫妻も御者の喜生も一五年以上ブラジルで暮らしているという。勇たちの大先輩だ。

「ちらちらすれ違うのは、日本の人ですかいな」

正徳が幌の外を流れる町の様子に目をやり尋ねた。駅前の広場ではブラジル人ばかりと感じたが、町の奥には日本人らしき者の姿もあった。店頭に〈醬油〉〈米〉など日本語の看板を掲げている店もある。祖国の文字を目にすると、やはりほっとする。

「ええ。ウアラッーバには、弥栄村の他にもいくつか殖民地がありますけえ。買い物しにようこの駅町まで来るんです。こんくらいの時間は少なあですが、午前中はジャルジネイラが走っとるけえ、もっと大勢、日本の人、見かけますよ」

「じゃるじ、ねえら？」

「みんなで乗り合う自動車です。小さいバスみたあなもんですかね」

「そういうもんで、行き来するんさねー」

「はい。駅町に住んどる人もおりますし、日本人会もあるんですよ」

「そういや、移民会社の人から聞きましたわ。渡辺少佐は日本人会の役員で、村では学校も開いとるて」

日本人が多く住む地域では大抵、日本人同士で助け合うための互助会「日本人会」が組織されているという。日本人会が特に力を入れているのが子弟の教育で、各地にさまざまな形の学校が建設されているらしい。

「ゆうても公認の学校じゃのうて、うちの村だけでこぢんまりやってるとこですけん。村じゃ、道場と呼ばれとります。小さい子には日本語の読み書きを。大きい子らには修身と、あと少佐が柔道を教えとるんです。そこの喜生さんの弟のトキオくんも、ときどき通ってくれてるんじゃよ。ねえ」

志津が御者の喜生に声をかけると、彼はこちらを一瞥した。

「そうです。えっとそちらの勇くん、一二歳なんですよね。じゃあ、うちのトキオと同い年です。村の暮らしに慣れたら、勇くんも渡辺少佐の道場に行ったらどうです」

志津が勇に視線を向ける。

「そうじゃね。仕事の手伝いもせんといけんじゃろうから、そう頻繁には来れんかもしれんけど、身体を鍛えたり、修身やったりすんのはきっとためんなるよ」

その道場に通うことになればちょくちょく志津《この人》と会えるんやろうか——頭が勝手にそんなことを考えていると、渡辺少佐の声が降りかかってきた。

「是非、来《き》んさい。和魂伯才いうてな、日《ひ》の本《もと》から離れたブラジルでこそ、日本精神を磨き上げることを忘れてはならんけえの」

勇は何か説教でもされているような心持ちで、「はい」と返事をした。

気がつくと外の建物はまばらになり、やがて馬車は町を抜けた。その先には延々と雑草が生い茂る荒れ地が広がっており、人と馬と自動車によって踏み固められたのだろう舗装されていない曖昧な径が伸びていた。遮る物がないので視界は広く、ところどころにうっそうとした原生林や湿地が点在しているのがわかる。大阪はもちろん、沖縄にもないような景色だ。広大と言えば広大、しかし荒涼と言えなくもない。

「して、今、日本はどういう塩梅じゃな?」

道すがら、渡辺少佐が正徳に尋ねた。

「はあ、どういう塩梅と言われましても……」

「少し前に犬養が誅殺されたじゃろう」

「ああ、はい、はい」

渡辺少佐が水を向けたのは、一昨年、海軍の青年将校たちが犬養毅首相を暗殺した五・一五事件のことだった。ブラジルでも日本人の手により邦字新聞が発行されており、外信を通じ日本のことを知ることができるようだった。渡辺少佐は大アジア主義がどうこうという話をし、正徳は「ああそれは、まったくそのとおりですわ」と同意していた。二人とも青年将校たちを誉めているようだった。

「ともあれ、お世継ぎも無事にお生まれんなり、皇国はますます世界に輝くじゃろうな」

ひとしきり話したあと、渡辺少佐はしみじみとした様子で言った。皇太子、明仁親王殿下が生まれたのは、昨年の一二月二三日。ここブラジルでも、あちこちでお祝いが行われたという。

駅を出て二時間ほども経っただろうか。幌の隙間から射し込む陽の光が橙色に染まる頃、喜生が荷台を振り向いた。

「もう少しで村です」

そのとき何処からともなく、獣の声がした。

「犬か何かが遠吠えしとるんですか」

正徳が訊くと喜生は馬をあやつりながら小首をかしげた。

「狼かもしれませんよ」

「狼がおるんで？」

「ええ。ウアラツーバという地名は、ツピー（ブラジル先住民）の言葉で〝狼の栖《すみか》〟って意味らしいんです」

「あいー、なんや、怖いわ」

カマが不安げな顔になった。

「そんな心配せんでも大丈夫ですよ。もう今はだいぶ減っとるそうですし、弥栄村で狼に荒らされたって話はありませんから」

「出たところで四本足の獣なんぞ、大したことない。その気になれば狩ることもできる」

渡辺少佐が口を挟んだ。みな彼に注目する。

「本当に恐ろしいんは、たとえばウルツーよ」

「ウルツー？」

「蛇じゃ。毒蛇よ。カスカヴェルやらジャララカやらもおるが、特別気をつけなならんのがウルツーじゃ。嚙まれて死んだやつは何人もおる。〝移民して　蛇で死んだじゃ　情けなか〟なんて川柳もあるくらいじゃあ」

渡辺少佐が名を挙げたのはみな毒蛇なのだろう。

「し、死ぬんでっか」

「そうじゃ、嚙まれたら仕舞いじゃ。蚊も恐ろしいぞ。儂《わし》が日本から連れて来た家族はみな、マラリアで死んだんじゃあ。古くから此《こ》処《こ》ブラジルで暮らしている者《もん》は、多かれ少なかれそういう経験をしとる。移民会社の連中はええことしか言わんじゃろうが、簡単に考えん方がええ。儂らも出稼ぎのつもりで来たが、まだ帰れとらん」

勇たち三人は息を吞んだ。

そうだ。先ほど渡辺少佐たちは一五年以上ブラジルで暮らしていると言っていた。それはつまり帰れていないということだ。

――ああ、やっぱり騙されたんだ。

移民船の中で耳にした言葉が蘇る。予定どおり日本に帰れるんだろうか――一瞬、不安が頭をよぎった。

すると志津がくすくす笑い出した。

「少佐、脅かしたら悪いわ。弥栄村じゃあ、狼だけじゃなくマラリアもなあです。ウルツーだって噛まれてすぐ毒が回って死ぬわけじゃなあです。うちの兄さんは昔噛まれたけど、血清で助かりました。ウアラツーバの日本人会にも血清がありますから、噛まれたその日のうちに打てば大丈夫ですよ」

　渡辺少佐は苦笑を浮かべる。

「そうじゃった、おまえの兄貴は助かったな」

　先ほどデイゴの話をしたときも出てきたが、どうやら志津には兄がいるようだ。

「そうですよ。弥栄村は季候も穏やかで作物もよう育つええとこですよ。今は昔と違います。みなさんはその気んなりゃ、きっと何年かでお国に帰れますよ」

　志津が取りなすと空気が緩み、正徳とカマがほっとするのがわかった。

「すまんかったな。これの言うとおり、弥栄村はええ殖民地じゃ。ただ、ここはブラジルじゃあ。儂ぁ、長年住んでつくづく思い知ったがなあ、ここじゃあ自然の恵みも恐ろしさも、日本とは比べもんにならん。気は引き締めておいて損はない、いうことじゃ」

　渡辺少佐の声に重なり、再び獣の遠吠えが聞こえた。

2

　獣の鳴き声を聞いた気がして、南雲トキオは顔を上げた。額に浮かんでいた汗が鼻筋をつたい落ちた。そのときはもう、残響さえも消えていた。

　まばらに雲の散る空に一羽、鳥が飛んでいるのが見えた。高いところを飛ぶその姿は地上からはおぼろげな影としてしか見えない。うっすらと赤い色が見える気もするが、陽の加減かもしれない。無論、何の鳥かもわからない。が、今聞いたのがあの鳥の鳴き声ではないことはたしかだ。

「どうした？」

「いや、声が」

「声？」

「うん。何か遠吠えみたいな声、しなかったか」

「そうか？　何も聞こえなかったぞ」

気のせいだったのかもしれない。どのみち野生動物が畑を荒らしに来ることはなさそうだ。トキオは手の平で汗を拭って、再び作業を続けた。

視界いっぱいに鮮やかな緑色に染まった大きな葉が連なっている。顔を近づけると、空気そのものを冷やすような爽やかな香りに鼻をくすぐられる。

薄荷《ハッカ》。ヨーロッパ原産のオルテラン（ペパーミント）ではなく、日本から株を取り寄せたニホンハッカだ。オルテランよりも多くのハッカ油を取り出すことができるという。

トキオはこの匂いが好きだった。しかし一緒に薄荷の周りに生えた雑草をむしっている樋口《ひぐち》パウロは違うようだ。時折「目に染みるなあ」と愚痴をこぼしている。

トキオは満一二歳、パウロは一四歳。まだ少年と言っていい年頃だが、二人とも体格がよく、周りの大人たちとそう変わらない。

ウアラツーバの殖民地、弥栄村。南雲家の南雲農園は村一番の規模を誇っている。綿花を中心に、ジャガイモやトマトなどの野菜もつくり、豚や鶏など家畜の飼育もやっている。かつてはブラジルの日本人と言えばコーヒーづくりに従事する者が大半だったが、コーヒー価格が暴落したこともあり、近年は生産物も多様化している。ここ奥《アルタ》ソロカバナ地方では綿花栽培が盛んだ。

南雲農園では、去年から試験的に薄荷の栽培も行っていた。今年は去年の倍の面積を作付けしたが、日本在来の植物は地球の反対側でも見事にその葉を湛えている。

雨季が明ける来月には刈り取りを行う予定だ。それまで数日おきにこうして草むしりをしなければならない。夏の畑は熱気が籠もり蒸し暑い。小一時間も草むしりをしていればシャツは汗でびっしょりになる。

夕陽が畑に降り注ぐ頃、作業を終えた面々が畑の脇に集まった。

「みんな、ご苦労らったな」

トキオの祖父で南雲農園の農園主でもある、南雲寿三郎《じゅさぶろう》が、一同をねぎらった。トキオの父親、甚捌《じんぱち》、母親、彌生《やよい》が家からテーブルを持ってきて、小さなコップにコーヒーを注いで、みなにふるまった。

甚捌が改めてパウロの両親、樋口洋平《ようへい》と頼子《よりこ》に礼を言う。

「洋平さんたち、今日はあんがとな」

「いやいや、このくらい何でも。こちらこそ長居させてもらってすみません」

「パウロくんも、よう頑張ってくれた。薄荷、臭かったろ」

パウロが「いや、全然。いい匂いです」などと嘘をついたので、トキオは「ずっと顔をしかめてたくせに」と横から小突いてやった。

「余計なこと言うなよ。まあ、ちょっと慣れない匂いだったけど」パウロは頭を掻いた。

「二人とも仲よくなったな」

甚捌と洋平は息子たちの様子に目を細めていた。

長らくリオデジャネイロで暮らしていた樋口家の三人が、弥栄村の南雲家にやってきたのは先月末のことだった。彼らはあと一週間ほど滞在し、その後サンパウロ市に向かう。そこでバール（飲食店）を開業するのだという。

新たな商売を始める前に、弥栄村に遊びに来ないかと、寿三郎と甚捌が誘ったのだ。

トキオとパウロは初対面だったが、歳が近いこともありすぐに気心が知れた。

トキオの父親、甚捌と、パウロの父親、洋平は日本の戸籍上は兄弟ということになっている。その息子同士のトキオとパウロは従兄弟となるはずなのだが、血のつながりはないし、ブラジルでは親戚ではなく、同郷の友人として生活している。

南雲家と樋口家はブラジルにやってくるとき養子縁組を用いて人工的に結びついた構成家族だ。

両家は、新潟県の南魚沼の出身。今から一六年前、まだトキオもパウロも生まれる前の一九一八年、トキオの祖父、寿三郎が息子の甚捌とその家族を連れてブラジルへ渡ることを決めた。その際、同じ集落で暮らしていた洋平と頼子の樋口夫妻も移住を希望し、構成家族となったのだ。当時は、親戚でもない赤の他人を構成家族とすることも珍しくなかったという。もともと血縁のない南雲家と樋口家は、ブラジル到着後は別々に生活を始めた。

この時期に移民した日本人の多くは、厳しいコロノ生活を耐え抜き、やがては地主になって農園を経営することを志した。南雲家はその王道と言うべき道を進んできたが、洋平たち樋口家はパウロが生まれたのを機に、農業以外の仕事を模索するため首都であり最大の都市でもあるリオへ移住した。息子にブラジル風の名前を付けたのも、ブラジル人の多い都会での生活に馴染ませるためだという。

広いブラジルで住む場所が変われば顔を合わせる機会は滅多になくなるが、手紙での交流は続いていた。トキオが生まれたのはそのあとだ。

「寿三郎さん、薄荷、立派に育ちましたね」

洋平が声をかけると寿三郎は「おお、よう育ってくろうて、まんず、いかった」と片頬を上げた。

もともと南雲家は南魚沼で薄荷をつくっていた。ここ弥栄村に農園を開いたのも、湿地が多い奥《アルタ》ソロカバナ地方の土壌が、薄荷の栽培に適していたからだ。寿三郎はこの故郷の作物をブラジルに根付かせたいのだという。

「魚沼の薄荷より大きいんじゃないですか。やっぱり土がいいんですかね」

寿三郎は畑からちぎってきた薄荷の葉を一枚、口に含む。

「ふうん。まあそれぁ善し悪しだすけ。大きい《おっきゃん》のはいいども、肝心のハッカがちっと弱《よえ》ぇっけな。大味だて。二世と同じだて。日本の土《べと》でねっきゃあ、本当の薄荷は育たねえかもなあ」

そばでそれを聞いていたパウロが顔をしかめた。

「気にすんな。あれは祖父《じい》ちゃんの口癖なんだ。悪気はねえし、俺たちのことけなしてるつもりもねえ」

トキオは小声でパウロに言ってやる。パウロは「わかってる」と苦笑した。

ブラジルでは大抵の作物は日本よりも大きく育つ。しかしその分、味はぼやけて大味になる――従来から日本人の間でよく言われていたことだ。その移民たちの子息がブラジルで生まれるようになると、ブラジル生まれの二世も作物と同じで図体は大きいが中身は大味で頼りない、真の大和魂が宿っていない、などと言われるようになった。

日本人はほとんどが日本人同士で子をもうけるので、多くの二世は大柄な外国人の血を受け継いでいるわけではない。しかしやはり季候か、あるいは食べもののせいなのか、二世は親より体格よく育つことが多いらしい。トキオたちもそうだった。

その分大味なのかどうか自分ではわからない。ただでさえ祖国のことを伝聞でしか知らぬ身なのに、大和魂が宿っていないと言われると何とも寂しい気分になる。

大抵は言っている側には悪意もない。一種決まり文句のようなものと聞き流すほかなかった。

「一服したら飯《まんま》にすんべ」

寿三郎のひと言で一同は後片付けを始めた。

農園内に建つ南雲家の屋敷はレンガ建てで、屋根には洋瓦を葺き、床は板張り、居間《サーラ》には大きなテーブルが置かれた、洋風住宅だ。ただし居間《サーラ》の奥に床の間をつくり、その上に日本から取り寄せた御真影を飾ってある。

一同がその家に戻り、食卓を囲んでいると、トキオの兄の喜生が帰ってきた。

喜生はトキオよりちょうど一回り年上でもうすぐ二四になる。

村で読み書きや柔道を教える道場を営む渡辺少佐とその妻、志津に御者を頼まれ、新しく日本からやってきた住民を馬車《カロッサ》で迎えに行っていたのだ。

「まったく、この子はしょうがないよ。少佐さんの奥方に色目使ったってどうにもならんで。下手したら殺されてしまうかもしれんわ」

テーブルに喜生の分の料理を並べながら、母、彌生がからかった。

「はあ？　そんなんじゃないよ」

喜生は顔を赤らめる。

「そう言ってやるな。喜生も男だ。すけべ根性出すのも仕方ねえ」

父、甚捌も笑っている。

「少佐さんの奥方って、あのおなご先生かい？」

トキオの隣で茶碗を持っていたパウロが尋ねてきた。

「そうだよ。志津先生な」

パウロの両親、洋平と頼子が「ありゃあ別嬪だな」「喜生くんは面食いねえ」と口を挟んだ。

ウアラツーバ日本人会の役員でもある渡辺少佐の家には挨拶に行ったので、樋口家の面々も志津のことを知っていた。

「こら、おめえら、少佐に失礼だあろ」と諌めた寿三郎までもがニヤリとして「あの奥方にならら、俺も若かったら懸想してたかもしんねな」と付け足した。

「何だよもう、洋平さんたちや祖父ちゃんまで。俺はただ親切で行って来たんだよ」

喜生はむくれるが、みなの言うことも丸っきり的外れではないだろう。渡辺夫妻が移住してきたのは四年ほど前。その頃から喜生が志津を見かけると目で追っているのは、幼かったトキオも何となく気づいていた。

「志津さんが独り身だったら、よかったけどもねえ。憧れるくらいならええけど、嫁さんも早《はよ》う探してよね」

母は、今度は本当に心配げにため息を漏らした。ブラジルに移民してきた日本人にとって男子の嫁取りは深刻な問題だ。ほとんどが出稼ぎのつもりで来伯している日本人は男性比率がきわめて高い。しかも移民の妻は身体が弱くては務まらない。

その点、志津は背も高く健康そうで、気立ても器量もいい。まだ恋を知らず異性にときめいた経験のないトキオでも、志津が妻にするのに理想的な女性なのは理解できた。しかし母が言うとおり、あの渡辺少佐の妻である。戦争の英雄だった退役軍人は村の誰より尊敬されているし、怒らせるとどれだけ恐ろしいか、少佐の道場に通っているトキオはよく知っている。手を出そうものなら、本当に殺されかねないだろう。

「わかってるって。そのうち何とかするよ」

母をいなしながら喜生は食事に手を付けた。

豚脂《バンニャ》と醤油で味付けした白飯、味噌汁、豆《フェイジョン》の煮物、蒸して柔らかくした干し肉《カルネ・セッカ》といった和伯折衷の献立が並ぶ。日本人が増えたことで、ブラジルで米や味噌、醤油がつくられるようになった。弥栄村でも多くの家が自家製でつくっているし、駅町の商店で買うこともできる。

甘辛いフェイジョンにマンジョカ粉をまぶしてかっこんでいると、彌生はこちらにも水を向けてきた。

「トキオ、あんたも他人事じゃないんよ。いつかはお嫁さん、もらわなきゃならないんだから」

まだ恋も知らぬのだから、嫁取りの話などされてもまったくピンとこない。

「そういや里子《さとこ》ちゃん、最近、あんたになついているそうじゃない。仲よくしときなさいよ」

「はあ？　里子ってちんちくりんの子供だぜ」

「あんただって子供でしょうよ。そんなふうに思っててもすぐに、赤子《あかご》できるようになるんだから」

「気持ち悪いこと言うなよ」

思わず顔をしかめた。

「そんなことないわ」

「彌生さんの言うとおりさ。パウロもだよ、サンパウロ行ったら、ちゃんといい子探すんだよ」

頼子が彌生に同意する。流れ弾に当たったパウロは「わかったよ」と答え肩をすくめた。

「〝娘三コント〟ってくらいで、どんなお嫁さん貰うかは、お家の死活問題なんだから」

一コントあれば小さな自動車が買える。つまりいい嫁には自動車三台分以上の価値があるという、日本人の間でよく言われる喩えだ。昔は〝娘一コント〟と言われていたのがいつしか三コントになったらしい。

「そうだ、今度来た比嘉さんだっけ。新しい家には、若い娘さんはいなかったかい？」

彌生が尋ねると、喜生はかぶりを振った。

「いなかったよ。あ、でも男の子がいたよ。勇くんといって、トキオ、おまえと同い年だった」

へえ、と思った。

「どんなやつだった？」

「彼はそんなに喋らなかったからな。おまえやパウロくんと比べると小柄だったな。沖縄の生まれらしく、色黒で独特の顔立ちをしてたな」

「沖縄のやつなんだ」

ブラジルに移民した日本人には沖縄出身者が多いと言われているが、弥栄村にはこれまで一家族もいなかった。

「ああ。でもこっち来る前は大阪で暮らしてたらしい」

名前だけは知っている日本の都市だ。大人たちの会話にもときどき出てくる。そいつは日本のことをいろいろ知ってるに違いない。

弥栄村にも同世代の少年少女は数名いたが、みなブラジル生まれの二世か、幼い頃に渡ってきて日本のことは何も覚えていない者ばかりだった。トキオはその勇という子に会って日本の話を聞くのが今から楽しみになった。

「だすけ沖縄者だら、怠け者《のめしこき》かもなぁ」

寿三郎が口を挟んだ。沖縄出身者はのんびりしていて、怠け癖がある——というのは、よく言われることだ。

「そんなことないですよ。リオで沖縄の人と一緒に仕事したことがありますが、とても真面目な働き者でしたよ」

洋平がやんわりと意見した。

「そうだ、洋平さん、『バカの家』に変なビラが貼ってあったんですよ。それで俺、書き写してきたんです」

喜生は懐から紙切れを出してテーブルの上に置いた。

『バカの家』とはウアラツーバの駅町にある酒場、『酒神の家《カーザ・デ・バッコ》』のことだ。店主のジョゼー・シルヴァという男は極端に外国人を嫌っており、特に日本人は入ろうとしても追い返される。当然、日本人の間では評判が悪く、酒神《バッコ》をもじって『バカの家』と呼ばれている。

「何か日本人は出てけとか、日本人《俺たち》の悪口を書いとるようだったから。洋平さんやパウロくんなら読めると思って」

ブラジルの公用語であるポルトガル語は、文法から何から日本語とはかけ離れており、日本人には習得が難しい言語だ。しかし日本語が通じる殖民地で暮らす分には、ポルトガル語が堪能である必要はない。ポルトガル語を覚えぬままブラジルで生活する日本人は少なくない。農園の規模が大きく下働きとしてブラジル人を雇ったり、ブラジル人の仲買人とやりとりをする必要がある南雲家の面々でも、身振りを交えたカタコトでどうにか意思の疎通ができる程度だ。

一方、樋口家の面々は長年首都のリオで暮らし、日常的にブラジル人と接する機会が多いため、ポルトガル語がよくできた。洋平は紙切れに目を落とす。パウロも横からそれを覗き込んだ。

「えーっと、そうだね。ブラジルに日本人はいらない、と書いてあるね。それから……えっと、日本人はナントカで……仕事を奪う……。乗っ取る？　うーん、パウロわかるか？」

「ブラジルに日本人はいらない。ずる賢い日本人は俺たちから仕事を奪い、国も乗っ取ろうとしている。このままではブラジルは第二の満洲《マンシュリア》になってしまうぞ――って書いてあるよ」

パウロはすらすらと読んだ。彼はリオでブラジルの小学校を卒業しており、ブラジル人並みにポルトガル語を操ることができるという。

「何だ、そんなこと書いてあんらか。こっちは、ブラジルんため汗水垂らしてんすけ、乗っ取るだら考えるわけねえろ！」

寿三郎が気色ばんだ。トキオも同感だった。

日本が大陸に満洲国を建設したことは欧米では評判が悪く、それが原因で日本は国際連盟を脱退することになったという。しかし日本のすぐ近くにある満洲と、地球の反対側のブラジルは全然違う。ブラジルにいる日本人の多くはいずれ日本に帰りたいと思っている。ブラジルを乗っ取る気などまったくないことは、二世のトキオにもわかる。そもそも日本人がウアラツーバのブラジル人に迷惑をかけたなんて話も聞いたことがない。なのに何故、わざわざこんなビラを貼り出すほど嫌うのか、理解に苦しむ。

「まあ父さん、そうかっかせんで。駅町のブラジル人のほとんどは日本人に友好的だよ。村に来る仲買人なんか、日本人のお陰で市場にたくさんの野菜が並ぶようになったっていつも言っとるよ」

甚捌が寿三郎を宥めた。洋平も同調する。

「そうですね。サンパウロはやっぱり日本人が多いからか、そんなに厳しい排日運動もないようですしね。ま、気にしないことですよ」

「サンパウロはって、リオは違うのかい？」

甚捌が尋ねた。

「はい。実はリオの新聞には最近、排日記事がよく載るようになったんです。書いてるのはコウトです」

「コウトって、あのミゲル・コウトか」

その名はトキオも知っていた。以前から日本人排斥を訴えているブラジルの国会議員だ。医師でもあり、白人を最も優れた人種とする優生学とかいう学問を信奉しているらしい。

「そうです。去年の終わり頃から新憲法に排日条項を入れろって集会や演説会が開かれるようになって。それでまあ、あまり居心地もよくないので、店をサンパウロに移すことにしたんです」

甚捌は顔をしかめて腕を組む。

「首都《リオ》がそんなことになってるなら、新憲法もちょっと心配だな。もし排日条項が盛り込まれでもしたら……」

弥栄村での日々は長閑《のどか》なものであるが、今、ブラジルでは大きな政変が起こっている。四年前、ジェトゥリオ・ヴァルガスという政治家が、クーデターにより政権を奪取し臨時大統領となった。ヴァルガスは自らに権力を集中させるため憲法を停止したが、これに対してサンパウロ州の市民は反発。二年ほど前には「憲法を守れ!」をスローガンに一一万人もの市民が志願兵となり中央政府に反旗を翻す「護憲革命」と呼ばれる反乱が起きた。軍を掌握するヴァルガスはこれを鎮圧し、もうすぐ新憲法を制定するらしい。

戦場になるわけでもない奥地の殖民地で暮らす日本人にとって護憲革命は、ブラジル人同士の争いであり、縁遠いものだった。問題はむしろこの新憲法だ。日本人を排斥する条項を入れろという声が高まっているという。

「まあ肝心のヴァルガスが反対で排日条項は一度潰れたらしいので、大丈夫だとは思いますが」

「領事は何やってんろ。こんなときこそ、皇国の威光を示すべきらろ」

「そうなんですが、官僚たちはどうも腰が据わらずいかんですね。この大事な時期に林大使はアマゾン旅行中らしいですし。『帝國殖民』の大曽根さんの方がよっぽど頼りがいがあります」

大人たちは話し込んでいる。

トキオは話題についていこうと耳を傾けていたが、途中から退屈になり、新しく村に来た勇という少年に会ったら何を話そうかを考えるようになっていた。

早速、その機会が巡ってきたのは、翌朝のことだった。

新しく村に来た比嘉家は渡辺少佐から土地を借り受けることになったが、そこは家も建っていない更地だ。新しい移住者はまず家づくりと井戸掘りから始めなければならない。これに村の各家から手伝いを出すことになった。大人たちも昼から向かうが、トキオとパウロは先に行くよう言いつけられたのだ。

トキオたちは勇に会うのが楽しみで道を急いだ。すると途中で知った連中に出くわした。

一人はトキオの一つ年上の重松勘太《しげまつかんた》。縦よりも横に大きな固太りで威勢がいい。あとの二人は、勘太とよくつるんでいる双子の兄弟、前田太郎《まえだたろう》と次郎《じろう》だ。

三人が集まって何やらわめいている。

近づくともう一人、小柄な少年がいることがわかった。尻餅をついたかのように地べたに座り、三人に取り囲まれている。見たことのない顔だ。彫りが深く肌の色も濃いが、ブラジル人というわけでもなさそうだ。

もしかして……。

「おい、勘太！」

トキオは声を張り上げた。一同がこちらを振り向く。

「おまえ何やってんだ！」

「生意気な新入りに焼き入れてるだけじゃ！　おまあにゃ関係なあ！」

勘太は怒鳴り返してきた。新入り――やはりあの小柄な少年が、勇なんだ。

彼がこちらを向き、目が合った。口元をまっすぐに引き結んだ怒気を孕んだ表情。意志の強そうな黒目がちの大きな瞳が潤んでいた。まるで河原で稀に見つかる黒く光る石――黒瑪瑙《オーニクス・ネグロ》のよう。

その視線に射られたとき、音を聞いた気がした。何処かで鳥が羽ばたく羽音。同時にどくんと、自分の心臓が跳ねたのを自覚した。どんな事情があるにせよこの少年を助けなければならない、そう思った。

「焼き入れだと？　勘太、どうせおまえが、いちゃもんつけたんだろ！」

「おまあ、新入りの肩持つんか。こいつの面《つら》、見てみいや。沖縄者《もん》やぞ。怠け者の土人じゃ。焼き入れてやらな、使いもんにならんが」

するとと地べたに尻餅をついたまま、その黒瑪瑙の目をした少年――勇が叫んだ。

「違う！　俺《ワー》は土人じゃなあ！」

「うっせいわ。おまあなんか土人じゃ！」

「日本人さー！」

勇は譲ろうとしない。切実に声をあげる。

日本人――その言葉は熱を持ってトキオの耳朶を打った。

そうだ。何処で生まれたって俺たちはみんな、日本人のはずだ。

「その新入りの言うとおりだろうが！」

「なんじゃあ。トキオ、おまあは黙っとれ！」

「いや、黙らん！　俺たちは誰だって日本人だ！　勘太、くだらない決めつけでいちゃもんつけたおまえが悪い！」

トキオは勘太に詰め寄った。

「やかましいな。おまあから焼き入れちゃるぞ！」

「やれるもんなら、やってみやがれ」

「お、おい、トキオ」

背後でパウロが戸惑いの声をあげる。しかしトキオに引く気はなかった。

さらに一歩進んで、勘太に近づく。すると不意に嫌な臭いが鼻をついた。明らかに糞の臭い。おそらくは馬糞だ。

勘太のやつ、馬糞を踏んだのか？　日常的に馬車《カロッサ》を使うため、馬糞は村のそこかしこに落ちている。

「どうした、勘太、おめえ臭《くせ》えぞ。この豚野郎《ポルコ》が」

勘太が一番腹を立てる悪口を言ってやった。

「てめえ！」

勘太は突っかかってくる。狙いどおりだった。

トキオと勘太は渡辺少佐の道場で一緒に柔道を習っている。かつては体重と馬力のある勘太にまったく敵わなかったが、最近はむしろトキオの方が勝ち越している。勘太は力こそ強いが技は雑だ。特にかっとなると周りが見えなくなる。

案の定、突進してくる勘太の足元は隙だらけだった。トキオは素早く半身になり、足払いを一閃した。

「うおっ」

完璧なタイミングで技が決まり、勘太は間抜けな声をあげてつんのめる。

いっちょ上がり。そう思ったのも束の間、勘太の身体がこちらに倒れてきた。

「え？」

勘太も狙ったわけではないだろうが、不意討ちの浴びせ倒しのようになり、トキオは勘太と一緒に地面に転げた。転がるうちに天地がまわり、気がつけば勘太がトキオに覆い被さっていた。

「やってくれたのお！」

これ幸いと勘太はトキオに馬乗りになり、拳を振り上げ殴りつけてきた。まずい。トキオは両手で顔を覆い防御しながら、必死に身をよじる。勘太の馬鹿力で殴られると、たとえ腕でも骨が軋むほど痛い。同時に例の糞の臭いも間近で臭った。よく見ると勘太の上着の裾が茶色く汚れている。きっと泥じゃなくて馬糞だ。何故、上着に馬糞をこびり付かせているのかわからないが、勘太が拳を振るうと、その拍子にこちらに飛び散ってくる。これはたまらない。

そこに、うわあああ！　と声が響いたかと思うと勘太の身体の圧が消えた。すぐそばで勘太と勇が倒れている。勇が体当たりして勘太を突き飛ばしてくれたのだ。

「おい、太郎、次郎、何やっとる！」

勘太が前田兄弟に声をかける。おお！　トキオ、てめえ！　二人が思い出したように加勢する。そこから先は、もうわけがわからなくなった。乱闘だ。気がつけばパウロも巻き込まれていた。何発か殴り、何発か殴られ、地面を転がり、口の中に土と鉄の味が広がった。勘太が飛び散らせている馬糞のかけらが口に入らないことだけを祈っていた。

「こらあ！　ガキども何やっとるかあ！」

野太い怒鳴り声に、全員が硬直したように動きを止めた。

トキオは声のした方に恐る恐る首を向けた。そこには眉間に皺を寄せて仁王立ちする渡辺少佐の姿があった。

3

日本、日本、日本、日本、日本――壁の一角に〈日本〉と書かれた半紙が何枚も貼ってある。

ほとんどが小さな子が書いたらしい拙い字だ。一枚だけ端正な筆跡のお手本らしきものがある。

何となくそれを眺めていると、耳元で声がした。

「あれ、お習字よ。昨日、馬車《カロッサ》で言うたでしょ。こん道場で小さい子らに教えとるの」

志津が勇の腕を取り、痣ができた肘に湿ったガーゼを当て包帯を巻いてくれている。

「そうですか」

勇は一瞥するも、志津の顔をまっすぐ見ることができず、すぐに視線を壁に戻してしまう。あのお手本の字はこの人が書いたのか。

「痛あない？」

「痛あ、ないです」

視線を合わせず答えた。痛みより、臭いが気になった。乱闘の最中、馬糞が付いた。一応、全身を水で流したが、まだ臭いが残っていないか心配になる。

「これ、すうっとして、気持ちええでしょう」

「は、はい」

ガーゼには薄めたハッカ油が染みこませてあるらしく、肘がすうすうと冷えた。

「南雲さんとこ、ああ、そこのトキオくんとこでつくっているハッカ油よ」

志津が一瞥した方に精悍な顔立ちの背の高い少年――南雲トキオがいた。昨日、馬車で御者の喜生が言っていた弟だ。勇と同い年らしいが、向こうの方が頭ひとつ半ほども大きい。

渡辺家の母屋の隣にある小さな道場。板張りの床には莫蓙が敷かれている。喧嘩していた少年たちはみなここに集められ、渡辺少佐から説教を食らった。その後、母屋にいた志津がやってきて、こうして手当てをしてくれた。村に来て早々、嫌な目に遭ったが、少し得した気もする。

昨日の夕方、村に到着した勇たちは、さしあたりの仮住まいにと渡辺少佐が貸してくれた納屋で寝た。狭いがきれいに掃除されており、布団も用意されていて、これまで寝起きしていた移民船や移民特別列車に比べれば、居心地は格段によかった。

陽が出ている間は、沖縄の夏より暑く感じたが、夜になると嘘のように涼しくなった。ランプを消すと納屋は真っ暗闇になり、外で風が草木を揺らす音の他は何も聞こえなくなった。長旅で疲れ切っていたからか、初めて訪れた土地の光も音もない夜、勇はあっという間に眠りに落ち、ぐっすりと眠った。

そして一夜明けた今日、まずは家づくりをすることになった。村の人たちが手伝いに来てくれるというので、勇が迎えに行くことになった。

その途中でのことだ。恰幅のいい少年と双子とおぼしき二人の三人組と出くわした。重松勘太と前田兄弟だ。彼らは手伝いに来てくれたようだった。

「おまあが新入りか。沖縄者《もん》らしいのお」

勇を見るなりそう言った勘太の目には、友好ではなく侮蔑の色が滲んでいた。自分たちより身体が小さく、しかも沖縄出身者ということで舐めているのだ。大阪でもこういう視線に曝されてきたので、勇は敏感に察知した。

「ああ、そうや、悪いか」

ぶっきらぼうに答えた。それが気に障ったか、勘太は憮然とした。

「なんじゃ、生意気じゃな、ツピーのくせに。おう、沖縄弁で挨拶してみい」

先住民を示すツピーという言葉が、ここでは土人の意味で使われていることは理解できた。

何も答えずにいると「沖縄者はとろいんじゃな」「日本語わかるか」などと、前田兄弟がはやし立てた。正徳が言っていた、ブラジルには差別がないというのは嘘っぱちだと、早くも気づかされた。

「俺《ワー》は日本人さー！」

勇が怒鳴ると、勘太はとっさに出た沖縄弁《ウチナーグチ》の「さー」という語尾を真似てげらげら笑った。

「なんじゃそら。やっぱしおまあなんかツピーじゃ」

——ここも同じなんか。

期待を抱いてやってきた新天地に失望を覚え、腹の中に怒りが煮えた。どうして地球の反対側まで来て土人扱いされなきゃならないんや。

相手は自分より大きいが、おそらく同年代だ。舐められたくはなかった。頭に血が上り、身体が動いた。足元にあった石を手に取り勘太に投げつけた——つもりだった。

石と思っていたそれは、勘太の胸元に当たると爆ぜるように砕け、べちゃっと彼の上着にこびりついた。

何じゃ？　臭《くせ》え！　糞じゃあ！　勘太と前田兄弟がわめいた。石だと思って投げたものは馬糞だったのだ。ちょうど表面だけが乾燥しており、当たったら破裂する爆弾のようになっていたようだ。

「おまあ！」

怒った勘太が大股で勇に近づいて来た。その迫力に勇は一瞬、身じろぎした。気づくと襟と腕を摑まれており、足をかけられ投げ飛ばされた。

新入りが何すんじゃあ！　ボケが！　わいら、手伝ってやろうて来たんじゃぞ！　どうして糞ぶつけられななならんのじゃ。そうじゃ、謝れ！　三人に取り囲まれ、責められた。

謝るのは絶対に嫌だった。悪いのは俺やない。土人扱いしたこいつらの方や。糞をぶつけられて当然や。

「謝れ言うとんじゃ！　何じゃ。おまあ、やっぱり言葉のわからんツピーなんか。生意気なやつがどうなるか、身体に教えてやらんといけんのかあ」

勇は下唇を噛みしめ、三人を睨み付けた。

やりたきゃやれ。どんだけ投げ飛ばされようが、殴られようが、俺は絶対に謝らんぞ。

そう覚悟を決めたときだった。

「おい、勘太！」

声が響いた。割って入ってきたのは、トキオたちだった――


志津に包帯を巻いてもらった勇は、トキオに近づいた。

「その、さっきはありがとう」

「いいよ。あ、俺は南雲トキオ。昨日、兄さんに会ってるって？」

「うん。俺《ワー》は比嘉勇」

「これからよろしくな」

トキオが手を差し出して握手を求めてきた。勇はそれを握る。

「よろしく」

トキオの手は身体と同じく大きく、握手も力強かった。

「こっちは、樋口パウロ。村の者じゃないんだけど、今、うちにいるんだ」

トキオが一緒にいた少年を紹介した。

「パウロ？」耳慣れない名前を思わず訊き返した。

「はは。ブラジル風の名前だけど、日本人だよ。よろしく」

パウロとも握手を交わした。彼は勇より二つ年上だという。トキオと同じように長身だが、手は少し小さめで柔らかかった。顔立ちも優しげだ。雰囲気から温和な性格なのが伝わってくる。先ほどの乱闘も彼は巻き込まれた様子だった。

「あと、俺たちの他にも、改めて挨拶したい奴らがいるみたいだぜ」

トキオが勇の背後に視線を向けた。振り向くと、しおれた様子の勘太と、前田兄弟の姿があった。

「さっきは、悪かった。日本男児としてあるまじき態度じゃった。このとおりじゃけん」

先ほどとは別人のような殊勝さで勘太は深々頭を下げた。前田兄弟もそれに倣い「すまない」「ごめん」と謝る。

少年たちの乱闘を一喝して止めた渡辺少佐は、事情を聞き、勘太たちが勇に差別的な態度を取ったことを知ると激怒した。

――貴様らは修身で何を学んどるんじゃ！　何処の生まれじゃろが、大日本帝国臣民はみな同胞じゃ。新しく来た者は温かく迎えねばならん！　それを土人扱いするとは何事じゃ！

少佐は一発ずつ三人の頰を張ったあと、こんこんと説教をした。勘太はよっぽど応えたのか途中から人目も憚らずわんわんと泣き出し「すみません、俺が間違ったことをしました」としきりに反省の弁を述べていた。

その時点で勇の溜飲は下がっていたし、こうして素直に謝罪されれば受け入れないわけにはいかない。それにこちらに丸っきり非がないわけでもない。

「その……俺《ワー》も、いきなり糞、投げつけたりして悪かった」

勇も勘太たちに謝った。

渡辺少佐は勘太たちを叱ったあと、勇に対しても「先に手を出したのはおまえじゃな。だったら同罪じゃ」と一発、頰を張り「この程度の理不尽を堪えられんようじゃ異国での暮らしはままならんぞ。胆力を鍛えなさい」と諭した。

少佐はさらにトキオにも「割って入ったのはよかったが諍いを大きくしてどうする」と、パウロにも「おまえはよそ者じゃがこの中じゃ一番年上なんじゃろ。そのくせ、ぼんやり巻き込まれるとは何事じゃ」と、やはり頰を張っていた。

新入りもよそ者も関係なく、喧嘩両成敗という裁きなのだろう。だから全員、同じように頰を張り、その上で原因をつくった勘太たちには長くきつめの説教をした。勇にはこの少佐の振る舞いは公平なもののように思えた。

「最初から糞投げるつもりやなかった。石て思うたら……」

そう付け足すと、勘太が涙を拭いながら「かー」と大げさに驚いたそぶりをみせた。

「そうじゃったんかあ。素手で糞掴んで投げてくるけえ、ちょっとおかしいんか思うたわ」

一同が笑った。勇も思わず吹き出した。トキオが横から口を開く。

「勘太は威張りんぼうのとこがあるけど、見てのとおり泣き虫で、気の好いやつだ。俺からも頼むよ、これで嫌わず仲よくしてやってくれ」

「トキオ、偉そうに何様じゃ。おまあは、どんどん生意気になりおるな。もっと先輩をうやまわんかい」

「は、一つ違いで先輩面されてもなあ」

「いや、先輩じゃ。昔、道場《ここ》でおまあが漏らしたときも、わいが掃除してやったんじゃからな」

「おまえ、それは言うなよ」

トキオと勘太が言い合う。すでに険悪さはなく、じゃれ合っている感じだ。

「おい、手当て終わったら行くぞ！」

道場の外に出ていた渡辺少佐が声をかけてきた。

「はい！」少年たちは声を揃えた。

そもそもの予定だった、比嘉家の家づくりの手伝いにみなで向かうのだ。


なかなか戻ってこない勇が包帯を巻いて現れたので、正徳とカマは驚いていた。

渡辺少佐がことの顛末と大した怪我をしていないことを説明すると「あいー、友達《ドゥシナトー》になってよかったわ」と笑っていた。

二人が沖縄弁《ウチナーグチ》の混じった言葉を口にすると、少年たちはみな顔を見合わせた。少佐に叱られたあとで馬鹿にする者などなかったが、勇は少し気恥ずかしく感じた。

家づくりを朝から手伝ってくれるのは、渡辺夫妻と少年たちだけだった。各家の大人たちは仕事が一段落してから来るらしかった。

弥栄村は森を焼いて開拓した殖民地だ。燃え残った樹木が伐採されまとめられており、これを建材として使わせてもらえた。殖民地では資金がある者は最初から職人を雇いきちんとした住宅を建てるが、そうでない者は、掘立小屋を手作りして数年暮らし、余裕が出てきたら建て替えるのが普通だという。比嘉家もそうだった。

「まだ雨季じゃけんど、ぼちぼち雨も少なくなってくるけえ、三人で住むくらいの家じゃったら、早かったら五日くらい、かかっても一〇日くらいでできるじゃろうの――」

渡辺少佐が工程を説明してくれた。まずは地面の寸法を測り、穴を掘り、柱を立てることから始めるという。

「柱が一番肝心だ。いい木を選んで、深く穴を掘って埋めるんだ」

実際の作業を仕切ったのはトキオだった。彼の指揮の下、みなで建材の中からなるべくまっすぐで丈夫そうな丸太を見繕い、鋸で切って長さを揃えた。一間よりやや短い一・五メートルほどの間隔で穴を掘り、それを立ててゆく。ブラジルでは地震は起きないので、柱さえしっかり立てれば、土台のない掘立小屋でも倒壊することはほとんどないとのことだった。

灯りはもっぱら灯油ランプを使う。ウアラツーバ全体にまだ電気が通っておらず、村で一番立派なトキオの家でも電気は引いていないという。日本の沖縄や大阪の朝鮮部落にも電気を引けない家はあったが、地域自体には電気が通っていた。

こっちの方がよっぽど土人みたいな生活をしてるじゃないか——そう思ったが、口には出さなかった。これからは自分もこの村の住人になるのだ。

昼前になると大人も集まってきた。初日だからか、挨拶がてら多くの家の人がやってきた。沖縄出身者の移住は初めてらしく、みな比嘉家に興味があるようだった。

「トキオちゃん、それ、どうしたん」

甲高い声が響いたかと思うと、作業する少年たちのところに、小さな女の子が駆け寄ってきた。きっと何処かの家の大人に連れられてきたのだろう。まだ一〇歳に満たないくらいの子だ。

「大丈夫？　痛《いと》うない」

少年たちはみんな包帯を巻いていたが、その子はトキオのことだけを心配した。トキオの妹だろうか。

「ああ、里子。大丈夫だよ」

すると里子というらしいその子は、他の少年たちに目をやり、勘太に詰め寄った。

「お兄ちゃん！　あんた、また乱暴したんじゃろ！」

勘太が顔をしかめる。

「やかましいな。ちょっとじゃれあっただけじゃわ」

どうやらトキオではなく勘太の妹らしい。

「そうだよ、もう仲直りもしたんだ」

トキオも里子を宥めた。

「おうよ。だからおまあは黙っとけ」

「ふうん、ま、トキオちゃんがええならええけど。お兄ちゃん、剛健と乱暴は違うんよ」

「わあっとるて」

里子は勇に気づきこちらを向いた。

「あんたが比嘉さんとこの勇ちゃんね。うちは重松里子。よろしゅうね」

初対面の勇をちゃん付けで呼び、ぺこりとお辞儀をした。

「あ、うん。よろしく」

「生意気な妹ですまんの」

たしかに生意気というか、ませた感じだが、つぶらな目をしていて可愛らしい子だ。勇は勘太と里子を何度も交互に見る。

「妹……なんか」

「何じゃ」

「いや、似ていないから」

一同が吹き出した。

「それ村の不思議の一つじゃ」「同じ種と畑から全然違うもんがでけるのが、草木と違う人間の神秘よの」前田兄弟がはやす。

里子は離れたところで休憩している渡辺少佐と志津を認めると、そちらに駆け寄り、二人に大きな声で挨拶した。

「少佐、志津先生、こんにちは！　ご苦労さんです！」

「おお、ええ挨拶じゃ。道場の悪ガキどもより立派じゃな」

「里ちゃん、こないだのお歌は覚えた?」

「はい。あーかい、とーり、こーとり、なーぜなーぜ、あーかい――」

里子が志津に歌を披露している。よく通る高い声がここまで聞こえる。『赤い鳥小鳥』。勇も知っている日本の童謡だ。習字と同じように、志津が教えているのだろう。

「あーかいみーを、たーべーた。しーろいとーり、こーとーり――」

里子の歌声はころころと鈴を転がすようだ。

「まったく、俺に似んでえがったわい……」

見ると勘太が妹の姿に目を細めていた。

出会いは最悪だったけれど、トキオが言った気の好いやつというのは本当のようだ。


やがてトキオの家族である南雲家の面々と、南雲家に滞在しているというパウロの両親も姿を見せた。昨日、馬車の御者をしていた喜生の姿もあった。トキオの祖父、寿三郎が少年たちの元にやってきて勇に声をかけた。

「遠路はるばる、よう来たて。うちのトキオとも仲よくしてくんねか」

「はい」と頷きながら、聞き慣れない言葉を喋る人だなと思った。

弥栄村の住人は大半が広島を中心にした西日本の出身だという。そのため多くの人が広島弁らしき方言で喋る。ときおり馬車《カロッサ》、家《カーザ》などポルトガル語の単語が混ざるのが独特だ。新潟にルーツを持つ南雲家のトキオや喜生は例外的に訛りの少ない東日本の言葉を話す。彼らの祖父だというこの寿三郎が話しているのは、たぶん混じりけの少ない新潟の言葉なのだろう。

結果的に初日はかなりの大人数が手伝ってくれることになった。午後は雨に降られたが、それでも作業は予定以上に進み、ほとんどの柱を立て終えることができた。

二日目からは初日に立てた柱に梁を渡し、屋根、床、壁をつくり雨風をしのげる家の形にしてゆく作業に入った。

壁と床は椰子の木を割った板を針金で括ってつくる。屋根には、その椰子の木の板をさらに細かく四〇センチほどに切ったものを瓦のようにして葺く。ずいぶんと凸凹した屋根になると思ったが、木はやがて湿気を吸って馴染んでゆき、均《なら》されるらしい。村にある他の掘立小屋を見てみると、どの家もなだらかに均された板葺きの屋根になっていた。

各家とも自分たちの仕事もあるため日に日に大人の手伝いが減ったが、トキオをはじめとする少年たちは、毎日のように朝から来てくれた。家づくりは昼下がりまで行い、日が暮れる前に少年たちは連れだって村外れを流れる川に向かうのが日課になった。井戸ができるまで生活に必要な水を汲むのと、まだ仕事のない比嘉家の食卓を助けるため、魚を釣るのだ。

幅が一〇メートルほどのその川は、正式な名前ではないがバビロン川《リオ・バビロン》と呼ばれていた。弥栄村ができる前、この辺りの地権者だったブラジル人が、聖書にちなんで名付けたという。

「もし食うもんのうなったら、この川に来りゃあええ。ここん魚はぼんくらじゃけ、なんぼでも釣れるで」などと勘太が言っていたが、決して大げさではなかった。川に糸を垂れると、すぐに当たりがあり面白いように魚は釣れた。チラーピアというスズキに似た川魚だ。

家が完成するまでは炊事場もないので、持ち帰った魚は干し草で包み蒸し焼きにして食べた。味噌や醤油を分けてもらえたので、それで味を付けた。村の人たちはブラジルは作物も魚も大味だと言っており、それを聞いた正徳とカマも「たしかに大味やな」と首をひねりながら食べていたが、勇には味の違いはわからなかった。それより大きな魚を一人で一尾、食うことができたのが嬉しかった。

移民船の中で秋山が保証できると言っていた、毎日腹一杯飯が食える、というのは本当のようだ。トキオや勘太の体格がいいのもきっと飯を食っているからに違いない。

家づくりをし、魚釣りをしながら、勇は村の少年たちとあっという間に打ち解けた。

ある日、みなで魚釣りに向かう途中、止まれ！　とトキオに肩を摑まれた。

見るとすぐ目の前の草むらから、細長いロープのようなものが這い出ていた。

蛇だった。

一緒にいた勘太は及び腰になって「早《はよ》うあっち行け」と追い払うようにしっしっと茂みの蛇に向かって手を振っていた。前田兄弟やパウロも怯えている様子だ。

「もしかしてウルツーか？」

勇は馬車《カロッサ》の中で渡辺少佐から聞いた話を思い出していた。猛毒の蛇だと。

「知ってるのか？」

「うん。聞いただけやけど」

「蛇はみんなよく似てるからな、捕まえてよく柄を見ないとウルツーかはわからん。だからどの蛇もウルツーと思って警戒した方がいい」

「血清があるから嚙まれても平気なんやないのか」

馬車《カロッサ》の中ではそう聞いた。勘太が口を挟む。

「平気なもんか。死にはせんでも、ウルツーに嚙まれたとこ、パンパンに腫れて肉が腐ることもあるそうじゃ。下手したら一生寝たきりになるかもしれんのじゃ」

肉が腐って一生寝たきり――想像するだに恐ろしい。

パウロも頷く。

「血清も完璧じゃないそうだ。一度血清を打った者が同じ蛇にもう一度嚙まれると、免疫が暴走して即死することもあるらしい。何にせよ、蛇になんて嚙まれない方がいいだろ」

　それはまったくそのとおりだ。

「こっちから手を出さなきゃ大丈夫だ。蛇は臆病な生き物だ。うっかり踏んづけたり、近づきすぎなきゃ嚙まれない」

　やがてその蛇は、一同の前を横切り何処かへ消えた。勘太は大きく胸をなで下ろしていた。

　勇は、トキオがさり気なく一番前に出て蛇の前に立ち塞がっていたことに気づいた。仲間たちを守るかのように。

　すごいな、こいつ。

　出会って数日だが、このトキオが少年たちの中心にいる存在なのはわかった。村一番の農園の息子で柔道も強く、誰もが一目置いている。それに見合った責任感と勇気があり、その上、まだ右も左もわからない勇の世話を焼いてくれる優しさも持ち合わせている。

　他の者たちも、打ち解けてしまえば付き合いやすい者ばかりだった。勘太は妹の里子を可愛がっており、その里子が最近、妙にトキオを慕っているのでやきもきしているらしい。前田兄弟はいつも陽気で、二人して冗談を言ってはみなを笑わせた。ずっとリオデジャネイロで暮らしていたというパウロは、ブラジルの都会の様子をよく知っていた。

　曰く、リオデジャネイロではほとんどの道が舗装されていて、巨大なビルがいくつも建ち並んでいるという。移民収容所があったサンパウロと同じような感じかと訊いたら、サンパウロよりもさらに拓けているそうだ。街中をヨーロッパの貴族を思わせるドレスで着飾った紳士や淑女が闊歩し、その南側にあるコルコバードの丘では、ずっと建設中だった巨大なキリスト像が今から三年前に完成し盛大な除幕式が行われたらしい。人口の大半がカトリックであるブラジルでは、そのキリスト像はまさに国の象徴であるという。

勇は勇で日本の話をせがまれた。

みな、日本の情報に飢えており、日本の街もすごく発展しているんだろう、大阪はどんなとこだ、沖縄はええとこか、港で軍艦を見たことはあるか、兵隊さんの知り合いはおるか、何処でも電気が通っているって本当か――そんなことをたくさん訊かれた。

大阪や東京にだってビルはたくさん建っとるよ。きっと、そのリオってとこにも負けとらんやろうな。大阪はな、天下の台所ゆうてそりゃ賑やかやったで。街中に市電が走っとるんや。沖縄は田舎やけど美しい海《チュラウミ》があるんや――勇が何か話すたびに、すげえ、すげえと感心された。

勇はソテツ地獄と呼ばれた沖縄の飢餓や、大阪で経験した差別のことは伏せ、美しい景色ときらびやかな街の様子を大げさに語った。

また勇たちが長旅の友に『少年倶楽部』『キング』『婦人倶楽部』など日本の雑誌を持ってきたことを言うと、みな大喜びした。

ブラジルでも邦字新聞は発行されているものの、郊外の殖民地には日本語の娯楽は少なく、新しく移住してきた者が持ち込む日本の雑誌は貴重らしい。村中で回し読みをするのが常なのだという。勇は何か大手柄をあげたような気がして、鼻が高かった。

こうして同世代の少年たちは、すぐに屈託なく沖縄出身の勇を受け入れてくれたが、大人たちの態度には引っかかるものが少なくなかった。

たとえば家づくりの作業中、正徳やカマが上手くできないことがあると「比嘉さんは沖縄者じゃけ、仕方なあよ。ゆっくり慣れりゃええ」なんて声をかける者がいる。雑談の最中にやたらと「ここじゃ怠けたらいけんですよ」と釘を刺してくる者もいる。はっきりと馬鹿にされるわけではないが、親切の向こうに差別心が透けていた。態度や視線、言葉遣いで村の大人の多くが、沖縄出身の比嘉家を見下していることがなんとなくわかった。初対面の勘太たちがあんな態度を取ったのも、もともと大人たちが沖縄出身者を悪く言っていたからなのだろう。

大雨に降られ作業ができなかった日を挟みつつも、家づくりは着々と進み、一週間ほどで完成した。

すだれをかけた玄関から入ると、村の人々がポルトガル語でサーラと呼ぶ居間がある。その奥は煮炊きをする土間になっている。質素ではあったが、大阪で暮らしていたバラックよりも広々として居心地は悪くなかった。

居間《サーラ》の隅に椰子の木でつくった寝床には、木綿の袋に干し草をぎっしり詰めた敷き布団《コルション》が敷かれており、寝心地がよくどこか王様気分を味わえた。

「原始的やが、ええ城や」

正徳は家の出来映えに満足のようで、勇も同感だった。

寝床にごろんと寝転んで正徳は言った。

「村の人らのお陰で、こんなええ家がでけた。ほんまええ人ばかりの村や。ゆっくり馴染んでこう」

「せやねえ」

カマも正徳の隣に寝転び同意した。

二人とも見下されていることに気づいていないわけがなかった。でも、大阪で経験したような露骨な差別はない。むしろ村の人たちは好意的だ。村は比嘉家を受け入れてくれている。馴染んでしまえば、みなと一緒になれるはずだ。

「村に馴染めるよう、沖縄弁《ウチナーグチ》はあまり使わん方がええかもしれんな。ブラジル《こ》じゃ沖縄人《ウチナンチュ》も内地人《ヤマトンチュ》もなあ、みんな日本人や。あれや、大曽根さんやっけ。移民会社の偉い人も言うてたわ。みんな、同じ天皇陛下の赤子《せきし》やって。なあ、坊《ボン》。坊《ボン》も覚えとるやろ」

勇も寝床に寝転んだ。

梁に板を渡しただけの質素な天井が目に入る。そこに道場で見た習字の文字が重なった。

〈日本〉

志津がお手本を書いたというあの文字は、地球半周分もの距離に隔たれようとも、ここは日本だと雄弁に語るようだった。

「うん。もう友達もでけたし、ここは沖縄や大阪よりずっとええとこや。俺《ワー》も、いや俺《おれ》も沖縄弁《ウチナーグチ》使わんようにするよ。俺は沖縄人《ウチナンチュ》やなくて、日本人や。大日本帝国の臣民や」

口にすると、すっと心が落ち着く気がした。何か大きなものに抱かれているという安心感。日本にいた頃は、こんな気持ちになったことはなかった。何故だろう。

「……お父《とん》、天皇陛下って、どんなお人なん？」

半ば無意識のうちに尋ねていた。

「ん？　そりゃあ、陛下は陛下やろ……」正徳は不意の問いに、自分でも考えをまとめるように訥々と答える。「日本人全員のお父《とん》で……、現人神《あらひとがみ》や。そうや、神さんの血を引いておられるんや。そんな陛下の国だから、日本はどんどん発展して、戦争でも負けんのや」

それらはみな、勇も日本で教わったことだ。でも、今、その意味がより深くわかったような気がした。

「陛下、陛下、天皇陛下……」

口の中で小さく繰り返してみる。

神の血を引く現人神、日本はそんな特別な方が治める特別な国。そう思うと心強い。

それは、すなわち陛下の赤子たる日本人もまた特別だということだから。日本にはブラジルとは比べものにならないほど長い歴史がある。日本人にはその中で受け継がれてきた大和魂が宿っている。陛下の存在がその証拠だ。異郷の地にやって来たからこそ、その尊さがよくわかる。沖縄生まれでも関係ない、陛下の臣民としてこの国で一旗揚げてやる。そんな気概も湧いてくる。

俺は日本人や。いっぱい稼いで陛下のおる日本に凱旋するんや――改めて、そう決意した。


比嘉家の住まいが完成した直後、南雲家に滞在していたパウロが、両親とサンパウロ市に発つことになった。彼ら樋口家はサンパウロでバールを開くのだという。

短い間だったが気心は知れた。都会育ちのパウロには、村の少年たちにはない洗練された雰囲気があった。仲よくなった少年たちの中では最年長だが、偉ぶったところは少しもなかった。再会を誓い、駅へ向かう馬車《カロッサ》を見送った。

その翌日の夕刻、トキオが父親の甚捌と一緒に比嘉家を訪ねてきた。二人は、もう一人、見知らぬ男を連れていた。完成したばかりの家の軒先で、正徳とカマ、勇の三人は、目を丸くしてその男の姿を見上げた。

「こちらの人は、井戸職人です。家ができたら、次は井戸ですからね。この人、百発百中で水脈を当ててくれるんですよ」

井戸職人だという男は「ドゾ、ヨロシク」とカタコトの日本語でお辞儀をした。

「ああ、よ、よろしゅう」

比嘉家の一同は戸惑いながら頭を下げた。

その井戸職人は、日本人ばかりが住んでいるこの村ではあまりに異質な、黒く巨大な巌《いわお》のような姿をした――黒人だった。

袖なしのシャツから伸びる丸太のような二本の腕には筋肉の膨らみがはっきりと窺え、陽光を浴びて輝いていた。

村に辿り着くまでに見かけはしたが、間近で黒人を見るのは初めてだった。何とも言えない迫力がある。

甚捌が身振りを交えて何かを伝えると、井戸職人は頷き、完成したばかりの家の周りを歩き、地面に鳥の羽を刺していった。一〇本ほどの羽を刺し、井戸職人は敷地の周りをゆっくり三周した。それから一本一本羽を抜いて何かを確かめている。「羽の湿り方を見て、よく水が出る場所を判断するんだ」とトキオが解説してくれた。

やがて井戸職人は、家の裏手の地面を指さした。あそこに水脈があるらしい。

井戸職人は再び一同にお辞儀をすると、無言で立ち去った。彼は駅町に暮らしており、依頼を受けて殖民地や開拓地に出張するという。

勇は不思議なものを見た気分で、黒人の大きな背中を見送った。みなで井戸職人の指さした地面を掘ると一メートルほどでじんわりと水が染み出してきた。

「一〇メートルも掘れば立派な井戸になるでしょうな。まだしばらくは雨も降りますから、ゆっくり掘ったらいいですよ」

「あの、あの職人さんへのお代は」

正徳が尋ねると甚捌は笑って答えた。

「いいんです。これから比嘉さんにはうちを手伝ってもらいますし。挨拶代わりです」

土地は借りてあるものの作付けはおろか開墾もまだの比嘉家は、南雲家の農園で下働きをさせてもらうことになっていた。

「何かと、ほんにありがとうございます」

正徳とカマは深々頭を下げた。

勇は不意に辺りが明るくなったような気がして天を仰いだ。朝からずっと薄曇りだった空がいつの間にか晴れて、茜色に染まっていた。勇は長々と挨拶をしている大人たちをしり目に、家の表側に回った。

そこには見たこともない巨大な夕陽があった。農地ばかりで高い建物のない村は、地平線が見渡せる。それを包み込むように、大きな赤い球体が沈んでゆく。その景色に、いっとき心を奪われた。やはりこの国の太陽は日本のそれと違う気がする。

「勇」

声をかけられ振り向くと、トキオがこちらに近づいてきた。夕陽を浴びて後ろに長い影を伸ばしている。勇の影も長く伸び、トキオが目の前まで来るとそれは重なった。

「改めて、よろしくな」

トキオはすっと手を伸ばし、手の平を広げた。そこには石が乗っていた。

ただの石ころではない。射し込む赤い光を吸い込んだがごとく、美しく黒光りしている。

「きれいな、石やな」

「オーニクス・ネグロ——黒瑪瑙って言うんだ。たまに、河原に落ちてるんだよ。もらってくれ」

「くれるんか」

「ああ。お守りにでもしてくれ」

トキオは照れくさそうに視線を逸らした。

石を受け取り、手の平に握り込んだ。熱い。陽の光だけでなく熱も吸い込み閉じ込めたかのように、石は熱を帯びていた。

大丈夫だ。きっと俺はこの村でやっていける――その熱が勇に自信をくれた。

4

トキオはその黒瑪瑙を、村の外れを流れるバビロン川《リオ・バビロン》の畔で拾った。南雲家がこの村にやってきてすぐ、まだものごころがついたばかりの頃だ。

探して見つけたわけではない。兄と二人で水汲みに来たとき、鳥の羽音を聞いた気がした。そちらに顔を向けると鳥の姿などなく、陽光を反射して黒く光るその石が目に入った。兄は何も聞こえなかった様子で水を汲んでいたので空耳だったのかもしれない。ただ、子供心に運命めいたものを感じ、以来、その黒瑪瑙はトキオの宝物だった。

それを出会ったばかりの勇に渡したのは、やはり勇の目がその黒く艶やかな石に似ていたからだろうか。彼の瞳を初めて見たとき、あの石を見つけたときと同じ羽音を聞いた気がした。

これもまた運命で、いつか勇に渡すためにあの日、この石を拾ったようにも思えた。だからそれはごく自然なことで、宝物を渡すことを惜しいとは思わなかった。

「うん。ありがとうな」

黒瑪瑙を受け取った勇が笑みを浮かべた。

その肩越しに人影が見えた。よく知っている人だ。

トキオの祖父、寿三郎だった。

何で祖父ちゃんがこんなところにいるんだ？　そもそも祖父ちゃんは……。

トキオが混乱していると、寿三郎はふわりと宙に浮かんだ。いつの間にかその姿は白い鳥に変化していた。バサバサと羽をはばたかせる。

鳥は何処かへ飛んでいった。いや、何処へ飛んでいったかは明白だった。祖父ちゃんは――

不意に目が醒めた。

俺は……。

頭が思い出すより先に、身体が馬車《カロッサ》に揺られているのを理解する。ぼやけた視界の焦点が合ってくる。目の前にぬっと、勇の顔が現われた。苦笑を浮かべてこちらを覗き込んでいる。

「目ぇ、醒めたか」

「……俺、寝てた？」

「ああ、寝てたで」

「そっか」

夢を見ていたのだ。昔の、勇と出会った頃の夢を。そこに何故か祖父が出てきたのもまた、夢の為せる業だろう。つい勇の顔をまじまじ見てしまう。

「何だ。俺の顔に何かついとるか」

「いや、別に……」

目の前にいる勇は、無論、幻ではない。夢に出てきた勇より少し面長になっていた。少年らしいあどけなさが薄れ、青年と呼ぶべき精悍さを湛えるようになっていた。当然だ。あれからもう五年も経っているのだから。

――一九三九年　六月一〇日。

二〇歳《はたち》に満たない少年にとって五年という月日は長い。

出会ったとき小さくやせっぽちだった勇は、一七歳になった今、背が伸び体つきも逞しくなった。まだトキオの方が長身だが、頭ひとつ半もあった身長差は頭半分ほどまでに縮まった。黒瑙のような黒く大きな瞳だけがあの頃と変わっていなかった。

「トキオ、おまあ、よう寝れるのお」「ほんまじゃ、さすが大物じゃな」向かいで勘太と双子の片割れ、前田太郎があきれた顔をしていた。

田舎道を進む幌付きの馬車《カロッサ》。その荷台でトキオ、勇、勘太、太郎の四人が揺られている。双子のもう一人、次郎は御者として馬を操っている。荷台の隅に暇つぶし用に持ってきた雑誌『キング』が置いてあった。昭和八年（一九三三年）七月号。比嘉家が日本から持ってきたものだ。何人もが回し読みをして、もう表紙はぼろぼろになっている。

「昨日、あまり眠れんかったんでな」

「なんじゃあ、楽しみで目が冴えてもうたんか」

勘太が笑う。

その逆、なんだがな。昨夜眠れなかったのは本当だが、今日のことが楽しみだからではなく、憂鬱だったからだ。

「何か寝言、言うとったけど夢でも見てたんか」

勇が尋ねてきた。

「寝言？　俺何か言っていたのか」

「いや、ごにょごにょしとって、よう聞こえんかった」

「スケベな夢でも見とったんじゃろが、もし里子が出てきとったら承知せんぞ」

勘太が口を挟んだ。

「そんなんじゃねえよ。夢に出てきたのは……祖父ちゃんだよ」

内心、妙なことを口走っていなかったことに胸をなで下ろしていた。夢には勇も出てきていたが、そのことは伏せた。

「トキオんとこの爺さんが……て、そういやさっき墓場の前通ったよな。トキオの夢ん中ぁ、化けて出たんと違うか」

太郎が唾を飲み込んだ。勘太は顔をしかめる。

「な、太郎、おまあ、何言うとんじゃぁ。そんなわけなぁ」

墓場。そうか。だから祖父ちゃんが出てきたのかもな。トキオは妙に納得していた。恐ろしいとは思わなかった。

「化けて出たわけじゃないと思うぜ」

何事にも鷹揚に構える寿三郎の人柄は、化けて出るなどというおどろおどろしさとは無縁だ。勘太は「じゃろう」と胸をなで下ろしていた。威勢がいいわりに肝が小さいのは小さな頃から変わらない。

トキオは幌の隙間から外に視線をやった。秋の陽は短い。夕方、出発したときは少し明るかったが、もうすっかり夜になっていた。雲はなく空には数え切れないほどの星が瞬いていて眩しいほどだ。一方、街灯のない道は暗く、幌にぶら下げてある灯油ランプがぼんやりと周囲を照らしていた。とうに村の敷地は出ていて、村外れにある墓場も見えなくなっていた。

トキオの祖父、寿三郎が没したのは、先月、五月。涼やかな風の吹く気持ちのいい日のことだった。

農園の隅の東屋で背もたれの付いた椅子《カデイラ》に身を委ね、ひなたぼっこをしたまま、気がつけば呼吸を止めていた。目の前には、収穫を控えた薄荷畑が広がっていた。寿三郎の故郷の植物は、細々と、しかし確実にこの異郷の地に根付いていた。かすかに漂う爽やかな匂いに包まれて、眠るように。まるで一枚の絵のようなやすらかな死に様だった。

別の殖民地に住む僧侶を呼び、簡素な葬式が行われた。荼毘に付すことはなく、棺に納め埋葬した。駅町で手に入る十字架を卒塔婆代わりに立て、裏に享年と俗名を書いた。

——親父、ブラジルの土になっちまったな。

埋葬を終えたときトキオの父親、甚捌がぽつりとつぶやいていた。

祖父は他の多くの移民がそうであるように、数年の出稼ぎで錦衣帰国するつもりでブラジルに渡ってきた。しかしそれは果たせなかった。よくブラジル生まれのトキオに、日本の思い出話を聞かせてくれた。雪の降りつもる故郷のことを。美しい四季のことを。あるいは力強い発展を遂げて日清日露戦争で不敗神話を築き、欧米列強と肩を並べた勇ましい国の話を。邦字新聞が届けられると、いの一番に読み、今、日本で何が起きているかを知りたがった。

祖父は日本を、大日本帝国という国を愛していた。

——こん場所でもお国のために働けるのは誉れだて。

南雲農園の綿が組合を通じて日本に輸出されることになったときは、大層喜んでいた。

いつか錦衣帰国を果たすという想いとは裏腹に、南雲家はブラジルに根付いてしまった。土地を持ち家族をつくるのは、蓄財をするために必要なことだ。しかしそれは同時に人を土地に縛り付ける軛《くびき》にもなる。

もし俺が生まれてなかったら、祖父ちゃんはみんなを連れて日本に帰っていたんじゃないだろうか——いつの頃からか、トキオはそんなことを考えるようになった。「そうだ」と言われるのが怖くて、確かめることもできなかった。抜けない棘のように、心の奥にいつも引っかかっていた。

けれど、祖父は死ぬ直前、思いもかけないことをトキオに言ったのだ。夢に出てきたのは、あるいは――

「見えてきたぞ」

御者の次郎が荷台に声をかけた。

考え事から現実に引き戻された。前方に、ぼんやりとした光と建物の影が浮かび上がっていた。ウアラッーバの駅町だ。二年前、ようやく駅町までは電気が引かれるようになった。

「はは、いよいよじゃあ」

勘太が声をあげ、こちらに顔を向けた。

「トキオ、ほんにありがとうて、喜生さんによう言っといてくれやあ」

憂鬱さが増したが、すまし顔で「ああ」と、答えた。今日、この五人で夜の駅町を訪れることになったのは、トキオの兄、喜生の差し金だった。


先週のことだ。

「トキオ、今度、仲のいい連中を誘って、これで遊んでこい。おまえの仲間はよくうちの農園手伝ってくれてるだろ。臨時のご褒美みたいなもんだ」

そう言われ金を渡された。規模の大きな南雲農園は、村の他の家から手伝いを雇うことが頻繁にあった。もちろん賃金はその都度きちんと払っている。少し色を付けているくらいだ。突然、どういう風の吹き回しかと思った。すると兄は笑った。

「察しの悪いやつだな。バイロ行ってこいって言ってんだ」

バイロ、とは色街のことだ。ウアラッーバの駅町は教会の裏手に娼家が並んでおり、そこがバイロと呼ばれている。

「おまえら、そろそろ女を知りたい頃だろ。だけどお袋も心配してるが、殖民地じゃあ相手を探すのも一苦労だ。正直、俺も結婚できるとは思わんかった」

兄の喜生は長年、渡辺少佐の夫人である志津に懸想していた。トキオはバビロン川《リオ・バビロン》の畔で二人が談笑しているのを見たこともある。無論、志津にしてみれば喜生は歳が近く話しやすい友人の一人で、それ以上でも以下でもないのだろう。

喜生は一昨年、ようやくそんな志津への想いを振り切って、ウアラツーバの別の殖民地から嫁をもらい、去年、長男が生まれた。嫂《あによめ》はキヨといって、今年数えで二二歳。色黒で眉が太く、頭巾で頭を隠すと男と見まごう顔立ちで、気は大らかな、いかにも移民の娘といった感じの人だった。今は第二子を妊娠中だが、毎日、畑仕事も家事もしている。長男を産んだときも、出産当日まで畑に出ていた。野良仕事の途中で産気づき、一時間に満たないお産であっさり産んだ。そしてその二日後には赤ん坊を抱きながら働き出した。

村では、若くてよく働き、安産を果たした妻を娶った喜生は、羨ましがられている。

「若いやつが、女日照りになるとろくなことをせん。運動して発散するにしても、限度がある。女のことは女で発散するのが一番なんだ」

さすがに面食らったが、たしかにここ最近、仲間同士で雑談をすると、いつの間にか女の話になることがよくあった。それも、どこそこの奥さんはあっちの具合がよさそうだとか、早く女を抱いてみたいとか、品のない猥談だ。特に勘太はその手の話が好きでよくしていた。前田兄弟や勇も嫌いではないようだった。トキオも話を合わせていた。〝男の作法〟として。

「村の男は結構、行ってるんだよ。俺も嫁さんもらう前は世話になった。いや、まあ今みたいに腹ぼてのときはときどき行くけどな。あ、これはキヨには言うなよ。わざわざ気ぃ悪くさせることねえからな。前から親父とも、そろそろおまえにも筆下ろしさせてやるかなんて話してたんだ。男のたしなみってやつさ。楽しんできてくれ」

トキオは内心では戸惑っていた。一七歳になった今もまだ、恋を知らなかった。すでに精通はしていたが、身を持てあますような女への執着はなかった。自分が裸になって女と抱き合う様を想像することさえ上手くできなかった。

バイロで見知らぬ、しかもブラジル人の女を買うなんて、正直、気が進まなかった。けれど笑顔をつくって「わかった。ありがとう」と、金を受け取った。

俺くらいの年頃の男は、女に興味があるのが普通で、こんな機会があったら大喜びするもんだ——トキオは、自分が仲間たちの先頭に立つ存在になっていることを自覚していた。みなと一緒に村の青年会に入り、もう読み書きを教わる年齢ではないが、柔道の稽古のため道場には通い続けている。

柔道の腕前は今では大人を含めても村で右に出る者はいなくなった。以前は何かと突っかかってきた勘太も、最近はトキオの言うことなら素直に聞く。渡辺少佐からはいつも「おまえは、村一番の男じゃ。恥ずかしくないようせい」と発破をかけられていた。

殖民地の男にとって、男らしくあることは何より価値がある。「男のたしなみ」という言葉に強く背中を押された。兄に言われたとおり、幼なじみを誘いバイロに繰り出すことになった。

駅町の外れに差し掛かると馬車《カロッサ》はゆっくりと速度を落とし、駐まった。

電気が引かれるようになったとはいえ、まだ町外れには街灯もない。建物もまばらで眠ったように沈黙している。人通りもほとんどない。ただ町中から漏れ出ているほのかな明かりが、喧騒の予感のように闇の色を薄めていた。

馬から降りた次郎が幌を全開にして一同に呼びかけた。

「おう、どうする？　誰から行く？　わしゃ、先に行かせてもらうで。馬あ、走らせたんじゃあ、当然じゃろ」

一度に全員が行ってしまうと馬車《カロッサ》を盗まれる。何人かはここに残り、見張りをする必要があった。

「帰り、馬やるけえ、わしも先じゃ」

太郎が荷台から降りた。

勘太がトキオの方を向くと、拝むように両手を合わせた。

「トキオ、後生じゃ、わいはもう辛抱たまらん。今にも息子が破裂しそうなんじゃ。頼むから、わいも先に行かせてくれ」

「しょうがないな。俺はあとでいいよ。先に行けよ」

トキオはぼろぼろの『キング』を手に取った。

「恩に着るで。おまあなら、里子を好きにしてくれてええ」

勘太は感激して荷台から飛び降りた。

「俺もあとでええわ。トキオと見張りしとる。楽しんでこいよ」

勇は荷台に腰掛けたまま勘太たちに言った。

「おう。わかった。ありがとうな」

勘太たち三人は、足早にバイロのある町中へと消えていった。

「まったく、少し待ったからって減るもんでもなしに、こんなことで里ちゃんを好きにしていいやなんて、ひでえスケベ兄貴や」

「そうだな」

トキオは頷き『キング』を開いた。山の絵と歌詞が描いてある。中身もぼろぼろで、活字はかなりかすれていた。けれどもう何度も読み返しているので、何が書いてあるのかはほぼ覚えてしまっている。

今だ、非常時、
頑ばれ、ここだぞ。

という一節から始まる『非常時音頭』。『赤い鳥小鳥』や『からたちの花』など、村でも志津が子供たちに教えている童謡を作詞した詩人、北原白秋の手によるものだ。日本の国際連盟脱退を称える勇ましく愛国的な言葉が並んでいる。

何が世界だ、
男の度胸だぞ、
たかが聯盟、
亡者ども、さよなら。

勇たち比嘉家が村にやってきたのは、国際連盟脱退の翌年だった。思い出話が口をついた。

「勇、覚えてるか？　おまえが村に来てすぐ、あいつに馬の糞投げつけたの」

「はは。忘れるわけなあよ。トキオには助けられたな」

「助ける……つもりだったんだけどな。結局、勘太に馬乗りになられて、逆に助けられたよ」

「ああ、そうや。それで乱闘になって、少佐に止められたんやっけ」

「あんとき、おまえが勘太突き飛ばしたの見て、この新入り、身体《なり》は小さいが根性あるって感心したぜ。道場に通うようになってから、筋もいいしすぐこいつは強くなるって思ったよ。実際、強くなったしな」

　今年の初め、ついに勇が乱取り稽古で勘太から一本取った。巨体と体重を活かして攻めてくる勘太を上手くいなし、最後は捨て身技の巴投げできれいに投げたのだ。

「強うなったかな。だったら、おまえのお陰や」

　勘太を投げた巴投げは、密かに二人だけで特訓した技だった。その技で勇が勝ったことが、トキオは我がことのように嬉しかった。

「そのうち俺も、おまえに投げられるかもな」

　本心で言ったのだが、勇は口を尖らせた。

「かー、余裕ありげな言い草、気に入らんなあ。今に見とれよ」

「おう、俺の鼻を明かしてくれ」

　軽口をたたき合い、それから雑談に花を咲かせた。

　トキオと勇は今や無二の親友だ。二人で話し込むときは猥談などにはならず、柔道の話や、それぞれが出会う前の思い出話や、他愛のない――たとえば、夜寝ているときにいつの間にか家に入ってきた葉切蟻《サウーヴァ》に足を噛まれて目が醒めたとか――本当に他愛のない日常の話に終始する。初めて会った一二歳のときからずっとそうだ。トキオはそれだけで十分に楽しかった。今日はずっと二人で無駄話をして、そのまま村に帰りたいとさえ思った。

　が、楽しい時間は小一時間ほどで終わってしまった。勘太たちが顔を上気させて戻って来たのだ。

「どうだった?」

　尋ねると勘太はどこかうわの空で答えた。「ああ……、なんじゃろな……。えらく、でかくて、そいから柔らかかったわ……」。何が大きくて柔らかだったのか、よくわからない。

太郎は饒舌にまくし立てた。「わしが相手してもろうたんは、白人でな。ひょっとしたらよう け歳いっとったかもしれん。でも母ちゃんよりは若かったと思うで。部屋に入るなり素っ裸にな ってな、『オイデ、イイコネ』てな、下手くそな日本語で言いよるんじゃ。それから何じゃ、こ う、アソコをじゃな、広げて見せつけてくるんじゃあ。驚いたで、女あ、誰でもあんなもんつけ とんのかって。そいから手え伸ばして俺のズボン脱がせて、そ、そ、その、む、むす、むす、息 子をなあ、こ、こうして、いや、じゃからから、ああして――」

次郎は逆にただひと言「えがったわ」とだけ言った。

細かいことはまったくわからないが、三者三様に満足したらしいことは窺えた。

みんな、よかったな。じゃあ、村に帰るか――喉の奥につかえた本音は口に出さず、トキオは努めて明るい声で勇を促した。

「俺らも行くか」

夜の駅町には、昼にはない熱気があった。陽が暮れてだいぶ気温は下がっているはずなのに、もわりとした蒸し暑さを覚えた。甘ったるくもとげとげしい、奇妙な匂いが鼻をつく。そこら中に馬がいるウアラツーバは普段から獣臭い。そこに酒と食べものの匂いが加わり、この独特の臭気をつくりだしているのだろう。

酒場や家のそこかしこから話し声や歌声が漏れてきて建物に谺している。町そのものがざわめいているようだった。夜の熱、夜の匂い、夜の音。村にはない街灯の明滅が、夜の色を映す。

建物の壁はどこもくすんでいるが、商店は緑や赤など目に付きやすい色で塗られた看板を掲げている。辻には顔を赤らめた人々が行き交う。その大半がブラジル人だ。身体が大きい。村の中では大柄なトキオも、駅町に出ると普通か少し小柄な青年になってしまう。

路肩に酒瓶が転がり街灯に照らされぬらぬらと光っていた。瓶と一緒に酔い潰れた男も数人寝転んでいた。その中には、明らかに日本人と思われる者の姿もあった。はっきりと聞き取れないが、ラッパ節らしき日本の歌を口ずさんでいるようだ。

日本人の中には異国の生活にどうしても馴染めず火酒《ピンガ》（サトウキビからつくる蒸留酒）に溺れ、身を持ち崩す者も少なくない。

「くそ、親父を思い出したわ」

勇がつぶやいた。

「親父って、正徳さんか？」

「いや、お父《とん》やなくて、親父。大阪におる俺の本当の親や。親父は、あんなふうに酒浸りで頭まで溶けてもうたような、ろくでなしやった」

「ああ、そうだったのか」

勇と正徳が構成家族だったことを思い出していた。

「沖縄人がだらしないとか怠け者や言われんのも、ああいう手合いがうようよいるからなんよ」

村でも沖縄出身の比嘉家は色眼鏡で見られることが多かった。ブラジル生まれの二世が色眼鏡で見られるのと似ているのかもしれない。

「何処で生まれたかなんて関係ねえよ。正徳さんやおまえが真面目な働き者だってことは、もう村のみんなが知ってるさ」

これは事実だ。比嘉家の三人は今ではすっかり村に馴染んでいる。

「ありがとな。まあ俺もお父《とん》も一生懸命やっとるけどな。思ったとおりってわけにはいかんわ。すぐに地主になれるって話やったけど、まだ少佐に土地借りたままやしな」

比嘉家は二、三年で地代を払い終えて地主になる目論見だったようだが、五年経った今でも借地農のままだ。トキオの祖父、寿三郎も日本で聞いていた話と違ったということはよく言っていた。

不意に大きな声がした。

振り向くと、ブラジル人の男がこちらに向かって何か叫んでいる。いかにも田舎者《カボクロ》といった風体で、小肥りの女を連れ、片手に酒瓶を持っている。酔っ払いだ。「ジャポン」「ジャポネース」だけは辛うじて聞き取れたが、あとは何を言っているのかわからなかった。ただ、態度と口調から敵意だけは伝わってきた。

「何だ！　文句あるのか！」トキオは叫び返した。

すると酔っ払いはさらにわめき立てようとしたが、一緒にいた女がそれを制した。やがて二人で怒鳴り合いを始めた。夫婦か恋人同士か、あるいは兄妹か。とにかくもうこちらのことは目に入っていないようだ。

「何だあれ？」

「わからん。とっとと行こうぜ」

二人は、その場を立ち去った。実は喧嘩になったら面倒だと思っていたから、胸をなで下ろしていた。

「しかし、町にもおかしなガイジンが増えたな」

勇が吐き捨てた。殖民地では日本人以外のブラジル人や欧州からの移民たちをまとめて「ガイジン」と呼ぶ。

「ああ。本当にな」

電気が通るようになり人が増え駅町は活気づいているが、そのぶん柄の悪い連中や、外国人を——特に日本人を——嫌う連中も増えている。

勇は歩きながら、愚痴をこぼす。

「日本人は増えんようになってしもうたのになあ。うちは、村じゃいつまでも新参者のままや。それこそ話が違うわ」

かつて弥栄村には毎年のように新しい移民がやってきていたが、比嘉家を最後に、日本から直接移住して来る者は途絶えていた。この五年で増えた村の住人は、南雲家に嫁入りしたキヨのように、事情があって他の殖民地から移住してきた者だけだ。新しい日本の本を村に持ち込む者もおらず、古い雑誌を何度も読み返す羽目になった。

そうなった原因は、ちょうど勇たちが来伯した直後に制定されたブラジルの新憲法だ。一度は廃案になったはずの排日条項——移民の受け入れを制限する条項——が盛り込まれてしまったのだ。ブラジル政府は移民全般の増えすぎを抑制するためのものだと説明しているらしいが、邦字新聞では事実上、日本人を狙い撃ちしたものだと報じられている。

トキオは同意する。

「そうだよな。エスタード・ノーヴォが始まってから、何かとうるさくなったしな……」

新憲法制定後、最初の大統領選挙が行われる予定だった一九三七年、以前から強権的な政治を行っていたヴァルガス大統領は議会を解散させ、いよいよ本格的な独裁制を敷くようになった。それが新国家体制《エスタード・ノーヴォ》だ。ヴァルガスは絵に描いたような国家主義者《ナショナリスタ》であり、外国人をブラジルに同化させようとする政策を次々に実行している。

「なあ。この学校のこともや」勇が言ったのは、ちょうど駅町にある小学校の前を通りかかったときだった。「志津先生、町でたくさんの子に教えられるって、はりきっとったのに気の毒や」

ここは三年前にウアラツーバの日本人会がつくった、日本人の子息に日本語をはじめとした日本人教育を施すための学校だった。各殖民地から教師役を募り、弥栄村からも渡辺少佐の妻、志津とほか数名が通いで教鞭を執っていた。

しかし開校して間もなく日本語教育が制限されるようになり、去年の八月からは日本語を教えることは禁止され、ポルトガル語とブラジルの歴史を教えることが義務づけられた。その上、正規の教員は全員ブラジル人にすげ替えられ志津も学校を去ることになった。学校をブラジル人に乗っ取られたのだ。以来、日本語の教育は渡辺少佐の道場のように、殖民地でひっそりと非公認でやるしかなくなってしまった。

「日本人が日本語教わって何があかんのやって思うわ。言葉は民族の誇りやろ。魂が宿るんやって少佐もよう言うてるのに」

憤る勇にふと、思ったことがあった。

「そう言やあ、おまえも沖縄の言葉、使わなくなったよな」

村に来たばかりの頃、勇は、ウチナンチュ、ヤマトンチュ、ワー、デージなど、沖縄の言葉を時折使っていた。その不思議な響きは、勇が話してくれた美しい海《チュラウミ》があるという土地の景色と相まって、とても耳に心地よかった。

しかしいつの間にか、彼も彼の家族も沖縄の言葉を使わなくなり、沖縄の話をしなくなった。

「無理に、周りに合わせてるのか」

言葉が民族の誇りなら、勇にそれを棄てさせてしまったのかと不安になった。

勇は苦笑いをする。

「はは。そらちゃうわ。俺らは沖縄人やなくて日本人、皇国臣民や。天皇陛下の子ぉとしてブラジルまで来たからな、沖縄でしか通じん言葉使うのはやめようということよ。きっと陛下も沖縄の言葉、わからんやろうしな。無理なんかしとらん。日本人として、すべきこと、しとるだけや」

ヘイカ。テンノウヘイカ——ブラジル生まれのトキオは御真影でしか知らない存在。太い眉と丸い眼鏡と口髭の、あの人。日本人全員の父親と子供の頃から教わってきたものの、トキオは今ひとつピンときていなかった。しかし勇には、その考えがしっかり身についているようだ。

「そうか。そういうことか」

あの言葉を聞けなくなるのは、少し惜しい気がしたけれど、トキオは納得して呑み込んだ。勇の言っていることは、きっと日本人として正しいことだ。

「しかしエスタード・ノーヴォか何か知らんが、俺たちが何したってんやなあ」

「親父の話だと日本人を警戒してるそうだ。ブラジルの新聞は、支那事変（日中戦争）も満洲国をつくったことも、大陸への侵略って報じているらしい」

「馬鹿馬鹿しい言いがかりや。あれは日清日露で勝ち取った権益を守るための戦いやんか」

ブラジルのみならず国際社会が満洲国建設や支那事変を侵略行為だと非難しているが、日本には日本の言い分がある。事変が始まった直後、邦字新聞の一面にはこんな見出しが躍った。

〝重なる支那側の不法挑戦に皇軍遂に交戦開始――断固！　よう懲を決す〟

よう懲というのは、悪者を懲らしめるという意味らしい。そもそも仕掛けてきたのは相手の側で皇軍は反撃しただけだ。なのに欧米列強は卑怯にも日本を悪者に仕立てようとしている。北原白秋が書いているとおり「何が世界だ」だ。

日本移民の多くが、祖国が一大事だというのに南米にいることを歯がゆく思っていた。各殖民地では、せめてもの支援として慰問袋や国防献金を集め、船便で日本に送っている。

「そうだよな。たまらねえよな」

日本人の思いとは裏腹に、町に出ると排日的な空気が徐々に強くなっているのを肌で感じる。以前は日本人に向かって文句を言う酔っ払いなどまずいなかった。それが最近では珍しくなくなった。

「ほんまやで。『バカの家』のシルヴァもずいぶんでかい顔しとるらしいしな」

『バカの家』こと『カーザ・デ・バッコ』を経営しているジョゼー・シルヴァという男は、以前から日本人嫌いで知られていたが、今ではウアラッーバの排日派の親玉のようになっているらしい。

話しながら歩くうちに教会の裏手、バイロに辿り着いた。どれが娼家かは一目でわかる。赤、ピンク、黄色、オレンジなどさまざまな色の付いた笠《アバジュール》をかけた灯りがともされ、色とりどりの光が戸口から漏れている。その禍々しい色彩が、頭から他念を吹き飛ばした。通りに面した窓には格子《ヴェネジアナ》が付いていて、中にいる女たちの姿が見えるようになっている。

「よ、よし。行こう」

「う、うん」

勇が唾を飲み込むのがわかった。二人はバイロの路地を歩いてゆく。娼家の女たちは、みな上半身をはだけさせていた。黒い髪、赤い髪、茶色い髪、白い肌、茶色い肌、黒い肌、さまざまな女がいるが、アジア人らしき者だけはいなかった。こちらに気づき「ジャポネース？」と声をかけてくる女もいる。声と一緒に安い香水のけばけばしい匂いが漂ってきた。

何も答えず、ゆっくり進んでゆく。色街《バイロ》といっても、ウアラッーバは所詮田舎町、娼家が二軒並んでいるだけだ。あっという間に通り過ぎてしまった。

一度立ち止まり、ちらりと勇を見た。勇もこちらを窺っていた。

「勇、どの女にするか、決めたか？」

「うん……、一応」

「そうか。俺もだ」

嘘を吐いた。女を吟味する余裕なんてなかった。むしろ怖かった。どうしてなのか自分でもわからないが、乳房を露わにし性をむき出しにする女たちに、得体の知れない恐怖を感じていた。

こんなことは口に出せない。女が、裸の女が怖いだなんて、きっと男らしくない。

ままよ。もう誰でもいい。目をつぶって指をさすことにした。勘太たちはみな満足していた。これは怖がることなんかじゃない、きっといい思いができるはずだ。自分に言い聞かせ、娼家に向かおうとしたときだ。

「なあ、トキオ、おまえ、ほんまは気が進まないんと違うか」

図星を指され、何も答えられなかった。

勇はそれを肯定と受け取ったようだった。

「やっぱな、まあ、おまえは嫌なんやないかと思とったよ」

「いや……それは……」

名状し難い恥ずかしさが込み上げてきた。顔が熱くなるのを感じる。

「里ちゃん、やろ？　里ちゃんに悪い思うとるんやろ」

里子？

言葉の意味を理解するまでに、わずかな間が必要だった。

勘太の妹、里子はもうすぐ一五歳。歳なりに女らしくなっている。勘太は幼い頃に両親とブラジルに渡って来たが、里子はブラジルで生まれた二世だ。昔からトキオによくなついていて、最近は、はっきりとした好意を向けられるようになった。トキオ自身も周りのみんなも里子の気持ちには気づいている。ほとんど公然の秘密だ。二世同士だからお似合いだなどと、よくわからない理屈で二人をくっつけようとする者もいる。

そんな里子に気を遣っていると思われているのか。それならば女を買わない言い訳が立つのだろうか。

「ああ、それは……、まあ」

曖昧に頷いた。

「自分の好いた女、悲しませるようなことせんゆうのは、かっこええよ」

かっこいいと言われ、安堵した。好いた女しか抱かぬというのも、男らしさ、なのだ。

ただ問題は、トキオにとって里子は好いた女ではないということだ。

里子のことは嫌いではない。村一のお転婆娘と言われている彼女だが、男友達とは違う柔らかなかしましさがあり、話していると楽しい。傍目には仲のいい男女に見えるだろう。しかしトキオは里子を色恋の相手と考えたことはない。いずれそういう気持ちも湧いてくるのかもしれないと思っていたが、今のところ兆候すらない。

それでもここは方便と思って口を開いた。

「もしかしたら将来嫁さんになるかもしれん女がいるのに、ガイジンの女を買うのはどうかと思ってな」

「そうよ。そこよな。実は俺もそれ思ってたんや。いや、別におまえみたいに気を遣う相手もおらんのやけど、いきなりガイジンに相手してもらうゆうのが、日本男児としてどうかと思うてなあ。やっぱ最初の相手は日本人がええいうか……」

「志津先生か」

つい尋ねていた。

「え？」

「おまえが最初の相手になって欲しいの」

「馬鹿言うな！　おまえ、何てこと言うんや。志津先生は少佐の奥さんやぞ」

勇はわかりやすく動揺した。

村にやってきた五年前から、ずっと勇が志津を気にしていることには気づいていた。

「でも好きだよな？　昔、うちの兄ちゃんもそうだったけどな。おまえ、いつも志津先生のこと見てるし、こないだなんか、習字のお手本、書いてもらいに行ってたよな。もう読み書きやる歳でもないのに」

「いや、あれは純粋に、もっと字ぃ達者になりたいて思うただけや」

「志津先生に会えるからでもあったんだろ」

「ちゃうて。志津先生は憧れゆうか……、そんな変な意味とは違くてな」

しどろもどろになる勇の背をぽんと叩いて言った。

「ともかく、今日のとこは町で時間潰して戻らないか」

勇は少し考えるそぶりをしたあと、頷いた。

「せやな」

勇の顔つきには若干の未練が垣間見えた。

トキオの胸の裡には、勇を利用してしまったような罪悪感と、女を買わずにすむ安心が、ない交ぜになっていた。


バイロから離れあてもなく町の中を進んでゆくと、人だかりに出くわした。

その中心には顔を真っ白に塗った道化師《パリヤッソ》がいた。針金のように細長い痩せぎすで、さまざまな動物の絵が描かれた看板を首から下げている。足元にラジオと時計を置き、音楽を流しながら道行く人に声をかけていた。

道化師《パリヤッソ》はトキオたちに気づくと声をかけてきた。

「おお、南雲農園の坊《ぼっ》ちゃんじゃないですか。夜遊びですか」

流暢な日本語。しかもこちらを知っている様子だ。日本人なのか？

「はは、私ですよ。立花《たちばな》です」

「立花さん？」

白塗りでまったくわからなかったが、面識のある人物だった。駅町で商店を経営している立花だ。トキオの兄、喜生とそう変わらない歳だが、父親が早逝し店を継いだらしい。

言われてみれば、ここは彼が経営する『アルマゼン・デ・セッコス・エ・モリャードス・タチバナ』の前だった。

最初の「アルマゼン」が「商店」、続く「デ・セッコス・エ・モリャードス」が「乾いたものと濡れたもの」の意味で、つまりは雑貨屋だ。長いので単に『アルマゼン』と呼ばれることが多い。

店頭での小売だけでなく、農具から食品まで生活に必要なものをひと通り殖民地に届け、あとから使った分を精算する掛け売りもしている。南雲農園とも取引があり、トキオも何度か顔を合わせたことがあった。が、無論、そのときは道化師《パリャッソ》の格好などしていなかった。

「夜、ときどきこうして、ビッショ売りをしてるんですよ」

ビッショとは『ジョーゴ・デ・ビッショ』というくじのような賭博だ。

二五種類の動物に1から100までの数字が四つずつ割り当てられており、客はそれに賭ける。そして、決まった時間に発表になる当たり番号に自分の賭けた動物の数字が含まれていれば賞金がもらえる――というのが基本の仕組みだ。公営の宝くじ《ロッテリア》よりも安い賭け金で遊ぶことができるので、庶民に人気がある。

立花は人だかりに向かってポルトガル語で呼び込みをする。次々とビッショが売れてゆく。

「ビッショ売りまでやっとるなんて、何や、すごいな」

勇が感心した様子で言った。

駅町で暮らす日本人は殖民地の日本人よりも、ブラジル人に馴染んでいる。白塗りしていることもあり、この道化師《パリヤッソ》が日本人と知らずビッショを買っている者も少なくなさそうだ。

その立花が再びこちらに顔を向けた。

「もうすぐ当たり番号の発表です。どうです？　坊ちゃん方、買ってみませんか？」

トキオは勇と顔を見合わせた。ちょうど使い道のなくなった金がある。

「よし、買ってみるか」

ビッショの賭け方はいろいろだが、一番単純な当たり番号の下二桁を当てる「デゼーナ」という方式で、選んだ動物の数字すべてに賭ける「グルッポ」という賭け方をした。

トキオが賭けたのは〝鶏《ガーロ》〟、勇は〝虎《チーグレ》〟だ。〝鶏《ガーロ》〟は21から24まで、〝虎《チーグレ》〟は85から88までの数字が当たりになる。

一ミルレイスずつ払い、券を受け取った。その直後、立花が、ベルを鳴らし販売を終了した。彼は大きく手を振りながら、ポルトガル語で歌うように何かを喋っている。場を盛り上げているのだろう。人だかりも口笛を吹いたり、手を叩いたりしてそれに応えた。

「ドキドキするな」

隣で勇が頬を紅潮させていた。

と、ラジオからファンファーレが響き、数字が読み上げられた。

〈２　１　８　８　！《ドイス・ミル・セント・エ・オイテンタ・エ・オイト》〉

人だかりがわっと沸いた。当てた少数の者は歓声をあげ、外した多数の者は券を破り捨てる。

「２　１　８　８　！《ドイス・ミル・セント・エ・オイテンタ・エ・オイト》」

立花が当たり番号を繰り返す。数字くらいならどうにかポルトガル語を聞き取れる。下二桁は、

88だ。

「八八だ！　勇、〝虎《チーグレ》〟、当たりだ！」

「おお、ほんまか！」

立花に勇の当たり券を渡した。立花は「おめでとうございます！」と日本語で言い、勇に四ミルレイスの賞金を差し出す。

日本人の、それもまだ子供と言える年代の者がビッショを当てたのが珍しいからか、人だかりのブラジル人が口々に「おめでとう《パラベンス》」と言ってくれた。

立花はそれに呼応するようにポルトガル語で周りをはやし立てつつも、トキオの袖を数度引っ張った。

「坊ちゃん、早めにここを離れた方がいい。ほら、あっちにシルヴァの旦那がいる」

立花は小声で告げつつ人混みの外を指すように顎をしゃくった。

顔を向けると、一人の男がこちらを窺っていた。でっぷりとした赤毛の巨漢。日本人の間では悪名が高い『カーザ・デ・バッコ』の店主、ジョゼー・シルヴァだ。遠目にも、怒気を孕んだ目でこちらを睨み付けているのがわかる。

「あの旦那、坊ちゃんたちがビッショを当てて、ちやほやされてるのが面白くないのかも。絡まれても面倒だ、退散した方がいいですよ」

「わかりました。勇、行こう」

「ああ、せやな」

勇もシルヴァの様子に不穏なものを感じ取ったようだ。

二人は足早にその場を離れた。万が一、尾《つ》けられていても撒けるよう、角を何度も曲がった。街路を縫うように進んでゆく。

建物がまばらな町外れまで至ると、どちらからともなく、歩幅を緩めた。後ろを振り返っても、追ってくる者はいない。

「金、使うつもりが増えてもうたわ」

勇が高い声を出して笑った。

「よかったな」

「こいつのお陰かもな」

勇はズボンのポケットを探って何かを出した。

それは五年前、トキオが渡したあの黒瑪瑙だった。

「あ……」

不意討ちを食らったような気分だった。すぐに言葉が出なかった。

「なんや、もしかしてくれたこと忘れちまってたか」

「わ、忘れてねえよ。まだ、持っていたんだな」

忘れるはずがない。ついさっき、夢でも見たくらいだ。

勇はにっと笑った。薄暗がりの中、歯がやけに白く見えた。

「ああ。なかなかの御利益やで。ブラジル来て、思いどおりにならんことも多かったけど、どうにかこうにか楽しくやれてるのはこいつのお陰かなて思うとるよ」

勇は黒瑪瑙を握りしめ、再びポケットにしまった。

ふわりと、身体が浮き上がるような奇妙な錯覚を覚えた。トキオは口を開いた。

「勇、さっき俺、馬車《カロッサ》で居眠りしてたとき祖父ちゃんの夢見たって言ったろ」

「ああ、うん」

「あの夢な、実はおまえも出てきたんだ」

気づけば打ち明けていた。

「俺も？」

「俺たちの前でな、祖父ちゃん、最後、鳥になってどっかに飛んでいったんだ」

「なんや、けったいな夢やなあ」

「祖父ちゃんは、きっと日本に帰ったんだと思う。現実では帰れなかったから俺の夢に出てきて帰ったんだ。たぶんあの鳥は、日本のトキって鳥だ。勇はトキ、知ってるか？」

トキオ自身、実物を見たことはないが、昔、父が日本から取り寄せた『日本鳥類図説』でその姿かたちは知っていた。

勇は頷いた。

「知っとるよ。もう絶滅しとるかもしれんのやろ」

「いや、絶滅してなかったんだ。何年か前、新潟県の佐渡島ってとこで見つかったらしい」

たしか四、五年ほど前だったか。新潟県の沖にある佐渡島にトキが棲息していることがわかり、国の天然記念物に指定されたという記事が邦字新聞の片隅に載っていた。それを読んだ祖父、寿三郎は大層喜んでいた。

「そうなんか」

「うん。祖父ちゃんが子供の頃、だからまだ御一新（明治維新）の前のことだけど、そのくらい昔には、南雲家の故郷にもっとたくさんいたらしいんだ。でな、俺の名前は祖父ちゃんがその故郷の鳥にちなんでつけたんだ」

「ああ、なるほど。だからトキオだったんか。知らんかったわ」

「話してねえからな。ただ漢字、誰も知らなくて、一応、日本から持ってきた字引があったんだけど、載ってなくて結局、カナでトキオになったんだ」

トキオは苦笑しながら指で宙に自分の名前を書いた。

「はは、そうやったんか」

「……なあ、勇、一緒に日本に帰らないか」

トキオは一度も足を踏み入れたことのないその国に、しかし行くではなく帰ると言った。

「そりゃいつかは帰るつもりやけど」

「いつかじゃなくて、近いうち、旅費と少しの金が貯まったらすぐに。家族みんなじゃなくても、俺たちだけでも帰るんだ。それで兵隊になろう」

「兵隊に？」

勇はトキオの言葉を引き取り、考えるように目を伏せた。

ほんの少し沈黙が流れた。トキオが先にそれを破った。

「さっきの夢は、やっぱり祖父ちゃんが見せたんじゃないかって思うんだ。祖父ちゃんな、死ぬ前に言ったんだよ。『俺の代わりに日本に帰ってくれ』って」

それは祖父、寿三郎が亡くなるほんの三日前のことだった。そのひと月ほど前から寿三郎は「無理が利かなくなった」と、畑に出る時間が少なくなっていた。もう八〇を超えているのだから、当然と言えば当然だが、すでに体調は優れなかったのだろう。

その日も少しだけ働いたあと、農園の東屋でずっと休憩をしていた。そこにコーヒーを淹れて持っていったとき、話しかけられた。

——ありがとなあ。おめえは立派に育ってくんたて。おめえはおらの誉れだて。

唐突に誉められて、最初は兄の喜生と間違えられているのかと思った。祖父は、ブラジル生まれの二世は大味で大和魂が宿っていないと思っているはずだから。

けれど、違った。祖父ははっきりとトキオの名を呼んだ。

——トキオよお、おめえが生まいてくんて、おら、こっちで根ぇ張ることができたて。地主んなって、一旗揚げらんたて。おめえが生まいてくんて、立派んなってくんて、本当、いかった。

たしかに祖父は、そう言った。おめえが生まれたことで、根を張ることができたと、一旗揚げることができたと。むしろ自分の存在がこの地に祖父を縛り付けているのかと思っていたのに。

トキオは信じられない思いで祖父の言葉を聞いた。

——トキオよお、いつかおらの代わりに故郷《くに》に帰《けえ》ってくれぞ。こっちで生まいたおめえに、おらの魂、持ってって欲しいんだて。そんで、おらの代わりにお国のために尽くしてくれぞ。

祝福されていた。

自らの血を継承する者が、この異国で生まれたことを祖父は祝福していたのだ。そしてその気づきは、トキオに確信を抱かせてくれた。俺はブラジル人《ガイジン》ではなく、日本人だ、と。

きっとあのとき、祖父はもう死期を悟っていたのだろう。ならばあれは遺言だ。家族の中、ただ一人、父でも兄でもないブラジル生まれの自分に託された遺言だ。

いつか日本に行く。そしてお国に、祖父の故郷に尽くす。

自分にできることは、兵隊になることとしか思いつかなかった。支那事変が始まった今、それは祖父の望みにも適うだろうし、何より男らしい。

願わくはこの親友と一緒に——もしあの夢が祖父が見せたものだとしても、勇が出てきたのはきっと自分の願望だろう。

勇はゆっくり顔を上げた。

「そうさな。どうもこの先、ブラジルはもっと居心地悪くなりそうやしな。日本帰って兵隊になるんは悪うない。そもそも長くても一〇年で帰るゆう話やったしな」

ヴァルガス政権のエスタード・ノーヴォが敷かれてから、日本人の間で帰国熱は高まっている。

邦字新聞の紙面でも、移民は歯を食いしばって耐えるべきか、早期の帰国を目指すべきかの論戦が繰り広げられている。現実に帰国できる者はごく一部に過ぎないが、確実に増えていた。

「一〇年てことは、あと五年か」

「せやけど、うちは五年やってもまだかつかつの借地農や。あと五年じゃ錦衣帰国ってわけにはいかんかもしれんなあ」

「金は俺も頑張って貯めるよ。それにいいじゃねえか。札束がなくても、心に錦があれば、錦衣帰国だろ」

「心に錦か、上手いこと言うな。せやな、帰ろうで。あと五年のうちに、や。あ……、今思い出したわ。トキ、ブラジルにもおるやろ」

「いるのか？」

いささか驚いた。ブラジルにトキがいるという話は聞いた事がなかった。

「えっと何やっけな。たしか……イー……イービス。そうやイービスゆうんや。赤くて、日本のトキとは違うけど、仲間やって」

「イービス……？　赤いのか」

「うん。サントスで見た。そんとき秋山さんが教えてくれたんや、あれはトキやって。幸運の鳥やとも言うてたな。見ると寿命が延びて金が手に入るて」

「秋山さんって『帝國殖民』の？」

「せや。まあ、あん人のことや、来たばっかの俺ら励ますため、話盛ったかもしれんけどな」

「あり得るな」

「そうや。せっかく日本帰るんやったら、トキ、探そうで。佐渡島やっけ？　おったんやろ。だったら俺らも見に行こうや」

勇の言葉にトキオは破顔した。

「ああ。それ、いいな。約束だぜ」

「おう。約束や」

そのとき、ポツリと鼻の頭に水が落ちるのを感じた。

空を見上げると先ほどまで眩しいほどに瞬いていた星々が、いつの間にか姿を隠してしまっていた。

「ひと雨、きそうだな」

「うん。もう馬車《カロッサ》戻ろうで」

二人は走り出した。

その頭上には多量の雨水を蓄えた雲が立ち込めていた。

ほどなく雨が降り始めるのだ。目の前すら見えなくなり、人の行き先を惑わせるほどの、土砂降りの、雨が。

2章　コンデ街から来た男

1

　はあ、はあ、はあ――息が切れる。

　暑い、熱い――容赦なく降り注ぐ南米の陽射しと、肉体の発熱。外と内、両方から身体を灼かれる。

　それでも必死に足を動かす。

　あと少し。あと少しで、勝てる。あいつに、勝てる！

　そのとき、大きく逞しい身体が右側に現れたかと思えば、前に出られた。

　抜かれた！　くそ！　追いつけ！　追いつけ！　追いつけ！

　比嘉勇は懸命にその背中を追う。ブラジルにやってきてからの七年、追い続けた背中を。全力疾走で、追う。


――一九四一年　四月二九日。


　サンパウロ州奥地、奥《アルタ》ソロカバナ地方、ウアラツーバに位置する弥栄村は、人口三〇〇人ほどの日本人殖民地だ。

　湿地帯の森を焼いて造成された、およそ七キロ四方、総面積二〇〇〇アルケイレ（約五〇平方キロメートル）の村には、四〇世帯ほどの農家が点在している。蜘蛛の巣のように張り巡らされた農道を兼ねた未舗装の径が家々をつなぐ景色は、日本の農村とよく似ている。ただし日本に多い茅葺きの木造住宅はなく、大半が板葺きの掘立小屋か、レンガや土で壁をつくった洋風住宅だ。村の北の外れを流れるバビロン川《リオ・バビロン》の畔には、村人が草をむしり土を固めてつくった運動場《カンポ》がある。質素なものだが野球の試合ができるほどには広い。

天長節（天皇誕生日）のこの日、その運動場《カンポ》では祝賀会を兼ねた運動会が行われている。殖民地で暮らす日本人にとっては年に一度の楽しみだ。今日も一〇〇人を超える村人が集まった。短距離走、長距離走、豚追い競走、二人三脚、綱引きなどの競技を、老若男女みんなで楽しむ。参加者には普段より甘くつくったマンジョカ粉の紅白饅頭が振る舞われ、特に子供たちは大喜びする。午後には、有志による浪曲や舞踊、誰でも参加できる柔道の青空稽古、巡回映画《シネマ》の上映会などの催し物もある。

運動会の花形は、やはり真剣勝負の競技だ。少年の部と大人の部に分かれ、力を競う。数え年でも二〇歳になる勇は大人の部に出場していた。

一周四〇〇メートルの運動場を一〇周する長距離走。ずっと先頭を走っていた勇がトキオに抜かれたのは、ゴールまでおよそ一〇〇メートルの地点だった。

抜き返すことは叶わず、そのままゴールした。一着はトキオ、勇は二着。

足を止めた途端、疲労が全身にのしかかってきた。

「ああ、くそ！　あとちょっとやったのに！」

地面に向かって叫んだ。顔から汗がぼたぼたと垂れて、土に吸い込まれてゆく。

「危なかった。今年は勇に行かれるかと思ったよ」

同じく汗だくになったトキオが言った。

村に来たばかりの頃はまったく相手にならなかったが、勇の身体が成長するに従い差が縮まった。今年こそはと思い臨んだ運動会だったが、わずかに及ばなかった。

「二人ともすごいわあ。三着をずいぶん引き離したじゃない」

柔らかな声。振り向くと、志津の姿があった。花の形に切った端布《はぎれ》を縫い付けた着物を着ている。手製の晴れ着だが、普段の質素なワンピースやモンペに比べればずっと華やかだ。今日、男たちは大半が襟無しの体操着姿だが、女たちはみな着飾っている。

今しがたの全力疾走とは別の理由で、鼓動が早まり顔が火照るのを勇は感じた。志津を見かけるとこんなふうになってしまうのは、出会ったときと変わらない。

かといって、何もかもが同じというわけでもない。志津はもう三〇になるはずだ。

〝娘三コント〟と女性を重宝するような言葉がある反面、口さがなく〝殖民地の女は老けるのが早い〟などと言う者もいる。たしかに勇の養母《はは》であるカマは、弥栄村で暮らし始めてから老け込んだようにも思える。毎日畑に出て土にまみれ、家に帰っても炊事洗濯に忙殺されているからだろうか。カマは今三〇過ぎだが、髪にはだいぶ白いものが混じり、顔に刻まれた皺も深くなった。一〇、下手したら二〇くらい上に見える。よその家を見回してみても、大人の女で年より若く見える者はほとんどいない。

そんな村の中で志津は例外的にいつまでも若々しい一人だった。もちろん目尻に顔立ちに仕草に、年輪が重ねられてはいる。けれどそれらは老けるという言葉が似つかわしくない変化だ。よりたおやかに、年とともに艶っぽくなっているような気がする。惚れているからこその贔屓目かもしれないけれど。

そう、惚れている。さすがにその自覚はあった。まだ少年だった出会った当時のふわふわとした憧れとは別の、渦巻くような想いが、今はある。

志津を盗み見るとき、視線はその端正な顔だけではなく、身体を、特に胸元から腰、尻にかけてのなだらかな線を追ってしまう。志津のことを考えると、臍の下が熱くなる。ときに淫らな想像をし、自分を慰めてしまうことすらある。そのあとは、いつも酷い自己嫌悪に襲われる。

「勇くんは惜しかったねえ。うち今年は勇くんが勝つかと思うたわ。でもトキオくんはさすがじゃったね。少佐が村一番ゆうだけあるわ。はい、おめでとう」

志津がトキオに一等の記念の花の首飾りをかけた。

「ありがとうございます」

「トキオさん！　おめでとうございます！」

声をあげて駆け寄って来たのは井内昭一《いのうちしょういち》。少年の部に出場しており、歳は勇たちの四つ下。トキオや里子と同じブラジル生まれの二世で、日本の元号が昭和になった直後、生まれたので、それにちなんだ名をつけられたという。

渡辺少佐の道場の後輩でもある昭一は、何かというとトキオのあとについてゆこうとする。トキオのことを特に尊敬しているのが普段の態度からもよくわかった。

他の者たちも優勝したトキオの元に集まり祝いの言葉をかけてゆく。その様子を見て、勇の胸がチクリと痛んだ。

村一番の男――今や誰もがトキオをそう思っている。トキオにはそれだけの器がある。今日の運動会でトキオは、この長距離走だけでなく短距離走とボール投げでも一等だった。身体能力が高いだけでなく、優しさも兼ね備えており、誰に対しても公平に接する。みなが世話になる南雲農園の子息ということも手伝い、村の若者のまとめ役になっている。非の打ち所がないと思う。

勇にとってトキオは親友だ。村に来たばかりの頃は何かと世話を焼いてくれたし、黒瑪瑙をお守りにくれた。あの石は今も大切に持っている。もし自分が昭一のようにトキオの後輩だったら、やはり尊敬して、あとをついていきたいと思うことだろう。

けれど……。

「ほら、少佐も二人の活躍をお喜びよ」

志津に促され、運動場の隅に設営されたテントの方に首を向けた。お年寄りのための観覧席だ。その中央に渡辺少佐の姿があった。

纏っている威厳は健在だが、去年、肺病を患い、だいぶ身体が弱った。道場に顔を出すことが減り、柔道の師範役は、長年道場に通っているトキオを中心にした幼なじみの五人——トキオ、勇、勘太、前田兄弟——が持ち回りでやっている。

少佐はウアラツーバ日本人会の役員も引退し、トキオの父の甚捌に引き継いだ。半ば隠居していると言っていいだろう。今日もずっとテントの日陰から動かず観戦していた。

その少佐がこちらに向かって、ゆっくり手をあげる。

「二人とも、よう頑張った言っとるわ、きっと」

勇とトキオは気をつけをして、少佐に向かって礼を返した。


午前中、最後に行われた競技は、男女で組になって行う二人三脚競走だった。男は一五歳から三〇歳までの未婚者のみ、女は誰でも参加できる。男の数が多いため、こうして人数を合わせているのだ。村の若い男たちに少しでも潤いを与えるのが目的であり、女たちがみな着飾っているのはこれがあるからだ。

組む相手を決めるのはくじ引きだ。勇は毎年、密かに志津と組めることを期待していたが、これまでくじ運に恵まれたことはない。今年は、勘太の妹の里子と組むことになった。

「まさか勘太の母ちゃん引くとは思わんかったわ、勇、里ちゃんと組めてええなあ」「ほんまじや、羨ましいわ」と、声をかけてきたのは双子の前田兄弟だった。

「太郎、おまあは志津先生じゃからええじゃろうが」

次郎が口を尖らせた。今年、志津と組むことになったのは太郎だった。

「そうや、志津先生、ええやんか」

勇は太郎を小突いてやった。代わって欲しいくらいだったが、それは言わなかった。

「でも少佐の奥方やで、何か粗相してもうたらと緊張するわ」

太郎は眉根を寄せる。その気持ちはわからないではない。勇も志津に懸想していることを少佐に知られたらという不安は常に抱いていた。

「それを言うたら、里ちゃんだってトキオの許嫁《いいなずけ》みたいなもんや、俺も気を遣うで」

勇が言うと、前田兄弟は顔を見合わせた。

「いやいや、別にあいつらまだ夫婦《めおと》になったわけじゃなあで」

「そうじゃ。最近、里ちゃん、色っぽくなったからなあ。隙あらばええ仲になりたあよ」

「なあ、俺もそう思うで。やっぱ勇うらやましいわ」

前田兄弟はだらしなく顔を緩めた。勘太がいたら「人の妹で何考えとる」と怒るところだ。

「くじで組になった者同士、足を結んでや」

係の声に雑談を止め、組む相手を探す。

「今年は勇ちゃんじゃね」

里子がこちらを見つけ、近づいて来た。やはり花の端布を付けた手製の晴れ着を着ている。

「トキオじゃなくて悪かったな」

トキオはマツさんというお婆さんと組むことになり、少し離れたところで足を結んでいる。里子は上目遣いにこちらを見て、悪戯っぽい笑みを浮かべた。盛り上がった頰に昔はなかったそばかすが浮いている。

「こっちこそ、志津先生やなくて悪かったねえ」

「志津先生は、ただの憧れやって言うとるやろ」と、いつもの逃げ口上を口にした。

「ただの憧れねえ。まあ、ええわ。うちはね、トキオちゃんやなくて勇ちゃんでも悪うない思うとるけどね」

勇は大げさに顔をしかめて口を尖らせた。

「でも、とはなんや、でもとは」

「はは、ごめん。別に勇ちゃんを軽んじとるわけやなあよ。うち、ほんまに勇ちゃんと組めて嬉しいんよ。最近、ぐっと格好《かっこ》ようなったもん。ほら、足出して」

どういうつもりか、そんなことを言いながら、里子は自分と勇の足を布で結ぶ。その拍子に着ている着物の襟元がかすかにはだけた。つい、目がいってしまう。豊かな胸の谷間が見えた。

ませていてやかましいお転婆娘——と思っていた里子も、もう一七だ。前田兄弟が言っていたように、最近、肉付きがよく色っぽくなった。ある意味で兄の勘太に似てきた。そう言うと里子は嫌がるだろうが、もともと愛嬌はあるのだから女らしい豊満さが身につき、より魅力的になったと思う。

無意識のうちに臍の下に血が集まるのを感じた。ああ、くそ、俺はアホか。

勇は自分の身体が大人になるのと同時に、その奥に節操のない欲望が蓄えられていることを自覚していた。特にこの数年、それは強くなっている。志津に惚れているはずなのに、他の女の色気に触れたときも、身体は反応してしまう。頭が勝手に、この着物を脱がせたら中はどうなっているのかを想像し始めてしまう。

里子が顔を上げた。慌てて視線を逸らす。

「今、うちの胸、見てたじゃろ？」

「い、いや、たまたま……」

「ええよ、別に」

「え？」

思わず里子を見ると、彼女は首を振った。

「好きに見てええってわけじゃなあよ。じゃけん、健康な男の人じゃったら、ちょっと見たりすんのも普通じゃろ。……何てゆうかな、女として見られんの、悪いことじゃなあわ」

里子の声はどこか寂しげだった。彼女はマツさんと足を結んでいるトキオに視線を向けた。

「トキオと何かあったんか」

トキオと里子は半ば公認の仲だ。両家共に乗り気のようで、結婚話も持ち上がっているらしい。

里子はこちらに向き直り、大げさに肩をすくめた。

「何もないんじゃわ。最近は、みんな気ぃ利かしてうちら二人きりにしてくれること多いじゃろ。うちはね、もうトキオちゃんじゃったら好きにしてくれてええ思うとるんよ。じゃけど、あん人、手も握ってくれん」

好きにしてくれてええ——その言葉に淫らな想像力を刺激されるが、邪念を頭から追い出した。

「そうか……、きっと、あいつのことやから、結婚するまでは清く付き合おう思うとるん違うか」

二年前だったか。色街《バイロ》に行ったときのことを思い出した。あれ以来、勘太や前田兄弟は、ときどき女を買っているらしい。一方、勇は気が引けてしまいその後はもう行っていない。だから未だに女を知らないままだった。

女を知りたくないわけではない。あのとき買っておけばよかったという後悔もある。衝動的にバイロに行ってしまいたくなることもある。でもその度、踏みとどまったのは、トキオを立派だと思ったからだ。

欲望に抗い己を律することは正しいことだ。トキオを見習いたかった、否、負けたくなかった。だから少なくともバイロで女を買うことだけはすまいと己に誓っているのだ。

「ほうかいねえ。ほら見てみい、トキオちゃん、今、マツさんと楽しそうに話しとるじゃろ」

見るとマツさんが何か冗談でも言ったのだろうか、トキオは相づちを打ちながら笑っていた。

「うちといるときも、いっつもあんな感じじゃ。楽しいは楽しいんよ。でもね、そんだけ。何や、友達か、お兄ちゃん……、うちのお兄ちゃんよりもっと品がよくて優しいお兄ちゃんがおったら、こんな感じかなて思うんよ。うちの言うとる意味わかる？　トキオちゃん、全然うちを女として見とらん気がするんじゃわ」

里子はため息をついた。その様子には普段は見せない、いじらしさが感じられた。妙なむずがゆさを覚える。

「考えすぎと違うか。そんだけトキオが里ちゃん大事にしとるゆうことやろ」

里子のために女を買わなかったくらいだ。それは間違いない。

「そうじゃろか。でも、実は南雲さんとこじゃ、早《はよ》うちと一緒になって身を固めえて言ってるそうなんよ。じゃけど、トキオちゃん、結婚はまだ早いて乗り気じゃないんやって」

二人とももう年頃だ。周りが早く結婚させたがるのも無理はない。けれどブラジルでは本人の意に反して結婚を強要することは違法になる。その影響なのか、日本人ばかりの殖民地でも、本人の気持ちを尊重する気風がある。

勇にはトキオが結婚を躊躇する理由がわかる気がした。きっと日本に帰って兵隊になるつもりだからだ。バイロに行ったあの夜、約束をした。五年以内に、と。今からならあと三年だ。もし結婚するなら里子を日本に連れて帰ることになる。それは簡単なことではない。

トキオは里子が嫌なわけではなく、きっと先々のことを考え悩んでいるのだ。

「トキオちゃん、うちにはもったいなあ男《ひと》じゃよね。でも何じゃろね、すぐ傍におっても、手の届かんずっと遠くにおるような気ぃすることがあるんよ」

里子の物言いにはっとさせられた。彼女はこちらが返答に困っていると思ったのか、拝むように手を合わせる。

「ああ、ごめん。何か変なこと喋り過ぎたわ。勇ちゃん、忘れてな」

「あ、うん」

「競走始まるで。ちょっと、練習しよ。ほら、イチ、ニ」

里子に促され、結んだ足を動かしながら、勇は今聞いた言葉を反芻していた。

——ずっと遠くにおるような。

きっと意味合いは違うのだろう。けれど言葉にすれば、勇がときおりトキオに抱く想いも同じだ。トキオの背中は遠い。あらゆる意味で。

今日の運動会でも勝てなかった。柔道の実力も近づいてきているが、敵わない。仕事の面でも、もうトキオは南雲農園の経営に関わり稼いでいる。対して勇の家は去年、来伯七年目にしてようやく地代を払い終わり自分の土地を得た。しかし収穫量は十分でなく、現金収入を補うために勇が南雲農園の手伝いに行くこともしばしばだ。

約束どおり日本に帰ることになったとき、トキオはそれなりの金を用意するだろう。が、きっと勇はトキオほどは用意できない。下手をしたら旅費の一部を肩代わりしてもらうことになるかもしれない。トキオは嫌な顔一つしないだろう、けれど……。

俺とトキオは、対等じゃない——昔はそんなことは思わなかった。むしろ、村に来て、すぐに親友と言えるほど仲よくなったトキオのことを頼もしく思っていた。しかし長く同じ空気を吸い、土をいじり、陽に灼かれ、汗を流す日々の中で、親友より秀でる部分が何もないことが苦しくなってきた。

自分に対するふがいなさか。トキオに対する嫉妬か。自分でもわからない。ただ、何か一つでもいいから、トキオに伍することのできるものが欲しかった。

もやもやした他念を抱きながら二人三脚に臨んだ勇だったが、競走が始まればそれらはすべて吹き飛んだ。

長距離走のときのように、走ることに集中したからではない。むしろ逆だ。身体を密着させて一緒に走る里子の柔らかな肉の感触が、彼女が発する鼻にかかった息づかいが、近くから漂う汗の匂いが、いちいち勇の心を乱した。自分の意思とは無関係に身体の奥で欲望がたぎり、頭の中が、熟れた果物のようなギトギトした甘い色に染まる。結局、足並み揃わず六組中四位という冴えない結果に終わり、トキオとマツさんの組にも負けてしまった。

昼休憩を挟み全員参加での綱引きが行われ、運動会は幕を閉じた。

そのあと勇たち道場生は柔道着に着替え、運動場に茣蓙を敷き即席の青空道場をつくった。ここで毎年恒例の柔道の青空稽古を行う。道場に通っていない者でも簡単な稽古を受けることができるというものだ。今年は特に盛況で、大勢が稽古を希望した。これには理由がある。

エスタード・ノーヴォが敷かれて以来、ブラジル政府の外国人に対する締め付けはどんどん厳しくなっている。この前年、一九四〇年からは外国人登録制度が敷かれ、鑑識手帳と呼ばれる外国人登録証を携帯することが義務づけられるようになった。これを持たずに町に出ると取り締まりの対象になるという。排日主義者の溜まり場である『カーザ・デ・バッコ』の店主ジョゼー・

シルヴァは、自警団を組織し「ウアラッツーバから日本人を叩き出す」などと豪語しているらしい。実際に他の殖民地の者が鑑識手帳を持たずに駅町で夜遊びをしていたところ絡まれ、シルヴァの一味に袋叩きにされたという事件も起きている。殖民地を一歩出れば、日本人よりも身体の大きな「ガイジン」たちが闊歩する国にいることを、改めて思い知らされた。

みな、万が一のときに身を守れる武道を身につけたいと思っているのだ。柔よく剛を制す柔道は、ガイジンに対抗するには打ってつけである。普段の道場の稽古にも通う者が増えている。

青空稽古の参加希望者の中には、勇の養父、正徳や、トキオの兄の喜生、父親の甚捌らの顔もある。

渡辺少佐は気分が優れないとのことで、運動会が終わると志津に連れられて家に戻ってしまい、師範役はいつもの稽古と同様に勇たち五人が務めることになった。中心になるのは、やはりトキオだ。トキオは自然とまとめ役となり、道場生にテキパキと指示を出していた。

準備も終わり、そろそろ始めようかという頃、村の住人ではない者が二人、姿を現した。

そのうちの一人、背広に鍔の広い帽子という洒脱な洋装のその男を認めると、みな口々に歓迎の声をあげた。「おお秋山さん！」「来てくれたんですか」

勇がブラジルに来たとき案内役を務めていた『帝國殖民』の秋山稔だった。

弥栄村のような奥地の殖民地に住む者にとって移民会社は、祖国日本の窓口のようなものだ。彼は年に数度、村の様子を見に来て、総領事館からの通達を伝えたり、村から日本に送る国防献金のとりまとめなどもやってくれている。

「やあ、みなさん、やってますねえ！　運動会に間に合うよう朝イチで到着するはずだったんですが、途中で汽車が半日以上も止まってしまって……、こんなことは日本じゃまずないですから、ブラジルの鉄道もまだまだです」

そんなことを言いながら運動場《カンポ》に入って来た秋山は、四〇がらみの男を連れていた。中肉中背だが肩幅が広い。眉が太く雄々しい顔立ちをしており、昼日中でも光を放っているような鋭い目つきが印象的だった。優男の秋山と並ぶと、そのただならぬ雰囲気がより強調される。『帝國殖民』の職員……には見えない。男はカーキ色の折襟の服と帽子を身につけ、足にはゲートルを巻いていた。去年、日本で制定された国民服だが、一見兵隊のようにも見えた。

「こちらのおっかなそうな人は、村への移住を希望してらっしゃる瀬良《せら》さんです。ずっと昔、僕がコンデ街で貧乏暮らしをしていた頃からの知り合いでもあります。この人、コンデ街で用心棒みたいなことしてて、僕はずいぶん助けられたんです」

秋山が紹介すると、男は片頬をあげて「余計なこと言うなや」と、秋山の胸を小突いた。秋山は「ちょっと、瀬良さん、強いですって」と咳き込む。そんな様子にみな、笑いを漏らした。やりとりから二人の気の置けなさが知れた。

男はサンパウロ市の日本人街、コンデ街からやってきたと自己紹介した。

「瀬良悟朗《ごろう》いいます。ずっとコンデ街におったんじゃが、お国のために奉公したい思いまして、この村でつくっとる綿は日本に送られとるゆうんで、それを手伝いたい思うとります。みなさん、以後、お見知りおきを」

その男、瀬良は頭を下げた。声は見た目の印象よりも少し甲高かった。訛りからして、村で最も多い広島の出身者のようだ。もしかしたら、誰かの縁者かもしれない。

「ようこそいらっしゃいました。歓迎します」

甚捌が一同を代表するように挨拶をした。

「こちら、この村で一番大きな農園をやってる南雲さん。今はウアラツーバ日本人会の役員もやってもらっています」

秋山が紹介すると、瀬良は「じゃあ、おたくが村長さんじゃろかね。よろしゅうお願いします」と改めて頭を下げた。

「いえいえ、村長なんて偉いもんじゃないんですよ。ただ、村の暮らしで困ったことがあったら何でも言ってください」

甚捌は謙遜してみせたが、村の多くの家が南雲農園の世話になっているし、渡辺少佐に代わって日本人会の役員になってからは、みな彼を村長のように思っている。

「あの、渡辺少佐と志津ちゃんは？」

秋山が周りを見回しながら尋ねた。彼は志津のことをちゃん付けで呼ぶ。志津が幼い頃から知っており、少佐との縁談を仲介したのもこの秋山らしい。気安い様子に少しむず痒さを覚えるが、結婚の世話を焼いたということは勘ぐるような関係ではないのだろう。

「さっきまでいたんですが、少佐の体調が優れないということで、家に帰ったんですよ」

「そうですか。瀬良さんと会わせたかったんですが……」

秋山と瀬良は互いに視線を送り合う。このとき勇は、二人が何か含むような笑みを浮かべた気がした。

「ええよ。あとで挨拶しとくで。おまあも急がんと汽車、間に合わなくなるじゃろ」

瀬良が促すと、秋山は頷いた。

「そうですね。じゃあ、みなさん、僕はこれで」

「秋山さん、とんぼ返りですか」甚捌が尋ねた。

「ええ。ゆっくりしたかったんですが、汽車が遅れたお陰で次の仕事まで間がなくなってしまいました」

「そうですか。大曽根さんにもよろしくお伝えください」

「はい」と答えた秋山は「瀬良さんのこと、よろしくお願いします。おっかないけど、頼りがいのある人ですよ」と付け足し一同に頭を下げた。

「余計なこと言うな、いうとるじゃろが」

瀬良に言われ「くわばら、くわばら」と秋山は運動場《カンポ》をあとにした。みな笑いながらそれを見送った。

「相変わらず忙しいお人ですなあ」

飄々としている秋山だが『帝國殖民』支社長の大曽根周明の右腕として、あちこちを飛び回っているという。

「ところで、これからここで柔道でもなさるんじゃろうかいね」

瀬良は今つくったばかりの青空道場に視線を落とした。

「ええ、そうなんです。青空稽古です。あそこにおるうちの倅と仲間たちが教えるんですよ」

「南雲トキオです。よろしくお願いします」トキオが名乗り、頭を下げる。近くにいた勇もつられるように会釈をした。

「ほお。おたくの倅さん、身体も大きくて立派じゃねえ。強そうじゃ。実は儂《わし》、ブラジル来る前は陸軍におったんです」

おお、と声があがった。ブラジルにいるということはすでに退役しているのだろうが、移民社会では軍人は特別な存在だ。甚捌は「そうでしたか。どうりで立派な感じがすると思いました」とへりくだった。

「はは。ゆうても儂はしがない兵卒じゃったけん、大したことはなあです。ただ、教練で柔道を嚙りましてね。こっちに来てからも独学で続けとったんです。この青空稽古とやらに参加させてもろうてもええじゃろかね。道着も持ってますけん」

瀬良は手にしていた行李を持ち上げた。

「そりゃもちろん。いいよな、トキオ？」

「はい。是非。兵隊さんに参加してもらえるなんて光栄です」

トキオが応え、新住民、瀬良も青空稽古に加わることになった。

彼が持参した柔道着に着替えると、腰に巻かれている帯は、有段者を示す黒帯だった。だがそれだけでは実力はわからない。ブラジルでも日本人がつくる「伯国柔剣道連盟」が段位の認定をしているが、地方の道場では独自に帯の色を決めていることが多い。村の道場でも渡辺少佐の独断で師範役を務める五人には黒帯を巻くことが許されていた。

青空稽古の段取りは例年どおりだった。まずは身体をほぐすために全員で受け身の練習をした。

なるほど瀬良の動きは、たしかに経験者のそれであった。ただ、形はあまりきれいではない。独学の弊害かもしれない。

受け身の練習のあとは、二人一組での技の練習だ。それが始まる前、瀬良はトキオに近づき言った。

「儂と一番、お願いできんかね。教わる以上は自分より強い人じゃなあと意味ないじゃろ。それを確かめさせて欲しいんよ」

瀬良は自分よりも大きなトキオを見上げ、口元に不敵な笑みを浮かべていた。明らかに挑発している。

勇はむっとした。何や、こん人、トキオのこと舐めとるんか。当のトキオも顔をしかめた。

「そうですね……」逡巡し、意見を求めるようにこちらを見た。

勇は「やったれ」という気持ちを込めて頷いた。

用心棒をしていたくらいだ、腕に覚えがあるのだろう。けれどあんな汚い受け身しか取れないやつにトキオが負けるわけない。体格だってトキオの方がいい。兵隊やろうが関係ない。目に物見せたれ。

「わかりました。では、お手合わせ、お願いします」

トキオは瀬良を見下ろして答えた。周りが声にならないどよめきを漏らした。みな勇と同じで、村一番の男たるトキオが、思い上がった新入りをやっつけることを期待しているのだ。

かくしてトキオと瀬良が立ち合うことになった。試合の形をとり、審判を勇が務めることになった。禁止技など、細かいルールを瀬良と確認し、普段、道場でやっている試合形式の稽古とほぼ同じルールに落ち着いた。最後にトキオからこっそりと「くれぐれも公平に頼む。むしろ俺に厳しめに判定してくれ」と言われた。まったくトキオらしいと思いつつ、勇は頷いた。

トキオと瀬良は、道着の帯を締め直し青空道場の中央で向き合った。

「お互いに、礼！」

勇のかけ声で、二人は礼を交わす。青空道場の周りには人だかりができて固唾を飲むように見守っていた。青空稽古に参加しない女性や老人も見物に集まって来ている。

「始め！」

トキオが「さあ！」と、気合いを入れて組み手を取りにいった。対する瀬良はあっさりと組ませる。トキオは十分な組み手を取り、持ち前の膂力で瀬良を振り回す。

「なるほど、なるほど、こりゃ大したもんじゃあ」

瀬良は開始早々、明らかな劣勢に追い込まれているのに余裕ぶっている。

一気に決めたれ。言われずとも贔屓などする気はなかったが、内心、中立を忘れトキオを応援していた。

トキオは相手の襟を摑んでいる釣り手を引き上げ、足を踏み出す。得意の大外刈りの予備動作だ。

決まる——そう思った次の瞬間、それまでいいように翻弄されていた瀬良が、素早くトキオの袖を引き体《たい》を開いた。

トキオは刈るはずだった相手の足を見失い、技を出せずにつんのめった。

「さて、そろそろ柔道をしようかいね。よいしょお！」

瀬良がかけ声とともに組み手を動かす。トキオの身体が引っ張られる。

「うおっ」

トキオが声を漏らした。先ほどとは逆に、瀬良がトキオを振り回している。

「南雲トキオゆうたな。おまあ、さすがに師範任されるだけあって、筋はええ。じゃがな、まだまだ甘い。所詮、井の中の蛙よ。上には上がおるゆうこと、よう知っとけ」

瀬良は、まるで立ち話でもしているかのような余裕で喋っている。対してトキオは必死に主導権を取り返そうと押し引きを繰り返す。しかしやればやるほど、瀬良に翻弄されているようだ。

「いけん、いけん。焦れば焦るほど、いけんようになるぞ。力の入れ具合がばらばらじゃ。そんなんじゃ、人は倒れんぞ」

「くっ、くそ！」

トキオは強引に再び大外刈りをかけようとした。

「はは、勢いはええが、それじゃ技にならんわ」

瀬良は先ほどと同じように袖を引いて、トキオのバランスを崩した。

「ええか、人を投げ飛ばすゆうんは、こういうことじゃ。身体で覚えぇ」

瀬良は腰を落とし素早くトキオの懐にもぐり込んだ。そのままトキオの身体を腰にのせ足を使い、跳ね上げた。

大きなトキオの身体が一度宙に浮き、地面に叩きつけられた。

跳腰。腰と足で相手を投げる大技がきれいに決まった。

「受け身は上手いな。基礎がでけとるんはええことじゃ」

瀬良はトキオを見下ろして言った。トキオは倒されたまま、呆然と瀬良を見上げていた。勇も目の前で起きたことに頭が追いつかず、ただ二人の様子を眺めるばかりだった。

「どうした。審判、今の技あ、無効か」

促され、我に返った。

「い、一本！」

これ以上ないくらい見事な一本だった。周りの人だかりから、驚愕ともため息とも付かない大きな声があがった。

村一番の男が、トキオが、負けた。

トキオだって無敵ではない。稽古では勇がトキオを投げたこともある。しかし、トキオがここまでいいように翻弄されるのは初めて見た。勇は背中に冷たいものを感じていた。

何なんだ、何者なんだ、この男は――

「兄さん！」

志津の声がした。少佐と一緒に家に帰ったはずだが、戻って来たようだ。

「おう、志津、達者じゃったか」

瀬良は頬を緩めた。

志津先生の兄貴？

そう言えば、コンデ街に住む歳の離れた兄がいる、というのは聞いたことがあった。ずっと別々に暮らしているが、いつも陰に日向に見守ってくれていたという。それが、この人なのか。

「達者じゃったじゃないわ。子供相手に何やっとんのよお」

「なあに。ちょっと挨拶代わりになあ」

「その瀬良さんは、志津先生、あんたの兄さんなんか」

甚捌が割り込むように尋ねた。

「そうなんです」志津は甚捌だけでなくこの場の一同に向かって口を開いた。「こちら、うちの兄なんです。ずっと柔道やっとって、全伯大会で優勝したこともあるんですよ」

ブラジルに日本人が増えて各殖民地で柔道が盛んになるにつれ、大小さまざまな大会が開かれるようになった。その中でも特に大きいのが、伯国柔剣道連盟が主催し、全殖民地に声をかけて行う全伯柔道大会だ。今年の八月にもサンパウロ市で全伯大会が催されることになっており、弥栄村からも選手を選んで参加する予定だった。瀬良は以前、その大会で優勝、つまり全伯一になったことがあるという。トキオが敵わなかったのも当然かもしれない。

志津は続ける。

「最近、少佐、お加減悪うて、トキオくんらに師範まかしとるけど、今度、全伯大会あるのに肝心の自分らの稽古ができんじゃろ。そいでね、新しい師範として兄さんに村に来てもらうことになったんよ」

そうだったのか。みな一様に驚きと戸惑いが混じった顔をしている。

「この様子だと、兄さん、言わんじゃね」

「はは。すまん。ちょっと驚かしたろ思うてな。秋山のやつも黙って帰ったけえ、同罪じゃ」

「まったく。あん人も、人が悪いわ」

さっき瀬良と秋山が目配せしていたのはそういうわけか。

瀬良は倒されたまま青空道場にしゃがみ込んでいたトキオに手を伸ばした。

「おまあ、なかなか筋はえかった。鍛え甲斐がありそうじゃ」

「はい……」

トキオは手を取り立ち上がる。瀬良は柔道着を着ている勇たちにも一人一人視線を送り頷いた。

「他のやつらも、ええ面構えばかりじゃ」

それから周りを取り囲む村の住人たちを見回す。

「そういうわけで、これからこの村の道場で柔道の師範をやらせてもらいます。八月の全伯大会じゃあ、こん村の誰かを優勝させますけん。期待しとってつかあさい」

瀬良の声に、今度は歓声が上がった。村に新しい師範が、否、トキオよりも強い男が、来た。

勇は胸の奥に言葉にならないざわめきが湧くのを感じていた。

2

運動会、青空稽古と続いた天長節のお祝いの締め括りは、映画《シネマ》だった。青空道場の片付けも終わり、陽も傾いてきた午後四時過ぎ、村に一台の大きなトラックがやってきた。

日本の映画フィルムを買い付け、各地の殖民地を巡回し上映する「シネマ屋」だ。

映画は遠く離れた祖国の雰囲気を知る手段であると同時に、殖民地での最大の娯楽でもある。

弥栄村でも、様々な祝い事の際にシネマ屋を招くことにしていた。

運動場《カンポ》が今度は屋外映画館になる。といっても、茣蓙を座席にして、椰子の竿に白い布を張ってスクリーンにしただけの簡単なものだ。村には電気が通っていないので、発電機を使う。台座を使いトラックの後輪を浮かせてベルトを巻き、ダイナモを回すのだ。

この準備が終わる頃には、ちょうどよく陽が暮れていた。今回シネマ屋が持ってきたのは『五人の斥候兵』。支那事変で拠点を敵に包囲されつつも生還した斥候兵の活躍を描いた作品だ。イタリアのヴェネツィア国際映画祭で賞を取り、日本精神が外国でも認められたと評判になっていた。本当は音の出るトーキー映画らしいが、音を出す設備がないので、シネマ屋の活動弁士がスクリーンの前で解説をする。

スクリーンには草原の中を、銃剣を構えたまま走る五人の兵士の姿が映し出されている。兵士たちの腰ほどもある背の高い草は、稲か何かだろうか。ブラジルのそれとはまた違った景色だ。

「——突然の敵襲！　前から後ろから銃弾が飛んでくるではありませんか！　さあ一大事！　五人は必死の応戦を試みます！　ああ、果たして生還は可能なのか！」

活動弁士は客席の後ろから鳴り響くトラックのエンジン音に負けぬ大声で、かつ臨場感たっぷりに弁舌を振るう。

南雲トキオは茣蓙に座り、妙に晴れ晴れとした気持ちでこれを観ていた。勇や勘太ら幼なじみをはじめ、村の人々もみな、映画に夢中になっている。

村の新住民にして柔道の師範となる瀬良は、トキオの父の甚捌に促され、最前列に陣取っている。彼に投げ飛ばされた。実力が段違いだった。手も足も出ないとは、まさにこのことだった。

もちろん悔しかった。が、その反面、すっきりとした。

周りに村一番の男と言われ、自分でもそのつもりでいた。けれど、どこか重荷でもあったのだ。瀬良が——自分より強い男が——来てくれたことでそれを一旦、降ろせるような気がした。もちろんずっとそのままではいけないのもわかっている。いつかはあの瀬良よりも強くなれるよう、これからも心身を鍛えなければならない。一度負けたことで、前向きになれた。

「みんな、昨日、会っとるようじゃが、これから儂に代わって柔道の師範をやってくれる瀬良くんじゃ。志津のやつの兄貴でもある」

渡辺少佐が道場生を集めて、正式に瀬良のことを紹介したのは、天長節の翌日のことだった。現在、道場生は二〇名ほど。志津が教えている読み書きの教室は子供ばかりだが、柔道の道場生は青年や大人も多い。中心になっているのは、今、二〇歳《はたち》前後のトキオたちの世代だ。

「瀬良くんはな、お国の支援なんぞない頃からウルツーやらマラリアやらと戦って、日本人の住み処を切り拓いてきた。このブラジルゆう国をねじ伏せてきた男じゃ」

少佐に持ち上げられると瀬良は謙遜した。

「なあに、苦労しとった老猿《マカコ・ヴェーリヨ》ゆうことです。儂ごときじゃ、渡辺少佐の代わりは務まらんでしょうが、精一杯、やらせてもらいます。柔道だけじゃなく、大和魂ゆうもんも教えられたらと思っとります」

老猿《マカコ・ヴェーリヨ》というのは、古い移民が自分をややへりくだって称する語だ。トキオの祖父、寿三郎も時折使っていた。そんな老猿《マカコ・ヴェーリヨ》らが、サンパウロ州の奥地を開拓したことで、のちに多くの日本人がブラジルに定着することができた。トキオのような二世は彼らが築いた礎の上に生きているといっても過言ではない。少佐が言った「ブラジルゆう国をねじ伏せてきた男」という二つ名は、勲章のような響きがあった。

瀬良は挨拶をしたあと「これを道場に寄贈させてつかあさい」と、持参した行李を開き、四枚の額を出した。それは実に立派な御真影だった。トキオの家にあるものよりも大きくきれいで、豪華な額に納められていた。その上、天皇陛下のみならず、皇后陛下、先帝陛下と皇太后陛下、四人の写真が、道場の上座に並ぶことになった。

道場生たちから、ため息が漏れた。日本人にとって天皇陛下がいかに大切かは、もうトキオにも理解できている。軍人が尊敬されるのも、命を賭して陛下のために戦う覚悟を持った者たちなればこそだ。

「こらあ、立派な御真影《みごとぃ》じゃ。道場に飾らせてもらえるなんて、まことの誉れじゃ。瀬良くんこれはどうなすった」

渡辺少佐は感激して涙ぐんでいるようだった。

「コンデ街で人夫をやって稼いだ金、全部はたいて日本から取り寄せました」

「おお、そうじゃったか。ありがとう、ありがとう」

瀬良は少佐の家に住み、柔道の師範を務めることになった。彼が立派な御真影を持参したことは瞬く間に村中に知れ渡った。道場に通っていない者たちも頻繁に顔を出しては、御真影を拝むようになった。開拓の先駆者であり、同時に強い愛国心を持った元軍人である瀬良はあっという間に人望を集めた。トキオも自然と尊敬の念を抱いた。

そんな瀬良は師範としては渡辺少佐よりも数段厳しかった。特に八月の全伯大会の選手候補であるトキオたちは、徹底的にしごかれた。瀬良は竹刀を持ち「弛《たる》んでいる」「気合いが入っていない」と道場生を容赦なく叩いた。みな、身体中、痣だらけになった。根が泣き虫である勘太などは、もういい歳なのに稽古中に泣き出すこともしばしばだった。反面、その厳しさによって自分たちが鍛えられているという実感もあった。

「ええか。自分のために強くなるんじゃなあ。お国のため、陛下のためじゃ。おまあら神国日本の男児なら、いつかそん命、お国に捧げるつもりで自分を鍛えるんじゃ！」

邦字新聞によれば、今、日本は、否、世界は激動の時を迎えようとしているという。

先日観た映画『五人の斥候兵』の舞台ともなった支那事変はまだ続いている。序盤から皇軍が圧倒的に優勢だったが、米英が裏から支援したことで支那の国民党軍が息を吹き返し長期化の様相を呈してきた。さらにアメリカは日本を経済封鎖せんと屑鉄や石油の輸出制限に踏み切ったのだ。日本が当然の権益を守ろうとするのを、そんなやり方で邪魔をするとは、何とも卑怯だ。

その一方で、ヨーロッパでは友国ドイツが二年前のポーランド侵攻を皮切りに快進撃を続け、ついにはフランスをも占領した。日本はこの機に乗じてフランスが支配していたインドシナ半島の東側、フランス領インドシナへの進駐を実行した。米英はこれに反発し、対立はますます深まっている。

もうすぐ、より大きな戦いが始まるかもしれない。瀬良の言葉もそれを踏まえてのものだろう。望むところだ。もしものときは、俺も兵隊になって戦う――トキオは、映画で観た勇猛果敢な皇軍兵士の中に自分も加わることを思い描きながら、日々、仲間たちと身体を鍛え続けた。


――一九四一年　六月一七日。


天長節からおよそ二ヶ月が過ぎた日のことだ。

薄荷畑の脇につくられた小さな「製油所」で、トキオは手伝いに来てもらっていた里子と仕事をしていた。製油所といっても、抽出釜と呼ばれるタンクが一つあるだけのさほど大きくもない小屋だ。この抽出釜の中に乾燥させた薄荷の葉を詰めてゆく。

釜の底はボイラーになっており、火をくべると蒸気が充満する。この蒸気が釜から延びているパイプを伝ううちに冷やされ水になると、その中にハッカ油が抽出されているという仕組みだ。そのハッカ油を精製し、産業組合に出荷している。

トキオの祖父、寿三郎が栽培を始めた薄荷は、毎年少しずつ収穫量を増やしている。今年の出荷が終わったあと、この製油所も改装して抽出釜を増やす計画になっていた。

「――ほんま、お兄ちゃんにも困ったもんやわ。そう思わん？」

　里子がけたけた笑いながら、兄である勘太の愚痴をこぼした。これに限らず農園の仕事は単純作業が多い。黙っていても気詰まりするので大抵は鼻歌を歌ったり雑談を交わしながらやる。里子は年頃の娘らしく、よく喋りよく笑う。

「まったくな」

　製油所には、トキオと里子の二人だけだ。二人分の話し声と薄荷の葉から漂うすがすがしい香りが充満していた。

　父親の甚捌は里子が手伝いにきたとき、トキオと二人きりになるよう差配することが多い。気を遣っているつもりなのだろう。里子とは気が合うし、取り留めもなく雑談をかわすのが楽しくはある。

「なあ、トキオちゃん、そういやお兄ちゃんから聞いたで。柔道、瀬良さんに教わるようになってから、勇ちゃん、すごく強うなったって」

「ああ、勇はかなり調子いいよ」

　瀬良の指導を受けるようになって、道場生はみな実力を伸ばしていたが、特に勇はここに来てさらに一段上達したようだ。それはトキオにとっても喜ばしいことだった。

「お兄ちゃん、このままやと全伯大会、出れんかもしれんて、ぼやいてたわ」

　優勝を狙えるくらい力のある者でなければ出ても恥をかく――という瀬良の方針により、弥栄村の代表として出場する者を二人だけに絞ることになった。道場生の中では抜きん出ているトキオはほぼ確定で、残る一枠を勘太、勇、前田兄弟らが争っている。実力伯仲しつつも、腕力自慢の勘太がややリードしていたが、ここのところの乱取り稽古では勇が勝ち越すようになった。

　里子の手前言わないが、トキオとしては勇が選手に選ばれ、二人で全伯大会に出場できればいいと思っていた。

「トキオちゃんも、うかうかしとれんと違う？」

「そうだな」

　勇とトキオではまだトキオの方が強い。が、かつてほどの差はない。一〇番勝負をすれば、一番か二番、調子によっては三番くらいは勇が勝つこともあるくらいだ。一発勝負ならどちらが勝つかわからない。

「瀬良さんも、道場の中で競争があるのはいいことだって言っていた。気を引き締めないとな」

「うちが言うてんのは、そういうことと違うんじゃけどな」

　里子は手を止めて、こちらに近づいてくる。

「こないだの運動会、二人三脚、うち、勇ちゃんと組んだじゃろ。改めて近くで見てな、ほんま最近の勇ちゃん、逞しゅうなって、格好ええなって思うたんよ」

「そうか……」

「そいでいてね、勇ちゃん、こう走ってるときに、うちの身体に腕が当たったりするじゃろ。そしたら、ものすごう照れるんよ。可愛らしいわ。話してると優しいんもようわかるしな。勇ちゃんみたいな人のお嫁さんになるんも、悪うない思うたよ」

　里子は目の前まで来て、まっすぐ視線を向けてくる。トキオは目を逸らし「ふうん」と受け流した。

「他に言うことない？　うちが何言うてるかわからん？」

　わかっていた。里子が何を思って、こんな話をしているのかは。わかっていたから、どう答えるべきか迷った。

　焦れた里子が先に言葉にする。

「なあ、トキオちゃん。トキオちゃん、うちとの結婚話、うんて言わんかったんでしょ。うち、その話しとるんよ。何か言うてや」

「……結婚はまだ少し早いよ。うちのキヨさんだって、嫁に来たのは数えで二二んときだし」

「早いって何？　うちはどんくらい待てばええん？　なあ。本当はうちのこと嫌なん？　だったら、ちゃんと言うてよ」

「そんなことない。ただ、お国のためにやりたいことがあるんだ」

「お国のためって、何よ。うちと結婚して子供たくさんつくるんが、お国のためと違うの？」

里子は不満げに頬をふくらませる。

俺は日本に帰って兵隊になるんだ。そしてお国のために戦うんだ。いつ死ぬかわからない俺と結婚なんかしない方がいい——頭に浮かんだ言葉は口に出さず、トキオは思い切って手を伸ばし、里子を抱き寄せた。里子が息を呑む声がした。

以前にも増してふくよかな女らしさを身につけた里子の身体の熱と柔らかさが伝わってくる。生理的な心地よさを覚える。里子を嫌いなわけではない。好きか嫌いかで言えば好きだ。しかし異性として愛おしいという気持ちは湧かない。里子と夫婦になり子供をつくることも上手く想像できない。言うならば、妹。どこまでも妹のようにしか思えないのだ。

この子が本当に、妹だったらよかったのに。詮無い想いに駆られる。

「とにかく今は、全伯大会に集中させてくれ」

「……うん。わかった」

頷いた里子の声はどこか沈んでいた。

——一九四一年　八月二一日。

うっすらと霧《ガロア》がけぶり肌寒さを覚える早朝。朝日に照らされた白いビル群は、それ自体が発光しているかのようにまばゆく輝いていた。道路は一面石畳で舗装され、ところどころに街灯が伸びている。土の匂いも、獣の臭いもなく、代わりにどこかトゲトゲしい埃っぽさが漂っている。朝早くから往来を闊歩するのは、背広姿の紳士然とした大柄な白人たち。帽子を被った者や、ステッキを手に歩く者もちらほら見かける。

大きな通りには、馬車《カロッサ》やトラックだけではなく、田舎ではまず見ないピカピカした乗用車が何台も走っている。その車の走行音と、人々の発するざわめきが、ビル群に乱反射するかのように谺していた。

サンパウロ市。

ウアラツーバとは比べものにならない大都会であると知識としては知っていたが、実際に目の当たりにすると、その偉容に圧倒されずにいられなかった。

「すげえ……」

思わず声を漏らすと、後から志津に「トキオくん、サンパウロ来るの初めてなんじゃねえ」と声をかけられた。

ブラジルで生まれブラジルで育ったトキオだが、知っている景色は奥地の殖民地のそればかりだ。こんなふうにきれいに舗装された地面を歩くのも初めてだった。

「まあ、すげえと思うのは最初だけじゃ。しょせん白人の貴族たちが支配しとる街じゃよ」瀬良が吐き捨てるように言うと「大阪の方が賑やかじゃろ」と勇に水を向けた。

「ええ。まあ。でも俺も、今の大阪がどうなっとるか知らんですけど」

「きっと、ますます栄えとるわ」

トキオ、勇、瀬良、志津の四人は連れだって、街を歩いてゆく。
いよいよ全伯柔道大会が開催されることになった。弥栄村の代表選手として選ばれたのはトキオと勇だった。選から漏れた勘太や前田兄弟は悔しさを滲ませつつも「近頃の勇はえらい調子えしな、仕方ないわ」と結果に納得していた。後輩の昭一からは「絶対、優勝と準優勝してくださいね！」などと期待の言葉をかけられた。二人とも決勝まで勝ち上がれということだ。そうするために厳しい稽古に耐えてきたが、簡単なことではないだろう。

本来、引率は道場主である渡辺少佐が務めるはずだったが、折りからの体調不良に加え風邪をこじらせてしまい、瀬良と志津が同行することになった。

建物の背が低くなり、ビルだけでなく木造の商店も並ぶ雑多な雰囲気の地区に出た。いわゆる下町、繁華街だ。

「懐かしいわあ」志津が声を漏らした。「そこん角、右に曲がって進むとコンデ街よ」

「ふん、コンデ街も最近は息苦しくなったわ。警察か何か知らんが、役人らしきガイジンがうろちょろしてな、何かと文句つけてくるんじゃ。やれ、日本人だけで固まるなとか、日本語でなくポルトガル語《ブラジル語》で喋れじゃとかな」

瀬良が鼻を鳴らした。

街路を歩くだけでも、時折、険を含んだ視線でこちらを見る者がいることに気づく。エスタード・ノーヴォ以降の排日的な空気の強まりに都会も奥地もないらしい。弥栄村のように普段の生活はほとんど日本人だけで営んでいる田舎の殖民地と違い、サンパウロ市で暮らす日本人は、集会の禁止をはじめいろいろな取り締まりを受けているという。

一行は志津が言っていた角をコンデ街方面とは反対に曲がり進んでゆく。やがて路面電車の駅を兼ねた広場に辿り着き、そこから電車に乗り込んだ。トキオは薪や石炭ではなく電気で走る電車に乗るのも初めてだった。

車内は混み合っており、向かい合って設置されている長椅子《バンコ》はほぼ埋まっていた。「これに摑まるんよ」と、志津が天井からぶら下がっているつり革を摑んだ。

見よう見まねでつり革に摑まり路面電車に揺られている間、いささか落ち着かなかった。車両という空間の中に、日本人はトキオたち四人だけ。他はみなブラジル人。三〇人以上もいるだろう。白人ばかりだ。四人の中では一番体格のいいトキオよりも大きな男がごろごろいる。日本人をよく思わない者だってそれなりにいるはずだ。見慣れないからかもしれないが、ウアラツーバに多い混血《メスチーソ》よりも、白人の方が顔つきから感情が読み取りにくい。何を考えているかわからない。いきなり襲われたら……などとつい想像してしまう。

それは杞憂で、何事もなく終点のピグアスという街の駅に着いたけれど、どっと疲れてしまった。電車を降りるとき勇も、ふうと息をついていた。きっと彼も緊張していたのだ。

駅前には花壇のある広場があり、その向こうに背の低い商店や民家が並んでいた。見上げるようなビルはなく、道には舗装されていない部分もある。都会的な街並みではあるが、中心地と比べれば長閑な雰囲気だ。

「瀬良さん！　志津ちゃん！」

快活な声が響いた。広場で一行を待っていた『帝國殖民』の秋山だ。もう一人、髭を生やした同僚らしき男を伴っている。今回の全伯大会は『帝國殖民』が後援しており、彼が会場まで案内してくれることになっていた。

「おう秋山、しばらくじゃな」

「瀬良さん、弥栄村には馴れましたか。村で暴れたりしてないでしょうね」

「大丈夫ですよ。兄さん、よう村に馴染んで慕われとります」

「そうじゃあ、儂が何で暴れなならんのじゃ。ええ村じゃわ」

「冗談ですって。きっとあの村は瀬良さんと水が合うと思っていたんです。よかったですよ」

瀬良、志津、秋山の三人は会うなり談笑を始めた。コンデ街で暮らしていた頃からの馴染みなのだという。

「おっと今日の主役はこっちだよな。トキオくん、それから勇くんも、ようこそ」

秋山はこちらに声をかけてきた。

「今日はよろしくお願いします！」

トキオは勇と声を揃えた。すると、彼の隣に控えていた髭の男が、口を開いた。

「トキオ、それから勇。村の代表なんだってな。頑張れよ」

いきなり名前で呼ばれて戸惑う。その顔をまじまじ見るうちに、「あ」と声が漏れた。

「パウロか？」

隣の勇も「え？　ああ！」と声をあげた。その男――樋口パウロが吹き出した。

「そうだよ。やっと気づいたか」

南雲家と一緒に来伯した樋口家の息子だ。以前、ちょうど勇が村にやってきた時期、弥栄村に滞在していた。たまに手紙で近況を知らせあっていたが、直接顔を合わせるのは七年ぶりだ。

全伯大会の会場があるここピグアスは、樋口家がバールを開くために移り住んだ街でもある。会えるかもと思ってはいたが……。

「何や、その髭、おっさんみたいや」

勇が言った。そう、背も伸びたが、それ以上に髭で印象が変わりすぎている。パウロは笑った。

「はは、どうもブラジル人には、日本人は歳より若く見えるらしくてな。ただでさえ風あたりが強いのに、子供と思われると舐められるから、わざとおっさんみたいにしているんだよ」

「樋口さん一家には僕もお世話になってるんだよ。あ、瀬良さん、こちらこのピグアスで『ヒグチ』というバールをやってる樋口さんのご子息で――」

秋山が瀬良にパウロを紹介した。

樋口家が経営するバール『ヒグチ』はかなり繁盛しているらしい。パウロの父、樋口洋平は今やサンパウロ市内に住む日本人の中でも知られた存在で、総領事館や『帝國殖民』とも関わりが深いという。さらにパウロは去年、サンパウロ大学に進学したそうだ。

それを聞いて瀬良が「ほう」と値踏みするようにパウロの顔を見た。

「きみはサンパウロ大学に行っとるんか」

「はい」

「サンパウロ大学は日本で言えば帝大ですからね。彼のような二世が増えるのは頼もしいことですよ」

秋山の言葉にトキオと勇は顔を見合わせた。「サンパウロ大学ってそんなすごいんか」「そうらしいな」。トキオには帝大がどれほどのものかさえ、よくわからないが、とにかく大したものなんだろう。

「ふむ。頭脳明晰は大変結構じゃが、きみは頭でっかちで不敬な考えに染まっとらんじゃろうな」

瀬良は鋭い目をパウロに向けた。

彼が言ってるのは「菊花事件」のことだろう。今から五年前、サンパウロ大学に通っているある二世が学生の機関誌に、〝我々二世は、菊の花の国を両親の祖国として尊敬することはできるが、愛することはできない。自分たちはブラジル人としてブラジルを愛する〟という趣旨の文章を発表した。日本人ではなくブラジル人であるという意識を表明したものだが、この文章が邦字新聞で紹介されると大きな問題になった。菊花とはまさに天皇陛下のことであり、日本人の血を引きながら不敬である、と。

この菊花事件のあと、エスタード・ノーヴォにより同化政策が強化されたこともあり、日本人の間では二世たちが大和魂を失いブラジル人になってしまうのではないかという懸念が広がった。しかしパウロは即答した。

「もちろんです。僕は自分を日本人と思っています。将来は日本のためになる仕事をしたいと思って勉強しているんです」

菊花事件を起こしたような考えの二世は、実際はごく少数だ。トキオ自身も二世であり、日本を見たこともないが、自分は日本人だと思っている。パウロが同じ考えであることに、ほっとしていた。

「うむ。ならええわ。たしかに、頼もしいの」

瀬良は頬を上げて頷いた。

全伯大会の会場は、駅からそう遠くないところにある大きな平屋の建物だった。隣に運動場も併設されており、敷地の入口にはポルトガル語の大きな看板が掲げられていた。「ピグアス運動会館」と書いてあるようだ。ここで二日かけて全伯柔道大会が開催される。トキオたちが出場する個人戦は初日の今日、明日は団体戦が行われる。その後、同じように二日かけて「全伯剣道大会」も行われるらしい。

会館の中は、弥栄村の道場が三つ、いや四つはすっぽり入るだろうというほどの広さで、その全面に畳が敷かれていた。

それを見てトキオと勇は歓声をあげた。茣蓙で拵えた即席ではない、本物の畳を目にするのは初めてだった。しかもそれが全部で何畳あるのか数え切れないほども敷き詰められている。藺草《いぐさ》の涼やかな香りがかすかに立ち込めている。ここで試合すると思うと、改めて気持ちが引き締まった。

会場にいるのは日本人ばかりだが、全伯の名に恥じず、さまざまな殖民地の代表選手が顔を揃えていた。出身地や殖民地で使われている方言もまちまちなので、いろいろな日本語が混ざって聞こえてくる。こういった大会は遠方の殖民地の人々と接する貴重な機会だ。

奥には長椅子《バンコ》を並べた観覧席が設けられ、『帝國殖民』の支社長である大曽根周明をはじめ、在伯大使や総領事らの官僚、ブラジル拓殖組合の幹部役員ら、邦人社会の大物たちがずらりと顔を揃えていた。

見るとパウロの父親、洋平が大曽根らに混じり親しげにしていた。サンパウロで商売を成功させたことで、樋口家も移民社会の有力者の仲間入りを果たしたのかもしれない。

「なあ、同じ移民船で来た人とかいるか?」

尋ねてみると勇は首をひねった。

「どうかな。わからんよ。あんときゃ俺も子供やったし……」

勇は何かに気づいたように首を横に向けた。

そちらでは三人ほどの男が大きな声で話していた。外国語のような、しかし聞き覚えがある不思議な響きの言葉を使っている。昔、勇が村に来たばかりの頃喋っていた沖縄方言だ。

「あれ、沖縄の人たちだよな」

「せやろうな。沖縄人ばかりの殖民地で暮らしとるんやろ。ブラジルおるからって、平気で沖縄言葉べらべら喋りおって恥ずかしいわ。日本であかんもんは、こっちでもあかんやろ」

勇は嘆息した。

今、日本の沖縄や鹿児島、東北など訛りが強い地域では、方言を禁止する運動が行われているという。他の地域の人に通じない言葉は、国外のスパイに悪用されるかもしれないからだ。

「故郷《ふるさと》の人らだろ。挨拶くらいしたらどうだ？」

勇は少し逡巡するように目を泳がせたあと、かぶりを振った。

「止《や》めとくわ。俺の故郷は沖縄やなくて、日本。大日本帝国やしな」

勇はよくこういうことを言う。自分は沖縄人ではなく皇国臣民なんだと。沖縄方言も使わなくなって久しい。

「でも沖縄だって日本の一部なんだろ。おまえの故郷には違いないいんじゃないか」

トキオの南雲家の故郷は、新潟の南魚沼だ。ブラジルで生まれたトキオも祖父や両親から繰り返し聞かされた景色を思い浮かべることすらできる。薄荷が育ち、冬には雪に覆われる、かつてはトキが飛んでいたという土地。そこが故郷だからこそ、祖父はブラジルに薄荷を根付かせようとしたのだ。

さほどおかしなことを言ったつもりでもなかったが、勇は「え」と驚いたような顔になった。

「沖縄、海がきれいなんだよな。チュラウミ、だっけ。昔教えてくれたろ。俺は羨ましいけどな。日本にそんな故郷があるおまえが」

勇はため息をついた。

「沖縄は羨ましがられるよな、ええとこやないよ。トキオ、おまえ、人が飢え死にするの見たことあるか？」

「いや、ないけど……」

ウルツーに噛まれたり熱病で死んだ人は知っているが、餓死は知らなかった。

「せやろな。ブラジルじゃ不作の年でもどうにか飯は食えるからな。シマ……沖縄じゃ、珍しくもなかった。腹空かして人がばたばた死んどったよ。正味の話、俺には腹減ってた思い出しかないんや」

初めて聞く話だった。が、言われてみれば、勇は村に来たばかりの頃、よく毎日腹一杯飯が食えて嬉しいという意味のことを言っていた。沖縄は、ただ海がきれいな場所というわけじゃなかったのか。

「おまけに、内地行ったら土人て馬鹿にされるんや。ブラジルまで来たって沖縄者は低く見られるやろ。俺かて別に沖縄で生まれたかったわけやないのにな」

その気持ちは少しわかる気がした。トキオもブラジルで生まれたかったわけではないから。

「おまあら、こっち来い」

振り向くと瀬良が手招きをしていた。

二人は観覧席まで連れていかれ、大曽根らとは離れたところにいる一団に引き合わせられた。

そこにいる者たちは一〇名ほどで、みな瀬良と同じ国民服姿だった。一様に鋭い空気を纏っている。渡辺少佐と同世代に見える老人が二人、並んで腰掛けており、他はそれを取り囲んでいた。

二人とも口髭をはやし、一人は面長で丸眼鏡、一人は恰幅がよく軍帽を被っていた。

「ご無沙汰しとります、瀬良です」

瀬良はきびきびとした所作で二人に挨拶をした。

「おお、瀬良くんか」

「今、ウアラツーバなんだよな」

「はい、渡辺少佐のところにお世話になっております」

「そうだった、そうだった。渡辺の具合はどうだ?」

「大病されてからはなかなか体力が戻らんようで、村で療養しとります」

「そうかあ。猛将も寄る年波には勝てんな。儂らも人のこと言えんが」

「まったくですな」

二人の老人は苦笑を浮かべた。傍らで戸惑うトキオらに瀬良が言う。

「こちらのみなさんは、儂と同じ軍人だった方たちじゃ」

やはりそうか。佇まいからそうではないかと思っていたが、背筋が伸びた。

「こちら渡辺少佐の教え子です。今、儂が鍛えとります。さ、おまあら、挨拶せい」

促され、二人は頭を下げる。

「ウアラッーバの弥栄村から来ました、南雲トキオです！」

「同じく、比嘉勇です！」

「おお、ええ挨拶だ。渡辺や瀬良が教えとるんじゃ、柔道も強いんだろうな」

「はい。この全伯大会、どっちかに優勝させるつもりです」

瀬良が言うと老人たちは「そりゃいい。大した自信だ」と破顔した。

「おまあらも、名前くらい知っとるじゃろ。こちら、脇山甚作《わきやまじんさく》大佐と、吉川順治《きっかわじゅんじ》中佐じゃ」

思わず顔を上げ、再び「お目にかかれて、光栄です！」と頭を下げた。隣で勇もまったく同じ行動をとっていた。

会うのは初めてでも、二人の名前はよく知っていた。丸眼鏡をかけている脇山大佐はブラジルにいる退役軍人では最も位が高い人物。今はバストスという町の産業組合の理事長を務めているはずだ。そして軍帽を被った吉川中佐は……。

――ほんまの英雄ゆうんは、儂じゃのうて吉川さんみたいな方を言うんじゃよ。

渡辺少佐はことあるごとに、一緒に日露戦争に従軍したという吉川中佐の武勇伝を話してくれた。

斥候長を務めていた吉川中佐は、敵地での単独行動中に遭遇した一〇名余りのコサック兵とたった一人で戦った。サーベルで斬られ頭に傷を負いつつも半分近くの敵を斬り伏せ、生還したという。先日観た映画『五人の斥候兵』の登場人物を上回る大活躍だ。

──吉川さんの頭にはそんときの切り傷がまだ残っとる。名誉の負傷じゃ。吉川さんの前におると儂は自分の無傷が情けないわ。

今、その英雄が目の前にいる。あの軍帽の中にその傷があるのだろうか。日本のために命を賭けて戦った証《あかし》、勲章のような傷が。

頭の傷を見せてくれませんか──そうお願いしたかったが、喉の奥にはりついてしまったかのように、言葉が出なかった。

「開会式を始めます！　整列してください！」

会場係の声が響いた。

「おう、おまあら、並べ」

瀬良に促され、トキオたちはその場を辞し、会場の中央に向かう。緊張の余韻でずっと身体が痺れているような錯覚がした。

「こりゃ簡単に負けるわけにはいかなくなったな」

脇山大佐や吉川中佐の目の前で、無様な姿をさらすわけにはいかない。気合いが入る。

「せやな。村で昭一のやつにも言われたとおり、決勝で会おうで」

「ああ、俺とおまえが最後まで残れば、どっちかが必ず優勝だからな」

「俺や」

勇がいつになく強い口調で言った。思わずその顔を見る。

「俺が優勝する。トキオ、おまえ、何だかんだ自分の方が強い思うとるんやろうが、今日こそは、負けんからな」

見るとその黒瑪瑙の瞳には、トキオの知らない色の熱が宿っているかのようだった。

「よし。そのままだ。いいぞ！」

試合場となっている畳を挟んだ反対側にいる一団が応援の声をかける。トキオは負けじと声を張り上げた。

「勇！　あきらめるな！　攻めろ！」

午後三時過ぎ。全伯柔道大会初日の個人戦は、つつがなく予定を消化し、佳境を迎えていた。畳の上では準決勝の第二試合が行われており、見事にここまで勝ち上がった勇が地元サンパウロ市の代表の大宮という選手と戦っている。

先に行われた準決勝第一試合は同じく勝ち上がってきたトキオが制しており、すでに決勝に駒を進めていた。実を言えばトキオは自分たちの柔道が全伯大会でどこまで通用するのか少し不安を抱いていた。天長節の日、瀬良に完敗し井の中の蛙だったことを思い知ったからだ。

だが大会前の最後の稽古のとき、その瀬良が言ってくれた。

——おまあらは、強い。どっちも大会で優勝、狙えるほどじゃあ。儂が太鼓判押しちゃるけえ、自信持って戦ってこい。

瀬良の言葉は正しかった。トキオたちの柔道は全伯大会に出場する強豪にも十分通用した。目の前で行われているこの試合に勇が勝てば、約束したとおり決勝で戦える。

だが、ここにきて勇は苦戦していた。劣勢に立たされていると言うべきだろう。相手の大宮は今大会、優勝候補の筆頭と言われている選手だった。体格はトキオよりよく、身のこなしは勇より素早い。実力も圧倒的で、瀬良と同等の達人に思える。明らかに出場選手の中で図抜けた存在だった。

勇は試合開始早々、足払いを食らい技ありを取られてしまった。そしてリードを奪った相手は、積極的に組むのを嫌い、時間稼ぎに出た。卑怯に思えるが実戦的な戦略だ。それだけ勇を警戒しているのかもしれない。

「勇！　あきらめるな！」

トキオは声を嗄らす。畳の上の勇も果敢に相手の間合いに入り組もうとするが、大宮はそれをかわしてゆく。敵は安全勝ちを目指しているのだ。格上にこれをやられると厳しい。時間は無情にも過ぎてゆく。

くそ、駄目か。トキオは我がことのように唇を噛んだ。そのときだった。

後ろに下がった大宮がバランスを崩した。畳の縁に足を引っかけたようだ。好機だ。勇は大宮に組み付き押し倒した。技にはなっていないので、審判は判定を下さなかった。勇はそのまま大宮に覆い被さり、袈裟固めで抑え込んだ。大宮を応援する一団から悲鳴のような声があがった。こちらは歓声をあげる。

「いいぞ！　勇、離すな！」

このまま三〇秒抑え込めば、勇の逆転勝ちだ。実際の試合では寝技で決着がつくことが多いからと、瀬良から徹底的に仕込まれていた。

「勇、頑張れ！」

叫びながらトキオは祈った。頼む、時間よ早く過ぎてくれ――やがて永遠とも思える三〇秒が過ぎ、審判が手をあげて告げた。

「一本！」

会場がどよめいた。

「やったああ！」

トキオは両手を握りしめ吠えた。

抑え込みを解いた勇はすぐに立ち上がれず、その場でへたり込んだまま天を仰いでいた。相手の大宮も倒れたまま足首を押さえ呻いていた。仲間が彼に駆け寄る。どうやら転んだときにくじいたようだ。

「まあ、まぐれみたいなもんじゃが、果敢に攻めた勇が呼び込んだまぐれじゃ、ようやったわ」

瀬良が満足そうに頷いた。そうだ。勇の実力だ。これで、決勝は勇と戦える。

畳の上では大宮が仲間に肩を貸してもらい立ち上がった。勇は自力で立ち上がったが、まさに疲労困憊の様子で肩で息をしている。格上を相手に時間いっぱい戦い、しかも最後は体力を消耗する寝技で決めたのだ、無理もない。

「可哀相になあ、勇のやつあの様子じゃ、休憩挟んでも決勝は万全とはいかんじゃろ。トキオ、おまあはついとったな。一番の難敵を勇がやってくれたんじゃからな」

思わず隣を見ると、瀬良はどこか楽しそうに笑っていた。

「じゃろ？　おまあと勇じゃあ、そもそもの地力からしておまあの方が上じゃ。その上あんだけ消耗しとったら、まあ、勇の勝ち目は皆無じゃ。大宮が上がってきてたら、逆におまあの勝ち目の方が薄かったかもしれん。漁父の利ゆうやつじゃな」

「それは……」

トキオは瀬良の物言いに戸惑った。

「勇も男じゃ、一度くらいは晴れの舞台でおまあに勝ちたかったんじゃろうが……。まあこれも勝負じゃ、仕方なあ。どっちが勝っても弥栄村の者《もん》が優勝じゃ」

瀬良はぽんとトキオの背中を叩いた。叩かれた場所が冷えたような気がした。

畳の上で礼をした勇に観客から割れんばかりの拍手が送られた。劇的な逆転で優勝候補を破ったのだから当然だ。勇は歓声を背に、こちらに歩いてくる。全力を出し切りまだ力が入らないのだろう。足元がふらついている。

「よくやった！」

瀬良が、勇を称えた。

「やったな。これで決勝、一緒に戦えるな」

トキオも戸惑いを殺して声をかけた。勇はこちらにまっすぐ視線を向けてきた。口元に笑みを浮かべたが、その目は笑っていなかった。

「ああ。トキオ、負けんぞ。優勝するのは俺や」

かすれた声が耳朶を打った。

「お、おう。望むところだ」

答えつつ、トキオは途方も無い居心地の悪さを覚えていた。漁父の利。それで、いいのだろうか。勇はたぶん出場者の中で一番強い相手に勝った。ならば、優勝の栄冠は勇にこそ相応《ふさわ》しいのではないだろうか。

畳の向こう、観覧席の退役軍人たちの一団が目に入った。脇山大佐や吉川中佐は、どう思っているだろう。ここからでは顔つきすらもわからない。

俺は勝ってしまって、いいんだろうか——。

3

「全伯大会の優勝を祝って、万歳！」

トキオの父親、甚捌のかけ声に続き、その場の全員が万歳をした。

南雲農園の隣に建てられた真新しく大きな建物。掘立小屋ではなく、きちんと土台のある木造の平屋だ。中は仕切りのない広々とした一間で、渡辺少佐の道場よりも一回りは大きいだろうか。甚捌が少佐から日本人会の役員の座を譲られたとき、寄り合い所として使えるよう設《しつら》えたものだ。村の人々は「南雲会館」とか単に「会館」と呼んでいる。

そこに今日は村の多くが集まっている。出入り口は全開にされており外まで人が溢れていた。会館の上座には〈祝　全伯柔道大会優勝〉と揮毫《きごう》された紙が掲げられている。

万歳のあと、一同はそれぞれが手に持った素焼きのコップやブリキのカネッカ（マグカップ）で乾杯を交わした。中に満たされているのは火酒《ピンガ》ではなく、ブラジルで栽培した米でつくった日本酒だ。もろみを漉しただけのもので白く濁っており米の味が濃い。多くの日本人がこうした自家製の酒を造っている。

建物の内外に人が入り乱れ、宴会が始まった。

「おめでとう！」「ようやったで、お父《とん》らも鼻高いわ」「トキオは最後油断したんかな」「いやいや勇もここんとこ腕を上げてたんじゃ」「決めたのは巴投げじゃってな。かー、わいが初めておまあに投げられたんも巴投げじゃ」「勇さん！　尊敬します！」「勇ちゃん、すごいね、優勝おめでとう！」

勇は口々に祝福された。

優勝——決勝戦を制したのは勇だった。

「勇くん！　少佐もすっごくお喜びじゃよ。具合ようなったら、改めてお祝いさせてな」志津に声をかけられた。渡辺少佐は未だ風邪が完治せず家で療養しているという。「それにしても、あんた、ほんまにすごかったわ。準決勝も、決勝も、思い出しただけで涙出てくるわ」

志津は現地で勇の優勝の瞬間を見届けた一人だ。感極まった彼女が泣きじゃくり何度も「ようやったわ。二人ともすごいわ」と繰り返していたのは、試合のことよりもよく覚えている。

今日の志津は天長節の日と同じ、手製の晴れ着姿だった。酒を飲んだせいか、かすかに頬を赤らめていた。潤んだ瞳と相まって一段と艶めかしかった。その顔をじっくり眺めたいのに、まっすぐ見つめることはできなかった。

「おめでとう」

決勝を戦ったトキオが近づいてきてカネッカを掲げてきた。

「あ、うん……」

こちらも手にしていたカネッカを掲げて乾杯する。白く濁った酒が波打った。

そうだ。俺は勝った。全伯大会という大舞台で。このトキオに。準決勝までで体力を使い果たし、ふらふらだった。それでも負けたくない、今日こそトキオに勝つんだと気力だけで立ち向かった。そうしたら、勝てた。勝ててしまった。

「完敗だったよ。完全に隙を突かれた。でも次は負けないからな」

トキオは笑う。

決勝戦、勇は得意の巴投げで一本勝ちを収めた。組み手争いの最中、トキオの体が上ずったのがわかった。技に入る予備動作に隙があった。これまで何百、何千回と練習したとおりに身体が動いた。袖を引き腰を落とし、力の流れに逆らわず自分から後ろに倒れ込み巻き込むようにしてトキオを投げた。ほとんど重さを感じなかった。柔よく剛を制すの格言どおりの、理想的な技の入り方だった。会場であるピグアス運動会館の天井が見えたのと、トキオの背中が畳を打つ音を聞いたのはほぼ同時だった。その直後、審判の「一本！」という声が響いた。

「こっちこそ返り討ちにしたるわ」

笑みを浮かべて言い返した。

完敗、とトキオは言った。そうだよな。やっぱり俺は勝ったんだよな。

どういうわけか実感がなかった。表彰式の間も、ずっとふわふわと地に足の着かない非現実感を覚えていた。帰りの汽車に揺られているときも、こうして村で改めて大々的な祝勝会を開いてもらっている今もだ。

酒をいっぺんに飲み干した。胃の中に落ちたアルコールの熱を感じた。

トキオともう少し話をしたかったが、次々と人が現れお祝いを言う。それにいちいち答えているうちに、妙な火照りを覚えてきた。夜の屋内だというのに、じりじりと陽に灼かれているような不快感がする。酒が回ったのだろうか。

外の空気が吸いたくなり、勇は群がる人らに応えつつ会館から出た。外にも人が溢れ歓談していた。「おめでとう」と声をかけてくる人々を適当にやり過ごしながら歩いてゆくと、瀬良が近づいて来た。

「主役は大変じゃの」

瀬良の顔色はいつものとおりだが、片手に酒瓶を持ち、アルコールの匂いを漂わせていた。少し離れたところで独り、飲んでいたらしい。

「これでおまあは、全伯一じゃな」

瀬良はどこかからかうように言った。

「瀬良さんのお陰です。ご指導、ありがとうございました」

瀬良の教えを受けたことで実力を大きく伸ばせたという自覚があった。彼が師範になっていなければ、今回の優勝はおろか、弥栄村の代表にすら選ばれなかったかもしれない。

「なあに、おまあもトキオも、少佐にみっちり基礎を叩き込まれとったからな。全伯大会でも通用するだけの力は十分あったんじゃ。儂はそれを実戦で使うコツを教えただけじゃよ」

瀬良は酒瓶に口をつけ、ぐびりと一呑みしてから続ける。

「しかし、おまあがあの大宮に勝ってくれたんは、さすがの儂にとっても嬉しい誤算じゃった。今じゃから言うがな、一回戦観て、大宮だけものが違うのはわかっとった。優勝はあいつで堅いだろうから、反対の山にいるトキオが決勝まで残って準優勝してくれれば御の字と思とったんじゃ。それをおまあが勝ってくれたけえ、弥栄村で優勝と準優勝を総取りじゃ。気分えかったわ。師範冥利につきる。礼を言いたいのはこっちじゃ」

酔って上機嫌だからか、瀬良がこんなふうに誉めるのは珍しい。

「ありがとうございます。でも、大宮戦じゃあ、正直、相手の怪我に助けられました」

「はは、勝ちは勝ちじゃ。あれはな、最後まで勝負を捨てんかったおまあが呼び込んだんじゃ。大したもんじゃあ。トキオが優勝を譲る気になるんもわかるわ」

その言葉が耳に入ったとき、身体の火照りはそのままに、腹だけがいっぺんに冷えた。

「どういう意味ですか?」

「どういうも、こういうもなあ。決勝じゃトキオがおまあに花を持たせたじゃろうが」

「トキオが、そう言っていたんですか?」

瀬良は、くくく、と含み笑いをする。

「あいつが自分で言うわけなあよ。儂ぁ、いつもどんなときも誰が相手でも勝負は勝負、手を抜くなあて教えとるけえな。じゃけど、あいつは優しい男じゃ。それはおまあが、一番わかっとるんじゃなあか。決勝のおまあはもう出がらしじゃったろうが。勝てるわけなあじゃろ。最後の巴投げ、練習のとおりに決まったじゃろうが」

瀬良の言うとおりだった。

勝負を決めた巴投げは、子供の頃に身体の大きな勘太に勝つため、トキオと二人で特訓をして身につけた技だ。やがて勇の得意技になったが、それからもトキオとずっと練習していた。あのとき、トキオの隙の見せ方から投げまでの動作は、完全に練習のとおりだった。だからこそ体力を消耗しきった状態でも自然に身体が動いて、きれいに技を決めることができた。これまで、トキオがあんなふうに練習どおりの隙を試合で見せたことなど一度もなかった。

優勝を譲られた。そうだ。そんなことはわかっていた。しかしそれを言葉にして突きつけられた今、急に空気が薄くなった気がした。息が苦しい。

「まあ、それでもええわいな。大事なのは結果じゃあ。優勝したんは、おまあじゃよ。お人好しが手放したもんは、遠慮なくもらっときゃええ」

瀬良は勇の肩を小突くように叩いた。勇はわずかによろけた。

瀬良は何が可笑しいのか、呵々大笑しながらその場を離れた。独り取り残された勇はあえぐように息をした。

そこにトキオがやってきた。

「勇、ここにいたのか。どうした？　気分悪いのか」

「トキオ……いや、ちょっと酔ってな」

嘘だ。酔いなどとうに醒めていた。

「そうか。大丈夫か」

トキオは心配そうに近寄ってきて、背中をさすろうとばかりに手を伸ばしてきた。ああ、そうだ。こいつはこういうやつだ。いつだって優しい。俺が困っていたら、助けてくれようとする。

「いい！　大丈夫や！」

その手を払った。

顔を上げてトキオをまっすぐ見る。こちらの反応に戸惑っているようだ。背筋を伸ばしても、身長のあるトキオの方がこちらを見下すかたちになる。

トキオ、おまえは俺に勝ちを譲ったんか。おまえにとって俺は、真剣勝負の相手やないのか。対等やないのか。おまえは俺のことを下に見て、そんな親友面をしとんのか。

鼻の奥がツンとした。くそ、泣くな。泣いてたまるか。

精一杯の笑顔をつくり、明るい声を絞り出した。

「トキオありがとうな。でも心配無用や。もう酔いも収まったわ。さあ、中で飲み直そうで」

トキオと並んで会館へ歩き出す。暑い。身体はますます火照り、腹はますます冷えてゆくのを勇は感じていた。


——一九四一年　九月二六日。


新たな農年が始まる春がやってきた。朝晩の冷え込みは和らぎ、日中の陽射しは一段と強くなってきた。何処の家でも男も女も鍬《エンシャーダ》を手に取り、畑を耕すようになる。冬の間、休ませていた土に活を入れるのだ。表に出る人が増えるため、村の人口が増えたような気さえする。

本来なら一年で最も穏やかであるはずの季節なのに、村は重たい空気に包まれていた。

「参りましたよ。こないだうちに来たガイジンの電気職人の横柄なことといったらなくてね。やたら威張り散らすわりに仕事は遅くて、ただ電線引いて繋げるだけの作業に二日もかけやがりました。その上、こっちがわからんと思って、私らのことを猿《マカコ》と呼んでたようなんです」

その日、南雲会館で行われた寄り合いの席。会を仕切る甚捌がそんな愚痴をこぼした。

「仕事をするだけましですな。こないだ荻野村じゃ、夜中、ガイジンが忍びこんできて、豚やら鶏やらを盗まれたそうです」

瀬良が眉をひそめ言った。ウアラッーバにある別の殖民地の話だ。車座になって座る人々が「ひでえな」「なんとかならんか」と声をあげる。

弥栄村を、否、ブラジルの邦人社会を包み込んでいるこの重たい空気には〝排日〟の二文字が刻み込まれている。駅町ではジョゼー・シルヴァの自警団がますます幅を利かせるようになった。女子供はもう危なくて駅町には近寄れない。

聞くところによると、以前、道化師《パリャッソ》の格好をしてビッショを売っていた立花のように、駅町で商売をしている日本人は、みなシルヴァにみかじめ料を取られているのだという。

勇の隣に座っているトキオが口を開いた。

「農園で使っているガイジンも態度の悪いのが増えているんだ。もし親父やお袋に何かあったらことだからな。いちいち俺が監《み》てないとならなくなった」

「そうか。大変やな」

全伯大会の決勝戦でわざと負けたのか、結局、トキオ本人に問い質さないままだった。喉に刺さる小骨のようなわだかまりを抱いたまま、これまでどおりの付き合いが続いていた。親友同士として。

トキオは相変わらずいいやつだし、気も合う。全伯大会で優勝できたことだって、それ自体はもちろんいいことだ。正徳やカマは喜んでくれたし、勘太たち幼なじみからは感心された。後輩の昭一などは、前はトキオにべったりだったのが、最近は何かと、勇さん、勇さんと慕ってくる。悪い気はしない。

瀬良が言ったとおり、勝ちは勝ち、だ。このわだかまりは飲み込もう——そう、思っていた。

「新聞ものうなってしまったしのう」

誰かが、大きなため息をついた。別の誰かが節をつけて歌う。

「もう帰ろ。かーえろ、帰ろ。アジア人はアジアに帰ろ。日本に帰ろ」

笑いが漏れて、口々に「帰ろ帰ろ」と歌い出す。

去る七月末、邦字新聞の中でも第三位の部数を誇る『聖州新報』が突然、廃刊してしまった。大統領令により外国語新聞の発行を禁止されたためだ。最終号には「廃刊の辞」という文章が掲載された。官憲の圧力により筆を折られた悔しさが滲むそれには、次のような一節があった。

亜細亜人は亜細亜に帰らねばならない、東は東、西は西だ

多くの日本人がこれに共感し、「アジアに帰ろ」は流行《はや》り言葉になった。

続く八月には、部数第二位の『伯剌西爾時報』も「本日限り」との社告を載せて廃刊した。部数第一位の『日伯新聞』だけは『ブラジル朝日新聞』と名前を変え、今月から全紙面をポルトガル語にして辛うじて刊行を続けている。しかしこれでは邦字新聞とは言えないし、ポルトガル語がわからない大半の日本人には読むことができない。

ブラジルと同化しろ。ブラジル人になれ。さもなくば出て行け——空気の底からそんな声が響いている。けれど勇は知っている。仮に同化してブラジル人になったとしても、結局は差別されるのだ。たとえばシルヴァのような排日主義者は、こちらがブラジル人になると言ったところで、何かと理由を付けて排斥を続けるに決まっている。

沖縄人が差別されるのと一緒だ。ここ弥栄村でさえ、未だに比嘉家を陰で〝沖縄者〟と呼ぶ者もいる。アジア出身者が極端に少ないこの国で、日本人がブラジル人と対等になれるとは思えない。おあつらえ向きに優生学とかいう、有色人種への差別を正当化する学問さえあるという。

俺たちは日本人だ。天皇陛下の子だ。ブラジル人になんてなれるものか。お望みどおり出てってやるさ——という本音が「帰ろ」という言葉に込められている。

「今はお国も大変な時期じゃゃ。駆けつけられるもんなら駆けつけたいで」「おうよ、いよいよイギリスやアメリカと一戦交えることになるかしれんしのお」「いや、ドイツがソ連《ロシア》に奇襲をかけたじゃろ。これを機に皇軍も満洲から攻め込み挟み撃ちにするらしいで」

最近は男衆が集まるといつもこんな談義になる。廃刊になる直前の邦字新聞が伝えたところによれば、日本がより大きな戦い、世界戦争に参戦する機は熟しつつあるようだ。軍では主戦論が強まり、何より多くの国民が、横暴極まりない欧米列強との戦いを望んでいるという。

ブラジルにいる日本人たちもそうだ。みな祖国が毅然と戦うことを望んでいる。戦端が開かれるとすればその相手は、従来から大陸やインドシナを巡って対立しているアメリカかイギリスか、あるいは同盟国のドイツが戦うソ連か。

「どこが相手でもええじゃろ」

ひときわ通る声で瀬良が言った。みなが注目する。

「皇国の天命はアジアの盟主として生存圏をつくることじゃ。大東亜共栄圏の建設じゃ。どこが相手でも結局はそこにつながるんじゃ。そうでしょう」

瀬良は甚捌に同意を求めた。甚捌は「まったくです、そしてその大東亜共栄圏こそが我らの帰るべき場所でしょう」と大きく頷いた。

生存圏とは、ドイツのヒトラー総統が示した考え方で、国家が繁栄し自給自足するのに必要な領土のことを指すらしい。ドイツの戦いはこの生存圏を獲得するものだという。日本もそれに倣い、満洲からインドシナにかけての範囲に大東亜共栄圏という生存圏を建設することを国是としている。

瀬良は拳を振り上げて、一同を鼓舞する。

「正義は我らにありじゃ。皇軍の精強さを示して、ごちゃごちゃ言う連中に目にもの見せてやりゃええんじゃ。日本人の優秀さを思い知らせてやるんじゃ！」

難しい国際政治の話はよくわからない勇にも、瀬良の言葉は響いた。

日本人の優秀さを思い知らせてやる――それは祖国から遠く離れたこの土地で、排斥の圧力にさらされている在伯邦人の願いにも重なる。みな、ここが日本で自分たちがこれから戦いに参加するかのごとく、そうじゃ、そうじゃと声をあげた。

ただし現実問題、日本に帰れる移民はごくごく一握りだ。土地、家族、金、そして誇り。錦衣帰国を誓った手前、逃げ帰ったとは思われたくない。そんなしがらみが、二〇万もの日本人をブラジルに縛り付けている。

トキオが、ちらりとこちらを見た。

「本当に帰ろうな」

親友は小声で、しかしはっきりと言った。勇が無言で頷くと、トキオはさらに声をひそめた。

「まだ誰にも言ってないが、来年の早いうちにと思っている」

「来年？」

もちろん早く帰れるならそれに越したことはない。しかし多くの移民がそうであるように、勇には帰国するのに十分な金がない。来年までに用意するのはまず不可能だ。トキオはそれを見透かしたように続ける。

「心配するな、来年までにはおまえの分の旅賃と支度金も何とかできそうだ」

祝勝会の日にも感じた、屋内にいるのに陽に灼かれているような、あの感覚を覚えた。同時に運動会のときに見た里子の顔が頭によぎった。

――すぐ傍におっても、手の届かんずっと遠くにおるような気ぃすることがあるんよ。

「里ちゃんは、どうするんや。一緒に連れて行くんか」

「それは……」

トキオはばつが悪そうに目を伏せた。

「なんや。連れて行かん気か。おまえ、里ちゃん好いとるん違うんか」

責めるような口調になった。トキオは目を丸くしてこちらを見た。

「好きだよ……。うん。でも、俺は日本で兵隊になるつもりだからな。いつ死ぬかわからんし、そんなのあいつが可哀相だろ」

可哀相――その言葉に、無性に腹が立った。何か言ってやりたくなったが、言葉が上手く出てこない。

甚捌が一度咳払いして、声を張った。

「さて。みなさん、そろそろよろしいですかな」

一同が雑談を止め、場が静まり返った。勇も腹立ちを飲み込み、甚捌に注目する。彼は奥の壁際に設えられた台の横に立った。台には小さな行李ほどの箱が置いてあった。何かつまみのようなものがいくつか付いた箱だ。

「では、始めます」

甚捌はうやうやしくつまみをいじった。するとザザザッという雑音が響いた。

あの箱はラジオだ。雑音がしばらく続いたあと、それに混じり人の声らしきものが聞こえた。

普通の喋りではなく、歌。伴奏も一緒に聞こえる。複数人の男性による勇ましい合唱だ。

〈……燃え……滾《たぎ》れ……強い……〉

雑音が多く、聞き取りにくいが日本語の歌であることはわかる。おお、と声があがった。甚捌がつまみを微妙に動かすと、より歌声がはっきりした。

〈日の丸だハーケンクロイツだトリコローレだ〉

「おお、『三国旗かざして』だ！　三国同盟の歌ですよ！」トキオの兄、喜生が叫んだ。「今日は、日独伊三国同盟締結から一周年の記念放送をやってるはずなんです。間違いないです。東京ラジオです！」

「やった！」「いいぞ！」

拍手が湧き起こった。

ラジオが受信したのは日本放送協会が海外に向けて流している短波放送「東京ラジオ（ラジオ・トウキョウ）」だ。地球の反対側のここブラジルにも辛うじて電波が届き、なんとか聞くことができるのだ。

この歌声が日本から直接届いているのだと思うと、得も言われぬ感動が湧き上がってくる。

歌のあとは何か中継らしきものが始まった。

〈……を記念し……ここ共立会館では…………大政翼賛会と東京市の共同主催で…………招かれたオットードイツ大使も満面に笑顔を……〉

やはり雑音まみれだが、東京で行われた同盟締結一年を祝う記念式典の模様を伝えているようだ。一同は口を閉じ、息を詰めてそれに聞き入った。式典そのものへの興味以上に、今の祖国の様子を少しでも知りたい。

一旦、中継が途切れ、音楽が始まった。おそらくドイツかイタリアのものだろう。甚捌は満面に笑みを浮かべた。

「やあ、よかった。これならどうにか聞けますね。言ってくれればこの会館はいつでも開けますので、みなさん、ぜひ聞きに来てください」

邦字新聞が廃刊になったことで、弥栄村のような殖民地では祖国の情報を得る手段がなくなってしまった。そこで南雲家は電気を引きラジオを買ったのだ。お世辞にも音質がいいとは言えないが、これで今の日本の様子を知ることができる。

「ほんに、ほんに、ありがとうございます。南雲さんには頭が上がらんです。やっぱりあんたが村長でしょうな」

瀬良が甚捌を持ち上げる。

「いえいえ、ただ私は、日本人なら日本のことを知らんといかんと思っただけですから」

甚捌はまんざらでもない様子で謙遜した。

「勇、勇もいつでもラジオ、聞きに来てくれな」

トキオに言われた。それが混じりけのない善意であることはわかっていた。しかし瞬間、感情が沸騰するのを自覚した。

施しなんか？　優勝を譲ってくれて、日本行きの金を恵んでくれて、ラジオを聞かせてくれるんか。可哀相な俺に、恵んでくれるんか？

声を出さずとも表情には出てしまったか、トキオは怪訝そうな顔になる。

「どうした？」

「いや……ありがとうな」

祝勝会の日と同じつくり笑いを、ここでも勇は浮かべていた。


事件が起きたのは、それからひと月と少しあと。一一月になり気温の上昇とともに雨も増え蒸し暑くなった頃のことだった。

その日、勇は南雲農園で下働きをしていた。綿の間引き作業だ。

南雲農園では農年が始まる九月、綿畑の畝を一メートルごとに区切り一株とし、そこに四粒ずつ種をまく。綿は数日で芽を出すが春の間はほとんど成長せず、人のくるぶしほどの高さにしかならない。それが夏の訪れとともに急激に育ち始める。このとき、一株二本ずつ育ちの悪いものを間引いていくのだ。

南雲農園の見渡す限り延々と続く綿畑の一角で、朝から一人、黙々と間引きを続けていた。薄雲りの空が地上をぼんやり包み茹でるように熱している。畑の濃厚な土の匂いと、地面から水を吸い成長している作物が発する命そのもののような青々した匂いを、やけに強く感じた。

別に珍しいことは一つもなかった。子供の頃から、ここの畑仕事は何度も手伝っている。この暑さも、この匂いも、よく知っている。ただこの日は、奇妙な憂鬱に襲われた。その広さに。風が畑を渡るとき、綿が擦れ合う音がいつまでも途切れず続くほどの広さに。

南雲農園の面積は一六〇アルケイレ強(約四平方キロメートル)。村の農地の一割以上もある。同じ農家とはいえ、五アルケイレ(約〇・一平方キロメートル)ほどしかない比嘉家の畑とは比べようもない。

正徳とカマの構成家族となり、来伯して七年半。懸命に働いた。この地の陽に灼かれ、土が染みこみ、元々色黒だった勇の肌はますます濃くなった。排日の空気が強くなる中、日本人の力をみせつけてやろうと額に汗した。何とか渡辺少佐から借りていた土地を買取り自作農にはなったものの、手に入れた土地の狭さに、この先どれだけやっても、こんなに大きな農園を持つことはできないだろうこともわかってしまった。

何をどう努力すれば俺とトキオは対等になれるんや——運動会で負け、柔道では勝ちを譲られた。日本に帰る金を用意することはできない。無論、ラジオを買うこともできない。

俺はこんな思いをするためにブラジルまで来たんか?

くそ、くだらんこと考えるな。他念を振り払い、手を動かしていると、遠くから人影が近づいて来た。大きな薬缶を抱えた里子だった。

「勇ちゃん、お疲れさんな」

作業を始める前に持参して畑の外に置いておいたカネッカに、里子が薬缶の中身を注ぐ。真っ黒い液体。砂糖を入れて甘くしたコーヒーだ。疲れにはこれがよく効く。今日は里子も手伝いに来ており、こうして農園中を回り働いている者たちにコーヒーを配っているという。

「おう。そっちもお疲れな」

勇は畑から出てカネッカを手に取った。

「ねえ、勇ちゃん、あんた、トキオちゃんと日本で兵隊になるって本当？」

突然、問われ、思わず口に含んでいたコーヒーを噴き出しそうになった。それをどうにか飲み込み、顔をしかめた。

「誰から聞いた？」

「誰も彼も、トキオちゃん本人じゃわ。今さっきな」

「一応、そういう約束やけど……」

「ふうん。勇ちゃんはええな。うちも一緒に連れてって欲しいんじゃけどな。それはでけん言われてもうたわ。それがうちのためやて。せやから結婚もせんて……」

そうか。あいつ里ちゃんに言ったのか。勇は今更ながら里子の目が赤らんでいることに気づいた。たぶん、少し前まで泣いていたのだ。

里子がまっすぐにこちらを見た。思わず目を逸らしてしまう。

「なあ、あとでちょっと話できん？　仕事終わったら」

「あ、いや、今日はこのあと道場で稽古あるし……」

「そのあとでええよ。お兄ちゃん帰ってきたら、終わったんわかるけえ、お墓んとこで待っとるわ。ええでしょ？」

里子はこちらの返事を聞かぬまま、薬缶を抱え、すたすたその場を離れてしまった。

農園での仕事は、まだ陽が明るいうちに終わり、トキオと一緒に道場に向かった。里子のことを聞きたかったが、どう話を切り出せばいいのかわからず聞きそびれてしまった。

トキオは浮かないようにも見えたが、稽古中の様子はあまり変わりがなかった。里子の兄、勘太もいつものとおりだった。今日の今日だから、里子はまだ家族にも話していないのだろう。むしろ影響があったのは勇の方だ。どうにも稽古に集中できず「たるんどる！」「全伯で優勝して調子に乗ったんか！」と、瀬良に叱責され竹刀で四回も叩かれた。

稽古が終わった夕方、勇は一度、家に戻った。それからちょっと出かけてくると、再び家を出た。陽はほとんど暮れかけ、辺りは薄暗くなっていた。一方的に言われたことではあるが、こんな時間に里子を一人待ちぼうけさせるわけにはいかない。道を急いだ。

墓地は村の南の外れにある。周りに家はなく、夜ともなると近寄る者もほとんどない。そんな場所に呼び出したのは、きっと人に聞かれたくない話をしたいからだ。その中身は想像できた。トキオを説得して欲しいというのだろう。

里子の気持ちはよくわかる。もしかしたらそれは、いつまでもトキオと対等になれない勇のわだかまりと似ているのかもしれない。しかしトキオはトキオなりに悩んだ末に里子に話をしたはずだ。

トキオの親友として里子を宥めるべきか。それとも里子の味方になってトキオを説得すべきか。腹を決められぬまま、勇は墓地に辿り着いた。里子の家の方が墓地には近い。先に着いているだろうと思ったが、姿はなかった。

簡単な柵で囲った敷地に墓が並んでいる。古い墓だと木製の十字架を卒塔婆の代わりに立てているものも多いが、最近のものは日本のそれと同じ卒塔婆をつくって立ててある。広さはせいぜい二、三〇坪で視界の悪いこの時間でも十分見渡せる。奥はうっそうとした茂みになっている。地面の雑草はきれいに抜かれ、いくつかの墓の前にはブリキで拵えペンキで色を塗った色鮮やかな花輪が供えられていた。駅町でよく売っているものだ。つい先日、ブラジルの盆にあたる万霊節（死者の日）があった。それに合わせて多くの家が墓参りをしたのだろう。

墓地の周りには出るという噂が絶えない。恐ろしげな怪談として話されることがある一方、懐かしい人に会えるかもしれないと、期待を込めて話されることもある。昔、馬車《カロッサ》でこの墓地の前を通ったとき、トキオが死んだ祖父、寿三郎の夢を見たと話していたのを思い出した。寿三郎は鳥になって日本へ飛んで行ったという。

そうだった。それであいつ、日本に帰る決心したんや。あれからまだ二年。日々は代わり映えもなく過ぎて行ったが、気づけばいろいろなことが変わってしまった。

感傷に浸りかけたとき、物音が聞こえた。奥の茂みの方だ。

何や？

この辺りで本当に警戒すべきは、幽霊ではなくて蛇。ウルツーをはじめとする毒蛇だ。村でもたまに蛇に噛まれる者がいるし、よその殖民地で死人が出たという話も聞いている。

しかし茂みに近づくと、音に荒い息づかいが混ざっているのがわかった。人がいる。きっと男だろう。さらにくぐもった別の声。こちらは女のもののようだ。何か懸命に声を発しようとしているのに、それを遮られているような。「あ」とか「や」とか、断片化された音が漏れている。

しかもその女の声に聞き覚えがあった。勇は息を呑み、茂みに足を踏み入れた。

目に飛び込んできたのは、大きな尻だった。わずかに空に残った薄明に照らされた白い尻。大柄な男がズボンをずり下げ、丸出しにしていたのだ。その男が見下ろす位置に、もう一人男がいて、そっちが女を地面に押さえつけている。

女は裸だった。暗くてよく見えないが服を剝がれ、あられもない姿をさらしているのだ。尻を出した男は女の口を手で押さえ、その上に覆い被さろうとしていた。

男二人に女が一人。男たちは白人か混血《メスチーソ》か、とにかくブラジル人だ。

女の方はこの墓地で勇を待っているはずの里子だった。露わになった豊かな乳房がはっきり見えた。頭が状況を理解するより先に血が沸騰した。

「何をしとるんやあ！」

尻を出した男の後ろから思い切り股間を蹴り上げた。履いていた薄い運動靴越しに、ぐしゃりとした感触が足の甲に伝わった。潰した。男は悲鳴をあげて前屈みに倒れた。そのまま両手で股間を押さえ、地面を転がる。

里子を押さえつけていた男は顔を上げると、すぐに立ち上がった。ポルトガル語で何か叫んだが、聞き取れなかった。男はズボンのポケットに手を入れると、刃物《ファッカ》を取り出した。刃渡りはさほどでもない。

男は腰を落としそれをこちらに突き出してきた。その動きはやけにゆっくりと見えた。普段稽古をしているトキオや瀬良に比べるとのろまだからか、あるいは気が昂ぶり感覚が鋭敏になっているのか。

勇は刃物をかわし、伸びた男の腕を取り、そのまま巻き込むようにして投げ飛ばした。体落としの要領だ。きれいに決まり、重い音が響き、男はうめき声をあげる。受け身の心得のない者が食らえば息ができなくなる。

二人の男が地面に転がった。許さん。こんなもんで許したらあかん。勇は二人が起き上がるより前に、その頭を順番に蹴飛ばした。それはときおり遊びで蹴る椰子の実よりも重く、硬さと柔らかさが同居していた。ほとんど光のない茂みの中、男たちは小さな声をあげ、頭から黒い液体を飛び散らせた。きっと血だ。

血を流しているのは相手の方なのに、勇は耳の奥でドクドクという鼓動をはっきりと聞いた。よくも里子を！　村の、日本の女を！　おまえらごときガイジンが！

もう一発ずつ、さらに、一発ずつ。勇は交互に男たちの頭を蹴飛ばした。そのたびに耳の奥に響く鼓動はどんどんと大きくなる。

「い、勇ちゃん！」

背後から声がした。振り向くと里子が立ち上がっていた。剝がされていた上着を羽織り直し、両手で自分の身体を抱いている。

「もうええよ。……そ、その人ら……死んでまう」

言われて、改めて見下ろすと、目鼻立ちがわからないほど顔が変形した男たちが、薄明に照らされていた。二人とも身体をよじらせているので、生きていることはわかる。尻を出したままの男が、ぶつぶつと何かつぶやいている。命乞いでもしているのだろうか。衝動的にもっと蹴飛ばしてやりたくなったが、里子の視線を感じ堪えた。

やがて男たちはうめきながら、よろよろと立ち上がった。戦意が残っているとは思えないが、念のため里子の前に立ち、いきなり襲ってこられても対応できるよう腰を落として構えた。

男たちは降参だとでも言うかのように首を何度も振り、互いに肩を貸し合い、後退《あとずさ》ってゆく。勇はその様子をまばたきせずに、じっと睨んで見送った。

二人の姿が消えるのを待ち、ふっと息をつく。耳の奥の鼓動はまだうるさいくらい鳴っていた。

足には、股間を潰したときの感触も、頭を蹴り飛ばしたときの感触も、生々しく残っていた。得体の知れない興奮が身体を渦巻き、雄叫びを上げたくなる。

後ろから不意に里子が抱きついてきた。

「勇ちゃん！　ありがとう。ありがとう。怖かったあ」

その重みと柔らかさを感じた。

「ああ……、大丈夫やったか」

「うん。まだ、何もされとらんかった。無理矢理ここ連れ込まれて、転ばされただけじゃわ。ほ、ほんま……あり……、ありがとう……」

里子は抱きついたまましゃくりあげた。背中に感じる肉の感触が熱を増した。鼓動はますます高鳴る。暴力の記憶と偶然見てしまった里子の乳房の記憶が、混ざり合う。灯りらしい灯りもないのに、ちかちかと目がくらむ気がした。

「あ……あいつら、何者や」

「わからん……。うちが墓地《ここ》来たとき、村の外の方から歩いてきて……いきなり……」

「そうか」

よその殖民地でブラジル人に豚や鶏が盗まれたという話を思い出した。あの二人組はきっとそんな輩だろう。村に入り込もうとしたとき、たまたまここで里子を見かけ……。

怒りとともに、頭の中には二人が里子にしようとしたことが再生された。いつの間にか暴発寸前と言えるほどの熱が、臍の下にたぎっていた。

「勇ちゃん。ほんま。ほんまに、ありがとう」

言いながら、里子がすっと身を離した。

「里ちゃん……」

勇は振り向いた。暗闇の中、しかしはっきりと里子の姿が見えた。いつも着ている薄手の上着が着崩れ、泥で汚れていた。手足、胸元、首筋、露出している肌がやけに白かった。大きな目が涙で潤み、唇は充血したかのように赤かった。

何かに操られるかのように手が動き、里子の肩を抱いていた。

「里ちゃん！」

「えっ」

里子の身体が強張るのがわかった。勢い、抱きしめようとしたとき、里子の顔が目に入った。驚きと恐怖、そして嫌悪——そんな感情が浮かんでいた。それがぎりぎり引き留めた。

勇は手を離し、一歩後退った。

「す、すまん……」

俺は何をしとるんや。今、襲われてた里ちゃんに。あいつらと同じことしようとしたんか？

「勇ちゃん？」

「すまん。か、帰ろう。みんな、心配しとるわ」

勇は慌てて踵を返した。

「うん」という声とともに、手を摑まれた。「手え、つないで」

「あ、ああ……」

里子の手を握り返す。少女の柔らかさと、日々農作業に明け暮れる者の硬さが共存した小さな手は、少し冷えていた。

手をつなぎ、二人、無言のまま帰路をゆく。風が吹くたび、そこら中に生えている木々がざわめいた。地面からは湿った匂いが立ちのぼっていた。

今、里子はどんな顔をしているのだろう。怒っているだろうか。軽蔑されてしまっただろうか。

不安と自己嫌悪を抱きつつも勇は、まだ欲望がたぎっていることを自覚していた。

はやく帰ろう、帰って寝てしまおう。でないと、どうなってしまうかわからない。黒い地面に視線を落とし、ただ足を動かす。土を踏む音がやけに大きく聞こえた。

不意に、里子が歩を止めた。引っ張られるように勇も立ち止まった。振り向くと、目の前に里子の顔があった。ほんのわずかな月灯りに照らされて、目元にうっすらと涙の痕が見えた。

里子は何も言わず、射るようなまなざしで、じっとこちらを見ている。唇がかすかに震えている。細かく息をしているようにも、何かを言いかけているようにも見えた。

「どうした？」

沈黙に耐えられず、尋ねた。

里子はほんの一瞬、視線を逸らし、意を決したように再びこちらを見る。言葉を発する直前、彼女の喉仏が上下した。

「勇ちゃん、うちを抱きたい？」

とっさに何も答えられなかった。

今度は沈黙は続かず矢継ぎ早に里子は問いを発する。

「さっき、うちを抱こうとしたんよね？」

里子の掌にはいつの間にか熱が宿り、じっとり汗で湿っていた。やはり何も答えられない。構わず里子は顎で道の端を指し示した。

「あっこでなら、ええよ」

そこには、納屋があった。何処の家のものでもない、村で共有する物資の物置として使われている納屋だ。

「い、いや……」

「嫌なん？」

「そうや、ない、けど今は……それにトキオが」

「言うたじゃろ、トキオちゃんうちをもらってくれんて」

　里子は一歩近づき身体を密着させてきた。柔らかな感触が頭を冒す。

「うち、ちゃんとうちを求めてくれる人にもらって欲しい。わけのわからんガイジンにキズモノにされかけてようやくわかった。うち、勇ちゃんにもらって欲しいわ」

　喋る里子の唇は揺れる花弁《はなびら》のようだった。思わず唾を飲み込んだ。

「それとも勇ちゃん、志津先生じゃないと嫌？」

　頭の中に一瞬、志津の顔が浮かんだが、それはすぐに目の前の里子の姿にかき消された。トキオのものだとばかり思っていた少女。けれど、トキオは手放した。一緒になるのは可哀相だから、と。

　暗がりの中なのに里子の唇はますます赤く、肌はますます白く見えた。耳の奥で鳴り響く鼓動に重なり、いつだったか瀬良に言われた言葉が谺した。

　――お人好しが手放したもんは、遠慮なくもらっときゃええ。

「嫌や、ない。里ちゃんが、欲しい」

　勇は里子の手を引き、納屋へと入ってゆく。何かが焦げたような埃の匂いが充満した板張りの室内に、木材や干し草が並べられていた。運動会のときに使った紅白の幔幕などもここにしまわれていた。

「里ちゃん！」

　何をしたいかははっきりしているのに、どうしていいかわからず、とりあえず名を呼び、里子を抱きすくめた。里子も抵抗せず抱き返してきた。どちらからともなく、口を吸った。柔らかな生きものが口腔内を這う。身体と身体が溶け合うような錯覚がした。耳の奥で鳴る鼓動が、自分のものか、里子のそれか、判別がつかなかった。

二人、抱き合ったまま積まれた干し草の上に倒れ込んだ。そこから先は無我夢中だった。

勇は、埃と干し草にまみれた暗闇の中、初めて女を抱いた。

4

話がある、と勇に言われたとき、トキオはいよいよあの全伯大会決勝戦のことを問い詰められるのだと思った。

大会以降、勇の様子が以前と少し変わったことにトキオは気づいていた。表面上はいつもと一緒だし、会えば馬鹿話で笑い合った。周りは相変わらずの親友同士と思っていることだろう。けれどトキオにはわかった。自分といるとき勇がかもす空気が明らかに変質していることが。わだかまり。その空気に名前を付けるならこの五文字だろう。

あの決勝、最初から負ける気だったわけではない。けれど迷いはあった。勇の方が優勝に相応しいように思えた。迷ったまま畳に上がった。そして隙ができた。ここで巴投げを決めてくれと言わんばかりの。あれが意図的だったのか無意識だったのか、もう自分でも思い出せない。

おそらく勇は勝ちを譲られたと思っている。

今日も勇は下働きとして南雲農園に来ていた。仕事が終わってから、連れだって農園の外に出ることになった。午後五時を過ぎたころだろうか。橙色に染まった村は、夕陽に灼かれているかのようだった。

「ちょっと歩こうや」勇は行き先も告げず先を歩き、トキオはその後に続いた。南雲農園から見て南東へと向かってゆくようだ。

　よその畑や農園では、まだちらほら作業している人もいた。沿道は雑草の緑に埋め尽くされている。何処からともなく、シャワシャワという虫の鳴き声が聞こえた。蟬だ。嫂のキヨは「この村には蟬がおるんね」と感慨深そうにしていた。キヨのいた殖民地には蟬はいなかったそうだ。もっとも弥栄村も、いるといっても夏になるとときどき鳴き声を耳にするくらいだ。日本ではやかましいほどで「蟬時雨」という季語があるという。

　前をゆく勇の背中が少し大きく見えた。思えば、こんなふうに勇のあとをついて歩くこと自体が珍しい。

　勇が不意に足を止め振り向いた。村外れまで続いている径の途中、共用の納屋の前だった。

「話いうんはな、里ちゃんのことや」

「里子？」

　思いもよらない名前が出てきて、訊き返した。

「おまえ、里ちゃん、日本に連れて行かん、結婚もせん言うたんやって？」

「あ、うん……」

　いつまでも誤魔化すわけには行かないと思い、日本に帰って兵隊になることと、だから里子と結婚する気はないことをはっきりと伝えた。一昨日の昼に。前もって自分の家族にも打ち明けていた。最初両親は反対したが、兵隊になってお国のために戦いたいと説得すると、思ったよりも簡単に認めてくれた。兄の喜生には息子が二人、年子の兄弟がいて、どちらもすくすく育っている。南雲農園の跡取りのあてがあることも要因の一つだろう。家族と違い、里子は泣いた。傷付けてしまった。正式に婚約していたわけではないが、近々、両親とともに重松家に詫びを入れに行こうかと相談していた。

けれど、なぜ勇が里子の話をするんだ？　疑問に答えるように、彼は口を開いた。

「せやったら、俺が連れてくから。俺が里ちゃんと一緒になって、日本連れてく。ええよな」

一緒になるというのが、結婚するということだと理解するのに一秒以上の時間がかかった。何も言葉を発することができずにいると、勇は納屋を指さした。

「一昨日の夜な、俺、里ちゃん抱いたで。ここでや」

抱いた？　やはりその言葉の意味を理解するのに時間がかかった。腹の中で胃がきゅっとすぼまるような不快感を覚えた。

「あん日な、里ちゃんに話があるて呼ばれたんや——」

勇は淡々と事情の説明を始めた。里子は墓地の奥で二人組の暴漢に襲われていた。それを勇が助けた。その後二人は結ばれた……、らしい。

「——正直な、その場の勢いもあった思う。けど、それだけで抱いたわけやない。こういうことんなった以上、ちゃんと娶って嫁さんにするのが筋や思う。昨日、勘太の父ちゃんと母ちゃんにも挨拶した。せやからな、日本帰るにしても里ちゃんと一緒や。となるとな、来年すぐは難しいかもしれん。里ちゃんの分の旅費も貯めんといかんしな」

話を聞いている間中、縮んだ胃に土でも詰められていくような錯覚がした。その土をどうにか追い出そうと、言葉を振り絞った。

「そ、そうか……」唾を一度飲み込み、続ける。「大丈夫だよ。里子の分の旅費も、俺が何とかできると思う。だから、来年、帰ろう……」

勇は苦笑した。

「そこまでおまえに甘えるわけにはいかんやろ。旅費は自分で何とかする。待ちきれんかったら、おまえだけ先に帰っててくれや。何、俺だっていつか必ず日本に帰るつもりや。すぐにあとに続くわ」

「いや、それは……」

　どういうわけか、自然と口があえいでいた。

「何や、悪いな。おまえも里ちゃん好きやってわかってたのに。横取りするみたいでな」

「そんなことは、ない、よ」

「そうか。まあそうやな。だっておまえが里ちゃん袖にしたんやからな」

「そう、だ……。気に、すんな」

　勇の言うとおりだ。こちらから里子との結婚を断ったのだ。文句を付ける権利などない。勇は里子を暴漢から守った。素晴らしいことだ。日本男児とはこうあるべきだ。そしてそんなことがあったら、二人が結ばれるのは当然だ。親友として、祝福するべきだろう。なのに……。

　この感覚は何だ？　胃だけでなく全部の臓器に土を詰められたように、身体の内側から苦しさが湧いてくる。

　嫉妬？　これは嫉妬なんだろうか。どうしても里子に恋心を抱けなかったはずなのに。俺は勇に里子を奪われたことが悔しいのか？

「おまえも、そんな顔するんやな」

　言われてはっとした。そんな顔とはどんな顔だろう？

　勇は、どこか満足げな薄い笑みを浮かべていた。それを見たときだ。

　ぶん殴ってやりたい——身体を突き上げるような怒りが湧き上がり、戸惑った。幼い頃からちょっとした言い争いは何度もあった。けれど、勇に対してこれほど強い怒りを覚えるのは初めてだった。しかも勇は何も悪くなどないのに。

　勇は「おまえも」と言った。もしかして勇も、こんな想いに駆られたことがあるんだろうか。

「話はこんだけや。またな」
勇はぽんとトキオの肩を軽く叩き、その場を立ち去った。
トキオは、あとを追い、後ろから勇を引き倒し滅茶苦茶に殴ってやりたいという衝動と戦いながら、その場に立ち尽くしていた。

――一九四一年　一二月七日。

勇と里子の結婚式《カザメント》の披露宴が南雲会館で開かれた。能の謡《うたい》『高砂』が響き渡る。
謡っているのは、瀬良だ。ブラジルにも謡曲の心得のある日本人は少なくない。全伯大会の会場で引き合わされた脇山大佐や吉川中佐も、日本で宝生流の謡を学んでいたそうだ。特に吉川中佐は熱心で、彼が中心になり二年前、サンパウロ市に「伯謡会」という謡曲の団体が発足した。瀬良はコンデ街にいた頃、そこで手ほどきを受けたという。

高砂や
この浦船に帆を上げて
この浦船に帆を上げて
月もろ共に出汐《いでしお》の
波の淡路の島影や
遠く鳴尾の沖すぎて
はや住の江につきにけり
はや住の江につきにけり

世阿弥の作であるというこの演目は、九州阿蘇宮の神官が、都へ向かう途中、播磨国の高砂の浦で、松の落葉を掃き清めている老夫婦に出会うというものだ。老夫婦は神官に自分たちが実は高砂とその対岸の住吉にそれぞれ生えている「相生いの松」の精であることを打ち明ける。長年変わらぬ夫婦の愛情を言祝ぐ内容であるため、この謡は結婚を祝う定番演目となっている。

日本の景色を見たことのないトキオだが、雑誌で挿絵付きの解説を読んだことはある。

やや緊張した面持ちでそれに耳を傾ける新郎の勇は羽織袴、となりの新婦の里子は白無垢姿だ。村では普段は着ない晴れ着の類は、大抵手作りする。二人が着ているのも、ありものを縫い合わせそれらしく繕ったものだ。

謡を披露する瀬良や、新郎新婦の家族、会場を提供した南雲家の面々などは和装でそれなりに着飾っているが、参列者の中には平服やモンペ姿の者も少なくない。祝儀もあくまで気持ちという建前のとおり、家ごとに無理のない額を包めばよいことになっていた。

殖民地の結婚式《カザメント》は、祝い事を口実に飲み食いするのが主な目的である。だからさほど格式張ったものにはならない。三三九度の盃は、先に新郎新婦だけで交わしており、披露宴では『高砂』の謡のあと、仲人を務める渡辺少佐と志津の夫妻が前に出て、少佐が挨拶をした。冬の間、長患いでほとんど表に出なかった老兵も、今日はきっちり羽織袴を着込んでやってきた。ただし前に見かけたときより、だいぶ痩せていた。

「せ、先日のぉ……全伯大会での、ゆ、ゆ、優勝に、続きぃ……、昨今の比嘉勇くんの活躍には……目を見張るものがぁ……あり、大変、頼もしく思うとります。か、彼であれば……日本人のお……お手本になるような家庭を……き、築くことでしょう。ま、誠に……、めでたい！」

少佐の滑舌はずいぶん怪しくなっていた。杖が手放せないようで、横にはぴったりと志津が付き添っていた。歳も歳なので少佐の身体は心配だが、寄り添う夫妻の様子は『高砂』の相生いの松もかくやというもので、仲人には適任のように思えた。

「では、二人の前途を祝しまして、乾杯！」

少佐の挨拶を引き取り、司会役を務める甚捌が乾杯の音頭を取った。この先はもう式次第も何もなく宴会が続くのだ。会館の壁は紅白の幔幕で飾り付けられており、テーブルは置かず、直置き直座りで飲み食いする。式は和式だったが、料理は和伯折衷のものが並ぶ。にぎり飯、腸詰め《リングィーサ》、豆の煮物《フェイジョン》、味噌汁、オレンジ《ラランジャ》などの果物……どれも普段から食べ慣れたものばかりだが、ハレの日らしく、川魚《チラーピア》の蒸し焼きは尾頭付きで供されている。酒は日本酒もあれば、火酒《ピンガ》やビールもあった。

「やあ、しかしめでたい。こんな気分のええ結婚式《カザメント》は滅多になあ。勇、おまあは、大金星続きじゃな！　ほんにようやった。儂も誇らしいで！」

瀬良が勇に酒を注いでいる。

「勇さん、本当にすごいです。尊敬します！　俺も勇さんみたいに強くなって、里子さんみたいな嫁さんが欲しいです！」

まだ満年齢で一五になったばかりの昭一が、顔を真っ赤にして酔っぱらっていた。祝いの席では子供にも酒を飲ませる。

勇が里子を守ったという武勇伝はすでに村中に知れ渡っており、先だっての全伯大会優勝と合わせて、勇は株を上げた。自分たちを敵視するブラジル人を懲らしめたということで、みなの溜飲を大いに下げた。二人の結婚は、ヤマタノオロチを倒したスサノオノミコトがクシナダヒメと結ばれるがごとくで、村全体が祝福しているかのようだった。

その一方で、陰で心ない噂話をしている者も少なくない。もちろん、このめでたい場では誰も口にしないが、勇と里子の結婚が決まってから今日までの間に、トキオは何度も耳にした。

——里子は南雲さんとこのトキオと結婚するもんと思とったがなあ。

——俺もじゃ。トキオのやつは親友に寝取られたようなもんじゃの。全伯大会でも負けたし、最近はやられっぱなしじゃな。

——いや、ほんまはな、勇が助けたとき、もう里子はガイジンに犯《や》られておったんよ。そいでな、そんな娘、南雲家にはいらんと袖にされたらしいで。

——そうなんか、俺が聞いた話じゃ、勇が勢いで手込めにしたそうじゃがな。

——どちらにしても重松さんにしたらよ、南雲農園に嫁ぐはずの娘が、沖縄者の嫁になるんじゃ、当てが外れたんと違うか。

——でもトキオは日本に帰って兵隊になるんだと。

——はっ、働き盛りの若い者を日本に帰すんか。お国のためとはいえ、分限者はええのう。

——ほんにお国のためかいのう。案外、トキオのやつは村に居づらいん違うか。

一見、住人同士が仲睦まじく暮らしている弥栄村だが、農地の一部に湿地があるように、陰でひそひそと噂話を楽しむじめっとした気風がある。それは何もこの村に限ったことではなく、田舎の殖民地の狭い世間では、噂は貴重な娯楽の一つなのだ。

死んだ祖父、寿三郎はよく言っていた。

——南雲家《うち》もよお、陰じゃ、ずるい《こっすい》ことして銭《ぜね》と土地増やしたってが、くだらねえ噂《だっちゃもねえがん》、流さいてそ。

成功して大きな農園を営む南雲家が陰で妬まれていることは、トキオも何となしに気づいていた。「汚いやり方で財をなした」だの「偉そうにしている」だのと、よく噂されている。それらは常に「——という話をしとるやつがいるらしい」と噂の噂、ときには噂の噂の噂というかたちで、間接的に聞かされる。出所を探ろうとしても「誰に聞いたか忘れたわ」「たまたま話し声だけ聞いたんじゃ」などと、はぐらかされてしまうのだ。

――だすけ、どんな噂《がん》もひと季節だて。耳ふさあで、知らんぷりしてらあ、みんな忘れんべえ。

そうかもしれない。噂は所詮、噂だ。大した根拠も証拠もない。反面、噂もときに正鵠を射る。トキオが居づらさを覚えているのは、事実だった。自分でも驚くほど、勇と里子の結婚に動揺していた。並んで座る二人が視界に入ると、しくりと胸が痛んだ。表面上はこの結婚を祝福していた。けれど、置いてけぼりを食らったような感覚が、たしかにあった。

男らしくないよな。全伯大会以来、うじうじ悩んでばかりの自分を情けなく思う。

「おい、トキオ！　飲んどるかあ」

火酒《ピンガ》の酒瓶を片手に、赤ら顔の勘太が近づいてきた。蒸留酒で酔った者に特有の濃いアルコールの匂いをぷんぷんさせていた。

「おう。飲んでるよ」

手に持っていたコップを掲げ応えた。

「今じゃから言うけどな。おまあがなかなか手え出さんで、里子が不憫じゃったんじゃあ、わいは。父ちゃんや母ちゃんもやきもきしてのお。それが勇とまとまってくれてえがったで」

勘太は明け透けに言うが、そこには出所不明の噂話のような陰湿さはなかった。前田兄弟と昭一もやってきた。彼らもかなり酔っているようだ。

「まさか勇に里ちゃん、持ってかれるとはなあ。羨ましいで」

「そうじゃあ。勇のやつ毎日、里ちゃんと子作りでけるんやろお。のお、昭一、おまあもしたあじゃろ」

「し、し、したあです！」

「こら、おまあら！　人の妹に何言っとんのじゃ！」

勘太が前田兄弟と昭一の頭を順にはたく。

「すんません！」

「でも勘ちゃん、これも男の性《さが》じゃけ、今日だけ無礼講で堪忍してな」

「そうじゃ、そうじゃ、トキオだって逃した魚、大きいと思っとるん違うか」

水を向けられ、口を開く。

「思ってねえよ！　里子はまあ、妹みたいなもんだからな。勇とくっついてくれて俺も嬉しいよ」

強がりに近かったが、口に出したら気持ちが少し楽になった。

「はあ？　おまあも何言っとるんじゃ、あいつの兄貴はわいじゃあ」

「だから、みたいなもんだって話だよ」

「そいでおまあ里子に手え出さんかったんか」

「そうさ。なあ勘太、勇なら安心だよな。里子を守ったしな。お互い兄貴としてはな」

「何がお互いじゃ。本当の兄はわいだけじゃあ。けど、そうよな。可愛い妹に太郎や次郎んとこに嫁がれるよりはだいぶえがったわい」

「なんじゃあ、勘ちゃん、そりゃないで」

みなで大声で笑い合う。笑うほどに、気が晴れてゆく。幼なじみってのは、ありがたいもんだ——しみじみ思う。

上座にいる新郎新婦に視線を向けた。まだ少し胸は痛む。けれどこの痛みは飲み込んでしまおう。

「おーい！　勇！」

トキオは立ち上がって声を張り上げた。勇当人のみならず、みながこちらを振り向いた。

「おめでとう！　里子のことは任せたぞ！」

「だから、そりゃわいの台詞じゃ！」

隣で勘太が声をあげた。会場の一同がどっと笑う。

「トキオ、ありがとうな！」

勇も立ち上がって、破顔した。親友の混じりけない笑顔を久しぶりに見た気がした。胸の中に温かな気持ちが湧いてきて、痛みを消してくれるのがわかった。

何だ、こんな簡単なことだったか。思い切り笑って、大声で祝えばよかった。それだけだ。それだけで痛みもわだかまりも消え、素直に祝福することができた。

「飲むぞ！」

再びその場に座り、周りに声をかけた。


いつ終わるともわからない宴会が続く中、日が暮れた。誰かが「南雲さん、ラジオかけてつかあさいよ」と頼み、甚捌がラジオのスイッチを入れた。

流れてきたのは外国語だ。濁音が多く、どこか勇ましいような響きがある。

「こりゃ、何処の言葉じゃね」

「ポルトガル語《ブラジル語》じゃなあねえ」

「今、七時半を過ぎたとこですから、こりゃドイツ語のニュースですな。もうすぐ音楽がかかりますよ。日本語のニュースは八時半くらいからですね」

甚捌が説明する。東京ラジオの番組は一〇分間ニュースが流れ、二〇分間音楽がかかることの繰り返しだ。大日本帝国の威光を世界中に示すため、ニュースは時間帯ごとにさまざまな国の言葉で放送される。午後七時三〇分（日本時間午前六時三〇分）からの一〇分間は、ドイツ語のニュースが流れる時間だ。このあとは音楽、英語のニュース、また音楽、そして日本語のニュースと続くはずだ。

　日本の同盟国とはいえドイツの言葉など誰もわからない。おまけに雑音だらけだ。物珍しさで耳を傾けていた者も、やがて聞き流し雑談に花を咲かせるようになった。

　ニュースが終わり、音楽が流れ始めた。クラシックだ。東京ラジオは西洋音楽、中でも同盟国のドイツやイタリアの音楽を流すことが多い。曲名はわからないが、いくつもの音が重なり合う勇ましい楽曲だ。こういう曲は雑音混じりでも聞きやすい。意味のわからないニュースと違い、聞き惚れている者もちらほらいるようだった。

　やがてだんだんと音量が小さくなり音楽が止んだ。音楽の時間が終わったのだ。次は英語のニュースのはずだ。が、普段はない高い音色のチャイムが鳴った。

　あれ？　と、思っているとラジオからは日本語が流れた。

〈臨時ニュース……を……げます〉

　みな一斉に口を閉じた。どうやら臨時ニュースだ。気にならない者など誰もいない。

〈大本営…………日午前六時……。帝国……軍は……八日未明……おいてアメリ……イ……ス軍と戦闘……れり〉

　場がざわついた。雑音が混じり聞き取りにくい。けれどたしかに、軍、戦闘、と言っていた。八日未明という日本時間も聞き取れた。ブラジルの時間はおよそ半日遅れている。つまり今日七日の夕方、つい数時間前のことだ。

　ラジオの向こうの名も知らぬアナウンサーは、同じ文言を繰り返したようだ。

〈帝国陸海軍は、……未明、西…………アメリカ……イギリス……と戦闘状態に入れり〉

今度は、重要な部分がはっきり聞こえた。帝国陸海軍、アメリカ、イギリス、戦闘状態に入れり。それはつまり……。みな、互いに顔を見合わせている。

「戦じゃ！　い、い、いよいよ、け、毛唐どもに、て、てって、鉄槌を下すんじゃ！」

叫んだのは渡辺少佐だった。

それを皮切りに歓声が轟いた。声で会館全体が揺れた気がした。

いよいよ戦争が始まった。相手はアメリカとイギリス。そういう意味の臨時ニュースだ。大陸での事変とは違う、世界戦争だ。トキオは居ても立ってもいられないような気分に駆られた。今すぐにでも日本に駆けつけたい。

「で、でも開戦したゆうだけか。詳しいことわからんのか」「こっちが攻めたんか、攻められたんか」

不安混じりの声もあがる。しかしラジオはそれ以上のことは伝えず、また音楽がかかり始めた。

「狼狽《うろた》えるんじゃなあ！」

瀬良が一喝した。みな静まり返る。

「なあに、皇軍は絶対不敗じゃ。きっと今頃、大戦果を挙げとるよ。心配することは何もなあ」

瀬良は力強く言い切った。

「そうじゃな」「おおよ。そら、勝っとるに決まっとる」「そうじゃ、皇軍の大勝利じゃ」

一同は沸き上がってゆく。

それを見て瀬良が大声で音頭をとった。

「この大いなる戦いの始まりを祝してえ！　大日本帝国、万歳！」

瀬良が両腕を振り上げる。

「おお！」「万歳！」

みながそれに倣った。

トキオも「万歳！」と叫び、両手を頭上に掲げていた。身体と一緒に、魂までもが浮き上がるような気分になった。

戦争が、始まった。祖国が、我らが大日本帝国が、世界にその威信を示すための聖なる戦いが、始まったのだ。

「万歳！　万歳！　万歳！」

一同は熱に浮かされたように繰り返す。今日の主役だった勇と里子も並んで万歳をしていた。

「万歳！　万歳！　万歳！」

声を出し、手を振り上げるだけの単純な動作を繰り返すたびに、心強く晴れやかな気分になるのを、トキオは感じていた。

3章　呪術師《マクンベイラ》の老婆は語るI

朝から昼へ、少しずつ太陽は高くなり陽射しは強くなってゆく。

老婆は不意にくくく、と笑い声をあげて首をかしげた。

「でもそうじゃねえ。うちは、やっぱり呪術師《マクンベイラ》かもしれんわ。呪いとともにこん国に来て、うちも呪われとったからねえ」

どういう意味かと尋ねると、老婆は遠くに視線を逸らした。

「日本じゃよ。大日本帝国……いや、そのもっともっと前からずっと続いとる呪いじゃあ。ええかい、うちら古い移民はねえ、日本ゆう呪いを背負ったままブラジルに来たんじゃ。そいで、そこいら中に小《こま》さい日本をつくったんじゃ。そうよ。殖民地のことよ。サンパウロのあちこちにあった殖民地はねえ、どこも日本じゃった。じゃからうちらはブラジル人をガイジンて呼ぶんじゃ」

呪い、というのは老婆独特の修辞《レトリック》なのだろうが、たしかに戦前の日本人は、遠く離れたこの南米に「日本」をそのまま持ち込もうとしたのかもしれない。

日本人としての意識、現代の言葉で言えば「アイデンティティ」となるだろうか。それは万世一系の天皇陛下を父と仰ぎ世界全体を巨大な家族とする物語と、そのミニチュア版のような村落共同体のイエ制度によって支えられている。少なくとも老婆が生まれた大日本帝国ではそうだった。

当時、日本からブラジルに移民した多くは、農家の次男や三男とその家族だった。近代化に成功し地方で人口が爆発する中、長子相続を原則としたイエ制度では家督を継げない者たちの受け皿をつくることは急務だった。だから、海外に新たな農村を求めたのだ。

　国家が食い詰め者を海外に棄てるがごとく。しかし当の移民たちは日本では手に入れることのできない自分の土地を手に入れられる新天地への希望を抱いた。移民の多くは一時的な出稼ぎのつもりでブラジルにやってきた。だがその身には、先祖代々から自明のものとしていたイエ制度が染みついていた。ゆえに当然のこととして、彼らは日本の農村とそっくりの村落共同体をつくりあげた。それが、殖民地だ。

「うちの母様が、魔女《ブルシャ》にでもなったかと思うほど無理してよう働いたゆうたよねえ。あれも呪いよ。うちの母様だけが特別だったわけじゃなあよ。殖民地の女は魔女にならんといけんのよ。たとい生身の女でもねえ、無理して無理して魔女になるんじゃ。日本でも何でもなあところに日本をつくるんじゃから、そりゃ尋常なことじゃすまんのよ。男も大変だけんどねえ。女はもっと大変じゃわ。なんせ女が子ぉを産んで育てて、血を繋げていかんことには家は続かん。家が続かんことには日本にならんのじゃから。大抵の移民は男が来たがって女はついてきただけじゃのにねえ。魔女になれん女は出来損ないじゃあいうて責められるんよ。うちがそうじゃったわ。そうよ、うちは魔女になれんかった」

　老婆が魔女になり損なった理由は、子供ができなかったからだという。

「さっき言うたようにね、結婚はしとったんよ。兄様の紹介でねえ。ふふ、兄様ぁ、何かにつけてうちの世話、焼いてくれるんじゃわ。じゃけど、いくら待ってもうちには子ぉができんかった。そしたらだんだん、家の空気が悪うなってねえ。何のためにおまえみたいな女を娶ったんかわからんて、旦那様にようなじられるようになったわあ。いつん間にか、何か気に入らんことがあると、全部うちのせいにされるようになってねえ。叱られるんよ。うちを叱る理由なんていくらでもつくれるけえ。やれ掃除が行き届いてなあとか、飯が不味いとか、顔が生意気だとかねえ。うちもあん頃は、ちゃんと子ぉを産めん自分が悪い思うとったけえ、いちいち真に受けて三つ指ついて謝っとったわ。それでも許してくれんで、叩かれたり、蹴られたりしてねえ。ああ、そうじゃった、そうじゃった、そうやって暴力ふるうと、気ぃが昂ぶるんか知らんけど、そのあとうちを抱くんじゃわ。ふふ、何じゃろうね、ほんまに。あん頃は気づかんかったけど、うちは鬱憤晴らしの道具じゃったんじゃねえ。この歳んなったら、もうどうでもええことじゃけど。え、ああ、周りの人は知らんかった思うよ。全部、家ん中でんことじゃし。あん人、うちの顔だけは叩かんのよ。隠しとったんじゃろうかねえ。案外、顔が腫れると抱くとき興が削がれるからと違うかねえ。そらそうよ、兄様にも話せんかったよ。せっかく、うちのこと思って紹介してくれたんに、よう言えんよ。まあ、あん頃は地獄じゃったわいねえ」

ブラジルの中につくられた日本人だけの殖民地という密室の、そのまた中につくられた家という密室。そこで人知れずふるわれていた暴力——その記憶を語る老婆の口調は、しかし他人事のように淡々としており、熱がなかった。流れ去った長い時間の為せる業だろうか。

「あんたが聞きたいんは、こげなうちの苦労話じゃなあよねえ。戦争が起きてからのことでしょう。あの戦争はねえ、うちらが呼び込んだのよ。呪われた日本人が、みんなでねえ。今となったら戦争は悪いことでしょう。なんや、暴走した軍が勝手にやって、国民は被害者じゃったなんて言う人もおるってねえ。それも間違いじゃなあかもしれんけど、ふふ、正味の半分じゃろうね。そらあ軍がやらんと戦争は起こらんからねえ。じゃけど、みんな、そんな軍を応援しとったもん。あんときの気分はまだ覚えとるよ。誰も彼も戦争してくれいうて願っとったわ。そうよ、戦争を喜んどったわ。日本に意地悪するアメリカやイギリスをやっつけるんじゃいうて。うちらブラジルにおった日本人も、みんな。いや、うちらはよけいに喜んだかもしれんねえ。だってあの頃、ブラジルにおった日本人はみんな、ガイジンにいじめられてるて思うとったからねえ。目にものみせちゃれ、日本のすごさ見せつけちゃれって、思うとったよ」

日本が真珠湾攻撃を成功させたとき、多くの日本人がこれを喜んだのは事実だ。当時の日本の新聞や雑誌、ラジオは、軍部を称え戦争を賛美する報道を乱発している。日本では特高警察をはじめとする当局による検閲、思想統制が行われていたが、それだけが理由でないことは、この老婆のようなブラジル移民が証明している。日本の思想統制が及ばないどころか、逆にブラジル政府から弾圧を受けていた彼女たちもまた、戦争を歓迎したのだから。

老婆は記憶を辿るように顔を上げた。

「戦争が始まったって臨時ニュース、ラジオで聞いたときは、大変な騒ぎじゃったよ。みんな、ようやったって、誇らしい気持ちんなって、何度も万歳したもの。そうよ。じゃってあんとき皇軍はまだ負けたことのない無敵の軍隊じゃったもの。また次も勝つに決まってるって誰も疑わんかったわ。うちの村だけじゃなあよ。ブラジル中の日本人がお祝いしたわ。日本じゃってそうじゃったんでしょう？　じゃからね、呪われとったのよ。軍人や政治家だけじゃのうてね、みんながね。日本におった人らも、ブラジルにおったうちらも、満洲やらハワイやらの人らもねえ、一億人、みんなが引き寄せたんじゃわ、あの戦争を――」

老婆は、やはり熱のない口調で淡々と語る。

正午を過ぎ、正中からわずかに傾いた太陽は、じりじりと地上を灼いている。しかし、彼女は汗一つかいていなかった。

4章　敵性産業

1

――一九四四年　一月三日。

比嘉勇は、弥栄村で暮らし始めてちょうど一〇度目の年明けを迎えた。数えで二三、今月半ばには満年齢で二二になる。

一〇年前、サントス港で見上げたこの国の太陽は、今日もあの日と変らぬ強い光と熱で、早朝から地上を灼いている。

湿り気を帯びた熱気の中、雑草で覆われた径を独り走りながら、ふと思い出す。長くても一〇年くらい。ブラジル行きを誘うとき正徳はそう言っていた。勇自身、一〇年も経って大人になれば、何処にだって行けると思っていた。

薄い運動靴越しに、土の凸凹した感触が伝わる。

けれどまだ勇はブラジルにいる。もちろん家族も。むしろ家族は増えた。結婚し妻を得て、今、その妻の腹の中には赤ん坊がいる。こんな一〇年後は、想像もしていなかった。

路肩の茂みから漂う草いきれが鼻をつく。考え事を振り払うようにペースを上げる。

やがて上り坂に差し掛かった。あと一息や。さらに足に力を込め、全力疾走で坂を駆け上がった。視界が開ける。坂の頂点の先はゆるやかに下っており、その向こうに平らに整地された空き地と、川が見える。空き地は毎年運動会を行う運動場《カンポ》、川はバビロン川《リオ・バビロン》だ。

勇はペースを落とし、乱れた息を整えながら坂を降りてゆく。汗が滝のように流れ、袖なしのシャツは身体に張り付いている。少しずつ聞こえてくる川の水音が耳に心地よい。

いつもは無人の川原に人影が見えた。モンペ姿の髪の長い女性。遠目の後ろ姿でも誰かはすぐにわかった。どうして、こんなところに？　勇は近づいてゆく。気配に気づいたのか、彼女は振り返った。

「あら、勇くん」

「志津先生、どうしたんですか。こんな時間に、こんなとこで」

すでに夜は明けているが、女性が一人で村外れまで来るような時間ではない。

「ちょっと、川、見とうなってねえ」

「危なあですよ、独りで」

里子が暴漢に襲われた夜のことを思い出す。排日主義者による日本人への嫌がらせや乱暴狼藉は相変わらず続いていた。駅町に比べれば村の中は安全だが、いつまた不埒な者が侵入して来ないとも限らない。

「うちみたあな、おばさん《ヴェーリャ》でも怖い目に遭うかいね」

「あ、遭います。先生は、その、きれいやし」

言いながら、自分の顔が赤くなっていないか心配になった。結婚してもうすぐ子供もできるというのに、この人の前に立つと未だにそわそわしてしまう。

「そうかいね。ありがとう」志津はくすくす笑う。「勇くんは何しに？　ああ、もしかして身体鍛えとるんか」

「はい」

毎朝、夜明けと共に、ここまで走って来て腕立て伏せや腹筋運動をしていた。もちろん鍛えるのが目的であったが、単純に独りで身体を動かすのが好きだということもあった。

「偉いわ。あんたも志願したんじゃよね。兵隊になるいうて」

勇は「まあ……」と、曖昧に頷いた。


――二年と少し前。

ちょうど勇の結婚式《カザメント》の日、新たな戦争が始まった。一国同士の争いではない。いくつもの国が敵味方に分かれる世界戦争だ。日本の味方は、同盟国のドイツとイタリアをはじめとする「枢軸国」。対する敵は、アメリカ・イギリスを中心とする「連合国」だ。

開戦の数日後、ラジオが伝えたところによると、日本の東条英機内閣は、従来からの支那事変も含めこの戦争を「大東亜戦争」と呼称する閣議決定をしたという。日本人のための生存圏、大東亜共栄圏を建設する戦いだからである。

以前から日本に帰って兵隊になるつもりだったトキオはもちろん、勘太や、前田兄弟らの幼なじみや、まだ子供といっていい年頃の昭一まで、みな一刻も早く皇軍に入隊することを希望した。結婚したばかりの勇も同じ想いだった。祖国の一大事に、ブラジルでのんびり農業をやっている場合ではない。里子や他の家族もそれを理解してくれた。

「うちのことはええから、お国のために駆けつけて。お兄ちゃんが戦場で足引っ張らんよう面倒みたってね」

里子は気丈に言ってくれた。その覚悟に報いるためにも、立派に戦おうと決意した。結局、弥栄村の四〇歳以下の男子は全員が帰国と入隊を志願した。瀬良が連絡をすると『帝國殖民』の秋山が飛んできた。

「素晴らしい！　前々から弥栄村の方たちは、立派な愛国心を持った方が多いと思っていましたが、これほど多く、入隊を志願するとは。まさにみなさんこそ、日本男児の鑑だ！」

秋山は志願者の名簿を受け取ると村を褒め称え、「この名簿は責任をもってサンパウロの総領事館に届けます」と請け合った。それから「実は僕も入隊を志願したんです。不肖秋山、みなさんと共にお国のために命を懸けますよ」と自分の胸を叩いた。

それを見た瀬良は大げさに肩をすくめた。

「何が不肖じゃ。相変わらず調子がええのお。戦場じゃあ、いの一番に逃げ出すんと違うか」

「嫌だな。逃げたりするもんですか。まあ危ないときは瀬良さんの後ろに隠れるかもしれませんがね」

「儂を盾にする気か？　おまあっちゅうやつは、いつか根性たたき直してやらんといけんな」

そんな二人のやりとりに、場が和んだ。

このときは祖国が志願者を兵隊として受け入れてくれることを誰も疑っていなかった。もし日本までの旅費を自力で賄うことになったとしても、村で一番資産を持つトキオの家、南雲家がいくらでも金を出すと請け合ってくれた。

しかし開戦からおよそひと月半が過ぎた一九四二年一月二九日、ブラジルは日本との国交を断絶した。総領事館も大使館も閉鎖を余儀なくされてしまった。工業化を進めるにあたりアメリカとの関係を深めていたヴァルガス政権は連合国側についたのだ。正式な宣戦布告があったわけではないが、日本をはじめとする枢軸国はブラジルにとっての「敵性国」となった。

サンパウロ市などの都会では日本語を話しただけで罰金を取られるようになったという。コンデ街にも日本人への立ち退き命令が出され、日本人が経営する企業や商店は次々と資産を凍結されていった。

その一方で、田舎で行われている農業は開戦後も取り締まりを受けなかった。野菜や綿花、コーヒーの生産と流通の大部分を日本人が担っており、サンパウロ州の農業は日本人抜きでは成立しなくなっていたのだ。ブラジル政府も日本人の殖民地を取り潰してしまうようなことはしなかったし、できなかった。そんなことをすれば、食糧生産と輸出が大打撃を被ることになる。

弥栄村での生活にはあまり変化がなく、住む国が敵地になってしまったという実感は乏しかった。思えばエスタード・ノーヴォ以後のブラジルは、同化を拒む多くの日本人にとって元から敵地のようなものだった。ウアラツーバの駅町ではジョゼー・シルヴァの自警団が大きな顔をしているが、これも今に始まったことではなかった。

総領事館が閉鎖したと聞いたときはさすがに驚いたが、領事らは仕事を放棄したわけではなく、村から届けた志願者の名簿も祖国にきちんと渡ったとのことだった。村で戦争の様子を知る唯一の情報源となった日本から届く短波ラジオ放送、東京ラジオは、皇軍が破竹の快進撃を続け連合国を圧倒するニュースを連日伝えていた。また南米向けの放送では〈日本とブラジルは敵対しているわけではない〉〈ブラジル政府は在伯邦人の権益を守るべきだ〉というメッセージを繰り返し流していた。

祖国は、ブラジルにいる日本人のことを忘れたわけではない。いずれ事態は落ち着き、帰国のための召集がかかるはずだ。不安があるとすれば、その前に、日本が勝って戦争が終わってしまうかもしれないということくらいだった。

「ほんの少しの辛抱です。この国も我々日本人に頼ってるんです。いつか目に物見せてやれるときが来ます」

村のまとめ役でもあるトキオの父親、甚捌はそんなふうに村人を鼓舞していた。しかし、なかなか召集はかからず、かといってラジオから日本の勝利で戦争が終わったというニュースが流れることもなかった。いつまでこの状態が続くのか――緩慢な焦燥感が流れるようになった頃、秋山がふらりと村にやってきた。

開戦からおよそ七ヶ月が過ぎた一九四二年七月の半ば、ひととおりの収穫が終わり、農年が終わろうとする冬の日のことだ。

いつも飄々と明るい秋山にしては珍しく、浮かない様子だった。彼は甚捌と瀬良に言って南雲会館に村の主立った面々を集めた。ぎゅうぎゅうのすし詰め状態になった会館で彼は告げた。

「実は今月の初めに、交換船が出ました」

一同は言葉の意味がすぐには理解できなかった。ただ、軽口の一つを叩くでもなく、硬い顔で話す様子から、何か重大なことが起きたことは窺えた。

「交換船とは何です？」

代表して甚捌が尋ねた。

「開戦で国交断絶した国に取り残された外交官や駐在員らを帰国させるための船です。中立国が手配し、戦時国際法により航行が保障されているので、安全に日本に帰ることができます。大使も総領事も、それに乗ってすでに帰国しました」

その答えに、おおっと声があがった。勇も隣にいたトキオと顔を見合わせた。みな、日本から迎えが来たのだと思ったのだ。これで祖国に帰れる、と。

しかし秋山は首を振った。

「交換船に乗れるのは、あくまで帝国政府との関係の深い者……つまり、総領事や大使と、その下で働く役人たち、あとは特別に政府とつながりのある企業の関係者、くらいです。そもそも本数も限られていて、あと一度、出るかどうかです。ブラジルにいる日本人全員を乗せることはできません」

秋山の声はその顔色と同じように冷たかった。沸きかけた一同が静まり返った。沈黙を破り、甚捌が尋ねた。

「全員は、乗れない？　じゃあ、我々はどうなんです」

秋山は再びかぶりを振った。

「乗れません。ここにいる人は、誰一人……」

「乗れない……」

甚捌がおうむ返しに繰り返した。

「そうです。この僕も含めてね。この国で暮らす、大日本帝国臣民、二〇万人。そのほとんどが乗れません。それどころか、今日の時点ではそんな船が出たことさえ知らない人が大半です」

「ちょっと待て！　総領事らだけが帰ったんか。儂らをおいて、自分らだけ帰ったいうことか！」

しかめ面で腕を組んでいた瀬良が気色ばんだ。

「そうです。役人らも軒並み帰国し、『帝國殖民』も業務を停止しました」

動揺が広がった。

「そらどういうことじゃ！　秋山！　おまあんとこの大将は、どうした？　大曽根周明も帰ったんか？」

「いいえ、大曽根支社長……もう支社長ではありませんが、彼も乗船を勧められましたが、自分だけ帰るわけにはいかないと拒否してブラジルに残りました。みなさんの渡伯を手伝った責任を感じているんだと思います」

勇は来伯したばかりの頃、移民収容所で大曽根周明に激励されたことを思い出していた。そうか。あの人は、残ってくれたのか。わずかな安堵が湧いてくる。しかし続く秋山の言葉に現実を突きつけられた。

「しかし、これで帝国政府と直接連絡をとる手段は完全になくなりました。従軍を志願してくれたみなさんに召集がかかることも、なくなりました」

召集はかからない。つまり皇軍の兵隊にはなれないということだ。誰もが言葉を失った。

「今のところ我々、日本人の権益保護は、中立国のスウェーデンが行うことになっています――」

秋山の説明によれば日伯国交断絶直後、日本人の権益保護はスペインが行うことになったが、ほどなくスペインは中立を放棄し連合国についたため、スウェーデンがこれに代わることになったという。スウェーデン総領事館内に日本人権益部が設置されており、交換船の手配もスウェーデンが行ったらしい。

そんな情報は頭に入ってこなかった。その場の全員が抱いただろう想いを、瀬良が口にした。

「儂ら、ブラジルに置き去りにされたゆうことか」

秋山は押し黙り視線を彷徨《さまよ》わせた。

「秋山！　応えろ！　儂らは、取り残されたんか？」

瀬良が詰め寄る。秋山の眼《まなこ》から一筋、涙がこぼれた。この男が泣くのを初めて見た。もしかしたら瀬良もそうだったのかもしれない。「おまあ……」と、呻き声をあげた。

秋山が感情を爆発させるかのように叫んだ。

「そうですよ！　僕たちは、この国に取り残されたんです！　スウェーデンなんてあてにできっこない。総領事も大使も、我が身可愛さに自分たちだけ逃げたんです。畜生！　ふざけんな！」

勇は釣られるように自分が泣いていることに気づいた。

――俺たちはお国に棄てられたんだ！

頭の中に響いたのは、ブラジルへやってくるとき移民船の中で聞いた誰かの声だった。たった独りで嵐の海を漂流しているような、寂しさと寄る辺なさ。あのとき熱に浮かされながら感じたのと同じ不安と悲しみが、長い時を経てより強くなり胸を締め付けるようだった。

日常を変わらぬものとして享受できていたのは、ほどなくお国に帰れると信じることができたからだ。しかしそれが音を立てるようにして崩れた。勇は、否、弥栄村の人々は、このとき初めて、自分たちが敵地に閉じ込められてしまったことを自覚した。

「何でじゃ！」

泣きながらがなったのが誰かはわからなかった。

こんなことないで！　ふざけるな！　畜生が！　何の飾りもなくただ感情を吐き出すだけの言葉をみな次々口にする。それを更なる大声で瀬良が塗り潰した。

「めそめそすんじゃなあ！　大使がなんじゃ、総領事がなんじゃ！　だらしない連中が逃げただけじゃ。そうじゃろうが。お国は、陛下は儂らを見棄ててなんかなあ。違うか、秋山！」

瀬良は秋山に近づくとその襟首を摑んだ。

「おまあが泣いてどうする！　へらへらしとるのが取り柄じゃろうが！　移民に希望を持たせるのが仕事て、おまあは昔から言うとったろうが！　ありゃ嘘か。大曽根周明は、お前んとこの大将は、そのためにブラジル残ったんと違うのか！」

秋山は手を伸ばし瀬良の手首を摑んだ。

そして顔を上げると、笑い出した。あはははと、愉快そうに。明るい笑い声をあげ、瀬良の手を振りほどいた。

「いや、参ったな。瀬良さんに諭されるとはね。しかしへらへらしてるのが取り柄とは酷い。僕はいつも前向きってだけなんだ」

秋山は手の甲で涙を拭うと、乱れたシャツの襟元を直し、髪の毛をなでつける。

「話すうちに感情が高ぶり、つい取り乱してしまいました。失礼しました」

それからその場の一人一人の顔をしっかりと見るように視線を動かし口を開いた。

「僕らは置き去りにされた。それは事実です。けれどお国に見棄てられたわけじゃない。在伯邦人は二〇万人もいるんです。それを見棄てるわけがない。この度の聖戦に勝利した暁には、必ず迎えが来ます。みなさん、今は堪え時、言わばどん底です。なら、この先上がっていくしかありません」

かつて、移民船の中で彼が発したのと同じ励ましの言葉だった。すると、会館の隅でずっと黙って聞いていた渡辺少佐が口を開いた。

「おおよ。お……お国を……信じるんじゃ……大和魂……失ったら……ならん……」

その声は震えつつもはっきりとしていた。この頃は一日の大半を床で過ごすほど衰え、もう長くないだろうと思われていた。そんな老兵が気力を振り絞る姿は、村人たちの意気を上げた。

今は堪え時、どん底、上がっていくだけ――勇は胸の裡で繰り返していた。他の者たちも、きっとそうだったろう。

しかしその後、さらに事態は悪化した。

日本人の間では〝ブラジルの特高〟と恐れられている政治犯や思想犯を取り締まる公安組織、オールデン・ポリチカ（ＤＯＰＳ／政治社会秩序局）が、日本人への取り締まりを強化した。せっかくブラジルに残ってくれた大曽根周明は、日本人の大物というだけで反乱を扇動しかねないと、収監されてしまったのだ。不当な予防拘禁以外の何物でもなかった。

そんな中、日本人の心の支えになったのは、祖国から届く東京ラジオだった。

ブラジル政府は日本のラジオを聞くことを禁止したが、弥栄村のような奥地の殖民地まではまだ取り締まりが及んでいない。ラジオを持っている南雲家では念のため、すぐにラジオを隠せるよう、南雲会館の壁を二重にして秘密の保管庫を造作した。村の人々は交代で会館に足を運び、ラジオに耳をそばだてた。

また、正規の発行が禁止された邦字新聞に代わって、各地の個人や団体がこっそりと発行するガリ版刷りの新聞やビラが殖民地に届けられるようになった。何処の誰かわからないが、官憲の目を盗んで日本語の草の根ラジオ放送を流す者も現われた。これらゲリラ的な新聞やラジオでは、東京ラジオで放送されたことや、独自に入手した情報として、皇軍の華々しい戦果が伝えられた。

地球の反対側から辛うじて届く東京ラジオは、お世辞にも聞きやすいとは言えない。電波の受信状況によっては一日中ガーガーという雑音しか聞こえないことも少なくない。だから、誰かがこうして情報をまとめてくれるのは、とてもありがたいことだった。

それらによれば、皇軍は戦争の帰趨を占うとされたミッドウェー海戦でも大勝利を収め、その後もことごとく勝ち続けているという。戦勝は目前、のはずだ。

「ほんまにいつまで続くんじゃろうねえ」

川に視線を投げたまま、志津がつぶやいた。言わずもがな、戦争のことだ。

「もう少しや思います」

もう少しで終わる。我らが祖国、大日本帝国が勝利してくれる。

「そうよね。でもアッツ島の兵隊さんは全滅してしまったそうじゃし、ちいと心配じゃわ」

「全滅やなくて玉砕です。アッツの守備隊は、卑怯にも突然大軍で襲ってきた敵に何倍もの損害を与えてますから」

昨年五月、北太平洋の孤島、アッツ島が米軍の奇襲を受けた。アリューシャン列島を攻略した際に皇軍が占領した島だ。米軍は突如として、その守備隊の兵力を大幅に上回る軍勢で島に侵攻してきた。この戦いで二五〇〇名を超える守備隊は全員戦死したが、六〇〇〇名以上の敵兵を倒しており実質的には日本の大勝利であったという。

「〝件《くだん》〟の予言、聞いたときは、きっとそのとおりになる思うたんじゃけどねえ……」

〝件〟の予言とは、昨年、日本人らの間で広まった噂話だ。アッツ島玉砕の報があった少しあと、その奇妙な話は弥栄村にも聞こえてきた。

ウアラツーバの東、パウリスタ延長線にあるマリリアという町の殖民地で、一頭の雌牛が、頭は人で身体が牛の赤ん坊を産んだ。その赤ん坊は生まれてすぐ「今年中に戦争はすむ。無論、枢軸側の大勝利であるぞ。そしてブラジルには戦後疫病がはやる。よって件《くだん》のごとし！」との宣託を叫び息絶えた——と、いうのである。

人偏に牛と書いて、〝件〟。必ず当たる予言を告げる半人半牛の妖怪だ。本当にマリリアでそんなものが生まれたのか。にわかには信じ難いが、嘘と断じるのも無粋だ。真偽はともかく、この予言は当たるに違いない。日本は必ず勝つ。連合国陣営に加わり、日本人を弾圧したブラジルには天罰が下る。それが道理というものだ。噂を聞いた者はみなそう思った。

しかし戦争は終わらなかった。それどころか、昨年の九月にはイタリアが枢軸国から離脱し降伏してしまった。無論、それはイタリア半島だけの話で、ヨーロッパ全域を手中にしようとしているドイツや、南方と大陸、そして太平洋に覇権を築きつつある日本の戦いとは関係ない。

「時期がずれただけで、きっと予言のとおりになりますよ」

結局、決着がつかないまま年が明けてしまったが、最後は日本が勝つに決まっている。正義はこちらにあるのだから。

「少佐は大東亜に帰れんまま、逝ってしもうたわ。無理してでも帰れるときに帰っときゃあよかったかねえ」

志津はため息をついた。

彼女の夫、渡辺少佐が亡くなったのは、去年の一一月のことだった。その半年ほど前から、もう一人で立って歩くことも難しくなっており、ひねもす床に入って過ごすようになっていた。

帰れるときに帰っておけば——これはおそらく、今、ブラジルに取り残されている二〇万人の日本人のほとんどが抱いている想いだ。

「アジアに帰ろ」が流行言葉になり帰国熱が高まったのは戦争が始まる直前だった。今から思えば、あのときが帰れる最後の時期だったのだ。実際に帰った者もいたが、大半は踏ん切りをつけることができずブラジルに残った、いずれ帰ると思いながら。それを後悔せずにいられる者がどれだけいるのだろう。

誇りもしがらみもかなぐり捨て、旅費がなければ借金でも何でもして、帰るべきだった。以前、トキオと一緒に兵隊になろうと誓い合った。お国のために戦おうと。帰っていれば、今頃それは実現していたはずだ。

「われらバビロンの河のほとりにすわり、シオンをおもいいでて涙をながしぬ——」志津は突如何か詩らしきものをそらんじ、こちらに視線を向けた。「聖書ん中の、バビロン川《リオ・バビロン》が出てくるとこ、知っとる?」

「い、いえ」

この川の名が聖書にちなんでいることは知っていたが、具体的な内容までは知らなかった。

「うち、昔、まだコンデ街におったときね、少し聖書の勉強したんよ。兄様がブラジルはキリスト教の国じゃけ、知っといて損はないいて、日本から聖書も持ってきとってね」

「瀬良さんが、ですか?」

瀬良がそんなことを言うのは少し意外な気がした。

志津はきょとんとこちらを見てから、口に手を当て笑った。

「ああ、いけんんわ。つい癖でな」

癖？　何の癖だろう。よくわからなかった。志津は何の説明もせず再び川に視線を戻した。

「バビロンゆうんはね、町の名前なんよ」

「はあ」と勇は相づちを打ち、話を聞く。

「ユダヤの民は故郷を奪われてそこに無理矢理移住させられるんよ。初めのうちは、すぐに帰れるて楽観しとるんやけど、どんどん状況が悪うなって帰れんようになってしもうたんよ。そいでね、そのバビロンに流れとる川を見て、故郷のことを思い出して泣いとるいう場面じゃわ」

ブラジルに取り残された日本人は、まさにそのユダヤの民のようだ。いや、ブラジルだけではない。この巨大なアメリカ大陸には、ペルーなど他の南米の国にも、敵であるアメリカにも、移民している日本人がいる。大阪で正徳がブラジル行きを誘いに来たとき、ソテツ地獄から逃れるため、多くの沖縄人がアメリカに移り住んだという話をしていた。

地続きでつながっており、またブラジルでの報道もあるため、ごくたまにではあるが、噂話として、他の南米の国やアメリカにいる日本人の状況が伝わってくる。アメリカでは日本人は強制収容所に入れられ、酷い扱いを受けているという。アメリカの言いなりになっているペルーでも、日本人を拉致し、アメリカの収容所に送還しているらしい。アメリカに移住した者の中には、祖国を裏切りアメリカ人として米軍に入隊する不届き者もいると信じ難い話も耳にした。

ブラジルでは今のところ、日本人が無差別に強制収容所に入れられるようなことはない。しかし、この先どうなってしまうのか。この村の平穏な生活を守りきれるのか。不安がないと言えば嘘になる。

「その、ユダヤの民はどうなるんです？　結局、故郷に帰れたんですか」

尋ねると、志津は目を細めた。

「帰ったよ。バビロンを治めてたバビロニアゆう国が滅んでね、帰れるようになるんよ。彼らがシオンて呼んどる故郷、約束の地にね」

シオン——耳に馴染みのないその言葉に、神聖な響きを感じた。

沖縄、大阪、そしてブラジル。此処ではない何処かを求めてこの村までやってきた。けれど、ここが自分にとっての約束の地とは思えない。ガイジンに囲まれて肩身の狭い思いをしながら、重労働の農作業に明け暮れるのはまっぴらだった。

この戦争に勝利したあとの祖国、大東亜共栄圏。天皇陛下が治め、豊かで差別もなく、すべての日本人が誇りを持って生きることができる場所。きっとそこが約束の地だ。いつかその地へ帰る。皇国臣民としてその希望があるからこそ、日々の仕事や鍛錬にも打ち込めるのだ。

志津は川を見つめている。水面に射し込んだ朝陽が反射し、光の粉のようにちらちらとその顔を照らす。川のせせらぎは、まるでその光が歌っているかのようだった。


——一九四四年　四月一七日。


道場の中央には大きな手書きの地図が広げられていた。窓から射し込む茜色の夕陽がそれを照らしている。

ブラジルや南米の地図ではない。日本列島の南側、インドシナ半島やフィリピン、さらにニューギニア島やソロモン、インドネシアの島々を含む「南方」と称される地域の地図だ。今、皇軍が戦っている場所である。地図の上には、椰子の木を削って造った駒がいくつも置かれている。

皇軍と敵である連合国軍の勢力を示すものだ。

それを道着姿の瀬良と、勇たち道場生たちが囲んでいる。狭いところで大勢が頭を突き合わせているので、自然と人いきれが立ち込める。みな額に玉の汗を浮かべている。

「前も説明したとおりじゃが、ニューギニアでも皇軍は敵を圧倒しておる。ラエ、サラモア、そいからフィンシュハーフェンか、軒並み敵を壊滅させ転進したんじゃ」

瀬良が地図上の、ニューギニア島の上に置いてあった駒を動かす。「転進」とは、目的を果たして部隊を別の場所へ移すことだ。

集まっている道場生たちが静かに息を呑む。

今、行っているのは東京ラジオなどから得た情報を元に、現在の戦況を地図上に再現してあれこれ話し合う「時局会議」だ。渡辺少佐が亡くなり名実共に道場主となった瀬良の旗振りで、月に一度ほど、柔道の稽古のあと、やるようになった。

収穫期に入り仕事が忙しくなった今も、時局会議のある日の稽古にはほとんどが顔を揃える。道場生ではない村人も会議の内容を知りたがるので、報告ビラをつくり近所に撒いたりもする。遠いブラジルから見守ることしかできない身だからこそ、戦況は最大の関心事だ。

「さて、トキオ。戦線が後退しているようで気になるゆうことじゃったな?」

瀬良が言うと、場が幾分緊張するのがわかった。トキオが「はい」と神妙に頷く。

皇軍はハワイで奇襲を成功させて、ミッドウェーの海戦を制した。南方の島々でも連戦連勝を重ね資源を確保しているはずだ。自然に考えれば、この勢いで太平洋を横断してアメリカ本土に攻め込んでいても不思議ではない。そうなれば、南米にいる自分たちにもできることはありそうだ。ところが実際には、転進するたびにむしろ戦場は日本列島に近づいている気がするのは何故か――そう、トキオが質問したのだ。

これはトキオならずとも、きっと誰もが思っていたことだ。しかし祖国の勝利を疑っているようでもあり、なかなか口にするのは憚られることでもあった。トキオは敢えて訊いたのだろう。

数秒の沈黙ののち、瀬良がふっと息を吹くように笑った。

「軍略ゆうものを知らんおまあが、そう思うのも無理はない。これはな、『引き込み作戦』ゆうもんなんじゃ。実はな、少し前によその殖民地の軍関係の方らとも同じ話をしたんじゃが、みな間違いないいて言うとったわ」

瀬良は全伯大会で顔を合わせた吉川中佐や脇山大佐をはじめ、ブラジルにいる退役軍人らにも顔が利き、そこから貴重な情報を得てくることが多い。

「『引き込み作戦』というのは、どういうものなんですか?」

「読んで字のごとくよ。敢えてこちらの陣地まで敵を引き込んで一網打尽にする作戦じゃ」

言いながら瀬良は地図上の駒を払うようにしてすべてフィリピンの周囲に集めた。

「アメリカは物量だけはあるけえな。想像した以上にしぶとかった。そいから味方がふがいなかった。ドイツはともかく、イタリアが早々に白旗揚げおったのは、大本営にとっても計算違いじゃったはずじゃ。そいでな、遠いとこで消耗戦するより、近場におびき出して叩こうと、そういうことになったんじゃ。転進ゆうのはその布石よ。おそらく今年中に、このフィリピンの辺りで決着がつくじゃろうの」

瀬良はまるで自分が皇軍の指揮を執っているかのごとく解説した。大いに説得力があり、トキオも「そういうことでしたか」と、何度も頷いていた。

なるほど『引き込み作戦』か。いよいよ勝利のときが近づいているということだ。勇も安堵していた。が、今日に限ってはそれとはまったく別の――ごく個人的な――心配事が頭に鎮座していた。この時局会議のときも、その前の柔道の稽古のときも、ずっと落ち着かなかった。この場には同じように落ち着かない様子の者がもう一人いた。勘太だ。彼も同じ心配事を抱えている。

と、道場の戸が叩かれ「すみません！」と声がした。

「おう！　どうした？」

瀬良が返事をすると、戸が開き、トキオの兄の喜生が顔を覗かせた。

「勇くん！　生まれそうだ」

喜生は挨拶もせず勇に呼びかけた。勇と勘太がほぼ同時に立ち上がった。

「勇、勘太、片付けはいいから行ってやれ。俺もあとから行く」

トキオが言った。瀬良も顔をほころばせた。

「ほほう、ええで。行ってこい！」

「はい！」

勇は勘太と共に道場を飛び出した。今朝から里子の陣痛が始まり、南雲家の離れでお産の準備をしていた。

子供が、生まれるのだ。


勇と里子の子は、比嘉家にとっても重松家にとっても初孫であり、懐妊をみなが喜んだ。しかし産み月が秋の農繁期に重なってしまった。両家とも裕福とは言い難い。自作農ではあるが所有している農地は小さく、住まいは掘立小屋のまま。結婚に際し増築した夫婦の住まいもやはり掘立小屋だった。貧乏暇無しとはよく言ったもので、嫁が妊娠中だからといって農作業を中断するわけにはいかなかった。

そんな中、甚捌が「勇くんも里子ちゃんも、うちのトキオとはきょうだいみたいなもんです。うちを頼ってください」と、お産のために南雲家の離れを貸し、里子の身の回りの世話をし、おまけに腕のいい産婆も手配すると申し出てくれた。トキオからも「おまえらの子は、村の宝だ。使ってくれよ」と言われた。何ともありがたい。遠慮なく使わせてもらうことになった。

離れといっても、勇が普段暮らしている掘立小屋よりもずっと広く清潔な建物だった。お産をする寝床にも、ふかふかの綿布団が敷かれていた。そこで横になった里子は「お姫様にでもなった気分じゃ」と笑っていた。

産婆の話では生まれるのは早くても夕方とのことで、里子にも「南雲家の人らもいるから大丈夫じゃ。時局会議に行って」と促され、勘太と共に参加していたのだ。

もう薄暗くなっている農道を、喜生を先頭に、勇、勘太の三人で走った。村の西側、一画を占める広い南雲農園に入ってゆく。大規模な農園の収穫期に特有の、様々な作物の匂いが混ざった匂いを嗅いだ。離れはすぐに見えてきた。窓から煌々とした灯りが漏れている。

すると遠くからでも里子のそれとわかる悲鳴が聞こえた。何だ？　何かあったんか？　足に力がこもる。喜生を追い抜き、いち早く離れの中に飛び込んだ。

そこには布団に横たわり天井から吊された縄を手に握っている里子の姿があった。股のところに割烹着を着た産婆がいた。周りには、勇と里子それぞれの両親たちと、お産を手伝ってくれた南雲家の女衆、キヨと彌生の姿もあった。

「里子！」

勇が中に入ったのと、里子が脱力したように縄を手放したのはほぼ同時だった。

一同がこちらを振り向く。一緒に泣き声を聞いた。赤ん坊の、泣き声だ。

「生まれたよ！　今、生まれたとこよ！」

養母のカマが叫んだ。

「ほんまか……」

勇は里子の元に近づいてゆく。産婆が寝床の脇に置いてある大きな盥の前でかがみ込んでいた。彼女はこちらを一瞥すると、盥の中から何かを抱え上げ立ち上がり、手早くそれをシーツでくるむようにして拭いた。

「ほほ、ちょうど旦那さんが来なすったかい」

産婆が振り向く。小柄で色黒なその産婆が胸に抱いているのは、赤ん坊だった。

「それが……俺の子、ですか？」

「そうよ、ほれ、抱いてやり」

産婆が赤ん坊をこちらに差し出す。おそるおそる受け取った。その小さな命は、驚くほど軽く、熟れた果物のような香りをかすかに漂わせ、真っ赤な顔をしわくちゃにして泣いている。ああ、せやから、赤ん坊いうんか。腹の底から、温かなものが込み上げてくる。

「う、生まれたんか！」

勇のあとから離れに飛び込んで来た勘太が後ろから覗き込む。その場にいた他の面々もみな、赤ん坊を抱きかかえた勇を取り囲んだ。まだ寝床に横たわったままの里子と目が合った。

「勇さん……」

目はうつろで、ずいぶんと疲弊している様子だ。けれど口角をあげ、微笑みを浮かべている。

「奥さん頑張ったで、逆子やったけ、なかなか出てこんかったけど、ようひり出したわ」

産婆が言った。

「でかした！　里子、でかしたで！」

言葉と一緒に涙が出た。「大したもんや」「えがったで」周りからも声があがり、赤ん坊のふにゃふにゃした泣き声と混ざる。

「そいで男か、女か」

尋ねたのは正徳だ。

「女の子よお。ついとらんからねえ」

産婆が答えると、正徳は「ああ、女かあ……」としょげた声を漏らした。

「あんた何を言うてん！　男でも女でも、無事に生まれて何よりやんか！」

カマが正徳を睨む。正徳はばつが悪そうに「せやな」と頭を掻いた。カマの言うとおりだ。今はとにかく無事に生まれてくれたことがありがたい。

「里子、ほんま、でかしたな」

勇は寝床の里子の傍で跪《ひざまず》き、赤ん坊を見せてやる。

「可愛い……」

里子は指を伸ばすと、赤ん坊の頰に触れた。すると赤ん坊はぴたりと泣き止んだ。不思議だ。本能的に母親だとわかるのだろうか。

「だっこ。するか」

「うん」

ゆっくり半身を起こした里子に赤ん坊を抱かせてやる。

「ええ子じゃねえ」

里子のまなじりに光るものが見えた。その胸元に抱かれた赤ん坊は、目を閉じ気持ちよさそうに眠り始めた。背後から、ずっ、と鼻をすする音とともに「ようやった。里子、ようやった」と勘太が嗚咽する声が聞こえた。勘太のみならず、この離れの中にいる全員が泣いていた。ただ一人、今泣き止んだばかりの赤ん坊を除いて。

そうしてしばらく、一同が眠る赤ん坊を見守っていると、扉が開き、トキオが父親の甚捌を伴って中に入ってきた。

「無事に生まれたようですな」

甚捌が大股で里子の元に近寄り、トキオもあとに続く。

「ああ、南雲さん、ほんにありがとうございました」

正徳とカマ、里子の両親らが礼を言いながら、道をあける。

「うん。元気そうな子だ。里ちゃん、よく頑張ったね」

甚捌は赤ん坊を覗き込み、里子に声をかけた。

「こんたびは、えらいお世話になりました」

里子が小さく頭を下げた。

「何、子は村の、延いては日本の宝だからね。それで男の子かな？」

「いえ、女の子でした」

「そうかあ……。いや、結構、結構。女の子もいないと、人は増えないからねえ」

物言いから先ほどの正徳と同様に残念がっているのが伝わってきたが、甚捌を睨みつける者はいなかった。トキオも里子に声をかける。

「里子、お疲れさん。大仕事やったな」

「うん。トキオちゃんも、ありがとうね」

「いや、俺は何もしてないさ」

トキオはしばらく赤ん坊の顔を見つめたあと、こちらに近づいてきた。

「勇、おめでとう。これでおまえも親父だな。どんどん先に行かれちまうな」

裏表を感じさせない表情が、心から出産を祝ってくれていることを伝えていた。

「おまえだって、冬には嫁さんもらうんやろ。そしたら子作り頑張れよ。わからんかったら教えたるわ」

下品な冗談を言いつつ小突いてやると、トキオは苦笑して言い返してくる。

「おう、わからんことあったら、遠慮なく聞くよ」

トキオは今年の農繁期が明ける八月、少し離れたツッパンという町の殖民地から嫁をもらうことになっていた。歳は一つ上と聞いているが、勇はもちろんトキオもまだ実際に会ったことがないという。甚捌が産業組合を通じ、先方の親と知り合い、縁談をまとめたのだ。

トキオは顔も知らない相手との結婚をすんなり了解した。かつて里子との結婚を拒んでいたのが嘘のようだ。「ほんまにええんか」と一度尋ねてみたところ、どこか吹っ切れたように「日本帰って兵隊になるのも難しそうだからな」と答えた。

結婚すると決めてから、トキオは一段と大人び、頼もしくなった気がする。時局会議でも、みなを代表するかのように訊きにくいことを訊いていたが、今まで以上に、村の若者の代表然としてきた。日本人全体がブラジルに取り残されたような状況の中、大農園を営む南雲家の子息として為すべきことを為そうとしているのかもしれない。それはたぶんいいことのはずだ。

「この程度のことは当然ですよ。村の者はみんな家族みたいなもんですからな。役に立ててよかったです」

甚捌が上機嫌で呵々大笑している。彼は最近、ことあるごとに村の者はみんな家族だと言うようになった。村の結束を強めようという思いなのだろう。

「それにしても、うん、とても可愛い女の子だ」

甚捌は赤ん坊の顔を覗き込むと、何か思いついたように視線を上げ、こちらを見やる。

「勇くん、名前は栄《さかえ》でどうかな。弥栄村から一字取って」

「え……、栄、ですか」

「親父、うちの子じゃないんだぞ。勝手言うなよ」

勇の戸惑いに気づいたのか、トキオが甚捌に意見した。

「いや、私はちょっと思いついて言ってみただけなんだが……。もう名前は決まっているんですかな」

甚捌は比嘉家、重松家の一同を見回した。ほんの少しの間のあと義父が、うっすらと愛想笑いを浮かべた。

「あ、いや、わいはいい名前じゃと思いますな。栄ゆうのは」

「せやな。せっかく南雲さんが決めてくれたことですし、栄でええんやないかな」

正徳が同調した。女親たちも「そうねえ」と追従する。「まあ、親父たちがいいなら、わいも文句なあが……」勘太がわずかながら釈然としない様子で、こちらを見た。

ちらりと里子に視線を送ると「ええんやない」と言うように頷いた。

「うん。俺も、ええと思います。栄で」

勇は言った。これで娘の名前は栄に決まった。

「おおそうかい。名づけ親にさせてもらって光栄だよ」

甚捌は破顔した。その脇でトキオは「本当にいいのか?」とでも問いたげな顔をしていた。


その翌々日まで、里子と赤ん坊は南雲家の離れで休ませてもらえることになった。身の回りの世話もキヨたちがやってくれるというので、比嘉家と重松家の面々はみな、自分たちの家の畑仕事をすることにした。

「しかしよお、まさか名前決められるとは思わんかったわ」

畑で腰を曲げ、綿を摘みながら、正徳がぼやいた。

「ねえ、こっちは女の子なら勝子《かつこ》って決めてたんにねえ」

カマもため息をつく。実は比嘉家と重松家では子供の名前のことは、事前に話して決めていた。日本の戦勝を祈願して、男なら勝《まさる》、女なら勝子にしよう、と。しかしあの場では誰もが甚捌におもねって、そのことを口にしなかった。

「『名づけ親にさせてもらって光栄だよ』なんて。まったく、こっちの気も知らんと」

正徳は不満を漏らしながら、甚捌の口真似をした。

「ほんまよねえ。こっちはねえ、あんだけ世話んなってたら、嫌とは言えんのに……」

「せやで。離れ貸してくれたときも『おたくらだけでお産するのは大変でしょう』なんて言うてなあ、わいら見下しとるよな」

「まあでも、実際、助かったやろ。それに栄でも、ええ名前や」

勇は二人を宥めるように口を挟んだ。

「せやねえ。まあ、それが救いよね。これで変な名前やったら、目も当てられんかったわ」

「ほんまやな。まったく南雲天皇も困ったもんや」

南雲天皇とは、最近、村人が本人のいないところで使っている甚捌の渾名だ。もちろんいい意味で使われているわけではない。

もともと南雲家は弥栄村随一の分限者だったが、大東亜戦争が始まってから、さらに富めるようになった。南雲家が故郷の新潟から取り寄せ栽培していた薄荷が値上がりしたからだ。

戦争の影響で輸入が減り、農産物は全般的に値上がり傾向を示しているが、薄荷の価格は他とは比べものにならないほど暴騰した。開戦前にキロ当たり一〇ミルレイス足らずだったのが、今では三五〇クルゼイロ。ブラジル政府の都合で通貨が変わったのでややこしいが、およそ三五倍もの値がついているのだ。これは一アローバ（一五キロ）も収穫すれば豪邸が建つほどの高値で、かつてコーヒー移民を集めるための誇大広告に使われた〝緑の黄金《オーロ・ヴェルデ》〟という言葉が、こと薄荷に関しては事実になっていた。弥栄村では生産していないが、生糸の価格も同じように暴騰しているという。

何故、薄荷と生糸がそれほど値上がりするのか。戦争で需要が高まり、アメリカへ輸出されているという噂もあるが、はっきりとしたところはわからない。ともあれ、村で唯一、薄荷の生産をしている南雲農園は、収益をさらに増やし、他の家との格差は広がるばかりだった。

もともと電気を引いているのも、ラジオを持っているのも村では南雲家だけだったが、開戦後は薄荷で儲けた金でトラクターや農具、家財道具を新調した。そして古いものは気前よく村の他の家に譲った。今では多くの家が、何らかの形で南雲家のお古を使っている。それ自体はありがたいことなのだが、南雲家の、特に当主である甚捌の態度はときに尊大に感じられた。

横暴というほどではないが、正徳らがこぼすように、言葉の端々に、こちらを見下していると わかる物言いが混ざる。子供の名前の件のように、断りづらいことを押しつけてくることもあった。貴重な情報源であるラジオを持ち、仕事の世話をしてくれ、ものを譲ってくれる南雲家。その当主である甚捌のことを、忖度しないわけにはいかない。

最近、甚捌がよく口にする「村の者はみんな家族」というのも、彼が言えば、まさに自分こそがその弥栄村という家族の家長であると誇示しているように感じられる。誰かが揶揄を込めてつけた「南雲天皇」という渾名は、瞬く間に村中に広がった。

勇自身、自分の子の名前を決められたことは少し面白くなく感じていた。けれど悪い名前ではなかったし、嫌ならあの場ではっきり言えばよかった。そうせず、陰で文句を言うのは卑怯だ。陛下の名を揶揄に使うのも不敬に思えた。

「まあ、いろいろ世話になったんや、そう悪く言うなや」

勇は手を動かしながら養親をたしなめた。

出産から二日後の夕方、畑仕事を終えた勇は、南雲家の離れに里子と赤ん坊を迎えに行った。産後の肥立ちはよく、無事に初乳も出て赤ん坊もそれを飲んだという。

里子と交替で赤ん坊を抱いて家路を歩いた。赤ん坊はよく眠っていた。不思議なもので、しわくちゃな小さな猿のような赤ん坊も、自分の娘と思うと何より可愛らしく思える。

守るものが、できた。いや、増えた。

戦争が終わって祖国に凱旋する日まで、この子と里子を守るんが、俺の役目や――そんな自覚が湧いてくる。

「でもえかったわ。栄ってええ名前や。うち、勝子よりええ思うわ」

里子はふとそんなことを言った。

「そうか」

「そうよ。ああ、お兄ちゃんに言ったらいけんよ。気い悪くするかもしれんし」

勝子という名前を最初に提案したのは勘太だった。つまり彼は名づけ親になり損なったのだ。

「俺もええ名前やって思うよ。ただ、甚捌さん、あっこでいきなり言うことない思うたけどな。みんな、気い使うやろ」

「それはそうじゃねえ。でも、離れ貸してくれて、ほんまありがたかったわ。あっこ至れり尽くせりで居心地えかったわ。さすが南雲さんとこよ。あんだけお世話んなったんじゃ、そう悪う言うたら罰《ばち》あたるよ」

世話になったから悪く言うべきじゃない――先日、自分が両親に言ったのと同じことなのに、何故か苛立ちを覚えた。

「トキオと一緒んなって南雲家の嫁になったらよかったか」

そんな言葉が口をついてしまった。言った瞬間、後悔したがもう遅い。里子は怒りだした。

「はあ？　あんた、何言っとんの？」

「悪かった。つい」

「何がついじゃ！」

「いや、俺も居心地のいい家をつくれるよう頑張るってことや」

強引に取り繕うと、里子は鼻を鳴らした。

「せやったら、最初からそう言やええんじゃ」

「悪かったたって」

里子を宥めつつ、赤ん坊をあやしつつ歩いてゆき、住まいである増築した方の掘立小屋についた。今夜からここで、親子三人で過ごすのだ。

入口の脇の壁に貼り紙がしてあるのを見つけた。出たときにはこんなものなかった。ガリ版刷りのビラのようだ。細かい字で何事かが書かれている。

「何や？」

紙の前に近づき書かれた文字を目で追う。


薄荷生産は敵性産業である！

伯国生産の薄荷は米国へ輸出されて、米軍の軍需品生産材量に供さるゝ。

下記は戦時に於ける薄荷の用途として、或独逸《あるドイツ》科学者の陳述せるものなり。

第一、爆薬及び放射を強大ならしむ――

勇は思わず息を呑んだ。ブラジルで生産された薄荷はアメリカに輸出され、軍事利用されているというのだ。薄荷をニトログリセリンに混ぜれば爆発力が強化されるとか、毒ガスの発生剤に混ぜればガスの毒性が強化されるとか、発動機《エンジン》の冷却装置にも使われているといったことが綴られていた。そして次のように結ばれていた。

薄荷生産は、すなはち祖国日本に仇なす行為である。薄荷生産で莫大な富を得る南雲家は紛ふ事なき国賊である。

南雲家を国賊と断ずる告発文だ。

「何よ、これ……誰がこんなもん……」

怯えを滲ませる里子の隣で勇は言葉を失っていた。

貼り紙に驚いただけではない。字だ。まるでお手本のような達筆。しかし祖国日本の〈本〉の縦棒がわずかに撥ねている。この書き癖を、勇は知っていた。

2

——一九四四年　四月二四日。

その日も、表面上はそれまでと何ら変わりなく過ぎていった。

農繁期の農園は忙しい。村で随一の規模を誇る南雲農園では、夜明けとともに仕事を始める。かつては下働きとして、ブラジル人の日雇い農夫《カマラーダ》を頻繁に雇っていたが、大東亜戦争が始まってからは、なるべく村の日本人に仕事を頼むようにしていた。

陽が射し始める午前五時頃から、その日、下働きをする村人が集まってくる。南雲トキオは、いつものように農園の入口のところで彼らの点呼を取り、仕事を割り振ってゆく。

この日も一〇人ほどが集まった。ぱらぱらと小雨が降っていたが、このくらいではみな雨合羽など着ることはない。「おはようございます。今日もよろしくお願いします」と、一人一人に声をかけて、やってもらう仕事の説明をする。

みなそれを聞き、持ち場に散ってゆく。いつものとおりだ。ただ「おはよう」と挨拶を返してくれる声が一様にぎこちなく聞こえたり、指示を聞くとき目を合わせず泳がせている者が多かったように思える。

この日はトキオの幼なじみでもある前田兄弟も下働きに来ていた。

「太郎、次郎。今日もよろしくな」

トキオは持ち場に向かおうとする二人に声をかけた。この陽気な双子はいつもなら冗談の一つも口にしているところだが、今日は「おう」「ああ」と気が抜けたような返事が返ってくるだけだった。そのまま行こうとする二人に、トキオは普段は口にしないようなことを口走っていた。

「それにしても早く、嫁さん、来てくれないかな。待ち遠しいよ」

今冬、八月には結婚する予定の相手と、来月、ようやく顔合わせをする運びだ。結婚したいという気持ちが突然湧いてきたわけではない。トキオは未だ恋すら知らない。ただ、日本に行くことも皇軍の兵隊になることも難しくなった今、そうするべきだと思ったのだ。殖民地の男として、ちゃんと結婚して家族を持つべきだ、と。しかしその一方で、実感は乏しかった。自分で選んだはずのことなのに、どこか他人事のようにも思えた。

それでも口にしたのは、前田兄弟にいつものように接して欲しかったからだ。結婚を待ち遠しいと言えば、普段の前田兄弟なら「そんなにしたいんかこのスケベ」とでも言ってくるはずだった。けれど二人は顔を見合わせたあと、「おお、そうか」と、簡単な相づちだけを打って、何も言わず持ち場に行ってしまった。

頬を濡らす雨が鬱陶しく感じられた。ため息をつかずにいられなかった。


農年の終盤であるこの時期行われる収穫は、農園にとって最も重要であり、最も人手を要する仕事である。この日は南雲農園の主力作物である綿の収穫を行う予定だった。おあつらえ向きに、仕事を始める前に雨は止んでくれた。

夏から秋にかけて陽の光と雨水をふんだんに浴びはじけた綿花を一つ一つ、手作業で摘んでゆくのだ。下向きにはじける綿花は、葉と萼《がく》の部分がちょうど傘のようになり、今朝くらいの雨からなら守られる。多少湿っても収穫後に乾かせば品質に影響はない。注意すべきはその萼や葉が綿と混ざってしまうことだ。綿の部分だけを丁寧に摘まなければならない。単純だが繊細で根気のいる作業になる。

トキオは下働きの村人が散った持ち場を順に手伝いながら回った。何処でもトキオがやってくると村人たちはそれまでしていたお喋りを止め、口を利かずに黙々と作業をした。態度によそよそしさを感じるものの、仕事の進みが遅いわけでもなく、いつもどおりと言えば、そう言えなくもなかった。

いつもと決定的に違うことがあったのは、夕方。仕事がひととおり終わったあとだ。普段は下働きの村人はすぐに帰すのに、農園主でもある父の甚捌が会館に全員を集めた。トキオと兄の喜生も付き添った。

「えー、みなさんの家にもおかしな貼り紙があったかと思います。まさか、あんなものを真に受ける人はこの中にはいないと思いますが、あれはまったく真偽不明の怪文書なのであります」

甚捌が話したのは、五日ほど前、村中に貼られたビラのことだ。薄荷の生産は敵を利する敵性産業であり、薄荷で儲ける南雲家は国賊だと書かれていた。誰の仕業かわからないが、祖国が戦争中である今、国賊という言葉は悪戯にしては重すぎた。

「いいですか、あのビラは『或独逸科学者の陳述』などともっともらしく書いておりますが、薄荷をニトログリセリンや毒ガスに混ぜると威力が増すなどあり得ません。ハッカ油を身体に塗ればたしかにスースーと冷えますが、発動機の冷却になど使えるわけもありません。薄荷づくりは敵性産業などではないのです。あのような怪文書を信じれば知能を疑われます」

トキオは甚捌の物言いに違和感を覚えていた。

たしかにハッカ油に本当にそんな効果があるとは信じ難い。けれど科学に明るくない村人たちは、すぐに真偽はわからないだろう。甚捌だって、本当にないと言い切れるだけの知識はないはずだ。なのに「信じれば知能を疑われる」などと言うのは、反感を招くのではないか。

「私はみなさんのことは、家族だと思っております。みなさんの生活の助けになればこそと思い、こうして仕事を依頼したりだとか、また、この会館でラジオを聞いてもらったりしております。どうか、あのような怪文書は信じないでいただきたい。よろしいですね」

甚捌は念を押すように語気を強めた。が、村のためにこれだけやっているんだから感謝しろ、とでも言わんばかりで恩着せがましい。親父の悪い所が出てしまっている。

一同は顔を見合わせると、曖昧な愛想笑いを浮かべ「そうですな」「お世話になっとる南雲さんを国賊なんて思うだけでも罰《ばち》当たるわ」などと答えた。しかしその態度は仕事中と同様によそよそしかった。誰も甚捌の顔をまっすぐに見ようとしていない。前田兄弟もトキオとさえ目を合わせようとしなかった。

それがわかるからか「そう言ってもらえて何よりです。みなさん、今日はご苦労さん」と、話を終えたとき、甚捌はむしろ憮然とした様子だった。

村人がみな帰ったあと、甚捌は忌々しそうに吐き出した。

「何処の誰があんなものを貼ったんだ。こっちはさんざん、村のために骨を折ってるのに、恩知らずが」

「まあまあ、親父、大丈夫だよ、村のほとんどは、うちに感謝してくれてるって」

喜生が父親を宥めた。

「まったく、よりによってうちを国賊だなんて。薄荷はたしかに輸出されてるのかもしれないが……」

甚捌はぶつぶつと独り言を口にしている。みなに真に受けるな、信じるな、と言いつつ、村で一番あのビラを気にしているのは甚捌以下、南雲家の面々だ。トキオも例外ではなかった。

もし本当に文書に書かれているように南雲農園でつくっている薄荷を使い、米軍がニトログリセリンの爆発力を増したり、発動機の冷却を行っていたら。そのことで皇軍に犠牲が出ていたら……。責任の取りようもない。それは想像するだけで恐ろしいことだった。


秋山が久々に南雲家を訪ねて来たのは、貼り紙がされてから一〇日ほど過ぎた土曜日の夕方のことだった。いつものように居間《サーラ》に通し、家族全員で歓迎した。南雲家の居間《サーラ》は、村の小さめの家ならまるまる入ってしまいそうな広さで、新調したばかりの大きなテーブルからは、まだうっすらと生木の清々しい匂いが漂っている。

「いや、参りました。途中で第五列《キンタ・コルーナ》じゃないかと疑われて官憲に調べられましたよ」

秋山は額に浮かんだ汗をハンカチで拭き、振る舞われたコーヒーに口をつけた。

第五列とはスパイのことだ。戦争が長引くにつれて、ブラジルの新聞には枢軸国移民がスパイ活動を行っているという「第五列論」が連日載るようになったらしい。これを受けて、当局の取り締まりはますます厳しくなり、日独伊各国の移民は汽車に乗るのにも必ず警察に申請して通行許可証《サルヴォ・コンヅット》を取らねばならず、運が悪いと許可証を持っていても足止めを食らい調べられるようになった。

「ご苦労さんです。秋山さんの奔走には頭が下がります」

甚捌がねぎらった。移民会社『帝國殖民』は業務停止に陥り、支社長だった大曽根周明は未だ公安組織オールデン・ポリチカに身柄を拘束されたままだ。秋山は身動きが取れない大曽根の代わりに、日本人の生活防衛のために働いているという。各殖民地を巡り情報を収集し、ブラジル人から日本人への不法な弾圧を見聞きしたら、スウェーデン総領事館内に設けられた日本人権益部を通じ抗議をするのだ。これが日本にも伝わり、大日本帝国政府からも直々にブラジル政府に、国際法に基づいて日本人の権益を保護するように抗議が入れられたこともある。

「まあ、やれることをやってるだけです。特にこの村のみなさんの前では、大口を叩いてしまいましたからね。怠けていたら、瀬良さんに投げられちゃいそうですしね」

秋山はおどけるように言った。つられて、笑いが漏れる。

すでに国交はなく、帝国政府の抗議に効果があるとは言い難い。しかし、こうして日本人の権利を守るために尽力する人がいるということだけでも心強い。

「最近のサンパウロの様子はどうですか」

甚捌が水を向けると、秋山はかぶりを振って苦笑を浮かべた。

「まあ、相変わらずですが……、ああ、そうそう、ピグアスの樋口さんにはずいぶんお世話になってます。あそこのパウロくん、サンパウロ大学を出ていてブラジル人にも顔が広いですからね。

親日的なブラジル人弁護士を紹介してもらって、いろいろ助けられていますよ。お陰で支社長と自由に面会できるようになりましたし、もうじき釈放されそうです。もともと不当な予防拘禁ですからね、それが当然なのですが、感謝しています」

秋山は会社がなくなっても、大曽根のことを支社長と呼ぶ。総領事らが日本へ逃げるようにしていなくなった今、乗れる交換船に乗らずブラジルに残った大曽根こそが日本人の代表と言っていい存在だ。そんな大曽根を南雲家とも縁のあるパウロが助けているのは誇らしい。

甚捌も感心したように頷いた。

「そうですか、パウロくんは大したもんですな。何よりです」

「ええ。それで南雲さん、こっちの方はどうです。お変わりありませんか」

「いや実は少々、相談したいことがありまして」

甚捌が言いかけると秋山は先回りするように口を開いた。

「もしかして、薄荷のことで誰かから脅迫でも受けましたか」

一同は顔を見合わせた。どうやら秋山は知っているようだった。すでに他の殖民地でも噂になっているのだろうか。

「脅迫というようなことではないんですが、このような貼り紙がしてありまして……」

甚捌は件のビラを出してテーブルに広げた。秋山はそれらに目を通すと、眉根を寄せた。

「やっぱり。いや、実は今日はもしかしたら弥栄村《こちら》でもと思って、来たんです。これをご覧ください」

秋山は自分の鞄を探ると、中から、数枚の紙を出してテーブルの上に並べた。〈薄荷農家は国賊なり〉〈薄荷生産は敵性産業である〉などの言葉が躍っている。〈或独逸科学者の陳述〉として、薄荷がニトログリセリンの爆発力を強めるなどの話が書かれたものもある。村に貼られたビラとほとんど同じ内容だ。

「これは……」

「今、あちこちでこの手のビラが撒かれているんです。これはマリリアの方で集めてきたものです。あの辺りにも、薄荷をつくっている農園がありますから」

マリリアと言えば、昨年、〝件〟という妖怪が生まれて予言をしたという噂があった土地だ。続けて秋山は鞄から別の紙を数枚出す。そこには同じような調子で、養蚕を営む農家を糾弾する文章が書かれていた。

「生糸、つまり養蚕をやっているところも同じように国賊だと言われています。アメリカ軍が使っているパラシュートの材料になっているということでね。去年の中頃から各地で薄荷と養蚕は敵性産業だっていう噂が流れ始めて、敵性産業撲滅運動なんてものが始まっているところもあります。実は養蚕小屋が焼き討ちされたなんて事件も起きているんですよ」

「撲滅運動に……焼き討ち、ですか……」

甚捌が顔色をなくした。

秋山は表情を緩めると、ビラを一枚手に取り宙でひらひらさせる。

「まあ薄荷でニトロが強くなるとか、エンジンを冷やせるなんて眉唾もいいところです。ドイツ人科学者が云々というのも僕に言わせれば、権威を利用して信憑性を高める詐欺師の常套手段だ。こんなビラを貼るやつは、儲かっている南雲さんを妬んでいて、足を引っ張りたいと思っているんでしょう」

「そう、そうなんです！　いやあ、さすが秋山さんだ。わかってらっしゃる！」

甚捌が我が意を得たりとばかりに頷いた。村一番の農園をやっている南雲家が妬まれているのは事実だ。亡き祖父も、ずるをして金や土地を増やしたと陰で噂されたと言っていた。トキオ自身、子供の頃から友達の「トキオん家《ち》はええなあ」という言葉は何度聞いたかわからない。

「ただ……」

秋山は手元のビラをテーブルに置き、甚捌を見つめた。その顔つきは硬くなっていた。

「問題はそこじゃないんです。大げさな薄荷の効能が嘘だとしても、ビラが妬みから貼られていたとしても、薄荷が敵性産業であることを否定はできないんです」

甚捌の顔に狼狽の色が浮かんだ。

「どういうことです？」

「わかりませんか？　ブラジルからアメリカに薄荷が輸出されているのは事実です。南雲さんが出荷している薄荷もきっとアメリカに輸出されているはずです。たとえニトロの威力を増すのが嘘でも、米兵の傷を癒す湿布薬の原料になるというだけでも、アメリカ軍を助けてしまっていることには変わらないんですよ」

その場の全員が息を呑む音が聞こえた気がした。

そのとおりだ。

あのビラの怪しい話をすべて否定したとしても、薄荷生産が敵性産業である可能性は否定しきれない。南雲家は薄荷をつくることでアメリカを助けてしまっているかもしれないのだ。もしそうだとしたら、祖国に申し訳が立たない。

「あの、でも」喜生が口を挟んだ。「ブラジルとアメリカは地続きですよね。薄荷に限らず、いろんな作物がアメリカに輸出されているんじゃないですか。それこそ、綿でもカフェーでも、大抵のものが敵性産業ってことになりゃしませんか」

「厳密に言えばそうなのかもしれません。各地にある産業組合の中には、産業に貴賤はないとして、薄荷づくりや養蚕を擁護しているところもあります。ただ、アメリカとの戦争が始まってから、薄荷は異常に値が上がりましたよね。生糸もです。昨年、ブラジル陸軍の師団長が日本人の絹織物工場を視察しているんです。少なくとも生糸は軍需物資として使われているのでしょう。であれば、同じように開戦後需要が高まった薄荷もやはり軍需物資と考えるのが、自然です」

それでは南雲家は本当に国賊ではないか。居間《サーラ》の空気が重くなる。秋山は困ったように眉をハの字にした。

「すみません。何も南雲さんを糾弾したいわけじゃないんですよ」

「いえ。率直に言ってもらえてありがたいです」

甚捌がかぶりを振ると、秋山はため息をついて、頭を搔いた。

「さらに厄介なことに……、敵性産業撲滅運動の旗を振っているのが、元軍人の方たちなんですよねえ」

「軍人さんたちが、ですか?」

「そうです。『興道社』という敵性産業撲滅運動を推進する団体が立ち上がったんですが、その中心にいるのは、吉川順治中佐です」

「吉川中佐が?」

トキオは思わず声をあげた。

吉川順治中佐——渡辺少佐も尊敬していた日露戦争の英雄だ。全伯大会のときにピグアスの会場で挨拶をさせてもらった。あのときの興奮はまだ覚えている。彼のような元将校は、大曽根とはまた違った形で尊敬されている。戦争の英雄は日本人にとって心の拠り所のような存在だ。薄荷づくりがあの吉川中佐にも敵視されていると知り、きゅっと胃がすぼまるような錯覚がした。

甚捌も落胆を隠せぬ顔になり、尋ねる。

「その軍人さんらが、焼き討ちをしているんですか」

「いえ、焼き討ちは誰がやっているのかわかりません。『興道社』は敵性産業を自粛するよう呼びかけているだけのようです。過激な活動は、その影響を受けた者が個人でやっているんじゃないでしょうか」

「大曽根さんは？　面会はできるんですよね。何か仰ってませんか」

「支社長は、みな冷静になって欲しいと言っていますが……。いかんせん、会社が業務停止している今、地方で起きる焼き討ちなどの事件は止めようもありません。あの、それでなんですが……」

秋山が何か言いかけ、一旦、口をつぐんだ。みな注目する。やや逡巡する様子を見せたあと口を開いた。

「いっそのこと、逃げちゃいませんか？」

「ええ！」と、一同の驚きの声が揃った。

「どういう意味です？」

「よそに移住するんです。この村を離れるんですよ。こんなビラを貼られるほど隣人に妬まれているというのは、決してよい状況ではありません。このままこの村で農園を続けていると何が起きるかわかりません。支社長も心配しております」

隣人と言うとき秋山が語気を強めた気がした。よそ者がわざわざ村に侵入してあんな貼り紙をしたとは思えない。一日で全戸に貼られたことを考えても、村の誰かの仕業なのだ。

「どうしてうちが逃げなきゃいけないんですか。これを貼った犯人を見つけて、そいつを追い出すべきじゃないですか！」

気色ばむ甚捌に、秋山は渋い顔でかぶりを振る。

「それは藪蛇ですよ。犯人捜しで揉めたら、領事館も移民会社もない今、誰も仲裁できません。

言ったように敵性産業の指摘は否定しきれないんです。撲滅運動は元軍人のお墨付きもある。むしろ南雲さんの立場が悪くなりかねません」

　ずっと黙っていた彌生が口を開き、秋山に同意した。

「そうよ。あなた、同じ村の人を疑うなんて、嫌ですよ」

「しかし……」

　甚捌は顔をしかめた。秋山は表情を緩め、宥めるように言う。

「いや、逃げってのは言い方が悪かったですね。戦略的撤退。皇軍の転進と同じです。南雲さんも、先代、寿三郎さんの時代からずいぶんといろいろな場所を移ってきましたよね。でしたら、今回も土地を移って仕切り直すのも手ですよ。僕が責任もって安全な移住先を紹介します」

　たしかに南雲家は、わずかな手荷物だけで来伯し、貧しい契約農《コロノ》生活から始め、住む場所を変えながら資産を大きくしてきた。トキオがものごころつく頃には弥栄村で農園を始めたが、生まれたのは別の殖民地だ。

「この弥栄村は、そうやって各地を転々とした親父がようやく根を張った土地です。そんな簡単に手放すわけにはいきません。薄荷だって、親父が苦労してこのブラジルに根付かせた故郷の作物です。敵性産業論は理屈かもしれんけど、そうですかとやめるわけにはいかんです」

　そうはっきりと言った甚捌の声に、亡き祖父のそれが重なった。

　――おら、こっちで根ぇ張ることができたて。地主んなって、一旗揚げらんたて。

　そうだ。南雲家の薄荷畑は寿三郎がこの地に骨を埋めた証でもあるのだ。

　秋山はしばらく考えるそぶりをしたあと、大きく頷いた。

「わかりました。いや正直、感服しましたよ。これだけ大きな農園を維持できているのも、南雲さんにその胆力があるからでしょうね。つまらない提案をして申し訳ありませんでした。ただ、もし気が変わったら、いつでも声をかけてください」

「心配無用ですよ。村の人たちもみんな南雲家《うち》に世話になっているんだ、つまらんビラには惑わされんはずです」

甚捌は言ったが、その強い口調が逆にどこか余裕がないようにも響いた。

秋山は差しあたり弥栄村の状況を大曽根にも伝えておくと言い残し、村をあとにした。

それから甚捌は大丈夫、みんなわかってくれると、毎日のように家族を励ました。しかし、その数日後、一通の電報が南雲家に届けられた。

コクゾクニヤルヨメナシ
コンインナカッタコトニサレタシ

国賊にやる嫁なし、婚姻なかったことにされたし――差出人は嫁をもらう予定だったツッパンの家だった。一方的に破談にされたのだ。噂が向こうにまで広まっていることが窺えた。甚捌は、こちらからお断りだと怒り、彌生は、どうしてこんなことにと泣いた。当のトキオは、もともと実感の薄かった結婚が流れたことよりも、国賊と決めつけられることが辛かった。

南雲家は、俺は、そんなに悪いことをしているのか――


それからさらに数日が過ぎた、五月の初め。夕方、勇が訪ねてきた。

「しばらくぶりやな。里子のお産んときは世話んなったな。これ、久々に釣ったんや。礼にもならんが、もらってくれ」

そう言って勇が掲げたバケツには水が張ってあり、大きなチラーピアが二尾、泳いでいた。

「お……おう、ありがとう」

突然の来訪に驚きつつ、母屋の玄関でバケツを受け取った。

勇と顔を合わせるのはお産の日以来だった。あれからまだひと月も経っていないのだが、もうずいぶん会っていなかったような気がする。

「せっかく来たんや、カフェーでもご馳走してくれんか」

勇がおどけて言った。

「ああ、そうだな」

勇の態度に他の村人のようなよそよそしさがないことが、トキオは嬉しかった。

まだ陽が出ており、風が気持ちいいから外で飲もうと、二人して農園内にある東屋へ向かった。設えてある長椅子《バンコ》に並んで腰かけて、家から持ってきた薬缶から素焼きのコップにコーヒーを注いだ。

東屋からはすぐ近くの薄荷畑が見渡せる。収穫の直前、植物としての最盛期を迎え、青々と茂った薄荷の葉を夕陽が照らしている。その景色は美しく、土の匂いに混じって漂ってくる涼やかな薄荷の香りも心地よい。

けれど今、この薄荷のお陰で南雲家は窮地に立たされている。勇の家にだってあのビラは貼られたはずだ。気まずさを覚え、この場所はよくなかったかなと後悔していた。コーヒーはいつもより少し苦かった。

「何や、大変なことになってるな」

思わず勇の顔を見た。彼は薄荷畑を見つめたまま続ける。

「薄荷のことや。えらい評判悪いみたいやな」

「ああ、うん……」

「あの貼り紙、誰がやっとるんか、心当たりはあるんか」

下を向いてかぶりを振る。

「わからん……」

トキオは改めて恐ろしくなっていた。誰がやったのか。勇……ではないだろう。勘太や前田兄弟ら、幼なじみの誰かとも思えないし、思いたくない。その家族たちもまさかそんなことはしないだろう。道場で顔を合わせる旧知の村人たちや、普段農園で下働きをしてくれている人たちも、しないと思いたい——そうやって、一人一人消してゆくと村の誰も残らなくなる。四〇世帯ほどの殖民地だ。みな、気心は知れている。しかしそんな人々の誰かが、あのビラをつくり、貼ったのだ。

「そうか」

「すまない」

謝罪の言葉が漏れてしまった。もうこの村にいてはいけないのかもしれない。秋山の言うとおり、何処かに移住した方がいいのかもしれない。

「おまえが謝ることやないやろ」

顔を上げた。そこに二つの石があった。黒瑪瑙。否、目だ。初めて会ったときと変わらぬ、黒く大きく、いつも濡れているような勇の瞳。夕陽を反射して暖かな色を宿している。

「おまえは別に悪いことなんて、何もしとらんやろ。ただ一生懸命、家の仕事やってただけやろ」

「……そう、思うか？」

「思うも何も、そうやろ」

勇は笑った。

「でも、結婚も破談になったし……」

「まあ、噂、気にするやつも多いからなあ。せやけど、おまえがそんな背を丸まらせるこたなあよ」

「勇……」

「何や。村一番の男が情けない顔すんなや」

村一番の男――昔、まだ瀬良が村に来る前、よくそんなふうに言われた。

「おまえは俺ん家《ち》が国賊とは思わないのか」

すがるように訊いていた。

「思うわけなあ。特におまえはな。だってな、まだアメリカとの戦争が始まる前から、おまえ、日本で兵隊になるって言うてたやろ。そんなやつが国賊なんてことあるか」

言葉が胸に刺さった。鼻の奥がツンとする。景色が歪む。涙ぐんでいることを自覚する。くそ、泣くな。俺は日本男児だ。

特に勇の前では涙は見せたくなかった。

「勇、ありがとうな……」

視線を向けず、それだけを絞り出した。

背中に柔らかな感触がした。勇がぽんと軽く叩き、そのまま手を乗せたのだ。シャツ越しに掌の温もりが伝わる。

「ブラジルで生まれたかもしらんけど、おまえには大和魂ってやつ、ある思うよ」

その言葉が堰を切った。一粒、右の眼《まなこ》から涙が流れるのがわかった。続いて、左からも一粒。さらに右と左、両方から二粒、三粒……。

駄目だった。一度流れ始めたそれを意志の力では止めることはできなかった。やがて滂沱とはこのことかというほど、涙が溢れてくる。家族以外の人前で泣くのは初めてだった。勇、見ないでくれ、こんなふうに情けなく泣いてしまう俺を、見ないでくれ。しかし、喉からは声ではなく嗚咽が漏れた。両手で顔を押さえることしかできなかった。

「ええよ。泣きたいだけ、泣き」

勇は背中をさすってくれた。トキオは延々と泣き続けた。

3

トキオが泣いている――

幼い頃からいつもずっと前を走っていた男が。追いかけても追いかけても追いつけないと思っていた男が。俺の肩に突っ伏すようにして。わんわんと。まるで子供みたいに、泣いている。こんなことは初めてだった。

勇の胸に同情と喜びが湧いてくる。そう。たしかに喜びとしか呼びようのない感情があった。


家に戻ったのは、もう日が暮れたあとだった。五月に入って、一日ごとに日が短くなってゆくのがわかる。

猫の額ほどの比嘉家の敷地に、板葺きの掘立小屋が二軒並んでいる。勇夫婦の新居と、正徳とカマが暮らす母屋だ。母屋の方から灯りと一緒に、甘く香ばしい匂いが漂っていた。飯と味噌の香りだ。反射的に腹の中で胃液が分泌されるのがわかった。

母屋の戸を開けると、土間でカマと里子が食事の準備をしていた。土間には醤油と豚脂《バンニャ》の缶、それに作り置きのおひたしを入れた壺が出してあった。竈には二つ鍋が並んでいる。一つで飯を炊き、もう一つで煮物をつくっているようだ。

今夜の献立は、豚脂《バンニャ》で味を付けた脂飯と、鶏肉の入った煮物、付け合わせのおひたし、といったところか。土間の手前にある板張りの居室には、幅のあるテーブルがでんと置かれている。六畳ほどの部屋の半分がそれに占拠されていた。壁も床も天井もテーブルも、長年の汚れと煤が染みつき黒に近い濃い茶色に染まっている。

そこで正徳がちびちびと火酒《ピンガ》を飲みながら、女衆が食事をつくるのを待っていた。夕飯はいつもこちらの母屋で四人で食べている。

「ただいま」

「ああ、お帰り。あれ、釣れんかったん？」

背中に娘の栄を背負いながら、炊いた飯と豚脂《バンニャ》を混ぜている里子がこちらを一瞥した。勇は家を出るとき、川まで魚を釣りに行くと言っていた。

「釣れたんやけどな。トキオんとこに持ってった」

「南雲さん家《ち》に？」

「うん。おまえのお産んときの礼をしてなかったしな」

「なんや、せっかくのおかず、国賊にやってもうたんか」

正徳が口を挟んだ。彼は酒乱というほどではないが、飲むと普段より柄が悪くなる。

「別におかずの当てにしとらんかったろ。トキオんとこには世話んなったしな」

「ふん、孫の名前、勝手に決められたけどな。アメリカの味方しとるくせに偉そうにしくさってなあ……まったく……」

正徳は火酒《ピンガ》の瓶を手にくだを巻く。どことなく大阪の実父と似ているような気がする。その姿はいかにも〝沖縄者〟だ。言葉を棄て日本人として生きると決めたはずなのに。勇は酔った正徳があまり好きではなかった。

　台所からカマと里子が食器を運んできてちゃぶ台に並べる。カマは「ほんまよねえ」と頷き、里子に水を向けた。「そういや、昨日の婦人会、彌生さんもキヨさんもおらんかったんよね」

「ええ、おらんかったです」

「うちの里ちゃんなんか、赤ん坊抱いて出とるのに、だらしないわ。南雲家《あっこ》の会館でやっとるのにねえ」

　村の女衆の寄り合いである婦人会は、大東亜戦争が始まって以来、正式な名称を「弥栄村愛国婦人会」とした。彌生やキヨが今は顔を出しづらいだろうことは想像に難くない。

「悪事が暴かれてええ気味や」

「そうよねえ」

　正徳とカマの笑い混じりの声に、快と不快を同時に感じた。

　どれだけ努力しても追いつくことができなさそうな南雲家が貶められていることに、胸のすくような気持ちよさを覚える。面と向かって言えぬ悪口を陰でこそこそ言う卑怯さに腹立たしさも覚える。どちらも偽りのない気持ちだった。

「トキオちゃんは、どうじゃった」

　里子に尋ねられた。

「ああ、元気やったよ」

　嘘を吐いた。が、里子は疑う様子もなかった。

「そう。トキオちゃん、自分家《ち》がどう思われとるかわかっとるんかな」

「どうやろな。結婚話も流れたそうやし、さすがにちょっとは気にしとるかもな。そういう話はせんかったから知らんけどな」

これも嘘だ。知っていた。トキオは自分の家がどう思われているかよくわかっているし、それで心を痛めている。

「トキオちゃん、昔から鈍いとこあるしなあ。勇さん、今度、トキオちゃんに言ってやれん？薄荷づくりなんか止めいて」

「そらええな。トキオくんは、南雲天皇に比べりゃ話が通じそうやしな」

正徳が里子に同調した。

「でも、トキオは総領ってわけやないからな。農園の方針は決められんと違うか」

「何言うてんの！　それでも、言うてみたらええやん。いつまでも家が敵性産業やってるなんてトキオちゃんのためにもならんじゃろ」

里子の口調が強まった。

最初、住まいに貼られたビラを目にしたとき、出産で世話になったばかりだったからか、里子は南雲家を責める内容に反発を覚え、こんな剣呑なものが家に貼られたことに怯えてもいるようだった。しかしビラに目を通すと内容を真に受けた。やがて「薄荷づくりは日本人としてやったらいけんことじゃわ」と非難を始めた。

小さな頃からお転婆な里子だったが、根は素直で真面目だ。妊娠中も家事や農作業をこなした上で愛国婦人会の活動にも積極的に参加していた。祖国に送れるあてもないのに、端布で皇軍兵士のための腹巻きを拵えてもいる。そんな里子だからこそ、南雲家の薄荷づくりに対して、純粋に怒っているように思えた。

「せやな。今度話してみるわ」

自分のこの気持ちが里子ほど純粋かよくわからないが、親友のトキオの家が敵性産業に関わっていることは、やはりよくないと思う。先ほども薄荷づくりを止めた方がいいと進言するつもりだった。しかし、トキオを慰めその優越感に浸っているうちに言いそびれてしまったのだ。

それでも、トキオに会って確かめたかったことは確かめられた。あのビラを誰が書いたかトキオや南雲家の人々が気づいているか？　答えは、否だ。知っているのに隠している様子はなかった。トキオは気づいていないし、南雲家の他の面々もそうなのだろう。

今ここにいる里子たちや、村の他の誰も、あのビラを誰が書いたか気づいていないようだ。それは勇にとってはいささか不思議なことだった。

読みやすいお手本然とした文字の、わずかな書き癖。みんな見たことがあるはずだ。里子などは特に。

なのに俺の他は誰も気づいてないんやろうか――

「どうしたん？　冷めるで」

里子に声をかけられて我に返った。四人で囲んだ食卓には、夕飯が並んでいる。今、突然目の前に現れたかのように、脂飯の生臭さを嗅いだ。

「ああ、うん。ちょっと考え事をな」

「トキオちゃんに、薄荷のことといつ話そうか、考えとったん？　仲いいと逆に悩むもんよね。うちも一緒に行こうか」

里子はいやに大人びた口調で言う。

「いや、大丈夫や。俺が言うよ」

勇は脂飯をかっ込んだ。いつもと同じ味のはずなのに、豚脂《バンニャ》のえぐみを強く感じた。勇が頭を悩ませていたのは、トキオのことではなく、むしろあのビラを書いた人物のことだった。

――一九四四年　五月二九日。

その日、勇は久々に南雲農園で下働きをした。請け負った作業は今まさに渦中の薄荷の収穫だった。

今年は雨季が長引いたため少し後ろ倒しになったが、もう収穫も終盤だ。薄荷に独特の、清々しくも尖っているあの匂いが立ち込める畑で、腰より高く成長したそれを鎌で刈りとってゆく。収穫した薄荷は畑の外に設えられている稲掛《いなか》けにかけて天日干しにする。ある程度乾いたら、製油所に運びそこでさらに乾燥させ、ハッカ油を精製して出荷するのだ。

「まったく、南雲天皇もこんな国賊みたいな真似をいつまで続ける気なのかねえ」

その日一緒に下働きに入っていた村の女性は、鎌を振るいながらずっと愚痴をこぼしていた。もちろん、南雲家の人々の目がないところでだ。

昼飯の休憩のときトキオが、握り飯を持参して畑にやってきた。前に一緒にコーヒーを飲んだ畑の脇の東屋で二人、昼飯を食べることになった。

「こうして手伝わせてもらっといてなんやけど、薄荷づくり、自粛した方がええん違うか」

勇は切り出した。今日はトキオにこの話をするために、南雲農園に来たようなものだ。

トキオは浮かない顔で「ああ」と頷いた。

「噂で聞いたんやけど、よその村じゃ焼き討ちなんかもあったんやろ」

「らしいな。少し前に秋山さんが来て教えてくれたよ。うちも警戒して夜は兄貴と俺が交替で見張りをしてるんだ」

「そうなんか。そら大変やな」

「お陰で寝不足だよ。まあ、焼き討ちなんてするようなやつは、この村にはいないと思うけどな」

「せやな」

トキオはため息をつく。

「薄荷づくり止めた方がいいんじゃないかって話はうちでもしているよ。実は秋山さんには、よその移住も奨められたんだ」

「移住って、村、出てくいうことか？」

それはつまりトキオが村からいなくなるということだ。

「いや、さすがに移住する気はないけどさ。せめて薄荷の自粛、俺はした方がいいと思うけど、親父がなあ」

「親父さん、甚捌さんは薄荷、止めたくないんか」

「薄荷はうちの祖父ちゃんが故郷から取り寄せた作物だ。親父にも思い入れがある。その気持ちは俺にもよくわかる」

トキオはほとんど収穫が終わり黒い土の色が目立つようになった薄荷畑を見つめる。

彼の祖父、南雲寿三郎のことは勇もよく覚えている。新潟の方言を喋る優しい雰囲気の人だった。勇がやってくるよりずっと前からブラジルで暮らし、一代で契約農《コロノ》から大農場の経営者にまでなったという。村の誰もが一目置いていた。あの人がこの土地に根付かせた作物。それを家族が大切に思うのは当然かもしれない。でも……。

「でも、敵性産業やろ」

言うとトキオは、視線を畑に向けたまま、顔を俯かせた。

「ああ、そうだよな」

「トキオ、甚捌さんがみんなに何て呼ばれとるか知っとるか」

「南雲天皇だろ。わかってるよ。みんなが親父の偉そうなとこが面白くないのは。家でもときどき言ってるんだけどな。親父はあれで頑固なとこがあるというか、村のみんなは自分に感謝しているはずだって言っててな。まあ強がりかもしれないけど」

「そらまあ、南雲家に感謝しとらん者はおらんやろうけど……」

「だからって、いつだってみんなが味方してくれるわけじゃないよな」

勇は無言で頷いた。そのとおりだ。

「やっぱりこのままじゃまずいよな。敵性産業なんかやってたら、お国に申し訳が立たない。祖父ちゃんが生きてても、もう潮時だって言うと思うんだよ。今年は収穫もすんじまったし、このまま出荷することになると思うけど、来年は止めるように親父を説得するつもりだよ」

今年の分だって本当は出荷するべきではない。それでアメリカを助けることになってしまうかもしれないのだから。トキオ自身も、それはわかっているのだろう。勇はそれ以上、強く進言することはできなかった。

「そうか。それがええよ。さて、午後の仕事もがんばらな」

極力明るい声を出し、立ち上がりざま、ぽんとトキオの背中を叩いてやった。

「ありがとうな」

こちらを見上げたトキオは、笑顔になっていた。その様子に、勇はどこか安堵していた。


夕方、仕事を終えて農園を出た。

秋も深まり、日が傾くのも早くなった。しかし陽射しの強さは変わらない。

村を包むように沈む巨大な夕陽が背中を灼いている。目の前に長い影が伸びている。村の西にある南雲農園から、勇の住まいまでの帰路は、ちょうど村を横断する形になる。といっても、かつて訪れたサンパウロの街のようにきれいに区画されているわけではなく、道は家や畑にそって曲がりくねっており、途中で枝分かれもしている。その分かれ道の一つに目印のように大きな木が生えている。ジャカランダという木で紫檀の一種らしいが、村ではみな菩提樹と呼んでいる木だ。

その木陰に、女性が一人立っていた。まるで菩提樹の精のように。

志津だ。

身に纏っている白い木綿のワンピースが風に揺れていた。夕陽を反射し発光しているかのようだった。初めて会った日、ウアラツーバの駅まで迎えに来てくれたときとよく似た格好だ。

「勇くん、会うのしばらくぶりじゃね。お子さん無事に生まれたんよね、おめでとう」

志津はこちらに気づくと声をかけてきた。娘が生まれてから、ずっと家の仕事にかかりきりだったため、彼女と顔を合わせる機会がなかった。

この分かれ道を曲がった先に、志津の住まいと、かつての渡辺少佐の道場——今では亡き少佐の跡を継いだ瀬良の道場——が、ある。だからここに志津がいるのは、特段、不自然なことではなかった。しかし勇は動揺していた。

「どうしたん、幽霊にでも会ったような顔して。ほら、うち、足あるよ」

志津は白い木綿に包まれた両足をポンポンと叩いて続ける。

「勇くん、あんた今日、南雲さんとこ手伝っとったんじゃろ」

一歩、二歩、志津はこちらに近づいてくる。

「帰りここ通る思うて、待っとったんよ」

手を伸ばせば触れられる距離まで近づき、彼女は微笑みかけてきた。初めて会ったあの日から一〇年。子供だった勇はもう大人になった。志津だって年輪を重ねている。なのに、あのときとまるで変わらぬ、幼い自分が一目惚れをした笑顔を見た気がした。

「俺を、ですか」

尋ねる声がかすれてしまった。

「うん。兄さんが、話があるんじゃって」

「瀬良さんが?」

「そう。ちょっと道場まで来て欲しいんよ。みんなもおるけえ」

「はい……」

曖昧に頷いた。下働きに出た日は、作業が長引き帰りが遅くなることも珍しくはない。急いで家に帰らなければならないわけでもない。

志津は「ついて来《き》」と回れ右をして歩き出した。言われるままに、あとをついて歩いてゆく。二人の足が土の径を踏む音が、自分の鼓動に重なる。胸がざわつく。

話ってなんや。みんなって誰や。それに――

すぐ目の前をゆく背中を呼び止め、問い質したいことがあった。

――トキオん家《ち》を国賊だって責めるあのビラ、志津先生が書いたんですか?

あの字は、志津の字だ。

村に来てすぐ、道場で目にした習字のお手本。渡辺少佐が日本人会の役員だった頃は村で回す回覧板を志津が書いていた。それらと同じ筆跡だ。間違いない。

しかし何も訊けないまま、前を進む彼女の服がひらひら揺れるのを見るばかりだった。すぐに道場の前についてしまった。

志津が引き戸を開くと、中では一〇人ほどの男たちが車座になって何か話をしているようだった。瀬良と道場生たち。勘太や前田兄弟、昭一の姿もあった。志津が言ったように「みんな」がいた。月に一度ほど行われる時局会議と変わらぬ風景だ。ただし時局会議なら必ずいるトキオの姿だけがなかった。

「勇、よう来てくれた」

瀬良が座ったまま手招きをする。彼は詰襟の国民服をきっちりと着込んでいた。みな、重く硬い空気を纏っているような気がした。

「失礼します」

入口で道場の奥の壁に飾ってある四枚の御真影――天皇皇后両陛下、並びに先帝陛下と皇太后陛下――にお辞儀をして、中に入ってゆく。道場の天井には灯油ランプが二つ吊ってあるが、表に比べると薄暗かった。

「まあ座れや」

促され勇は車座に加わった。志津も車座から少し離れたところに腰掛けた。

瀬良は、一度小さな咳払いをしたあと、据わった目で勇を見ながら口を開いた。

「実はな、こないだから村に貼られとる、敵性産業のビラな。あれ、儂が貼っとるんじゃ。まあ儂は乱筆じゃけえ、志津に書いてもろうたがの」

瀬良はあっさり打ち明けた。

やっぱり、そうやったんか。ちらりと志津の方を見ると、先ほどと変わらぬ薄い笑みを浮かべていた。

勇は唾を飲み込み、頷いた。

「そう、ですか」

瀬良が拍子抜けしたような顔をした。

「何じゃ、驚かんのじゃな。おまあはトキオと仲がええけ、いつどうやって打ち明けたもんか思案するうちに、一番最後になってもうたんじゃけどな」

「い、いや……、驚いとります」

何故か取り繕ってしまった。

「驚いて、どう思うた？」

「どう、と言うと……」

「おまあは、あのビラに書いてあったことをどう思うた。薄荷づくりで金儲けするんはけしからんと思わんかったか」

瀬良の調子は、柔道の稽古のとき心得を諭すのとほとんど同じだった。

「思いました」

半ば反射的に答えていた。渡辺少佐に教わっていた頃から、師範に言われたことはまず肯定するのが身に染みついている。

瀬良は「じゃろ」と、満足そうに頷いた。

「軍関係の知り合いから伝え聞いたんじゃが、今、あちこちの殖民地で敵性産業撲滅運動が興っとるそうじゃ。全伯大会んときおまえも会った吉川中佐なんかも、一生懸命やっとるらしい。やっぱり立派なお人じゃ。そいでな、弥栄村でも撲滅運動を始めなならん思うてな、まずは薄荷づくりが敵性産業じゃいうことを村中に知らせるために、そして当の南雲家に警告するために、あれを貼ったんじゃ」

志津が付け足すように口を開く。

「あのビラはね、よその殖民地でやっとる撲滅運動に使われとるもんを写したんじゃけどね。うちも、薄荷があんなふうに使われとるなんて知らんかったから、書きながら驚いたわ」

志津の声はいつもと何ら変わらず優しく、しかし淡々としていた。

「あの……」

「何じゃ」

「本当なんでしょうか」

「何？」

瀬良の声と目つきにかすかな険が籠もった。気圧《けお》されつつも勇は問いを発する。

「ビラに書いてあった、薄荷がダイナマイトや毒ガスの威力を上げるとか、発動機《エンジン》を冷やすのに使えるとかは、本当なんでしょうか」

「おまあ、疑うんか。吉川中佐もやっとる運動を」

「いえ、そういうわけじゃあ……」

「考えてみい。戦争が始まってから急に薄荷の値が上がったんじゃ。戦争で使うためにアメリカが大量に買っとる証拠じゃ」

「はい」

勇は目を伏せて頷いた。そこに助け船を出すように志津が尋ねてきた。

「勇くんは、今日、南雲さんとこ下働き行っとったんでしょう。トキオくん、何か言ってなかった。薄荷づくりんこと」

勇は視線を瀬良と志津に向けて答える。

「トキオん家《ち》、南雲家でも敵性産業を続けててええんかって、話してはいるそうです。トキオは止めた方がええと思っとるようでした。ただ、甚捌さんは止めたくないみたいです。先代が根付かした故郷の作物やからって」

甚捌の名前を出すと、一同が息を吐くのがわかった。

「南雲天皇か」

瀬良が嘆息すると、次々に甚捌への不満の声があがる。

「あらあ、どうにもならんな」「自分が何しとるかわかっとんのか」「ラジオ持っとるからって、何でも許されるわけじゃなあで」

瀬良はそれらの声に頷きつつ口を開いた。

「秋山のやつが、こないだ南雲家に敵性産業の薄荷づくりなんか止めてよその殖民地に移ったらどうじゃて、進言したそうじゃ」

先ほど勇もトキオから聞いた話だ。

「そうなったらせいせいするかもしれんな」

道場生の一人が言った。瀬良は苦笑する。

「じゃが、南雲天皇はよそにも移らん、薄荷も止めんてつっぱねたそうや」

「なんじゃそりゃ」

場の怒りが増して行くのが感じられた。勇は口を挟んだ。

「でも、トキオが甚捌さんを説得するそうです」

一同が顔を見合わせた。そして今度は「さすがじゃ」「あん家でもトキオだけは見どころがあるな」と、トキオを誉めるような声があがる。

勇は密かに胸をなで下ろした。昭一がその勇以上に安堵した様子で言った。

「じゃあ、やらんですみますか」

「どうじゃろうな。トキオが上手く南雲天皇を説得してくれりゃええが」

昭一の隣で首をひねったのは田嶋《たじま》。年嵩の道場生で、昭一の叔父に当たる。周りにいた他の者たちも声をあげる。

「わしゃあ、景気よく暴れてみたいがなあ」

「トキオが説得でけんかったら、そうするしかないけどな」

何をやらないですむのか。景気よく暴れる、とはどういうことか。胸騒ぎがした。

「まあ、待て」

瀬良が一同を制するように手をあげた。みな口を閉じた。瀬良はこちらに視線を寄越す。

「勇、トキオはどう説得するて言っとった」

「ですから薄荷づくりを止めるようにって」

「いつ止めるんじゃ。今日も収穫しとったんじゃろ。明日か、それとも出荷の前か」

「いや、それは……今年の出荷まではして、来年から自粛するよう話すと……」

瀬良は鼻を鳴らした。

「それじゃ結局、今年は米軍助けるゆうことか。トキオのやつも情けなあ」

一同から、はあ、という声が漏れる。落胆と、興奮が混ざったような不思議な重さのある声だった。場に不穏な何かが満ちつつあるのを勇は感じた。

「トキオのやつも、本当はすぐ止めるべきやと思うとるはずです。でも、あの親父さんや家族の気持ちを汲んでるんや思うんです」

トキオをかばう言葉が口をついた。

「馬鹿言うんじゃなあ！」

瀬良に一喝された。反射的に背筋が伸び「はい、すみません！」と謝っていた。

「勇、おまあが親友のトキオの肩を持ちたがるんはわかる。じゃがな、ことの重大さをわかっとるんか。こらあ儂らの祖国の、大日本帝国の存亡に関わるかもしれん問題なんじゃぞ！」

「そ、それは……わかっとる……つもりです」

「わかっとらん！　甘っちょろくトキオをかばうのがその証拠じゃ。今、皇軍兵士は命懸けで戦っとるんじゃぞ！　おまあ、南方の戦場がどんだけ過酷か、ちいとでも想像したことあるか。同じような暑さでも、暢気に畑仕事がでけるブラジルとはわけが違うんじゃ。兵卒たちゃあ鉄砲の弾あ、雨になって降る中、ただただ敵を殺すことと、立派に死ぬことだけ考えて、駆け回っとるんじゃ！　お国のために！　大東亜のためにじゃ！」

瀬良の声は、部屋の温度が上がったかと錯覚するほどの熱が籠もり、震えていた。眼《まなこ》がランプの灯りに煌めいたかと思えば、つうっと一条、瀬良の頬を涙が伝った。

「お国のために血を流す同胞のことを、もっと真剣に考えんか！」

言葉に、涙に、胸をわし掴みにされた。そこから注入された熱で、身体が火照るようだった。見たこともない南方の島で戦う兵士の姿を想像する。

いつか観た映画のように、銃剣を抱え、疾走する皇軍兵士たち。みな自分やトキオと同世代の若者たちだ。敵の銃弾が身体をかすめ飛んでゆく。撃たれ倒れる者もいる。しかし背を向けることなく勇敢に戦う。一〇発の弾を受けたなら、一〇〇発撃ち返す。命を散らしながらも大戦果を挙げ、祖国を勝利に導いてゆく。その勇姿を想像する。

戦場に駆けつけられぬだけでもふがいないのに、まして敵を利する行為など許されようはずがない。知らなかったではすまないのだ。

周りの面々も固唾を飲み、瀬良の言葉に聞き入っている。

「敵性産業は、その皇軍に仇する行いじゃ！　南雲家はお国に弓引いとるんじゃぞ！　来年から止めるからええなんてもんじゃなあ。今すぐにでも止めななならんのじゃ。南雲家を赦してはならんのじゃ！　違うか」

「……そうです」

反論の余地はなかった。瀬良は正しい。

「そうじゃあ！」「まったくじゃ！」「いくら口で止める言うても、意味がなあ！」

熱が伝播してゆくように、みなが同意を口にする。

「こうなったら仕方なあ……」瀬良は親指で涙を拭い、ゆっくり一同を見回した。「ビラで警告してもわからんなら天誅を加えなならん！　やるで、打ち壊しじゃ！　お国に帰って兵隊になれんかった儂らにでける、せめてものご奉公じゃ！」

勇は息を呑んだ。打ち壊し、つまり南雲農園を襲撃するということだ。やるだの、暴れるだの言っていたのはこのことだったのだ。

本当に？　同じ村の仲間なのに？　トキオの家なのに？　ほんのわずか、勇は身体の火照りが冷めた気がした。しかし誰一人、躊躇する者はない。

「天誅じゃ！」「お国のためじゃ、やるしかないで！」「わいは、前から南雲んとこは気に食わんかったんじゃ。ちょっと商売が上手くいったけえ偉そうにしおってな。これが本性よ。金のためにお国に仇なす国賊じゃ！」「追い出したろう。正義の鉄槌じゃ！」

正義。そうだ、これは正義だ。今、このときも戦場で戦う同胞のためにも、やらなくてはならないことだ。

瀬良が灯した火が炎となって燃えさかってゆくかのようだ。

勇は幼なじみたちの方に顔を向けた。勘太も、前田兄弟も、年下の昭一でさえ、覚悟を決めた強い表情をしていた。

自分はどんな顔をしているのか、自分ではわかりようもなかった。

「よおし、じゃあ段取りを詰めるけえ――」

それから瀬良の仕切りで襲撃の段取りを打ち合わせた。天誅、といっても、南雲家の者を直接襲うわけではない。目的はあくまで敵性産業撲滅。要は薄荷を出荷できないようにすればいい。夜中、農園に侵入し収穫した薄荷を乾燥させている製油所を破壊するのだ。

夜の間はトキオと喜生が交替で見張りをしているので、まず誰かが見張りの気を引き、持ち場を離れさせて、その隙に製油所を襲撃する。とりあえず、そこまで決まったところで、話し合いは終わった。みなが散会してゆく中、勇は瀬良に呼び止められた。

「勇、おまあ、ちょっと残ってけや」

嫌だとは言えない。勘太たちが少し心配そうな視線をこちらに向け道場を出て行った。やがて道場には瀬良と志津と三人だけになった。気づけばもう外は真っ暗で、窓から光は射し込まず、道場の中は天井のランプだけに照らされていた。

瀬良はおもむろに口を開いた。

「さっき話した見張りを引き離す役目な。勇、おまあにやってもらいたいんじゃ。おまあだったら、トキオをおびき出せるじゃろ」

勇は唾を飲み込んだ。残れと言われたときから、そんな予感はしていた。勇はトキオの一番の親友だ。それを利用するのも襲撃を上手くやる作戦のうちだろう。しかしそれはトキオを騙すということだ。

やります、のひと言がなかなか口から出てくれなかった。いくら唾を飲んでも、喉の奥がひりついてしまう。

そんな勇を見ながら志津が口を開いた。見透かすように。

「勇くん、ほんまはトキオくんとこ、襲うんは気い進まんよねえ」

ちょうどランプの真下に座り、降り注ぐ灯りに照らされる志津の姿は、この世の者ならざる雰囲気があった。

「それは……」

言葉につまった。その態度が、もう「はい」と答えたのと同じようなものだった。

瀬良があきれたように息を吐いた。

「情けないのう。情に厚いのは結構じゃがな、お国に仇なすようなこと、許す訳にはいかんじゃろ」

それはわかっている、つもりだ。勇が返事をするより前に志津が言った。

「兄さん、それは勇くんもわかってるわ。わかってるけど、親友を騙して襲撃するんは気い進まんゆうことよ。そうでしょう」

頷いた。自分の思いを代弁してもらえたようで、少し救われた気分になった。しかし志津は「でもね」と、言葉をつないだ。

「薄荷が出荷でけんようなったら、南雲家の人らやトキオくんは国賊にならんですむじゃろ。これは、トキオくんを助けることになるんと違うかな」

その声は優しく勇を包むようだった。

トキオを、助ける。そう、なんか。そういうことに、なるんか――無意識のうちに顔を俯け、視線を下げていた。長年、道場生の汗と涙、そして血を吸い込んできた床は黒ずんでいた。

「儂はな、昔からトキオよりおまあを買っとるんじゃ」

瀬良の声に顔を上げると、彼はかすかに顔をほころばせていた。

「トキオは恵まれとるだけじゃ。がわは立派でも、中身はブラジル生まれじゃ。本当に気骨があるのはおまあの方よ。全伯大会の優勝だって、おまあが気合いで摑み取ったんじゃ。ええか、おまあには、トキオにはない、本物の大和魂がある。おまあの方がトキオより上なんじゃ」

俺がトキオより上。突然、そんなことを言われ、甘い高揚を覚えた。

「これは、上におるおまあが、トキオを導いてやることでもあるんじゃ。家の仕事とはいえ、日本男児としてあるまじきことをこれ以上させんためにもな」

「兄さんの言うとおりよ。これはお国のためじゃし、トキオくんのため。ええ？　勇くん。あんたが覚悟決めれば全部上手くいくんよ、迷ったらいけんよ」

優しかった志津の声は、いつしか教師が、否、母が子供を諭すようなものになっていた。そこには魂を吸い寄せるような魔力《マジア》が宿っているような気がした。

「……はい。やります」

勇は頷いていた。最初から、他の答えはなかったのかもしれないけれど。


その夜、床に入り、昂ぶる気を収めてどうにか眠ろうと目を閉じ続けていると、里子に声をかけられた。

「今日、何かあったん？」

あった。

家に帰ってから様子がいつもと違っていた自覚はある。夕飯のときも、ずっとうわの空だった。怪訝に思われても不思議ではない。

――ええか、このことは他言無用じゃぞ。村の者《もん》は、噂好きじゃからな。万が一でも南雲家の誰かに知れたら面倒じゃ。

瀬良に釘を刺されていた。勘太も里子には何も話していないのだろう。しかし勇は寝床から身を起こすと、すぐ傍らで横たわる妻に向かって口を開いた。

「実はな、今度、トキオん家《ち》を――」

止まらなかった。まるで吐き出すように、他言無用と言われた計画のすべてを喋ってしまった。

「――つまりな、俺はトキオを騙さなきゃならないんや」

話し終えると同時に、里子が首に手を回してきて、抱きしめられた。話すことに夢中で、相手が身を起こしていたことにさえ気づかなかった。

「がんばり」

里子は囁くように、しかしはっきりと言った。

「え」

里子は勇の背中をぽんと叩き、わずかに身を離す。目と目が合った。暗がりの中、二つの瞳がこちらを射貫いていた。

「騙すんと違う。助けるんじゃろ。敵性産業なんて続けさすわけにはいけんもんね。お国のためやし、村のためやし、トキオちゃんや南雲さんとこのためでもあるんじゃろ。しっかりね」

瀬良や志津が言っていたことを、里子も繰り返した。そうや。これは正しいことなんや。里子のまっすぐな視線と心に教えられた気がした。

「……うん」

勇が頷こうとすると、寝息を立てていた赤ん坊が不意に目を覚まし泣き出した。

「あら、あら、よしよし」

里子は栄を抱き寝間着の前をはだけさせた。誰が教えたわけでもないのに、赤ん坊は母親の乳首を探り当てて吸った。

「よしよし、よしよし」

里子は栄の頭と背中を撫でている。

守るべきもの。祖国の人々が戦っている今、俺がこの地で守らなければならないもの——栄が生まれたときのことを思い出す。

もう迷わん。やろう。ようやく決断できた気がした。

4

――一九四四年　六月二〇日。

月の隠れる朔の夜。

「行ってくるよ」

午後六時少し前、トキオは灯油ランプを片手に母屋の玄関を出た。すでにすっかり陽は沈み、頭上には濃紺の空が広がっていた。ひんやりとした夜気が頬を撫でる。生乾きの土はこの季節に特有の匂いを発していた。植物に滋養を与えたあとの、さらりとしていて香ばしいような匂いだ。ブラジルでは六月、最も夜が長くなる。一年を通じて温暖なこの国でも、夜は多少の重ね着が必要になる季節がやってきた。

トキオは軒先に吊してあった作業用の薄い外套を羽織る。それから立てかけてあった木刀を手に取った。後ろから「気をつけて」「行ってらっしゃい」と、声がかかった。

振り返ると、嫂のキヨと、甥っ子たちが玄関まで出てきていた。

「見送り、ありがとうな」手を振って応え、農園へと歩き出した。

甥っ子たちは上の治喜《はるよし》が今年数えで七つ、下の久繁《ひさしげ》は六つになる。二人とも腕白な男の子だが、ここのところあまり元気がない。治喜はもう村で南雲家がどんなふうに思われているかわかる歳だし、久繁も治喜や家族の様子に当てられているようだ。

つい数日前、治喜が「うちは悪いことしてるの？」と訊いてきた。顔いっぱいに不安を湛え、目を涙ぐませていた。何一つ非難されることなどしていない子供に何故こんな顔をさせなければならないのか、胸が締め付けられる思いがした。「そんなことないよ」と答えたものの、実際のところ、トキオにも自信はない。

父親の甚捌もいくらか弱気になったようで、来年は薄荷の植え付けを考え直すと言い出した。おそらく薄荷づくりは自粛することになるだろう。そうなればいい。南雲農園はもともと村一番の大農園だ。綿を中心にした農作でも十分やっていける。

薄荷なんてつくらなくていい。そうすれば、つらい思いをしないですむ。あの子たちも、俺も。国賊などと後ろ指さされることのない、平穏な日々が戻ってくる——

本当に？

一度、国賊と決めつけられて、明らかによそよそしくなった村の人たちが、前と同じように接してくれるようになるのだろうか。

地面はぬかるむほども湿っていないはずなのに、足を取られるような気がする。大丈夫だ。大丈夫。きっと大丈夫。自分に言い聞かせながら歩を進めた。

やがて薄荷畑の脇にある製油所に到着した。かつては狭い小屋だったが、改装してだいぶ広くなった。二〇坪ほどもあるだろうか。価格高騰を受けて生産量をどんどん増やしたため、今はこれでも手狭だ。湿気を除けるため高床式になっており、入口には低い階段が設えてある。

よその殖民地では敵性産業に従事する農家が襲撃を受けていると聞かされてから、毎夜、ここで見張りをすることになった。一日ごとに兄の喜生と交替で、今日はトキオの番だ。

腕に覚えがあるトキオでも、大人数で襲撃されれば木刀一本では防ぎようがない。けれど人がいれば、襲撃はないと踏んでいた。あのビラを貼ったのは村の人間だ。ならば襲ってくるとしても顔は見られたくないはずだ。南雲家を忌む空気は濃くなっているが、未だに当主の甚捌を面と向かって批判する者もいなければ、ビラを貼った者が名乗り出てくることもない。小さな村の小さな世間で南雲家と揉めたくないのだ。見張りがいるだけで、抑止になるはずだ。これが楽観なのか悲観なのか、よくわからない。どちらにせよ、何もないことを祈るばかりだった。

まず製油所の中を点検した。片方の壁に沿って大きな抽出釜が並び、それと向かい合うように敷かれたすのこに、収穫した薄荷がまとめられている。乾燥を促すため壁には細い風穴が空けられており、空気が籠もることはない。それでも大量の薄荷が保管されている建物の中は、独特の匂いでむせ返るようだった。

薄荷も抽出釜も、まったく問題はない。誰かが忍びこんだ形跡もない。ひととおり確かめると製油所を出て、入り口前の階段に腰掛けた。灯油ランプを傍らに置く。もう収穫は終わっているので、畑は荒らしても意味がない。もしも襲撃があるとしたら収穫した薄荷を乾燥させているこの製油所が狙われるはずだ。

夜の農園に人気《ひとけ》はない。周りは畑なので身を隠すような場所もない。誰かが来ればすぐにわかる。最初はこんなところでぼうっとしているだけでは、居眠りしてしまうのではないかと心配だった。けれどいつの夜も眠気はやってこず、目は冴えるばかりだった。

暗がりに独り、ぽつんと座っていると、不安、恐怖、悲しみ――いろいろな思考と感情が巡ってくる。やることはなくても、頭と心は忙しく働いてしまう。時間も引き延ばされたように長く感じる。じっと耐えるしかない。

時折、物音が聞こえたような気がして、腰を浮かせる。しかし次の瞬間に音はかき消えるのが常だった。音のした方を確かめてみても人の姿などない。不安がつくりだした幻か、あるいは風か小さな獣が立てたものなのか、確かめようもない。できることといえば、時折、気を紛らわせようと身体を動かすことと、ただ祈ることくらいだ。何事もないまま早く夜が明けてくれ、と。

どれほど祈り、どれほどの時間が過ぎただろうか。トキオはこの夜、何度目かの物音を聞いた。

どうせまた気のせいだろう。そう思いつつも、腰を浮かせる。

いつもなら消える音が消えなかった。それどころか、大きくなってくる。ザッ、ザッ、ザッと径を踏む足音が。たしかに。何かが、誰かがこちらに近づいてきている。

鼓動が速まる。立ち上がり、製油所を回り込むようにして、音のする方を確認した。果たして、暗がりの中、人が近づいてくるのが見えた。一人のようだ。ランプを持っている。ぼんやりとした橙色の灯りが人影を浮かび上がらせていた。走って来ているようだ。

賊か？　一瞬、内臓が浮き上がるような緊張を覚えたが、頭の中の冷静な部分がそれを否定した。闇夜に紛れて襲撃するのに、灯りを携えて、物音を立てて走ってくる馬鹿はいない。

じゃあ、何だ？　さらに近づいてくると、それがよく知る人物であるとわかった。肥った身体を揺らして不格好に走ってくる――勘太だった。

「ああ、トキオ、おったか！」

勘太はトキオの元に駆け寄ってくる。

「どうした、こんな時間に」

勘太は立ち止まると、肩で息をしつつ言った。

「う、馬、貸してくれ」

「馬？」

「勇が、勇が、えらいことに、えらいことになってもうたんじゃ、ああ、勇、勇」

勘太は義弟の名を連呼する。勇に何か尋常ではないことが起きたのか。先ほどまでとは違う種類の焦燥が湧き上がってきた。

「落ちつけ！　勇がどうしたんだ？」

勘太の両肩を摑み、揺さぶった。

「あ、ああ……。勇と町に行っとったんじゃ――」

勘太は目をぱちくりさせながら、事情を話した。

勇と一緒にウアラッーバの駅町まで夜遊びに行っていたらしい。はっきりとは言わないが、勘太が女を買いたがり、勇が付き合わされたのだろう。結婚してから、糞義兄《あにき》のバイロ通いに付き合わされると、勇はよくぼやいていた。勇は子供が生まれたばかりで、外で女を買う気にはならず、いつも馬車《カロッサ》の見張り役をしているという。

大東亜戦争が始まってからこの方、町ではジョゼー・シルヴァの自警団はますます悪辣になり、日本人を見かければスパイ容疑で勝手に捕まえて身ぐるみを剝ぐようになっていた。男であっても日本人だけで夜の町に繰り出すのは危ないので、最近は村に出入りしているブラジル人の仲買人や日雇《カマラーダ》い農夫に金を払って付き添ってもらうようにしていた。彼らは村に来るための馬車《カロッサ》を持っているので、それも借りて行き帰りの送迎も依頼する。用心棒のようなものだ。今夜頼んだのは初対面の日雇《カマラーダ》い農夫だったが、日本人に友好的で特に怪しいところはなかったという。夜遊びも、いつものようにつつがなく楽しむことができた。ところが、だ。

「――帰り、村の外れで馬車《カロッサ》が止まった思うたら、いきなり二人、知らんガイジンが荷台に乗り込んできおったんじゃ！」

日雇《カマラーダ》い農夫が手引きをしたようだった。不意をつかれた勘太は荷台から放り出され、ブラジル人たちは残った勇を捕らえて、馬車《カロッサ》ごといなくなったという。

「なんだそりゃ、どういうことだ？」

「わいにだって、わからん！　じゃが、勇はガイジンに恨みを買ってるかもしれん。何にせよ追いかけにゃならん！　馬、貸してくれ！」

そうだ。勇は昔、ブラジル人を二人、半殺しにしている。その報復なのか。ともかく追いかけて、勇を助けなければならない。

「わかった！　俺も行く！」

勇が殺されてしまうかもしれない。それは杞憂ではなかった。今この国で日本人は敵性国人なのだ。夜、人目のないところで殺されたとしたら、警察はまともに捜査しないかもしれない。勇に恨みを持つブラジル人にとっては、都合のいい状況が出来上がっている。

冗談じゃない。勇を助けるんだ——トキオの頭の中はそのことだけに支配された。ほんの一瞬、兄や父を起こして、見張りを交替してもらうべきかと思ったが、その時間さえ惜しかった。トキオは勘太を連れて、農園の東にある馬小屋に走った。


勘太によれば、勇が攫《さら》われたのは、村の外から墓地の入口に差し掛かるあたりだという。馬を使ってその近辺を探すことにした。

もし勇に危害を加えるのが目的ならそう遠くまでは行かないかもしれない。だが、村の外側には広大な荒野が広がっている。当然ながら灯りなど何処にもなく、今日のような朔の夜は正真正銘の真っ暗闇になる。馬の鞍にくくり付けたランプが切り取るほんのわずかな空間以外には何も見えない。

不意に馬体が沈み、よろけた。馬の足が止まる。暗くてまったくわからないが、湿地に足を踏み入れたようだ。前方の地面、ランプが照らした場所に、蛇がいた。体長一メートル近くもある巨大な蛇。

湿地の泥を纏ったその蛇は顎を大きく開け蛙を咥えていた。やがて蛙を丸呑みし、灯りの届かない闇へと消えた、悠然と。

どうせ見つかりっこない——去りながらそんなふうに嘲っている錯覚がした。

夜半を過ぎ冷たさを増した空気が、背中を撫でる。不吉な予感に囚われる。しかしそのとき、勘太の声が聞こえた。

「おったぞ！　トキオ！　勇はここにおるぞ！」

いた？　トキオは声のした方に馬を走らせる。馬は湿地をよろよろと進む。もどかしい。行け！　行け！　馬の首を何度も押した。

前方に灯りが見えた。そちらから「こっちだ！　トキオ！」と勘太の声がする。

「勇、そこにいるのか！　勇！」

馬上から叫ぶ。

「トキオ、いるぞ！　勇はここだ！」

勘太の声が返ってきた。馬から降りた勘太が膝をついているのが見えた。目を凝らすとその傍らにもう一人、横たわっている者がいる。

勇だった。湿地の上に勇が倒れていた。ランプの光に照らされた顔は赤く腫れていた。鼻の下が血で汚れ、他に何ヶ所も怪我をしているようだ。激しい暴行を受けたことは一目でわかった。

反射的に胸が詰まる。

「勇！」

トキオは馬から飛び降りた。地面の泥が跳ねて、顔にかかる。そんなことは気にせず、駆け寄った。

「勇、大丈夫か！」

「トキオ、か……」勇は腫れた目をこちらに向けると、片頬をかすかに上げて笑った。「……大丈夫に見えるか？　ふふ、このざまや」

声はかすれているが、滑舌はしっかりとしていた。

「どこか痛むか」

トキオは跪き、道場で稽古中に怪我人が出たときと同じ要領で、大きく動かさないように注意しつつ、手足、胸、腹、首筋と触れていく。指先に体温を感じる。そこら中に打撲痕があり身体は少し熱を持っているだろうか。大量出血している様子はない。顔が血で汚れているが、これは鼻血のようで、もう止まり乾いていた。

「そこら中が痛いわ。でも、こうしてると泥がひんやりしとって気持ちええわ」

勇は軽い口調で言った。意識もはっきりしているようだ。腫れた瞼の隙間、ランプの灯を受けて黒光りする瞳には精気がある。派手に怪我をしているが、命に関わるようなものではなさそうだ。安堵しつつ尋ねた。

「ガイジンに襲われたのか」

「そうや。いきなり滅茶苦茶に殴られて、ここに放り出された。人のこと、ゴミみたいに扱いくさって……」

「相手に心当たりはあるか」

「わからん。初めて見るガイジンやった」

報復ではなかったのか。日本人を嫌うブラジル人は少なくない。無差別な襲撃なのかもしれない。ともあれ無事でよかった。

「ありがとうな。まあ、大丈夫や」と、身を起こした勇が「うっ」と声をあげた。

「どうした」

「い、いや、か、肩が……」

「見せろ」

地面にあったランプを掲げて、勇の左肩を照らす。寝ている状態ではわかりづらかったが不自然な形に曲がっていた。脱臼しているのだ。稽古中にもまま起きる怪我なので、処置の方法は心得ていた。

「肩、外れてるな。嵌めてやる、勘太、灯り持っててくれ」

「あ、おう」

勘太がランプを持つ。トキオは上半身だけ起こした勇の背中側に回り込むと、左肩を両手で摑んだ。

「痛た、おい、優しくしてくれや」

「贅沢言うな。命があってよかったと思え」

本心だった。このくらいですんで、本当によかった。勇の肩と腕を摑み、一度引いて押す。

肩が嵌まるゴッという小さな音と「痛《いて》え！」という勇の声が闇に谺した。


トキオが勇と二人乗りし、三人で村へと戻った。

「すまんかったな……」

道すがら、勇は言葉少なで、詫びの言葉だけを何度も口にした。ブラジル人に袋叩きにされたことをふがいなく思っているのか、しょげているようだ。そんな勇を励まそうとしているのだろう、勘太は逆に饒舌だった。

「そいでも無事でよかったで。えらいたくさん殴られたり、蹴られたりしてなあ。肩まで外れとったんじゃろ。勇も頑丈じゃ。さすがよう鍛えとるだけあるで。わいは心配じゃったんじゃあ、勇、万が一でもおまあに何かあったら、里子に何言われるかわからん。いやあ、ほんに、おまあは大したもんじゃあ」

「おい、糞義兄、べらべらつまらんこと喋んなや」

義兄弟になったこの二人は以前に増して歯に衣着せずものを言い合うようになっていたが、それにしても勇の当たりはずいぶんと強かった。理不尽な目に遭い気が立っているのかもしれない。

「悪かったな。そう、かっかすんなや」

勘太は恐縮し馬上で肩をすくめたようだった。

村外れから農道を通り、南雲農園に入ってゆく。二時間くらいは経っただろうか。空はまだ真っ黒で、静まり返った農園では、風が木々を揺らす寝息のような音だけがしている。入ってすぐのところにある馬小屋に馬を戻した。

「早く帰って里子を安心させてやれよ。腫れてるとこ、きちんと冷やすんだぞ」

馬小屋を出ながら言うと、勇にまた、謝られた。

「トキオ、本当にすまんかったな」

「気にするなよ。俺もさ、見張り、退屈でかなわなかったからな。ちょうどいい気晴らしになったよ」

励まし半分の軽口のつもりだったが、「そうか」と応える勇は浮かない顔をしていた。

「気晴らしなんて言ったら、悪かったな。おまえは怪我したのに。でもまあ本当に、大事《おおごと》にならなくてよかったよ」

「あ、いや……」

勇は何か言い淀むように、開いた口を閉じた。そのとき勘太が声をあげた。

「おーい、こっち、何か、臭わんか?」

振り向くと、勘太は馬小屋から少し離れたところにいた。

臭う?

そりゃあ馬小屋からは獣臭が漂っているし、そうでなくてもここは農園だ。堆肥の臭い、作物の臭いなど、気にしたらきりがないほどさまざまな臭いがある。

トキオは勘太に近寄る。彼は首を前に突き出し、くんくんと鼻をひくつかせていた。その様がどこか滑稽で、子供の頃なら豚野郎《ポルコ》と馬鹿にしていたところだ。

どうせ気のせいだろうと思いつつ、勘太に倣い鼻に意識を集中させて臭いを嗅いでみる。すると、かすかに臭った。たしかに。言われなければわからないくらい微妙だが、どこからか普段、農園では嗅がない臭いが漂っている気がする。

「なあ。するじゃろ」

「ああ……」

「あっちの方からじゃなあか」

勘太が指をさした。トキオはそちらに向かって進む。やはり臭う。向こうから漂ってくるようだ。この臭いは、何かが焦げる……火の臭いか。暗がりと、途中に並べて植えてある椰子の木に遮られて見えないが、農園の中心部、薄荷畑がある方角だ。

胸騒ぎがした。トキオは駆け出した。ランプを地面に置きっぱなしにしていたが、子供の頃から通り馴れた我が家の農園だ。目をつぶっても走れる。

進むほどに臭いは濃くなってゆく。もう疑いようがない。はっきりとした焦げ臭さを感じた。道なりに椰子の木の脇を過ぎ、農園の中心部に出る。真っ暗闇のはずなのに、視界が開けた。収穫を終えたばかりの遮るもののない広大な畑の輪郭が見える。手前が綿畑、ずっと奥にあるのが薄荷畑だ。

光があった。

奥の薄荷畑のさらに奥に、ぼんやりとした赤い光が灯っている。その光に照らされて、灰色の影が天に昇るように揺らめいているのが見えた。

煙だ。あの光は、炎だ。何かが燃えている。いや、あそこに何があるかはわかりきっていた。トキオはひたすら走った。焦げ臭さが強まり、空気がざらつくのを感じた。やがて思ったとおりの景色が、はっきりと見えてきた。

製油所が燃えていた。薄荷畑の脇で煌々とした炎にまかれていた。周りの湿った土壌に延焼することはなく、高床式の建物だけが、巨大な火の玉のように燃えていた。まるで魔術のように。火の玉は近づく者の身を焦がさんばかりの熱を発している。そこには禍々しい美しささえあった。足を止めたトキオは刹那、見とれてしまった。

煙を吸い込み、むせた。熱気で喉が灼ける。目も染みる。我に返った。

とにかく、消さなければ——トキオは製油所のすぐ傍にある用水路に走った。薄荷を乾燥させる製油所は小火《ぼや》が起きたときのため、水場の近くに建ててあった。

水路の脇に積んであるバケツで水を汲み、熱に逆らい火の玉に浴びせた。しかし薄荷に油が含まれているためか、火はびくともしない。二杯目の水を汲みに水路まで走る。

「トキオ!」

勇と勘太が駆けつけた。

「も、燃えとる……」

勘太は気が動転しているらしく、見ればわかることを口にした。

「おい、消すぞ!」

勇がバケツを摑んだ。

「け、消すんか?」

「当たり前や! ぼうっとすんな!」

「お、おう。そうじゃな」

二人が加わり、三人で水を汲み、次々とかけてゆく。

どれほど繰り返しただろうか、少しずつ火勢は弱まり、赤い炎は黒い燻《くすぶ》りに変わっていった。夜から染み出したような煙が充満し、その隙間に焼け崩れた製油所の軀体《くたい》が見えた。やがて火は完全に消え、その代償のように辺りは闇に包まれた。

背後からぼんやりとした光が射した。振り向くと勇がランプを掲げていた。

「貸してくれ」

「ああ……」

トキオは勇からランプを受け取り、製油所に、否、ほんの少し前まで製油所だったものに近づいてゆく。

全焼、と言っていいだろう。屋根は全面が焼け落ち、床もほとんど焼失している。辛うじて残っているのは、柱と骨組みの一部だけだ。炎の残滓のような熱気と、濃厚な焦げ臭さが立ち込めている。焼け跡に大量に積もっている粉のような炭は、乾燥させていた薄荷のなれの果てだろう。農年のほとんどをかけて育てようやく刈りとった作物が、祖父が故郷から取り寄せようやく根付かせた作物が、台無しになっていた。そしてその炭に埋もれるかのように、黒く変色した抽出釜が転がっていた。ところどころ露出した地金の部分がランプの灯りを反射して鈍く光っている。

パイプは折れ曲がり、タンクはそこら中がへこみ、連結部はばらばらに壊れている。

ただ火に巻かれただけではこうはならない。火だって自然に点いたわけではないだろう。

襲撃だ。それも一人ではない。複数の人間がトキオのいない間にやってきて、抽出釜を破壊し、製油所に火を点けたのだ。そうとしか考えられない。

「すまん……」

振り向くと勇が膝をついていた。

「ほんま、すまん。俺のせいでこんなことに……すまん」

勇は頭を下げる。今夜、勇が謝るのは何度目だろうか。声が震え、泣いているようにも思えたが、顔を俯けているのでよくわからない。その傍らに立つ勘太はむしろ戸惑っているようだった。

「いや、その……わいも、トキオ、呼んだりして……」

「いいんだよ。気にしないでくれ。勇も、勘太も。おまえらが悪いわけじゃ、ない」

言ってトキオは、再び焼け跡を振り返った。

むしろ勇は酷い目にあった被害者だ。攫われた勇を助けるため馬を借りに来た勘太も正しい判断をしただけだ。二人は悪くない。

じゃあ、誰が悪い？

俺だ。見張りから離れるなら、家族に声をかけるべきだった。一瞬、そうしようと思ったのに。消し炭になった製油所と破壊された抽出釜。農園の片隅にはっきりと刻まれた暴力の痕跡。トキオは怒りや後悔よりむしろ、恐怖と罪悪感を覚えた。隣人からこれほどまでに憎まれているということに。単なる妬みと片づけることはできない。

焼け跡から南雲家を糾弾する声が聞こえる気がした。お前たちは、国賊だ！　そう、はっきり突きつけられたかのようだ。

言い訳のしようもない。薄荷が敵性産業であることは否定できない。アメリカを助けているのかもしれない。なのに続けてしまっていた。

来年からなどでなく、今すぐ止めるべきだった。わかっていたのに、それをしなかった。

悪いのは俺たちだ。

亡き祖父の面影が頭によぎった。日本人としてこの地に根付き、骨を埋めた祖父。いつか自分の魂を祖国に持ち帰って欲しいと想いを託してくれた祖父。それを果たすこともできず、国賊の詫りを受けるようになってしまった。

祖父ちゃん、ごめん。トキオはきつく唇を噛み、必死に涙を堪えることしかできなかった。


その夜から、およそ二ヶ月。

農年が終わり真冬を――それでも昼なら半袖で過ごすことができるブラジルの真冬を――迎えた、八月。

荷台いっぱいに家財道具を積んだトラックが二台、村を出発することになった。

南雲家の引っ越しだ。秋山の提案を受け、他の土地に移り住むことになったのだ。農園や建物は格安で村に譲ることにした。薄荷づくりが原因で多くの不動産を失うことになったが、皮肉なことにその薄荷の売り上げにより、引っ越し後の生活に困らないだけの蓄えが南雲家にはあった。もし何事もなかったら、ちょうどトキオが嫁をもらい結婚式《カザメント》をやっていたはずの時期だ。村で新たな家庭を築くはずが、村を離れることになってしまった。

甚捌《ムダンサ》も喜生も、他の家族も、見張りを離れたトキオを責めることはなかった。みな襲撃を受けたという事実を重く受け止めていた。

放火や破壊はブラジルの法律に照らしても当然違法行為だ。しかし警察には届けなかった。火事は火の不始末による小火ということにした。まだボイラーを焚いていない製油所に火気などないのに。明らかに抽出釜が壊されているのに。村の何処かに犯人がいるはずなのに。頑なに襲撃など受けていない体《てい》をとった。ただでさえ日本人は警戒されている。ブラジルの官憲を殖民地に呼びこめば、村全体に迷惑がかかるかもしれない。それ以上に、ここまでされたことを認めたくなかった。国賊として襲撃を受けた時点で「恥」なのだ。被害者面などできようもない。

それでも、あったことをなかったことにはできない。頭と心にその事実は刻まれる。ずっと家族を鼓舞していた甚捌も、あの焼け跡を前にすっかり意気消沈してしまった。村人に偉そうな態度を取ることもなくなった。病気知らずだった嫂のキヨは熱を出し三日も寝込んだ。小さな子供を育てる彼女は家族の誰よりも不安だったろう。当の子供たちは頻繁におねしょをするようになってしまった。それまで以上に鬱々とした家中の空気を敏感に察したのだろう。

――よそに移れるよう、秋山さんに手配を頼もうと思う。

甚捌が言ったとき、反対の声は誰からも上がらなかった。母と嫂は明らかにほっとした様子だった。仕方ない、あんなことがあったら村にはいられない。トキオもそう思った。

思ったが、村を離れることを想像すると、寂寥が込み上げてきた。

南雲家はサンパウロ州内を転々としてきたが、トキオにとっての思い出や仲間は、すべて弥栄村にある。引っ越し《ムダンサ》が決まってから、ふとした拍子に子供時代のことを思い出すようになった。頭の中のもう一人の自分が、名残を惜しむようだった。特によく思い出すのは、勇のことだった。勘太や前田兄弟ら他の幼なじみの方が付き合いは長い。けれど勇は特別だった。親友、だった。

――手紙、くれな。俺も送るで。

村を離れることを打ち明けると、勇は言った。

勇だって名残惜しいはずなのに、何故だと問い詰めてくることも、行くなと引き留めることもなかった。わかっているのだろう。南雲家が弥栄村に居続けることが難しいと。

――おう。必ず手紙書くよ。サンパウロ、前に行ったときはすごい都会だったからな。パウロにも会えるし、楽しみだよ。

トキオは努めて明るく振る舞った。

南雲家はサンパウロ市の北に位置するカンピナス市郊外の移住地に向かうことになった。日本人が拓いた土地ではなくブラジル人が多く混住しているが、親日的で官憲の取り締まりも厳しくない土地だという。再出発するにはうってつけと秋山が言っていた。そこにまた農園をつくる予定だ。薄荷はもうやらず、まずは綿やコーヒーなど経験のある作物を中心に始め、徐々に土地の風土に合ったものを試してゆく算段だった。南雲家は祖父の代からそうやってブラジルで農業をやってきた。

トキオだけはそこではなく、サンパウロ市ピグアスで独り暮らしをすることになっていた。ちょうど樋口家のバールで若い働き手を欲しがっており、声がかかったのだ。さほど高くないが街で自立できる程度の給料は出るという。

兄の喜生に男子が二人もおり、すでに跡取りが決まっていることもあって、トキオが独り立ちすることに両親も賛成した。樋口家は収監中の大曽根周明の意を受け、秋山らがやっている日本人の権利保護活動にも協力しているという。もし日本人のために働けるのならトキオとしても望むところだ。国賊の誹りを受けた身としては、禊ぎのようにも感じられた。

ピグアスはウアラツーバのような奥地とは違う、サンパウロ市の中心地からも近い都会だ。街での生活は、どんなものになるのか。ずっと農業と柔道しかやってこなかった自分に馴染めるのか、不安は尽きない。

出発の朝、村の者たちが総出でトラックの周りに集まり、見送ってくれた。

「整列！」

きっちりと国民服を着込んだ瀬良が号令をかけると、集まった人々はそれに従い動く。普段から瀬良の指導を受けている道場生が一糸乱れぬ動きをみせ、他の村人は見よう見真似でそれに合わせている。

「新天地での南雲家の繁栄を願って、万歳！」

瀬良のかけ声で万歳三唱が始まった。聞きながら、トキオはかすかな疎外感を覚えていた。

村の誰より尊敬されている瀬良は、今後、甚捌に代わって村のまとめ役になるのだろう。陰で南雲天皇と揶揄されていた父よりも瀬良の方がよっぽど指導力がある。彼が先頭に立つことで、村の団結は強まるだろう。戦争が長引き誰もが不安を抱く今、それはきっといいことだ。が、その村で南雲家はもう異邦人なのだ。

甚捌は村の貴重な情報源であるラジオは会館に置いてゆくことにし、その管理を瀬良に任せた。

「ほんに、村のために尽力してくださった南雲さんには感謝しかなあです。こっから儂が責任もって村を守っていきますけん。新天地でもどうかご健勝で」

「ええ、瀬良さんがいるなら私も安心です」

甚捌と瀬良が固く握手を交わしていた。他の村の者たちも「達者でね」「淋しくなるわ」などと、南雲家の面々に惜しむ声をかける。涙ぐんでいる者もいた。

トキオの周りにも道場生や幼なじみたちが集まってきた。みな、屈託がなかった。あの貼り紙がされてからずっとぎくしゃくしていたのが嘘のように、場の空気は軽かった。

でも、この村の中にうちを襲った者がいる——不意にそんな想いが湧いてしまうが、すぐに頭から追い出した。

「みんなまたな。日本が勝ったら、一緒に大東亜帰ろうな。うちの祖父ちゃんや、少佐の代わりに」

トキオは一同に笑顔で言った。

掛け値のない気持ちだった。今生の別れというわけではない。日本が戦争に勝った暁には、祖国から迎えが来るはずだ。そこはトキオにとっても帰る場所だ。みんな一緒に帰れるはずだ。

それを耳にした瀬良がこちらを向いて破顔した。

「おう、そうじゃな！　今、トキオがええこと言ったで。そのうちみんなで、帰れるで」

昭一と彼の叔父の田嶋が、同調する。

「さすがトキオさんです。俺も大東亜に連れてってください」「そうしてもらえ、そんときまで、しばしのお別れじゃ」

見ると勇も無言で頷いた。その勇の隣で里子が口を開く。

「お兄ちゃんや勇さんじゃったら心配じゃけど、トキオちゃんなら何処行っても大丈夫じゃね。日本男児としてしっかりやるわ」

勇を「勇さん」と呼ぶようになった彼女がトキオを見る目には、以前のような熱はなかった。

「里子、そらどういう意味じゃい」

勘太が大げさに顔をしかめ、周りの一同が笑った。

「それじゃ、みんな、達者でな」

トキオは家族とともに、トラックに乗り込もうとした。

「トキオ！」

勇が駆け寄ってきた。目の前まで来ると勇はこちらに右手を伸ばし、掌を開いた。

そこには黒い石が一つ乗っていた。一〇年と少し前、勇に渡した黒瑪瑙だ。それは時間を止めたかのようにバビロン川《リオ・バビロン》の河原で初めて拾った時と同じ艶を湛えていた。

「これ、返すよ」

その瞬間、世界から音が消えた。

身体の内側が冷える。血が止まり、体温が下がったような気がした。

「どうして？」

あえぐように尋ねた。静寂の中、自分の発している声がやけに遠く聞こえた。

「いや……だって、もともとおまえのもんやろ」

そう言う勇の声も、やはり遠い。

「持っていたくないのか」

「そ、そうやないけど……。ほら、こっから生活変わるのはおまえの方やし、お守りが必要なんは、むしろおまえやろって」

勇の顔を見る。視線が合わない。目を逸らしている。やっぱり気にしているのか。あの夜のことを。こうなったのを自分のせいと思っているのか。

トキオは広げられた掌に手を伸ばす。指先が黒瑪瑙に触れた。熱くも冷たくもないその石が、火傷しそうなほど熱く感じられた。

トキオは石を自分の手に収めず、そのまま勇の指に触れ掌を握らせた。そのとき音が戻ってきた。止まった血が流れ出す感覚がする。

勇の顔に戸惑いが浮かんだ。トキオにしても考えてのことではなかった。自然に手が動き、言葉が出た。

「おまえにやったもんだ。おまえがずっと持っててくれ、ずっと、な」

遅れて想いが湧いてきた。自分が見つけたこの石を勇が持っていることが、いつかまた会えることの縁《よすが》になるはずだ。

勇は閉じて拳となった掌をじっと見つめていた。何かを確かめるように。

「おーい、トキオ、そろそろ行くぞ！」

トラックから喜生が声をかけてきた。

「それじゃあ、またな」

さよならとは言わなかった。

「あ、うん」

勇は顔を上げてこちらを見た。目が合った。彼が握りこんでいる石とよく似た黒い瞳。

トキオは回れ右をしてトラックに向かった。

「またな」

勇の声が聞こえた気がしたが、振り返りはしなかった。もう一度、彼を見たら、泣いてしまいそうだったから。

第Ⅱ部

分断

Minha terra tem palmeiras,
わが祖国にやしの木ありて、
Onde canta o Sabiá;
そこにサビアー歌えり。
Não permita Deus que eu morra,
ちはやぶる神よ、われみまかることを許すなかれ、
Sem que eu volte para lá;
故国に帰るもならで、
Sem que desfrute os primores
かの地に麗しきものを
Que não encontro por cá;
愛でもせず、
Sem qu'inda aviste as palmeiras,
サビアーさえずるやしの木も
Onde canta o Sabiá.
遠くに見つめもやらで。

ゴンサルヴェス・ディアス『流亡の曲』

5章　玉音放送

1

夜のバールには、湿気と熱を帯びた空気が充満している。その空気が運んでくるのは、香ばしく焼けた肉と酒の匂いと、音楽。

小気味よく打ち鳴らされる打楽器。軽快な旋律を奏でる弦楽器。陽気な、しかしどこか切なげな歌声。せわしなく回る万華鏡のような騒々しさと、それがいつか終わることを予見しているような寂しさが同居した、不思議な音楽。

それは夜の熱と匂いを増幅させ、世界すべてを揺らしているかのようだ。

ホールの客たちは手と腰をくねらせる独特の踊りを踊っている。否、踊らされているのかもしれない。この音楽が生み出す振動には、そんな魔力《マジア》が宿っているようにも思える。

「お、トキオくん、きみにもこのリズム《リッチモ》がわかってきたかい？」

カウンター越しに厨房を覗き込んでそう言ったのは、秋山だった。サンパウロ市内に住む彼は、ときどき店に食事をしに来る。

南雲トキオは自分が皿を洗いながら小刻みに身体をゆすっていたことに気づかされた。

「いや、これは……、たまたまですよ」

強がり、肩をすくめてみせると、ホール係のパウロが口を挟む。

「そうなんですよ。こいつもようやく、都会の水に馴染んできたんです」

「変なこと言うな」

言い返してやるが、秋山は「いいじゃないか。せっかく都会に出てきたんだ。こっちの文化を楽しんでも」などと笑う。

ホールのラジオから流れているこの音楽は、サンバ、というらしい。

初めて聴いたときは、ブラジル人はこんなやかましい音楽を好むのかと思ったが、耳が慣れると、身体がつられてしまうようになった。

サンバが発祥したのは首都のリオデジャネイロ。ルーツは黒人奴隷がアフリカから持ち込んだ音楽らしいが、大衆に浸透してゆく中でブラジル独自の音楽になった。最近は謝肉祭《カルナヴァル》のとき、エスコーラ・デ・サンバと呼ばれる集団をつくり、サンバを演奏して踊る者たちが増えているという。ヴァルガス大統領もサンバはブラジル的《ブラジリダーデ》な音楽として普及を奨励しているのだそうだ。

パウロによれば、これもまたヴァルガス政権によるエスタード・ノーヴォの一環らしい。

エスタード・ノーヴォの本質は、ブラジルという国を国民国家《エスタード・ダ・ナサン》へとつくり替えることなのだという。それは広大な国のそれぞれの州で生きる人々に、単なる住人ではなく「ブラジル人」という統一された国民意識を植え付けること。そうすることで国民は一丸となり国力も増強する。そのためにはあらゆるものを「ブラジル的《ブラジリダーデ》」にしてゆく必要があり、ゆえに移民にも同化を強いるのだという。

パウロ曰く、列強と呼ばれる国々は何処もこの国民国家であり、日本も例外ではない。幕藩体制を解体し大日本帝国を誕生させた御一新は、日本におけるエスタード・ノーヴォだったのではないか――とのことだった。

サンパウロ大学を出ているだけあり、パウロはいろいろなことをよく知っている。トキオが物知りと思っていた秋山でさえ感心するほどだ。しかしパウロの話はときに込み入っていて難しい。

国民国家なるものが何なのか、何度説明を聞いても、トキオにはよくわからなかった。

一つ確かなのは、自分はブラジル生まれだけれど、日本人だということだ。こんな音楽で身体をゆすったくらいでブラジル人になるわけがない。


——一九四五年　六月二三日。


サンパウロ市ピグアス。弥栄村を離れ、この街で暮らし始めておよそ一〇ヶ月。トキオが働いているバール『ヒグチ』は、今日も賑わっていた。

店は縦横一〇メートルほどもある建物で、大柄なブラジル人に合わせているからか、天井の高さはトキオの背丈の倍はある。そこから吊り下げられた笠《アバジュール》のついた電球が照らす店内は壁、床ともに板張りで、油と煙が染みこみ焦げ茶色のむらができている。手前にホール、奥に厨房というバールとしては標準的なつくりで、ホールにはテーブルが六つ並べてある。踊りながら立ち飲み立ち食いをする客も多く、ぎゅうぎゅうに詰めれば四〇人ほどは入るだろうか。

店主の樋口洋平が厨房で料理を、その妻、頼子と息子のパウロがホールで接客をしている。洋平と頼子の夫妻はしばらく見ないうちに二人とも恰幅がよくなっていた。特に頼子は別人かと思うほど肥っていた。挨拶したとき口にはしなかったが驚いたことが伝わったのだろう、「たまげたかい。この人のつくる料理をつまみに火酒《ピンガ》を飲んでたらいつの間にかこうなっちまったのさ」などと笑った。殖民地の女性にはない垢抜けた豪快さが街の雰囲気にも馴染んでいる。

パウロはサンパウロ大学を卒業した後、サンパウロ市内の予備校《クルシンニョ》の教師になったが、夜は店を手伝っている。両親ほどではないが多少風貌が変わった。口髭はさらに立派になり、加えて黒縁の眼鏡をかけ、いかにもインテリ青年《ジョーヴェン・エドゥカード》という雰囲気だ。

店でのトキオの仕事は、皿洗いや料理の下ごしらえ、酒の準備といった雑用だ。約束どおり安下宿を借りて生活できるだけの給金はもらえている。休憩中には賄いが出るので、それで食費を浮かせられるのもありがたい。

厨房で仕事をしていると、食欲をそそる料理の匂いに混じり、饐えたような悪臭が漂ってくることが頻繁にある。下水なのか生ごみなのか発生源はよくわからない。この手の臭いは街中でもよく嗅ぐので、これが都会の生活臭なのかもしれない。

「トキオくん、これ出してきて」

「はい」

洋平から皿を受け取り、カウンターに出す。

皿に盛られているのはサウガジーニョ。挽肉でつくった餡を四角い小麦粉の皮で包んで揚げたものだ。

頼子が受け取り注文した客のテーブルに運んでゆく。

サウガジーニョはごく一般的なブラジルの家庭料理で、弥栄村でもつくる家は多かった。ただし味はだいぶ違った。村では味付けに味噌や醤油を使っていたが、『ヒグチ』ではコショウやニンニク、香草などを使う。村の味に舌が馴れているトキオには違和感が強かったが、洋平はブラジル人の料理人から調理法を学んだらしいので、こちらが本来の味なのだろう。

殖民地では聞かなかった音楽、嗅がなかった匂い、食べなかった味。かつて毎日食べていた米を食う機会はめっきり減った。道はどこも舗装されており、建物と街灯が林立し、夜が明るく、蛇よりも鼠をよく見かける。田舎と都会は、何もかもが違う。

中でも最大の違いと言えばやはり——

「とても楽しかった《ディヴェルティ・メ・ムイト》」「さよなら《チャオ》」「またね《アテー・マイス》」

音楽が終わり、ホールにポルトガル語が飛び交う。

――ブラジル人が多い、ということだろう。

弥栄村にもブラジル人の出入りはあったが、住民はみな日本人だった。ところがピグアスでは右を見ても左を見てもブラジル人ばかりだ。トキオは自分が生まれ育った国は日本ではなくブラジルだったと、当たり前のことを今更知ったような気がしていた。

「トキオ！　さよなら」

男が一人、カウンター越しに顔を覗かせて日本語で挨拶をしてきた。

ロドリコという、店の常連の一人だ。先住民ツピーの血を引く混血《メスチーソ》で、奥地にあるツピーの集落と街を行き来する行商人である。ピグアスでは毎週、露天市《フェイラ》が開かれるのだが、そこでよく店を出し、珍しい果物やツピーの工芸品を売っている。幼い頃から日本人の殖民地にも出入りして商売をしていたため、ややカタコトながら日本語ができるという。

殖民地では「ツピー」とはすなわち土人の意味で悪口に近い言葉だった。しかしロドリコは風変わりではあるが、街に馴染んだ陽気な男だ。自分が会ったこともない先住民を色眼鏡で見ていたことに気づかされた。

「ああ、さよなら」

トキオも手を振り、返事をした。ロドリコは踊るように身体をゆすりながら、去ってゆく。

『ヒグチ』に来る客の半数以上がブラジル人だ。

ウアラツーバの駅町にも日本人が経営する商店はあった。たとえば以前、夜訪れたときビッショを売っていた立花が経営する雑貨屋《アルマゼン》がそうだ。が、街頭で売るビッショはブラジル人も買っていたが、店の客はほぼ日本人だけだった。当然『ヒグチ』もそうなのだろうと思っていた。まして今、日本はブラジルの敵性国なのだ。日本人が経営するバールにそうそうブラジル人が来るわけないだろう、と。

　しかし実際のところ、そんなことは気にせず、足繁くこの店に通うブラジル人は少なくない。トキオはほとんどポルトガル語ができないので接客はしないが、ロドリコのようにわざわざ厨房まで来て話しかけてきたり、挨拶をしてくる者もいる。

　その一方で街には日本人を毛嫌いしたり、スパイではないかと警戒するブラジル人もたくさんいる。見ず知らずの者から罵声らしき言葉を浴びせられることもある。ブラジル人は日本人をどう思っているのか。ブラジル人と接するほどによくわからなくなった。

　そんな人々に囲まれ暮らすことに心細さを覚えないと言えば嘘になる。夜、下宿への帰路で大柄なブラジル人とすれ違うときなどは、自然と鼓動が早まる。後方に足音が消えるまで、いつ襲いかかられても対応できるようずっと気を張っている。街灯があり弥栄村のそれよりも明るい夜なのに、村では味わったことのない緊張を強いられる。

　――肌の色がいろいろだからね。この国の人間はいろいろなんだよ。

　以前、雑談中、秋山に言われたことがある。その場にいたパウロが「まあ〝本当の白人〟は日本人なんか相手にしないし、うちの店にも来ないけどな」と付け足した。

　〝本当の白人〟とはパウロ独特の言い回しで、地主や富豪たちのことだ。多くはかつての植民者であるポルトガル人の末裔である。サンパウロの、延いてはブラジルの支配層と言っていいだろう。彼らは異人種が経営する店には滅多に来ない。『ヒグチ』に来るブラジル人はロドリコのような混血《メスチーソ》が多い。白人もいるが、身なりや言葉で低賃金で働く労働者か、ドイツやイタリアからの移民とわかる。

　殖民地ではブラジル人も移民も、肌の色さえも区別せず、日本人以外はみんなまとめて「ガイジン」と呼んでいたけれど、たしかにいろいろだ。しかしパウロの説では、国民国家《エスタード・ダ・ナサン》とやらになってブラジル人は統一されたのではなかったのか。やはりよくわからない。

「ごちそうさま。美味しかったです」

秋山がカウンター越しに店主の洋平に声をかけた。彼は未だ公安組織オールデン・ポリチカに拘束されている大曽根周明に代わり、日本人保護のためにあちこち走りまわっている。樋口家はその活動を支援しており、秋山が店に来るのは洋平やパウロと情報交換するためでもある。

「ああ、どうも、いつもありがとうございます。大曽根さんの件、よかったですね」

「ええ。来月にはこちらにも連れて来れると思います。そのときは、トキオくんにも紹介するから」

秋山がこちらを一瞥した。

「はい。是非、お願いします」

今月末、大曽根が釈放されることが決まったのだ。そもそも何の罪も犯していないのに、ただ大物というだけで逮捕された不当な予防拘禁なのだから当然だが、日本人にとっては喜ばしい。

秋山を最後に、客はすっかり引けた。今夜はもう店じまいだ。

頼子と共にパウロがホールの片付けを始める。

パウロがこの店を手伝っているのは、親孝行というだけでなく教師の仕事がさほど忙しくないからでもある。給料も高くないらしい。いい仕事は〝本当の白人〟に持って行かれてしまうのだという。

ただでさえ優生学の影響でアジア人が低く見られがちなところに、戦争が始まり日本人は特に警戒されるようになった。ブラジルで育ち、ポルトガル語を操り、高等教育を受けたというのに、どうしてもブラジル人と対等には見られない。名門大学を出ていても、いや、出ているからこそ、パウロは苦労を感じることが少なくないようだ。

しかしそれも戦争が終わるまでだ。日本がアメリカに勝てば、日本人が〝本当の白人〟よりも上の扱いを受けるようになるだろう。ブラジルに見切りをつけて大手を振って日本に帰ったっていい――トキオはそう思うのだが、パウロはいつも「そうなればいいけどな」と不安げな顔をする。

頼子が皿やコップを運んでくる。トキオはそれを受け取り、洗ってゆく。食器と食器がふれあいカチャカチャと小気味のよい音を立てる。殖民地では台所仕事は女がやるものとされ、トキオは食器洗いなどしたことがなかった。しかしやってみると、淡々と皿から汚れを落としてゆく作業は性に合っていた。

ホールの隅にあるラジオから流れていた音楽が止まり、ニュースらしき番組が始まった。村で聞いていた日本から飛んでくる短波の東京ラジオではなく、ブラジルのAM放送だ。ポルトガル語なのでトキオには半分も聞き取ることができない。しかし断片的な単語から戦争のことを伝えていることはわかった。

トキオは手を止めて顔を上げた。

連合国軍の、特にアメリカ軍の活躍を伝えているようだ。その中に「オキナワ」という単語が混じった気がした。親友の、勇の顔を思い出す。本人は沖縄は故郷じゃないと言っていたけれど、生まれた場所には違いないだろう。その沖縄が今、戦場になっているのだ。

およそ三ヶ月前、四月の頭から皇軍は太平洋を横断し攻め込んできた敵を沖縄で迎え撃っている。勇の比嘉家に限らず、日本人移民には沖縄出身者が多い。サンパウロ市にも多く住んでおり、みな沖縄戦の行方を案じていた。

樋口家に短波ラジオはないが、サンパウロには隠し持っている日本人が数名いるようで、東京ラジオがどんな放送をしたかは、その日のうちに人伝に耳に入ってくる。

それによれば、東京ラジオは四月の上旬までは皇軍が沖縄で戦果を挙げていることを伝えていたという。ところが五月に入ると沖縄戦についての報道は極端に減り、六月になってからは、まったくなくなったらしい。

果たしてどうなっているのか。みな気を揉むばかりだった。

アナウンサーの声が途切れ、また音楽がかかり始めた。

「今、沖縄戦のこと言ってたか？」

トキオはカウンター越しにパウロに訊いた。

「ああ。連合国軍が沖縄を占領したそうだ」

「占領？」

「アメリカ軍は大きな犠牲を払いつつも戦いに勝ったって……」

「勝ってはいないだろ！」

思わず大声をあげた。沖縄戦は局地戦の一つに過ぎない。その帰趨がどうであれ戦争は終わっていないし、アメリカが勝つ、延いては日本が負けるなんてことはあり得ない。

「そうだよな……。悪い」

「いや、こっちこそ、すまない。ラジオがそう言ってただけだよな」

「まあな」

サンパウロ市にやってきて、パウロを通じてブラジルの新聞やラジオが戦争をどう伝えているかを知った。

なんと連合国軍が圧倒的に優勢でもう勝利は目前だというのだ。弥栄村で聞いていた東京ラジオは日本が連戦連勝を続けていると報じていたが、まったく正反対だ。にわかに信じることなどできなかった。

「デマじゃないのか」

ブラジルは連合国側であり、日本の最大の敵であるアメリカと関係が深い。アメリカによる情報操作で嘘のニュースが流されている可能性は十分あるとトキオは思っている。

しかしパウロは渋い顔で首をひねった。

「どうだろうな。たしかに、ブラジルのラジオはアメリカ寄りの放送をするとは思うけど……。丸っきりの嘘を流すかな。硫黄島の件もあるしな」

ブラジルの新聞が〝アメリカ軍が日本本土の南一〇〇〇キロほどの地点にある硫黄島を完全占領した。この島は日本本土攻撃の拠点になるだろう〟という趣旨の報道をしたのはおよそ三ヶ月前、三月の中頃のことだ。

ブラジルにいる日本人は、そもそも硫黄島などという島の存在すら知らない者が大半だった。ブラジル生まれのトキオは言うまでもない。日本人を不安に陥れるためのデマに違いないと考えていた。

しかしその数日後、東京ラジオがその硫黄島の守備隊が「総攻撃を敢行」し、「玉砕」したと伝えた。沖縄戦が始まったのはその直後だ。最初にブラジルの新聞が報じたとおり、硫黄島は占領されてしまったのだろう。

「でも硫黄島の玉砕は『引き込み作戦』だ。もし沖縄の占領が本当だとしても、それだって作戦のうちさ」

弥栄村で行われていた時局会議で瀬良が言っていた。戦線が後退しているように思えるのは、敵をおびき寄せ一網打尽にするためだ、と。

「『引き込み作戦』か……。そんなもの、本当にあるのかな？　おびき出すにしても沖縄までが占領されたら、もう本土が目と鼻の先だぞ」

「何だ、パウロ、まさかおまえ日本が負けるとでも言いたいのか」

また声が大きくなった。が、実はそれはトキオ自身の不安でもあった。瀬良はフィリピン辺りで決着をつけるに違いないと言っていたのに、敵はさらに近く、沖縄まで来てしまっている。

「そんなこと、言ってないさ。ただなあ……、ドイツも降伏して、枢軸国は日本だけになっちまったんだ。楽観はできないんじゃないか」

一時は欧州全土を手中に収めるかと思われていたドイツだったが、いつしか劣勢に陥っていたようで、先月、降伏に至ったという。

パウロによればブラジルの新聞は欧州戦線の経緯を詳しく伝え、ヒトラーは自殺したなどと報じているそうだ。鵜呑みにはできないが、ドイツの降伏自体は東京ラジオも伝えており事実のようだった。

「ふん。外国なんて、はなからあてにしていないさ」

日独伊で同盟を組んだものの一緒に戦ってきたわけではない。イタリアなど二年も前に早々と降伏してしまった。ブラジルにはドイツやイタリアの出身者が多く住んでいるのかもしれないが、日本人の殖民地で育ったトキオにとって欧州は、自分とほとんど関わりのない外国だ。

「いや、だとしても実際に攻め込まれているんだ。戦況は芳しくないんじゃないか」

「だからこその『引き込み作戦』なんだ。どうして信じないんだよ。おまえ、やっぱりサンパウロ大学行って、頭の中がガイジンになっちまったんじゃないのか？」

語気を強めた。

「そんなつもりはない。俺だって日本に勝って欲しいさ」

パウロも色をなす。最近は、戦争のことが話題になると、こんなふうな言い合いになることが少なくない。

「まあまあ二人とも」背後から洋平が取りなした。「心配ではあるけどなあ。ここで言い争ってもどうなるものでもないだろ。日本が勝ってくれると信じて、吉報を待とうじゃないか」

「ええ、それは、まあ……」

「トキオ、悪かったよ。俺の言い方がまずかった」

パウロが先に謝ってきた。

「いや……。俺も、むきになって悪かった」

たしかにここでパウロと口論しても何にもならない。

「さ、暗い話は、そんくらいにして、手を動かして。早く片づけちゃいましょう」

頼子がパンパンと手を叩いた。サンバらしき歌を口ずさみながら、テーブルを片づけてゆく。みな閉店作業を続ける。トキオもそれに倣い、洗い物に戻ったが、気分は晴れず、苛立ちが残った。黒ずんだ排水口がごぼごぼと嫌な音を立てていた。

この苛立ちは、戦勝を疑うようなことを言うパウロに対するものではない。自分自身へのものだ。

街で暮らすうちにトキオも、疑うようになっている。ブラジルの新聞やラジオが報じるように、本当は日本は劣勢に立たされているんじゃないか。日本が戦争に負けてしまうんじゃないか、と。もしそうなったら、俺はどうなる？　この「ガイジン」に囲まれた街で。ポルトガル語もろくにできないというのに——そんな不安を持つ自分に苛立つのだ。

今この時も、戦場で血を流している同胞がいるというのに。勝利を疑うなどあってはならない。お国を信じ切れない自分の弱さが恥ずかしい。

日本から届く東京ラジオが、久々に沖縄戦の戦況を伝えたと聞いたのは、その二日後のことだった。勝ち負けをはっきりと言わず、わかりにくい放送だったが、沖縄方面最高指揮官が「最後の攻勢」を実施したとの内容だったという。

どうやら、やはり沖縄は敵の手に落ちてしまったようだった。


——一九四五年　七月二一日。


七月も半ばを過ぎ、ブラジルの冬は涼やかに深まっていた。

反対に夏の盛りを迎えようとしているはずの日本では、いよいよ本土決戦が始まろうとしている、らしい。

そんな折、秋山が釈放された大曽根周明を『ヒグチ』に連れてきた。

収監されていた間も面会に来る秋山を通じて情報収集していた大曽根は、釈放後、すぐさま日本人権益部を置くスウェーデン総領事館や、日本人子弟への教育に熱心なイエズス会などと連絡を取り合い、同胞の権利保護のための活動を始めたという。

洋平は二人に一度、客として店に入ってもらい、店を早仕舞いし、住まいへ案内した。樋口家の住まいは店と隣り合っており、裏口を使って表から見られず移動できるようにしてあった。

オールデン・ポリチカはまだ大曽根を警戒している。人目のある場所で彼と話し込んでいると、取り締まりの対象にされかねないので、用心のためだ。

床も壁もすべて煉瓦で造られた居間《サーラ》で一同はテーブルを囲んだ。

秋山が「こちら、例の弥栄村から来た、南雲トキオくんです」と、大曽根に紹介してくれた。

「おお。きみがか。敵性産業騒動で大変な目に遭ったそうだね。私が動ければよかったのだが……。ふがいなくて済まない」

大曽根は深々と頭を下げた。もう七〇を過ぎているというが、動作はきびきびし矍鑠《かくしゃく》としている。

「そんな、顔、上げてください。あれは南雲家《うち》も悪かったんです。それに秋山さんにいろいろ手配してもらって、俺も家族も無事に移住できました」

「そうか。ご家族は、たしか今、カンピナスだったかな」

「はい。無事にあっちでも農園を開くことができたようです」

離れて暮らすことになった家族とは、ときどき手紙で近況を知らせあっている。南雲家はカンピナスで新たな農園を開き、とりあえず育て馴れている綿花の栽培から始めたという。まだまだ小規模だが、今年の秋には無事に出荷もできたそうだ。殖民地と違い近所にはイタリア人が多いが、彼らもかつては枢軸国民だったからか、みな親日的で今のところ上手くやれているらしい。

そのことを話すと大曽根は目を細めた。

「それは何よりだ。トキオくん、きみも街の暮らしには慣れたかな」

「はい。慣れることは、慣れました」

「結構、馴染んでますよ。こないだなんかサンバ踊ってましたから」と、秋山が茶々を入れ、パウロが「そのうちどっかのエスコーラに入るかもしれませんよ」などと乗っかってくる。

トキオは大げさに首を横に振った。

「ちょっと、身体ゆすっただけです。ブラジルの音頭なんて踊りません」

「はは、なるほど。サンバはブラジルの音頭か。そうかもしれんね」

大曽根は愉快そうに笑みを浮かべたあと、一同を見回し洋平に尋ねた。

「それで、どうだい。ピグアス《こっち》もだいぶ緩んでいるかね」

「そうですね。明らかに緩くはなってますね。お陰で店の客足はよくなりましたが……」

街の雰囲気のことだ。

実はブラジルは六月、正式に日本に宣戦布告をしていた。もう大東亜戦争が始まって三年以上も経っている。今更の感もあるが、ブラジル国内に米軍基地を置き続ける法的根拠をつくる便宜上のものらしく、市井にその影響はまったくなかった。むしろ緊張感は薄れ、街のブラジル人たちは、以前よりも気楽に日本人が経営する店に入ってくるようになっていた。

「田舎の殖民地の人も、街に出てきやすくなりましたしね」

秋山が言った。およそ二ヶ月前から枢軸国民に旅行の自由が認められ、通行許可証《サルヴォ・コンヅット》がなくても鉄道に乗れるようになったのだ。それはいいことのはずなのに、みな浮かない顔をしている。

「やはりこの国の人々は、もうすっかり勝った気でいるな」

大曽根がため息をついた。

ドイツが降伏し、欧州戦線に終止符が打たれた日、街のそこら中で祝砲が鳴った。日本人のトキオらにしてみれば、欧州戦線などおまけのようなもので、まだまだ戦いは終わっていない。なのに、まるであの日、戦争が終わったかのようだった。ポルトガル語がほとんどわからないトキオにも、街から戦争気分が抜けてゆくのが感じ取れた。

多くのブラジル人は、今回の戦争は、ヨーロッパで行われていると認識しているらしい。南方で、沖縄で、もしかしたらこの先は本土で。日本の戦いはまだまだ続くというのに、彼らはもう問題にもしていないようだった。日本がアメリカを蹴散らし、連合国が敗戦するなどとは誰も思っていない様子だった。

戦勝ムードの街中で時折、そこだけ色が抜けたように、物憂げに肩を落して歩くみすぼらしい格好の者たちを見る。見た目で判断できないが、ドイツ人なのかもしれない。あるいはイタリア人か。そんな景色は癪に障る。と、同時に、胸に不安の影が落ちるのだ。

その不安を言葉にするかのように、洋平が尋ねた。

「実際のところどうなんでしょうか。沖縄がやられて、いよいよ本土決戦らしいですが……『引き込み作戦』というのは、本当なんでしょうか。東京が空襲で火の海になったなんて噂も聞きましたが……」

大曽根は難しい顔で首を振った。

「本当に正確なところは、私にもよくわからんのだよ。ただ、そうだね、東京のみならず、大都市への空襲が続いているのは事実のようだ。仮に沖縄まで敵を引き込んだのが作戦だとしても、容易ならざる戦況であることは間違いのないところなんだろう」

「あの」と、パウロが横から尋ねた。「もし日本が負けたら、僕らはどうなるんでしょう」

トキオは目を剝いた。

それはトキオも胸の裡に密かに抱いている不安だ。けれど決して口にすべきではないことだ。

「おい！」

トキオが二の句を継ぐより前に大曽根が開いた手を掲げ制した。

「それはあってはならないことだね」

そうだ。あってはならない。大曽根が断言してくれたことに刹那、安堵したが、彼は続けた。

「しかし、あってはならないことでも、往々にしてあるのが、現実というものだ。私たちも、いざというときの覚悟はしておかねばならないだろうね」

耳を疑った。いざというときとは、負けたときのことだろう。日本人の代表である大曽根までがそんなことを考えているのか。憤りを察したのか、大曽根は目をすがめてこちらを見た。そのまなじりが、かすかに下がった。

「トキオくん、きみはこんな話をするのはけしからんと思っているかな。日本人なら、日本の勝利を信じなければならないと」

「……そうです」

頷いた。まったく、そのとおりだ。

大曽根は満足げな笑みを浮かべる。

「きみのようにブラジルで生まれた二世が、そんなふうに強く国を想っていることに、私は感激を禁じ得ないよ。きみのような青年がこの地に生まれ育ってくれているなら、拓殖を推進してきたことにも大いに意味があると思える」

不意に称えられ、若干の戸惑いとともに、古い記憶が脳裏によぎった。

――おめえはおらの誉れだて。

死ぬ間際、祖父はそう言ってくれた。ブラジルで生まれたトキオのことを、誉れだと。

「そんなきみにこそ、よく考えてもらいたい。もしここに陛下がいらしたら、私たちに何を望むだろうかと」

「陛下が、ですか？」

弥栄村の家と道場にあった、御真影に写っている人物。日本人なら何より慕い敬うべき存在。かつて勇の態度からそれを学んだ。

あの人が自分たちに何を望むか――そんなことは一度も考えたことがなかった。

「天孫降臨以来、悠久の歴史を俯瞰される陛下が、一つ一つの戦《いくさ》の帰趨を案じられるだろうか。それよりも陛下はわれら民草のことをこそ想ってくださるのではないか。私はね、今ここに陛下がいらしたら、必ずこう仰ると思う。『落ち着いて見極めなさい。そして何が起きようとも同胞を守ることに全力を尽くしなさい』と。私はそれが、大御心と思う」

大御心、陛下のお心……。

大曽根はトキオが自分の言葉を咀嚼するのを待つかのように、じっと見つめ、おもむろに続けた。

「いいか、トキオくん。日本人であれば、日本の勝利を願うのは当然だ。しかし強く願いすぎるあまり、状況を見誤ってはいけない。戦況逼迫はおそらく間違いない。きみも不安を抱いているんではないかな」

「それは……」

言い淀んだ。つい目を伏せてしまい、視線が下がる。

「不安でもいいんだよ。不安を感じることは、お国に背くことにはならない」

思わず顔を上げた。まるで内心を言い当てられたかのようだった。

大曽根はまっすぐこちらを見つめていた。

「本当にまずいのはその不安から目を背けてしまうことなんだよ。不安を受け止め、できる限りの対処をするんだ。想像していたのとは違う戦争の終結や講和もあり得ると備えるんだ。今、私たちに求められているのは、その覚悟なんだよ」

大曽根は負けという言葉は使わなかった。きっと彼自身も強く、日本の勝利を願っているのだろう。

「覚悟」

無意識のうちにその熟語を口の中で繰り返していた。

「そうだ。覚悟だ。わかってくれるかい？」

ずっと戦勝を信じ切れない自分を恥じていた。不安を感じる弱い自分に苛立ちを覚えていた。けれど、それも間違っていない。闇雲にただ信じることだけが強さではない、不安を見据える強さもあるのだと教えられるようだった。

覚悟――もう一度その言葉を胸の裡で繰り返す。今度は噛みしめるように。

少し救われた気持ちになった。

「はい」

トキオが返事をすると大曽根は満足そうな顔で頷いた。そして「さて、秋山」と促した。

秋山が一同を見回して口を開く。

「みなさんに、少し探って欲しい情報があるんです。例の捕り物以来、活動が下火になっていた『興道社』のことなのですが……」

『興道社』は、敵性産業撲滅運動を推進した団体として知られている。ブラジルにいる退役軍人の中でも特に大物である、吉川順治中佐や、脇山甚作大佐も名を連ねたことで影響力を持った。弥栄村で南雲家の製油所が襲撃されたのも、この『興道社』の主張に感化されてのことだったのだろう。他にもいくつかの殖民地で似たような襲撃事件が起きている。

秋山が言う「例の捕り物」とは、これらの事件を口実にオールデン・ポリチカが吉川中佐を逮捕したことだ。南雲家が弥栄村を離れた直後の出来事だった。

襲撃事件は『興道社』が直接起こしたわけではないので、大曽根を拘束したのと同じ予防拘禁ではないかという見方もある。オールデン・ポリチカは影響力を持つ日本人をとにかく警戒している。

「その『興道社』が、『臣道聯盟』と名前を変えて、新たな愛国団体として再出発したんです。理事長は吉川中佐です」

「吉川中佐は、釈放されたんですか？」

「いや、いずれ釈放されそうですが、まだなんです。関係者が面会し獄中で理事長を引き受けてもらったそうです。中佐は日露戦争の英雄ですから、当面、形だけでもいいので代表になって欲しかったんじゃないでしょうか。この『臣道聯盟』は本拠地をサンパウロに置き、敵性産業撲滅運動ではなく、臣道の実践に重きを置いた活動をするようです」

「臣道の実践、ですか？」

「ええ、祖国の勝利を祈願しつつ、皇国臣民としてあるべき精神を身につけるという、言わば精神修養ですね。この話は地方にも伝わってまして、影響を受けてというか、我も続けとばかりに、いろいろな殖民地で愛国団体を結成する動きが活発化しているようなんです。我々も何処にどんな団体ができているか、できるだけ把握したいのですが、今はスウェーデン総領事館とも密にやりとりをしなきゃならんので街を離れられません。そこで、田舎から出てきた人が店に立ち寄ったら、地元でそういう動きがないか訊いてみて欲しいんですよ」

『ヒグチ』には、殖民地からサンパウロの街に用事があって出てきた日本人が立ち寄ることも多い。旅行の自由が認められてからは、毎日のように地方の殖民地の者が店にやってくる。

「その手の団体のどこかが暴発しないとも限らないから、ですか？」

ずっと黙っていたパウロが、視線を上げて尋ねた。

大曽根が苦笑する。

「さすがサンパウロ大学卒だ。きみは察しがいいな。正直、それを危惧しているんだ。もちろん国を想う気持ちは尊い。臣道の実践、大いに結構。愛国団体をつくるのもいいだろう。しかしさっきも言ったように、今は誰もが不安だ。愛国団体が次々つくられているのはその裏返しとも思える。過激な行動に出る者がないともかぎらない」

秋山が大曽根の言葉を引き取る。

「そういうことなんです。物騒な事件が起きたら、日本人を大々的に取り締まる口実を与えることになってしまいます。今は終戦気分で空気こそ緩んでますが、オールデン・ポリチカは日本人を警戒しています。むしろ終戦気分だからこそ……、いや、まあ、ともかく、地方から来た客に探りを入れて欲しいんです」

洋平が頷く。

「たしかに保安警察は、そこら中見張ってるようですしね。わかりました」

保安警察とはオールデン・ポリチカのことだ。厳密には警察とは違う組織なのだが、取り締まられる側の日本人から見ればほとんど同じなので、みなそう呼んでいる。

トキオは秋山が言葉を濁したことが少し気になっていた。終戦気分だからこそ、何なのだろう。聞きそびれているうちに、大曽根が思い出したように別の話題を口にした。

「そうだ。それから確かめたい噂もあってね。ついでにそれも、店で耳にするようなことがあれば教えて欲しいんだ」

「噂、ですか？」

「うむ。帝国陸軍の人間が動いているらしいというんだ。退役軍人ではなく現役の将校でアオキというらしい。極秘の任務を受けて南米に潜入しているとかでね」

「そんな方がブラジルに？」

大曽根は眉根を寄せてかぶりを振る。

「いや、おそらく嘘だろう。本当に現役の軍人が潜入しているなら、何らかの形で私に接触してくるはずだ。そのアオキはあちこちの殖民地に現われて日本の勝利は間近だと吹聴し、終戦工作に使うという名目で、国交が途絶えて送れなくなった国防献金の回収をしているらしいんだ」

「ひょっとしてネコババしてるってことですか」

「ああ。十中八九な」

何だそいつは？　トキオは憤りを覚えた。

街で自立するようになり、移民が現金を稼ぐのがどれほど大変か、身に染みるようになった。

それを騙し取るなど、許し難い。

「ただ、僕らも人伝にそういうことがあったという噂を聞いただけです。〝件《くだん》〟の予言の話もそうでしたが、奇妙な噂が流れやすいのだと思います。とにかく、頭に入れておいてください」

秋山が補足した。

一同は「わかりました」と快諾した。


トキオの下宿は、『ヒグチ』から徒歩で二〇分ほどの、古い教会があるピグアスのセントロ（中心街）と呼ばれる地域にある。

現在では『ヒグチ』もある路面電車の駅の近辺が街の中心で、こちらは街の西側に当たるが、ピグアスの開拓が始まったときは、この教会を中心にして街が拓かれたという。

ブラジルはキリスト教の国だ。教会を起点に開拓された街は多いらしい。ウアラツーバにも教会はあったし、郷に入っては郷に従えでキリスト教に入信している日本人も駅町にはいた。日本のキリスト教団体によって拓かれた殖民地もあるらしい。トキオ自身は自分の信仰を意識したことはないが、南雲家は先祖代々浄土真宗の門徒と聞いている。だから一応、仏教徒ということになる。この国では異教徒だ。

このセントロの教会はキリスト教を信仰しない者でも自由に入れるらしい。トキオはまだ足を踏み入れたことはないが、行商人のロドリコに「今度、教会《イグレージャ》、行こう」と誘われていた。ブラジル人は何かにつけて神に祈る。先住民ツピーの血を引くロドリコは、ツピーの神もキリスト教の神も両方信じているという。曰く「神様《デウス》はおおらか」「教会《イグレージャ》でお祈りすると元気出る」とのことだ。よくわからないが、気が向いたら一度くらい行ってみてもいいかとは思っている。

セントロには古くて大きな屋敷がいくつも建ち並んでいる。そのうちの一軒、教会からほど近い白壁の洋館の、土台、縁の下の部分にある半地下住居がトキオの住まいだ。地上から外階段を降りて入る構造で「ポロン」と呼ばれている。もともとは奴隷を住まわせる場所だったという。

そこをベニヤ板で、人一人がどうにか住める三畳に満たない広さに区切り、貧しい移民に格安で貸しているのだ。ベッドと文机を並べたらもういっぱいで、半地下だからじめじめ湿っぽく、雨が降ったときは水浸しになる。下水が近くいつも嫌な臭いがするし、隣のいびきもうるさい。

家主は上の洋館に住むブラジル人で、両隣は移民らしきヨーロッパ人。言葉を交わす機会はなく、何処の国から来て何をやっている人かもわからない。

弥栄村の南雲家の広い住まいと比べたら、住環境としてはかなり劣悪だ。それでも仕事と住む場所があるだけましかもしれない。ブラジルでは慢性的にインフレが続いており景気が安定しない。その対策として三年前に通貨を変更したが、効果は薄かったようだ。とりあえず作物をつくれば売れて、食うに困ることはない田舎の農業に比べ、都会の雇われ仕事は景気の影響を大きく受ける。景気が悪くなったとき、まず馘《くび》を切られるのは移民だ。食い詰めて路上で寝起きをしている日本人の姿もちらほら見かける。

弥栄村にいた頃は、いろいろな意味で守られていたのだと、気づかされる。反面、親や家族に頼ることなく、自分の力で稼いだ金で生活することには、不思議な充実感があった。ひょっとしたら、頼るものなどないブラジルで契約農《コロノ》になった祖父も同じような気分だったのではないか。そんなことをときどき考える。

その夜、眠る前にトキオは勇に手紙を書いた。村を離れてから、ひと月からふた月に一往復ほどの頻度で、手紙のやりとりをしていた。

前略　比嘉勇様
そちらはそろ〳〵収穫が終わつたころですね。村の皆様はご健勝でせうか。
沖縄にて皇軍が獅子奮迅の戦ひを繰広げたとの報あり、きつと今すぐにでも祖国に駆けつけたい想ひに駆られてゐることかと思ひます。いよ〳〵本土決戦との観測もあり、小生も駆けつけることのできぬこともどかしく思ひます――

南雲家が去ったあとも弥栄村の人々は大過なく暮らしているようだ。南雲農園の農地は、村の共有財産としてみなで農作をしているらしい。薄荷畑は潰して綿畑にしたという。父親の甚捌が聞けば自分の畑を取られたように思うかもしれないが、トキオは結果的に村の役に立っているなら何よりと思っている。三月頃に届いた手紙には、里子が二人目を妊娠したと書いてあった。勇が送ってくれる手紙を読むのは、トキオにとって、たまの、そして一番の楽しみだった。

ただ、こちらが書くとなると、手紙というやつはなかなか難しい。どうしてもかしこまった文章になってしまうし、伝えたいことを上手く表現することができない。

街で暮らすうちに感じた不安と、大曽根の言葉に救われたことを書こうと思ったが、何度書いても戦勝を信じない不心得者と誤解されかねない文章になってしまう。結局あきらめ、大曽根が釈放されたことや、これからは自分も彼や秋山の手伝いをするつもりだとだけ書いた。

それから訊くべきことを訊く文面を考えた。


このたびサンパウロで『臣道聯盟』なる愛国団体ができました。多くの殖民地にてこれに続けと愛国運動の団体がつくられてをるやうです。弥栄村でもそのやうな向きはありますでせうか。

今日帰り際、秋山に頼まれた。「きみ、勇くんと手紙のやりとりしてるなら、弥栄村の様子を訊いてくれないか。忙しくてなかなか向こうに行けないんだけど、瀬良さんなんていかにも愛国団体つくりそうだろ」と。

トキオとしても村の様子は気になる。

愛国団体がつくられるのは不安の裏返し――大曽根はそう言っていた。村の人々も東京ラジオを聞き不安を感じているだろうか。しかし、不安ですか？　と訊くのもやはり戦勝を疑うようでよくない。結局、文面は必要最低限のものになってゆく。手紙というやつは難しい。

でも、このことは伝えておいた方がいいな――


また、南米に潜入してゐる軍人の振りをして国防献金を騙し取つてゐる者がゐるといふ噂を耳にしてをります。村のみなさんも、くれぐ〵も注意なさりますよう。

注意喚起をし、〈貴殿と再会できる日を心待ちにしてをります〉と、いつも最後に添える一文を記して、筆を置いた。


『ヒグチ』にオールデン・ポリチカが踏み込んできたのは、その手紙を出した三日後のことだった。

平日の夕方、客の波が途切れ閑散とした時間帯。客は日本人が二人いるだけだった。

黒に近い濃紺の外套を着込んだ男が、制服を着た警官を引き連れて店に入ってきた。

厨房にいた洋平は彼らに気づくと、顔色をなくした。慌てて厨房からホールに出てゆく。ホールで接客していたパウロ、頼子とともに洋平は男に何かをポルトガル語で言った。外套の男は三人を無視して店内を見回し、怒鳴り声をあげた。

すると警官たちが三人に詰め寄りその場に膝をつかせて拘束した。次いで、ホールにいた日本人の客たちも拘束する。厨房にも警官たちが踏み込んできた。

警官らはポルトガル語で何かをがなり立てたが、トキオには意味がわからなかった。肩を摑まれそうになったので反射的に身体が動いた。伸ばしてきた相手の腕を取り、もう片方の手で襟を摑む。

「抵抗するな！」

ホールからパウロが発した声が耳に入り、辛うじて足払いをかける前に止めた。

次の瞬間、警官たち二人に肩と腕を摑まれ、強引にその場に膝をつかされた。見ると警官の一人はピストルを手に持ちこちらに向けていた。銃自体は珍しくない。弥栄村にも猟銃があったし、この『ヒグチ』にも護身用のピストルが置いてある。

けれどそれを向けられるのは、初めてだった。小さな鉄の塊に空いた孔は、これまでに見たどんなものよりも黒く見えた。

「トキオ、絶対抵抗するな！」

パウロの声がさらに響いた。

抵抗しようにも身体が動かなかった。自分の身がすくんでいることを自覚した。遅れて、ぞわぞわした怖気が背中に走るのを感じた。

俺は日本に行くこともないまま、こんなところで――

警官は銃を向けたままトキオを立たせ、ホールに向かわせた。そこで拘束されていた面々と一緒に店の外に出された。

殺されるわけではないのか？

これから何が起きるのか、まったくわからなかった。店の前にはトラックが停まっており、その荷台に押し込められた。女性だからなのか、頼子一人だけは店に残された。

トラックが走り出した。

「……もしかして俺たちは、逮捕されたのか？」

小声でパウロに尋ねた。

「ああ、そのようだ」

答えたパウロは落ち着いている様子だ。

「これからどうなるんだ？」

「そう心配するな。これはたぶん、ただの嫌がらせだ。俺たちも何日か留置場に入れられて、出されると思う」

「嫌がらせ？」

それにしては物騒すぎる。パウロの顔に自嘲が浮かんだ。

「この国には、外国人が、特に日本人が嫌いだってやつはごまんといる。警官にだっている。そこにきて、ドイツが負けて終戦気分が蔓延した。敗戦国のやつをちょっといびってもいいだろうって考えるやつがいても不思議じゃない」

何だそりゃ。憤りを覚える。

「日本は敗戦国じゃないだろ」

「ああ。でも、そう言ったところで、どうにもならない。権力を持っているのは向こうだ。その気になれば、俺たちの全財産を取りあげることだってできる。実際、サントスもコンデ街もやられてるしな」

港町のサントス、そしてサンパウロの日本人街、コンデ街。どちらも開戦後に日本人に対する退去命令が出され、その際、かなりの者が家や家財を問答無用で奪われたという。

「悔しいが御上に逆らったら生きていけない。とにかく逆らわず、目を付けられないようにしているしかない」

パウロがため息を漏らした。

先日、秋山が「むしろ終戦気分だからこそ」と言っていた意味がわかった気がした。

同時に思い出したのは弥栄村のことだ。特別、日本人を嫌っている者は、村のあるウアラツーバにもいる。

ジョゼー・シルヴァ。あいつは警官ではないが、自警団をつくり取り締まりの名目で日本人を暴行したりしていた。

村の者たちが嫌な目に遭っていなければいいが……。

トキオは荷台の中でじっと唇を噛んでいた。

2

——一九四五年　八月四日。

農閑期、というくらいだから、作物を出荷し終えた晩秋から冬にかけて、農村の暮らしは、少しのんびりしたものになる。日の出が遅くなるのに合わせ、朝、起きる時間も遅くなる。今日のように特に仕事らしい仕事のない日もある。

比嘉勇は、朝食を終えたあと手紙を書くことにした。先日届いたトキオの手紙への返信だ。新調したばかりの机と椅子《カデイラ》からは、樹木の青い香りが漂ってくる。それを嗅ぎながら、ペンを走らせる。

実のところ、我が弥栄村においても、新たな愛国運動の団体を立ち上げる所存です。


後ろから声をかけられた。

「ずいぶんかしこまった文章じゃねえ」

振り返ると、里子が覗き込んでいた。自分の足に掴まり立ちしていた栄を抱きかかえ、「ほら、とーとーが手紙、書いとるよ」と、手紙を覗かせるようにした。栄は「だー。とーとー」と、勇に呼びかけ、きゃきゃきゃきゃと声をあげて笑った。

「はは、栄にはまだ、わからんやろ。なあ?」

勇は愛娘の頭を撫でてやる。

数えで二つ。もうすぐ満一歳四ヶ月になる栄は、「とーとー」は勇、「かーかー」は里子、といった具合にぼんやりした喃語は発するが、まだはっきり言葉を喋ることはできない。もちろん、字を読むこともできない。

里子は目を上下に動かし、手紙の字を追っているようだ。そして首をひねる。

「ふふ、勇さんもトキオちゃんも、小生とか貴殿とか。なんか可笑しいわ。普段の言葉で書いたらええんと違う? 『トキオ、元気か』とか」

「そういうわけにも、いかんのや」

「何で?」

「何でもや。手紙いうんは、そういうもんや。ちゅうか、勝手に覗くなや」

勇は覆い被さるようにして自分の身体で手紙を里子から遮った。

「ふうん。そうなん。まあ、好きにしたらええわ」

「かーかー、あー」

栄がむずかる。言葉らしい言葉を使っていなくても、降ろせと訴えているのだとわかった。

「はいはい。あんよな」

里子が床に降ろすと、栄は彼女の足にすがりついた。「行くで」里子がゆっくり足を前に繰り出すと、それに摑まったまま栄も歩く。機嫌よくにこにこしながら。何とも可愛らしい。

里子は自分の腰をさすった。

「それにしても、腰が重くて敵わんわ。こりゃやっぱ男の子じゃね」

言いながら里子は栄とともに台所に向かった。彼女の腹もだいぶ目立つようになってきた。中には今、二人目の子供がいる。来月の後半か、遅くても一〇月初旬には生まれそうだ。次こそは男の子をと、親戚縁者みなが期待し、里子自身もそれを望んでいるところだ。

勇は再び手紙に向き合う。

トキオの手紙にあった『臣道聯盟』のことや、各地で愛国団体がつくられていることは、勇も知っていた。瀬良が人脈を通じて情報を仕入れてきたのだ。

アメリカの手先となったブラジル官憲により逮捕された吉川中佐が、獄中で『臣道聯盟』の理事長を引き受けたという。これに瀬良が大いに感動し、弥栄村でも団体をつくることになった。

現在、その情報収集のため、瀬良は先に団体をつくった殖民地へ視察に行っている。可能なら『臣道聯盟』関係者にも会って話を聞いてくるというのだ。移動の制限が緩和されたため、こういった殖民地同士の連携は、以前より多少、取りやすくなっている。

瀬良の教え子である勇たち道場生が彼の留守を守り、団体結成の準備を進めているところだ。東京ラジオなどの乏しい情報だけで祖国の聖戦を見守ることしかできない今だからこそ、みな団体に入りたがった。一二歳以上の男子の多くと一〇名ほどの女子が参加を希望しており、総勢六〇名ほどになる見込みだ。

代表である「総裁」はもちろん旗振り役の瀬良が務める。渡辺少佐が亡くなり、南雲家が去った今、瀬良は事実上の村長だ。誰からも異論はなかった。

そして副代表にあたる「専務理事」には、勇が就任することが決まっていた。新団体には勇より年上の者も多く参加する。彼らを差し置いて瀬良に抜擢されたのだ。

――勇、おまあに専務理事を任せるんは、おまあが村一番の男だからじゃ。

かつて瀬良がやってくる前、トキオのものだった称号を手渡された。そして発破をかけられた。

――儂も最近は無理が利かんようになってきた。まあ総裁としてまとめ役はやらしてもらうが、実際の中心はおまあじゃ。おまあが団体盛り上げて、村を守っていくんじゃ。

両親や義父母は感心し、里子も喜んでくれた。勇自身、光栄に思っており、手紙に書こうと思った。が、途中で筆が止まった。

やっぱ、止めとくか。

瀬良がここまで勇を認めてくれているのは、南雲農園を襲撃したとき身体を張ったからだ。見張りをしていたトキオを引き離すために、ブラジル人に攫われたことにした。万が一にも疑われないために、実際に暴行を受けて怪我をした。勘太や前田兄弟は、そこまでしないでもと戸惑ったが「やるなら、とことんやらなきゃならん」と、押し切った。

あのときの勇には、自分も痛い目に遭うべきだという想いがあった。何の代償もなくただ親友を騙すわけにはいかない。

瀬良は感極まったように「大した覚悟じゃ。それでこそ、日本男児じゃ！　この痛みを忘れるな。傷が癒えたあとも、心に刻みつけるんじゃ！」などと叫びながら、勇を殴り、蹴り、投げて地面に叩きつけた。その顔は涙ぐみつつも、笑っているように見えた。

祝福してくれている。そう思った。痛みを忘れるな、心に刻めというこの人は、俺を祝福してくれているんだ、と。

そして万事上手くいった。もちろんこんなことは手紙に書けない。結局、団体ができることと、瀬良が総裁になることだけを書いた。

これまでも手紙に書かなかったことはいろいろある。たとえば、今、こうして手紙を書くのに使っている机が新しくなっていることや、家の隅に大きなタンスが新調されていること。その中にしまわれている作業着も、この農年の終わりに買い換えたこと、などだ。

この一年で多少なりとも暮らし向きがよくなっていた。家財だけではなく、家自体を掘立小屋から洋風住宅に建て替える計画もあった。

これらは言ってしまえば、南雲家がいなくなったお陰だ。旧南雲農園の農地は共有財産となり、瀬良の仕切りで村人全員で農作することになった。もちろん敵性産業である薄荷畑は潰したが、もともと村で最も環境のよかった農園だ、綿をはじめとした作物はよく育った。

口では「もう無理が利かん」などという瀬良だが、農園では率先してよく働いていた。春と秋の農繁期などは、農園の畑で瀬良の姿を見ない日はなかった。体調の優れない者がいれば、すぐに交替できるように差配し、よく働いている者には握り飯やコーヒーの差し入れをしてねぎらった。泥にまみれ汗を掻くことを厭わない瀬良の姿は、滅多に畑に出てこなかった以前の農園主、甚捌とは対照的だった。

しかも瀬良は「この農園のあがりは、みんなで分けあうんじゃ」と利益を村の全戸に配分した。

村の人々は大いに感心した。「さすが瀬良さんじゃ」「南雲家とは違うわ」「瀬良さんが村をまとめてくれるようになってほんまにえがったわ」みな口々に瀬良を称えた。

その一方で瀬良は勇には「おまあは敵性産業撲滅の功労者じゃからな。村に貢献した者《もん》が多くもらうのは当然じゃ」と、配分に色を付けてくれたのだ。

トキオへの手紙にはその辺りの事情は全部伏せている。

俺もトキオも、もう子供やない。何でもかんでも喋っていた頃とは違う。あえて伝えんこともあれば、方便も使う。きっとトキオだって手紙に書いていないことはたくさんあるんやろう。

それでも、トキオはトキオだ。

勇は、ポケットに入れっぱなしにしている黒瑪瑙を取り出し、眺めた。返そうとして返せなかった黒い石。

敵性産業と縁を切ったトキオは、街で先日釈放された大曽根周明や秋山の手伝いもやっているらしい。村であんなことがあったのに、立ち直り、同胞のためにできることをしようとしている。さすがだ。それでこそトキオだと思った。

俺もこの村でやるべきことをやる。

来るべきお国の勝利に備える意味でも、しっかりとした団体を立ち上げるのだ。


ちょうど手紙を書き終えた直後、「勇、えらいこっちゃ」と血相を変えた勘太が訪ねてきた。今すぐ道場まできてくれという。

何事かと向かうと、道場の隅に茣蓙が敷かれ前田兄弟が横たわっていた。二人ともエジプトの木乃伊《ミイラ》よろしく全身に包帯を巻かれているが、それには血が滲んでいた。顔もぱんぱんに腫れている。外目にはわからないが、間違いなく骨も何本か折れているだろう。

どちらが太郎でどちらが次郎かわからない。一人は眼帯のように片目に包帯を巻いていた。もう一人は半開きになった口の中、あるべき前歯がなくなっていた。瀬良から勇が受けた、狂言のためのものとは違う、容赦のない凶悪な暴力が刻まれていた。

先に駆けつけていた昭一とその叔父の田嶋が、志津と共に看病していた。

「どうしてこんなことに……」

涙ぐむ昭一を田嶋が咎める。

「おまえがべそかいてどうする。しっかりせんか」

道場生の中でも年嵩の田嶋は、柔道の腕前は今ひとつだがしっかり者だ。

「勇、勘ちゃん……」

「やられて……もうた……くそ……」

勘太と勇に気づいたらしく、前田兄弟が声を漏らした。

「シルヴァじゃ……、あいつらにやられ……うぅっ」

前歯をなくした方が呻いた。声の調子で太郎だろうと察することができた。

「おい無理すんな。喋らんでええ。俺が話しちゃる」

田嶋が太郎を制し、勇たちに事情を説明し始めた。

「今、太郎が言うたように、やったんはシルヴァ。ジョゼー・シルヴァとその子分たちらしい。朝から駅町まで買い出しに行ったとこを待ち伏せされたそうじゃ――」

駅町で自警団を率いるジョゼー・シルヴァが、警備の名を借り日本人から金品を巻き上げていることは無論、前田兄弟も知っていたし、用心していた。ウアラツーバがいくら田舎《ジャルジネイラ》だからといって、無法地帯というわけではない。駅町には警察もある。日の高いうちに、乗合自動車を使い町に行って買い物するくらいはできる、はずだった。

ところが前田兄弟がシルヴァらに出くわしたのは、人目のある町中ではなく、町外れだった。買い物を終えて帰りの乗合自動車《ジャルジネイラ》の時間までブラジル人の多い町中は落ち着かないので、人気《ひとけ》のない町外れをぶらぶらしていた。それが裏目に出た。馬に乗った四人組のブラジル人が現われ、二人を取り囲んだという。

連中は難癖をつけてきたようだが、ポルトガル語だったので前田兄弟は何を言われているのかすらわからなかった。戸惑っていると突然、襲いかかってきた。前田兄弟も柔道の心得はある。反撃を試みたが、体格のいい四人が相手ではどうしようもなかった。数発殴られ、蹴られ、手振りで降参の意を示し金を渡そうとした。しかし連中は意に介さず、暴行を続けた。二人が動けなくなるまで痛めつけたあと、買い物した品も含め荷物をすべて奪っていったという。

「ひでえ、なんてやつらじゃ……」

勘太は唇をきつく嚙んだ。その表情からは、怒りと恐怖がない交ぜになっているのが見てとれた。たしかに酷い。それに、どうしてそんなところにシルヴァたちが現われたのかも気になる。まるで前田兄弟がいるとわかって、襲いにきたようだ。

ちょうどその疑問に答えるように昭一が言った。

「やっぱり、駅町の誰かが手引きしたんと違いますか。でなきゃおかしいでしょう」

「こら、証拠もなあのに、滅多なこと言うなや」

田嶋がたしなめた。

「だけど叔父さん、たまたま、あんなとこにシルヴァが来るわけなあですよ。弥栄村《うち》の者《もん》は、ガイジンの言いなりになんかならんですけど、駅町の日本人は、普段からシルヴァにペコペコしとるそうじゃなあですか。そういう連中が前田さんらを売ったんじゃないですかね」

昭一の言い分には説得力があった。

駅町で商売をする日本人は長いものにまかれろとばかりに普段からシルヴァに金を渡し、お目こぼしをしてもらっているという噂があった。前に夜の駅町でビッショを売っていた立花はシルヴァのことを「旦那」と呼んでいた。そんなふうにシルヴァにおもねる駅町の日本人が、ブラジル人に反抗的な殖民地の者が来ていると密告したのではないか。

田嶋も渋い顔で頷く。

「まあたしかになあ、そう考えると合点はいくけどなあ」

「たばかられたんか……く……くやしいで……」

息絶え絶えの声で太郎が言った。次郎の方は、声も出せずにただ苦しそうに息を吐いている。

「ほら、今は安静にせんと」

志津が太郎を宥める。彼女は満身創痍の二人の顔や首筋を、濡らした布で拭いてやっている。かがみ込む姿勢になるため、勇の位置からは、志津のうなじが丸見えになっていた。そんなものに見とれていい場面ではないとわかっているのに、つい盗み見てしまう。

包帯、血、腫れ上がった顔、折れた前歯——間近にある暴力の痕跡が、勇の腹の底に、ある感情を生み落としていた。仲間がやられたことの怒りや恐怖とはまた別の感情、否、感情とも呼べないような興奮だ。

「瀬良さんのおらんときにこんなことが……」

田嶋が言うと、志津が顔を上げて恐縮した。

「すみません、兄さんが、こんなときに村を空けてしまってて」

「志津さんが気にすることは何もなあよ。もちろんこんなこと起きるなんて、わからんし、瀬良さんは村のために行っとるわけじゃけ」

田嶋は取り繕いながら、さり気なく志津の肩に手を置いた。勇にはそれが鼻についた。

どうも田嶋の態度にはときおり志津への懸想が滲む気がする。妻と子供もいるくせに。自分のことは棚に上げて、苛立ちを覚えた。

志津も志津で「ええ、ありがとうございます」などと、田嶋の手に自分の手を重ねる。その一瞬だけ切り取れば恋人同士のようにも見え、なお腹立たしい。

そんな手え、払ってやったらええのに。ますます勘違いするやろ。

憤りを飲み込み、勇は腹から声を出した。

「瀬良さんがおらんからこそや！　俺たちが慌てたり嘆いたりしてたらあかん！　昭一、おたつくな！」

「はい」

「田嶋さんもどんと構えてください！」

田嶋を睨みつけてやる。

あんたは年上かもしれんけど、専務理事に選ばれたのは俺や。瀬良さんがおらん今、仕切るのは俺や。

「お、おう……そう、じゃな」

田嶋はばつが悪そうに志津の肩から手を離した。

一同は勇に頼るような視線を投げかけてくる。

それでええ——かすかな優越感を覚えた。

そのとき表から声が聞こえた。

「車、来たで！」

弥栄村には医者はいない。よその殖民地にいる日本人の医者にわたりがついたので、そちらに運ぶのだ。

「よし、変に動かさんよう気ぃつけて運ぶんや！」

勇が指揮して担架で前田兄弟をトラックの荷台に運んだ。荷台でもみんなで担架を抱え、極力、運搬中に身体が揺れないようにするのだ。

志津は村に残ることになった。

「勇くん、これ持ってき」

出発の間際、志津はトラックの荷台に顔を覗かせて、こちらに手を伸ばした。そこには、お守り袋が握られていた。

「一つしかないし、武運長久やけど……」

「ありがとうございます」

勇は身を乗り出して、そのお守りを受け取った。

そのときだ。

志津は囁いた。かすかな、近くの勇にだけ辛うじて聞こえるほど、かすかな声で。


——戻ってきたら、うちに来《き》。


勇が道場の隣にある母屋を訪ねたのは、すっかり日が暮れたあとのことだった。

勇の家よりは広く、かつてトキオが住んでいた南雲家よりは狭い、煉瓦造りの家。中は居室と寝室の二間と台所だけのつくりだが、どの部屋も広々としている。

瀬良が留守の今、志津はここで独りだ。

灯りがわずかに漏れる玄関の引き戸を叩くと、中から「どうぞ」と志津の声がした。

戸を開けて入ってゆく。上がってすぐの居室にある小さなテーブルに志津はいた。素焼きのコップがあり、近寄ると黒い液体が入っているのが見えた。グァラナ。ブラジルの先住民が煎じていたグァラナの実でつくるブラジルの飲み物だ。それに少しだけ火酒《ピンガ》を混ぜて飲むのが志津は好きなのだ。

「ご苦労さん」

志津は目を細めた。おろした長い髪が、天井に吊されたランプの灯りを受けて艶やかに黒光りしていた。

「こ、こんばんは……」

「太郎くんと次郎くんは、どうじゃった」

「医者の見立てじゃ命に別状はなさそうです。医者のところにつく頃には、二人とも意識、しっかりしとりました。ただ太郎の方が歯あ折られとるんで、この先、飯食うのに難儀するかもしれんようです。二人とも、しばらく病院におることになりました」

診断の結果を簡単に説明した。

「ほうけ、命、助かって、まずよかったわ。こんなお国のためにならんことで死んだら、未練も残ったじゃろうけねえ」

「ええ。よかったです」

「大変じゃったね。こんな時間じゃ、来ないか思うたわ」

「……よ、呼ばれましたんで」

つい、言い訳がましい口調になった。

「うちに呼ばれたて、里ちゃんに言うたんか」

言葉に詰まった。言うわけがない。

一度、家に帰り、里子に事情を説明したあと、話し合いがあると言って出てきた。里子は前田兄弟を心配し、当然そのことで道場生の誰かと話をすると思ったのだろう。特に誰と何処でとは聞かれなかった。

志津は悪戯っぽく笑い、立ち上がった。薄い寝間着からうっすらと裸体が透けていた。

「わかっとるよ。勇くん、あんたずっと興奮しとるじゃろ。痛めつけられた二人を見てから。あんたはああいうとき、女を抱きたくなるんじゃ」

志津はこちらを見透かす。目の前まで近づいてくる。グァラナの甘い香りが鼻腔に侵入してくる。

この人は、本当に志津先生なんやろうか——そんな疑問が頭をよぎる。が、紛れもなく渡辺志津、その人だ。

ただ、知らなかっただけだ。ずっと、この人のことを。グァラナを混ぜた酒を飲むのが好きだということさえ。かつてひと目惚れし、長く想いを抱いていたその女は、挑発するように勇に顔を近づけ、伸ばした指で頬に触れた。

「ええんですか」

勇は儀式のように尋ねた。

「ええよ」

志津は少し笑って答えた。やはり儀式のように。


——勇が志津と最初に関係を持ったのは、あの夜。南雲農園の襲撃があった夜。正確にはその明け方のことだ。

トキオと勘太と三人で火を消したが、製油所は原形を留めないほどに焼けてしまった。トキオはその前でずっと呆然としていた。ひと言も喋らず、しかし強く握り小刻みに震えている拳から、必死に悲しみを堪えていることが伝わってきた。

かける言葉もなく、やがて南雲家の面々がやってきたところで、勇と勘太はその場を辞した。すぐに勘太とも別れ帰路についたが、まっすぐ家に帰る気になれず、村を彷徨った。

苦しかった。

正義の行いのはずだった。トキオを助けることになるはずだった。家の都合で敵性産業に従事してしまった可哀相なトキオを。

なのに苦しくて仕方なかった。瀬良に痛めつけられた身体が、責めるように痛んだ。家に帰れば、里子に首尾を聞かれるだろう。彼女は「ようがんばった」と誉めてくれるはずだ。そのとき、どんな顔をすればいいのかわからなかった。

かすかに空が白みはじめてきた頃、村の外れを流れるバビロン川《リオ・バビロン》の畔に辿り着いた。音を立てて流れる川は、一分一秒ごとに色を薄め、漆黒から紺、そして見慣れた色へと変わっていった。

「勇くん？」

名を呼ばれ、振り返ると志津がいた。厚手のシャツにモンペという出で立ちだった。

「何しとるん？　前もここで会ったっけねえ」

言われて思い出した。たしかに以前、早朝、ここで彼女と会った。ときどき川を見にくるのだと言っていた。

「襲撃、首尾よういったんでしょう。兄さん、上機嫌で帰ってきたわ」

勇と勘太でトキオを引き離している間に、瀬良と他の道場生たちが、製油所を破壊し火を放つ段取りだった。

首尾よくいった。それはそのとおりだ。製油所と薄荷は燃え、もう出荷はできないだろう。トキオは勇のことを疑う様子もなかった。

「じゃけど、勇くん、あんた変な顔しとるね。兄さんにやられたとこ、痛いんか？　お芝居でもそれなりに痛めつけんといかんから、加減せんかったゆうてたわ」

「大丈夫です」

勇はかぶりを振った。たしかに痛みはある。けれど本当に痛いのは身体ではない。

「じゃあ、トキオくん騙したんがつらかったんじゃね。そうじゃろ？」

図星を指された。

「……はい」

正直に頷いた。この人は自分の想いをわかってくれるのだと思えた。

「こっち来《き》」と、促し志津は歩き出した。言われるままついていった。

志津は河原の隅にある草むらに入ってゆく。うっすらともやが立ち込めており、そこだけこの世から切り取られた異界のようだった。

「座り、ここ気持ちええで」

やはり言われるまま座った。冬枯れし丈を縮めた草がちょうど天然の敷物のようになっていた。しなびた草は、春夏とは違う、控え目で香ばしい匂いを漂わせており、それが少し気持ちを落ち着かせてくれた。

志津はこちらを見ず俯き、草をいじる。

「それでええんよ。人の心も、世の中も複雑じゃけえ、そういうこともあるんよ。正しいことをしても、傷つくこともあるんよ。だけどそれでええの」

いつもと同じ優しい声、しかし口調はいつもと少し違った。より近しい身内に話しかけているような親しみが感じられた。

「大人になるゆうことはね、人に言えん秘密や傷を抱えることとよ。傷ついとらんて強がることなあよ。傷を癒したらええの。そしたらそのぶん、あんた強うなるわ。だから、ええんよ」

ええんよ――と、肯定してくれる志津の言葉と、地面の草が、もやの水気と混じり合い、この世のすべてを包み込んでくれるような錯覚がした。

不意に草の匂いとは違う、甘い香りを嗅いだ。気づけば志津が座り直し、すぐ真横まで来ていた。この香りがグァラナのそれだということは、このときはわからなかった。

生理的に鼓動が速まるのがわかった。

「うちもね、傷を負っとるの。あんたにだけ見せるわ」

志津はおもむろにシャツのボタンを外した。

何を――身体が石になってしまったかのように、固まった。

あっという間に志津はシャツを脱いだ。下着は身につけておらず、裸になった。里子のそれより瘦せており、肌の色は白かった。そして里子にはない、染みのような痣が二つ、三つ、いや四つ。右側の乳房の下のところには火傷の跡らしきものもあった。

傷、だ。

「驚いた？　これ全部少佐にやられたんよ。あん人、立派な軍人さんじゃったけど癇癪持ちでねえ。よううちのこと打《ぶ》ちおった。そん痕じゃ。大抵は何日かしたら消えるんじゃけど、たまにこうしてずっと消えずに残るのもあるんじゃわ。身体の奥深《ふこ》うに、刻まれたんかねえ」

渡辺少佐が、そんなことを。厳格な人ではあった。子供の頃は怖いと思っていた。けれどこんな傷が残るほど志津を殴っていたとは、にわかに想像できなかった。

志津は乳房を手で掲げて見せた。

「ほら、ここなんて酷いでしょう。火箸を押し付けられたんよ。自分の肉が焼ける匂いを嗅いだわ。豚《ポルコ》を焼くときと同じような匂いがしたんよ」

ケロイド状の爛《ただ》れは、言葉以上に雄弁に、その暴力を物語っていた。白い乳房と、コーヒーの実のように赤い乳首、そして身体の裂け目のような、傷痕。どれからも目が離せなかった。心拍が際限なく上がってゆく。耳の奥の鼓動がうるさく、近くを流れているはずの川の音がまったく聞こえなかった。

不意に志津の視線が逸れた。それを追うと草の隙間に一匹の蛇が鎌首をもたげてこちらを見ていた。

背筋に冷たいものが走った。志津は裸だ。もし毒蛇、ウルツーだったら……。志津をかばおうと身を乗り出しかけたとき、鋭い声が響いた。

「去《い》ね！　あんたに見せる安い傷じゃなあ！」

志津が蛇に叫んだ。火を灯したような眼光は、瀬良のそれとそっくりだった。蛇は志津に従うかのようにその鎌首を下げ、草の中に消えた。

ふふ、と志津は笑い声を漏らした。

「なあ、覚えとる？　あんたが初めて村に来た日、少佐が言うとったの。ブラジルじゃあ獣よりも蛇や蚊の方が恐ろしいて」

「……覚えとります」

もうずいぶん前、勇はまだ子供だった。けれどあのときもう志津に惹かれていた。

「でもねえ、うちら日本人はそんな蛇や蚊だってねじ伏せてこん土地に居場所をつくってきたんじゃ」

ブラジルゆう国をねじ伏せてきた男——たしか、瀬良が村に来たときそんなふうに紹介された。やっぱりあの人の妹なのだと、今更ながらに思う。

「うちはねえ、蛇や蚊よりもあの少佐が怖かったよ。この傷、触ってみ」

半ば自動的に身体が動き指を伸ばしていた。火傷の痕に触れる。グロテスクな見た目から想像するよりもずっと、柔らかだった。

「あっ」と志津が声をあげた。思わず手を止めて志津を見ると、彼女の顔には上気したような赤みが差していた。

「ええのよ。そのまま触って」

唾を飲み込み、火傷の痕をゆっくり撫でた。

「こんなとこに傷があって。気味悪うでしょう。ふふ、子供がでけんことよう責められたわ。少佐、前の奥さんとの間には三人も子がおったそうじゃけ、うちの体質なんじゃろうねえ。うち、月のもんも普段から来たり来なかったりなんよ。うんとちいちゃいときにブラジル来て、子供ん頃、土地のなあ契約農《コロノ》でろくに栄養取らんと働きづめだったけえ、身体がちゃんと育たんかったんじゃろうねえ。ふふ、子ぉをつくれん不生女《うまずめ》なんて殖民地におる意味ないて、よう言われたわ」

まるでその傷から声が出ているようだった。

「気味悪うなあです。志津先生は、悪うなあです。志津先生がおる意味、あります。俺は志津先生が村におってくれてよかったです」

勇は必死に言葉を紡いだ。

志津はさらに身体を近づけ密着させた。傷から指が離れ、代わりに身体全体で彼女を感じる。頭の奥の方に一瞬、里子の姿が浮かんだ。務めを果たした自分を家で待っているはずの妻の姿が。

まるでそれを打ち消すように志津が言う。

「秘密があるのが大人じゃよ」

彼女の手がとうに充血していた股間をまさぐった。

「言うたでしょ。世の中は複雑なんよ。子ぉができけん身体やからわかることもあるんよ。これはね、夫婦だけでするもん違うんよ。子づくりのためだけにするもんとも違う。そんなん関係なく、気持ちええの楽しむためにしても、ええんよ」

「楽しむ……」

志津は勇の性器をゆっくりなで上げた。

頭の中が沸騰する。ついさっきまで自分を苛んでいたトキオのことは、すっかり消えていた。

「そうよ。村の男衆でも奥さんに内緒でバイロ行く者《もん》はよういるでしょう。同じことじゃよ。うちはお金取らんけどね。お互いに楽しんで、傷を癒やせたらええんよ。二人だけの秘密にすりゃ、誰を泣かすことも、後ろ指さされることもなあ」

志津がこんなことを言い、する人とは思っていなかった。長年、志津を見つめ続けていたつもりでも、彼女のことを何も知らなかったのだと思い知った。

反面、たしかにずっと望んでいたことでもあった。性が芽生え始めた少年時代から、結婚したあとも密かに。ずっとずっとこの人を抱きたいと思っていた。

「ええんですか」

気づけば、尋ねていた。

「ええよ」

志津は答えた――

ええんですか、ええよ。ええんですか、ええよ。

あの日から、何度か逢瀬を重ね、そのたびに同じ問いと答えを繰り返していた。特にこの数日は、里子が妊娠中の上に、志津の家に瀬良がいないため、三日にあげず交わった。この家で彼女が酒を飲むときグァラナを混ぜるのを見て、ようやくあの甘い香りの正体に気づいた。

この「楽しみ」は、たしかに傷を癒してくれる。志津はいつも、里子がしてくれないようなことをし、させてくれないようなことをさせてくれた。「ここはどう?」「こうするとええ?」「ええよ、汚くないよ。そこを舐めてみ」「もっと優しゅう、ゆっくりして」互いの身体に隠されている、新しい快感を探すように、あらゆる場所をあらゆる強さと仕方で触れ、舐め、つながった。それは動物のように快楽を貪っているようでいて、しかし相手を満足させ自分も満足できる時間をつくりあげる、人間の行為だった。

まさに楽しみ、なのだ。彼女自身もそれを面白がっているようだった。ええよ、と許しを得て交わり、互いに深い満足を得たと確信するとき、世界のすべてが肯定され、自分の思いどおりになる万能感を得ることができた。

これでええ。これでええんや、と。

「今日はいつもより、激しかったな。やっぱあんた、物騒なことがあるとしたくなるんじゃな」

奥の寝室で互いに果てたあと、志津が言った。

その自覚はあった。里子と初めて交わった日も、トキオを騙した夜も、そして今日も。理屈はわからないが、血と暴力はどこかで性と結びついている。

「ふふ。少佐もそうじゃったわ。でも、あんたは優しいな。物騒なことで興奮しても、うちが嫌がることはせん」

「当たりまあです。楽しみ、なんやから」

「そうじゃな」

志津は笑い、ふと思い出したように口を開いた。

「兄さん帰ってきたら、あんた専務理事殿じゃな」

「ええ。まあ」

瀬良が村に戻り次第、愛国団体の結成式が行われることになっていた。

「今日みたあなこともあったし、お国の戦いもこっからが正念場じゃ言うし……。兄さんと、しっかり村を守ってな」

トキオからの手紙にもあったが、沖縄は連合国軍に占領されたらしい。ブラジルに来たときから、自分は沖縄人ではなく皇国臣民だと思っている。それでも、生まれた土地が敵の手に落ちていると思うと、気持ちがざわつく。

「正直、俺に務まるか、心配です」

本音を漏らした。

守る——各地で愛国団体が立ち上がっている本当の理由はきっとそれだ。この敵地で、日本人より身体が大きく、数も多く、権力も持っているガイジンから村を守る。アメリカの味方をしているブラジルから、家族を、仲間を、同胞を守らなくてはならない。祖国が勝利するその日まで。できるのか？

太郎と次郎はやられてしまった。以前は里子が暴漢に襲われたこともある。明日にでもガイジンが大挙して村を襲いにくるのではないか。女は片っ端から犯され、子供は残らず人買いに売られてしまう。気を抜くと、そんな悪夢のような想像が頭に浮かぶ。せめて、トキオがいてくれたらと思ってしまう。

「大丈夫。あんたならできるよ」

志津は勇が欲しい言葉をくれた。この人に励まされると、根拠がなかったとしても、きっと大丈夫と思える。

「はい」

はっきりと返事をした。

大丈夫。大丈夫や。

トキオはもういない。小さい頃から仲間の先頭にいたあいつは、もういないんや。俺がやる。みんなを守るんや。できる。すべてはええようになってる。この先もきっとそうや。

南雲農園の襲撃は正しいことだった。結果的にトキオは敵性産業から縁を切れたのだから。勇の暮らし向きもずいぶんよくなった。志津を、憧れの人を抱くこともできた。大人の秘密を知った。秘密にしていれば、里子との夫婦仲も円満だ。栄は可愛らしいし、じき新しい子供も生まれる。瀬良は言ってくれた、村一番の男だと。

みんなまとめて、俺が守るんや。もう村におらんトキオやなくて、この俺が——


瀬良が弥栄村に戻ってきたのは、前田兄弟が襲われた日から一〇日ほどが過ぎた日の朝のことだった。早々、同じ日の夜には、会館で団体の結成式が執り行われることになった。

勇ら道場生は先に会館に集まり、瀬良が不在の間に起きたことの報告をした。話題の中心になったのは、やはり前田兄弟のことだった。彼らはまだ医者の所にいる。

「太郎と次郎の姿が見えん思うたら、そんなことがあったんか」

さすがの瀬良も驚いたようだ。そして息巻いた。

「ふざけた話じゃ！　ガイジンどもが調子乗りおってからに。今、この国で美味い野菜やら果物が食えるんは、儂ら日本人が必死になって新しい作物育てたからじゃ。感謝こそされ、因縁つけられる理由はなあ！」

「まったくです！　俺、悔しくて仕方なあです！」

昭一が同調し憤る。

「どうやら都会でもガイジンどもは好き勝手やっとるようじゃ。実はな、『臣道聯盟』の人らに会うため、サンパウロにも行ったんじゃが、そこで久々に秋山のやつに会ってな」

「秋山さん、達者でしたか」

勇は尋ねた。南雲家の移住を世話したとき以来、かれこれ一年近く、彼は村に来ていない。

「おう。大曽根周明が釈放されて、忙しいらしい。それはええんじゃが、今度はトキオのやつが向こうで逮捕されたらしいんじゃ。あいつが厄介になっとるバールの連中と一緒にな。しかも、逮捕したのは保安警察らしい」

「ええ？」「トキオが？」と声があがる。

日本人の間では保安警察との通称で呼ばれるオールデン・ポリチカの悪名は田舎でも轟いている。拷問も辞さぬブラジルの特高なのだという。厄介になっているバールということは、パウロもだろうか。

街で息災と思っていたトキオが、そんな連中に逮捕されただなんて……。

「勇、おまあ、トキオと手紙のやりとりしとるそうじゃな。一番最近、手紙来たんはいつじゃ」

「今月の初め、あ、いや先月の終わりでした」

「そうか。逮捕されたんと同じ頃じゃな。きっと捕まる前に出したんじゃろ。手紙には何か変わったこと書いてあったか」

「いえ。サンバゆう音楽のこととか、あと、『臣道聯盟』ができたことで、そこら中で似た団体ができとるんで、弥栄村はどうかって」

「ああ、それは儂も秋山のやつに直接訊かれたわ。保安警察のことは何もなかったか？」

「はい」

「そうか。まあ儂が聞いた話じゃ、トキオの逮捕はただの見せしめゆうか、調子乗っとる保安警察の嫌がらせらしい。そう心配すんなや。きっともう釈放されとるじゃろ」

「そうですか……」

瀬良は一度パンと手を叩くと、声を明るくした。

「さて、難儀なことも多いが、少し景気のええ話もしたろう。サンパウロじゃあ『臣道聯盟』の方らにも会うことができてな。南米に密かに潜入しとる軍のお人を紹介してもろうたんじゃ」

勇は思わず「あ」と声を漏らしていた。瀬良が怪訝そうな顔つきになる。

「どうした？」

「いや、実はトキオの手紙に、南米に潜入している軍人を騙って金を騙し取る者がいるらしいから気をつけろってあったんです」

すると瀬良はみるみる顔を強張らせ、気色ばんだ。

「はあ？　何じゃ、貴様！　『臣道聯盟』の方々がそんな詐欺師を儂に紹介したとでも言うんか！」

瀬良は志津が蛇を睨み付けたときと同じ眼光をこちらに向けてきた。

「違います！　そういう話があったゆうだけで……」

想像以上の強い反応に戸惑った。瀬良は大きな舌打ちをした。

「儂が紹介してもらったんは、そんな怪しげな人間じゃなあ。帝国陸軍の特務機関に所属するアオキゆう大尉殿じゃ！　極秘の任務を受けて南米まで来とるお方じゃ」

特務機関の大尉。その肩書きには、得も言われぬ頼もしさがあった。そんな人を紹介してくれるとは、さすが『臣道聯盟』だ。

「おかしなこと言うて、すみません」

「ふん。まあええ。おまあも、新しい団体の専務理事になるんじゃ。つまらん情報に踊らされんなや」

「はい」

「さて、それでそのアオキ大尉から聞いたんじゃが……」

瀬良はもったいぶるように一同を見回し、一段と神妙な顔つきになると先を続けた。

「実はアメリカが新しい高性能の爆弾を開発してな、何でも、これまでの爆弾の数倍も破壊力のある爆弾だそうじゃ。そいつを使って、日本本土を攻撃しようとしたんじゃ。いくら物量で押し込もうとしても、びくともせずそれを跳ね返す皇軍兵士と、その兵士を支える銃後の精強さに、恐れをなしたんじゃろうな。国土ごと大和民族を焼き尽くさねば、もう勝ち目がないと悟ったんじゃ。その新型爆弾で皇国臣民を女子供に至るまで皆殺しにしようという、まさに鬼畜の発想よ」

一同が息を呑む。

新型爆弾？　日本本土がそんなもので攻撃されたのか。いや、でも瀬良は「景気のええ話」と言っていた。みな、すがるような視線を瀬良に注いでいる。それを受け止め、瀬良は「ところが、じゃ」と口元に笑みを浮かべた。

「我が大日本帝国は、その新型爆弾をさらに上回る強力な爆弾を開発しとったんじゃ。高周波爆弾ちゅうてな、その名のとおり高周波ゆうもんを利用した強力無比の新兵器よ」

一同の顔が期待でほころんだ。高周波が何かはわからないが、いかにも強力そうだ。

瀬良も興奮してきたのか、講談師さながらに声に大きな抑揚をつけて続けた。

「本土近くまでおびき出されたアメリカの第三艦隊が、新型爆弾で攻撃しようとしたそのとき、上空で待ち伏せしていた皇軍の航空機部隊が高周波爆弾を艦隊めがけて発射したんじゃ。すると、そのたった一発の爆弾で敵は全滅。新型爆弾とともに、海の藻屑と消えたんじゃ。その凄まじい破壊力にアメリカはすっかり戦意を喪失し、神国日本の勝利は目前じゃそうじゃ！」

刹那、静まり返ったあと、一同はどよめいた。

勇も「すげえ！」と声を上げた。

「儂もこれ聞いたときは嬉しくてなあ。実は、秋山のやつに愛国団体が活発に活動すると当局に目をつけられるからほどほどにせえ、『臣道聯盟』とあまり関わるな、なんて釘さされたんじゃけどな。とんでもなあ。ほんま行ってよかったで。いよいよお国の勝利が近づいとるんじゃ。儂らもでけることやるで！」


夜になり、会館で結成式が行われた。参加する者たちがつめかけ、熱気に溢れた。里子も大きな腹を抱えて子供を連れてやってきた。彼女も女子部に参加するのだ。

まず最初に総裁の瀬良が挨拶をし、団体の名が発表された。

『栄皇会《えいこうかい》』――決めたのはもちろん瀬良だ。

「ええ名前じゃないですか」「『栄皇会』、口にするだけで誇らしいな」「さすが瀬良さんじゃ」

みな口々に誉めた。

「じゃろう。旅の途中、ずっと考えとってな。ひらめいたとき、これしかないと思ったんじゃ」

瀬良も満足げだった。

続いて、専務理事を務める勇が挨拶と、乾杯の音頭を取ることになった。

「この度、僭越ながら専務理事を務めさせてもらう、比嘉勇です。我々、日本人は大東亜から遠く離れた場所にいるからこそ、日本人の誇りを守らなあかんのです！　ガイジンや、ガイジンにおもねる不届き者《もん》に、負けたらあかんのです！　今、聖戦は最終段階。お国の勝利は目前です！

あと少しの辛抱です。もう間もなく、俺らは戦勝国民となるんです！」

口からは自然に、雄々しく希望に満ちた言葉が吐き出されてゆく。

もうすぐや。新型兵器で敵の艦隊を一網打尽にしたんや。もうすぐ、戦争が終わる。俺たちは、もうすぐ勝つんや。

視界の端に、兄の瀬良と共に優しげなまなざしで見守ってくれている志津の姿が見えた。妻の里子は里子で、なんとも誇らしげな顔つきでこちらを見ている。その胸に栄がいる。言葉の意味はわからぬだろうが、じっとこちらを見ている。里子のお腹の中にいる子も、この声を聞いているだろうか。

守るべき者たち。何がなんでも俺が守らなければならない者たち。

「――大日本帝国の栄光に、乾杯！」

勇のかけ声で結成式の本番《カザメント》ともいえる宴が始まった。めでたいことを口実に集まり宴会を開くという点で、雰囲気は結婚式《カザメント》とよく似ている。

勇は自分の結婚式のことを思い出していた。あの日、東京ラジオが大東亜戦争の開戦を伝えたのだ。みな晴れ晴れとした気分になった。

もしかしたら今日も――

この日、朝に瀬良が帰ってきたばかりなのに、夜には結成式をする運びになったのには理由がある。昨日、東京ラジオが〝明日、ラジオで陛下自らが重大な発表をなさる〟という趣旨の予告を流したようなのだ。村のラジオは雑音が酷く、かなり聞き取りにくかったが、よその殖民地から同じ噂が入ってきたので間違いなさそうだ。陛下直々の放送など、無論、初めてだった。瀬良もそれを知り、村のみなと聞くために、大急ぎで戻ってきたという。

どんな放送なのか。何が伝えられるのか。まったくわからない。が、やはり戦勝の報告なのではないか。そう期待せずにいられなかった。

果たして、その時間がきた。

ずっと外国語で何かを伝えていたラジオが、日本語の放送を始めたのだ。

〈只……り重大……放送……す。……聴取……ご起立……ます〉

相変わらず聞き取りづらい。が、重大な放送ということはわかった。

みな一斉に歓談を止めラジオに注目した。

「立て。起立するんじゃ！」

瀬良に言われ、一同が立ち上がる。


——一九四五年　八月一五日。


日本は正午。半日時間が遅いブラジルでは午前零時。ちょうど日付が変わり一五日になったとき。

い、い、い、その放送が流れた。


朕……く……界の……帝国の……に鑑み……措置を——


これが陛下のお声？

勇はこのとき生まれて初めて、天皇陛下の声を聞いた。が、大半は雑音に遮られ、喋っている言葉もかなり難しく、何を言っているのか、まったく理解することができなかった。

ほんの五分ほどで放送は終わり、また外国語の放送が始まった。

今、陛下は何と仰っていたのか？

全員が、拍子抜けしたように呆然とする中、瀬良が叫んだ。

「か、勝った！」

みなが注目する。

瀬良は拳を握り、天に放つように突き上げ、腹の底から響かせたような声を張り上げた。

「勝った！　陛下は、今、たしかに聖戦に勝利したと仰ったわ！」

次の瞬間、これまで聞いたこともないような大きな歓声が湧き起こった。

勝った！

勇も力の限り、叫んでいた。

勝った！　勝った！　勝った！

声は声にかき消される。

勝った！　勝った！　勝った！　勝った！　勝った！

里子が栄と一緒に、こちらに駆け寄ってくる。勇は二人を、いや、里子のお腹にいる子も入れて三人を抱き止める。

「勇さん！　勝ったって。ねえ、勝ったって！」

里子がぼろぼろと涙をこぼす。勇も鼻の奥で涙腺が緩む痛みを覚えた。すぐに視界は涙で歪んだ。栄も何かめでたいことが起きているのはわかっているようで、きゃっきゃっと喜んでいる。

「ああ、勝ったな。やったで！　勝ったんや！」

戦争が、終わったんだ。日本の、大日本帝国の勝利だ。正義が勝ったのだ。

報われた。ブラジルで長年泥にまみれた日々が。錦衣帰国を果たせぬまま取り残されたこの異郷の地で愚直にお国の勝利を願った日々が。天皇陛下が我らを見棄てるわけがないと信じた日々が。今、報われたのだ。

同時に安堵を覚えた。

守れた。村を守れたんや！

視界の端に、感激したのか、両手で顔を覆っている志津の姿が見えた。

――シオン。

いつか彼女から聞いた聖書の言葉を思い出した。

約束の地。帰る場所。

きっと俺たちも帰れる。大切な者たちと。かけがえのない同胞たちと、一緒に。

帰れるんだ。

志津も、里子も、子供たちも、瀬良も、勘太も、前田兄弟も、昭一も、それからトキオも。ああ、そうだ。トキオが投獄されていたとしても、すぐに釈放されるはずだ。

そしてみんなで、帰れるんだ。

「万歳！」

瀬良のかけ声で万歳が始まった。みな、両手を掲げて声を嗄らし、この栄光を祝福する。

歓喜の涙は、いつまでも、いつまでも流れ続けた。

3

――日本が、負けた。

トキオがその一報を耳にしたのは、八月一五日より少し前。オールデン・ポリチカに逮捕され、およそ二週間ほどの勾留から解放された八月一一日のことだった。

日本人の間では〝事務所《ガビネッテ》〟という通称で呼ばれている、警察署に設置された留置場の居心地は、いいわけがなかったが、じめじめした地下室という点ではポロンの下宿とそんなに違いはなかった。下宿の部屋の四倍ほどの広さの房にちょうど四人ずつ押し込まれたので、結果的に使える広さも同じようなものになった。

パウロや洋平も一緒だったのは、不幸中の幸いだった。私語は禁止されていたが、それでも見知らぬブラジル人と閉じ込められていたら、ずいぶん気詰まりをしたろうと思う。食事は豆の煮物《フェイジョン》とやけに硬いパンばかりだったが、一応、十分な量が出た。

トキオも取り調べらしきことを一度だけ受けたが、こちらがポルトガル語が不得意とわかると、取調官はあきれた様子でサジを投げ、すぐ終了してしまった。以来、ただずっと房に留め置かれただけだった。パウロの言うとおり、日本人への嫌がらせだったのだろう。

何の前触れもなく釈放されることになり手続きをしているとき、看守や警察署の職員らが妙にニヤニヤしていた。彼らと二、三、言葉を交わしたパウロは顔面蒼白となり、洋平も酷く動揺している様子だった。

「おい、パウロ、何かあったのか？」

帰路で尋ねてみても、パウロは「おまえには確認してからきちんと話す」と詳細を教えてくれなかった。今日は一旦、下宿に戻れ、あとで話に行く、とのことだった。

洋平も沈痛な面持ちで口をつぐんだままだった。結局、言われるまま下宿に帰った。

およそ二週間ぶりに戻った半地下の部屋に勇からの手紙が届いていた。逮捕される直前に送った手紙の返事だった。

いつもの勇の筆跡で〈拝啓　南雲トキオ様〉から始まる文面が綴られている。弥栄村でも『臣道聯盟』に倣い、新たな愛国運動の団体を結成する予定だと書かれていた。

普段ほど手紙の内容にのめり込めなかった。先ほどのパウロと洋平の態度が気になり、どうにも目が滑った。身体を動かしているわけでもないのに動悸がした。

いい加減焦れて、こちらから樋口家に行こうかと思案していたとき、パウロが訪ねてきた。

「落ち着いて聞いてくれ」

ポロンの狭い部屋に入って来たパウロは神妙な顔つきで言った。

「いいから、話せ。一体、何があったんだ」

急かしてもなお彼は、しばらく考えるように黙り、それから口を開いた。

「新聞が……、昨日の夕刊と今日の朝刊で、日本が無条件降伏を受け入れたと伝えている」

無条件降伏——という仰々しい言葉を頭の中で変換するのに、ほんの少し時間を要した。

「……負けたって、いうのか」

「そうだ」

思わず息を呑み込む。

想像してはいたものの頭の中が凍りついたかのように何も考えられなくなる。一瞬だったのか。数秒だったのか、あるいは数分だったのか、わからない。とにかく沈黙が流れた。

パウロはずっと心配げな視線でこちらを窺っていた。これまでトキオは、戦勝を疑うことさえ認めようとしなかったのだ。気を遣っているのだろう。

「し、新聞て……、ブラジルの新聞だよな」

必死に頭を動かそうとして尋ねたのは、言わずもがなのことだった。邦字新聞が発行されなくなってから久しい。

「そうだ」

「てことは、アメリカの意を受けた情報操作……。デマかもしれないだろ」

ブラジル側の報道では、ドイツが敗戦して以降、アメリカが日本に対しても無条件降伏を迫っていることはずっと報じられていた。ザカライアスというアメリカ軍の大佐が、日本に向けて無条件降伏を促す短波放送を流しているとも聞いていた。だが、それらを含めてすべてアメリカの情報戦略ということは考えられないか。

パウロは息をついて、気まずそうに視線を逸らした。

「前におまえがデマだと疑っていた、硫黄島の陥落も沖縄の占領も、実際に起きた、だろ？」

「今度もそうだって言うのか」

反発を覚え、語気が強まった。パウロは視線を逸らしたまま、しかしはっきり答えた。

「そうだ。大曽根さんも前に言ってたじゃないか。俺たちが望まない結果があり得ると覚悟するんだって」

覚悟——直接大曽根に言われた言葉の重みが、冷静さを手放すことを辛うじて防いだ。

一度、ゆっくり息を吸って吐いてから、尋ねた。

「新聞に書いてあったのはそれだけか。他に何か書いてあったか」

「他には……アメリカは日本を新型爆弾で攻撃したらしい」

「新型爆弾？」

「そうだ。八月五日の夜、日本だと六日の朝、広島に。それから、八日の夜、日本だと九日の午前中、長崎に」

広島と、長崎。無論、トキオは行ったことも見たこともない街だが、弥栄村には広島出身者が多かったため、話によく聞いていた。かつて安芸と呼ばれていた場所で、海軍鎮守府があるという。

「その、新型爆弾というのはどんなもんで、何発落とされたんだ」

「……一発ずつ、だったらしい。けれど、その一発でどちらの街も壊滅してしまったというんだ」

「はあ」思わず声が裏返った。「今、壊滅って言ったか？」

「ああ」

「たった一発の爆弾で？」

「そうだ」

あまりに途方も無い話だったため「本当にそんなものがあるのか」と首をひねったとき、つい笑いが漏れた。しかしパウロは深刻そうな顔のまま「わからない」と首を振った。

「ただ、その爆弾は、核分裂反応を応用したものらしい。だとしたら、そのくらいの威力があっても不思議じゃない。アメリカが開発をしていたというのも事実だ。もし、本当に完成させていたとしたら……」

本当に、そんな爆弾が存在するのか？　戦慄する間もなくパウロは続ける。

「さらにソヴィエトが満洲に攻め入ったらしい」

「ソヴィエトってロシアが？」

ブラジルしか知らないトキオには、ソヴィエトや満洲は、広島・長崎以上に遠く感じられた。上手く想像できない。

「一応、日本とは中立条約を結んでいたが、これを破棄したそうだ。報道によれば、その直後、日本は無条件降伏に応じると伝えてきた。それが昨日のことだったようだ」

「警官たちは、それを嗤っていたのか」

「そうなんだろうな」

「……パウロ、おまえはどう思う？　俺に気を遣わなくていい。正直に答えてくれ。本当だと思うか」

　素直に尋ねた。

　トキオは田舎の殖民地で、日本は戦争をすれば絶対に勝つと教わって育った。日本は不敗の神国のはずだ。勝利を疑うことすら許されなかった。そのためか、日本が負けるなんていうことは、やはりどこか非現実的な出来事に思えてしまう。

　パウロはまっすぐにこちらを見るとゆっくり頷いた。

「これまでもブラジル《この国》の新聞やラジオが報じていたことは、ほとんど本当だったろ。だからこれも本当なんだと思う。細かいところはともかく、その、日本が、負……いや、降伏したっていうのは」

　すぐに言葉を返せなかった。ただすうっと腹の奥が冷えるような嫌な感覚を味わった。

　きっと失望は顔にも出ていたのだろう。パウロは取り繕うように言う。

「俺だって信じたくはないんだ」

「わかってるよ」

　ピグアスに移り住んでおよそ一年、パウロが自分の学歴や語学力を同胞のために活かそうとしている姿を見てきた。ポルトガル語がわからぬ人が店に相談にくれば、嫌な顔一つせず、通訳を買って出る。トキオがそうであるように、パウロもまた日本人だ。敗戦を望んでいるわけがない。それはわかっている。

「東京ラジオは、どうなんだ。俺たちが捕まっていた間、何か戦況を伝える放送はなかったのか」

「さっき俺がいろいろ聞いて回った限り、何も報じていないそうだ」

「もし本当なら、東京ラジオも何か放送するはずなんじゃないか」

ことは敗戦だ。事実なら必ず放送があるはずだ。パウロも同意する。

「それは、そうだな」

「だよな。だったら、東京ラジオが何も言ってないってことは、デマなんじゃないか」

トキオはすがるように言った。けれどパウロは渋い顔でかぶりを振った。

「そうかもしれない。でも、東京ラジオはいつも少し遅いだろ」

そうだ。硫黄島や沖縄のときもそうだった。東京ラジオが報じたのは、ブラジルの新聞が報じた数日後のことだった。

報じないでくれ。デマであってくれ。トキオは祈るような思いでそれから数日を過ごした。


そして、八月一五日を迎えた。


東京ラジオを聞く手段を持たないトキオがそれを知ったのは、放送後、およそ半日が過ぎた午前中のことだった。

バール『ヒグチ』は、昼食《アルモッツ》に合わせて正午の少し前に店を開く。従業員であるトキオは、一一時半までには出勤することにしていた。

いつもなら洋平と頼子はさらに早く店に出てきて仕込みを始めている。ところがこの日は店の裏口が開いていなかった。臨時休業の知らせも受けていない。こんなことは初めてだった。

トキオは店と裏口が向かい合っている樋口家を訪ねてみた。すると住まいの裏口から顔を出したのはパウロだった。

「トキオ、中、入ってくれ」

パウロはいつになく真剣な面持ちで家の中にトキオを招き入れた。居間《サーラ》には、樋口家の三人の他に四人の男の姿があった。大曽根周明と、その部下の秋山。それから、水田《みずた》と斉藤《さいとう》という男性。樋口家同様に大曽根の活動を支援している者たちだ。

一〇畳以上もある広い居間《サーラ》だが、トキオを含めて八人も人がいれば狭くなる。椅子《カデイラ》は使わず、みな詰めるように立ってテーブルを囲んでいた。

取り締まりを警戒しているため、昼間から日本人で会合を開くことは滅多にない。トキオを迎え入れたパウロは、本来、教師の仕事に出ているはずの時間だ。それでもみなで集まらざるを得ないようなことがあったのだ。

パウロが耳打ちしてくれた。

「夜半に、東京ラジオで天皇陛下が直々に敗戦を知らせる放送があったそうだ」

敗戦。

数日前から覚悟していたはずのことなのに、一瞬、頭の中が白く塗り潰され、すべての色と音が消えた。

「トキオ、大丈夫か?」

呼びかけられ、呆然と尋ねる。

「……陛下が?」

頭の中に刻み込まれている御真影の像が浮かんだ。

「そのようだ」

天皇陛下が、御自ら。それが畏れ多いことだということはわかる。同時に、全日本人の父たる方ならばこそ、自身の言葉で伝えようとしたに違いない。

負けた。やっぱり、負けたのか。

心より先に身体が反応した。足元の感覚がおぼつかなくなった。たしかにそこに立っているはずなのに、堅い煉瓦の床が溶け、奈落へと落ちてゆく錯覚がする。鳥肌が立つ、背中の産毛が逆立っているのがわかる。

湧き上がってきた感情は、哀しみではなく、恐怖だった。

敵地で敗戦国民になってしまった。俺たちは、どうなる？　いつか警官に向けられた銃口の黒を思い出す。何より黒く、すべての光を飲み込むような、あの色を。

身がすくむ。鼻の奥がつんと痛む。トキオは唇をきつく噛みしめ、涙を堪えた。泣くな。泣いてる場合じゃない。自分に言い聞かせる。

「しかし本当に負けたのか？　一億火の玉で本土決戦に挑むんじゃなかったのか」

嘆息しつつ言った白髪交じりの短髪の男は斉藤。路面電車の駅前にあるホテル『ヒノデ』の経営者だ。当局が目を光らせているので大っぴらにはうたっていないが、日本語が通じる宿として地方から出て来た日本人の御用達になっている。

彼の言葉は、トキオの想いと重なった。本当に負けたのか？

しかし口元から顎にかけて立派な髭を蓄えている男がぴしゃりと言う。

「いや、やっぱりあれは敗戦の弁だな。今朝も、改めてニュースの形で流れたしな。日本は負けたんだよ」

彼は水田。ピグアス一の規模を誇る洗濯屋『トーア』の経営者だ。裸一貫から身を立てた気骨のある人物として知られ、水田なので水に関わる仕事を選んだなどとよく嘯《うそぶ》いている。

「でもなあ……。水田さん、あんたはブラジルびいきだからそう思うのと違うかい？」

「斉藤さんよ、そりゃあ俺にとっちゃブラジルは育ての親みたいなもんさ。けれど産みの親は日本だ。一度も行ったことはなくてもな。日本に負けて欲しいわけじゃねえさ。ただな、事実は受け入れるしかねえってことさ」

髭面で言動にも貫禄があるために年嵩に見える水田だが、歳はまだ四〇前。トキオと同じくブラジルで生まれた二世だ。ただし水田はずっと都会でブラジル人とともに生活していたため、ブラジルもまた自分の祖国と思っているという。

トキオが子供の頃に勃発したサンパウロ州の反乱、護憲革命が起きたとき二〇代だった水田は、志願してサンパウロ市民の一人として反乱軍に従軍したらしい。以前それを聞いたとき、トキオは大いに驚いた。日本の兵隊になりたいとは思っても、ブラジルの兵隊――正確にはサンパウロ州兵だが――になることなど一瞬も考えたことがなかった。街に来てこういう日本人もいることを知った。

「そうだな。やっぱり負けちまったかなあ。でもなあ……」

二人のやりとりを横目に、パウロが説明をする。

「昨夜、そういう放送があったのは間違いないんだ。ラジオを隠し持っている日本人の何人かが聞いている。だが、例によって雑音だらけで、その上、陛下の言葉は格調高すぎてわかりづらかったようでな――」

放送を完全に聞き取れた者はいないらしい。断片的に聞いた者も多くは、言葉が難解で何を言っているかよくわからなかったという。

ただ、放送の初めの方に〈米英支蘇四国に対しその共同宣言を受諾する〉という一節があり、降伏を受け入れるという意味のことを言っていたようだ。また東京ラジオは今朝の七時から数回にわたり、ニュースとして改めて敗戦を伝えているという。

ずっとみなの話を聞いていた大曽根がおもむろに口を開いた。

「実は私はデル・トーロ神父とスウェーデン総領事館、それぞれから日本が無条件降伏をしたとの知らせをもらっている。どうやらこれは事実のようだ……」

デル・トーロ神父というのはイエズス会がサンパウロ市内につくった日本人子弟の教育に対応した学校「サンフランシスコ学院」の院長だ。信頼できる情報源と言えるだろう。

「残念です……」

秋山が沈痛な面持ちで言った。彼がここまで意気消沈するのを見たのは、交換船が出て大半の日本人がブラジルに取り残されたことを弥栄村に伝えに来たとき以来だ。

斉藤が「はあ」と大きな声でため息をついた。

そこに大曽根が声をかける。

「斉藤さん、私もあなたと想いは同じだ。一億総玉砕の覚悟で本土決戦に踏み切れば勝てたのかもしれない。だがね、陛下は誰よりも我ら民草のことを考えられる方だ。陛下が放送の中で〈常に汝臣民と共にあり〉と仰っていたのを聞いた者がいる。これ以上、戦争が長引き国民につらい思いをさせるより、降伏という形でも戦いを終わらせることをご決断されたということは大いにあるだろう」

「そうですな。そうかもしれんです」

斉藤は気丈に頷いた。

大曽根は「しかし」と、続けて水田を一瞥した。

「水田さん、無闇に負けた負けたと言うものではないよ。これは我ら同胞にとってはあまりに重い出来事だ。配慮をしてくれ」

「仰るとおりで」

水田はやや憮然としつつも頷いた。

それから大曽根は秋山を一瞥し、互いに頷きあうと一同を見据えた。

「今、一番おつらいのは陛下のはずだ。苦渋の決断だったに違いない。その陛下が〈共にあり〉

と仰った臣民にはブラジルにいる我々二〇万人も当然に含まれる。この大御心に叶うよう行動することが肝要だ。同胞のために何ができるかを考えるんだ。軽挙妄動に走るようなことがあってはならないよ。特に妙な揉め事を起こして、ブラジルの官憲にこれ以上目を付けられるようなことは避けなければならない」

大曽根の言うとおりだ。こんなときだからこそ、気をしっかり持たなければ。

不意に頭の中に勇や、弥栄村の人々の姿が浮かんできた。南雲家が残したラジオで村でも東京ラジオは聞ける。例の放送も聞いたかもしれない。聞いていなくても、よその殖民地から手製の新聞や冊子、あるいは噂として情報は入るはずだ。

村ではどう受け止められているのか。勇はどうしているのだろう。混乱しているだろうか。悲しみに暮れているだろうか。

すぐにでも確かめたかったが、かつて暮らした殖民地はあまりにも遠かった。

その日――八月一五日――『ヒグチ』は昼の営業を臨時休業にし、夕方から店を開いた。すると、開店早々、一人の日本人客が店に入ってきた。

彼はきょろきょろと辺りを見回しながら、早足でカウンターまでやってきて、厨房の洋平を呼んだ。

「樋口はん」

「お、坂《さか》さん。しばらくだね」

坂というこの男は、トキオと同じく比較的最近、街に出てきた者だ。徳島出身で彼の西の方言を聞くと、勇や弥栄村のことが思い出されて少し懐かしい。

「なあ。勝ったんか」

坂はひそめた声に興奮を滲ませつつ言った。

「え」と、洋平は目をぱちくりさせた。

「勝ったんやろ」

「坂さん。勝ったって、何が」

「せやから戦争や。お国が、日本が勝ったんやろ？　そういう放送があったって聞いたで」

「いや……」

戸惑う洋平に代わり、ホールにいたパウロが答えた。

「違いますよ。逆です」

「逆？」

「そうです。放送は無条件降伏を受け入れたという内容で、言わば負けたということなんですよ。ニュースでもそう流れてます」

「はあ？」

坂は甲高い声をあげ、何度か口をぱくぱく開いたり閉じたりしたあと、叫んだ。

「あほ言うな！　んなわけあるか。負けるわけないやろが！　んなの、アメリカが流したデマに決まっとる！」

あまりの剣幕に、洋平もパウロも唖然としていた。

一拍遅れ、我に返ったかのように洋平が自制を求める。

「坂さん、大声はやめてくれ」

坂は「ああ、すまん」と詫びた。

パウロはパウロで顔色をなくし「すみません」と頭を下げ、丁寧に言い直す。

「でも、日本が降伏を受け入れたのは本当なんです。大曽根さんもそう連絡を受けたと言っていました」

「大曽根はんが？　ほんまかあ？　でも、わしゃ勝ったって聞いたで」

「誰にです？」

「いや、誰って、みんなや。みんなそう言っとるで」

一同は顔を見合わせた。坂は釈然としない顔つきで何も注文もしないまま店を出ていった。

その後も、翌一六日になっても、断続的に日本人が店にやってきては同じようなことを訊いてきた。勝ったのか。『引き込み作戦』が上手くいったのか。どうやって勝ったんだ。

人が集まる店には情報も集まると思われているのだろう。中には、いつ日本に帰れるんだと尋ねる者までいた。彼らは一様に、期待と興奮を滲ませていた。

たしかに、坂の言うとおりだ。「みんな」が日本が勝ったと言っている。

客足が途切れた夕暮れどき、店にふらりと現われた常連客のロドリコが不思議そうな顔で、店主の洋平に尋ねてきた。

「日本人《ジャポネース》、どうして、戦争、勝ったと思ってる？」

先住民の血を引く行商人の彼は、サンパウロ市内外のさまざまな街を渡り歩いているが、どこに行っても日本人たちは戦争に勝ったと喜んでいるという。

洋平だけでなくパウロも頼子も、もちろんトキオも、答えようがなかった。移動中に立ち寄ったというロドリコは、コーヒーを一杯だけ飲み「日本人《ジャポネース》、不思議だね」と首をひねりながら立ち去った。

「事実と逆の噂が、広まってるのか」

ロドリコの背中を見送りながらパウロが言った。洋平は頷く。

「昨日の今日だ。みんな混乱しているのかもしれない。日本の敗戦を信じられないという気持ちもわかる」

「そうかもしれないけど、こんな噂、広まったままにしていいのか。『臣道聯盟』が動いてるって話も聞いたぜ」

昼間来た客によれば『臣道聯盟』を初めとする愛国団体も、日本の勝利を宣伝し始めたらしい。彼らの影響力は大きい。これでは噂は収まるどころか広まるばかりだ。

「しかし真っ向から否定すれば昨日の坂さんのように激高するかもしれない。それで揉め事にでもなれば、また取り締まりの対象になりかねないぞ」

「それは、たしかに……」

頼子が二人に口を挟んだ。

「とりあえずは、お茶を濁すしかないんじゃないかい。客商売だからね、お客さんのご機嫌を取って。それでいて、変な噂が広まらないようにさ」

彼女は努めて明るい口調で話しているようだ。

「そうだな。大曽根さんも、無闇に『負けた』と言うべきじゃないと言っていた。お客に訊かれても勝った負けたははっきり言わないようにするか」


洋平が『ヒグチ』での対応を決めた三日後、サンパウロ市で発行されている新聞『Diário de São Paulo』に、ブラジル人の記者が、日本人が経営するホテルや商店を探訪し、日本人が今、何を思っているか尋ね歩く記事が載った。パウロによるとこの記事に登場する日本人たちはみな〈私にはわからない〉〈お国からの知らせをただ待つだけだ〉などと、戦争の勝ち負けについてははっきり言っていないらしい。〈日本の天皇陛下が始めたことに間違いはありません〉と断言し、暗に日本が勝ったのだと言わんとする者もおり、記事は日本人は日本が負けたことを知らないのではないかと訝しむような書き方をしているという。

　その日の営業終了後、厨房の片付けを終えた洋平がホールで新聞をぱらぱら捲りながら独りごちた。

「何処もうちと同じだな。きっとみんな、はっきりと言わないようにしていたんだろう。なのに、ブラジル人の記者は気軽に負けた負けたと言ってくれる」

「あの、俺は軽々しく負けたと言わないのは、正しいと思います」

　洗い物を終えてホールに出てきたトキオは意見を言った。

　洋平は苦笑する。

「まあ、そうだなあ。そりゃあ、私だって日本が負けたなんて何かの間違いであって欲しいと思っているからなあ。戦争に負けたって実感も、正直ないしな」

　もし日本が負けたらどうなるのかとずっと不安に思っていたのに、今のところ日常に変化はない。日本人は敗戦国民になったはずだが、当局が新たな弾圧を始めたという話は聞かない。『ヒグチ』には相変わらず多くのブラジル人が客としてやって来る。

　テーブルを拭いていたパウロが口を挟んだ。

「でもさ、日本が勝ったって話になるのが俺には不思議でならないよ。中立国のスウェーデンやイエズス会だって日本が降伏したって言っている。新聞やラジオも、ずっとアメリカの勝利は目前だって報じていた。例の新型爆弾のこともある。言っちゃ悪いが『引き込み作戦』だって、わざわざ敵を本土まで呼び込むなんて無理がある話だよ。冷静に考えれば日本の劣勢は明らかだったんだ。負けを信じられないとしても、そこからいっぺんに勝ったってことになるのは、どう考えてもおかしいだろ」

　以前のトキオなら、何を言ってるんだ、お国の勝ちを信じて何が悪いんだと、食ってかかっていたかもしれない。けれど今はパウロの弁に説得力を覚えていた。

洋平が大げさな身振りでため息をついた。

「パウロ、みんながみんな、おまえみたいに学があるわけじゃない。それに日本人は基本的にポルトガル語が苦手だ。街で暮らしていても言葉ができるとは限らない。話すのはいけても読むのはからっきしって人は多いし、まったくわからんという人も珍しくない。言葉がわかったとしても、ブラジルの新聞やラジオは信用ならんと、一切触れようとしない人もいる。そういう連中にしてみたら、戦況は全く逆、ずっと日本が優勢で勝利は目前と思っていたんだろうからな。陛下が直々にラジオでお話しなさるとなれば、勝利宣言に違いないと思っても、不思議じゃない」

「だとしても、勝ったって噂は、そうであって欲しいって願望が生んだ幻みたいなもんなんだよ。まったく、困ったもんだ」

パウロは鼻で笑うように息を吐くと、こちらを向いた。

「田舎の方はどうなってるんだろうな」

それは、この数日、ずっとトキオも考えていたことだ。

弥栄村では、ポルトガル語などできないのが当たり前だ。ブラジルの新聞やラジオの内容を理解できる者など一人もいないし、そもそもブラジル側の報道はほとんど、いや、全く入ってこない。日本が戦争に負けるなどとは、誰一人として思っていなかっただろう。

そして弥栄村の人々はみな、愛国心が強い。南雲家の製油所が燃やされたのも、その裏返しに他ならない。

「わからない」

トキオは、かぶりを振った。今、村はどうなっているのか。こちらが訊きたいくらいだった。

図らずもその答えをトキオが知ったのは、それから一週間ほどが過ぎた、八月の終わりのことだった。

勇から手紙が来たのだ。まだ前の手紙の返事を送っていない。それなのにもう一通、向こうから送ってくるのは珍しかった。

封を開け最初に目に飛び込んできたのはでかでかと書かれたこの六文字だった。

日本国大勝利！

よほど嬉しかったのだろう。手紙の冒頭、挨拶より前に書かれていた。活き活きとした字に一途な勇の人柄が滲み出ている気がした。

どこかで予想していたことでもあった。それでも息を呑まずにいられなかった。文面を目で追ってゆく。

拝啓　南雲トキオ様

このやうな晴れやかな気分で、貴殿への手紙を書けますことを、大変に嬉しく思ひます。

先日の貴殿からの手紙を受け取つた直後、亜米利加の手下たる伯剌西爾警察に逮捕されたと聞き及び、危惧してをりました。しかし、我が大日本帝国が敵の首魁たる亜米利加を退けた今となつては、とうに釈放され、戦勝国民に相応しい待遇を受けてをることと思ひます。きつとそちらでも同胞らは大いに戦勝を喜び溜飲を下げてをることでせう。我が弥栄村でも連日のやうにみなで集まり、宴を開いてをります。

先の手紙で、愛国団体を結成する旨、お知らせいたしましたが、名称は栄皇会と決まりました。

実はこの栄皇会が発足したまさにその日、あの、陛下の素晴らしい放送があったのです。みな我らに天命ありと意気を上げてをります。今後は大東亜への帰還を見据ゑ、ます〳〵日本精神の涵養に邁進する所存です。さう遠くないうちに、貴殿と共に祖国の地を踏めるだらうこと実に楽しみです――


そこには勇の喜びと興奮が溢れていた。

ああ、すべてこのとおりだったらどんなにいいだろう。日本が大勝利を収めており、そのことを勇と喜び合えたら。勇とともに戦勝国の日本に帰れたら。

それはずっとずっと望んでいたことだ。

なのに……。

この勇の手紙を読み、トキオは改めて自分が、もうどうやっても日本が勝ったと信じられないことを自覚した。

悔しかった。受け入れるべきことを受け入れているはずなのに。事実を正しく認識しているはずなのに。それでも日本人として最大の喜びを親友と分かち合えないことが、悔しかった。

意気揚々とした文面を、しかし忸怩たる思いで読み進める。一番最後、追伸として添えられていた文章で目が留まった。

追伸
余談ですが、このめでたさに水を差す不届き者もをるやうです。ウアラツーバの田舎者のガイジンなどは、国際的な情報に疎いのか、日本が負けたなどといふデマを流し大きな顔をしてをります。嘆かはしいことに、一部の同胞とも呼べない非国民的な日本人がその尻馬に乗つてをるといふのです。こういつたことは、貴殿がかつて不可抗力的に敵性産業に関はつてしまつたことと違ひ、明確な国賊行為といえるでせう。都会でも敗戦デマが出回つてをると聞いてをります。くれ〴〵も、ご注意のほどを。

手紙の向こうに一瞬、あの夜の景色が——製油所が炎の球となり燃える景色が——重なった。


俺は勇にどんな返信を書けばいいんだ？

勇に合わせて自分も日本が勝ったと思い込んだつもりで書いてみようか、それとも、本当は勝ってない負けたんだと、本心を書くべきか。どちらで書き出しても、筆は上手く進んでくれなかった。

トキオが勇への返信を書きあぐねている間にも、日本人の間で戦争に勝ったらしいという噂話が広まり続けているようだった。愛国団体や個人がつくった、日本勝利を宣伝するガリ版刷りのチラシが出回るようにもなった。

そして九月に入ると街に「異変」と言うべきことが起こり始めた。

日本人をよく見かけるようになり、『ヒグチ』を訪れる日本人客も目に見えて増えたのだ。これまで、むしろブラジル人の客の方が少し多いくらいだったのだが、連日、日本人でごった返すようになった。しかも『ヒグチ』に限ったことではなく、サンパウロ市内の日本人が経営している店やホテルは何処も同じような状況らしい。

田舎の殖民地の人々がかなりの数、サンパウロ市に出てくるようになったからだ。彼らは街での官憲の取り締まりをよく知らない。ゆえに無頓着に日本人同士で集まり行動する。そのことが余計に日本人が増えた印象を強めた。

「使節団がいつ頃来るのか知りませんか？」

『ヒグチ』を訪れた人々は、みな店主の洋平にこういう意味のことを尋ねた。

近々サンパウロに日本の戦勝使節団がやってくる——いつの間にか、ただ勝ったというだけでなく噂にそんな尾ひれがついていた。

日本人殖民地の密集地と言われる州を東西に走るノロエステ線沿線から来た人々も、それと並行するように走りウアラツーバもあるソロカバナ線沿線の人々も、古くからの日本人が多いコーヒー地帯のパウリスタ線やモジアナ線の沿線の人々も、それぞれ数百キロ以上も離れた場所に住む人々が、みな同じ噂を信じていた。日本語を喋る者たちの口から口へ、まるで野火のような伝播力で噂は拡散していたのだ。

その使節団が来るはずのサンパウロ市に住むトキオらは、そんな話は聞いたことがない。かといって、相手は日本の勝利を信じ期待に胸を膨らませて、奥地からわざわざ出てきたのだ。頭ごなしに否定するのも忍びない、と言うよりも、否定すれば揉め事になりかねない。

結局、『ヒグチ』では曖昧に「わかりません」と答えると洋平が決めた。滅多にないことだが、厨房のトキオも人に訊かれたときは、そう答えた。

日が経つにつれ噂は具体性を帯びてきた。

——使節団はサントス港にやってくるはずだ。

——九月一〇日を戦勝記念日と定め、この日に来るそうだ。

——使節団は二〇〇人もの規模らしい。

——航海に時間がかかり到着は一五日になったそうだ。

——一六隻の堂々たる大船団に一〇〇〇人は乗っているって話だ。

——喜望峰を迂回してだいぶ時間がかかったが、いよいよ二四日には着くようだ。

——こっちの時間で午後三時の予定らしい。

毎日、厨房からそれに耳を傾けているトキオからすると、何とも不思議な出来事に思えた。口にする人は違うのに、まるで共同作業をしているように同じ話が少しずつ修正されるのだ。そして修正されるたびに使節団がやってくる日は後ろにずれ、規模は大きくなってゆく。

やがてそれは〝九月二四日午後三時、一六隻の船団からなる大日本帝国戦勝使節団が、サンパウロの外港、サントスに入港する〟という形で一応の完成をみたようだ。

九月の中頃、厨房に近い席で二人連れの客がする会話に聞き逃せない名前が出てきた。

「——それでな、そのアオキって人に金を渡せば、特別に使節団と一緒に大東亜に帰れるかもしれんそうだ」

アオキ——軍人を騙る詐欺師かもしれない男。以前、大曽根から噂を聞いたら知らせて欲しいと言われていた名だ。

洋平と頼子の耳にも入っていたようだった。普段は噂話は聞き流すのだが、このときだけは頼子が「あら、面白そうな話してるねえ」と話しかけ、詳しいところを聞き出した。

それによれば、南米に潜伏中のアオキなる軍人が、使節団の船に乗る乗船券を格安で売ってくれるというのだ。頼子は「本当なのかい。きちんと確かめてからお金を払った方がいいよ」とやんわり諭したが、二人とも「間違いない」と、聞く耳を持たない様子だった。

大曽根に連絡をすると、その夜、秋山がやってきて、きっぱりと言った。

「とんでもない！　そんなの明らかな嘘、デマですよ。そもそも使節団がやってくるなんて話自体、支社長も聞いてないんですから」

国の使節団が来るのに、元官僚の大曽根に連絡がないとは思えない。やはり使節団は来ないのだろう。そもそも日本は戦争に勝っていないのだから、来るわけがない。

「そのアオキは国防献金を騙し取っていたアオキと同一人物でしょうな。今度は使節団の噂を利用して金を騙し取ろうとしているのでしょう。実は、このアオキに限らず、日本が勝ったという噂を利用する詐欺師があちこちに出没しているようなんです」

秋山は「これは頭の痛い話ですよ」と、すっぱいものを食べたような顔で続けた。

「日本人同士で騙し騙されているうちはまだましなんです。問題はブラジルの官憲です。ブラジル人たちは、突然、街に日本人が集まってきたことに驚いています。当局も警戒しているようです。日本とブラジルは直接戦争していたわけじゃありません。だから戦争に負けても、おとなしくしていれば余計な弾圧を受けるようなことはないはずなんです。けれどこれ以上、騒ぎが大きくなれば当局も黙ってないでしょう。集まって来た人たちだけではなく、日本人全体が取り締まりの対象になるかもしれません」

一同が表情を硬くした。トキオも理不尽な逮捕を経験している。銃口を向けられたときの恐怖は忘れがたい。みなが公権力による弾圧を恐れる気持ちはよくわかった。

「デマに踊らされている連中のせいで……、まったく迷惑な話だ」

パウロが吐き捨てるように言った。

すぐに打てる手があるわけでもなく、差しあたり、情報共有だけして秋山が帰ろうとしたときだ。トキオは呼び止めて勇から来た手紙の内容を知らせた。弥栄村でも日本の勝利が信じられている、と。

秋山は「そうかあ。やっぱりなあ」と、頭に手をやった。

「実は先月、瀬良さんが、サンパウロに来ていたんだ。どうもその『栄皇会』だっけ。愛国団体をつくるためにあちこちを視察していたらしい。『臣道聯盟』にも接触しようとしててね。止めようとしたんだけれど、聞いてくれなかったよ。今頃、日本が勝ったって大喜びしてるんだろうね。勇くんや、他の村の人たちと一緒にね」

その光景は目に浮かぶ。しかし何か起きたら村だって弾圧されかねない。

「あの、秋山さん、瀬良さんを説得できませんか」

「説得って?」

「ですから、冷静になるように」

「つまり日本の勝利を疑えって?　新しい団体まで発足させた今、あの人を説得しろってのか」

秋山は真顔で訊き返してきた。

「ええ、昔なじみの秋山さんの言うことなら、瀬良さんも聞くんじゃないかと……」

瀬良が秋山の説得に応じてくれたら、勇だって冷静になれるはずだ。

しかし秋山は大きくかぶりを振った。

「そりゃあ買いかぶりさ。むしろ昔なじみだからこそわかるよ。無理だ。瀬良さんは僕の話に耳を傾けてはくれない。というか、おそらく誰でも同じだ。あの人は、一種の獣なんだ。獣を説得するなんて、できっこないだろ」

獣――突き放すようなその言葉が、耳に残った。


――一九四五年　九月二三日。

噂されている使節団の到着がいよいよ翌日に迫ったこの日、店を訪れる日本人らの熱気はいつにも増して大きくなった。昼の開店直後から、食事のために店に押し寄せてきた客たちは、みな興奮気味に、明日やってくるはずの使節団のことを話していた。夜か、明日の朝には、サントス港まで移動し、船を迎えるのだという。一六隻の船団の後にさらに一〇〇隻やってくるだとか、使節団の団長は皇太子殿下が務めてくださっている、などとさらに大きな尾ひれがついた噂を口にする者までいた。

厨房で皿を洗いながらそれを聞いているとトキオは、本当に明日、使節団が来るような気にもなってきた。まだ自分のどこかに日本が勝っていてくれたらと期待する想いがあるのだ。

しかしホールに視線を移し、そこに溢れる客の様子を見ると、それはみるみるしぼんでしまった。彼らはみな一様に日に焼けた顔をし、どこか汚れた服を着、大きな荷物を抱えていた。同じ日本人でもパウロや秋山のような都会で暮らす者とは雰囲気がまるで違い、一目で田舎者とわかる。ポルトガル語などほとんどわからないだろうし、学もないのだろう。自分自身も少し前まで同じ田舎者だったのに、いや、田舎者だったから、わかる。この人たちはデマを信じてしまっているのだ。

明日、使節団が来なかったとき、どうなってしまうのだろう？

憐れみの混じった恐ろしさを感じる。かといって彼らに「それはデマです」「使節団は来ません」などと告げることもできなかった。

もっとも昼時は、いつもよりずっと混み合っている店を回すだけで手一杯で、一人一人の客の相手をしている時間はとてもなかった。

そうこうするうちに午後三時を過ぎ、ようやく店内がまばらになってきた頃だ。洋平と頼子の夫妻は、ホールの空いているテーブルについて一休みし、トキオも厨房の隅にある小さな椅子《カデイラ》に腰掛けて、コーヒーを飲んでいた。

「ごめんください」

入口の方から聞こえた声に腰が浮き、トキオは立ち上がっていた。

カウンター越しにホールを確認するより前に、声の主が誰かはわかった。一年以上ぶりだが、聞き違えるわけがない。

店の入口に、黒瑪瑙の目をした親友——勇の姿があった。

「勇！」

呼びかけると、勇はこちらを向いた。

「おお、トキオ！　店、ここでよかったんやな！」

彼は子供の頃と変わらぬ笑みを満面に浮かべる。

反射的に喜びが溢れた胸に、一瞬遅れて暗雲が立ち込めた。勇が今日、街までやってきた理由は明らかだったから。

4

煉瓦で舗装された道と、その両脇に建ち並ぶ白壁の洋風の建物。牛馬の姿はなく、道の真ん中を自動車が行き交っている。鼻腔に入り込んでくるのは堆肥や獣の臭いではなく、かすかに饐えたような生活臭だ。そして日本人ではないガイジンが——それも白人が多めに——そこら中を闊歩している。

そんな殖民地とは何もかもが違う都会の景色の中に、そのバールはあった。

路面電車のピグアス駅のほど近く。駅前の広場から西に延びる路地の入口あたり。駅舎から歩いて五分とかからない。しかし勇が店を探し当てたのは、電車を降りてからゆうに三〇分以上経過したあとのことだった。

駅前から道を入ってすぐのところにある店で、名前は『ヒグチ』——以前、トキオからもらった手紙にそう書いてあった。日本人が経営する店なら簡単に見つかるだろうと、たかを括っていたのだが、あてが外れた。

全伯大会のときにもここピグアスを訪れているが、土地勘などあるはずもない。道を入ってすぐ、といっても、それがどの道かわからない。駅前広場から延びる道を、しらみつぶしに行き来してみたが、どの道にも看板を掲げた建物が並んでおり、どれが『ヒグチ』なのか見当もつかなかった。

ブラジルで外国語の使用が禁止されてから久しい。それでも田舎では、日本人が経営する店は看板に日本語を入れていたりするのだが、都会にはそんな店は一軒もなかった。ポルトガル語の看板を掲げる店は、勇には何処も同じように見えてしまう。

どうしたものかと思ったが、幸いだったのは、ちらほら日本人らしき東洋人を見かけることだった。思いきって、目についた一人に声をかけてみた。

「あの、そちら日本人ですか」

「え、ああ、そうです」

何かの店らしき建物から出てきたその男は答えた。よく日焼けした肌をしており、質素なシャツとズボンという出で立ちで、風呂敷包みを手に抱えている。

「ああえかった。『ヒグチ』ゆうバールを探しとるんですが、何処か知らんですか」

尋ねると男は、目をぱちくりさせたあと、今、自分が出てきた建物を指さした。

「ここ、じゃないですかね」

男の指の先、建物に掲げられている看板には大きく『ＲＩＧＵＴＩ』と書かれていた。

数秒考え、ブラジル人の読み方に合わせた表記だと気づいた。

「こうそこら中、ポルトガル語《ブラジル語》ばっかだと、わからなくなりますよね」

男は苦笑する。

「まったくで」

「まあ、そのうちそこら中、日本語だらけになりますよ」

男は言って手を振り、駅の方へ去っていった。名乗ることもなく、何処の誰かわからないが、勇と同じ目的で田舎から街に出てきた者なのだろう。日本は戦争に勝った。明日、サントスに戦勝使節団が到着する。それを迎えるためだ。

再び看板を見上げた。近いうちに『ヒグチ』と書き換えられるはずだ。男の言うように、この街にも日本語が溢れるようになるだろう。ずっと不便を我慢しつづけたが、それももう終わる。

その誇らしさ晴れがましさを改めて噛みしめつつ、両開きの戸を押して開いた。

「ごめんください」

表との光量差でやけに暗く感じる店内はまばらに客の姿があった。みな、東洋人、おそらくは日本人だ。

「勇!」

自分を呼ぶ声が響いた。確かめるまでもなく、誰のものかわかる。

店の奥に視線を送ると、料理を出すカウンターの向こう側、厨房らしきところに、かつて背中を追った親友――トキオの姿があった。

「おお、トキオ!　店、ここでよかったんやな!」

勇は声を張り上げ、破顔した。

「ほんま、久しぶりやな。でも、変わってないようでよかったで」

「ああ、うん。勇も、元気そうでよかった」

バール『ヒグチ』のホールの隅にテーブルを一つ寄せ、勇とトキオは二人向かい合っている。店主の樋口洋平が「店はこっちに任せて、二人で積もる話でもしろよ」と、計らってくれたのだ。

樋口夫妻は二人とも、特に頼子の方は、前に見たときよりも、ずいぶんと肥っていた。口に出したわけではないが、頼子は「あんた、すごい肥ったって思ったね」と図星を指し、「そのとおりさ」と豪快に笑った。

トキオは「おかみさんは、俺にも同じようなこと言ったよ」と苦笑していた。

一年も街で暮らしたせいかトキオは村にいた頃よりも少し色が白くなっていた。店で働くときに身につけているという洋風の白い割烹着姿も、なかなかさまになっている。

が、言葉を交わすうちに勇は戸惑いを覚えた。

トキオの喋り方や笑顔が、ぎこちないのだ。会うのは一年ぶりだが、それ以前は一〇年も同じ村で過ごした。トキオが心から笑っているのか、作り笑いを浮かべているのかは、何となくわかる。今は後者だ。

報われたのに。日本が勝利し、トキオにとっても念願の、祖父の代わりに祖国に帰るという願いがようやく叶うというのに。

トキオ、おまえ何でそんな顔しとる?

内心、訝しみつつも勇は話を続けた。

「――まあそういうわけでな。村にでけた『栄皇会』な、総裁は瀬良さんで……実は、その右腕ゆうかな、専務理事を俺が任されることになったんや」

手紙では伏せた専務理事になったことを打ち明けた。抜擢の理由を訊かれたら、この一年の働きが評価されたと、多少の作り話をする用意もしてあった。けれどトキオは「そうか。すごいな」と、短く相づちを打つだけだった。

俺が認められたと知ったらトキオはきっと喜んでくれる。そう、思っていたのに。まさか……。嫌な予感がした。それを振り払うように、勇は話題を変えた。

「それにしても、逮捕のことは災難やったな。手紙の返信がこんから心配したで」

「すまなかったな。すんなり出れたんだけどな。いろいろ忙しくて……」

「そうか。しかし保安警察てのも困った連中やな。ガイジンからの嫌がらせゆうたら、村でもえらいことがあってな。いや、こっちは嫌がらせなんてかわいいもんと違うな。駅町のシルヴァのやつに太郎と次郎が襲われたんや。半殺しの目に遭《お》うてもうた――」

手紙には詳しく書かなかった前田兄弟がシルヴァに襲撃された顚末を聞かせる。

前田兄弟は先日ようやく退院して村に戻ってきた。太郎が前歯をなくしたが、それ以外は二人ともすっかり回復している。戦勝の報が何よりの薬になったようで、今では張り切って柔道の稽古にもいそしんでいる。

「そんなことがあったのか。いや、怪我が治ったのはよかったが……酷いな」

トキオは前田兄弟を心配し、シルヴァに憤った。こういうところは変わっていない。

勇は声を明るく切り替えた。

「でもな、そのうち、シルヴァの方から詫びを入れにくるかもしれん。なんせこっちは、ブラジルの親分のアメリカに勝ったんやからな」

トキオの表情がはっきり引きつった。嫌な予感が増す。

「だけど田舎はあかんな。手紙にも書いたが、シルヴァのやつなんかは、未だに日本が勝ったことをようわかっとらんで、我が物顔で偉そうにしとるんや――」

天皇陛下による直々の戦勝放送により、弥栄村の面々は大いに沸き上がった。あの夜は『栄皇会』の発足式を兼ねた宴が朝まで続いた。

最高の夜。ブラジルにやってきて十余年。紛れもなく、あの夜が最高の夜だった。

しかしその一方で、翌日からもウアラツーバの日常はなかなか変わらなかった。駅町のジョゼー・シルヴァは、自警団を解散せず、日本人を狙った強盗まがいの「取り締まり」を続けていた。被害を受けた日本人が「日本が勝ったんだぞ！」と抗議の声をあげても、シルヴァはふてぶてしく笑い、意に介さぬばかりか、ポルトガル語で「お前らは負けたんだ」という意味のことを言い放つらしい。

無論、勝ったのは日本だ。天皇陛下が直々にラジオでそれを宣言されているのだから間違いない。瀬良は、はっきり聞こえたと言っている。各地の愛国団体がつくった手製の新聞や、日本語の草の根ラジオでも、日本の勝利を繰り返し報じている。

「——俺が一番許せんのは、日本人なのに敗戦デマなんかに惑わされとるやつや！　あの陛下の放送を敗戦の弁やなんて言うとる不届き者がおるらしい。そんなやつらは日本人やない！」

ブラジルはもともとアメリカの味方だ。だからブラジル人がアメリカの肩を持って敗戦デマを流すのはまだわかる。しかし日本人が祖国の大勝利という誇らしい事実を否定するなどあり得ない。

じっとトキオの顔を窺う。彼はずっと頷きながら聞いていたが、その表情は、膠《にかわ》で固めたように強張っていた。たとえば「まったくだ。俺もそんなデマを信じるやつは許せん」といったような、勇が期待した言葉をトキオが言う気配はなかった。

代わりに何か言いたいことを言い出せない様子で、口を開きかけては閉じるを繰り返している。嫌な予感は、陽射しに焼かれた肌のように時間とともに濃くなってゆく。

と、背後から「あれ、おまえ」と、声をかけられた。

振り返ると入口から入って来た男が、こちらを見下ろしていた。見覚えのある顔立ちと口髭、前に会ったときはかけていなかった眼鏡をかけている。

「パウロか？」

「そうだよ。勇だよな？　全伯大会のとき以来か」

「ああ、せやなあ」

一瞬、空気が和みかけたが、パウロもすぐに怪訝な顔つきになった。

「おまえ、まさか……使節団、出迎えに来たのか？」

明日、九月二四日午後三時、一六隻の大日本帝国戦勝使節団が、サンパウロの外港、サントスに入港する——五日ほど前、瀬良を通じて弥栄村にもたらされた情報だ。街に住むパウロは当然、このことを知っているのだろう。無論、トキオもだ。

「せや」

勇は頷いた。村では大東亜共栄圏発展のために使ってもらおうと使節団への献金を集め、瀬良と勇をはじめ『栄皇会』の有志数名がそれを届けることになった。

今日サンパウロに前泊し、明日の朝、サントスへ向かう予定だ。

せっかくサンパウロまで来たのなら、トキオの健勝を確かめたかった。手紙のやりとりではなく、この目で。自分がしたことがトキオにとってもよかったのだと、改めて確かめたかった。そして、日本の勝利という何よりもめでたい出来事を共に喜び合いたかった。だから一人、『ヒグチ』を訪ねたのだ。

人目も憚らず互いに涙を流し万歳三唱する、そんなことさえ想像していた。けれどトキオは、ずっと顔を引きつらせたままだ。

その傍らに立つパウロが口を開いた。

「来ないよ」

「は？」

「戦勝使節団なんか、来ない」

「おい、パウロ」

トキオが慌てて声をあげた。パウロは手を広げそれを制する。

「ちゃんと話した方がいいと思う。勇は俺だって知らない相手じゃないし、トキオ、おまえにとっては親友だろう」

トキオは目を泳がせ、こちらを見た。弱々しい、トキオらしくない顔つきで。かつて、村に敵性産業論が蔓延したときにもこんな目をしていた。あのときは密かな優越感を覚えたが、今日は苛立ちを覚えた。

「……言いたいことがあるなら、言ってみ。使節団が来んて、どういうことや」

自然に声に険を込めていた。

トキオは逡巡したようだが、意を決した様子で短く言った。

「デマだ」

「デ、デマ……、やと？」

唇が震える。

「そうだ。使節団は来ない」

トキオは、はっきりそう言った。

「んなことあるかい！」思わず、大声が出た。「ええか、使節団が来るいうのは軍関係の方からの確かな情報や！」

使節団の件は、以前、高周波爆弾の情報をもたらしてくれた特務機関のアオキ大尉からも聞いたと瀬良は言っていた。

トキオは怪訝そうに眉間に皺を寄せた。

「軍関係……まさかアオキってやつか」

「知っとるのか?」

「そいつは詐欺師だ。前に手紙に書いた国防献金をネコババしてるやつなんだよ」

前に瀬良にそのことを話して叱責されたことを思い出し、余計に頭にきた。

「ちゃうわ。瀬良さんが知り合うた、れっきとした特務機関の大尉殿や」

「いや、アオキっていうのは詐欺師なんだ。今度は使節団の噂を利用して騙そうとしてるんだよ」

「アホ言うな!『臣道聯盟』の方から紹介されたんや。おまえの言うとる詐欺師とは別人に決まっとるわ」

「なあ、本当に信頼できる軍人なのか。勇、おまえはそのアオキに会ったことあるのか?」

話を理解しようとしないトキオに鬱陶しさを覚えた。アオキなんて珍しくもない名前、偶然一致しただけに違いない。

「極秘の任務を負っている軍人においそれと会えるわけないやろ。そのくらい想像できんのか」

「とにかく、使節団なんて来ないんだ。大曽根さんもそんな話は聞いてないって言っている。来ないんだよ」

大曽根周明はたしかに立派な人ではあるのだろう。交換船に乗らず日本人の権利保護のために汗を流していると、村でも尊敬する向きが多い。しかし勇には、大曽根の活動によって助けられたという実感はない。ウアラツーバではシルヴァのような排日主義者が大きな顔をしており、日本人は嫌がらせを受けてばかりだ。こう言っては悪いが、志は立派でも大して役に立たない人だ。そんな人に連絡がなかったから何だというのだ。

「大曽根さんは軍とは関係ないやろ。使節団を仕切っとるのは軍や、知らんのも当然や」

「当然じゃない。国から直接の連絡がなくても、イエズス会や外国の領事館を経由して必ず大曽根さんに知らせがあるはずなんだ」

イエズス会？　領事館？　そんなものを持ち出してくることに、あきれてしまう。

「所詮、外国は外国や。あてになるかい。トキオ、どうしたんや。おまえ、ゆうとること滅茶苦茶やぞ」

「滅茶苦茶は、おまえの方だ」

横からパウロが口を挟んできた。

顔を向けると、パウロは眼鏡越しに、冷たい視線をこちらに向けていた。

「戦勝使節団は来ない。そもそも日本は戦争に勝っていないんだ。来るわけがない」

「日本が、勝ってないやと」

「そうだ」

頭に血が上るのがわかった。勇はトキオに視線を送る。

「トキオ、おまえもそう思うんか」

トキオの目が大きく見開かれるのがわかった。額にうっすら汗が滲んでいるのが見えた。

互いに目は逸らさなかった。わずかな間が、やけに長く感じる。

「……ああ」

トキオはゆっくりと頷いた。

嘘、やろ――嫌な予感はしていた。やりとりをするうちに、それは確信と言うべきものへと変わっていた。

どうしてや。どうして、この誇らしい勝利を疑うんや。ふざけるな！　怒鳴りつけたい衝動を抑えて尋ねる。

「じゃあ、あの放送は何や。天皇陛下が直々に戦勝をお伝えになったことまで嘘やって言うんか」

「あれは……、日本が降伏を受け入れたことを知らせるもの……だったんだ」

「負けたゆうことか。日本が」

トキオは喉を鳴らし唾を飲み込んだようだった。それから、頷いた。

「そうだ。負けたんだ」

今、たしかにトキオは「負けた」と言った。聞き間違えようもなかった。

——田舎より街の方が敗戦デマがよう飛び交っとるらしい。もしそんなもん聞いても、決して耳を貸してはならんぞ。

サンパウロへ向かう道中、瀬良から釘を刺された。

勇には、日本人なのに何故、そんなふうに日本を貶めるデマを吹聴するのか不思議でならなかった。瀬良に尋ねると「国賊の考えることはわからんが、きっと金じゃろう」との答えが返ってきた。都会にはブラジル人を相手に商売をする者も多い。そんな者の中に、目先の金のためにブラジル人におもねり、敗戦デマを広める不届き者がいるのではないかという。

日本の勝利を否定する敗戦デマは、敵性産業と比べてもより悪辣な売国行為だ。それは日本人としての正義を根こそぎ否定すること。栄光を信じ歯を食いしばってきた二〇万の同胞を裏切ることだ。

現実にそんな日本人がいることは信じ難かった。まして、よりによってトキオが敗戦デマを口にするなど、悪い夢を見ているようだ。

気づけば立ち上がって怒鳴っていた。

「おまえらの言ってることこそデマ、敗戦デマやないか！　日本が負けたやなんて、よく言えたな！」

トキオがまた目を泳がせる。勇を苛つかせるあの弱々しい顔つきで。

パウロがそのトキオと代わるように言う。

「デマじゃない。日本は負けたんだ。おまえは信じたくないかもしれないけれど、アメリカが新型爆弾を使って、本土が甚大な被害を受けたんだ。おまけに、満洲にはソ連が攻めて来た。それで堪らず降参したんだ」

「は、それがデマや言うとんのや！　日本はアメリカの新型爆弾よりもっと強力な高周波爆弾ゆうもん使って勝ったんや！」

パウロの方に一歩踏み出す。

「高周波爆弾？」パウロは目を丸くし、吹き出した。「おまえ、そんな話、本気で信じてるのか？　日本にそんなもの開発できるわけがないだろう。だいたい、高周波って何だよ」

「何やと」

人を、いや日本を小馬鹿にするようなその態度に、堪忍袋の緒が切れた。

手を伸ばしパウロのシャツの襟首を摑んだ。まったく武道の心得などないのだろう、パウロは驚いた顔のまま棒立ちになっている。

痛い目、見せたる——投げる動作に入りかけたとき、手首を摑まれた。

トキオだった。腰を浮かせ、強い力で勇の手首を握り、動きを制している。

勇はトキオを睨み付けた。トキオも視線を外さず、見つめ返してくる。顔つきから弱々しさが消えていた。

「勇、頼む。落ちついてくれ」

勇は「ふん」と、息を吐き出し、ゆっくりパウロの襟から手を離す。

パウロは後じさり、咳き込んだ。

トキオも手を離す。互いに視線はぶつかったままだ。

刹那の沈黙を破り、先に口を開いたのはトキオだった。

「勇」

「何や？」

「俺も、気持ちはおまえと一緒だ。日本が負けるわけがないと思っていた。戦線が本土に近づいているのも『引き込み作戦』なんだと思っていた。最後は日本が、正義が勝つんだと信じていた。でも……例の放送で、陛下が『共同宣言を受諾』と仰っていたのを聞いた人が何人もいる。これは降伏したという意味だ。ブラジルの新聞やラジオは、みな日本の降伏を報じているし、イエズス会や中立国のスウェーデンも日本が降伏したと言っているそうだ。村のみんなはポルトガル語がわからないし、新聞も読まないだろうけど――」

トキオは、要するに日本が戦争に負けたという意味のことを言っている。何やかんやと理屈を並べて。噛んで含めるような言い方で。

おまえまで俺を馬鹿にするんか？　ポルトガル語《ブラジル語》のわからん田舎者《もん》やて見下して、いい加減なこと言うんか？

途中から言葉が頭に入ってはこなかった。代わりにそれまでまったく聞こえていなかった店のラジオから流れている音楽が、やたらと大きく聞こえてきた。耳慣れないブラジルの音楽だ。酷く耳障りだった。

「今、俺たちがすべきなのは冷静に事実を受け止めることだ。そうして初めて、この先、同胞のために、延いては日本のために何ができるか考えることができる。大曽根さんもそう言っていたんだ。だから――」

うるさい！　もうたくさんや、そんな話は聞きたあない！

「黙れ！」

トキオが言葉を止めた。

「おまえ、誰や？」

問いが、こぼれた。

トキオは石にでもなったように固まり、何も答えない。

「誰やと訊いてる！　トキオがそないなアホなこと言うわけない。おまえは誰なんや！」

トキオが息を吸い込む音がした。血の気が引いたかのように、顔を青ざめさせていた。

トキオはあえぐように口を動かすが、言葉は出てこない。代わりに、瞳が潤んでゆく。

それを見たとき、目の奥に火花が散った気がした。

「答えられんのか。じゃあ教えたる。おまえはトキオとちゃう！　トキオは立派な日本男児や！

ブラジルで生まれたけど大和魂のある男や！　いつかお国のために戦いたいって言ってた男や！

柔道強くて、足だって速くて、俺の前をずっと走ってた男や！　ずっと俺が目標にしてた男や！

トキオは、俺を馬鹿にするような真似はせん！　敗戦デマなんか口にせん！　おまえなんか、トキオやない！　おまえは誰や！」

手紙を読んで安心していた。村での出来事を乗り越えて、元気にやっていると思っていた。街に行っても、トキオはトキオだ。まっすぐで、強く、優しい、トキオだ、と。

なのに。なのに！

「違うんだ……勇、わかってくれ！　デマじゃない。本当なんだ！　明日、使節団が来るって話の方が、デマなんだよ！」

トキオも怒鳴った。その顔は歪み、潤んだ目から涙をこぼしていた。

何でや？　何で、涙を流してまでそんなこと言うんや？　やっとやぞ。やっとお国が勝ったんやぞ。俺たち日本人が、肩身狭い思いせず胸張って生きれるようになるんやぞ。なのに、何でや？

「ふざけんなや！」

テーブルを叩いた。ばしん、と大きな音が店に響いた。

「俺はな、おまえがおらんくなったあと、村、守ってきたんやぞ！　お国の勝利を信じて、必死に守ってきたんや。瀬良さんも、勘太や他の仲間もや。それをおまえが踏みにじるんか！」

「いい加減にしてくれ！」

一喝したのは、店主の洋平だった。

いつの間にか勇たちがいるテーブルの目の前に立っていた。傍らに頼子もいた。二人とも心底困ったような顔をしていた。

「揉め事は困るんだ」

トキオが我に返った様子で頭を下げる。

「す、すみません」

「これ以上、そんな話をするなら出てってってくれ」

洋平は険しい顔つきで言った。

「……言われんでも、出ていきます」

勇は憤然としてテーブルを離れた。

「勇！」

呼び止める声に振り向く。椅子《カディラ》から腰を浮かしたトキオ。姿形はやはりトキオだ。得体の知れない強い感情に胸を衝かれた。

「明日、使節団は来る。そうすればおまえも目が醒めるやろ」

言い捨てて、勇は店を出た。

駅へ向かう道すがら、すれ違うブラジル人たちが勇を振り返った。日本人だからではないだろう。泣いていたからだ。

店を出て歩き始めてすぐ、涙が溢れた。

どういうわけか古い記憶が蘇る。ブラジルに、弥栄村にやってきた翌日、勘太たちに絡まれているところを助けられた。よろしくと差し出された手は大きく力強かった。あのときから密かに憧れていた。いつだってトキオのようになりたいと思っていた。全伯大会で勝ったときを含めて、心の底からトキオに優《まさ》ったと思ったことなど一度もなかった。勇にとっての理想を形にしたような男だった。

トキオに追いつくため、そして勝つため、何でもやってやろうと思っていた。

そのトキオが、どうして……。

止めどなく悲しみが湧いてくる。同時に怒りも。

あんなふうなトキオを見たくなかった。

一歩あるくごとに、感情が加速した。頭の中でトキオの言葉、仕草、視線が反芻される。どこか見下すように、こちらを諭そうとしていた。俺とおまえは対等じゃないと言わんばかりだった。

勇は回れ右をして『ヒグチ』に戻り大暴れしたくなる衝動を、奥歯を噛んで必死に抑えた。


——一九四五年　九月二四日。

サントス。

すべてこの地から始まったのかもしれない。一九〇八年、日本からの第一回移民船笠戸丸が到着したのも、今から一一年と半年ほど前、勇が乗った第二一五回移民船『りおでじゃねろ丸』が到着したのも、この街の港だ。

予定どおりこの日の朝、勇たち弥栄村『栄皇会』有志一行は、サンパウロからサントスに移動した。有志は全部で五人。総裁の瀬良と専務理事の勇、あとは田嶋ら年嵩の者が選ばれた。村に残ることになった勘太たち幼なじみからは大いにうらやましがられた。

鉄道の駅から港に向かって歩いてゆく。みな、手には小さな日の丸を握っていた。同じ道を逆に一度通っているはずだが、あのときの記憶はもうほとんど薄れてしまい、初めて訪れる街のように思えた。

道は煉瓦で舗装されており瀟洒な洋風の建物が建ち並ぶ様は、サンパウロとあまり変わらないが、街の匂いは違う。生活臭に港町独特の潮臭さが混ざっている。そしてサンパウロに比べて、軍人の姿を多く見かける。

軍人たちはみなすれ違うとき、怪訝な顔つきで勇たちを見た。直接戦っていないとはいえ、連合国が日本に負けたことが悔しいのかもしれない。

背の低い雑多な建物が並ぶ下町らしき場所にさしかかったとき、瀬良が口を開いた。

「そっちの方じゃったかな。日本人会を兼ねた日本語学校があったんじゃ。サントスには日本人がずいぶん住んでおってな。立派なホテルや商店もたくさんあった。じゃが何もかも政府にぶんどられたんじゃ。日本語学校だった建物は、今じゃ陸軍の兵舎になっとるらしい。国家ぐるみの強盗じゃ」

サントスで強引な強制退去があった話は有名だ。

きっかけは一昨年の七月、サントス港から出航したアメリカの商船二隻とブラジルの貨物船三隻が、ドイツの潜水艦に撃沈させられたことにある。スパイによる情報伝達があったと疑われ、サントスに住むドイツ人のみならず、日本人も全員が退去させられた。枢軸国からの移民はもれなくスパイの疑いがあるとの理屈だ。

突然、二四時間以内に出て行けと命じられ、従わない者は強制的に排除させられた。瀬良が「ぶんどられた」と言うように、その際、建物や資産はすべて政府に接収されたという。無論、まともな捜査など行われなかった。あまりに乱暴で、卑劣なやり口だ。

「まあ、そのうち、全部熨斗《のし》をつけて返してもらうことになるじゃろうがな」

瀬良が含み笑いをする。

日本は戦争に勝った。負けた連合国側についていたブラジルは、これまで日本人を弾圧してきたことのツケを払うことになる。

なのにどうしてトキオは敗戦デマなど信じてしまっているのか。

昨夜はあまりよく眠れなかった。哀しみと怒りが、ずっと頭の中でぐちゃぐちゃに混ざり合っていた。

今朝、サントスへ向かう鉄道の中で、瀬良にトキオと会ったことを打ち明け相談した。すると瀬良は「儂は、そういうことがあるかもしれんと思うとったわ」と、顔をしかめた。

——街には敗希派も多いらしいからな。あいつはきっと周りにデマを吹き込まれとるんじゃろ。

敗希派、とは敗戦デマを流す連中のことだ。敗戦を希む不心得者との揶揄を込めてそう呼ばれている。

——恐ろしいもんでな、周りがみんな黒じゃ黒じゃ言うのを聞いとると、白いもんも黒く思えてくるもんなんじゃ。どう考えても白に決まっとることを、あれこれ自分勝手な理屈をつけて黒と思い込もうとするんじゃ。

まさに瀬良の言うとおりだった。

昨日のトキオは、イエズス会がどうの、大曽根周明がどうのと、自分勝手な理屈をつけて日本が負けたと思い込もうとしているかのようだった。

――儂に情報をくれるアオキ大尉は身元も確かなお人じゃ。そん人が太鼓判押しとる。日本の勝利は動かせん事実じゃ。まあ使節団が来たら、あいつも目が醒めるじゃろう。

それは奇しくも昨日、『ヒグチ』を去り際に自分が言った言葉だ。

そうだ。トキオはいずれ目を醒ます。

そう思っても気は晴れなかった。周りに吹き込まれたとはいえ、あいつはまたも国賊行為に加担してしまったのだ。敗戦デマを信じることは、敵性産業に関わることよりもっと罪深い。目を醒ましたあと、きっと自分を責めるだろう。

トキオがそんなふうになったのは、きっと街で暮らすようになったからだ。土に触れず、米を食わず、ガイジン相手の商売を手伝ううちに、大切なものを失ってしまったのだ。

そのきっかけをつくったのは、俺や。俺があいつを騙さんかったら、こないなことにはならんかった。

とうに消え去ったはずの罪悪感が、ふたたび鎌首をもたげてきた。そんな勇の内心を知っていたわけでもないだろうが、瀬良は言った。

――じゃけどな、本当の大和魂があるなら、そんな妄言には騙されん。トキオは見どころのあるやつじゃ思うとったが、ブラジル生まれにはやはり真の大和魂は宿らんのかもしれんな。

瀬良の言葉は怒りと悲しみを薄れさせ、優越感と憐憫をくれた。

日本が勝ったことがはっきりして、己の過ちに気付いたときは、慰めてやろう。

歩きながら勇はふと思い出し、ポケットに片手を突っ込んだ。小さな石の冷たい感触。トキオからもらった黒瑪瑙。いつもこうして持ち歩いている。

昨日は頭に血が上り存在を忘れていたが、それでよかった。思い出していたら、投げつけていただろう。


一行が港まで辿り着いたのは、正午をわずかに過ぎた頃だった。薄曇りの空が、正中しているはずの太陽の光を淡く拡散させていた。街中よりもいっそう強い潮の臭いと、海産物が発しているのだろう生臭さが漂っている。港の入口を走る貨物鉄道の線路を越えた先に、桟橋と海が見えた。

港だ。敷地は弥栄村の運動場《カンポ》三つ分ほどだろうか。正面に大きな桟橋があり、脇の方には倉庫が並んでいる。平らに均されたコンクリートの地面は、運動靴越しにも硬く感じられた。

すでに大勢の日本人が集まっていた。勇たちと同じように日の丸を手にしている者も少なくない。数百人、いや、千人かそれ以上もいるだろう。黒山の人だかりとはこのことだ。しかも続々と増えてきている。ところどころに労働者や貨物が通る通路を示す線が引かれているのだが、そんなものお構いなしに人が溢れていた。勝手に茣蓙を敷いたり、何処から持ってきたのか椅子《カデイラ》や長椅子《バンコ》など置いてくつろいでいる者もいる。

少し離れたところで港の関係者や警官が、困惑した様子でそれを眺めていた。ときおり退《ど》くように注意しているようだが、誰も意に介さない。当然だ。こちらは戦勝国の臣民なのだ、負けた側の官憲に与する必要などない。

なかなか痛快な風景だった。やはり使節団は来るのだ。そうでなければ、こんなに大勢が集まるわけがない。一行も人混みに混ざり、地べたに車座になる。

瀬良は「アオキ大尉殿も来てるはずじゃけ、献金の渡し方や、予定どおりの時間に到着するか聞いてくるわ」と、いなくなった。

勇たちはその場で、使節団を待つことになった。

最初は仲間内で雑談をしていたが、そのうちに周りにいるよその殖民地から来た人たちとも、言葉を交わすようになった。

「そちらはソロカバナですか、こっちはノロエステです」「うちの村には最初、日本が負けたって話が入って来て、みなで泣きわめきましたよ。でもすぐそれが誤報、デマだとわかってねえ。安心したのなんのって」「うちの方でもガイジンが威張り散らしてて困ったもんです」「私んとこは家族で契約農《コロノ》をやってましてね。殖民地で自作農をしてる方は羨ましいです」「しかし待ち遠しいですなあ。船団が来るのはあっちの方角ですよね」

それぞれに住んでいる場所や置かれている状況は違うのだろう。けれど、みな土の匂いがした。殖民地で歯を食いしばり働いていた者たちだ。彼らこそ真の同胞なのだと感じることができた。

勇は名も知らぬ人々に呼びかける。

「こんなに大勢で使節団を迎えられるのは、ほんまに誉れです！　きっと俺たちはこの日を迎えるために、南米におったんです。盛大に歓迎しましょう。地球の反対側でも日本精神を忘れずにいた俺たちの姿を、使節団の方たちに見てもらいましょう！」

「おお、あんた、ええこと言いますな」

誰かが拍手をした。誇らしさが湧いてくる。

すると別の誰かがその拍手を手拍子に見立てるがごとく、歌をうたい出した。

「見よ東海の空あけて――」

愛国行進曲。戦争で国交が途絶える前、日本で発表された国民歌だ。ブラジルにも伝えられ、殖民地でもよく歌われている。みなが声を合わせ、合唱が始まった。勇も声を張り上げて歌った。勇の周りだけでなく、広く港に集まった人々に伝播してゆき、あっという間に数百人での大合唱になった。もう自分の声さえ聞こえない。一緒に歌う数百人が一つになったような、一体感を覚える。

――大行進の行く彼方、皇国つねに栄あれ。

最後まで歌いきると、また誰かが「見よ東海の」と、最初から歌い出す。合唱は終わらない。歌うほどに熱気が増し、みなが高揚するのがわかった。

それに呼応するように、雲の切れ間から陽が射し込んできた。もうもうとした人いきれが立ちのぼる。いつしか誰もが汗だくになり、それでも歌を止めようとしなかった。

歌は願いだった。使節団のみなさん、早《はよ》う来てください。待っとります、ここで。この南米の地で二〇万の同胞が待っとるんです。みなさんを、栄光を――そんな、希望に満ちた、願い。

勇は、瀬良がいなくなったきりであることも気にせず、声を嗄らし続けた。

やがて予定の三時が過ぎた頃、少し離れた場所でどよめきが起きた。

「来たぞ！」

声が聞こえた。みな歌を止めた。

「来たのか？」「そうらしい」「向こうだ！」

人混みを押し退け、桟橋に近づいてゆく。大勢が同じように動いたので、揉みくちゃになった。人と人の合間から桟橋の先、海の様子を窺う。遠くに大きな船影が見えた。祝福するかのように陽光がそれを照らす。

「おお！」「来たぞ！　使節団だ」「万歳！　万歳！」

次々に声があがる。

来た。来てくれた。ほれ見ろ、やっぱり来たやないか！　日本は勝ったんや！

「よう、来てくれました！」

勇は両手をメガホンにして腹の底から、声援を送った。ずっと歌い続けた喉が痛んだが、気にせず声を出した。

しかし、一六隻の船団のはずが、船は一隻だけのようだ。どういうことだろう。一隻、先行してやってきたのだろうか。

船が近づいてくるにつれ、場は静かになっていった。そして船のマストにはためく国旗が確認できる距離まで近づいてくると、人々は一斉に「ああ……」と落胆の声を漏らした。

そこに翻っていたのは日の丸ではなかった。よりによって星条旗。日本に負けたアメリカの国旗だ。船型も貨物船のそれである。

「何だよ」「紛らわしい」「勘違いしてもうたわ」

白ける者、憤る者、自嘲する者。みな、肩を落としながら、一旦、桟橋から離れてゆく。そしてまた待った。気勢をそがれたからか、いい加減みな歌い疲れていたか、再び合唱は始まらなかったが、熱気は場に充満したままだった。

しかし、その後も何隻かの船が入港してきてその度に人々は期待したが、いずれも日本の船ではなかった。

時刻は三時三〇分を回り、やがて四時になった。いつしか陽も雲に隠れていた。海風が吹くたび、汗で湿った身体が冷えてゆく。

「おいおいまだか」「海が荒れて遅れてるんだろうか」「連合国の残党に襲われたりしてないだろうな」「まさか来ないなんてことないよな……」

肩すかしを何度もくらい、少しずつ場に不安が広がっていった。

勇の頭の中にも、昨日のトキオの姿と声が蘇ってきた。

――明日、使節団が来るって話の方が、デマなんだよ！

そんなはずはない。

「使節団は来ます。絶対に来るんや！　お国を信じなあかん！　みんな何のために今まで頑張ってきたんや。疑うようなこと言うたらあかん！」

勇はトキオの声を掻き消さんばかりに声を振り絞り周りを鼓舞した。

「そうだな。来るよな」

みな同調してくれた。

そこに瀬良が戻ってきた。

「瀬良さん！」

勇ら『栄皇会』の面々は瀬良に駆け寄った。瀬良は何やら苦笑を浮かべていた。

「いやあ、参ったで」

「どうしたんですか？」

「使節団に何かあったんですか」

『栄皇会』の面々は我先にと、瀬良に尋ねた。瀬良なら例のアオキ大尉から事情を聞いているのではないか。

「そう心配すな。使節団にはまったく問題はない。こっからは見えんが今、沖合に停泊中じゃ」

みなで顔を見合わせた。すぐそこまで来ているのだ。近くにいたよその殖民地の人々も瀬良に注目をする。

「それで、いつ到着するんですか」

瀬良は頭を掻く。

「それがな。ブラジル政府からリオに来て欲しいとの要望があったらしくてなあ」

「ええ？　リオ？」

「おう。どうも日本からはるばる戦勝使節団がやってくるなら、首都でヴァルガス大統領以下政府高官をそろえて歓迎したいと、まあ、こういうことらしい。当然と言えば、当然よな。末端の官憲共の中には日本の勝利を受け入れん者も多い中、なかなか殊勝な態度じゃわ」

「なるほど。たしかに首都で迎えるのが筋ですな。しかし向こうには日本人は少ないでしょう」

「そうじゃ。使節団が来るのは、ブラジルで孤立無援の中、祖国の勝利を信じ続けた我ら同胞の慰問のためでもある。じゃけえ、使節団は日本人の多いサンパウロを目指してきたんじゃ。けど、どうしてもと再三要請があったようでな。ここはブラジルの顔を立ててやろうということになったんじゃ」

「じゃあ、使節団はリオに到着するんですか」

「そういうことじゃ」

「それはいつです。今から行けば間に合いますか」

「いや、リオに着くなら着くで、ブラジル側が歓待の準備をせなあかんゆうことで、少し先延ばしになったそうじゃ」

「ブラジルもずいぶんと勝手ですな」

「ほうじゃが、まあさすが大日本帝国の使節団じゃ、度量が大きいと儂は思うたよ」

「まったくです」

勇は息をついた。なるほどそういう事情か。安堵と落胆が同時に湧く。

今日のところは使節団は来ない。後日、リオに来るらしい――瀬良がもたらしたのと同じ話がそこかしこで広まっているようで、港に集まった日本人らは三々五々、解散していた。

勇らと話し込んでいた他の者らの中には、このままセントラル線（サンパウロとリオデジャネイロをつなぐ鉄道）でリオに向かうという者もいた。通行許可証《サルヴォ・コンヅット》が不要になったとはいえ、奥地の殖民地から出てくるのはちょっとした旅行のようなものだ。せっかくだから、使節団をひと目みたいと思うのはよくわかる。

勇もできることならこのままリオに向かいたかった。田嶋も同じ思いのようで、瀬良に伺いを立てていた。

「どうじゃろう。私らも、リオに向かいますか」

しかし瀬良は「まあ待て」と制した。

「今からリオへ行ったとして、肝心の使節団の入港がいつになるか……。ブラジル政府もだらしないけえ、どんだけ待たされるかわからんゆうことじゃ。『栄皇会』もできたばっかで儂や勇がずっと村におらんのもいけん。一旦は村に帰った方がええじゃろう」

瀬良は思い出したように勇を一瞥した。

「勇、おまえんとこはそろそろ二人目が生まれるじゃろ」

「ええ、まあ」

里子の腹の中の赤ん坊は、来週にも生まれる見込みだ。リオでいつになるかわからない使節団の到着を待てば、村に帰るのは生まれたあとになるだろう。

「はあ。じゃけど、せっかく集めた献金はどうします。持って帰るんですか。みんながっかりしますで」

田嶋が食い下がるように尋ねた。

「そこは安心せい。献金は儂がアオキ大尉殿に渡してきた。きっちり使節団に渡るようしてくれるし、万が一、使節団の上陸が極端に遅れるようなら直接、日本に送ってくれるそうじゃ」

「そうですか。そいじゃあ」

「ああ、帰りますか」

みな納得した様子だった。「都会の空気は合わん。村が恋しくなってたとこじゃ」と強がりか本音かわからないことを言う者もいた。

勇も、瀬良の言い分に納得していた。きちんと献金が使節団に届くのなら、今回は一度村に帰った方がよさそうだ。生まれてくる赤ん坊にも会いたい。

ただ、気がかりはやはりトキオのことだ。

せっかく、あいつが目を醒ます機会だったのに、先延ばしになってしまった。今日、使節団が来なかったことで、ますますデマを信じるようになってしまうかもしれない。

あいつを慰めることになるのは、もうしばらく先になりそうや——勇はポケットの中の黒瑪瑙を握りしめた。

そのとき、再び陽が射した。太陽は先ほどより赤く色づき膨張しているようだった。ちょうどこの黒瑪瑙をトキオからもらったときにも見た、あの大きな夕陽だ。空を見上げると鳥が一羽舞っていた。茜色の空にも鮮やかな、まるで炎が飛翔しているかのような、緋色の鳥。

「イービス」

記憶の底にあるその名が口をついた。ブラジルにやってきたとき、やはりこのサントスで目にした、あの鳥だった。

おまえには見えとるんか。我らが大日本帝国の勝利を示す大船団が。

おまえなら飛んでけるんか。俺たちの約束の地、あの水平線のはるか彼方に建設されとる大東亜共栄圏まで。

勇は天を仰ぎ、胸の内側でその鳥に問いかけていた。

6章　呪術師《マクンベイラ》の老婆は語るⅡ

「あんた、わざわざうちのこと探して、こんなとこまでやってきたんじゃ。知っとろう？　呪いが本領を発揮したんはあの戦争が終わったあとじゃった。いや、戦争は終わらんかった……」

老婆の言葉はこちらに語りかけているようであるものの、その目は海に向けられている。白く濁った水面が、陽光を照り返している。そこに老婆は何を見ているのだろうか。

「呪いが、戦争を終わらせんかった」

戦争。

老婆が言っているそれは、かつては大東亜戦争と呼ばれ、のちに太平洋戦争と称されるようになった戦争のことだ。されどこの南米の地は大東亜からも太平洋からも、あまりに遠い。戦地でも銃後でもない、奇妙な隔絶地となった巨大な土地で、しかしこの老婆たち日本人は、たしかに、かの戦争の当事者だった。

彼女らの祖国、日本では一九四五年八月一五日、正午の玉音放送をもって戦争が終わったとされている。実際に日本が無条件降伏を要求するポツダム宣言を受諾したのは、その前日、八月一四日。北米と南米のマスコミはそのさらに前、日米が電文によるやりとりをしている時点——当地の日時で八月一〇日夕刻の時点——で、日本が降伏を決めたと速報を打っていた。

厳密にいつどの時点で戦争が終わったのかを示すのは難しい。日本政府が正式に降伏文書に調印したのは九月二日のことだが、この時点でもまだ一部の戦線では戦闘が続いていた。東南アジアのジャングルの中、終戦を知らずに彷徨い続けた兵士は少なからずいた。

ブラジルでもそうだった。

当時、およそ二〇万人もいた在伯邦人の大半は、祖国の敗戦を知らなかった。あるいは知っても信じなかった。それどころか、日本が戦争に勝ったのだと、逆の結果を信じるようになっていった。

彼ら彼女らをそうさせた要因の一つは、日本人にとってこの地は、地理のみならず情報においても、隔絶地となっていたことだ。そしてもう一つが、老婆の言うところの呪い。無敵の神国、大日本帝国の臣民であるという意識なのだろう。

その一方で少数ではあるが早い段階から日本の敗戦を認識していた者たちもいた。その多くは都市部に住み、ポルトガル語を理解する者たちだった。

現在では「勝ち組」「負け組」と呼ばれることが多いが、これは後年定着した呼称である。当時は日本の勝利を信じる者たちは「戦勝派」あるいは「信念派」、日本の敗戦を認識した者たちは「敗戦派」や「認識派」と呼ばれた。

終戦からしばらくは戦勝派、つまり日本が勝ったと信じている者が圧倒的多数だった。この混乱に乗じて、悪事を働く者も現われた。この老婆もその一人と言えるだろう。

「きっとあれじゃろ。うちが、あん人と一緒になって、勝ち組の人ら騙してお金巻き上げていた話、聞きたいんじゃろう」

老婆は自分からそのことに触れた。

「あん人、というのはアオキのことですね？」

「そうよ。ずる賢い人でねえ。戦争が終わるちょっと前から、許可証がなくても汽車乗れるようなったじゃろ。そしたらいろんな殖民地回って、人騙しとったんよ。うちもそれ手伝ったわ」

アオキというのは、当時、悪名を轟かせた詐欺師だ。老婆はそのアオキの共犯者として一緒に詐欺を働いていた。

「戦勝使節団の船が来るけえ、それに乗って日本に帰れるよう取りはからってやるとか、日本が戦争に勝って大東亜共栄圏ができたで、移住でけるよう南方の土地を売ってやるとか、これからは日本の円がどんどん値上がりするゆうて敗戦で紙くずになっとる旧い円を売ったりとか、まあ色んな方法でお金集めたんよ」

老婆とアオキが標的にしたのは主に戦勝派の人々だった。帰国詐欺、土地売り詐欺、円売り詐欺、どれも、この異郷の地に取り残され祖国が戦争に勝ったはずだと信じる人々の心につけ込むものだ。

「呪い」

私が言うと、老婆はかすかに首をかしげた。改めて彼女に問うた。

「あなたはそう言いましたよね。日本という呪いとともにこの国に来たと。そして呪いが戦争を終わらせなかったと。だとしたら、あなたたちは、それを利用したとも言えませんか。呪いの力を利用して人を騙していたということになりませんか」

老婆はつまらなそうに鼻を鳴らした。

「そうじゃね。じゃけえ、うちはほんまにマクンベイラよ。そいでうちを責めるんかい」

「いえ、私はあなたを責めるために来たわけではありません。話を聞かせてください」

「ふふ、ええよ。あんた聞きたいんは、やっぱり偽宮事件かねえ。ありゃあちょっとやり過ぎたかもしれんねえ。もう勝ち組も少のうなっとる時分じゃったしねえ。でも信じる人もずいぶんいたんよ。人間、信じたいもんを信じるんじゃあて、思うたわ」

老婆は笑った。それはどこか自嘲するようでもあった。

私に確認できた範囲では、老婆とアオキが起こした最後の、そしてもっとも有名な詐欺事件が、偽宮事件だ。終戦から八年後の一九五三年。自分たちは日本からお忍びで視察にやって来た皇族だと偽り、熱心な戦勝派の人々を集め「視察に使うため」「ブラジルでも宮家の祭祀を行うため」などと、さまざまな理由をつけて金を騙し取った。

当時はもう日伯の国交も回復しており、日本の勝利を信じる戦勝派は少数派となっていた。さすがにこの詐欺は上手くはいかず、騙された者が警察に駆け込み老婆たちは逮捕された。畏れ多くも皇族を騙る詐欺師がいたと、日本人の間で大きな話題になった。日本本国でも南米で起きた奇怪な事件として報道されたらしい。

ブラジル警察は、日本人だけで完結しているこの詐欺事件に深く関わることを嫌ってか、二人をすぐに釈放した。そしてその後、二人はずっと姿をくらませていた。

「それも興味深いですが、私が聞きたいのは別のことです。一連の詐欺の主犯、アオキというのは、幼かったあなたと一緒にブラジルに渡ってきた、あなたのお兄さんですね」

老婆の頰がぴくりと強張ったのは気のせいではないだろう。

「ウアラツーバにあった殖民地、弥栄村を知っていますね。私が聞きたいのは、偽宮事件の数年前、あなたたちが弥栄村の人々を操り、サンパウロのピグアスで起こした事件のことです」

老婆はゆっくりとこちらに顔を向けた。

皺に埋もれ片目が濁り色を失っている顔からは感情を読み取ることができない。

いつの間にか傾いていた陽の光が老婆に突き刺さる。

戦争の結果を巡る混乱の中、金を騙し取った取られたという詐欺事件だけではなく、おびただしい量の血が流れた事件も起きている。この老婆はその一つに深く関わっていた。

「教えてくれますか。渡辺志津さん」

私は、老婆の名を呼んだ。

7章　怒り

1

――一九四五年　九月二六日。

気がつくと、窓から射し込む光は色つきのフィルムを貼ったように橙色になっていた。光量は減り、薄ぼんやりとしている。

もう夕暮れか。時刻は午後五時半を回っている。少し前まで、このくらいの時間になると、屋内でも夜気が忍びこんできて寒気を覚えたものだが、今日はそうはならない。いつの間にか季節も変わり、冬が終わっていた。ほどよく暖かく寒暖差も少ない春は、ここブラジルでも最も過ごしやすい季節である。

南雲トキオは、客のいないバール『ヒグチ』のホールで、テーブルについている。コーヒーを飲み干し、すでに空になった素焼きのコップを前に、ぼんやり窓を眺めていた。

ホールの奥では頼子がテーブルを拭いている。彼女は足を踏み鳴らしてリズムをとり鼻歌をうたいはじめた。

Entre outras coisas, você tem um olhar meu bem
（もうとにかく、愛しいあなたの眼差しが）

que bole com o meu coração
（私の心を虜にするの）
Entre outras coisas, eu vou lhe confessar
（もうとにかく、あなたに告白するわ）
por causa desse olhar eu vou a pé até o Japão
（あなたの眼差しに魅せられて、日本までだって歩いて行くわ）

頼子がお気に入りのサンバ『Entre outras coisas（もうとにかく）』だ。早口でとてもトキオには聞き取れないが、教わったので歌詞の意味は知っている。

一目惚れした相手のためなら、海の向こうの日本まで歩いてでも行くという内容だ。ここに出てくる日本は、実際の日本ではなく遠く離れた場所という意味で、海に隔てられ歩いて行けるはずのないところでも歩いて行くという情熱的な恋心を歌っているという。

戦争が始まる前、移民してきた日本人が根付いたことで、ブラジル人にとってアジアの代表は日本になった。だから流行歌の歌詞にも出てくるのだ。これを歌っていた歌手、カルメン・ミランダはその日本と戦争をするアメリカに渡り、何本もの映画に出演し、今やミュージカル・スターになっているという。

「Japão（日本）」という単語が、やけに大きく聞こえた気がした。

先日、カンピナスの兄、喜生から来た手紙には率直な迷いが綴られていた。戦争の勝ち負けについて考えたくない。「勝った」と言えば近所のブラジル人から狂人扱いされるし、「負けた」と言えば愛国団体の連中に叱責される。心情的には勝っていて欲しいが、負けたような気もする。面倒なのでもうこの話はしないことにした——という意味のことが書いてあった。態度をはっきりさせない「レロレロ」と呼ばれる立場だ。日本人とブラジル人、双方と付き合いのある者では、少なくない。

今、この国の邦人社会は大きく揺れているが、窓の向こうの街の様子に変化は何もない。表の通りを果物と野菜を積んだ馬車《カロッサ》や仕事を終えた肉体労働者が行き来し、向かいのタバコ屋のおかみさんは、店の前の長椅子《バンコ》で客と談笑している。春の穏やかな夕暮れの景色が広がっている。

パウロによれば、戦争が終結したことで、ブラジルの人々の関心は海外よりも国内、ヴァルガス大統領の独裁が続くのかどうかに移っているらしい。自由主義を掲げる連合国陣営で戦争に参加していながら、枢軸国のようなファシズム体制を維持するのは矛盾すると、国民の不満が高まっているそうだ。

トキオは視線をテーブルの上のコップに移す。

テーブルをブラジルとしたら、邦人社会はこのコップで、この中だけで嵐が起きているようなものかもしれない。だとしても、その嵐でコップが壊れてしまえば、中にいる者たちはどうなってしまうのか。

「そう心配しなくても、きっと大丈夫よ」

鼻歌が止んだと思ったら、頼子に声をかけられた。

「前みたいに、乱暴に連れて行かれたわけじゃないからね。遅くならないうちに帰ってくるさ」

洋平とパウロのことだ。昼過ぎ、保安警察ことオールデン・ポリチカの使いが店に来て、警察署に呼び出されたのだ。以前の嫌がらせのような逮捕とは違い、生真面目そうな使いの男が一人で店にやってきて用件を伝えた。

店頭に臨時休業の貼り紙をし、残されたトキオと頼子はこうして二人を待っている。

すみません、おかみさん。別のことを考えていました——などと言うわけにもいかず「ええ」

と相づちを打った。

洋平やパウロのことを心配していないわけではないが、今、トキオの頭の大半を占めているのは勇のことだ。

九月二四日、サントス港周辺には州の各地からやってきた日本人が二〇〇〇人あまりも集まったという。当然のことながら彼らが迎えようとした戦勝使節団がやってくることはなかった。

噂がデマだと証明された、はずだった。

しかしその日のうちに新たな噂が立ったのだ。予定が変更になり使節団は首都のリオに来ることになった、と。後日店に来た何人かの客が言っていた。みなそれを信じたという。

勇は、どうだったのだろう。この店で喧嘩別れのような形になってから、会えていないし、連絡も取っていない。ただあのときの剣幕からすれば、勇が日本の勝利を疑うようになったとは思えない。

――おまえ、誰や？

勇から浴びせられた言葉が頭から離れてくれなかった。思い出すたび、巨大な手で内臓を締め付けられるような錯覚がする。

俺は、誰だ？

自分で自分に問う。

南雲トキオ。ブラジルで生まれ、ブラジルで育った日本人。そう。日本人だ。日本語を喋り、地球の反対側にある行ったことのない島国を祖国と考え、天皇陛下を敬っている。それは自明のはずだった。ブラジル生まれの二世は大味という決まり文句をどれだけ聞かされても、自分が日本人であることを疑ったことはなかった。むしろそう言われるたびに、いっそう日本人らしくあろうと肝に銘じた。少なくとも、弥栄村にいた頃までは。

——おまえなんか、トキオやない！

俺はいつの間にか、俺ではなくなってしまったのか。

——俺はな、おまえがおらんくなったあと、村、守ってきたんやぞ！

勇は村で話すだろうか。トキオは変わってしまった、敗戦デマを信じている、と。村の人々はどう思うだろうか。

されど今のトキオにはもう日本が勝ったと信じることはできない。街に出て来てから、不可逆な変化が自分に起きている。

俺は、誰だ？

堂々巡りの自問自答を止めてくれたのは、頼子の声だった。

「そういや、トキオくん、あんたまだいい人いないのかい？」

「え」

「ナモラーダ。恋人よ」

「いいえ、特には……」

街にやってきてから、女性と知り合う機会はほとんどなかった。常連客のブラジル人女性で何人か顔を覚えた者もいるが、名前さえわからない。

「そりゃいけないねえ。あんたいい歳だろ。パウロみたいにふらふらしてるのも困りもんだけど、まったくないのも駄目だよ」

パウロはあれで女性にはもてるようで、これまで日本人だけでなく、ブラジル人の恋人がいた時期もあるという。けれど、まだこれといった人とは出会っていないようで、結婚には至っていない。不埒と言えば不埒だが、大したものだとも思う。少なくともトキオはブラジル人との交際なんて考えられない。そもそも日本人とだって上手く想像できないのだ。

結局、まだ恋というものを知らないままでいた。

「あんた、婚約者がいたんだろ。忘れられないのかい」

「そういうわけでは、ないです」

親が決めた縁談の相手とは、顔も合わせないまま破談になった。思い出など一つもない。

「じゃあ、オリヴィアやタニアなんてどうだい？　彼女らあんたが気になるらしいよ」

「は？」

常連客の誰かなのだろうが、名前を言われてもわからない。

「あのかわいい坊や《メニーノ・ボニチンニョ》は誰？　って訊かれるのさ」

「メニーノ……ボニチンニョ、ですか？」

思わず顔をしかめた。

「東洋人は幼く見えちまうからね。あんたもパウロみたいに、髭を伸ばしたらいいよ」

「はあ。まあ、考えときます」

「何にせよ、恋のない人生なんてライムのないカイピリーニャさ」

頼子は笑った。

カイピリーニャとは、砂糖や蜂蜜で甘くした火酒《ピンガ》にライムを混ぜたカクテルだ。スペイン風邪が流行したときは、患者に滋養強壮薬の代わりに飲ませたと言われている。

トキオはつられて笑った。不思議と悪い気分はしなかった。

弥栄村にはカイピリーニャをつくる家がなかったので、トキオはピグアスに移り住んできて初めて飲んだ。美味かった。甘くしてライムを加えただけだが、火酒《ピンガ》の味わいを深めてくれる。

思えば、弥栄村には結婚しろと言う人はたくさんいても、恋をしろと言う人はいなかった。

ライムのないカイピリーニャはただの火酒《ピンガ》だ。

いつか、恋をしてみたら、俺の人生もカイピリーニャのように味わい深くなるんだろうか。そんな日が、いつかくるのだろうか。

すっかり陽が落ち頼子がホールにランプを灯した直後、洋平とパウロが帰ってきた。二人とも怪我をせず戻ってきたことに、ひとまず安堵した。

二人はホールのテーブルにつき、頼子が淹れてくれたコーヒーを飲みながら、警察で何があったかを話した。

「この間の、使節団騒動のことを詳しく訊かれたんだ。オールデン・ポリチカの連中、どうして日本人は戦争に勝ったと思い込んでるのかって、首をひねっていたよ」

「一応、親父と二人で、日本人はみな、日本が戦争に負けるわけがないと思い込んでいたって説明したんだけどなあ……」

どうやら、オールデン・ポリチカは、ある程度ブラジル人とも関わりのある店やホテルの経営者を呼び出し、騒動についての詳細を聞いているらしい。

「けれどありゃあ、全然納得してない様子だったな」

「ブラジル人にしてみたら、事実として戦争はアメリカが勝って終わったんだからな」パウロはこちらを見た。「トキオ、おまえ、街《こっち》に来たばかりの頃、よく、ブラジル人は、いや、ガイジンはわからんと言っていたよな」

相づちを打った。今だってブラジル人のことをよくわかっている自信はないけれど。

「同じなんだよ。ブラジル人も日本人をよくわからないと思っている。ほとんどの日本人は奥地の殖民地で、まったくこの国に馴染まず暮らしているだろ。根付いているといっても、ブラジルじゃ日本人は珍しいのさ。珍しいからこそ面白がって近寄ってくるロドリコみたいなやつもいるけど、普通は知らないからこそ警戒するもんだ。優生学の影響もあるんだろうが、日本人をずる賢い寄生虫のように思っている向きは、やっぱり多い。俺の大学の同級生でさえ、俺がいい成績をとったとき本気で妖術を使ったんじゃないかって疑うやつがいたくらいだ。まあとにかく、ブラジル人にとっては日本人こそがガイジン、得体の知れない異民族なんだ」

得体の知れない異民族――殖民地で暮らす日本人はブラジル人や日本以外の国からきた移民をそう思っている節がたしかにある。向こうもこちらを同じように思っているということか。まるで鏡に映したように。

「そんな日本人が、戦争が終わった途端、街に集まって『日本が勝った』と大騒ぎしたんだ。気味が悪いと思うのも無理はない」

先日、勇が去ったあと、パウロは憤っていた。「あいつはどうしたんだ」「何であんなにムキになるんだ」と。彼自身も、頑なに戦勝を信じる勇のような日本人の存在が理解しがたいようだ。

「まあ、ただ気味が悪いと思われているだけなら、まだいいんだ。問題は、当局がこれをそのまま放置する気はないってことだよ」

「あんた、何か言われたのかい？」

「いや、今のところは日本人のことは日本人で解決しろとのことだ」

「保安警察もこんなわけのわからない混乱には関わりたくないんだよ、本音ではね」

「じゃあ、また踏み込まれるようなことはなさそうなんだね」

「今のところはな。ただ、同じようなことが起きるようなら、容赦しない。日本人が商売なんてできないようにしてやる――と、きっちり脅されたけどな」

洋平の言葉に一同、顔を曇らせた。

「日本人で解決しろって、どうすりゃいいんだい」

「そりゃあ、勝ったと思っている連中を説得して、本当は負けたんだって考えを改めてもらうしかないだろうな」

「説得たってねえ。使節団が来なくたって、考えを変えない人がほとんどなんだろ」

「らしいな。そのうちリオに来るって話になっているらしい」

「どうしたもんかねえ」

両親の会話をしり目に、パウロが再び視線を寄越した。

「トキオ、おまえはどう思う?」

「どうって?」

「こないだ来た勇だって、日本が勝ったと信じ切っている様子だったろ。どうやったら、あれを説得できると思う?」

「それは……」

改めて問われ、考える。

頭に浮かんだのは、瀬良を説得して欲しいと頼んだときの秋山の態度だった。

――獣を説得するなんて、できっこないだろ。

秋山と瀬良は自分と勇のように、気の置けない間柄なのだと思っていた。なのにあの突き放すような物言いに戸惑った。けれど気の置けない間柄だからこそ、なのかもしれない。よく知っているからこそ、説得できないことがわかるのか。

俺は、どうだ? あの勇を説得できるのか?

何も答えられず沈黙が流れた。それを破ったのは、店の奥に設置してある電話のベルだった。

洋平が立ち上がり、受話器を取った。

「もしもし《アロー》……。ああ、はい。ええ。そうです。そうなんですよ。今日、警察に。はい――」

日本語で話しているということは、相手は日本人のようだ。

「――わかりました。じゃあ、私の方から声をかけときますんで」

受話器を置いた洋平が振り向き、言った。

「大曽根さんのところの、秋山さんだった。今後のことについて話し合いをしたいので、ピグアス周辺で、日本の敗戦を認識している人を集めて欲しいそうだ」


――一九四五年　一〇月七日。


話し合いは日曜日、事前に警察に届け出をした上で『ヒグチ』で行われた。

参加したのは、八人の男たちだった。

話し合いを招集した秋山と、場所を提供した洋平。八月、陛下の放送があったときの話し合いにもいた洗濯屋の水田とホテル経営者の斉藤。斉藤に誘われたという産業組合の関係者と元邦字新聞の記者。パウロとトキオも末席につくことになった。

二つ並べた丸テーブルを囲むように配置した椅子《カデイラ》に一同が着席する。

「いやあ、まいっちゃいますね。ブラジルにやってきたときは、まさかこんなことになるとは夢にも思いませんでしたよ」

秋山は場違いに思えるほど、明るい声で言った。何人かがつられて苦笑を漏らした。斉藤が眉間に皺を寄せて同意する。

「本当にねえ。私も例の陛下の写真を見たときは、心臓が止まるかと思いました」

彼が言っているのは、ほんの数日前、ブラジルの新聞各紙に次々と掲載された写真のことだ。

それには天皇陛下が大柄なアメリカ人と並んで写っていた。アメリカ人は、米陸軍の最高司令官ダグラス・マッカーサー元帥だ。戦争に負けた日本は、今後、アメリカに占領される。その占領軍の最高司令官がこのマッカーサーなのだという。写真は陛下とマッカーサーの会談の際に撮影されたらしい。

写真に写る陛下はモーニング姿で直立しており、マッカーサーは開襟シャツを着て手を腰に当てて尊大そうに立っている。陛下はマッカーサーより身長で頭ひとつ分、身体の厚みでも一回りほど、小さかった。天皇陛下は体格のいいアメリカの軍人と並べばまるで子供のような人間――現人神ではなく肉体を持った人間――であることを雄弁に物語っていた。

「大げさだねえ。写真だったら、他にもいろいろ出回ってただろ」

水田が髭をいじりながら嘆息した。

たしかに以前から、アメリカの戦艦ミズーリ号で行われたという日本の降伏文書への調印式のときの写真や、それを映したニュース映画のフィルムなど、日本の敗戦を示すような写真は、いくつか街に出回っている。

「水田さん、あんたはやっぱりだいぶブラジル人だよ。陛下は日本人にとって特別なんだ」

「そうかい？　でもさ、そうやって強く思い入れすぎて、冷静になれない連中が大勢いるから面倒なことになってるんじゃないか」

日本のみならずブラジルも祖国だと公言し、かつてサンパウロ州兵にもなった水田は冷めた声で言った。

秋山が頷く。

「そうですね。日本が勝ったと積極的に触れ回っているのは『臣道聯盟』をはじめとした愛国団体です。そして彼らの影響力はきわめて強い。今、ブラジルにいる日本人を一〇人集めたら、日本が負けたことをはっきり認識しているのはせいぜい一人か二人でしょう」

「うーむ。つまり同胞の八割か、下手したら九割が日本が勝ったと思い込んでいる、戦勝派というわけか」

斉藤が唸った。

みな顔を曇らせている。ここにいるのは、ごく一握りの少数派ということだ。

「地方の殖民地の状況はさらに深刻で、全住民が戦勝を信じ切っているところも珍しくありません」

秋山は傍らの鞄から、たくさんの紙束を取り出し、テーブルの上に広げてゆく。

ガリ版刷りの冊子や新聞の類のようだ。

「これは僕が先日、久々に方々の殖民地を回り集めてきたものです。各地の愛国団体が発行しているものでしょう」

トキオは前にもこんな場面があったと、既視感を覚えた。

あれは去年の収穫期、四月頃のことだ。やはりこの秋山が、敵性産業撲滅運動を推進するビラを集めて、弥栄村の南雲家に持ってきたことがあった。一年半ほど前の出来事のはずだが、もっとずっと昔だったような気がする。それだけ、この間にたくさん変化があったのだ。

今回、秋山が集めてきたのは、あのときのビラと似て非なるものだった。

目の前に置かれたものに目を通す。一面のみの手製の新聞だ。

快ニュース！

米第三艦隊の東京湾総攻撃に際し、日本は高周波電波応用爆弾を使用し、数十隻を撃沈せしむる。

敵は恐怖をなし残余数百隻は降服、敵将マッカーサーは降服調印のため東京に向かつた。

日本が勝ったとする記事が紙面に躍っている。隣のパウロが「おい」と小さく声をあげた。

「この高周波電波応用爆弾って、このあいだ、勇が言っていたやつじゃないか」

勇は高周波爆弾と言っていたが、同じもののことだろう。

他にも、〈帝国海軍の猛攻により、米第一、二、三艦隊、全滅〉〈皇軍の戦闘機一万機、太平洋上空を埋め尽くす〉〈ソヴィエトを返り討ちにした関東軍はわずか八時間でウラジオストックを陥落せしむる〉などなど、勇ましくも華々しい戦果が紙面を彩っていた。

ときどき客が持ってくるのでこの手の印刷物が出回っていることは知っていたが、これほど多くの種類があるのか。

「これらは日本の戦勝を信じさせるためのデマゴギーです。中には『東京ラジオが報じていた』と書いているものもありますが、そんなこともありません。そうであって欲しいという願望から生み出されたのか、あるいは何らかの意図を持ってばらまかれているのか。おそらくはその両方なのでしょう。早くも、こんなものまで出回っています」

秋山がビラの束の一番下にあったものを抜き出して一同に見せた。

「あ！」という声が重なった。

そのビラには、例の天皇陛下とマッカーサーの写真が印刷されていた。しかしこんな見出しが添えられている。


快ニュース！

米軍ついに降伏す。マッカーサー元帥、陛下に謝罪。

「見てのとおりです。アメリカが日本に降伏し、マッカーサーが陛下の元を訪れて謝罪した、これはそのときの写真である、と。完全に事実と真逆の説明がされているんです」

トキオは息を呑んだ。

もし自分が殖民地でずっと暮らしていて、このビラを見たら……。

疑うことができるのだろうか。ブラジルの新聞など読めもしない。確かめることもできないのだ。二人の体格の違いに驚きはするだろう。しかし、驚いたからこそ、小さな陛下に大きなマッカーサーが恭順しているのだと信じるのではないか。そんな自分をありありと想像できる。何故なら今の自分の中にも、そうであって欲しいという気持ちがたしかにあるのだから。

水田があきれた声を出す。

「こんなもんが、そこら中に出回っているのかよ」

「ええ。都会も田舎も問わずいろいろな土地でいろいろな種類のものが。日本勝利を喧伝する無許可のラジオ放送も増えていますし、シネマ屋の中にはニュース映画のフィルムを入手して、勝手に日本が勝ったと弁士の解説をつけて上映する者もいるようです」

「まったく。つける薬がないな！　国を愛することと、こんなでたらめを信じることは違うだろ。このままじゃ、またこないだみたいな騒ぎが起きかねんぞ。なあ、秋山さんよ、何か手を打たないとまずいだろ」

「まさに、そこが問題です。先日の使節団の騒動以来、ブラジル当局は神経を尖らせています。支社長もこの状況が長引くのはまずい、積極的に敗戦を知らせていくべきと、考えを改めたんです。今日、みなさんにお集まりいただいたのは、そのご相談のためです」

「おお、大曽根さんもやっとやる気になってくれたか。それは心強い。で、肝心のご本人は？　今日はいないのか」

「ええ、支社長も同席する予定だったのですが、急に重要な仕事が舞い込みまして、今はそちらにかかりきりになっているんです」

「また何か問題が？」

心配げに洋平が訊くと秋山はかぶりを振り、かすかに表情を和らげた。

「いいえ、実は昨日、日本から正式に終戦を知らせる詔書と、東郷外務大臣から海外同胞へ向けたメッセージが届いたんです」

一同が「おお」と声をあげた。

詔書。つまり天皇陛下の名で直々に発せられる文書だ。

「それには先だっての放送と同じく、アメリカから交戦国からの共同宣言を受諾する、つまり降伏したという意味のことがはっきりと書かれていました。それから、東郷外相のメッセージは、苦渋の決断をなさった陛下の大御心を奉り、この難局を乗り越える決心をしてくれと、我ら在外同胞を励ますものでした」

「なるほど。陛下を大事に思っている連中になら、そいつは効きそうだな。大曽根さんは、その詔書を持って、説得にあたる心づもりか」

「ええ。そのとおりです。ただこの詔書、かなり複雑な経路を経てやってきました。なんせ今現在、日本とブラジルには正式な国交がありませんからね。まず日本の外務省からスイスにある赤十字社へ打電され、そこから、アルゼンチンの赤十字社支部に伝えられ、アルゼンチンからブラジルへ転送され、さらにそこからイエズス会を通じサンフランシスコ学院のデル・トーロ神父に転送され、神父が大曽根支社長に届けたんです」

たしかに一度聞いただけでは理解できないほど複雑な経路を辿ってやってきたようだ。みな、一様に戸惑いの表情を浮かべた。

秋山は続ける。

「まあ、細かい経路はこの際、どうでもいいんです。問題はこうして外国を経由したため、届いた詔書は英語で書かれ、フランス語の説明書きが付いたものだったことです」

洋平が全員が思っただろうことを口にする。

「それじゃあ、大抵の日本人は読めませんよね」

「はい。ですから今、支社長はこの翻訳作業を行っています。それから、多くの同胞に浸透させるため、サンパウロにおられる日本人のうち代表的な方々に確認の署名をいただく算段になっております」

「代表的な方々というのは？」

「まずは大曽根支社長、それから元アルゼンチン公使の古谷重綱氏、蜂谷商会社長の蜂谷専一氏

——」

秋山が名を挙げたのは、みなブラジル邦人社会を代表する重鎮たちだった。全部で七人。最後に挙げられた名前に一同は特に驚いた。

「——それから元陸軍大佐の脇山甚作氏、です」

脇山大佐。かつて全伯大会のときに、瀬良の紹介で挨拶をさせてもらった退役軍人の大物だ。あの場でも二人揃っていたが『臣道聯盟』の理事長である吉川中佐とも盟友関係にある。

「脇山大佐が署名してくださるんですか」

「だったら、みんな納得してくれるんじゃないか」

殖民地では政治や商業に関わる人よりも軍人の方が尊敬される。『臣道聯盟』などの愛国団体の人々も脇山大佐の言葉なら聞いてくれるかもしれない。弥栄村のみんなも、そして、勇も。

「陛下のお言葉である終戦の詔書と、東郷外務大臣のメッセージに、これら七名の署名を添え

『終戦事情伝達趣意書』としてまとめ、これを各地の同胞に配り、戦争の結果を正しく認識してもらうための運動を始めます。名付けて『認識運動』です。みなさんにも、是非、協力していただきたい」

秋山が力強く言った。

「いよいよこちらから打って出るわけか」

「もちろん協力させてください」

各々、諸手を挙げて賛同した。


当面はその『終戦事情伝達趣意書』の完成を待つということで、話し合いは散会となった。

帰りがけ、秋山がトキオに話しかけてきた。

「トキオくん、この間の使節団の騒動のとき、弥栄村の人たちがサンパウロに来ていたらしいんだけど、何か知らないか？」

「はい。勇が、『ヒグチ』《ここ》に来ました……」

「やっぱり。彼、どんな様子だった？」

積極的にしたい話ではないが、秋山には伝えておいた方がいいだろう。トキオはかいつまんで話した。あの日の勇の頑なさや、弥栄村の人々が例のアオキという詐欺師に騙されているかもしれないことを。

すると傍らで立ち聞きしていたパウロも口を挟んできた。

「酷いもんでしたよ。勇のやつ、何を言っても聞く耳持たずで、俺は危うく投げ飛ばされるところでした」

秋山は渋い顔をして腕を組む。

「そうか……。やっぱり、瀬良さんの影響もあって強く思い込んでいるんだろうなあ」

パウロが再び、今度は少し控え目に口を開いた。

「俺、前からトキオの話聞いて、思ってたんですけど……、あの瀬良って人、怪しくないですか」

「怪しいって？」

パウロは一度「ええっと……」と口ごもったが、意を決したように言った。

「瀬良が例のアオキって詐欺師ってことはないですかね」

「はあ？」

突拍子もない意見に、トキオは思わず高い声を出した。パウロはこちらを見て続ける。

「まあそんなに強い根拠があるわけじゃないんだけど、ほら、勇はアオキに会ったことないって言ってたろ。あれ聞いてちょっと思ったんだよ。瀬良が勇とか弥栄村の人たちのこと、丸ごと騙しているんじゃないかって」

瀬良さんが村のみんなを騙している？　わざわざ村のために御真影を取り寄せて寄贈したあの人が？

「いくら何でも……」

反論しようとしたが、秋山が「思えばアオキが出現したのは、瀬良さんが自分の団体をつくるためにあちこち視察を始めた頃だ」と頷いた。

思わず彼の顔を見る。秋山もこちらを見返して、口を開いた。

「僕だって瀬良さんがそんなことするとは思いたくない。前に話したことあったかな。瀬良さん、コンデ街で横暴なブラジル人から日本人を守る用心棒みたいなことをしててね、僕も助けられたことがある。僕がまだ駆け出しの通事だった頃だ。質《たち》の悪いブラジル人に難癖をつけられて、全財産を奪われそうになったところを、瀬良さんに救われたんだ。僕にとっては瀬良さんは恩人でもある」

秋山は一度息をつくと、遠くを見るように視線を逸らして続ける。

「ただね、そのとき瀬良さんは、そのブラジル人の悪い噂を流して孤立させた上で、嘘をついて呼び出して袋叩きにしたんだ。目的のためなら手段を選ばないし、容赦もしない。そういう人でもあるんだよ。それは、きみもよくわかっているんじゃないか」

先日、この男が瀬良を「獣」と評していたことを思い出す。同時に寒気を覚えた。たしかに瀬良は柔道の指導でも二言目には「手段を選ぶな」「非情になれ」と口にしていた。

「こんなことを言うのは気が引けるけれど……、君の家の製油所への襲撃も瀬良さんが糸を引いたんじゃないかな」

「あの、でも……」

あえぐように否定の接続詞を口にしたものの、言葉が続かなかった。

実はトキオ自身、どこかで思っていたことだ。あの襲撃は、独りで行われたものではない。あの村で、人を集めてあのような荒事をできる者は瀬良の他にいない。けれど意識しようとしなかった。こうして、目の前に提示されるまでは。

瀬良が糸を引いたとしたら、協力したのは誰だ？　瀬良に最も近いのは、道場生たちだ。何年も一緒に汗を流した仲間たち。その中には、勇や勘太ら、幼なじみもいる。

あの夜、勇がブラジル人に襲われたというのは狂言だったのか？　――そんな疑いを持ちたくはなかった。

「トキオん家《ち》を襲ったのも瀬良だったんですか」

パウロが声をあげた。秋山は顔の前で手を振る。

「いや、確たる証拠があるわけじゃないんだ。決めつけるわけにはいかない。きみが言う、あの人がアオキだって話もそうだろ」

「まあ、そうですが……。恩人だっていう秋山さんには悪いけど、やっぱり怪しい人ではありますよね」

秋山は、肯定ともため息とも取れる仕草で、首を縦に振り、こちらにすまなそうな視線を向けてきた。

「弥栄村には妹の志津ちゃんもいたし、渡辺少佐の代わりの指導者としてはうってつけと思ったんだけどね……、あの人を村に連れて行ったのは僕だ。本当にあの人がアオキなのか、できる限り調べてみる。それから、『終戦事情伝達趣意書』が完成したら、支社長とウアラッーバに行くつもりなんだ」

「ウアラッーバに、ですか」

「うん。支社長はもともと説得のために地方を行脚するつもりだったからね。そのとき何とか瀬良さんにも話を聞いてもらおうと思う」

秋山はいつになく真剣な顔つきで、そう言った。

2

生ぬるさと湿気を帯びた夜気に、人いきれが混じる。蒸し暑さと興奮でその場の誰もが額に汗を浮かべている。前方、椰子の竿に布を張ったスクリーンには、身体の大きなアメリカ人の姿が映し出されていた。場所は戦艦の甲板。そこに置かれた長机を前に、彼は身をかがめている。机の上にある紙に何かを書こうとしているようだ。

その映像に合わせて弁士の解説が響く。

「哀れな敗軍の将、ダグラス・マッカーサー、いよいよ観念し降伏文書に調印を始めたのであります。無念ゆえか、あるいは神国に楯突いた己の愚かさを恥じているのか、手は震え何度も書き損じるのであります」

その弁士の声はよく通り、背後で発電機を回すトラックのエンジン音に掻き消されることなく聞こえた。

先月の二日、東京湾上で、日本がアメリカから鹵獲《ろかく》した戦艦の甲板で行われたアメリカの降伏文書調印の場面を撮影したニュース映画だ。正式に日本の勝利が確定した瞬間の記録であり、敗戦デマを吹き飛ばす決定的な証拠でもある。

比嘉勇は、八月にラジオで陛下による戦勝の報告を聞いたときと同じくらいの深い感激に浸っていた。自然と涙腺が緩み目に涙が溜まる。

隣で一緒に観ている勘太や前田兄弟たちも涙ぐんでいる。昭一などは小さな声で「やった、やった」とつぶやきながら咽《むせ》び泣いていた。

一番前の特等席で観ている瀬良や志津も、後ろの方で観ている正徳やカマたちも、ここに集まっている全員が同じように歓喜の涙を流していることだろう。

できれば里子にも見せてやりたかった。

先日、二人目の子供が生まれたばかりだ。赤ん坊を連れて来るわけにはいかず、里子は今、家で子供たちの世話をしている。二人目は待望の男の子で、以前、栄が生まれるときに考えていた勝という名前をつけた。あのときは日本の勝利を願う名だったが、今はそれを祝う名だ。家に帰ったら里子にもこの感動をできる限り教えてやろう。

映画の最後に、この調印のあとマッカーサーが、天皇陛下の元を謝罪に訪れたときに撮ったという写真を映したフィルムが付け足されていた。

腰に手をやり、ふて腐れたように立っているマッカーサーは身体こそ大きいが何ともだらしなく、対して、姿勢正しく立つ陛下は小柄ながらマッカーサーを圧倒する神々しさを備えていた。勝者と敗者の魂の違いを写真は雄弁に語っているようだった。

その写真が映し出されると、弁士は一歩前に踏み出して大きく両手を上げた。

「かくして今、ここに、我らが大日本帝国の正義が世界に示されたのです！　大日本帝国、万歳！」

それに合わせて、みな立ち上がり万歳をした。

「万歳！　万歳！　万歳！　万歳！」

三唱に留まらず何度も万歳が続いた。

もちろん勇も声を嗄らして万歳を繰り返した。その最中、ふとトキオのことを思った。

街でもこの映画を観る機会はあるんだろうか。あいつもこれを見れば、きっと目を醒ますだろう。己の愚かさに気づくだろう。

胸一杯に広がる歓喜の中に、トキオへの憐憫が混ざるのを感じていた。


――一九四五年　一〇月二一日。


この日曜日、久々に弥栄村にシネマ屋がやってきたのは、瀬良が人脈を活かして呼び寄せてくれたからだ。

例によって屋外映画館となったバビロン川《リオ・バビロン》の畔にある運動場《カンポ》には、村のほとんど全員が集まった。近隣の殖民地から噂を聞いた人も詰めかけ、運動場《カンポ》は溢れんばかりの人だかりになった。

以前から映画は人気の娯楽だが、このところはそれに拍車がかかり、何処の地方でもシネマ屋が巡回するとこぞって人が集まるという。この歴史的瞬間を記録したニュース映画をかけるからである。

会場の設営を『栄皇会』がやることになり、専務理事の勇は仕切りを任された。シネマ屋を迎えるのは初めてではないので段取りは問題なかったが、天候だけが心配だった。雨季が近づき雨も多くなっている。ちょうどシネマ屋がやってきた宵の口から、雨とも言えないような霧《ガロア》が立ち込めたが、幸い、上映を止めなければならないような雨にはならなかった。

上映はつつがなく終えることができた。調印式のことはすでに『快ニュース』と呼ばれる手製の新聞で知っていたが、実際の映像を目にするとやはり感動的だった。場を盛り上げる弁士の解説も素晴らしかった。

「みなさん、今宵はありがとうございました。愛国心篤い信念派の方に多く集まっていただき感激しております」

その弁士が、興奮冷めやらぬ一同の前に出て挨拶をした。

彼が言った「信念派」というのは戦勝派のことだ。敗希派の工作やブラジル当局の弾圧に負けず、日本人としての信念を曲げない者といった意味が込められている。

「よかったぞ!」「名調子!」などと、弁士を称える声がかかる。

声に似合わず小柄で華奢な体つきをしているその弁士は沢井《さわい》といい、かつてはシネマ社の代表を務めており、また『臣道聯盟』の幹部でもあるという。先日、瀬良が挨拶に行ったとき意気投合し、こうして呼ぶことができたのだ。

「さて最後に僭越ながら私が『臣道聯盟』を代表して、みなさんに注意喚起させてもらってよろしいでしょうか」

沢井が問いかけると、最前列の瀬良が「お願いします！」と声を張り上げた。瀬良の声も沢井に負けずよく通る。

沢井は一度咳払いをして話し始めた。

「サンパウロの街の方を中心に、敗希派が暗躍していることはみなさんもご存じかと思います。日本人でありながら日本の負けを望む、度し難く唾棄すべき者たちであります。このたび彼奴《きゃっ》らめは、とんでもない情報工作を始めました。恐れ多くも陛下が敗戦を受け入れたという旨の詔書をでっち上げたのです！」

どよめきが起きた。

沢井は一同を宥めるように手をかざし、鎮まるのを待ってから詳しい説明を始めた。

「今、映画で観たとおり、日本の勝利はしっかりとした証拠もある事実です。しかしブラジル当局が敗戦で混乱しておるため、なかなか情報が届かないのをいいことに、敗希派どもは卑怯な情報操作を行おうとしているのです――」

沢井によれば、その偽詔書は、日本から送られたもののスイスやらアルゼンチンやらの外国を転々とし、そのため英語とフランス語が混在した状態で届き、それをこちらで翻訳したという触れ込みになっているという。しかし日本人にとって何よりも大切とも言える詔書が外国語で届くわけがない。すんなり偽造してボロが出ることを恐れ、ややこしい経緯からでっち上げたのだ。

敗希派はその偽詔書を『終戦事情伝達趣意書』なる文書にまとめて、これを使って敗戦デマを広めようとしている。しかも説得力を持たせるため、文書に邦人社会の中では重鎮とされる者たちの署名まで入れてあるという。

「――残念ながら、かの脇山大佐はこの文書に署名をしてしまっております」

沢井がその名を出したとき、再びどよめきが起きた。驚きだけではなく落胆が混じったどよめきだ。

「脇山大佐が？　嘘やろ……」

勇も思わず声を漏らしていた。

殖民地では元軍人はそれだけで尊敬の対象だ。元将校ともなれば格別で、勇も以前、全伯大会のときに挨拶させてもらったことをずっと光栄に思っていた。あの脇山大佐がそんな文書に署名してしまったなどとはにわかに信じ難い。

沢井は渋い顔つきで大げさにかぶりを振った。

「私も信じられませんでしたが、事実です。敗希派には口だけは上手い連中が多いですから、騙されてのことなのでしょう。しかしこればかりは大佐も愚かなことをしたと言わざるを得ません。さらに今日お集まりのみなさん、とりわけこの弥栄村の方たちにはつらいことかもしれませんが、脇山大佐を騙した敗希派どもの首魁はかつて『帝國殖民』の支社長だった大曽根周明なのです！」

三度目のどよめきが起きた。今度は戸惑いの色が強かった。

ここ弥栄村は『帝國殖民』によって拓かれた殖民地だ。その支社長であり、日伯の国交断絶後、ブラジルに残った大曽根を尊敬する者も多い。

しかし勇は、むしろ納得できた。

先月、ピグアスの『ヒグチ』を訪ねたとき、敗戦デマを信じるトキオが大曽根の名を口にしていた。あの男が元凶だったのだ。トキオは脇山大佐と同様に都会で大曽根とその取り巻き連中から善からぬことを吹き込まれたに違いない。

瀬良がおもむろに立ち上がり前に出ると、沢井に話しかけた。

「沢井さん、儂は『帝國殖民』のような移民会社は、昔から怪しいと思うていたんです。そもそもあいつらが誇大広告でつって、儂らをこんなとこまで連れてきたんじゃけえ。あいつらがそんなことせんかったら、儂らみんなブラジルなんぞ来んで、今頃、大東亜で戦勝国の臣民らしくできとったんじゃて思うんです」

沢井は大きく頷いた。

「さすが瀬良さん、慧眼《けいがん》です！　みなさんも、ブラジルなら地主になれるだとか、コーヒー樹は緑の黄金《オーロ・ヴェルデ》だとか、調子のいいうたい文句を聞いて移民してきたんじゃないですか。それがどうですか、何年経っても生活は楽にならず、日本に帰る目処も立たず、野蛮なガイジンどもからは嫌がらせをされる、そんな日々を過ごしてきたんじゃないですか。こんなはずじゃないと、悔しい思いをしているんじゃないですか」

勇もブラジルは差別のない新天地だと聞かされていた。どんなに長くても一〇年もすれば行李いっぱいに札束詰めて、錦衣帰国できるはずだった。正徳もカマもそのつもりだった。だからこそ勇は、二人の養子、構成家族となってブラジルまでついて来たのだ。

案内役の秋山に励まされ、その気になった。彼は言った、今がどん底、この先上がっていくだけだ、と。だから働いた。この殖民地で、真面目に、懸命に働いた。けれど何年経っても錦衣帰国できる金なんて貯まらなかった。挙げ句、戦争が始まって取り残された。

「まったくじゃあ」と今度は瀬良が頷いた。「ブラジルの暮らしは、聞いてたもんとは丸っきり違いました。ええ目を見るのは、ずるをしとる者ばっかです。敵性産業で儲けるやつやら、街でブラジル人におもねって金儲けしとるやつらやら。儂はコンデ街に長くおったんで知っとりますが、そういう者《もん》に限って、重鎮面してふんぞり返っていたもんです。そんな連中の親玉が大曽根ゆうことなんですな」

「ええ、そのとおりです。やつらは最初から善良な人々を騙す気だったんです。大曽根の『帝國殖民』は、移民が増えれば儲かりますからね。彼らは種を蒔くことも鍬《エンシャーダ》を振るうこともしない。言わば人買いなんですよ。自分らが金儲けするために、我々を騙していたんです！」

流れるように始まった沢井と瀬良の掛け合いに、みな真剣に耳を傾けていた。

全部、金儲け。俺たちはそのだしに使われていたのか。勇は次々謎が解けていくような爽快さと、そこから浮かぶ事実の不愉快さを同時に感じていた。

「なるほど、大曽根が交換船に乗らんで残ったときは感心しましたが、さては、それも裏があるゆうことですな」

「当然そうです。みなさんも、戦争が始まるや総領事や大使が祖国に逃げ帰ったときの哀しみはよく覚えていることでしょう」

沢井が一同が思い出す時間を取るように間を空けた。

覚えている。あのときの失望と憤りを。一〇年と少しのブラジル生活で最も落胆した出来事だ。

「大曽根はそんなみなさんを利用するために残ったのです。総領事や官僚がいなくなればみな自分を頼る。自分が邦人社会の顔役になれると目論んだのです。今、敗希派の中心にいるのはこの大曽根と同じく、金儲けのためにブラジルに残り、ガイジンどもと商売をする者たち。産業組合やら商店やらで荒稼ぎをしている金の亡者どもです。この連中は、みなさんがブラジルにやってきたから、商売を大きくできた、言わば同胞の苦難を金に換えていた者たちです。そして彼らが、さも邦人社会の代表者であるかのように例の『終戦事情伝達趣意書』に署名をよせているのです。これはどういうことか。彼奴らめはみなさんが、戦勝国民として大東亜へ凱旋したら困るのです。金儲けできなくなりますから。負けたことにした方が都合がいいんです。だから、敗戦デマを流すのです。あろうことか陛下のお言葉まで捏造して」

結局、身勝手な自分たちの都合なのだ。

殖民地の日本人は、敵地に取り残されながらも、懸命に生きてきた。お国を信じ自分たちの土地と暮らしを守ってきた。勝利はようやく訪れた栄光だった。あの日、陛下の放送を聞いた日、報われた、守れたと思ったのは勇だけではあるまい。

なのに大曽根たち敗希派は薄汚い欲望のために、それを否定している。おかげで未だに日本人は不当な扱いを受けている。

やつらは同胞を踏みにじっているのだ。

売国奴、の三文字が頭に浮かぶ。

「赦せん！」

今まさに口にしようと思っていた憤りの言葉が隣から聞こえた。

首を向けると勘太が、怒りの形相を浮かべていた。前田兄弟や、昭一たち、さらにその隣も、そのまた隣も。きっと前後にいる者たちも、みな同じ気持ちなのだろう。

赦せん。そんな売国奴は絶対に赦せん。

「さて、私がみなさんに注意したいのは、この大曽根のことなのです」

沢井の声色がそれまでよりも少し落ち着いたものになった。噛んで含めるように続ける。

「大曽根は今月一〇日、まずサンパウロでこの文書を根拠に日本人を集めて敗戦デマを広めんとする伝達式を行いました。それを皮切りに、日本人が多い町や殖民地を行脚し、この文書を配り日本が戦争に負けたと触れ回っているのです。彼奴らめは、これを日本の敗戦を認識させる『認識運動』と称し、自分たちは『認識派』である、とたわけた自称をしているのであります」

「何が認識派じゃ、偉そうに！　敗希派じゃろうに、ふざけとりますな！」

瀬良が合いの手を入れ、沢井はそれに答えて続ける。

「ええまったくです。実は、この国賊、大曽根周明は今、ソロカバナ鉄道沿線を行脚しており、明後日、二三日にはウアラッーバの駅町で講演を行うのです。大曽根は名前を知られた大物です。移住で世話になり恩を感じている方もいるかもしれません。しかし、その正体は今話したような愚劣な国賊なのです。くれぐれもやつの講演になど行かないようにしていただきたい。これは私だけではなく『臣道聯盟』からのお願いであります」

「もちろんです」瀬良が答えた。「実は、儂の昔なじみで秋山ゆう男がおりましてな。こいつがどうも、大曽根の腰巾着になっとるようで電報が来たんです。近々、ウアラッーバで講演するので村の人を連れて是非来て欲しいと。しかしこれは敗希派の謀略ゆうことですな」

「そうです。行ってはなりません」

「みんな聞いたか。行ったらならんぞ」

瀬良が呼びかけると、「おお、行かんです」「行ってたまるか」といった声があがった。

大曽根が来る——勇の脳裏には反射的にピグアスで会ったときのトキオの顔が浮かんだ。「負けた」とはっきり言ったときのあの苦しそうな顔が。

あいつにあれを言わせた張本人が来るのだ。

「やあ、みなさん、わかっていただいてありがたいです。この殖民地に『栄皇会』というわが『臣道聯盟』に勝るとも劣らない素晴らしい団体があることは知っていましたが、今日は大変有意義な会になりましたな」

沢井は満足げに頷くと、最後に『栄皇会』のことを持ち上げ、話を終えた。

沢井たちシネマ屋が帰ったあと、集まった人々も三々五々帰宅し、栄皇会の面々で後片付けをした。スクリーンと茣蓙を片付け、村中から集めたトラックをそれぞれの持ち主に返す。

その最中、勇は瀬良を捕まえ、談判をした。

「俺、抗議、しに行ってええですか？」

「何じゃ、やぶから棒に。何をするって？」

「抗議です。明後日、駅町に大曽根周明と秋山さんが来るんですよね。講演なんて聞きたくもなあですが、何もせず帰すのは我慢ならんです！　トキオが敗希派になってもうたのも、きっと大曽根のせいなんです。それに秋山さんも、もうちっと気骨のある人と思ってました。文句のひとつも言ってやりたいんです！」

それが己の使命に思えたのだ。

「ほう」瀬良はかすかに頬をゆるめた。「じゃが、駅町には警察もおるし、シルヴァの自警団もおるぞ。太郎や次郎みたいな目に遭《お》うてもええんか」

前田兄弟がされた仕打ちを思えば、怖くないわけではない。生まれたばかりの勝は、ようやく目が開いたところだ。そんな我が子に大怪我をした父親の姿など見せたくない。

反面、そんなことを恐れてどうするとも思う。俺が村を守るんや。

「あんなガイジン、怖あないです」

腹を据えて言うと、瀬良は破顔した。

「よう言うた。さすが、儂が見込んだ専務理事じゃ。実はな、儂が乗り込んで行ったろう思うてたんじゃ。秋山のやつは知らん仲じゃなあ。まあ昔から調子のええやつじゃったが、売国奴に成り下がるとは何事かと言うてやろう思うてた。じゃが、その役目おまあに任すわ。行ってこい！」

「はい！」

腹から声を出して返事をした。

――一九四五年　一〇月二三日。

勇は乗合自動車《ジャルジネイラ》で駅町に向かった。

ウアラッーバの町は来るたびにほんの少しずつだが景色が変わる。以前はどの路地も土を踏み固めただけだったのが、いつの間にか煉瓦で舗装された道が増え、街灯の数も増えている。

町の中心でもあるウアラッーバの駅舎も勇が初めてサンパウロから汽車でやってきたときは掘立小屋に毛が生えた程度のものだったが、今ではモルタルで補強された石造りの駅舎に建て替えられていた。町の敷地も広がり家も増えた。家々の石壁が線を引くようにして区画することで、町は整然とした趣を湛えるようになった。

先日訪れたサンパウロと比べれば田舎には違いないが、この一〇年と少しでずいぶん拓けたものだと思う。

大曽根の講演は、小学校で行われているはずだ。昔、トキオと一緒にバイロへ向かったときに前を通った、あの学校だ。もともとは日本人会が日本人の子弟に教育を施すために設立したものだが、エスタード・ノーヴォの同化政策によりブラジル人に乗っ取られてしまった。

勇が小学校に到着したのは、開始時刻をだいぶ過ぎてからだったが、もとより講演を聞くつもりなどないので、これは予定どおりだ。

簡素な柵で囲われた敷地の前で少し待っていると、木造二階建てのその校舎から、人がまばらに出てきた。終わったようだ。出てくるのは日本人ばかりで、何度かこの町で見かけたことのある者もいる。ウアラッーバ近辺の殖民地に住む人々だろう。彼らは表に出ると一様にきょろきょろと辺りを見回し、勇の姿を認めるとぎょっとして顔を伏せ、そそくさと立ち去ってゆく。

その理由はすぐに察することができた。

みな後ろめたいのだ。一昨日の映画には近隣の殖民地からもずいぶん人が来ていたので、沢井が話した内容は伝わっているのだろう。重鎮である大曽根の名前につられて足を運んだ者も、内心、こんな講演を聞きに来ること自体、日本人としてあるまじき行いであると、やましく思っているに違いない。

出てくる人の数をかぞえていたが、六人ほどであとが続かなくなった。わざわざ大曽根がここまでやってきてこの人数では、はっきり失敗と言っていいはずだ。

思わず、笑みがこぼれた。

勇は校舎に足を踏み入れる。入ってすぐ廊下が延びており間近の教室から話し声が聞こえた。

「まいりましたね。まさかここまで人が来ないとは」

「そうだな。これは、想像していた以上に我々への反発心が強いのかもしれない」

二人の男の声。うち一人は、嗄れている。

勇は大きく息を吸い込むと、教室の扉を開いた。

「田舎者と思うて、馬鹿にすんなや！」

叫んでから、部屋の中を確認した。部屋中に並べられた長椅子《バンコ》の一つに男が二人、座っていた。

パリッとした開襟シャツを着た見覚えのある優男と、きっちりと背広を着た老人。

秋山と大曽根だ。大曽根の姿を目にするのは全伯大会のとき以来だが、太い眉に黒縁眼鏡の風貌はほとんど変わっておらず、見間違えようもなかった。

二人とも驚いてこちらを見ている。

「きみは、弥栄村の……」

「秋山さん、久しぶりです。あんたも、恥ずかしげもなくようやりますね」

勇は大股で二人に近づいてゆく。

秋山は腰を浮かせる。

「まさか講演を聞きに来てくれたのかい」

「んなわけあるか。あんたらに抗議に来たんですよ」

「抗議？」

「なるほど。そうやって、率直に意見を言いに来てくれるのは歓迎だ」

おもむろに立ち上がった大曽根は、思ったよりも上背があった。視線の位置は勇より高い。そこから見下ろす目元は優しげだが、不思議な圧があった。勇はわずかにたじろいだ。

「弥栄村の住人なのかな。だとしたら知ってくれていると思うが、私は、元『帝國殖民』ブラジル支社長の大曽根周明だ。きみの名前も教えてくれるかな」

「ひ、比嘉勇で……や！」

一瞬「です」になりかけた語尾を言い直し、肩書きを付け足す。

「弥栄村『栄皇会』専務理事や！　村を代表してあんたに抗議しにきた！」

大曽根は「ふむ」と相づちを打つと、手を後ろに組んだ。背筋が伸び、さらに大きくなったように見える。

「聞こうじゃないか。言ってごらん」

大曽根の振る舞いは実に堂に入っている。正直想像していなかった反応だ。

怯むな――こちらも背筋を伸ばし、声を張る。

「敗戦デマを吹聴するなんて許されることやない！　あんたのせいで同胞は混乱しとる！　あんたは国賊や！」

「国賊……か」

「そうや！　国賊や！　あんたがデマ広めとるせいでみんな迷惑しとるんや！」大曽根の脇にい

る秋山にも視線を送る。「秋山さん、あんたもや！　昔、あんたお国のためにも頑張れとか、調子のええことさんざん言うてたのに、どうしてこんなことするんや！」

　秋山が何かを言おうとしたが、先に大曽根が口を開いた。

「我々移民会社の人間は、移民の海外雄飛を助けることこそが、お国のためになると思い、仕事をしてきたんだ」

「だったらどうして、敗戦デマなんか流すんや！」

「きみは日本の敗戦を嘘だと思うのかね」

「当たり前や！　日本が負けるわけがないやろが！」

　勇は吠えんばかりに怒鳴った。が、大曽根は微動だにせず、落ち着いた柔らかな声で言葉を返してくる。

「嘘ではないよ。陛下は共同宣言受諾を決断された。つまり日本は降伏したんだ。陛下にとっても苦渋の御聖断だったことだろう」

「嘘や！　陛下がそんなことするわけない。日本は不敗の神国や。降伏なんて絶対せんのや！」

「きみがそう信じたい気持ちはよくわかるよ。けれど陛下はたしかに御聖断をなさったんだ。日本から私の元に詔書が届いている。東郷外相のメッセージとともにね。これを『終戦事情伝達趣意書』としてまとめて……」

　大曽根の物言いは、どこか子供を諭すようで、馬鹿にされている気がした。以前、トキオと言い合いをしたときも似た感覚がしたことを思い出す。

　やっぱり、こいつのせいでトキオはおかしくなったんや——ますます怒りが湧いてきた。途中で言葉を遮る。

「知っとるわ！　あんた、畏れ多くも陛下のお言葉、でっちあげとるんやろ。陛下の言うことやったら、俺たちが信じる思うてな。その手は食うか。戦争に勝ったのは日本や、せやけどそれじゃ都合が悪いからあんたらデマを流しとんのや！」

大曽根の表情がわずかに怪訝なものになった。

「祖国の勝利が我々にとって都合が悪いとはどういうことだね？」

とぼけやがって。勇は勢い込んで口を開く。

「金儲けの邪魔になるゆうことや。そもそもあんたらは、金儲けのために俺らを騙してブラジルつれてきたんやろが！」

大曽根は大きくかぶりを振った。

「とんでもない誤解だ。私が考えていたのは、きみたち移民の生活向上と、祖国の発展、ただそれだけだ」

「嘘つけ！　あんた一度でも畑に出て鍬《エンシャーダ》振るったことあるか？　掘立小屋で寝て、葉切蟻《サウーヴァ》やら砂蚤《ビッショ》やらにたかられたことはあるか？　俺らの生活、ちょっとでも知っとるのか？」

大曽根が顔をしかめる。

「いや、私はそういう経験をする立場にはないが……」

「それ見たことか、何が立場や！　俺らが田舎で汗水垂らしとるとき、あんたらは都会でふんぞり返って札束、数えとったゆうことやろうが！」

勇がまくし立てると、大曽根は言い訳がましく言い返してくる。

「待ってくれ、来伯後、想定していなかった困難に見舞われた者が少なくないのは知っている。私たちにも至らなかった点はあると思う。しかし、騙そうと思ったことは一度もない」

「嘘や！『臣道聯盟』の方も言うてた。あんたは国賊や！」

大曽根の頰がぴくりと震え、眉間に皺が寄った。

「『臣道聯盟』か……。彼らにはずいぶん嫌われたものだな。私は常に同胞のために努力してきたつもりだ。戦争が始まってからは、警察にもさんざん睨まれた。獄につながれたこともある。それでも同胞の権利保護のために駆けずり回った。それもこれも、お国のため、延いては陛下のためだ。私だって、きみたちと同じように祖国の勝利を願っていた。日本が勝って都合が悪くなることなど何もない」

大曽根は一度息をついたあと、まっすぐこちらを見つめ、繰り返した。

「断じて、ない！」

その声と視線は疑うことを拒否する力強さがあった。勇は怯みかけたが言い返す。

「ごちゃごちゃ屁理屈言いおって、あんた、トキオのやつもそうやって騙したんか！」

するとどういうわけか、大曽根の表情が和らいだ。

「トキオ……ああ、樋口さんのとこにいる彼か。そうか、きみは知り合いなんだね。なるほど」

声の調子も落ち着きを取り戻し、大曽根はどこか満足げな表情さえ浮かべている。

「な、何や」

「彼もきみと同じだったよ」

大曽根は口角を上げ、はっきり笑顔になった。

「何が可笑しいんや」

「可笑しいんじゃない。嬉しいんだ。私がつくった殖民地に、きみのように愛国心の強い若者が育っていることがね」

そんなことを言われ、戸惑う。

「そない言うなら……どうして敗戦デマなんか……」

「デマではないんだ」

大曽根の語気に再び力がこもった。

「これは信じてもらうしかない。私自身、皇国が敗北するなどということはあってはならないと考えていた。きみが敗戦を吹聴する私を国賊と思う気持ちもよくわかる。けれどね、事実として陛下は御聖断を降されたんだ。何故かわかるかい。それは我ら臣民の安寧のためだよ。徒《いたずら》に戦いを長引かせ犠牲を増やすよりも、一日も早く平和が回復されることを願われたに違いないんだ。ならば、我らはその大御心に沿わなければならない。それこそが臣民のなすべきことだ」

大曽根の言葉に不思議な説得力を感じてしまう。

「我らがなすべきは、幻の戦勝を信じ、来るはずのない迎えを待つことではないんだよ。事実を受け入れ、一丸となることだ。在伯邦人は二〇万もいる。力を合わせればどんな困難にも立ち向かえる。資産の凍結解除や国交の回復をブラジル政府に働きかけることもできるはずだ。そうやって権利を回復していった先に、我らの未来がある。トキオくんはそれをわかってくれたんだ」

危うく聞き入るところだったが、トキオの名を出されたことで我に返った。

「ちゃう！　あんたにトキオの何がわかる。あんたはあいつの人のええとこにつけ込んで、言いくるめただけや！」

「そうだね。きみは私よりトキオくんを知っているはずだ。だったらよく考えてくれ。彼は簡単にデマに踊らされるような青年だろうか。日本人としての正しき道を見極め、選ぶ、賢さと強さを兼ね備えた青年ではなかったか」

あんたが知ったふうにトキオを語るな——そう思ったが、言葉が出なかった。

そのとおりだから。勇が知る限り、たしかにトキオは賢く強い、親友だった。

「事実をきちんと見据え、その認識を広めてゆくことがこの地に暮らす二〇万同胞のためになるのだと私は確信している。どうかきみも認識を改めて欲しい。私を信じることができないのは当然かもしれない。しかしトキオくんが信じる私を信じてはもらえないだろうか。頼む」

　大曽根は頭を下げた。

　その姿に得体の知れない迫力を感じる。

「駄目や。こんなやつの口八丁に惑わされたら、あかん。

「信じられるか。ぜ、全部、嘘や！　日本が勝ったって証拠だってたくさんあるんや。あんたの言っとることなんか嘘に決まっとる！　ふざけるな！」

　すると大曽根の隣に控えていた秋山が一歩前に出てきた。

「勇くん、僕らは瀬良さんともじっくり話をしたいと思っているんだ。こちらから村に伺ってもいい」

　秋山は鞄から冊子を取り出しこちらに突き出してくる。

「『終戦事情伝達趣意書』の写しだ。これを瀬良さんや村のみんなに見せてもらえないか」

「い、いらん！　瀬良さん、言うてたぞ、あんたに、売国奴に成り下がるとは何事かって言うてやりたいって。こんなもん受け取らんわ！　俺はあんたらに抗議しに来たんや！　くだらん話、聞くためやない！」

　言い放つと、勇は二人に背を向けた。

「勇くん」

　秋山が呼ぶ声がしたが振り返らず、教室をあとにした。

　気持ちがざわつく。胸の内側で小さな羽虫が何匹も飛び回っているかのようだ。

　校舎の床板を踏む音に被さり、頭の中で大曽根の言葉が頭を巡る。

　──彼は簡単にデマに踊らされるような青年だろうか。

　──トキオくんが信じる私を信じてはもらえないだろうか。

勇は懸命に頭の中からそれを追い払おうとした。

くそ、口の上手い爺いや。トキオもあれで騙されたんや。そうや、そうに決まっとる。

校舎を出ると、風で舞い上がった土埃が顔に吹き付けてきた。細かい土の粒子が頬に張り付き、口の中に入り込む。顔を手で拭い、口に入った土は構わず飲み込み、立ち止まることなく学校の敷地を出て路地を進んでゆく。石壁が並びブラジル人ばかりが行き交う、ブラジルの町を。駅町など何度も来ているのに、何故かいつもより心細かった。

一刻も早くこの町を離れたかった。乗合自動車《ジャルジネイラ》の乗り場へ向かう。

その手前で、男が四人、目の前に立ちはだかった。反射的に足を止めた。これまで大曽根の前で覚えていたのとは別種の緊張が身体に走る。

四人組の先頭には知っている男の姿があった。

日焼けした赤ら顔に、固太りの巨軀。色の抜けたパサパサの赤髪の下に猛禽類を思わせる丸い目が光っている。

ジョゼー・シルヴァだ。その手下らしきブラジル人が二人と、日本人が一人。見覚えがある。あいつだ、駅町で雑貨屋《アルマゼン》をやっていて、以前、ビッショを売っていた立花だ。どうやら即席の通事を務めているようで、シルヴァに何事かを告げられたあと、その立花が口を開いた。

「あんた、弥栄村の比嘉勇さんですね。開催が認められた講演を妨害したかどでこちらのシルヴァ保安官が逮捕するそうです」

猛禽の目をした男がにたりと笑った。

思わず訊き返す。

「はあ？　そいつが保安官？」

「そいつなんて言ったらいけませんよ。シルヴァの旦那は、警察の要請を受けて、正式にここウアラッーバの保安官になったんです。悪いことは言わない。逆らわずおとなしく捕まった方が身のためですよ」

立花は同情するように眉を八の字にした。シルヴァが保安官だなんて最悪だ。

回れ右をして駆け出そうとしたが、警戒していたのか、シルヴァの手下に回り込まれた。前後から腕と肩を摑まれ拘束される。二人ともシルヴァに負けず劣らずの巨体で、勇より一回り以上も大きい。

日本人とは違う濃い汗の匂いが鼻腔に侵入してくる。野生動物の襲撃を受けたような錯覚さえした。

シルヴァが近づいてくる。満面に嫌らしい笑みを浮かべ何かを言った。次の瞬間、目の前に火花が散った。殴られたのだ。頰に重い痛みが走るのと同時に、口の中に鉄の味が広がった。


――そんくらいですんで運がいいと思ってください。

警察署から釈放されたとき、立花に言われた。

ある意味そのとおりだ。連行される途中シルヴァに三発ほど殴られた。顔を一発、腹を二発。口の中が切れ、腹には紫色の痣ができた。けれどそれだけだ。前田兄弟のように大怪我はしていない。警察署に連行されたあとは、地下の留置場に留め置かれた。

そこは横穴に鉄格子をつけただけといった普請で、床こそモルタルで固めてあるものの、天井と壁は木組みと地肌が露出していた。留置場と言うより岩窟だ。じめじめと湿っぽく、床に座っているといつの間にか尻が濡れるような場所だった。丸一日、押し込まれていたが、その間、暴力を振るわれることはなかった。

シルヴァのやつは、保安官を拝命したことで、むしろ以前のように無法な暴力を振るうことはなくなったらしい。反面、街中で白昼堂々と日本人を取り締まり、逮捕することができるようになったようだ。それも業腹だが、そんなシルヴァの子分のように振る舞う日本人がいることも腹立たしい。

別れ際、立花に「あんた、そんなことしてて恥ずかしくないんか」と言ってやると、彼はばつが悪そうに「好きでやってるわけではありません」と肩をすくめた。祖国が戦争に勝ったというのに、本来なら負け側のブラジル人に尻尾を振る根性なしだ。


「でも、一番質《たち》が悪いのは大曽根さんじゃわいね」

一連の出来事を話すと、そう言われた。

「だってそうでしょう。そんな抗議してすぐ捕まるなんて大曽根さんが通報したとしか思えんでしょう。秋山さんかもしれんけどね」

はっとした。そのとおりだ。あいつらがけしかけたとしか思えない。

「やっぱ敗希派は卑怯じゃわ。口でどんな偉いこと言っても、ガイジンを使って意趣返しするんじゃからね」

まったくだ。

怒りがふつふつと湧いてくる。

こちらの抗議を正面から受け止める大曽根の姿勢は堂々としていた。言葉には不思議な説得力があり、話を聞いているうちに気持ちに揺れが起きていたのは事実だ。

しかし馬脚を現わした。本当は勇のような若者が抗議しに来たことが気にくわなかったのだろう。あるいは、こちらを簡単に籠絡できないと悟り、認識運動とやらを邪魔されると焦ったのか。どちらにせよ、警察に密告するなど卑怯極まりない。

「やっぱりあの男は信用できんです。トキオのやつ、騙されとるんです」

「せやね。ほんまそのとおりじゃわ」

声の主は妻の里子ではない。志津だ。一糸まとわぬ姿で勇の隣に寝転んでいる。勇も同じように全裸になっていた。

仰向けになってまっすぐ向けた視線の先では、黒い夜の静寂《しじま》に数えきれないほどの星が、やかましく輝いている。かすかな草いきれと、嗅ぎ馴れた水の匂い。そこに甘く、しかし少し饐えたような香りが混ざる。志津の体臭だ。

バビロン川《リオ・バビロン》の畔、初めて結ばれたあの草むらに、二人はいた。

釈放された日の夜。心配する家族とともに食事をすませたあと、『栄皇会』の用事があると嘘をつき家を抜け出してきたのだ。すると志津が先にいて勇を待っていた。ここしばらく会っていなかったのに、まるで待ち合わせたように。

志津はまだかすかに腫れている頬に触れ「今夜来るか思うとったら、ほんまに来たわ。あんたやっぱり、物騒なことがあると女が欲しくなるんじゃね」と笑った。

こうして志津と逢瀬を重ねることに、後ろめたさはほとんどなかった。

志津はよく「楽しみ」という。お互いが望んで秘密を共有しているだけだ。里子が知れば面白くはないだろうが、知らなければ問題ない。むしろこれが自分の甲斐性と思えた。帝国軍人でも勇猛果敢な者ほど、妾を持ちそちらの武勇伝にも事欠かないらしい。先々代の明治帝や、それ以前の天皇陛下たちには側室がいた。そうやって宮家をつくり皇統を維持してきたのだ。

湿った夜気は穏やかで裸でいても寒気をあまり感じない。

「それでもあんた、立派じゃわ。一人で堂々と抗議しに行って。自分から行きたいゆうたんでしょう。兄さんも感心しとったんよ。あいつを専務理事にしてほんまに正解じゃったたって」

「そりゃあ光栄です」

瀬良にそんなふうに言われていたと知るのは、ずいぶん気分がいい。

「じゃけど、トキオくんが心配じゃねえ」

「はい……」

幼い頃から密かにトキオに憧れていたことも、志津には包み隠さず話していた。

「でもね、兄さんゆうてたよ。トキオくんは、やっぱりあんたみたいな、純粋な日本男児とは違うて。うちもそう思うわ。だって――」志津の手が伸びてきて勇の左胸、心臓のある位置に触れた。「――敗戦デマ信じてまうてことは、ここにしっかりした大和魂がないゆうことよ」

同じことを瀬良も言っていた。

可哀相なトキオ。あんなに強く、日本人でありたいと願っていたのに、敗戦デマなど信じてしまったトキオ。

「そうですね。いつかあいつが目を醒ましたら、俺が慰めてやろう思うてます」

「ふふ。優しいんじゃね」

志津は勇に覆い被さるようにして口を吸った。しばらく互いの舌の感触を味わったあと、彼女は耳元に口を近づけ囁いた。

「でもね。いつまでも目醒めんようなら罰を与えんといけんよ」

罰――その語の響きに息を呑んだ。

「過ちを認めたら優しく慰める。認めんようなら厳しく罰する。それがほんまの親友ってもんと違う」

勇は頷き志津を抱き寄せる。

そうだ。この人の言うとおりだ。

もちろん、トキオはいつか目を醒ますと信じている。しかし、万が一そうならなかったら……。あいつに罰を与えるのは、俺の役目や。他の誰かにやらせるわけにはいかん――得体のしれない興奮がせり上がってくる。身体の内側に火がついたかのようだ。すでに一度交わり精を吐き出した下半身に再び熱が籠もる。

感情と欲望と、目の端で瞬く星が、まとめて夜の闇に溶けてゆくかのようだった。


大曽根に抗議した勇が逮捕されたことはすぐさま噂になり、そのことが想像以上に波紋を広げた。

たった一人で抗議にやってきた青年を、ブラジル人を使って逮捕させた大曽根はあまりにも器が小さいという、悪評が立ったのだ。大曽根に幻滅した者も少なくないようだった。大曽根が滞在していたウアラツーバのホテルには、噂を聞き抗議する人が詰めかけた。

秋山は大曽根を連れて瀬良と話したいと言っていたが、それどころではなくなったようだ。結局、大曽根と秋山はサンパウロに逃げ帰った。同時にそんな大曽根が地方に広めようとしていた『終戦事情伝達趣意書』も信じる者など皆無となった。

「勇、おまああの勇気ある行動が、大曽根の企みをくじいたんじゃ。あいつを追い払ったんじゃ」

瀬良は大いに勇を賞賛した。

「あんたみたあな男に娶ってもらって、うちは果報者じゃ」

里子も感激したようで、そんな健気なことを言った。勝ち気でお転婆だった少女は、二児の母となり、家事も育児も畑仕事もよくこなす妻になった。ときおり夜、志津との密会のために家を抜け出す勇のことを疑うそぶりもない。尊敬され、愛されているという実感がある。

子供たちも可愛い。生まれたばかりの勝はまだ何もわかっていないだろうが、長女の栄は周りが誉めるのを真似て「とー、しゅごい」などと声をあげた。

『栄皇会』の会員たち、とりわけ昭一ら若手の会員からはこれまで以上に尊敬のまなざしを向けられることになった。

これでええ。俺はしっかりやれている。『栄皇会』の専務理事として、村一番の男として。相応しい働きができている。

そんな実感とともに、新たな年を迎えることができた。


——一九四六年　一月一日。


夏に年が明けるこの地でも、多くの日本人は日本式で正月を祝う。毎年、家々に日の丸を飾り、手製の着物を身につけ、火酒《ピンガ》ではなく日本酒を呑む。この年の正月が例年と違うところがあったとすれば、それは日本が戦争に勝利して最初の特別めでたい正月であるということだ。

『栄皇会』ではこれを記念し元日に運動場《カンポ》に村人を集め、戦勝祝賀新年会を開催することにした。ただし大きな催し物をしていると知られれば、保安官になったジョゼー・シルヴァのやつが難癖をつけて村にまで踏み込んで来るかもしれない。村の外には話が漏れぬよう箝口令を敷いての開催となった。

お屠蘇として村でとれた米でつくった清酒を振る舞い、運動場の中央に大きな鍋を並べ、雑煮をつくった。出汁は鶏を丸ごと煮てとり、肉はそのまま具材にした。残念ながらウアラツーバ近辺では餅米は手に入らないので、餅はメリケン粉の団子で代用した。この雑煮とは別に、里子や志津ら女たちに、このメリケン粉の団子の中に、インゲン豆を甘く煮て拵えた餡を詰めた饅頭をつくってもらった。

鶏を贅沢につかった雑煮は滋味に溢れ美味く、そのあとに食べる甘い饅頭もまた格別だった。みな舌鼓を打ち、喜んでくれた。

会の最後。瀬良がややもったいぶった様子で「この機会に、みなに読み聞かせたいもんがある」と集まった一同の前で薄い冊子を取り出した。

「これは、『臣道聯盟』から届いたものじゃ。理事長の吉川順治中佐が先日、ようやく釈放になったんじゃが、中佐は獄中で戦争が終わったあと我ら日本人はどうするべきか思索を深め、書き記しておった。それがこれよ。『臣道聯盟』じゃあこれを『吉川精神』と呼んでおるそうじゃ。儂ら日本人にとっては敗希派どもが広めとる偽の詔書なんぞより、よっぽど価値があるもんじゃ。今から読み上げるけ、よう聞いてくれ」

もともと日露戦争の英雄として尊敬を集めていた吉川中佐だったが、もう一人の英雄である脇山大佐が敗希派に取り込まれる中、最大の規模を誇る愛国団体『臣道聯盟』の理事長を引き受けたことで、愛国者の鑑と言われるようになった。そんな人の考えとあれば、勇も是非聞きたいところだ。

「戦後在伯邦人は止《とど》まるべきか、本国又は大東亜共栄圏内に帰すべきかに就《つい》ては――」

瀬良は朗々とその『吉川精神』なる文書を読み上げ始めた。

それは、日本が聖戦に勝利した暁には、我々在伯邦人は戦後に訪れる世界秩序の中心地たる大東亜共栄圏へ帰するべきと訴えかけるものだった。

「俗人輩の頻々たる台頭、『日本は敗《ま》けても構わぬ』『陛下に対しても敢えて弓を彎《ひ》く』と懼《おそ》れ多くも暴言するの徒ありと聞き在伯邦人の将来に暗影を覚え――」

戦争が始まるや自分たちだけ祖国に帰った大使や官僚どもや、敵性産業に関わる者たち、さらに日本の敗北を願う敗希派らのことを厳しく非難もしていた。

「伯国は一般に文化の程度未だ極めて低く殊に気候温暖にして生活容易、刺激比較的少なく加うるに風紀、綱紀極度に紊乱《びんらん》しある現状に於ては退化せざらんとしても――」

加えてブラジルで長く暮らすことの危険性にも触れていた。ブラジルの文化の程度は日本に比べれば低く、風紀も乱れている。このような場所では日本精神は正しく育ちにくい。また、日本で生まれ育った日本人と比べて、ブラジルで生まれ育った日本人は知能が低いと断じていた。

やっぱりそうなんか――聞きながら、勇は納得する。

トキオが敗戦デマなどを信じてしまったのは、ブラジル生まれであることも影響しているに違いない。弥栄村にいた頃はむしろ賢いようにも思えたが、それはここで日本人として教育されていたからだ。都会へ行って地金が出てしまったのだろう。やはり可哀相だ。

「――従前に増し一層教化訓練に努むべきは当然なり。以上じゃ」

かなり長く一〇分ほどもかかったが、瀬良は淀みなく読み切った。

一同から、まずため息が漏れ、そして自然と拍手が起こった。

「『臣道聯盟』はこの『吉川精神』を活動の根本としているそうじゃ。儂ら『栄皇会』もそれに倣おうと思うが、みな、どう思う?」

瀬良が拍手に負けぬ大きな声で尋ねる。

「賛成です!」

いの一番に、勇が答えた。次々と「賛成」「そりゃあいい」などの声があがる。

「よし。決まりじゃな。『栄皇会』でも、『吉川精神』に則って活動してくで」

一段と大きな拍手が起きた。

実に晴れやかな気分になれた。弥栄村の戦勝祝賀新年会は大成功と言ってよかった。

けれど村の外では、そんな慶事に水を差すような出来事が次々に起こっていた。

——天皇陛下が人間宣言をしたらしい。

その情報が村に入ってきたのは、まだ松も明けぬ頃だった。天照大御神の子孫にして現人神であるはずの陛下が、敗戦を受けて民草と変わらぬ人間であることを公に認めたというのだ。

無論、そんなことがあるわけない。瀬良も「下らんデマじゃ」と一蹴してくれた。

「よう考えてみい、もし仮に日本が本当に戦争に負けとったら、人間宣言なんかですむわけないわ。陛下は処刑されてなけりゃおかしい。考えるもおぞましいが、戦争に負けるゆうんはそういうことじゃ。陛下がご健在ということが、日本が勝った何よりの証拠なんじゃ。いくら敗希派といえども、陛下処刑のデマは畏れ多くて流せんかった。ゆえに人間宣言なんていうけったいな話が出てくるんじゃ」

瀬良の見立てには説得力があった。弥栄村には人間宣言など信じる者は一人もいなかった。

されどこの手の敗戦デマはなかなか収まらず、敗希派の認識運動とやらも、地方行脚を中止したあともしぶとく続けているようだ。

やがてツッパンという町で起きたとんでもない事件の噂が流れてきた。弥栄村の東やや北寄り一五〇キロほどの地点に位置する、パウリスタ延長線沿線の町だ。

そのツッパンにある「クイン殖民地」という日本人殖民地で、弥栄村と同じように新年会を行っていた。そこにブラジルの軍人が踏み込んできて、参加者を暴行し警察署まで連行したのだ。それだけでも災難なのに、踏み込んだ軍人は会場にあった日の丸で軍靴に付いた土を拭ったというのだ。

日本人にとって日の丸はただの旗ではない。遠く離れた祖国そのものであり、誇りなのだ。それを土足で穢《けが》されるなどあってはならない。新年会に参加していなかった者も憤り、数名が警察署に抗議に行った。すると彼らも逮捕されてしまったらしい。

この事件は〝日の丸事件〟と呼ばれ、その顛末が伝わった多くの殖民地で、日本人の憤りを呼んだ。

そして怒りは日の丸を穢したブラジル人よりも、裏切り者の日本人――敗希派に向かった。

「ほんまに悪いのは、敗希派どもよ。不届きな同胞がおるからブラジル人に舐められるんじゃ」

事件の顛末を聞いた瀬良はそう断じた。

同感だった。弥栄村に限らず多くの殖民地の人々は、もとより敗希派など日本人としてあるまじき国賊とみなが思っていたが、ここへきて明確な敵になった。

そして、

――一九四六年　三月七日。


血が、流れた。

〝日の丸事件〟が起きたツッパンからもほど近いバストスの町で、溝部幾太という男が銃で撃たれて殺害されたのだ。

瀬良が『臣道聯盟』の関係者から、この事件の詳しいところを仕入れてきた。

「殺された溝部いう男はな、とんでもなあやつじゃったらしい。バストスじゃあ敗希派の親玉で通ってたそうじゃ――」

瀬良は会館に『栄皇会』の面々を集め、事件の顛末を語ってみせた。

曰く、溝部幾太は、自身が専務理事を務める産業組合の組合員を通じて、大曽根らがやっているような認識運動を進めていたという。

「その日は溝部の家には夜まで来客があってな。一一時頃、ようやくその客が帰っていったあと、溝部は家の外にある便所に入ったんじゃ――」

瀬良の話しぶりはまるで見てきたかのようだった。

勇も他の者たちも、固唾を呑んでそれを聞いた。

「――実はな、こんとき、便所のすぐ傍にあった洗濯場に一人の男が身を隠しておった。その手にピストルを握ってな。その男は、敗戦デマを吹聴する溝部を許せんと思うた、義士じゃったんじゃろうな。男は洗濯場の陰に身を潜めて、じっと溝部が入った便所を窺っておった。そんとき、きっと色んな思いが頭ん中、駆け巡ったに違いなあ。このブラジルで長年苦労したこと、親のこと、嫁さんや子供がおったかもしれん。じゃが、何より想いを馳せたんは、祖国のことに違いなあ。横暴な米英を降し、大東亜に燦然と輝いとる正義の神国、大日本帝国と、今や世界人類の父親となられとる天皇陛下のことじゃ。儂らがこの地に移民してきたんも、お国のためじゃ。今まさに、長年の苦労が報われようとしとるんじゃ。ところが、あの便所におる溝部のやつは、私利私欲のためにそれに水を差そうとしとる。我ら皇国臣民の誇りを踏みにじろうとしとるんじゃ。許せるわけがなあ。怒りで頭がゆだっておったかもしれん。これから己がなすことを思い心臓が鳴る音を聞いたかもしれん。そんなときはピストルがやけに重く感じたりするもんじゃ。それとも、覚悟を決めて案外、落ち着いていたか。じゃがまだ夜も蒸し暑い。汗くらいは掻いたじゃろうなあ。便所から漂ってくる饐えた臭いを嗅ぎながら、汗ばむ手でピストルを何度も握り直したに違いなあ」

抑揚をつけて臨場感たっぷりに語る瀬良の話を聞くうちに、勇は自身がその洗濯場の陰に隠れ、溝部が便所から出てくるのを待っているような錯覚を抱いた。名も姿も知らぬ男に、その怒りに同化してゆく。手にピストルの重みさえ感じた。

「果たして、溝部が便所から出てきた。男は意を決して、飛び出した。そして、便所の扉を閉めとる溝部に向けて、ピストルを構え、叫んだんじゃ――」

鼓動が速まる。

想像の中、勇がピストルを向けている溝部の後ろ姿は、大曽根周明のそれだった。トキオを騙し、俺を逮捕させたあの卑怯者。

「――天誅！」

瀬良の声とともに勇は引き金を引き絞るかのように手を握りしめた。

息を吸い込んだ。そのすうっという音が想像以上に響いた。勇だけではない、瀬良の話を聞いている多くが同じように手を握り、息を呑んだのだ。この場の誰もが、男と同化しているのだ。

「溝部が振り向くのと、男が引き金を引くのは同時じゃった。銃声が鳴り響き、溝部の左胸に穴が空いた。溝部がその場に倒れるのを確認し、男は夜陰に乗じてその場から走り去った。やり遂げた。きっとその充実を覚えておったじゃろう」

勇も、自身の頭の中でやり遂げていた。倒れているのは、大曽根周明だ。人を殺したことの恐ろしさも、罪悪感もなかった。戦争で敵を殺すのと同じことだ。これは何処までも正しい、正義の行いだ。

「この男は捕まっておらん。今んとこ、何処の誰かもわからん。敗希派の連中やブラジルの官憲は、男を人殺しじゃ犯罪者じゃゆうて、追っかけとるらしい。じゃが儂はこん男を誉れに思う。この勇気ある行動は、まったく正しい。祖国の栄光を踏みにじるようなやつらは同胞じゃなあ、敵なんじゃ！　殺されて当然じゃ！」

「おお！」

勇は雄叫びを上げた。一同がそれに続く。

まさに義挙。これをやり遂げた者こそが、本物の英雄だ。

そうだ。はっきりと認識した。敗希派は、敵だ。誅すべき、悪なのだ。

3

「国が勝ったって信じたいから人を殺すなんて、本当に馬鹿げてるよ。ちょっとでも頭を冷やして考えれば、自分たちが間違っているってわかりそうなものなのに。あいつら信念派なんて自称していらるしいけど、何が信念だよ。まさに、狂信派《ファナチコ》だな」

パウロの声に怒気が滲んだ。

狂信派《ファナチコ》というのは、過激な戦勝派への非難を込めた呼び名だ。対して向こうは認識派を敗希派などと呼ぶらしい。


——一九四六年　三月一六日。


およそ五ヶ月前に始まった大曽根周明らの認識運動は、最初から躓いた。

大曽根が地方行脚でウアラツーバを訪れたとき、抗議にやってきた青年のことを通報し、逮捕させたと噂が立ち、反感を買ったのだ。現地での反発が過熱し、結局、大曽根は地方行脚を中止せざるを得なくなった。

ことの顛末を説明しに来た秋山に、その抗議にきた青年が勇だったと知らされた。戦勝派の間では気骨のある若者と評判になっているらしい。

それを知り、トキオは衝撃を受けた。勇がますます遠ざかってゆく気がした。同時に身体の奥底から、得体の知れない感情が湧き上がってくるのを感じた。それは驚きや哀しみとは別の、どろりとして熱のある名状し難い感情だ。

秋山は瀬良と話すどころか会うこともできなかったという。例のアオキという詐欺師の正体が瀬良なのかどうかも、未だ確かめられていない。

——瀬良さんだ。たぶん瀬良さんにしてやられた。

秋山は無念そうに言っていた。彼も大曽根も抗議に来た勇のことを通報などしていないそうだ。すべて大曽根の悪評をつくりだすため仕組まれたこと。瀬良が通報し勇が逮捕されるように仕向けたのではないかという。少なくとも秋山はそう確信しているようだった。

——あの人はこちらと対話する気もないんだと思う。

瀬良をよく知る男は諦めを滲ませていた。

その一方で日本の敗北を認識した認識派と、頑なに勝利を信じる戦勝派の対立は激しさを増し、ついには人死にが出てしまった。今月七日、バストスで産業組合の専務理事、溝部幾太が暗殺されたのだ。

閉店後のバール『ヒグチ』の店内。フロアのテーブルには一冊の冊子が広げられていた。天井から吊られた電灯の明かりが、そこに印刷されている文字列を照らしている。

植物殊ニ野菜ヲ日本ヨリ当国ニ移入シタル場合、数年ナラズシテ変質退化スルヲ見ル。在伯同胞モ亦同様此ノ傾向顕著ナルヲ見ル。伯国ハ一般ニ文化ノ程度未ダ極メテ低ク殊ニ気候温暖ニシテ生活容易、刺激比較的少ナク加フルニ風紀、綱紀極度ニ紊乱シアル現状ニ於テハ退化セザラントシテモ豈失シ得ベケンヤデアル。

ブラジルの文化は日本より劣っており、ブラジルで長く暮らすと日本人を退化させかねない——という意味のことが書いてある。更に読み進めると、ブラジルで生まれ育った者は知能が低いとまで書かれているのだ。

パウロは口角泡を飛ばす。

「まったく馬鹿げてる！　こんなの白人の優生学と同じじゃないか。自分たちの民族や国を優秀だと思いたいがために、他の者を差別しているんだ。こんなものをありがたがってる連中だから、暗殺なんてとんでもない事件を起こすんだよ！」

この冊子は、『吉川精神』なる文書の写しだ。邦人社会で、規模においても影響力においても最大の愛国団体『臣道聯盟』の理事長、吉川順治中佐が獄中でしたためたものだという。『臣道聯盟』はじめいくつもの愛国団体で、この文書が教典のように扱われているらしい。

店主の洋平が入手したというので、みんな——トキオ、パウロ、洋平、頼子の四人——で読んでみることにしたのだ。

核となる主張は戦争が終わったら日本人は大東亜共栄圏に帰るべきとするものだが、その根拠としてブラジルやブラジル生まれの者を貶める理屈が並べられていた。パウロが怒るのも無理からぬところだ。トキオも自分の存在を否定されたようで、文字を追ううちに何とも悲しい気分にさせられた。日露戦争の英雄でもある吉川中佐がこれを書いたというのだから、なおさらだ。

洋平がため息をついた。

「大東亜共栄圏に帰るべきといってもなあ、そんなもの、ないんだものなあ」

大日本帝国がアジアに建設するはずだった理想郷は、敗戦とともに幻となって消えてしまった。事実上の領土としていた朝鮮半島や満洲、南方の島々もみな、手放すことになったらしい。

トキオは、ほとんど無意識のうちに口を開き、尋ねていた。

「でもいつか、みんなで帰れますよね？　もう戦争は終わったんだから認識派も戦勝派も、いつかは日本に帰れるようになりますよね」

まだ見ぬ祖国に帰ること。それは幼い頃からのトキオの願いだった。かつては勇と日本でトキを探す約束もした。

望郷の思いは、認識派、戦勝派を問わず多くの日本人が抱くもののはずだ。今は対立していても、いつかはみなで手を取り合い、帰国できる日がくるのではないか。

パウロが目を伏せる。

「もちろんいずれ、行き来はできるようになるはずだ。でもそれがいつになるかは、わからない。今、日本はアメリカに占領されていて、天皇陛下は現人神ではなく人間だという詔書を出したらしい。日本は俺たちが教わっていた国とはまったく違う国になるんだと思う。こう言っちゃ何だが、ブラジルでの生活を捨てて、敗戦国に帰っていいことがあるかどうか……」

その不安はトキオにもよくわかる。戦勝派の人々が頑ななのは、帰るべき場所が敗戦国であっては困る、という想いもあるからだろう。

パウロはちらりと洋平を見て、またトキオに視線を戻した。

「実はな、父《パパイ》さんたちは帰化することにしたんだ」

思わず洋平と頼子の顔を見た。

「そうなんだよ。故郷《こっち》に帰りたくないわけじゃないが……。私も頼子ももう若くないからね。生活を考えるとやはりブラジルに定住するのが現実的だ」

「腹をくくってこの国に骨を埋めることにするのさ」

「ブラジル人になるってことですか？」

「まあ、そういうことだ。我々に限らず、サンパウロで商売してたり、働いている人の中では、定住を見据えて帰化しようって人は増えてるんだよ」

とっさに言葉が出て来なかった。

パウロがトキオの戸惑いを見透かすような視線を投げかけてきた。

「トキオ、ブラジル《この国》じゃ、親が外国人でも、ブラジルで生まれた者にはブラジル国籍が与えられるんだ。お前や俺は、日本人であると同時にブラジル人なんだぜ？　最初からな」

「それは……わかってるけど……」

トキオやパウロのようなブラジル生まれの二世は、日本とブラジル、双方の国籍を持つ。だからこそ洗濯屋の水田などはブラジルを祖国と言うのだ。

トキオももちろん知識としてそのことは知っていた。ただしこれまで国籍などというものを意識したことはなかった。

殖民地では自分が日本人だということはあまりにも自明だった。ブラジル人になるという選択肢があるなどと、ほんの一瞬でも考えたことはなかった。

目の前にいる人たちは、その選択肢、帰化を選ぶというのだ。それが合理的なのだと理解はできても、釈然としない。

頭には祖父、寿三郎の姿がちらついた。最後まで日本人として生き、この地に骨を埋めた。いつか自分の魂とともに祖国に帰って欲しいと、トキオに託して。

「日本じゃ帝国憲法は廃止されるらしい。この先、俺たちみたいな外国生まれの国籍がどうなるのか、よくわからないしな……。俺はさ、父さん《パパイ》や母さん《ママイン》と一緒にこの国でブラジル人として生きていくつもりだよ」

パウロは言った。決意表明のように。

以前、全伯大会で会ったとき、まだ学生だったパウロが「僕は自分を日本人と思っています」

と言い切っていたのを覚えている。戦争の結果を受けて考えを改めた、いや、変わったのか。俺はそれでも日本人として生きていくよ——頭の中に言葉が浮かんだものの、口に出して言い切ることはできなかった。肝心の日本がこの先どうなるのか、まったくわからないのだから。

その翌朝、トキオはいつものように教会の並びにあるパン屋で朝食を買った。拳ほどの大きさのパンを二つ。外は硬く中が柔らかい。「いつものパン《ポンジンニョ》」と呼ばれ、サンパウロで最もよく食べられている種類のパンだ。トキオは香ばしさの中にかすかな甘味があるこのパンの味が好きだった。特別美味いわけでもないのだが、むしろそこが毎日食べるのにちょうどいい。

下宿には戻らず、教会の周りを囲む塀に腰掛けた。煉瓦の土台に鉄の柵がついているつくりで、土台の部分は人が座れるようになっている。街の人たちは思い思いにここで休憩したり、談笑したりしている。そう設計したのか、たまたまなのか、ちょっとした憩いの場だ。雨が降らない限りは、いつもここで朝食を食べることにしていた。カビ臭い半地下、ポロンの下宿は食事をするのに適した環境ではない。

教会を中心に古い屋敷が建ち並ぶセントロは、駅前の繁華街やその東に広がる住宅街と比べて閑静だ。通りには背広を纏った紳士然とした人々が行き交っており、白人が多い一方でアジア人はほとんど見かけない。

俺は今、サンパウロにいるんだよな——自分と肌の色の違う人々の姿を見ながら、そんな当たり前のことを思い出す。殖民地とはまったく違う朝の景色だ。

少し離れた所に座る老人が、新聞を広げていた。紙面に大きく、軍服を着た四角い顔の男の写真が印刷されている。トキオでも名前がわかる人物。エウリコ・ドゥトラ将軍だ。去年まで陸軍大臣を務めていた政治家でもある。

戦争終結後、独裁制への批判が高まっていたが、昨年一〇月、ついにヴァルガス大統領が退陣。そして年明け、あのドゥトラ将軍が大統領に就任した。ドゥトラ将軍は民主化に意欲的で年内に新憲法を制定するという。日本人を初めとする移民にも多大な影響を与えたヴァルガス政権のエスタード・ノーヴォも、これで一応の終幕を見ることとなったという。

パウロなどは「これからブラジルも変わってゆく」と新体制に期待を寄せているようだったが、トキオはあまりピンときていない。大統領の首がすげ替わったところで、トキオの目から見えるサンパウロの景色は何も変わっていないからだ。エスタード・ノーヴォが終わっても、日本人の集会や日本語の使用は未だ取り締まりの対象となったままだ。

パンを食べ終えてもしばらく考え事をしながら塀に座っていると、突然、声をかけられた。

「トキオ！」

顔を向けると、そこには見知った男がいた。

行商人のロドリコだった。

「何してる？」

「朝飯、食ってたんだ」

「アサメシ？」

「カフェ・ダ・マニャン」

トキオは言い直した。ブラジルでは、コーヒーを飲んでも飲まなくても朝食は朝のコーヒー《カフェ・ダ・マニャン》だ。

このくらいのポルトガル語はさすがに覚えた。

「おお、カフェ・ダ・マニャンか」

「ロドリコはこんなとこで何を？」

尋ねると「お祈り。教会《イグレージャ》よ」と教会を指さした。

それからロドリコはこちらに視線を戻し、じっと見つめてくる。先住民ツピーの血を引いているという彼の顔つきに、普段の快活さとは裏腹の落ち着きがある。茶味がかった色の薄い瞳は、すべて見透かすような深みを湛えていた。

何だ、俺の顔に何かついてるか——訊こうと口を開きかけたら先にロドリコが言った。

「悩みごとあるだろ?」

ほんの一瞬、呆気にとられるが、すぐ苦笑して頷いた。

「まあな」

それはあながち間違いではない。

ロドリコは「トキオも、教会《イグレージャ》、行こう」と、教会の聖堂を指さした。「お祈りしよう、一緒に。元気出る」

聖堂を見上げると、くすんだ十字架が目に入った。そう言えば前もロドリコに教会に誘われたことがあった。そのうち行ってみようとは思っていた。

「行こう《ヴァーモ・ラー》」

ロドリコはトキオのシャツの袖を引っ張る。

「そうだな。行ってみるか」

トキオは立ち上がった。気分転換になるかもしれない。

教会の聖堂は、ひびの入った白壁に、ところどころ塗装のはげた青い屋根、その上に十字架が乗る年季を感じさせる建物だった。『ヒグチ』の店より一回りほど大きいだろうか。

ロドリコのあとについて中に足を踏み入れる。

瞬間、涼しさを感じた。表に比べて気温と湿度が少し低いようだ。壁は漆喰で真っ白く塗られ、ぼんやり発光しているかのようだ。正面に祭壇と巨大な十字架、それからキリストと聖母マリアを描いたと思しき絵が飾られている。それに向かい合うようにして、床に固定された長椅子《バンコ》が並んでいた。

　天井が高く、つい見上げてしまう。ゆうに一〇メートル以上はあるだろう。音楽などかかっていないのに、空気の流れが反響して何か曲を奏でているような錯覚がする。壁の高い位置に窓があり、ステンドグラスが嵌まっていた。ステンドグラスは煤けておりあまり華美ではないが、むしろそれが空間に落ち着きを醸している。

　教会の中はこうなっているのか。静かで居心地がよさそうではある。

　聖堂には三人ほど先客がいて、それぞれ離れて座っていた。休憩がてら来たのだろうか、長椅子《バンコ》に身体を預けるようにしてぼうっとしている肉体労働者風の男性。うつらうつら居眠りをしている老婆。どちらも白人だ。一番前の長椅子《バンコ》で背を丸めじっと祈りを捧げている男性。背広を羽織っており身なりがよさそうだが、ここからは背中しか見えない。

「トキオ、お祈り。祈ろう《オラーモス》」

　ロドリコが小声で近くの空いているところを指さした。並んで腰掛ける。

　祈る……といってもどうすればいいのかわからない。ロドリコの動作を真似て、手を組んで顔を俯けてみた。

　何か願いを思い浮かべればいいんだろうか。

　願い……。

　考え事は多いが、願いは一つだ。

　勇の顔が浮かぶ。弥栄村で過ごした日々のことを思い出す。一緒に道場に通い、コーヒーを飲み、冗談を言って笑った日々。日本でトキを探すと約束した。

　あの日に帰りたい――それが掛値無しのトキオの願いだ。が、時間を巻き戻すことができないこともわかっている。弥栄村とピグアス。親友との距離は、五〇〇キロという物理的なそれよりもなお遠く、離れてしまったような気がする。

地方の愛国団体の多くは、バストスで起きた暗殺事件を義挙であると賞賛しているという。確認する術はないが、弥栄村の『栄皇会』もそうしている可能性は高いだろう。

あの村には、瀬良が――秋山が獣と言った男が――いる。もしかしたら村の人々みなを騙しているかもしれない男が。どうしても南雲農園が襲撃されたことを思い出してしまう。この暗殺に続けと『栄皇会』も過激な行動を起こそうとするのではないか。

頼む。勇、気づいてくれ。はやまったことをする前に。本当は日本は負けてしまったと。それを受け止めた上で、何をすべきか冷静に考えるのが、今、俺たちが為すべきことだと。気づいてくれ――ただ、願った。これを祈りと呼ぶなら、そうなのだろう。

一〇分ほどもそうしていたろうか。

「よくなった？」

ロドリコに尋ねられた。何がよくなったか主語のない問いだったが、訊かんとすることはわかった。

願って何かが解決したわけでは、もちろんない。しかし少し頭が整理された気はする。

「ああ。よくなったと思う。オブリガード」

ポルトガル語で礼を言うと、ロドリコは笑顔で日本語を返してきた。

「どういたしまして」

ロドリコと聖堂から出て、玄関の短い階段を降りているとき、背後から声をかけられた。

「きみ、南雲トキオくんじゃないか？」

振り向き、驚いた。

そこに立っていたのは、つばの広い帽子をかぶった老人。着ている服で聖堂の一番前で祈りを捧げていた男性とわかった。その庇の下の眼鏡をかけた顔は、大曽根周明のそれだった。

「あ、ど、どうも」

おずおずと頭を下げる。こんなところで会うとは思ってもいなかった。

ロドリコも「大曽根さん」と声をあげた。

「やあ。きみはええっと……ロドリコさんだよね」

日本人相手に広く商売をするロドリコは大曽根とも面識があるようだった。

「大曽根さんも、お祈り？」

「そうだよ」

頷いたあと、大曽根は尋ねたロドリコではなくトキオに向かって口を開いた。

「ちょっとセントロに用事があってね。ついでに神頼みでもしていこうと思ったんだ。同胞たちよ、過ちに気づいてくれ、とね」

大曽根も同じことを祈っていたのか。認識派の日本人にとっては、今、他に祈るべき事などないかもしれない。

「まさか、あんなことが起きてしまうとは……慚愧に堪えないよ」

バストスでの暗殺事件のことだろう。

「あの、やっぱりあれは、戦勝派がやったんでしょうか。ならず者のブラジル人の仕業ということはないでしょうか」

トキオは自らの願望に近い問いを発した。

「うむ……私もね、同胞が同胞を暗殺したなんて、間違いであって欲しいと思っている。しかし溝部くんが認識派だったのは確かだ。情報によると戦勝派がやった可能性は高そうだ。それにね……」大曽根は眉間に深い皺を寄せた。「事実がどうであるより、多くの人が戦勝派がやったに違いないと思っていることが問題なんだ。戦勝派の中には、抗争が始まった、後に続けなどと、煽っている者も少なくないらしい」

それはまさにトキオも危惧していることだ。

「大曽根さん、認識運動でウアラッーバに行ったんですよね」

ほんのわずかに、大曽根の表情が曇った。

「行ったよ。そうだった、あの件では、きみにはいつか詫びなければと思っていたんだ。知っているだろうが、あのとき私はきみの友だちだという青年から抗議を受けたんだが……誤解を与えてしまったようだ」

「そのことなら、秋山さんにも聞きました。大曽根さんたちは通報していないんですよね」

「そうなんだ。言い訳がましいかもしれないが、私は、彼が逮捕されたと聞いて、ウアラッーバの警察署に彼は何ら犯罪行為はしていないので、乱暴な事はせず、すぐに釈放するよう申し入れたんだ」

「そうでしたか」

あのとき勇を逮捕した保安官というのは、あの排日主義者のジョゼー・シルヴァなのだという。前田兄弟を半殺しの目に遭わせたというあの男が保安官になるなど、日本人にとっては悪夢でしかない。勇が大きな怪我もなく釈放されたのは不幸中の幸いと思っていたが、なるほど大曽根から申し入れがあったのか。

階段を降りながら大曽根が言う。

「彼、勇くんと言ったか、まっすぐで気持ちの強い男だね。祖国から遠く離れたこの地にあって、国を愛することを忘れていない。彼のような若者には、もっといい形で会いたかったよ」

大曽根が勇の人柄を誉めてくれたのが嬉しかった。

「そうです。勇は純粋なやつなんです」

「彼も、きみのことを同じように思っているようだね」

「え？」

「人のいいきみを言いくるめた、と言われたよ」

「勇が、そんなことを……」

階段を降りきった。まだ角度のある朝陽が、聖堂の天辺にある十字架を大きな影にして地面に落としていた。

「早く過ちに気づいてくれればいいのだが」

「ええ」

トキオはまたあの感情が湧いてくるのを自覚した。秋山から勇が抗議に来たことを聞かされたときも感じた、熱を帯びた名状し難い感情。その正体は自分でもよくわからなかった。

三人、それぞれ無言のまま教会の敷地を出てゆく。ロドリコが不意に足を止めた。トキオと大曽根もつられて立ち止まる。

「トキオ、また、悩んでるね」

ロドリコは大げさに肩をすくめ、トキオと大曽根を交互に見た。

「ジャポン、負け、悲しい？　フルサト、帰りたい？」

突然、言われて面食らった。フルサト……故郷《ふるさと》か。発音が独特だったので理解に少し間が空いた。

大曽根が促すように、ちらりとこちらを見た。率直なところを口にする。

「ああ、悲しいし、できるなら帰りたいよ」

するとロドリコは少し考えて言った。

「だったら、聖書《ビブリア》、読む。ジャポネース、ユダヤ、同じ」

意味がわからず、ぽかんとしてしまう。

隣で大曽根が「はは、参ったな」と、笑い声をあげた。

「彼はね、我々日本人をユダヤ人のようだと言っているんだ。きみは聖書は知っているかい？」

「いや、読んだことはないです。耶蘇って人がいろいろ奇跡を起こすってことくらいしか」

「それは新約聖書だね。旧約聖書には、耶蘇、すなわちイエスが登場する前のユダヤの歴史が綴られているんだ。ユダヤ人は古代、エルサレムという土地に王国を築くが、滅ぼされ、人々は捕虜として敵国の都市バビロンに移住させられるんだ。この部分には祖国を喪った民族の苦難が色濃く描かれている」

「バビロン」

トキオはその単語を口の中で繰り返した。弥栄村の外れを流れる川は、バビロン川《リオ・バビロン》といった。聖書のその部分に因んで名づけられたのだろうか。

「ユダヤ人はやがてエルサレムに帰還を果たすが、今度はそこで大国ローマの支配を受ける。そんな中、イエスが生まれる。ユダヤ人のみならず、世界全体の救世主としてね。聖書に描かれているのはここまでだが、その後、ローマによってエルサレムは再び滅ぼされ、以来、今日までユダヤ人はおよそ一九〇〇年、自分たちの国を持たずに世界中を流浪しているんだ」

一九〇〇年。祖父の祖父の祖父の……何世代さかのぼるのか想像もつかないほど、遠い昔だ。トキオはユダヤ人については、日本にとっての友国だったドイツが目の敵にしていた、という程度のことしか知らなかったが、そんな歴史があったのか。

ロドリコが口を開いた。

「ツピーも同じ。フルサトなくなった。サンパウロもリオもみんなツピーのフルサト、でもポルトガル《ポルトゲース》人が勝手に国《パイース》つくった。ブラジルつくった。それからいろいろな人が、ツピーのフルサトに入ってきた。ジャポネースの殖民地《コロニア》も、ツピーのフルサト」

先住民のツピーはブラジルという国ができる以前からこの土地で暮らしていた。弥栄村のあるウアラツーバという地名も、ツピーの言葉だ。ツピーが住んでいた土地は、きれいな水がありマラリア蚊が少なく開拓に向いている――そんな話は、よく耳にした。それはつまり、彼らの住み処を奪い開拓してきたということだ。

ロドリコは続ける。

「もともと、ツピーに国《パイース》なんてない。広いフルサト、好きな所、好きに生きてた。ツピーの祈禱師《パジェー》してる俺のお祖父ちゃん《メウ・ヴォヴォー》、いつも言ってる、大地、支配するやつ、カアアポラが殺す」

「カアアポラ？」

「ツピーの神様《デウス》、カアアポラ、森の神様《デウス・ダ・フォレスタ》。大地、神様のもの。支配するとカアアポラに殺される。国《パイース》なんてない方がいい。俺、ブラジル人だけど、ツピー。フルサトなくしてもツピーはツピー。ジャポネースも、国《パイース》なくなっても、ジャポネースはジャポネース」

言ってロドリコはにっと笑った。褐色の肌に白い歯が眩しい。

大曽根が苦笑を浮かべる。

「日本人《われわれ》にはロドリコさんのように国家や民族を考えるのは難しそうだ」

同感だった。ロドリコが励まそうとしてくれているのはわかるが、国がなくなってもいいとは、やはり思えない。

「そう？」

ロドリコは不思議そうに首をひねった。

「うむ。日本には千年以上にわたって培った国家の歴史があるからね。聖書にも祖国を喪う悲しみや苦しみがたくさん書かれているだろう。実際、今もユダヤの人々は自分たちの国をつくる運動を展開しているしね。今回の敗戦後も日本の国体が護持されるのは、せめてもの幸運と言えるのかもしれない」

トキオの頭に昨夜のパウロの言葉が蘇った。

――日本は俺たちが教わっていた国とはまったく違う国になるんだと思う。

ブラジルで生まれた二世にとって、日本という国は「教わる」ものだ。頭の中にしか思い描けない。けれどトキオはそこが自分の故郷であると思う。弥栄村を出るまでは自分が日本人であることを疑ったことはなかった。日本人ばかりの殖民地で、日本語を話して暮らし、日本の作物を育てた。日本の歌をうたい、日本精神を学び、天皇陛下を敬った。祖父や両親が繰り返し語った故郷の景色は、もう記憶より深く自分に染みこんでいる。

「でも、日本は変わってしまうんですよね……」

「変わるだろうね。しかし我々は日本人であり続ける。その点はロドリコさんの言うとおりだよ。これは国籍ではなく魂の問題だ。君のような二世も、私に抗議しに来た彼のように殖民地で暮らす人々もね。同じ血を通わせた同胞なんだ」

同胞、というとき、言葉に熱が籠もった気がした。

国籍ではなく魂の問題――自分を日本人と思っていてもいいと赦されたような気がした。大曽根の言葉に救われたと感じるのはこれで二度目だ。

「そう、ですよね」

「ああ。だからこそ、たとえ困難でも粘り強く、認識運動を続けていかなくてはならない」

そうだ。まずは同胞が一つにまとまることが肝要だ。地道に認識運動をやっていくしかない。

教会の前で大曽根と別れた。

その背中を見送りながら、ふと疑問がよぎった。

セントロに用事って何だろう？

認識運動のリーダーと言っていい大曽根は多忙で、ここのところ『ヒグチ』に訪れることもなかった。駅から離れていて日本人がほとんど住んでいない、この地域に何をしに来ていたのだろうか。


——一九四六年　四月一日。


その日の昼前、トキオはいつものように『ヒグチ』に出勤するため、裏口の戸を開いた。

するとまずガタッという音が耳に、それから奥のホールで立ち上がりこちらを窺う、洋平、頼子、パウロの姿が目に飛び込んできた。

何だ？

普段なら洋平と頼子は厨房で開店の準備をしているはずだし、この時間、パウロはいないはずだ。洋平があてが外れた様子で声をあげた。

「何だ、トキオくんか」

別の誰かを待っていたかのようだった。

みなの顔には緊張が張り付いている。何かあったのだ。それだけはわかった。

「トキオ、今日は臨時休業なんだ。これから大曽根さんが来る」

問うより先にパウロが言った。

「大曽根さんが？」

つい二週間ほど前、教会でばったり顔を合わせたが、使いの秋山ではなく、本人が『ヒグチ』まで足を運ぶのは珍しい。

「ああ、実は」

パウロが事情を説明しようとしたとき、トキオの背後で物音がした。つい今しがた入ってきた裏口の戸が開いたのだ。

振り向くと、二人連れの男が入ってきた。まさにその大曽根と秋山だ。二人とも顔色をなくし額に汗を浮かべていた。

「大曽根さん！」

洋平と頼子が駆け寄ってゆく。

「樋口さん、恩に着るよ」

秋山が一度外を見回したあと、扉を閉めた。

「おそらく誰にも尾《つ》けられていません」

剣呑な様子に、嫌な予感に襲われる。

「ここから見る限り店の周りにも、怪しいやつはいません」

パウロが窓辺から外を窺い、二人に告げた。

「どうぞ。こちらへおかけ下さい」

洋平に促され二人はホールのテーブルについた。頼子が厨房へ向かう。コーヒーでも用意するのだろう。

「やあ、また会ったね」

大曽根がトキオを一瞥し、軽く手をあげた。が、表情は強張っていた。

トキオは会釈を返す。パウロがこちらに近づいてきて口を開いた。

「昨日の深夜、大曽根さんが襲撃を受けたんだ」

思わず息を呑んだ。嫌な予感が的中した。しかし見たところ怪我はないようだ。

大曽根本人が「心配するな」と言わんばかりに顔の前で手を振った。

「何、未遂だよ。賊は一〇人近くいてみなピストルで武装していたようだが、家の前で見回りの警官と鉢合わせしてね。逃げていった。だから、私は何ともない……私は、ね」

物言いから、他の誰かに何かがあったことが窺えた。パウロがそこを補足する。

「今日の早朝、古谷さんと野村さんが銃撃されたんだ。どうやら大曽根さんの襲撃に失敗した連中が、二手に分かれてやったようだ」

古谷と野村、名字だけで誰かわかる。元アルゼンチン公使で『終戦事情伝達趣意書』に署名をした一人でもある古谷重綱と、かつて部数第一位を誇った邦字新聞『日伯新聞』の編集長として活躍していた野村忠三郎だ。どちらも大曽根と並ぶ邦人社会の重鎮であり認識運動を推進していた者たちだ。

「それで……二人は？」

パウロ自身も詳しいところは知らないようで、大曽根と秋山を見やった。

秋山が答える。

「古谷さんは無事だったよ。起き抜けに自宅の外から銃を乱射されたけれど、家具がちょうど盾になって当たらなかったそうだ。賊は家の中に踏み込もうとしたが、物音を聞いた警官が駆けつけた。古谷さんは怪我もしていない。けれど同じように自宅で銃撃を受けた野村さんは……」

秋山は首を振った。

その動作だけで最悪の事態が起きたことは察せられた。果たして秋山は続ける。

「死亡したという連絡を、先ほど受けた。野村さんを襲撃した賊は外からは撃たず、客を装い奥さんに戸を開けさせ、家の中に踏み込んで野村さんを蜂の巣にしたんだ。奥さんは脅されただけで無事だったのが不幸中の幸いと言うべきかもしれない」

「その賊が何者かわかったんですか」

「ほとんどは逃げてしまったけれど古谷さんのところで二人、逮捕された。二人とも日本人だったそうだ。今、警察で取り調べを受けている。認識運動が赦せず、義憤に駆られたという意味のことを話しているらしい」

「日本人……」

思わず口の中で繰り返していた。訊き返したつもりではなかったが秋山は頷いた。

「そう。戦勝派の凶行であることは疑いようもない。『臣道聯盟』が関与しているのではないかと見られている」

「『臣道聯盟』が？」

「まだ情報が錯綜していてよくわからないのだけれどね。しかし戦勝派に対する影響力は大きい。例の『吉川精神』は会員以外にも浸透している。まったく無関係とは思えない」

「『吉川精神』か、やっぱりあれの悪影響は絶大だな」

パウロが憎々しげに吐き捨てた。

秋山は洋平と頼子に視線を移す。

「それで、電話でも話しましたが、今日のところは念のためこちらに支社長の身を隠させてください。支社長の自宅は邦人の間では広く知られています。警察は見回りを強化すると言ってますが、危険と言わざるを得ません」

「ええ、そりゃあもちろん」

「でも今後はどうするんですか？　また自宅に戻るわけにもいきませんよね」

パウロが尋ねると、大曽根本人が顔を曇らせて答えた。

「私だけ申し訳ないが、しばらく隠れ家に身を潜めることになった」

「実はバストスの事件が起きてから、万が一のときに支社長が身を隠せる別宅をここピグアスに用意したんです」

「前にきみに会ったあの教会の裏手なんだ。あの日は下見に行ったんだよ」

そうだったのか。確かにあの辺りは、サンパウロの中心に近すぎず遠からず、身を隠すのにはいいかもしれない。洋平らもそう思った様子だ。

「ああ、なるほど。セントロならうってつけですな。何か困りごとがあったときも、うちからすぐ駆けつけられます」

「そう言っていただけるとありがたいです。『ヒグチ』のみなさんには、これまで以上にいろいろと支社長のお手伝いをお願いすることになるかと思います」

「何でも申しつけてください。うちの若い連中が飛んでいきますよ」

洋平がパウロとトキオを見る。

「もちろんです」と、二人、声を揃えた。

「すまない、恩に着るよ」

大曽根が深々と頭を下げると、洋平は「やめてください」と恐縮した。

「忠さんが、こんなことになってしまって、大曽根さんにまで万が一のことがあったら、邦人社会全体が立ち行かなくなります。少しくらい骨を折らせてください」

忠さん、とは亡くなった野村忠三郎のことだ。面識のないトキオも、彼が好人物であることはよく耳にしていた。『日伯新聞』の編集長を務める傍ら、奥地の殖民地にもたびたび出向き謡曲をはじめとした日本文化の普及活動に尽力していたという。飾らない気さくな人柄が好かれ、年嵩の人らはみな忠さんと呼び慕っていた。

大曽根が大きなため息をついた。

「日本語が禁止され『日伯新聞』を発行できなくなってから、忠さん、生活が苦しくなってね。家賃の安い郊外に越していたんだよ。趣意書にも署名していなかったからね、忠さんの自宅は私や古谷さんのところのように警察の見回りがなかったんだ。それが仇になってしまった……。忠さんほど、気の好い男もいなかった。新聞をやっていた頃から一貫して祖国と同胞のことを想っていた。何故、彼がこんな目に遭わなければならないのか」

大曽根の言葉が、揺れた。無念が滲んでいるのがわかった。かと思えば突然、声を荒らげた。

「度し難い！　まったくもって、度し難い！」

膝頭に当てている掌にくっきりと筋が浮かんでいた。目は潤んでいる。

大曽根がここまで感情を露わにするのを、トキオは初めて見た。まるで人が違ったみたいだ。

「狂信派《ファナチコ》どもめ！　何故ここまで愚かになれる！」

大曽根は叫んだ。

「そうですよ。やつらは愛国者でも何でもないんです。狂信派《ファナチコ》なんですよ！」

パウロも同調し、声をあげた。そしてこちらを向く。

「トキオ、お前だって、こんなのは酷いと思うだろ」

「……思うよ」

殖民地で育った身としては、敗戦を信じられないのも、認識運動に憤るのも、わかる。けれど、こうしてまたも人が殺された今、そう断ずるよりない。

狂っている。

襲撃された人々のうちトキオが直接知っているのは大曽根だけだが、他の面々もみな、それぞれに邦人社会のために尽力していた人たちだ。それを言い分さえ訊こうともせず、問答無用で銃撃するなんて、まともな人間のやることではない。

度し難い。大曽根やパウロの怒りに共感する。身体が熱を帯びる。灼けるほどの熱を。

ああ、そうか――トキオは気づいた。このところ自分の内側にずっと渦巻いているこの名状し難い熱い感情の正体に。

怒り、だ。

俺は怒っていたんだ。

敗戦を認めない者たちに。このような非道な凶行に及ぶ者たちに。

否、もっと前からだ。俺はずっとずっと怒っていた。

弥栄村を出て行くことになったときも、薄荷畑の製油所が燃やされたときも、敵性産業だと村中にビラを貼られたときも。どこかに怒りが、あった。

国賊などという決めつけで隣人を攻撃する者たちに、怒っていたんだ。

「私はやつらを許せない！」

大曽根は憤然と言い切った。

もしかしたら、この人も――

大曽根は自分の命が狙われたから突然、感情を爆発させたのではなく、本当はずっと怒っていたのかもしれない。けれどぎりぎりのところでそれを抑え、冷静な振りをしていたのかもしれない。

秋山が口を開いた。

「バストスに続いてサンパウロでもこんな事件が起きた以上、もう官憲も黙ってはいないようです。保安警察、オールデン・ポリチカの連中が大々的な捕り物をやると聞きました」

「捕り物って、つまり日本人の取り締まりですか」

洋平は顔色をなくしている。邦人同士の揉め事を口実に弾圧を受けることこそ、みなが最も恐れていたことだ。

「そうですが、樋口さんは心配しなくても大丈夫です。保安警察も、敗戦を受け入れない者たちの犯行だということは把握しています。我々認識派は、情報提供をして取り締まりに協力することになると思います」

「つまり何処の誰が戦勝派か、教えるということですか」

「はい。それから『臣道聯盟』をはじめとする過激なことをやりそうな愛国団体についてもね。保安警察の味方をすれば、こちらが不当に取り締まられることはないでしょうし、結果的に認識運動も進むと思います」

「たしかに、逮捕されてお灸を据えられれば、考えを改める人も増えそうですね」

パウロはしきりに頷いている。

「ことここに至っては、ブラジル官憲の力を借りるのも仕方ない。荒療治だ。狂信派《ファナチコ》どもには、自分たちのしたことを後悔してもらう。結果的には同胞の目を醒まさせることになるはずだ」

大曽根が気を吐いた。

誰よりも同胞のために奔走した人がここまで言っている。

これは正しいことだ。相手は人殺しさえも辞さないような連中だ。厳しく臨むことも必要なんだ——トキオが自覚した怒りも、そう叫んでいた。

この日の夕方、パウロが『Folha da Noite』という新聞の夕刊を買ってきた。事件のことが出ていると、紙面を指さし教えてくれた。〈日本人秘密結社の狂信者、暗殺を試みる〉といった趣旨の記事が躍っているという。

　これを皮切りに翌日からサンパウロ州で発行されている新聞各紙が、競って事件を報じた。パウロや洋平によれば、日本の勝利を狂信する一部の日本人が、敗戦を正しく認識している者を襲撃したことや、日本人の秘密結社（愛国団体）が州内にいくつも結成され、そういった組織が狂信者を生む土壌になっていることなど、事件の背景まで詳しく書かれているという。中には事件の首謀は秘密結社シンドウレンメイ、つまり『臣道聯盟』であると断じている記事もあるらしい。

　こうして大々的にマスコミに報じられたことで、これまで邦人社会というコップの中の嵐だった戦勝派と認識派の対立は、一般のブラジル人にも広く知られることになった。遠くアジアから移民してきた異邦人らが起こした、不可解で恐ろしい出来事として。

　そしてそれに呼応するように、オールデン・ポリチカは軍警察や各地の保安官とも連携し、サンパウロ州全体で戦勝派日本人及び愛国団体の一斉取り締まりを行った。

　認識派は認識運動の一環としてこの取り締まりに協力をした。情報提供の他、取り調べ時の通事などの雑務を請け負ったのだ。ポルトガル語が堪能なパウロも通事として駆り出された。

　襲撃への関与が疑われた『臣道聯盟』は重点的に捜査を受け、吉川中佐はじめ幹部は軒並み投獄された。その他の愛国団体や個人で活動している戦勝派にも次々と捜査の手が入り、一〇〇〇人以上が検挙されたらしい。

　いくらか誤認逮捕もあったようだが、バール『ヒグチ』をはじめ、認識派の多くは秋山が言っていたように取り締まりを受けなかった。

　オールデン・ポリチカは〈秘密結社シンドウレンメイは壊滅した〉との声明を発表した。それはブラジル官憲による勝利宣言であり、安全宣言でもあった。

認識派の人々はこれを歓迎した。

——一九四六年　四月一一日。


その夜、閉店後の『ヒグチ』で密かに祝杯が挙げられた。

集まったのは樋口夫妻の他、洗濯屋の水田や、ホテル経営者の斉藤ら、ピグアスで認識運動に協力している面々だ。

「いやあ、めでたい。何だかんだ言っても『臣道聯盟』は狂信派《ファナチコ》の親玉ですからな。あそこが潰れりゃ、この騒動もおさまるんじゃないですかね」

「吉川中佐の愛国心は立派なもんですが、頭が硬すぎるのがね。脇山大佐を見習って欲しいものですよ」

「まったくだ。そこが大佐と中佐の格の差かもしれんね」

そんな言葉が飛び交う。

ブラジルの邦人社会で広く名が知られ英雄視されていた元将校、吉川中佐と脇山大佐。全伯大会の時にトキオも挨拶をさせてもらったあの二人は、片や戦勝派の最大団体『臣道聯盟』の理事長、片や『終戦事情伝達趣意書』に署名する認識派の重鎮と、立場が分かれている。

聞くところによると昨年八月の終戦時点では、脇山大佐も日本の勝利を信じていたという。しかしその後、認識派に説得され、敗戦を認め、認識運動にも協力するようになったらしい。ただし元将校としての誇りゆえか、敗戦の事実を受け入れた心労は大きかったようで、体調を崩してサンパウロ市内の家で療養中だという。

少し遅れて、パウロと秋山がやってきた。

最近、あの二人は行動を共にしていることが多い。大曽根が身を隠すのと並行し、大曽根の事務所にあった認識運動に関わる資料や帳簿を樋口家で預かることになった。それに伴い、パウロはこれまで秋山一人では手が回っていなかった事務作業を手伝うことになったという。

二人は渋い顔をして何やら話しながら店に入ってくる。

「どうしても計算が合わないんです」

「そうか。時期的にはそれ、ちょうど大曽根さんが釈放された頃なんだよなあ」

「どういうことなんでしょう？　まさか、大曽根さんが？」

「わからない。ともあれ、慎重に調べないと」

入口付近にいたトキオには大曽根の名が聞こえ、何を話しているのかと思ったが、洋平が「おーい、おまえら何、辛気くさい顔をしてるんだ。こっちで乾杯しろ」と声をかけると、二人とも相好を崩し宴に交ざった。

「とにもかくにも、これで狂信派《ファナチコ》の勢いはだいぶ削ぐことができたと思います。これも、みなさんの協力のお陰ですよ。いや、ありがとうございました。さあどんどん飲んでください」

秋山は火酒《ピンガ》の瓶を片手に一同を持ち上げ、酒をついで回った。彼が持ち前の快活な笑顔を浮かべるのを久しぶりに見た気がする。

「パウロくん、取り締まりはどうだった？」

斉藤が話題を振ると通事として捜査に協力したパウロは土産話のように取り締まりの内幕を披露した。

「保安警察の連中は、なかなか厳しかったですよ。『日本は戦争に負けたか、勝ったか』と尋ねて、まあここで『負けた』と答えればすぐ釈放なんですが、認めず『勝った』と言い張るやつはみんな牢屋に閉じ込めるんです。血の気の多い捜査官だと『負けた』と言うまで殴る蹴るを繰り返してました」

一同は「おお、そりゃすごい」などと感心していたが、トキオは驚いた。

「おまえ、ブラジル人に日本人が殴られるのを見てたのか？」

思わず問い詰めたが、パウロは悪びれる様子もなかった。

「通事の立場じゃ止めようもない。それにな、殴られるくらい何だ。認識派はもう二人も殺されてるんだぜ」

すぐに言い返すことができなかった。

たしかに、こちらは人が殺されている。大曽根も荒療治が必要と言っていた。

「今回、取り締まりに震え上がって『実は日本は負けてるとずっと思っていた』なんて言い出しているやつはずいぶん多いらしいぜ」

水田が笑った。

「調子がいいよな。そもそもまともな頭があったら、日本が戦争に勝ってるなんて思うわけないのさ。ものの道理がわからん可哀相な連中だよ」

「まあ過激な狂信派《ファナチコ》なんてほんの一握りだったということではあるよな。何にせよ、はやく落ち着いて欲しいもんだよ」

「田舎の方でもずいぶん厳しい取り締まりがあったそうですね」

「田舎者《カボクロ》ほど頭が硬いからな。きっと野良仕事ばかりしとるうちに退化しちまうんだ。きつめのお灸を据えてやらなきゃいかん」

「まったく、まったく、猿《マカコ》と一緒で躾が必要なんですよ」

酒が入ってるからか、みな口さがない。トキオの気持ちはざわついた。

弥栄村でも取り締まりはあったんだろうか。ウアラツーバの保安官はあのジョゼー・シルヴァだという。

　秋山が近づいてきて、まさにそのことを教えてくれた。

「今日、ウアラッーバでも保安官と軍警察が協力して取り締まりを行ったそうだよ。弥栄村の『栄皇会』も当然、その対象になったはずだ」

　ジョゼー・シルヴァに加えて、軍警察。そのものものしさに、息を呑まずにいられない。

「誰か逮捕されたりしたんですか？」

　秋山はかぶりを振った。

「かなりの逮捕者が出たそうだが、具体的な氏名や人数などの細かい情報はまだ入ってきてないんだ」

「そうですか……」

「勇くんや、村の人たちが心配かい？」

「はい」

　戦勝派への怒りは消えていないし、自業自得と思う気持ちも、ある。けれど勇や幼なじみたちが酷い目に遭うことを望んでいるわけではない。

「きみには悪いけれど、僕はむしろこれでよかったと思っている。前に瀬良さんは獣だって言ったの覚えてるかい？」

「ええ」と、相づちを打った。印象的な言葉だった。

「でも別に害獣や猛獣とは思わないんだ……いや、猛獣ではあるかな。ともかく瀬良さんは、根っから邪悪な人ではないよ。僕も彼に助けられているしね。ただ、一度道を決めたら引き返さないところがあるっていうかな。間違った道でも、ずんずん進んで行ってしまう人なんだ。もし仮に、例のアオキの正体が瀬良さんなんだとしても、何か事情があって金を集めているんだとは思う。もちろん赦されることではないけれどね」

秋山は持っていた火酒《ピンガ》の酒瓶に直接口をつけて、その熱い酒を一口飲んだ。そして泣き笑いのような曖昧な顔で続ける。

「ブラジル人に頼るのは情けない限りだけど、あの人に止まって欲しかったら、力尽くで止めるしかないと思うんだ。何でもいいから瀬良さんを止めてくれと思う。そしてできることなら、いつかまた、あの人と火酒《ピンガ》を飲みたいよ」

ああそうか。この人も、そうなのか。今更ながらに気づく。

秋山と瀬良、脇山大佐と吉川中佐、そしてトキオと勇。みな同じだ。盟友だったはずの者が、袂を分かっている。街で、殖民地で、邦人社会の至る所で同じことが起きているのだ。

「そう、ですね」

トキオは頷いた。そうなればいい。いつかまた、みんなで酒を酌み交わせるようになればいい。

「まあきっと今がどん底、こっから先はきっとよくなる。上がっていくだけさ」

秋山はそう言って笑顔をつくった。

しかし。

しかし、まだどん底ではなかったのだ。

幹部が検挙され『臣道聯盟』が壊滅状態に陥ったにも拘わらず、この直後、またも襲撃事件は起きてしまった。しかも、連続して。

4

天井から吊されたランプの温かな光に照らされたその金属の塊は、しかし寒々しい光沢を放っていた。

ピストル。命を奪うために設計され造られた道具。

今、その銃口が勇に向けられている。文字どおり、目の前に。腫れ上がり、半分塞がった目でもはっきり見える。弾が発射されれば、それが自分の頭を撃ち抜くことは確実だ。

しかし不思議と恐怖はなかった。むしろ銃を握る男の方が狼狽しているようだ。

猛禽の目をした赤毛の巨漢、ジョゼー・シルヴァ。背後から勇を机の上に押さえつけている二人は彼の手下だ。

シルヴァに逮捕されるのはこれで二度目だ。逮捕時に三発だけ殴られた前回と違い、取り調べという名目で何発も、いや、何十発も殴られ、蹴られた。口の中は血だらけで、身体中が腫れ上がったように発熱しているのを感じる。

シルヴァはポルトガル語で何かをわめき立てている。聞き取れはしないが、同じことをずっと繰り返しているので、何を言っているのかはわかる。

――「日本は負けた」と言え。言わなければ殺すぞ。

「いい加減認めた方がいいですよ。他の人らはもう全員音を上げました。私も日本人です、あんたの気持ちはわかります。この際、形だけでいいんです。心の中じゃ勝ったと思っててもいいから、口先だけで負けたと言うんです。それだけで釈放されます。あんたのためにもそれが一番いい。なあ、頼みますよ。認めてくださいな」

通訳をする立花の声がした。シルヴァの傍らにいるはずだが、机に押さえつけられた勇の目には姿が見えない。

いかにも売国奴らしい卑劣な物言いだ。それでいて懇願するような声色は滑稽で、むしろ笑えてくる。昔この男は、道化師《パリャッソ》の格好でビッショを売っていたが、まさに道化だ。

「俺はそんなデマは口にせん。好きにしろ」

勇は言い放った。

立花の大きなため息が聞こえた。シルヴァは舌打ちをした。

引き金は引かれなかった。シルヴァは銃を降ろし何事かを怒鳴った。すると勇を押さえつけていた二人組が、身体を引っ張り、強引に起こされた。

勇は引きずられるようにしてその狭い部屋——取調室——を出て行った。


——一九四六年　四月一二日。


去年の一〇月にも入れられたウアラツーバ警察署地下の岩窟のような留置場に、勇は押し込まれた。

モルタルのひんやりとした床に突っ伏す。今まで興奮状態でほとんど感じなかった痛みがぶり返してきた。鼻の奥で血が固まっているのか、臭いはほとんど感じない。

脇腹の辺りに特に酷い痛みがある。あばら骨の一、二本も折れているのかもしれない。が、取り返しのつかない怪我はしていない。手足はきちんと動く。歯も折られていない。

留置場には勇一人。一緒に逮捕された『栄皇会』の面々の姿はなかった。

立花が「他の人らはもう全員音を上げました」と言っていたのはでまかせではなかったのか。銃まで向けられたのなら、仕方ない。仲間を責める気はなかった。自分だけが信念を貫いたという優越感が湧いてくる。

五〇名からなる軍警察の部隊が弥栄村を急襲したのは昨日のことだった。

武装した連中が馬に乗り大挙して押しかけてきたとき、以前から恐れていた悪夢が現実のものになったのかと思った。ガイジンによる問答無用の蹂躙。お国が戦争に勝ったというのに、結局、村を守り切れないのか、と。

しかし軍警察は高圧的ではあったが、乱暴狼藉を働くことはなかった。銃を手に持っていたが、一度も発砲はしなかった。彼らは「捜査」に来たのだという。

三月七日のバストスに続き、四月一日にはサンパウロで敗希派に対する襲撃事件——どちらも、勇からしたら事件ではなく義挙だが——が、発生した。四月一日の事件では『日伯新聞』編集長、野村忠三郎が殺害され、勇と因縁浅からぬ大曽根周明も襲撃を受けた。大曽根は命拾いをし、身を隠したという。これらの事件を口実にオールデン・ポリチカがサンパウロ全州で一斉取り締まりに踏み切ったのだ。

ウアラツーバでその指揮を執ったのはよりによってジョゼー・シルヴァだ。一介の酒場の主人から保安官に成り上がった男が、オールデン・ポリチカのお墨付きまでも得ることになった。

両事件では『臣道聯盟』の関与が疑われており、弥栄村の『栄皇会』は『臣道聯盟』の支部だというのが、捜査の名目だった。

うちは『臣道聯盟』とは関係のない団体だと抗議をしたが、シルヴァたちは弥栄村が『臣道聯盟』の幹部であるシネマ屋の沢井を招いたことや、『栄皇会』が『吉川精神』を学んでいることを知っており、それを根拠に『臣道聯盟』の支部と決めつけられた。また、会員名簿も入手しているようで、『栄皇会』の会員になっている男だけを選んで逮捕したのだ。

この一斉取り締まりでは検挙者があまりにも多くサンパウロの留置施設が満杯になったため、勇たちはウアラツーバの警察署に連行され、シルヴァに尋問されることになった。

否、それは拷問と言った方が正しい。検挙の名目であった事件の事など一切訊かず——訊かれても何も答えようがなかったが——暴行と脅しによって日本が戦争に負けたと認めさせようとした。

捜査など建前で、やはりこいつらは蹂躙しに来たのだ。村ではなく『栄皇会』を。愛国心と誇りを傷付けに来たのだ。

何故、田舎の保安官であるシルヴァがこれほどまで敗戦デマに加担するのか。背後に敗希派の工作があるとしか思えなかった。不幸中の幸いだったのは、総裁の瀬良がたまたま四月一日の事件の情報収集のため村を離れていて逮捕を免れたことだ。

もし瀬良も一緒に捕まっていたら同じように抵抗したに違いない。瀬良がいないなら専務理事の自分が、命懸けで正義を貫く者がいることを示さねばならない。その覚悟があった。

しばらくのち、シルヴァの手下と立花がやってきて、再び留置場から取調室に連れて行かれた。手下は増えて四人もいた。

移動中、立花が勇の隣を歩き話しかけてきた。

「あんた大したもんですよ。感心します。本当です。シルヴァの旦那にあれだけ痛めつけられても、音を上げないんだから。立派な大和魂ってやつを持ってます。私にあんたの半分も根性があれば、こんなふうにブラジル人の手先にならずにすんだのにって思いますよ……」

何だこいつ、おべっか使って懐柔する気か？　勇は無視した。

「でも、私は根性がなかったお陰で助かったとも言えます。シルヴァの旦那にいろいろとお目こぼしもしてもらってるんです。ここは日本じゃなくてブラジル。日本人は客人です。客人らしく、ブラジル人の言うことを聞くのも礼儀とは思いませんか」

たしかに、いずれ日本に帰るつもりの日本人は客人だ。その分をわきまえるべきだという理屈は一理ある。しかしだからといって祖国の誇りを踏みにじっていいわけがない。

答えずにいると、立花はため息をついた。

「思わないですよね。いや、わかるんですよ。それでも譲れないものはありますよね。それを譲らないのは本当に立派です。けれど残念ですが、無駄な我慢なんです。連中はいざとなったら、あんたが敗戦を認めたってことにして調書をつくれますから。あんたはポルトガル語がわからない。嘘を書かれたって、確かめようがないでしょう」

　卑怯なやつだ。立花を睨み付けてやった。

　好きにすりゃあいい。嘘は所詮、嘘や。俺は最後まで卑怯者には負けん。

　立花の顔つきに影が差した。何とも悲しげな表情だ。

「でもどうやら連中、調書の上でだけじゃなく、あんたに日本が負けたってことをきちんと認識させたいらしいんです。そこで少々、強引なことをします。正直、同情します」

　結局、脅しか。

　手下も増やして思い切り痛めつけようということか。前田兄弟のように大怪我をさせられるのかもしれない。悪くすれば殺されるのかもしれない。

　恐ろしくないわけではない。里子と二人の子供を残し、こんなところで死にたいわけがない。けれど脅しに屈して祖国を裏切るよりはましだ。

　頭に去来するのは、戦場で命を散らし大日本帝国を勝利に導いた皇軍兵士の姿だ。戦闘機ごと敵に体当たりする捨て身の特攻作戦を実行した勇士の姿だ。

　兵隊になり損なった俺やが、今ここで戦ってるんや。やれるもんなら、やってみい——覚悟を込めて勇は、笑顔をつくってやった。

　すると立花はぐっと眉根を寄せ、ますます沈痛な面持ちになった。

「あんたは、これから酷い目に遭います。特にあんたみたいな立派な日本人にとっては、殺されるよりも酷い目に。私は反対したんです、そりゃあんまりだって。でも連中も意地になってて……。よその殖民地で効果があったなんて話もあるみたいでして……。いや繰り返しますが、私はどんな効果があったって、そんなことしちゃいけないって思ってるんです。本当に反対したんです。だから、頼むから、私を恨まないでくださいね」

立花はまるで自分が責められているかのように言い訳じみた物言いをする。見ると涙ぐんでさえいる。

戸惑いが湧いた。これから何があるんや？　殺されるより酷い目ってどういうことや？

それを訊くより前に、取調室に到着した。

手下たちは勇を椅子《カデイラ》に座らせると、テーブルをどかして部屋の隅に片づけた。

「調書は警察で勝手につくるそうです。それにサインする代わりに、あんたにはこれからちょっとした……ぎ、儀式……みたいなことをしてもらって、それで釈放、だそうです」

立花の声は震えていた。

「どういうことや？」

尋ねても立花は目を逸らし答えなかった。自然と腰を浮かせかけたが、シルヴァの手下が怒鳴り、椅子《カデイラ》に押しつけられた。

ほどなくして扉が開き、シルヴァが姿を現した。彼は手に紙らしきものを持っていた。下卑た笑みを浮かべ近づいてくると、うやうやしくそれを勇の目の前で広げた。

息が止まるかと思うほどの衝撃を受けた。

それは大判の写真だった。ただの写真ではない。写っているのは、軍服に身を包んだ天皇陛下——御真影だった。

年季が入りずいぶんと黄ばんでしまっているが、見覚えがあった。村の道場に飾ってあった四枚の御真影の一つ。かつて瀬良が村に寄贈したものだ。取り締まりのときに押収したのか。

「汚い手で触るな！」

叫び、立ち上がろうとしたが、手下たちに押さえつけられた。

シルヴァはにやけ面のまま短く口笛を吹き、勇の足元に御真影を置いた。

寒気を覚えた。シルヴァのようなならず者が、神聖なる御真影を素手で触り地べたに置くだけでも許しがたい。

その上、何をする気や？　いや、させる気なんや？

殺されるよりも酷い目――立花の方を見ると、彼は顔を俯けていた。

シルヴァが何かを言った。立花は訳さない。手下たちが左右の肩と腕、そして左右の腰と足、四人がかりで勇をがっちり押さえつけた。

勇の右足に取りついた一人が強引に足を上げさせようとする。

「止めろ！」

叫んだ。必死に抵抗するが、手下は馬鹿力で勇の足を持ち上げる。

「止めてくれ！」

絶叫した。目の前のシルヴァは何とも楽しげに笑っている。その奥でこちらを見ないように俯きっぱなしの立花の姿が見えた。

シルヴァはおもむろに浮かせた勇の足の真下に御真影を移動させた。

「頼む、止めてくれ！」

鼻の奥が痛む。涙腺が緩んでいる。手下は勇の右足を御真影に向かって降ろさせようとする。

「あああああっ！」

全身全霊の力を込めて足を引いた。ぎりぎりで止まった。手下は力を込めるが、勇も抵抗する。

一瞬、力が拮抗し震える足が宙で揺蕩《たゆた》う。が、シルヴァが手下に加勢するように勇の太腿あたりを摑むと、体重をかけて足を押し込んだ。片足だけで二人がかりの力を押しとどめるのは不可能だった。勇の右足は地面に落ちた。落ちてしまった。

何年も履き潰している薄い運動靴越しに、硬い床の感触が伝わる。その床と足の間に一枚、薄い御真影が挟まっている。

熱い。熱を感じた。右足の裏が燃えるように、熱い。みるみる肉が焼けただれてゆくようで、熱は刺すような痛みに変わる。やがて痛みは骨まで届く。たまらず悲鳴をあげた。

しかし落とした視線の先、自分の右足はなんともなっていない。ただ、踏んでいる。御真影を、天皇陛下を踏んでいる。

昔、まだ日本にいた頃、陛下はただ何となく「偉い人」「尊敬すべき人」というくらいにしか思っていなかった。しかしブラジルに渡ってきて心底わかった、その偉大さが。陛下のような大きな存在が、祖国にあるということがいかに大切なことか。自分をただの一個人ではなく天皇陛下の赤子《せきし》と思うことで誇りを持てた。八紘一宇《はっこういちう》の精神により全世界に安寧をもたらす現人神の息子だと思うことで、ままならない苦難の中でも歯を食いしばって頑張ることができたのだ。

その御姿《みすがた》を足蹴にしているのだ。自分の、この、足が！

目から涙がこぼれる。息が苦しい。足が痛い。思考は胡乱《うろん》になる。身体から力が抜ける。陛下を踏んでいる地面がぐにゃりと歪み溶けてゆくように思える。

唐突に力が抜けた。身体を押さえつけていたシルヴァの手下たちに、逆に支えられるかたちになる。実在感が曖昧になり、何処か遠くから自分を眺めているような奇妙な感覚に囚われた。

勇はシルヴァの手下たちに無理矢理立たされると、引きずられ取調室の外に放り出された。

支えを失いふらふら歩き、廊下の壁にもたれかかる。

「釈放だ、そうです……。立って歩けますか？」いつの間にか傍らに立花がいた。「ねえ、大丈夫ですか」

立花を無視して、勇は廊下を歩き出した。田舎の小さな警察署だ。取調室を出た廊下のすぐ向こうに出入り口がある。

取り返しのつかないことをさせられた。否、してしまった。

陛下を踏んでしまった右足の痛みはまだ続いている。むしろ一歩、歩くごとにそれは増していく。

「御真影にあんなこと……私だってぞっとしません。あんたみたいな人にとっては本当におつらいことでしょう。だけど……。こ、こう考えたらどうですかね。あんたが踏んだのはただの写真です。陛下ご本人じゃあない」

立花は励ますつもりなのか。べらべらと喋っている。くだらない、愚にもつかないことを。日の丸がただの旗ではないように、御真影はただの写真ではない。誇りだ。日本人を支える日本精神、そのものなのだ。

俺はそれを踏んだんや！

痛い。傷一つついてないはずの右足が、しかしますます痛くなる。

すぐにでも村に帰りたいのに、とても普通には歩けない。右足を引きずりのろのろと進んでゆく。

警察署の建物から出ると、黄色い陽射しに迎えられた。長年この身を灼き続けているブラジルの光と熱。今は昼だったのか。立花はずっとついてきて、鬱陶しく喋り続けている。

「それに陛下だって俺たちと同じ人間だっていうじゃないですか。ご自分でそれをお認めになったって話も聞きます。人間宣言ってやつですよ。噂くらい聞いてますよね。……ねえ、だから、そんなに気を落とさないでくださいよ」

暑い。熱に浮かされる。立花の声はやけに遠くから響いているような気がした。声だけでなく、世界のすべてが遠く感じられた。まるで魂が現実の世界から離れてしまったかのようだ。それでも右足の痛みだけは、くっきりと存在していた。それは骨を伝い頭まで響き、勇を責め立てる。おまえは赦されないことをした。万死に値することをした、と。

「気をつけて帰ってください。繰り返しますが、私は反対したんです。お願いだから、恨まないでくださいね」

気づけば勇は乗合自動車《ジャルジネイラ》に乗り込んでいた。

弥栄村に辿り着いてからも、ずっと現実感が薄かった。

里子のみならず、村人が総出で勇を出迎えてくれた。みな心配してくれていたのだ。その様子をどこか他人事のように眺めている心持ちだった。

一同は勇が無事に戻ってきたことをまずは喜び、しかし身体中痣だらけになっていたことを嘆いていた。勘太、前田兄弟、昭一、田嶋といった一緒に逮捕された者たちからは「俺たちの根性がないばっかりにお前だけこんな目に遭わせてしまって、すまん」「自分が情けなあです」などと詫びられた。

それらの声もみな遠くから聞こえた。ただただ、身体が熱っぽく足が痛かった。

勇は男たちに抱えられ家に運び込まれ、寝床に寝かされた。里子は濡れた手ぬぐいで身体を何度も拭いてくれた。

「酷い目に遭《お》うたねえ。でも、勇さん、一番最後まで頑張ったんじゃね。お兄ちゃんなんて、ちょっと殴られたらすぐ音を上げて、『日本は負けた』て言うてしもうたそうじゃわ。それに比べたらあんた、ほんまに立派よ」

労ってくれる里子の声もやはり遠い。

立派やない、立派やないんや、俺は負けたて言うより酷いことをさせられてもうた——しかし口からは「ううっ」といううめき声しか出てこなかった。

村の女たちが、代わる代わるやってきて、里子を手伝い、果物や菓子などの差し入れをしてくれた。女の匂い。一人一人の体臭は違っても、男が発するのとは違う共通の匂いがある。それが空間に充満するのがわかった。その匂いを嗅ぐうちに、朦朧とする意識の底にどろりとした甘えが湧いてきた。

志津に会いたい。慰めて欲しい。あの乳房の下の傷を触らせて欲しい。そう思った。けれど彼女は見舞いにさえ来なかった。どうして来てくれないのかと寂しさと憤りを覚えたが、すぐに、瀬良に付き添い村を離れていることを思い出した。

会いたい、会いたい、会いたい——身体を拭ってくれている里子の手を握った。他の女のことを考えているなどとは知らぬだろう彼女は、優しく握り返してくれた。その柔らかな感触を最後に、勇は眠りに落ちた。

次の瞬間、声が聞こえた。

「勇！　勇！　大丈夫か」

目を開くと、瀬良がこちらを覗き込んでいた。

「瀬良……さん」

「勇、すまなんだ、儂が村を留守にしてる間に、とんでもなあことが……」

声は近かった。熱が引いている。右足の痛みも嘘のように治まっていた。

魂がようやく現実の世界に戻ってきたような感覚がある。気づけば身体には薄掛けがかけられていた。今が何日の何時かわからないが、ほんの一瞬と思えても、かなり長い時間眠っていたのだろう。

夢……だったんか？　何もかも悪い、夢。

勇は寝床に手をつき、上半身を起こした。

「横になっておらんで、大丈夫か」

「はい。何とか」

瀬良と視線の高さが合った。彼はうんうんと何度も頷く。

「聞いたで。おまあが、一人で最後まで抵抗したんじゃってな。さすがじゃ」

ああ、そうか。あれは夢なんかやなかった。シルヴァたちに殴られた全身がまだ痛んでいる。たしかに抵抗した。暴力には耐えた。けど……。

右足が再びじんわりとうずいた。

「あの、俺は……」

口を開いた途端、吐き気が込み上げてきた。唇を噛んで堪える。

「ええんじゃ。おまあが口で何を言わされようと、敗戦デマなんぞ信じとらんのは、みんなわかっとる」

瀬良は勇が最後は「負けた」と言わされたと思っているようだ。そうでなければ釈放されなかっただろう、と。当然と言えば当然だ。

勇は目を伏せる。

「違います……。お、俺は、何も言いませんでした。でも、俺は……腹を……切ります」

言葉を絞り出した。他に自分のしたことを償う方法が思いつかなかった。

これには瀬良も「はあ？」と素っ頓狂な声をあげた。

「おまあ、今、腹切る言うたんか？」

「はい。俺は、腹切って詫びなあならんこと、してしまいました」

「勇さん、どういうこと？」と、声をあげたのは傍らにいた里子だ。

「何じゃ、何があったんじゃ？」

瀬良が重ねて尋ねてくる。

「踏っ……まっ……され……たんです……」

言葉が詰まった。

「何じゃって」

「踏まされ……たんです」

「何を、じゃ。何を踏まされた」

瀬良の声に緊張が走るのがわかった。

「陛下を……御真影を……」

声が揺れ、視界が滲んだ。

「ひっ」と、里子が小さな悲鳴をあげた。

「お、おまあ……」

屈辱、後悔、罪悪感。すべてが涙となり頰を伝い、ぽたぽたと薄掛けに落ちる。

「なんちゅうことを」

「すみません！」

撃たれた方がましだった。死んでも抵抗すべきだった。舌を嚙み切るなり方法はあったはずだ。

「すみませんで、すむか！」

瀬良の怒声が響いたと思ったら、横っ面に強い衝撃が走った。殴られたのだ。頰に火がついたような熱が、切れた口の中には鉄の味が広がる。遅れてやってきた痛みは、あの足の痛みと似ていた。

「顔を上げえ！」

瀬良が勇の肩を摑んだ。見ると、彼もまたぼろぼろと涙を流していた。

「そんなことさせられて、のこのこ帰って来たんか！」

「すみません！」

「それでも日本男児か！　悔しくないんか！」

「悔しいです！」

腹の奥から熱いものが込み上げた。奥歯を思い切り嚙みしめる。

「儂も悔しい！　ええか、その悔しさ忘れるな！」

「はい！」

「腹切る前に、きっちり落とし前つけろ！　それがでけたら、そんとき儂が介錯したる！」

「はい！」

「敗希派じゃ！　御真影を踏ませるなんざ、ガイジンが思いつくことじゃなあ。これも認識運動の一環に違いなあ。敗希派の国賊どもが入れ知恵しとるんじゃ！」

そうだ。本当に悪いのは敗希派だ。

戦勝は、敵地となったこの国で必死に畑を耕し生き抜いてきた日本人の悲願であり、正義の実現だった。それを否定する者たち。あまつさえ御真影を踏ませるなどという非道をそそのかした者たち。

シルヴァとその手下たちはもちろん憎い。だが、いけしゃあしゃあと通事を務めていた立花の方が、そして、このくだらない認識運動などというものをやっている敗希派の連中の方が、誰より憎い。

「赦したらならんぞ！」

「はい！　絶対に赦さんです！」

敗希派どもに目にもの見せたる——勇は涙ながらに誓っていた。


弥栄村への取り締まりから、およそひと月が過ぎた。

暴行を受けた勇の身体の傷は癒えたものの、御真影を踏まされた心の傷は癒えようもなかった。ふとした拍子にあの瞬間のことが脳裏に蘇り、身体の奥の方に、穴が空いてしまっているような感覚に襲われるのだ。そしてその穴の中から、どろりとした感情が漏れ出てくる。言わずもがな、それは怒りだ。目に見えぬ傷が源泉となり怒りが無限に湧いてくる。

四月の取り締まりはサンパウロ州の広範な範囲で行われた。信念派の間で交換される手製の新聞などで各地の取り締まりの情報を知ることができた。それによれば、サンパウロ市では『臣道聯盟』の本部にも捜査の手が入り、吉川中佐ら幹部たちはみな長く投獄されることになったという。昨年末、出獄したばかりの吉川中佐は再び獄中生活を余儀なくされることになったのだ。

また各地で強引な取り調べや拷問が行われており、勇と同じような目に遭った者は他の殖民地にもいたらしい。

直接、取り締まりを受けなかった者も含め、多くの日本人が勇と同じ怒りを共有した。戦勝を信じるかどうか以前の問題として、高齢の元将校を容赦なく何度も投獄したり、踏み絵のようなやり方で日本人の誇りを傷付けたことに、みな怒ったのだ。オールデン・ポリチカよりむしろ、その背後にいると思われる敗希派の者たちに対して。

一斉取り締まりのあと、オールデン・ポリチカは〈秘密結社シンドウレンメイは壊滅した〉との声明を出した。これは一種の勝利宣言なのだという。オールデン・ポリチカや都会の敗希派は

『臣道聯盟』こそが信念派の中心で、その本部を叩けば事件は解決するとでも思っていたようだ。それが馬鹿げた勘違いだということは、勇には肌でわかった。

『臣道聯盟』は支部も多く、サンパウロ市の本部を壊滅させたところで末端の会員までが活動できなくなったわけではない。また『臣道聯盟』の他にも各地にさまざまな愛国団体があるし、神国日本の勝利という当たり前の出来事を信じ、敗希派に対する怒りを燃やす日本人は大勢いる。『栄皇会』はまさにそんな団体の一つだし、勇も、その一人だ。

敗戦デマを広める敗希派の認識運動は、それ自体が悪だ。この取り締まりでそれがますますはっきりした。悪の勝利などあってはならない。義挙に打って出る者は、むしろ増えるだろうと思えたし、実際にそうなった。

四月一日、サンパウロ市内で藤平正義という、一斉取り締まりのときにオールデン・ポリチカに協力していたらしい敗希派の男が狙撃された。弾が逸れ藤平の命に別状はなかったが、まるでこれを号砲としたかのように、各地で敗希派への襲撃が相次いだ。

四月一七日、かつて半人半牛の妖怪〝件《くだん》〟の噂が流れた町マリリアで認識運動を推進していた三人が撃たれた。

四月末日、ウアラツーバからもほど近い、奥《アルタ》ソロカバナ地方の中心都市プレジデンテ・プルデンテでも敗希派と噂される男性が撃たれた。

四月末から五月にかけて、以前、溝部幾太が殺害されたバストスで敗希派七人の自宅に小型の爆発物が届けられた。

そんなニュースが次々に流れてきた。いずれも義憤に駆られた者の行動であることは明らかだった。胸がすっとなった。

——俺たちもやるべきだ。

夏はとうに過ぎ、ブラジルの生ぬるい秋が深まってゆく中、しかし空気は熱せられていた。

これは戦争だ。

敗希派は敵だ。悪辣なる敵だ。やつらに天誅を降すことこそが、ここ南米で日本人が戦うべき聖戦なのだ。

――今こそやるべきだ。

サンパウロに点在する殖民地で信念派の人々はその熱のただ中にいた。もちろん弥栄村の勇たちもだ。高まる熱は、いつしか焦燥感さえ生み出した。

皇軍は勝った。大東亜に我らが帰るべき勝利の地を創りあげてくれた。ならば我らも戦わねばならぬ。この異郷の地で、祖国と陛下に仇なす者らと戦うのだ。このままでは蹂躙されるばかりだ。戦わねば同胞を守れぬ。胸を張って大東亜に帰還することもできぬ。

――やらねばならぬ！

やがてその熱が沸点を超えた、五月。

勇は瀬良に命じられ、ウアラツーバの警察署に出向き『栄皇会』の解散届を提出してきた。無論、ジョゼー・シルヴァや当局を欺くための方便だ。もともと会員はみな同じ村の住人だ。水面下で活動するのは難しくない。

そして瀬良は勇を呼び出し、告げた。

「やるで」

何を「やる」のか。問わずとも明白だった。

義挙だ。敗希派を襲撃するのだ。各地で勇気ある同胞が立ち上がり行動している。今、手をこまねくわけにはいかない。おそらく人を殺すことになる。場合によっては逮捕されて一生獄中で過ごすことになるのかもしれない。

それでも構わなかった。これは戦争なのだから。敗希派は同胞などではなく、滅ぼすべき敵なのだから。

敵を殺す。トキオを騙し、俺に御真影を踏ませた敗希派どもに、落とし前をつけさせる。それは紛れもない正義であるはずだ。

瀬良は数名の者たちの名を挙げて言った。

「――以上の者らに声をかけて義挙のための隊をつくる。名付けて『決死隊』じゃ」

『決死隊』。命を賭けて正義を為すという覚悟が感じられる響きがした。


――一九四六年　五月一五日。


瀬良が人選した者たちが集められたその日は、一日中生ぬるい霧《ガロア》が村を包んでいた。勇がブラジルにやってくるより前、渡辺少佐が建てた年季の入った道場は湿気に満たされ、蒸し暑かった。

入口の正面に飾ってあった御真影は、先月の取り締まりの際に没収されてしまった。そしてあろうことか、踏まされた。その落とし前をつけるときが、いよいよ来たのだ。

『決死隊』に選ばれた者たちが続々と集まってきた。総勢八名。断る者はいなかった。

上座に陣取る瀬良の目は、天井から注ぐランプの光を受けてらんらんと輝いている。

その瀬良の左隣に勇が座り、勘太、前田兄弟、昭一の順で道場生でもある者たちが車座になっている。勇からすれば幼なじみと後輩という、気心の知れた面子でもあった。この六人の男たちに加え二人、勇から見て瀬良を挟んだ反対側に、意外な者たちが顔を揃えていた。が、この二人も別の意味で勇と縁が深い。

里子と志津だ。

普段、こういった場に顔を出す機会のない里子は家を出るときからずっと気を張っているようで、ずいぶん硬い顔つきになっていた。一方、志津はいつもとあまり変わらない。薄い笑みを浮かべて座っている。

二人とも以前から『栄皇会』女子部の会員ではあった。

瀬良が彼女たちの名を挙げたとき、勇は「女も呼ぶんですか？」と尋ねた。二人と同席することに気まずさを覚えなかったと言えば嘘になる。

瀬良は「今回は女に働いてもらうことがあるんじゃ。儂の妹とおまあの嫁じゃけな。里子は勘太の妹でもある。これ以上、信用でける女はおらん」などと屈託なく答えた。「何をさせるんですか？」と重ねて訊いても「何、女に物騒なことはさせん。ちょっと手伝ってもらうだけじゃ」と具体的には教えてくれなかった。何処の誰をどうやって襲撃するのかも、隊員を集めてから話すつもりらしかった。

ただし里子に声をかけるのは当然、夫の勇の役割になったので、やんわり「気が進まんかったら断ってええよ」と言ってみた。が、里子は「あんたがあんな酷い目に遭ったんじゃ、うちみたあな女子《おなご》でも、仕返しのお役に立てるなら嬉しいわ」と、むしろ乗り気になっていた。勇の両親や義父母も義挙のためならばと、必要なら子供の面倒をみてくれるという。無理に止めればこちらの義を疑われそうだった。

これも日本男児の甲斐性や――と割り切り、里子を連れてくるよりなかった。

里子は道場にやってきて志津と顔を合わせたとき、少しだけ緊張がほぐれた様子だった。

「志津先生、ご無沙汰です」

「里ちゃん、すっかりお母さんじゃゃね。うちも年取るわけじゃゃわ」

二人は笑顔でそんな言葉を交わしていた。里子は幼い頃、志津から歌や読み書きを教わっている。互いに気安さもあるのだろう。

勇は居心地の悪さを覚えたが、他念を頭から追い出すことに腐心していた。いよいよ義挙に打って出ようというときに、女のことで心を乱している場合ではない。

瀬良はすぐには話を始めようとせず不敵な顔つきで一同に言った。

「悪いが今しばらく待ってくれ。実はもう一人来るんじゃ。村の外から協力者がの」

村の外の協力者とは誰だろうか。みな知らぬようで顔を見合わせた。もしかしたら、瀬良に情報を提供している例のアオキ大尉かもしれない。会えるとしたら、光栄だ。

しばらくすると入口の戸が叩かれ、声がした。

「ご、ごめんください……」

その声には聞き覚えがあった。だが、あの男が呼ばれるわけがない。

志津が入口に向かい戸を開き、迎え入れる。

果たして、霧《ガロア》で濡れ鼠になったその男は、立花だった。

「貴様、何しに来た！」

勇は思わず立ち上がっていた。

「この国賊が！」

勘太たちも気色ばむ。

「誰？」

横で戸惑う里子に「シルヴァの通事を買って出た売国奴や。俺が、御真影踏まされたときもその場におった」と、教えてやる。

里子も驚き、「何で」と声を漏らした。

「まあ、待て！」

今にも立花に跳びかからんとする一同を、瀬良が座ったまま一喝した。

「儂が呼んだんじゃ。こいつが協力者よ」

「どういうことですか？　こいつをやるんじゃないんですか」

この立花こそが襲撃の的なのだろうと思っていた。ウアラッーバ近辺で誅すべき敗希派と言えば、この男がまず思い浮かぶ。

立花は滑り込むように道場の中央にやってくると、土下座をした。

「みなさん、申し訳ありません！」

立花は額を床に擦り付ける。

「シルヴァに脅され、日本人としてあるまじきことをしてしまいました。しかし私は敗希派ではないのです。本当です。脅されて、取り締まりに協力していただけなのです。このとおりです。謝ってすむことではないこと、重々承知しております。せめて罪滅ぼしをさせてください。どうか、どうか、お願いします」

突然の芝居がかった謝罪に面食らう。思えばこいつは警察署でもずいぶんと後ろめたそうにごちゃごちゃ言っていた。苛立ちを覚えずにいられない。

「何を調子のええこと言っとるんや！　あんた、陛下はただの人や言うてたやないか！」

立花は伏した姿勢のまま顔を上げる。真っ青になって涙を流していた。

「あのときは、本当に申し訳ありませんでした。せめて励ましになればと思って口にしましたが、もちろん本心ではなかったのです。ああして、敗希派のふりをしていないと、シルヴァが仕切っている駅町では暮らしていけないのです」

「言い訳を抜かすな！　お前のせいで、俺は！」

あの日の屈辱と怒りが蘇る。今すぐにでもこいつを絞め殺してやりたい。

「勇、落ちつけ！」

ずっと座っていた瀬良も立ち上がった。

しかしいくら瀬良の差配でも納得がいかない。こんな男に何を協力させるというのか。

「おまあの気持ちはわかる。儂も最初はこいつをやろうと思っておった」

「そうですよ！　こいつをやったらええんですよ！」

みなが「そうじゃ、やったりましょう！」と同調する。

「ひ、ご勘弁を、ご勘弁を！　このとおりです」

立花は再び額を床にこすりつける。

瀬良は土下座する立花に近づき、見下ろす。

「見てわかるじゃろ。こいつは小物もええとこよ。こいつな、自分から儂んとこに詫び入れに来たんじゃ。儂のおらんときに『栄皇会』にとんでもないことをしてしもうた。何でもするから許して欲しいてな。四月の取り締まり以来、そこら中で義挙が起きとるからの。儂らに恨まれとる自分が狙われるかもしれんと肝を冷やしたらしい」

こいつは、あの日も繰り返し「恨まないでくれ」と言っていた。我が身可愛さだけ。信念の欠片もない。

「そんなん俺は許せんです」

「おうよ。許すことはなあ。じゃがな、こんな小物をやったところで何になる？　こいつが敗希派じゃなあのは、ほんまのようじゃ。かといって、ちゃんとした日本精神持っとるわけじゃなあ。要するに日和見のレロレロじゃわ。こいつ殺したところで、敗希派は痛くもかゆくもなあ。こんなやつやって警察に追われんのも馬鹿馬鹿しかろう」

「そら、そうかもしれんですが……」

「ええか。どうせやるなら、もっと大物をやらんと意味がなあ。そうよ。儂らが的にするんは――」

瀬良はもったいぶるように言葉を切り、溜めをつくってから、その名を口にした。

「――大曽根周明じゃ」

一同が息を呑む音が道場に谺した。

「サンパウロまで行って、大曽根をやるんですか」

尋ねたのは、この場で最年少の昭一。顔を真っ赤にしており、突如出てきた大物の名に興奮しているることが見てとれる。

「そうじゃ、やつは敗希派の親玉じゃけ、的としては申し分なかろう。そもそもあいつが、認識運動なんてもんで敗戦デマ吹聴したんがこの混乱の元なんじゃ。責任を取ってもらわななならん」

言わずもがな、大曽根の責任は大きい。あの男の首は、敵の大将首と言えるかもしれない。

「でも、大曽根のやつ、身を隠しとるて話やないですか。サンパウロゆうても広いです。何処におるのか……」

瀬良は一人一人の顔を順に見て、最後、勇の目の前で視線を止めた。

「おまあらは大曽根の居場所を知っていそうな者に、心当たりあるじゃろう。ついこないだまで仲間じゃったのに、大曽根に騙されて、今はやつの腰巾着に加わっとる男が」

誰のことかはすぐにわかった。たしかに、あいつなら知っているかもしれない。

「トキオのことですか」

「おおよ。サンパウロのトキオから大曽根の居所を聞き出すんじゃ。そしてそこを儂ら『決死隊』で急襲する。聞き出す役目は、勇、お前が適任じゃろう」

「い、いや……そらあ……無理、です」

昨年、あいつと会ったときの、苦い思い出が蘇る。

「無理、じゃと？」

「ええ。トキオのやつ、すっかり敗希派の言うことを信じ込んでしもうてて、俺が、いや、ここの誰が行っても、大曽根の居所なんて教えてくれんと思います」

「早とちりすな。そんな馬鹿正直に訊きに行けとは言わん。向こうには秋山のやつもおる。あいつは間違いなく儂のことを警戒しとる。勇、おまあはそれをすり抜けて向こうの懐に飛び込むんじゃ。そのために、お前の嫁さん、里子にも声をかけてもらった」

瀬良は里子を一瞥した。

「え……」

里子の顔に戸惑いが浮かんだ。

「勇、おまあは敗希派に宗旨替えして村から嫁と子供と一緒に逃げたことにすんのよ。そいでトキオを頼ってサンパウロまで来たことにせい。そうやって敗希派にもぐり込むんじゃ。言わばスパイよ。おまあが情報取っている間、残りの者は村で大曽根襲撃の訓練じゃ」

勘太ら道場生は、おおと声をあげた。

勇は里子と顔を見合わせた。俺が、スパイ？

「きっとトキオくん、勇くんが自分と同じ敗希派になって逃げてきたゆうたら、大喜びで歓迎するんじゃろうね」

志津がくすくす笑った。

一瞬、ひやりとした。トキオのことは寝物語で志津にさんざん話している。周りはどうして彼女がそんなことを断言するのか訝しむのではないか。

「そうじゃね……、勇さん、トキオちゃんと、互いに一番の親友じゃったもんね」

里子は特に不審を抱いた様子もなかった。勇は耳の奥でどくどくという鼓動を聞きながら相づちを打った。思えば勇とトキオが親友同士だったのは周知の事実だ。

おかしなことで動揺しとる場合か――勇は目の前の出来事に意識を集中させる。スパイとして敗希派にもぐり込む。そんなことができるのか？

「あの、前に会ったとき俺はトキオと大喧嘩してます。それが掌返したみたいに敗希派になったって、怪しまれませんか。トキオの周りには、秋山さんとか『ヒグチ』の人らもおるし……」

懸念を口にすると、瀬良は苦笑した。

「そうじゃなあ、じゃが、トキオにしろ秋山にしろ、大曽根の腰巾着どもは甘いとこがあるとは思わんか。儂ら信念派を敗希派の仲間に引っ張り込めると、おめでたいことを考えとる節があるじゃろ。そもそも認識運動自体がそういうもんじゃ」

たしかにそうかもしれない。トキオは何度も「わかってくれ」と繰り返していた。秋山も来たとき、瀬良と話したいと言っていた。

「ああいう連中はな、用心深いようでも、自分に都合がええように事が進んでくと、とたんに疑わなくなるもんじゃ。人間ゆうのは、自分のやっとることに意味があると思いたがるもんじゃけな。やつらは信念派が自分たちんとこに転んでくることを願ってる。そこにつけ込むんじゃ。まあ、それでもおまあが、いきなり敗戦デマを鵜呑みにして現われたら、そりゃ向こうも驚くじゃろ。何、半信半疑のレロレロでええんじゃ。その方がボロも出ん。勝ち負けよりもむしろ、おまあは、儂に不信を抱いたことにすんのよ」

「俺が、瀬良さんに？」

「そうよ。おまあに『栄皇会』の解散届を出させたんはその布石でもあるんじゃ。きっと近いうちに秋山あたりが、何があったか探りを入れてくる。そんとき、こいつを使うんじゃ。立花、立て！」

瀬良は這いつくばったままだった立花を足で小突いた。

「は、はい」

立花はよろよろと立ち上がる。

「こいつは取り締まりにも協力しとって、敗希派じゃと思われとる。のう、立花、おまあは大曽根や秋山のやつとも面識あるんじゃろ」

「は、はい。大曽根がウアラツーバで講演やったとき、挨拶した程度ですが……」

「それでええ」

瀬良は勇に視線を戻し、計画を説明する。

「ええか。よう聞け。こういうことにすんのよ――」

それは、実際に起きたことに少しだけ作り話を混ぜ、勇が立花の手引きで村からサンパウロに逃げてきたことにするというものだった。

聞くうちに勇は感心していた。なるほど。このやり方なら怪しまれにくそうだ。いつも質実剛健な軍人然としている瀬良だが、頭もよく回る。

「立花。おまあは、秋山に勇たちの世話を頼むんじゃ。できるな？」

「わかりました」

立花は何度も首を縦に振る。この男のことは許せないが、詫びを入れに来るほど怯えているなら、もっと大きな獲物を獲るために利用するのは理に適っている。

袖を引っ張られた。顔を向けると里子がこちらを見ていた。

「やろうや」

彼女の顔から戸惑いが消えていた。

「最初、勇さんに敗希派のふりなんてようでけんて思うたけどな。今聞いた段取りだったら上手く行く思うわ。さすが瀬良さんじゃ。それに一緒についてくだけでも、うちが力になれるんは嬉しいわ。なあ勇さん、うちをサンパウロ連れてってよ」

サンパウロ、という語の響きがどこか浮かれているようですらあった。思えば里子は、ウアラツーバの駅町より遠くには一度も行ったことがないはずだ。

別に都会に遊びに行くわけやない――と、口にするより前に、瀬良が豪快に笑った。

「はは、さすが勇の嫁さんじゃ、踏ん切りがええで。勇、行ってくれるな」

サンパウロへ。トキオの元へ。それは再びトキオを騙すことに他ならない。

周りを見ると、みな大役を背負う勇を期待の目で見つめている。志津と目が合ったとき、彼女は目を細め頷いた。行っておいでと背中を押すように。

「わかりました。やります」

「よう言うた！」

瀬良はポンと手を打った。そして、妹の志津に顔を向ける。

「勇らがサンパウロにおる間、志津、おまあに、連絡係をやってもらう。二日か三日ごとに、村とサンパウロを往復して情報を交換するんじゃ。ええな」

「もちろん」

スパイをする以上、連絡役は必要だろう。しかし乗り心地の悪い汽車で何度も都会と田舎を往復するのは、想像以上の重労働だ。危ない目に遭わないとも限らない。男の方がよくないか。

そう思ったのは勇だけでないようで、昭一が名乗り出た。

「そりゃあ志津先生、大変でしょう。是非、自分にやらせてください！」

言ったあと、昭一は反応を窺うようにちらりと志津に目配せしていた。

瀬良がかぶりを振る。

「気持ちはありがたいが、この役は女の方が都合がええんじゃ。あちこちで義挙が起きるようになってからの、どうも警察は日本人が男だけで移動するんを警戒しとるらしい。勇に家族と一緒に行ってもらうのは、連中の目を逃れるためでもあるんじゃ。大曽根の居所がわかって襲いに行くときも、汽車は使わずトラックを使うつもりじゃ」

瀬良が言っていた女に働いてもらうとは、このことだったのか。志津は昭一に笑いかけた。

「ありがとうね。でも心配いらんよ。うちも伝令くらいきちんとやるけえ」

「あ、は、はい。出過ぎた真似でした……」

昭一は顔を赤らめ、もじもじと後じさった。その態度にもその前の目配せにも不愉快なものを感じた。

志津がこちらを向いた。視線は勇ではなく里子に向けられていた。

「里ちゃん。取り締まりんとき女《うちら》は逮捕されんかったよね。『栄皇会』の名簿には名前があるのに。そりゃ逮捕なんてされん方がええんじゃろうけど、どっか悔しゅうなかった？　日本の女、舐めとるのよ。どうせことを起こすのは男で、女は家で飯でも炊いとるんじゃろうて。ふん、確かに荒事は男の仕事じゃけ。舐めるならそれでもええわ。こっちはそこにつけ込ませてもらおうゆうことじゃわ」

「はい。うちもそう思います！」

里子はずいぶんと嬉しそうに同意した。

二人が意気投合している様子に、若干の気まずさと裏腹の優越感を覚える。この大仕事を手伝う女、二人ともが自分の女であるということを周りの連中に教えてやりたい。甲斐性を見せつけてやりたい。みな、どんな顔をするだろう。

「よし、決まりじゃ。みんな、腹ぁ括れ」

瀬良が声をかけ、一同が「おお！」と雄叫びをあげた。

そうだ。腹を括れ。余計なことで心を乱すな。やると決めたら、やる。

またトキオを騙す。だが今度も、正義はこちらにある。

8章　トキオと勇

1

――一九四六年　五月二二日。


秋の終わり、薄曇りのその日、駅前の広場には、日用品や食糧を売る露店の莫蓙や売り台《バラッカ》が所狭しと並んでいた。

「おはよう《ボン・ジーア》」「いらっしゃい《ベンヴィンド》」

威勢のいいかけ声がそこかしこに谺している。手押し車をそのまま露店にしている老人もいれば、天秤を肩に担ぎ野菜を売り歩いている女性もいる。野菜売りの中には日本人の姿も少なくない。

ピグアスでは毎週水曜日の午前中、この広場で露天市《フェイラ》が開かれる。近隣の街からも露店と客が集まり、いつも大いに賑わっている。

南雲トキオは、毎週、この露天市《フェイラ》で買い出しをしている。バール『ヒグチ』の下働きとしての仕事だ。人混みにもまれ、頼まれていた食材と香辛料を買い揃えてゆく。

露天市《フェイラ》の賑わいは、一昨年、トキオが街に出てきた頃と少しも変わらない。邦人社会の混乱がまるで嘘のようだ。

四月の一斉検挙のあと、オールデン・ポリチカは過激な戦勝派の温床と考えられていた『臣道聯盟』の壊滅を宣言した。認識派の人々は、これで戦勝派の勢いは弱まり、事態が収束に向かうことを期待した。ところが、むしろ火に油を注いだがごとく、各地で襲撃事件が続発するようになった。

そんな中、弥栄村の『栄皇会』が解散したらしいという情報が飛び込んできた。もしかしたら弥栄村では風向きが変わったのだろうか。そうであることを願うばかりだ。

「トキオ！」

不意に名を呼ばれて振り向くと、ロドリコが露店を出しているのを見つけた。しばらくピグアスから離れていたようで、顔を見るのは一緒に教会に行った日以来だ。

ロドリコは見知らぬ老人とともに、果物を並べた売り台《バラッカ》の前に座っていた。

「トキオ、こっち、俺のお祖父ちゃん《メウ・ヴォヴォー》、とってもすごい、祈禱師《パジェー》よ。占い《アディヴィニャ》、するよ」

そう言えば教会の前で話をしたときも、祖父がツピーの祈禱師《パジェー》だと言っていた。なるほど今日は彼の占いも売っているわけか。

老人はロドリコよりも濃い赤茶色の肌をしていた。黒人とも白人とも混血《メスチーソ》とも違う、この肌の色こそが、この地にもともと暮らしていた先住民のものなのだろう。

「やってけ。トキオ、友達。無料《デ・グラッサ》でいいよ。よく当たるよ」

ロドリコが手招きする。少し時間もある。せっかくなので占ってもらうか。

「お願いするよ」

「じゃあトキオ、そこ立て」

促されて老人の前に立った。特に道具は使わず、生まれた月と今日の日付だけで占う、ツピーの星占いなのだという。

トキオが生まれ月をロドリコに告げると彼は聞いたことのない言葉で老人にそれを伝える。

老人は頷き、じっとトキオを見つめた。その瞳の色に、何故か見覚えがある気がした。刹那ののち気づいた。勇だ。老人の目は勇のそれとそっくりだった。まるで黒瑪瑙のような、艶やかで深い、黒。

前にパウロが教えてくれたことを思い出す。太古の時代、ユーラシア大陸とアメリカ大陸は地続きだった。アジア人の祖先となった人々は現在のベーリング海峡を踏破し、ツピーをはじめとする先住民の祖先にもなったのだと。日本とブラジル。地上で最も距離の離れた場所で、共通の祖先を持った者同士が命をつないできた神秘をその目の色が物語っているようだった。

老人がツピーの言葉で何かを言い、ロドリコが翻訳してくれた。

「『今日、いいことある』ってさ」

漠然と「いいこと」と言われてもよくわからない。が、悪い気はしない。

老人がまた何かを言い、ロドリコが翻訳する。

「それから……『月、満ち欠けの間、秘密、暴かれる。カアアポラ、裁く』」

よくわからなかった。

「えっと、月、満ち欠け？」

訊き返すとロドリコは「ひと月《ウン・メス》ってこと」と、指を立てた。

「ひと月以内に何か秘密が暴かれるってのか」

「そう。それを神様《デウス》が裁くんだって」

ああ、そうだ。聞き覚えがあると思ったら、カアアポラというのは、ツピーの神だ。たしか大地を支配しようとした者を殺す森の神、そんな話を教会の前で聞いたっけ。

「お祖父ちゃん《ヴォヴォー》の占い《アディヴィニャ》、当たるよ」

ロドリコは言うが、秘密と言われても、思い当たるようなこともなかった。所詮は占い、当たるも八卦当たらぬも八卦だろう。

「オブリガード」と礼を言って露店を立ち去る。ロドリコが「いいことあるよ」と声をかけてくれたので、手を振ってそれに応えた。

そろそろ時間だ――トキオは広場を出て駅に向かう。駅といっても、路面電車のそれは屋根もなく、周りを低い柵で囲っただけの乗降所という感じだ。

今日は買い出しのついでに、ちょっとした用事を仰せつかっていた。

駅前で待っていると、路面電車が到着した。中から、ひと目で日本人とわかる人物が降りてきた。ひょろりとした、瘦せぎすの男。ウアラッーバで雑貨屋《アルマゼン》を営む立花だ。

朝、店に出勤すると秋山が来ていて、今日、立花がピグアスにやってくるので迎えに行くよう頼まれたのだ。立花はウアラッーバではわずかしかいない認識派の一人で、大曽根が向こうで講演したときも、会場の手配をしてくれたそうだ。秋山が電話で『栄皇会』が解散した件を問い合わせたところ、詳細を説明するためにわざわざサンパウロまで来てくれたのだ。

駅町でブラジル人たちと折り合いをつけて商売をしていた立花が、認識派になったというのはわかる気がする。『栄皇会』の件や現在の弥栄村の様子はトキオも是非、知りたい。二つ返事で引き受けた。

近づき声をかけようとすると、彼のあとから続けて子連れの男女が降りてきた。

え？

思わず足を止めた。一瞬、白昼夢でも見ているような気がした。しかし現実だ。見間違いようもない。二人は勇と里子だった。

向こうもこちらに気づいたようだ。

「トキオちゃん！」

声をあげたのは里子だった。彼女が先頭になって歩いてくる。勇とは去年の使節団騒動のときに顔を合わせたが、里子とは二年ぶりだ。

背中に赤ん坊を背負い、小さな子供の手を引き近づいてくる里子は、雰囲気がずいぶん変わっていた。顔は少し痩せ、その分、彫りが深まったような印象を受ける。木綿らしき襟付きのシャツがよく似合っていた。ずいぶんと大人びた。いや、もう二人も子供を産んでいる彼女は、正真正銘の大人なのだ。

彼女と手を繋いでいる子は、勇の長女、栄だろう。トキオの父、甚捌が名づけ親になったあの子だ。弥栄村を離れたときは、まだ言葉も喋らぬ赤ん坊だったのが、もうしっかり歩いている。そして風呂敷を使い里子の背中に括られるようにしておぶさっているのは、去年、勇の手紙に妊娠中だと書いてあった二人目の子だろう。

「久しぶりじゃね。変わっとらんで、安心したわ」

目の前まで近づいてきた里子は、久々に会うのが嘘のような気さくさで話しかけてくる。

「あ、ああ……。里子、だよな？」

「何じゃあ、その言い方。うちじゃなかったら、誰よ」

里子は笑う。栄がこちらを見上げている。

「ほら、トキオちゃんよ。あんた生まれるとき世話んなったんよ。こんにちはしい」

栄はきょとんとしたまま、「こーちは」と頭を下げた。

「あ、ええと、こんにちは」

小さな子供と接する機会などないので戸惑ってしまう。

「二人目も、生まれたんだな」

「そうよ。今度は男の子。お役目果たせたわ」

里子は背中をこちらに向け赤ん坊を見せる。とろんとした目をしていて寝ているのか起きているのか今ひとつ判別がつかない。

「そうか。よかったな」

こんな世間話より先に聞くことがあるだろう。何で、サンパウロにいるんだ？

そこに勇と立花が追いついてきた。

「トキオ……、しばらくぶりやな」

勇はどこかばつが悪そうな、それでいてはにかむような顔をしていた。その態度は、喧嘩別れしたときとまったく違った。立花がトキオの目の前にぬっと出てきて、手を伸ばしてきた。

「久しぶりです、坊《ぼっ》ちゃん。いや、もう坊ちゃんって歳じゃないですね。南雲さん。このたびはお世話になります」

手を握り返し握手する。

「ああ、はい」

「いやはや助かりましたよ。こっちにあてがあって」

あて、とは何だ？　事情がまったく飲み込めない。トキオは三人の顔を順番に見て、勇に尋ねた。

「勇、どういうことだ？」

「どうって……」

今度は三人が戸惑ったように顔を見合わせた。

「もしかして、秋山さんから聞いていないんですか？」

「いや、俺は立花さんが来るから出迎えるように言われただけなんです」

そう言えば、使いを頼むときの秋山は何か含むようだった。その場に一緒にいた洋平とパウロもどこか悪戯っぽいような笑みを浮かべていた気がする。

「そうなんですか。あの人も人が悪いな。いやね、こちらの比嘉さんらは、弥栄村の狂信派《ファナチコ》から逃げてきたんですよ」

「ええっ！」

素っ頓狂な声が出てしまった。

「その様子だと、何も聞いてないんですかね」

「その、どういうことなんですか？」

「勇さん、瀬良さんとやりおうたの」

里子が横から口を挟み、両手の人差し指をつばぜり合いのように交差させた。隣の勇が頭を掻いて口を開く。

「ああ、その、南雲農園の襲撃、あったやろ。あれ仕組んだの瀬良さんやったんや」

トキオは息を吞んだ。

「……やっぱり」

「わかっとったのか？」

「はっきりとじゃないけど。もしかしたらって……」

目を伏せて下唇を嚙んだ。

秋山にも指摘されていたことだ。けれどこんなところで勇の口から聞くことになるなどとは、もちろん思いもしなかった。

師と仰いだ瀬良があの襲撃を首謀していた。知ってしまえば、南雲家が敵性産業に関わっていたから仕方ないと納得するのは難しい。道場生たち、幼なじみたちもグルだったのか。あの夜、勇が襲われたのは狂言だったのか。胃がすぼまるような感覚がする。

「俺はすっかり騙されとったよ。まったく知らんかったんや」

「え」と、顔をあげた。「おまえは知らなかった、のか」

「そらそうや。知っとったら止めとったわ。いくら敵性産業やからって、おまえの家、襲うなんてなあ」

勇は屈託なく言った。

ほんの少し胃が楽になった気がした。

「じゃあ、あの夜、おまえが襲われたのは」

「問題はまさにそれよ。実はな、ちょっと前に駅町で、俺を襲った賊の一人とばったり出くわしたんや。ここで会ったが百年目や思うてな、俺はそいつ、とっ捕まえた。そしたらな、下手くそな日本語で『カネ、モラッテ、ヤッタ』なんて言いおった。あいつら、はした金貰《もろ》うて俺を襲うよう依頼されとったんや」

「もしかして、その金を渡したのが、瀬良さんだったのか」

「そうや。それで俺はようやく気づいたんや。瀬良さん、俺が賊に襲われりゃあ、おまえは心配して見張りから離れるって見越して、仕組みおったってな。俺はおまえをおびき出す、餌にされたんや」

「そう……だったのか」

「こっちは騙し討ちにされて、怪我までしとるんや。しかもそれをずっと隠しとったなんて納得でけん。そいで瀬良さんに直接文句言うたんやけど、俺の考えすぎだの、過ぎたことをごちゃごちゃ言うなと、まともに取り合ってくれなんだ。これにはさすがに腹が立ってな」

勇は「はあ」と、芝居がかったように、はっきり大きなため息をついて続ける。

「瀬良さんの言うとること、どこまで信じてええかわからんようになった。他のことも、その、戦争のことでも瀬良さん、ええ加減なこと言うとるんやないかて疑うようになってな。勝った、勝った、て言うけど、ちっとも戦勝国民の扱いにならんしな……」

憤りを露わにする勇を前に、トキオは安堵が湧いてくるのを自覚していた。

勇が俺を傷つけようとしたわけじゃなかった。勇は襲撃を知らなかったのだ。ただ騙されていただけだった。悪いのは瀬良だ。勇ではない。

「その矢先、警察の捕り物があったんや。『栄皇会』が『臣道聯盟』とつながっとるて難癖つけられて、俺も逮捕されてもうてな」

四月の一斉検挙のことだ。

「大丈夫だったのか。今、あのシルヴァが保安官なんだろ」

勇は顔をしかめつつ、肩をすくめる。

「まあ、殴られたり、それなりに嫌な目にも遭《お》うたけどな。大怪我せんと出てこれた。そんときな、通事をしとったこっちの立花さんにも説得されてな」

言われた立花は、ぎこちなく顔の前で手を振った。

「私は大したことは言っていないんです。比嘉さんが、自分で考え方を改めてくれたんですよ」

「改めたって、それはつまり……その、認識してくれたのか」

敗戦を、という目的語は省略して尋ねた。勇は小さくかぶりを振った。

「正直、まだよくわからん。レロレロや。逮捕されて檻ん中で頭冷やしてよう考えたら、敗希……いや、認識派の人らの話も一理あるように思えてきてな。ほら、去年の使節団も、結局、来んかったしな。認識派の人らの言うことも何でもかんでも頭ごなしに否定すんのはいかん。話くらい聞かなて思うようになったんよ」

使節団騒動のとき、勇はまるでこちらの言うことに耳を傾けようとしなかった。それが話を聞いてくれる気になったのなら、それだけでも大きな前進だ。

「まあ、そいでみんな逮捕されてケチもついた『栄皇会』は一回仕切り直したほうがええ思うて、俺の判断で解散届出したんや。一応、専務理事やからな」

「そんなこと、したのか？」

さすがに驚いた。ずいぶん思い切った行動だ。

「まあ瀬良さんの鼻明したい気持ちも正直あったわ。でもな、別に愛国団体が悪いて思うたわけやないんよ。みんなで話し合って、瀬良さんとも、もう一回《もっかい》ちゃんと話して気持ちを合わせて再出発でけたらええて思うてな。でも……」

勇は表情を曇らせた。

「瀬良さん、聞く耳持たんと激怒してな。周りもみんな向こうについて、俺は裏切り者だの、国賊だの言われるようになってもうて。まあ居心地が悪くてな……」

そのつらさは、トキオもよく知っている。立花はうんうんと頷く。

「『栄皇会』や瀬良さんの名前は、駅町や他の殖民地でも有名です。過激な愛国者だってね。ウアラツーバじゃ弥栄村は狂信派《ファナチコ》の巣窟だなんて、噂する人もいますよ。そのうち何か事件を起こすんじゃないかって、みんな心配しています。それで小さな子供もいるんなら、村を離れた方がいいんじゃないかって、進言させてもらったんです」

狂信派《ファナチコ》の巣窟——弥栄村はそんなふうに言われているのか。

「迷いもしたんやけど、一度村を出ることにしたんや。里子も理解してくれてな」

横から里子が口を開く。

「うちには難しいことようわからんけど、大事な旦那様を騙し討ちするような人んこと信用でけんでしょ。話も聞こうとせんなんて瀬良さん、ほんま酷い思うわ。勇さんが出てくゆうなら、そら一緒についてくに決まっとるわ」

里子はまくし立てた。むしろ彼女の方がより瀬良に憤っているようですらあった。

「こっちはこっちで、ちょうど秋山さんから連絡もらったとこだったんで、事情を説明して移って来れるよう話を通した次第なんです」

立花が言った。

「そうだったんですか」

ようやく事情が飲み込めた。けれど他の家族はどうしたのだろう。

「勘太や、おまえの両親は？」

尋ねると勇と里子は顔を見合わせた。里子が先に答える。

「それがねえ。お兄ちゃんも、うちらの親らも、瀬良さんのことは疑わんのよ。あんまり言うても気まずうなるし、逆に勇さんが非国民じゃて責められるばかりじゃしね。そいで、まずはうちらだけで村から出ようてことんなったの。ふふ、ちょっとした駆け落ちじゃわ」

深刻な出来事を里子はあっけらかんと話す。こんなときは女の方が気丈なものかもしれない。

「そうか。大変だったな」

「ああ。でも、その……。悪かった。瀬良さんに騙されたとはいえ、南雲農園、俺のせいで襲われたようなもんやった。それと……前に来たときも、俺、おまえに、いろいろ酷いこと言ったよな。喧嘩したくておまえに会いに行ったわけやなかったんやけどな。本当にすまんかった」

勇は深々頭を下げる。

勇も悔いていたのだ。せっかく会えたのに、喧嘩別れになったことを。

トキオはかぶりを振る。

「もういいさ。うん。あのときは俺ももっと言い方を考えるべきだったかもしれない。弥栄村は田舎だし、みんなろくにポルトガル語も読めないだろ。何が正しい情報かわからなくても無理もないと思うんだ。勘太や正徳さんたちが、騙されてるのも仕方ないさ。そのうち頭が冷えてくれば、村の人たちだって、ちゃんとわかるようになるよ」

勇は顔を上げた。幼い頃から変わらぬ真っ黒い瞳が、どこか戸惑うように揺れていた。

「そ……、そうか」

「ああ、きっとそうさ。ともあれ、よく来てくれた。嬉しいよ。こうして会えて」

勇の気持ちが変わった最大の要因は瀬良への反発心なのだろうが、逮捕されたこともきっかけだったようだ。強引な検挙や取り調べに危惧はあったが、他ならぬ勇が変わってくれた。トキオにとってこれ以上の成果はない。

認識運動には意味があった——自分が何をしたわけでもないが、報われたような思いだった。涙腺が緩むのがわかった。堪えようとしたが、一粒涙がこぼれた。それを指で拭う。

占い、当たったな。いいことが、あった。

「歓迎するよ。ようこそ、ピグアスへ」


バール『ヒグチ』に一行を連れて行くと、秋山と樋口夫妻、パウロ、それからさっきはいなかった洗濯屋の水田といった面々が待っていた。店の隅のテーブルに簡単な料理と酒が並んでいる。

「いらっしゃい」「遠い所、ご苦労様」とみなが勇たちに声をかける。

「夜まではお客さんも来ないからね。軽く歓迎会をしようと思ってね」

「トキオ、驚いただろ」

やはり、勇たちが来るのを知らなかったのはトキオだけだったようだ。

「まあな。でも教えてくれよな。秋山さんもですよ」

言ってやると、秋山は苦笑した。

「すまんね。驚きがあった方が嬉しいかと思ってね」

その傍らにいた水田が、勇たちの前に進み出て両手を広げた。

「やあ君が比嘉くんだね。水田だ。洗濯屋の水田、覚えやすいだろ」

「お世話になります。住むとこだけじゃなくて仕事まで、ほんまありがたいです」

「なあに、その分こき使わせてもらうよ」

水田が冗談めかして言うと、勇は「まかせてください」と答え、里子も「一生懸命やります」と同意した。

「ほう、こりゃ頼もしい」

水田はからから笑う。

そのやりとりを見てトキオは秋山に尋ねた。

「勇、水田さんとこで働くんですか」

「ああ。ちょうど水田さんが人手を欲しがっていたのを思い出してね。住み込みで働けるように計らってもらったんだよ。住む場所と仕事さえあれば、あとはどうとでもなるからね」

勇は、一同に頭を下げる。

「あの、秋山さん、それに樋口さんとパウロも、前、いろいろと迷惑かけたのに、こうして世話をしてくれて、なんとお礼を言ったらええか。ほんまに、ありがとうございます」

「ありがとうございます」

勇の隣の里子もそれに倣った。

洋平がにこやかにかぶりを振る。

「はは、いいんだよ。一度は立場が違ったとしても、みんな日本人、同胞じゃないか。なあ、秋山さん」

「ええ。そのとおりです。思えば、勇くんがブラジルにやってきた移民船、僕も案内役として同乗してました。言わば僕がブラジルに連れてきたようなものだ。その勇くんが考えを改めてくれて、嬉しいですよ。立花さんも、ありがとうございます」

「いや、私は大したことはしてませんから」

パン、パンと、音が響いた。頼子が手を叩いたのだ。

「ほらほら、堅苦しい話は抜きにして、お客さん来ないうちに食べましょう」

促されみなテーブルにつき、小規模な宴席が始まった。

「美味そう」

「わざわざ、ありがとうございます」

長旅で腹を減らしていたのだろう、勇と里子は並んだ料理に目を輝かせていた。腸詰め《リングィーサ》、豆の煮物《フェイジョン》、挽肉の包み揚げ《サウガジーニョ》。どれも弥栄村でもときどき食べるブラジルの家庭料理ばかりだ。

「腕によりをかけてつくったんだ。遠慮なく食べてくれ」

洋平が自分で口火を切るように、サウガジーニョを一つつまんでぱくついた。

勇と里子も料理に手をつける。みなでその様子を窺う。

二人とも一口食べて、わかり易く顔色を変えた。

「どうだい、美味しいかい?」

頼子が尋ねる。勇と里子はぎこちなく笑顔を浮かべ「ええ」「まあ」などと曖昧な相づちを打った。本当は美味いなどと思っていないのが丸わかりだ。

同じブラジル家庭料理でも『ヒグチ』で出している料理は、弥栄村で食べられているそれとは味付けがまったく違う。村では大抵の料理に味噌や醤油を使うのだが、『ヒグチ』ではそういった日本の調味料は使わず、香辛料や香草を使う。コショウ、ニンニク、シナモン、ローリエ、バジル、コリアンダーなどなど。こちらが本来のブラジル式だ。

トキオもサンパウロに来るまでこれらを口にしたことはなかったし、特に香草の類はクセが強く、食べ慣れるまでは口に合わないと思っていた。

二人の様子にみな、一斉に吹き出した。トキオも思わず笑った。洋平が言う。

「はは、無理しなくていいよ。殖民地で食べてたのとはだいぶ違うだろ。だけど馴れればやみつきになるはずさ。とりあえずこれも都会の味と思って、食べられるだけでいいから食べてくれ」

勇と里子は「なんや、これが都会の味なんか」「よう食べんよねえ」と顔を見合わせる。これが呼び水になったようにそれからしばらく、会話は弾んだ。よく喋ったのは二人の女、里子と頼子だった。

「勇さんは何度か来たことあるそうじゃけど、うち、サンパウロ来たんは初めてなんです」

「そうなのかい。じゃあ驚いたんじゃないかい。殖民地とは何もかもが違うだろ。料理に限らずね」

「ええ。お城みたあなお屋敷がたくさんあって、どの道も煉瓦で固められてて、びっくりしました」

トキオと同じくブラジル生まれの二世である里子は、生まれてからウアラツーバの外には一度も出たことがなかったという。汽車での長旅も、白亜のビルが建ち並ぶサンパウロの中心地も、地面が舗装され街灯が並ぶピグアスの街並みも、何もかもが新鮮だったようだ。

「まだその子たちの名前を聞いてなかったよね。そっちの子はお姉ちゃんだね」

子供たちは、疲れたのかテーブルについてから二人ともすぐに眠りこけてしまっていた。里子が生まれたばかりの長男を胸に抱き、勇が膝の上に長女を載せている。

「はい。栄っていいます」

「そっちの赤ちゃんは、妹？　弟？」

「弟、男の子です。名前は……」

言いかけ、里子は何か思い出したように、勇を一瞥した。勇は少し困ったような曖昧な表情をして小さく頷く。

「あの、勝です。勝つって書いて、勝」

一同から、声にならないため息が漏れた気がした。

どういう意味を込めてその名がつけられたのかは想像に難くない。きっとこの子が生まれたときは、勇も里子も日本の勝利を信じ切っていたのだろう。

淀みかけた空気を払拭しようとしたのか、ただ思うままを口にしただけなのか、頼子がやけに大きな声を出した。

「赤ちゃんは可愛いねえ。欲しくなっちまったよ。ねえ、あんた、もう一人つくろうか」

洋平は目を丸くして、大げさに肩をすくめる。

「勘弁してくれよ」

どっと笑いがおき、緊張は吹き飛んだ。ただ一人、息子のパウロだけが「そういう冗談やめてくれ」と顔をしかめた。

「この甘酸っぱいお酒は美味しいわ」

「せやな。料理は食べ慣れんけど、これはいける。ただ飲み過ぎてしまいそうやけどなあ」

勇と里子は酒の入った素焼きのコップを傾け、少し顔を赤らめていた。

「それはカイピリーニャだよ。火酒《ピンガ》に砂糖とライムを混ぜてつくるんだ」

頼子に教わり、勇は感心した様子でコップを掲げた。

「ああ、これが。名前だけは聞いたことがありました。火酒《ピンガ》なんて酔うためだけの酒や思うてましたが、こんなふうに飲むこともできるんですね。なあ、トキオ、おまえ、都会《こっち》でこんな美味い酒飲んでたんか」

トキオは「まあな。気に入ったらときどき飲みに来てくれよ」と自分のコップに口をつける。

「おう、もちろんや」

破顔した勇が、思い出したように言った。

「ああ、そうや。大曽根さん。大曽根周明さんて、会うことできますか」

一同、顔を見合わせた。

「大曽根さんに会いたいのか」

勇は頷いた。

「前に大曽根さんがウアラッーバ来たときな、俺、頭に血が上って、文句言いに行ってしまったんや。秋山さんにも迷惑かけてもうて」

勇は秋山に視線を移す。

「あんときは、すんませんでした。俺、生意気なことたくさん言うてしもうて……。大曽根さんにも直接謝りたいて思うてるんです」

「ああ、そうか。まあ、あのとき本人も言っていたと思うが、支社長はね、率直に意見を言ってもらえるのはありがたいと思っているよ。きみが我々、認識派の言葉に耳を傾けてくれるようになったと知れば、きっと喜ぶと思う。ただ……」

秋山は顔を曇らせた。洋平や水田たちと視線を送りあう。

「実は支社長は今、隠れ家にいるんだよ」

「隠れ家、ですか?」

「うん。この間、襲撃を受けたこともあり、身を隠してもらっているんだ。それで極力人にも会わないようにしているんだよ」

「そうやったんですか。わかりました。安全第一ですからね。あの、じゃあ、よろしく伝えてください」

「もちろんだよ。ああ、それと……」秋山はやや表情を硬くし、勇のことを探るように目を細めた。「瀬良さんはどうなんだろう。やっぱり頑なに戦勝を信じているのかな」

勇はかすかに目を泳がせた。

「そうですね。俺が敗希派の言い分も聞いた方がええて言うたら、えらい剣幕で怒りました」

秋山は物憂げな顔つきになる。

「そうか……。やっぱりあの人は止まらないか。立花さん、できる範囲でいいので、今後も弥栄村のことで、何かわかったら知らせてください」

立花は「はいっ、了解です！」と、やけに高い声をあげた。

そういう気性なのか、彼はどことなく卑屈な態度で、首を何度も縦に振っていた。


――一九四六年　五月二八日。


勇たちがピグアスにやってきてから六日が過ぎた早朝。

大きな行李を抱えたトキオは、パウロとともに、その煉瓦造りの館を訪ねた。

トキオの下宿もあるセントロ地区の、以前、ロドリコに誘われ入った教会の裏手。鉄柵で囲われた広い敷地に鎮座する三階建てで『ヒグチ』の店を縦に三つ重ねたより大きいように思える。

煉瓦はまだらに色褪せ、そこら中にひび割れを補修した跡がある。それらはみすぼらしさよりも、むしろ建物の歴史の趣を伝えていた。

ドイツ移民ヴェーバー一族の館だ。彼らは日本人より先にブラジルにやってきて、今から一〇〇年ほど前、ここピグアスの初期移住者としてこの館を建てた。現在の当主である四代目はサンパウロの中心部に住んでおり、こちらでは引退した三代目が長患いのため療養中だという。

門前には二人の白人男性が立っていた。二人とも襟のない半袖シャツ姿で、一人は背が高く、もう一人は肥っている。日雇いの肉体労働者のように見えるがヴェーバー邸の守衛である。トキオらが玄関に近寄ると、二人のうち一人が何事か話しかけてきた。

「おまえは誰だ。《ケン・エ・ヴォセー》ここで何してる?《オ・ケ・エスター・ファゼンド・アキー》」

トキオは、たどたどしいポルトガル語で答える。

「届け物です《エ・ウマ・エントレーガ》」

すると二人組は敷地に入るように促した。

実はこの受け答えそのものには意味がない。答えながら、トキオがさり気なく両手の、親指、人差し指、中指の三本指を立てていたのが符丁になっていて、この動作がなければ何と答えても門前払いになるのだ。

敷地に入ると門から玄関まで、三メートルほどの狭い庭がある。トキオとパウロは玄関から館には入らず、その脇にある階段を降りていった。行き先は半地下、ポロンだ。

足を踏み入れると、トキオがいつも下宿で感じるのと同じ湿気と、嗅ぎ馴れたかび臭さに迎えられた。同じ地区の同じような住まいなのだから、空気も同じなのだろう。ただしこちらの方が、トキオの下宿よりもだいぶ広い。一〇倍近くはあるように感じられる。

そもそもトキオの下宿が狭すぎるのだが、ここは一般的な住宅の居間《サーラ》が二つは入りそうな面積がある。奥には小さな流しと煉瓦の竈があり、手前が居室になっている。そこにベッド、箪笥、本棚、テーブルと椅子《カデイラ》などの家財道具が並んでいる。それらは部屋の四分の一にも満たないところにまとまっており、何もない残りの空間はがらんとしていて、かえって殺風景に感じられた。テーブルで書き物をしていた老人が、トキオたちに気づいて顔を上げた。

「やあ。いつもわざわざ悪いね」

大曽根周明、その人である。このポロンが彼の隠れ家なのだ。

ヴェーバー家は親日家で、大曽根とはもとより懇意にしていた。戦争が始まってからは、ともに枢軸国民としてブラジル政府からの弾圧を受け、何かと情報交換をしていたという。

ブラジル人にとって先の世界戦争はヨーロッパを舞台にした戦争であり、ドイツとイタリアこそが真の敵国であった。ゆえにドイツ人への弾圧は日本人へのそれと比べても苛烈なものがあった。ヴェーバー家はそんな中、ブラジルに馴染むことで摘発を逃れ今日まで生き抜いてきた一族だ。

現在、療養中の三代目のヴェーバー氏は、終戦後、日本人たちが戦争の結果を巡り混乱しているのを知ると、認識派に大いに共感してくれた。

ブラジルに移民してきたドイツ人の中では、祖国のナチ党を支持するかどうかの対立が戦前からあったのだという。ブラジル国内にもナチ党の在外組織がいくつも結成され活動をしていた。ヴェーバー家はドイツ第一主義を掲げるナチ党とは距離を置いており、特に戦争が始まってからは、彼らの過激な活動によってドイツ人全体が弾圧されていると、苦々しく思っていた。また日本の戦勝派のように襲撃事件こそ起こさなかったものの、熱心なナチ党の信奉者は終戦後しばらく祖国の敗北を信じようとしなかったという。

ヴェーバー氏は過激な同胞に悩まされる認識派を自分と重ねているらしい。大曽根が襲撃されたことも心配しており、邸宅のポロンを隠れ家として快く提供してくれることになった。

下宿が近いトキオは数日ごとに、連絡事項や買い出し、洗濯物の回収などをするために、このポロンを訪れている。今日はパウロも大曽根に用があり、それに同行してきたのだ。

そのパウロが口を開いた。

「どうですか。何か不自由していることはありませんか。もう少し環境のいい隠れ家が見つかればいいんですが。……ヴェーバー氏もせっかくなら館の一室を貸してくれてもよかったのに」

この館には守衛もいて身を隠す分にはいいが、ポロンはもともと奴隷の寝床だ。邦人社会の重鎮が暮らす場所としては粗末に過ぎるかもしれない。

「そんなこと言ったら罰が当たるよ。ヴェーバー氏は静養中なんだ。同じ家を居候がうろちょろしたら気が休まらんだろう。それに狂信派《ファナチコ》の連中も、私がポロンにいるとは思うまい。むしろありがたいくらいさ」

「はあ、そういうものですか」

「何、私のような年寄りが寝起きするにはこのくらいで十分だ。日本で下っ端役人をしていた若い頃は、もっと粗末な三畳一間の下宿でずっと暮らしていたんだ。それと比べれば、ここは広々としていて快適だよ。住めば都というやつでね、ときどき周囲を散歩するんだが、この辺りは古い建物が並び風情があって実にいいね」

大曽根は別段、強がっているわけでもなさそうだ。

パウロは眉をひそめた。

「散歩なんてしているんですか。こんなところにずっといたら気詰まりなのはわかりますが、ほどほどにしてくださいよ。あまり出歩かれたら、隠れている意味がないですから」

「わかっているよ。秋山のやつにもうるさく言われているしね。表に出るときは、人気《ひとけ》が少ない時を狙ってシュミットくんにもついてきてもらっている」

シュミットというのは、今、館の前にいた守衛の一人だ。

大曽根は不意にこちらを見た。

「トキオくん、きみと教会で会ったときは、声をかけるまで私と気づかなかったろう？」

「ええ。まあ」

「ふふ。私の変装術もなかなかのものだろう」

大曽根は冗談めかして口角を上げる。

変装と呼べるほど手の込んだことはしていなかったが、背丈のある大曽根が帽子を目深にかぶれば一目で日本人とはわからない。

「そんなこと言って、油断しないでくださいよ。四月の一斉検挙以来、一部の狂信派《ファナチコ》はむしろ過激になっているんですから」

大曽根は「わかってるさ」と肩をすくめ、再びこちらに視線を投げかけてきた。

「そう言えば、以前、ウアラツーバで会った彼が狂信派《ファナチコ》から逃げて来たんだって？」

勇のことだ。

「そうなんです。今、水田さんの洗濯屋で働いているんです」

「そうか。水田さんのとこなら、安心だな。彼は考えを改めてくれたんだね」

「はい。あいつ、勇のやつは、瀬良さんって弥栄村を仕切ってる人がいるんですけど、その人に騙されてたって気づいたそうなんです」

「ああ、秋山から聞いているよ。その瀬良という男はずいぶん胡散臭いように思えるね」

「俺は前からそう思っていましたよ」

パウロが口を挟んだ。トキオも頷く。

「俺の家の農園を襲撃したのもその人でした。考えを改めたといっても勇はまだレロレロなんですが、認識派の言うことにも耳を傾けたいって言ってました」

「そうか。それは何よりだ」

大曽根が目を細めた。

「あの、それで……、いつか、あいつと会ってもらえませんか？　ウアラッーバで大曽根さんに失礼をしてしまったこと、直接謝りたいそうなんです」

「ほう。彼がそう言っているのかい」

「はい。今のあいつなら、きっと大曽根さんの話、素直に聞くはずです」

しかしパウロが眉をひそめた。

「おい、大曽根さんは身を隠してるんだぞ。最近まで狂信派《ファナチコ》の仲間だったやつを簡単に会わせられるか」

勇を疑うような口ぶりに、むっとするも、大曽根の居所を知る者を無闇に増やさないと申し合わせていたのも事実だ。

「いや、いいよ。会ってみよう。折を見て連れてきなさい」

当の大曽根がすんなり言ってくれた。

「いいんですか？」

「ああ。ウアラッーバで抗議されたときからね、むしろ彼のような若者にこそきちんと向きあい、話をせねばと思っていたんだ。あのとき彼に、鍬《エンシャーダ》振るったことあるか？　と、問われてね、はっとさせられたよ」

「あいつ、そんなこと言ったんですか。それは役割が違うってことだろうに」

パウロはあきれ気味に顔をしかめた。

「私もあのときはそう思った。しかし私が殖民地で汗を掻く移民の生活をわかっていないのは事実だ。改めてきちんと意見を受け止めたいんだ。それに今、田舎の狂信派《ファナチコ》がどのような様子なのか、直に聞いてみたいしね」

「でもなあ……」

渋るパウロに大曽根は力強く言った。

「そう心配するな。本来なら認識運動の先頭に立つべき私が、こんなところに隠れているだけでも情けないのに、彼のような若者を拒んでは示しがつかない」

やっぱりこの人は器が大きい。改めて感銘を受けた。

パウロは少し何か探るような目で大曽根を見てから、息をついて頷いた。

「わかりました。まあ、勇のことは俺も知らないわけじゃないですしね。それで、これが鈴木《すずき》さんから預かった報告書です」

パウロは持参した資料を大曽根の座るテーブルに広げる。

鈴木さんというのは、弁護士の鈴木悌一《ていいち》のことだ。日本人ながらブラジルで法科大学を出て弁護士として活動している人物である。彼は今、街で暮らす日本人の悲願とも言える資産の凍結解除に向けた働きかけをしている。学生時代から鈴木と面識のあるパウロは、認識運動とは別にそちらの運動も手伝っている。その進捗を時折こうして大曽根に伝えているのだ。

「ああ、どれどれ」

二人が報告書を確認している間、トキオは持参した行李の中の着替えを箪笥にしまい、大曽根が自分で部屋の隅にまとめてあった洗い物を回収していた。

確認は一〇分ほどで終わり、トキオたちはその場を辞した。

このあとトキオはいつものように洗い物を持って水田の洗濯屋に向かう。パウロは一度自宅に戻るとのことだ。

途中まで一緒に歩いたのだが、パウロの様子がどうもおかしいことに気づいた。

ずっと無言で眉間に皺をよせ、何事かを考えているようだ。最近、具体的には先月くらいからこういうことが多い。特に今日は難しい顔をしている。

認識運動と資産の凍結解除運動、二つの重要な活動に関わり多忙なのだろうが、それだけではないようにも思える。勇をやたら疑うのもそれで気が立っているからではないのか。

「何か悩み事でもあるのか？」

別れ際に尋ねるとパウロは目を丸くした。

「おまえ、心が読めるのか？」

トキオは思わず吹き出した。

「読めるもんか。難しそうな顔してうんうん唸ってるんだ。わかるさ」

「ええ、俺そんなだったのか。参ったな」

「そんなだったさ。で、どうした？」

「それが……」

パウロは言いかけたが途中で言葉を止め、かぶりを振った。

「まあ、何でもないんだ」

「なんだそりゃ？　そんな様子で何でもないことないだろ」

「うーん、今、おまえにする話じゃないというかな。俺の勘違いかもしれないしな」

「勘違い？」

「まあ、俺の個人的な心配事さ。そうだな……ちょっと気になる女がいてな。そんなに気にしないでくれ」

「女？　本当か？」

「本当さ。おまえはこの手のこと、相談されても困るだろ」

それはそのとおり。こちらは色恋はからっきしだ。ただし目の前のパウロには、何かを誤魔化しているような雰囲気がある。

「そうか。まあ、何か話したくなったら言ってくれ。聞くくらいはするさ」とだけ言うと、パウロは「ありがとうな」と軽く口角を上げた。


水田が経営する洗濯屋『トーア』は、トキオの下宿や大曽根の隠れ家のあるセントロとは反対側、街の東側にある。

この辺りは商店よりも民家が多い住宅街だ。比較的近年開拓された地域のため、真新しい住居が多い。

トキオが『トーア』のある通りに差し掛かると、店の前に人が集まっているのが見えた。店員たちのようだ。遠目に勇や里子の姿も見えた。店主の水田もいるようだ。

『トーア』は水田の自宅も兼ねた二階建ての建物の一階部分にあり、幅一〇メートルほどの店の正面全部がガラス張りになっている。

どうやらそのガラスを掃除しているらしい。

今はちょうど店が開く時分なので、店員が掃除をしているのは珍しくないが、いつもは一人か二人でやっている。あんなふうに、店主の水田も含めた総出でやっているのは初めて見た。よっぽど酷い汚れでもあったのだろうか。

近づくと勇と里子がこちらに気づいたようで手を振ってきた。トキオは足早に歩を進める。

店の前まで来て絶句した。

ガラスにペンキででかでかと落書きがしてある。これをみんなで消していたのだ。サンパウロの街中では見る機会の少ない日本語の文章で、もうだいぶ薄くなっているが、ところどころまだ読める。

〈こ　店の　天　下に　す売国奴　り〉

売国奴の三文字がはっきり判別できた。おそらくは認識派の水田を中傷するものだ。

トキオは脈が早まり背中から汗が噴き出るのを自覚していた。否応なしに、弥栄村で起きたことを思い出す。

「トキオ」

勇が近づき声をかけてきた。

「これは……」

「朝、店に出てきたら書かれとったんや。村の敵性産業騒動んときと同じやな。街でもこんなことが起きとるのか」

「ああ、いや、うん」

曖昧に相づちを打った。四月の一斉検挙以来、認識運動が進んでいるとはいえ、まだまだ認識派は少数派だ。認識派への誹謗中傷も絶えない。

里子が横から口を挟む。

「村んときは貼り紙じゃったけえ、剝がしゃすんだでしょう。でもこっちはペンキじゃ。質《たち》悪いわ」

彼女は赤ん坊をおぶったまま、ぞうきんでガラスを拭いている。

「あれも、瀬良さんの仕業やったらしい。気づかんで悪かったな」

勇が言った。南雲農園の襲撃を首謀したのが瀬良なら、あの貼り紙も瀬良がやったというのは、当然と言えば当然だ。

「それより、これは誰が?」

「わからん。でも水田さんは近所の者かもしれんて言うてる」

勇は首をひねった。街の東側は西側に比べて日本人が多く、そのほとんどが戦勝派だ。

水田が近づいて来た。手に猟銃を持っている。

「トキオくん、おはようさん。俺も認識派として名が売れてきたようでね、ごらんの有り様だ。まあ勲章みたいなもんだな。夜中にこそこそ落書きするだなんて、まったく実に狂信派《ファナチコ》らしい卑怯さだ。きみの家も昔、殖民地で同じような目に遭ったんだって?　しかもそのあと、畑を襲撃されたとか」

「ええ、まあ」

隣の勇が少し気まずそうな顔になった。襲撃の詳しい事情など知らないだろう水田は猟銃を掲げてみせた。

「ふん。まともにものを考える頭がないから、そんなことをするんだ。畜生と同じだよ。もし、うちを襲撃するやつなんかがいたら、撃ち殺してやるよ。こっちもやられっぱなしじゃないことを、狂信派《ファナチコ》どもに教えてやらなきゃな」

サンパウロ州兵としての従軍経験もある水田は、普段から血の気が多い。ただ、どこか強がっているようにも感じられた。顔の見えない隣人から疎まれることの気味悪さは、トキオも身を以て知っているところだ。

水田は話題を変えるかのように、トキオが手に持っていた行李を顎でさした。

「それ、大曽根さんの洗濯物かな」

「はい。そうです」

「私が預かろう。大曽根さんにもよろしく伝えておいてくれ」

「はい」

水田は猟銃を脇に挟み行李ごと洗濯物を受け取ると、店の中に入ってゆく。

「トキオ、ご苦労さんな」と、ガラス拭きの作業に戻ろうとする勇に声をかけた。

「え？」

「勇、こんなときになんだけど、大曽根さんが、今度、おまえに会うって言っているんだ」

勇は驚いた様子で大きく目を見開いた。

「おまえ、直接、謝りたいって言ってたろ。それで俺、頼んでみたんだ。そしたら、是非連れてこいって」

「た、頼んでくれたんか」

勇は語尾の「か」の形のまま口をぽかんと開ける。

「余計なことだったか？」

「とんでもない！」と、里子が横から答える。「トキオちゃん、ありがとうな。なあ、勇さんよかったね。大曽根さんに会いたかったんでしょう？　うちも嬉しいわ」

むしろ里子の方が我がことのように喜んでいる様子だった。

勇も破顔する。

「ああ、うん。はは、そうか。いや、こないだの感じやと会うんは難しいて思うてたから、驚いてもうたわ。や、トキオ、ありがとう。ほんま、ありがとう！」

勇を大曽根に会わせるのは、トキオの希望でもある。それを勇がこんなふうに喜んでくれていることが、何とも嬉しかった。

「うち、ちぃと暢気すぎたわ。敗希派んとこにおってもええことなんてないね……」

その晩、寝床に横向きに寝そべり寝息を立てる子供たちを見つめていた里子が、ぽつりと言った。

2

もともと里子はサンパウロに来られることを喜んでいる節があった。『ヒグチ』で歓迎会をしてもらった直後は「都会にしばらくおれるのも役得じゃわ」などと言っていた。けれど数日過ごせば、考えを改めるのに十分だったようだ。

夜、比嘉勇とその家族が身体を休めるこの住まいは、『トーア』の屋根裏部屋だ。一階が店、二階部分は店主の水田と家族の住居。この屋根裏はもともと人が住むためにつくられた部屋ではない。天井は建物の屋根そのもので勾配があり一番高い所でも勇の頭より低かった。大人はかがまないと歩き回ることができない。まさに鰻の寝床だ。

勇たちが床に入るのはだいたい夜の九時過ぎ。干し草を詰めた簡素な敷き布団《コルション》の上で、親子四人、一本棒の多い川の字になる。弥栄村ならもう夜更けの時分だが、都会ではまだ宵の口のようで、階下の水田家からは日付をまたぐ頃までは物音が聞こえることが多かった。村での習慣が染みついているからか、子供たちは横にすればすぐ寝てしまう。

「せやな。あの水田って人も、ちょっとな」

勇は天井についた天窓の隙間から見える夜空に視線を送った。

ここでの暮らしでまず辟易させられたのが、雇い主で大家でもある水田の人柄だった。やたらと自慢が多く横柄なのだ。

『トーア』は、ピグアスでは一番大きな洗濯屋だという。店の正面、カウンターのある店舗部分は一見手狭だが、その裏には広々とした作業場がある。食堂の厨房のような打ちっぱなしの空間で、大きな洗い桶と洗濯板、洗濯機と脱水機、アイロン台などが並び、ベニヤ板で区切った染色場もある。ブラジル人は黒い服をよく着るからか、染色の注文は洗濯よりも多いくらいだという。外に掲げている看板の屋号も、頭に染物屋を意味するポルトガル語の「チンツラリア」をつけて〈Tinturaria TOA〉となっている。

この作業場を案内しながら水田は「これだけの設備はなかなかないよ。俺は裸一貫でこの店を開いたんだ。こんな立派な店で働けることを感謝してくれ」と恩着せがましく言った。世話になる手前「ありがとうございます」と頭を垂れたが、内心、鼻白んだ。

「ほんまよ。歓迎会で『こき使う』言うてたけど、ああいうのって挨拶みたいなもんと違うの。ほんまに人使い荒いけえ、やんなるわ」

「まったくや」

里子の愚痴に同意した。

勇たちに与えられた仕事は、里子が洗濯、勇は洗濯物の回収と配達だった。

作業場の洗濯機で洗える量には限界があり時折停電もするので、大半の洗濯物は手洗いになる。石鹸液を浸した洗濯物を洗濯板に叩きつけ、汚れを浮かせる叩き洗いが基本だが、休みなくやらされ手は荒れるし、腕はぱんぱんになるという。

勇は勇で自転車を使い土地勘のない街を一日中汗だくになって走り回らされる。まだ始めたばかりで割り当てをこなせない。すると水田は「いつまでも田舎の気分でのんびりしていたらいかんよ」などと、小言をいうのだ。

なるほど、こういう者《もん》が敗希派になるんか。

水田の人となりを知るにつれ、勇は妙に納得をしていた。商売は上手くやっているかもしれないが、慎みや遠慮がない。そして田舎者を馬鹿にしている。勇がブラジルにやってくる少し前に勃発した護憲革命という反乱に、サンパウロ州兵として参加したらしいが、心根がブラジルに染まっているのだ。

この男なら、金や立場のために祖国を裏切り、アメリカに与するのも不思議ではない。それでいて大東亜に因んだとおぼしき『トーア』という店名は変えようともしないのだから、業腹だ。

「うちな、店のガラスに落書きした人の気持ちはわかるんよ。でも……ほんま、おっかないわ」

それは勇の本音でもあった。

〈この店の者、天皇陛下に仇なす売国奴なり〉

今朝、前日の閉店時は何もなかった店のガラスに落書きがされているのを目にしたとき、勇は溜飲を下げることもできず、むしろ言い知れぬ恐ろしさを覚えた。

犯人に共感はする。けれど事情を知らぬ犯人からすれば水田の店で住み込みで働いている勇たちも、敗希派、唾棄すべき裏切り者と思えることだろう。あの言葉の刃は勇たち一家にも突きつけられている。犯人が水田に危害を加えようとしてきたら、とばっちりを食うかもしれない。自分だけならまだしも、里子や子供たちも一緒にいるのだ。

仕事中もずっと落ち着かなかった。配達をしていても、そこの角から暴漢が現われて襲われるのではないか、あるいは今頃店が襲撃を受けているのではないかと、心配ばかりが頭を巡った。

「トキオちゃんらも、こんな気持ちだったんかねえ」

里子は続ける。

それも今日一日、勇の頭の隅にあったことだ。弥栄村で南雲農園を中傷する貼り紙が貼られたとき、トキオはこんなに心細かったのか。

「まああんときゃ、南雲さんとこが敵性産業なんかしとったんが悪いんじゃろうが、キヨさんは気の毒じゃったねえ。たまたまお嫁に行った先であんな目に遭うたんじゃけ。きっと怖かったろうねえ、今更、言うても詮無いけど」

キヨ、と言われ誰か思い出すまでに少し時間を要した。

トキオの嫂だ。栄の出産のときにはずいぶん世話を焼いてくれた。勇は南雲の家の人という印象しかなかったが、里子は仲がよかったのだろうか。

里子はくすくす笑い出す。

「トキオちゃんと言えば、今朝の勇さん、目ん玉、まん丸にして可笑しかったわ」

「目玉はもともと丸いもんや」

言ってやると「わかっとるわよ」と里子はなおも笑った。

「トキオちゃんのお陰で、早う仕事が進みそうなんは、何よりじゃね。瀬良さんの言うてたとおりじゃね」

「ああ」

首尾よく敗希派の懐にはもぐり込んだが、どうやれば怪しまれずに大曽根の居所を突き止められるか、思案していた。まさか向こうから、大曽根の元に連れて行ってくれることになるとは思わなかった。

「トキオちゃん、迎えに来てくれたときも泣いとったよね。勇さんと仲直りできたんが嬉しゅうてたまらんてのが、ようわかったわ。そういうとこも、昔のまんま、隠し事のできん人よ」

自分の望みどおりのことが起きたからこそ、疑わない。瀬良が言うように、敗希派は甘い。

勇自身にも、トキオと仲違いしたままではいたくないという気持ちはある。だが、あのときのトキオの態度は……。

「あいつも少し変わったと思うけどな。トキオのやつ、どっか村を馬鹿にしとるような感じやった。弥栄村は田舎だから仕方ないとか、そんな言い方しとったろ」

以前訪れて喧嘩別れしたときも思ったことだ。水田ほど露骨ではないが、都会で敗希派と付き合う中で、トキオは田舎者を見下すようになった気がする。

すると「何言うてんの」と里子はまた笑った。「トキオちゃん、昔からそうじゃろ」

「昔から？」

思いも寄らない言葉だった。

「そうよ。昔から村の他の人のこと下に見とったでしょ。トキオちゃんに限らず、南雲家の人はみんな。じゃから、甚捌さんなんて南雲天皇て呼ばれとったんでしょ。まあトキオちゃんは人当たりええから、甚捌さんみたく嫌な感じはせんかったけどね。でも自分は他とは違うて思うてたんは、そうでしょ。あのとおり正直者じゃけ、隠せんのよ、そういうのも」

ああ、そうだ。あいつには、そういうところがある。子供の頃から悪気も屈託もなく、周りより自分が優れていると自覚していたはずだ。それは勇も感じていた。だからこそ、ずっとそのトキオと対等になりたいと、もがいていたのだ。

が、里子がそんなふうに醒めた目でトキオを見ていたことに驚いた。幼い頃の里子は、トキオにもっと素直ではっきりした好意を寄せていたはずだ。もちろん今は勇の妻なのだし、トキオを見る目が変わるのも当然と言えば当然かもしれないが。

「育ちがええってことなんよね。子供ん頃は、そういうトキオちゃん、頼りがいがあるて思うてたけど、大人になってみると男としては物足りんわ」

勇の口から出たのは「え？」という間抜けな訊き返しの声だった。

「だからトキオちゃんよ。自分の本心を隠せんお人好しで、ええ人なんは間違いないでしょう。

周りを下に見るゆうのも、トキオちゃんのは責任感があるゆうことの裏返しじゃあ思うわ。子供じゃったらおつりが来るほどのええ子よね。じゃけど大人の男としてはねえ。素直すぎていけんわ」

里子はトキオは周りを下に見ていると評しつつも、さらに高いところからすべてを見すかしているような物言いをする。

勇はどこか不安にも似た居心地の悪さを覚えた。俺のことも、こんなふうに醒めた目で見ているんやろうか——首を横に向ける。

ちょうど里子もこちらを向いていた。目が合った。彼女はうっすらと笑みを浮かべている。

「きっとトキオちゃんには勇さんみたいなことできんじゃろうね」

「あ、ああ……」

トキオと比べて自分を持ち上げてくれているはずなのだが、何故か責められている気分がした。トキオがしないような不埒なことも、あんたはする、と。

「志津先生」

里子がまさにその不埒の相手を口にしたものだから、勇は「えっ？」とまた間抜けな声を出してしまった。今度はいささか、否、かなり大きく。

それに驚いたのか勝が目を醒まし泣き出した。里子が慌てて身を起こし、子供をあやす。

「あらあら、びっくりしたねえ。よしよし。どうしたんよ、勇さん、急に大きな声出して」

「いや、すまん、た、たまたま声が出てしもうた」

我ながらよくわからない言い訳だと思ったが、里子は「そうなん」と気にも留めぬ様子だった。

「で、志津先生がどうしたって？」

「明日、じゃろ。来るの。最初からええ報告ができそうじゃね」

弥栄村との連絡係である志津は明日、一度目の伝令としてサンパウロにやってくる。今ごろは夜行列車に乗っていて、明日の早朝には到着しているはずだ。配達中、事前に決めてある待ち合わせ場所に勇が会いに行く手はずになっていた。

「ああ、うん。せやな」

「早う仕事を終えて、村に帰りたいわ。なあ?」

里子が呼びかけたのは、胸に抱く勝だった。赤ん坊はすぐに泣き止み、また寝入ったようだ。

仕事。大曽根の居所を探り、殺害すること。そのために、サンパウロにやってきた。

今朝のトキオが浮かべていた笑顔を思い出す。こちらを見下していたとしても、邪気も疑いもなく、ただ善意だけで勇を大曽根に会わせようとしていることが伝わってきた、あの顔を。

「今日もよう働いたからな。眠うなってきたわ。寝るで」

勇は大げさにあくびをした。

「うん。お休み」

里子も再び寝入った勝とともに横になるのが、気配でわかった。勇は目を閉じる。

弥栄村を出る直前、個人的に瀬良に呼び出され、言われたことを思い出す。

——勇、前におまあを村一番の男て言うたの覚えとるか。じゃけどな、こん大仕事を成し遂げたら、おまあは、こんな小さな村には収まりきらん男になる。英雄じゃ。邦人社会の英雄になれる。いや、なれ。おまあなら、でけると、儂は思っとる。

英雄。その言葉には、発光するような響きがあった。

ようやく、トキオの背中を追い越せる。あいつより上に行ける——そんな気がした。

気は昂ぶるばかりでなかなか眠気はやってこない。この夜はあまりよく眠れなかった。

――一九四六年　五月二九日。

翌日、勇はヴィーラ・マチウジを訪れた。ピグアスの東に位置する町だ。サンパウロ市内ではあるものの郊外の農村部にあたる。『トーア』からは自転車で一時間かからない距離であり、この町の農家から洗濯の注文を受けることもある。だから勇が配達中にこの辺りをうろついても不自然ではない。

ピグアスから伸びる車道を自転車で走ってゆくと、少しずつ、景色が変わっていった。都会のそれから田舎のそれへ。

道の両側の住居がまばらになり、空き地や畑が多くなる。舗装されていない地面が増えたせいか、空気に土埃が混じるのがわかる。やがてウアラッツーバでも嗅ぎ馴れた、堆肥の臭いが濃くなってゆく。

晩秋の収穫期を迎え黄緑色に染まるレタス畑《アルファッセ》が目に飛び込んできた。

サンパウロで野菜をつくっているのは大抵、日本人だが、この畑も例外ではない。持ち主は上《うえ》田《だ》という日本人だった。奥の方に大きな家屋が見えるが、きっとあそこが上田家の母屋だろう。その手前、畑の中に東屋があり人影が見えた。

車道からあぜ道を通って東屋まで行けるようになっていた。勇は自転車を降りて、手で押して向かう。人影は二人で、そのうち一人が見知った女性とわかるところまで近づくと、向こうもこちらに気づき、立ち上がり手を振ってきた。

志津だ。

ここの上田という家は一斉検挙を免れた信念派だ。瀬良の人脈を通じ、サンパウロでの連絡用の待ち合わせ場所としてこの畑を使わせてもらえることになったのだ。

志津の隣にもう一人、見覚えのない青年がいた。勇と同世代か、少し下かもしれない。上田家の者だろうか。

「勇くん、ご苦労さん」

志津は白いブラウスに真っ赤なスカートという出で立ちだった。村では見たことのない服。派手だが洒落ている。きっと都会に出てくるため用意したのだろう。背丈のある志津にはよく似合っていた。

「いえ、先生こそ。遠いとこ、お疲れさんです」

志津と一緒にいた青年がすっと立ち上がった。

小柄で勇よりも小さい。顔立ちには若干のあどけなさと精悍さが同居していた。そしてどこかただならぬ雰囲気を――手ぶらであるにも拘らず抜き身の刀を手にしているかのような、静謐な殺気を――湛えていた。

「はじめまして」

青年は表情を動かさず、頭を下げた。

「どうも、はじめまして。上田さんの家の方ですか」

会釈を返し尋ねると、青年は首を横に振った。

「いえ、上田さんとこに厄介になっとる者《もん》です」

「うちらと同じ志の人みたいじゃよ」

志津が横から言った。

各地の信念派はゆるやかな協力関係を持っており、ここ上田家は信念派の個人や団体が何か行動を起こすとき、さまざまなかたちで支援してくれるのだという。そんな家に「厄介になっている」というのは、匿われているということか。

頭に浮かんだのは、およそ二ヶ月前、ここサンパウロで起き、一斉検挙の原因ともなった襲撃事件のことだ。大曽根周明、古谷重綱、野村忠三郎の三人が襲撃され、野村は命を落とした。あの事件の犯人のうち、まだ数名が捕まっておらず、サンパウロに潜伏しているのではないかと噂されていた。

自分より年下にも見えるこの青年が、あるいはその一人ということはないだろうか。だとすればこの殺気も納得がいく。勇は、あの事件で討ち漏らされた大曽根周明を暗殺する計画を遂行中なのだ。同じ組織に所属しているわけではないが、目的を共有する同志と言えるのかもしれない。もちろんこれは想像だ。「あんた、逃亡中の襲撃犯ですか」などと訊くわけにもいかない。こちらも、何のためにここで志津と待ち合わせているのかはおいそれと漏らせない。瀬良は上田家にも計画の詳細は伝えず、単純に場所を借りるだけにしていると話していた。万が一の時に協力者を巻き込まないためでもある。

「お互い、名乗らん方がええですかね」

勇が言うと、青年はかすかに表情を和らげた。

「そうですね。きっと重要なお話があるのでしょう。俺は畑仕事に戻ります」

青年は東屋から畑に出て行った。

「あん人、何者か訊きましたか？」

志津に尋ねてみたが、彼女はかぶりを振った。

「さあ。ツッパンから、大きな仕事んためにこっち来たとは言うてたけどね」

「そうですか」

ツッパン。ブラジルの軍人が国旗で靴を拭った〝日の丸事件〟が起きた土地だ。ならば敗希派に対して大きな怒りを覚えていることだろう。やはり彼は逃亡中の襲撃犯かもしれない。

「ところで、こっちはどう。上手くやれとる?」

「はい。怪しまれたりはしとらんです。それに、大曽根の居所も摑めそうです」

「もう?　ほんまに」

「トキオのやつが連れてってくれることになったんです」

「そうなんね。トキオくんが。ふふ、えがったわね。持つべきもんは、友達じゃわね」

友達——言葉が耳に残った。昨晩、寝床で考えたことを思い出す。大仕事を成し遂げて英雄になるということ。トキオを追い越すということ。

「どうしたん?」

「あ、いえ、そうですね。トキオのやつが敗希派《むこう》におって、えがったです。村の方はどうですか」

「兄さんら、毎日、訓練しとるよ。みんな、決行を待ちわびてるわ」

にこやかに言う志津からほんのかすかなグァラナの香りがした気がした。少し前に飲んでいたのだろうか。不意に、前にこの人を抱いたのはいつだったかと考えてしまう。何となく下げた視線に、スカートの赤が飛び込んできた。その裾から見える臑がやけに白く見えた。

「そろそろ、行き」

志津の言葉に他念は中断した。

「仕事中なんじゃろ。いつまでも戻らんと怪しまれるん違う?」

「そうですね」

名残惜しくも思ったが、勇は自転車を押し、その場を立ち去った。


——一九四六年　六月二日。

勇が大曽根と面会することになったのは、志津と会った四日後、日曜日の夕方のことだった。勇が勤める『トーア』も、トキオが勤める『ヒグチ』も、日曜は休みだ。陽が傾き始めた頃、勇は、トキオの住まいがあるというピグアスのセントロと呼ばれている地域に足を運んだ。

セントロは『トーア』とは反対側、街の西側の地域だ。『トーア』のある住宅街から西にしばらく歩くと、路面電車の駅や『ヒグチ』がある繁華街に差し掛かり、さらに西に向かうとセントロに辿り着く。

ピグアスは、ここセントロから東に向かって開拓を進め広げていった街なのだという。逆にセントロより西は街外れにあたり、開拓されておらずほとんど人は住んでいないようだ。

新興地域にあたる『トーア』の近辺から、セントロに向かってゆくと、なるほど、街の歴史をさかのぼるかのように、石や煉瓦で造られた古く重厚な建物が多くなる。それにともない、東の住宅街ではぱらぱらと見かける日本人をほとんど見なくなる。きっと最初に街を拓いた人々の子孫がそのまま住み続けているのだろう。年季の入った情緒を感じるが、落ち着かなさも覚える。

待ち合わせに指定された教会の前にトキオが立っていた。「おう」と互いに声をかけあうと、村でつるんで釣りや柔道の稽古に行ったときの感覚が思い出された。

「トキオ、ありがとうな。大曽根さんと会わせてくれて」

「向こうもおまえに会いたがっているんだ。きっと大曽根さんと話せば、俺たちがどう振る舞うべきか、おまえでもわかると思う」

おまえでも、という言い方が気に障った。やはり見下されている気がする。里子が言っていたように、昔からトキオはこうだったのかもしれない。一〇年も一緒にいたのに、村でどんなふうに付き合っていたのか、細かいところは曖昧にしか思い出せない。

たしかなのは、ずっとこいつに追いつきたい、追い越したいと思っていたということだ。

「さ、行こう。実はな、このすぐ近くなんだ」

てっきり何処か遠くまで歩くことになると思っていたので驚いた。

「そこから屋根が見える屋敷があるだろ。あそこだ」

教会ごしに見えている深緑の屋根をトキオは顎でさした。

「じゃあ、ピグアスにおったんか?」

「そうさ。だから俺が洗濯物の回収や買い出しをやってんだ」

なるほど。そういうことだったのか。

トキオに連れられ、ぐるりと教会の裏手に回り、その館まで進んで行った。

三階建ての大きな煉瓦造りで、ヴェーバーというドイツ人の住まいなのだという。敷地の門前には体格のいい守衛が二人いた。トキオがポルトガル語で挨拶をするとすんなり中に入れてくれた。

「ポルトガル語《ブラジル語》、達者になったな」

トキオは「まあ挨拶くらいはな。でも実は言葉は何でもいいんだ」と、顔の前に両手を掲げ、親指、人差し指、中指の三本を立てた。「この指のかたちが符丁になってるんだよ」

そない大事なこと、簡単に言うなや――トキオの警戒のなさに内心あきれた。ここまでくると信頼されていると言うより、舐められているような気もする。つい顔をしかめてしまったが、トキオは都合よく受け取ってくれた。

「緊張しなくても大丈夫だから」

「ああ」

苦笑して頷く。実際、多少なりとも緊張はしている。

トキオは館には入らず、正面脇の階段に向かった。

「ここなんだ」

そうか。たしかポロンというのだったか、大きな館の半地下部分だ。なかなか上手い隠れ家と思える。

ここに、大曽根がいる。トキオと階段を降りていくとき、耳の奥に鼓動が響いた。そんな身体の反応から、一歩一歩、緊張の度合いが増していることを自覚した。

階段を降りきった所に、簡素な木の扉があり、トキオが二度叩き「南雲です」と名乗った。内側から「どうぞ」と声がした。

前に、ウアラツーバの小学校で聞いたことがある。まだはっきり記憶の中にある声だ。果たして扉を開くと、広々とした部屋に大曽根周明の姿があった。

敗希派の親玉。いずれ、村の仲間たちとともに殺す男――喉の奥に渇きを覚えた。

「やあ」

勇の目論見など知らぬだろう大曽根は、テーブルの前に立ち二人を迎えた。

前に会ったときより少しやつれているようだった。襲撃を受けた上に、こんな場所での生活を余儀なくされているのだ、不思議ではない。それでも姿勢は崩れることなく背筋は伸びている。あのとき感じた得体の知れない迫力も健在だ。

「比嘉勇くん、だったね。きみとはもう一度会って話したかったんだ」

名前を呼ばれ、なおも鼓動が速まるのを感じた。

落ちつけ、落ちつけ――近づくと、大曽根は手を伸ばし握手を求めてきた。振り払うわけにもいかないのでその手を取る。

年相応に筋張って乾いた老人の手、しかし握力は強い。まるで挑むように手を握ってくる。自然と相応の力を込めて握り返す。結果として握手は固くなった。

「また会えて嬉しいよ」

以前も感じたことだが、大曽根には不思議な包容力がある。ただ握手して挨拶を交わしただけで、信頼してみたくなるような。

呑まれるな。勇は自分に言い聞かせた。きっとトキオもこの雰囲気に呑まれて騙されたのだ。

「こちらこそです。あの、いつぞやは生意気言ってもうて、すみませんでした」

深々と頭を下げた。

「いいんだ。顔を上げてくれ。率直に意見を言ってくれたのはありがたかった。私にも至らぬ所はあったと思う。結果的にこうして私の話にも耳を傾けてくれるなら言うことはないよ。まあ、かけてくれ」

大曽根に勧められて、椅子《カデイラ》に腰掛ける。大曽根は正面に座った。

トキオは席につかず奥の流しに向かい竈に火を入れた。コーヒーを淹れるつもりなのだろう。命じられたわけでもなく、自発的に使用人のように振る舞うトキオの姿に、苛立ちを覚えた。俺のことは見くびっているくせに、大曽根にはへつらうんか。

「前に会ったときも言ったが、私はね、事実を冷静に受け止めることが、大御心に沿うことと思っている」

目の前の大曽根に意識を戻す。ここまでは順調だ。大曽根の居所も、入るための符丁も知ることができた。とにかく怪しまれずこの場をやり過ごすことに集中しなければ。

「きみは、戦争の結果、祖国の敗戦については認識してくれたということなのかな」

大曽根は静かに問うてきた。

「いや、正直、今はまだようわからんです。レロレロです。ただ、認識派の人らの言うことに一理あるとは思ってます」

用意していた答えを口にした。

「そうか。うむ。それでもいい。きみのような若者が敗戦をなかなか受け入れられないのは愛国心の裏返しと言えるだろう。ただ、一理あると思うなら、是非話を聞いて欲しい」

大曽根は席を立つと、本棚から冊子をとってきて、テーブルに広げた。それはアルバムのようで、大曽根が開いたページには、天皇陛下とマッカーサーの例の写真があった。

「この写真は見たことがあるかな。もしかしたら、逆の説明を聞いたことがあるかもしれないが、日本を占領している進駐軍の最高司令官に、陛下が会いに行って話し合われたときに撮られたものだ」

思わず顔をしかめそうになってしまう。

何を言っとるんや、そっちこそあべこべや――この写真はマッカーサーが、謝罪のために陛下に拝謁したときのもののはずだ。

大曽根はさらに現在の日本の様子だとして、空襲で焼け野原になった東京の写真や、そこを進駐軍のジープが走る写真、日本の子供たちがアメリカの軍人にチョコレートをもらって喜んでいる写真などを見せた。

これらは勇が見たことのなかったものだ。

「東京では去年の三月、大規模な空襲があったんだ。このときの被害はまことに甚大で――」

大曽根は一枚ずつ解説を加えてゆく。どれも陛下の写真と同様に事実と逆の説明がされているか、そうでなければ捏造された写真に違いない。違いないのだが、実際に祖国の人々が写っている写真とともに大曽根の話を聞いていると、もしかしたらという気持ちが湧いてしまう。

そのうち、ある写真を目にしたとき思わず「あ」と、声が出た。

「どうしたかな」

「あ、いや、それシマ……沖縄、ですよね？」

「そうだよ。沖縄は終戦の間際、激戦地となったらしい。守備隊のみならず住民にも、おびただしい犠牲が出たようだ」

写真は海辺の草原で撮ったものだ。画面左手に海があり、遠くにガジュマルらしき樹が見える。白黒なのに色が見える。風の音が聞こえ、海の匂いがする。具体的に何処かはわからない。でも、はっきりとわかる。沖縄《シマ》だ。


写真には勇が過ごした子供時代にはなかったものも写っていた。画面右手に砲台らしきものの残骸が見切れており、画面中央手前にはジープの前に立つアメリカ兵らしき男三人に、日本の子供、いや、沖縄の子供たち《ウチナーワラバー》が群がっている。この写真は彼らを写したものなのだろう。

一枚の写真はどんな言葉より雄弁に、沖縄の今を語りかけてくる。


いつの間にかコーヒーを淹れテーブルに並べ終えたトキオが覗き込んできた。

「これが沖縄……」

「そうや。でも、本当の沖縄《シマ》はもっと……もっと……」

きれいや――そう言おうとして途中で声が上ずった。

まずい、と思ったときにはもう、両目から涙がこぼれ出していた。

「す、すまん」

掌で涙を拭う。

何でや？　何で俺は泣いとる？

勇は混乱した。沖縄を故郷だなんて思っていない。いい思い出なんて何もなかった。覚えているのは、いつも腹を空かせていたことと、餓死者に手向けられる仏桑花《ブッソウゲ》の禍々しい赤い色だけ。

沖縄出身というだけで差別もされた。だから棄てた。沖縄人ではなく皇国臣民として生きると決めたはずだった。

なのに、どうしてこんなに胸が苦しくなるんや。

「勇くん、その無念は当然のことだ。愛すべき郷土が異国の軍に支配されて、冷静でいられるわけがない」

大曽根の言葉が降ってくる。

愛すべき郷土。そうなんか？　だからなんか？　ちゃう、惑わされるな。そもそも嘘なんや。この写真も偽物や！

たしかに沖縄は激戦地になり守備隊も一度は壊滅した。しかし、最後は皇軍が巻き返した。アメリカ軍を追い出し、取り返したのだ。信念派の『快ニュース』はそう伝えていた。

目の前の大曽根は、勇の頭の中にある情報と正反対のことを口にする。

「これが現実なんだ。でも私はね、日本人は必ず再起し、この郷土を取り戻せると信じている。そのためには、もう徒《いたずら》に列強とことを構えてはいけない。まして在外邦人が事実から目を背け、同胞を襲撃するなどというのは論外だ。本国でも海外でも日本人同士手を取り合い、日本という国の高潔さを世界に示してゆく必要がある。それこそ陛下の願いであり、我々、いや、次世代を担う、きみたちの使命なんだ」

使命、という言葉にふっと胸が熱くなった。

「わかってくれるね」

念を押す言葉に、反射的に「はい」と答えていた。

「ありがとう」

大曽根は顔をほころばせた。視線を感じ横を見ると、トキオも満足げな表情をしている。

反面、勇は戸惑っていた。「はい」という返事がまるで本心のようにすんなりと出てきてしまったことに。俺はこの男を殺して英雄になるはずなのに。

「きみのような若い世代が抱いているのは純粋な愛国心だ。こうして話せばわかってくれると思っていたよ」

大曽根の口ぶりは、まるで不純な愛国心を抱いている者がいると言っているようだ。疑問を察したかのように、彼は口元をかすかに歪めて続ける。

「この期に及んで戦勝を吹聴する者たち、ましてや同胞を襲撃するような者たちの愛国心はいささかよじれたものだ。彼らが愛しているのは祖国ではなく、己の身だ。『臣道聯盟』の吉川さんはじめ、今、信念派の旗を振っている者の多くは元帝国軍人だろう？」

あんたら敗希派こそ私利私欲のために敗戦デマ流してるんやないですか——問い詰める言葉を飲み込み、「ええ、まあ」と相づちを打った。

「彼らが殖民地で尊敬され指導的な立場になれたのは、誉れ高き皇軍兵士だったと思われているからこそだ。しかし、日本は戦争に負け帝国陸海軍は解体されてしまった」

「皇軍が解体されとるんですか？」

思わず訊き返した。大曽根は事もなげに頷く。

「負けてしまったのだからね。当然だよ。この五月から東京では軍事裁判が始まり、今後多くの帝国軍人が戦争犯罪人として裁かれることになるだろう」

犯罪人という言葉に息を呑んだ。大曽根は続ける。

「もちろんブラジルにいる退役軍人らは、戦争には参加していないから、何ら罪に問われることはない。しかしそもそも軍がなくなってしまえば、彼らの元軍人という肩書きも意味を失う。これまでのように尊敬されなくなるかもしれない。お国を守れなかった軍にいたと、見下す者も出てくる。メッキが剝げ落ちる、と言っていいだろう。こう言ってはなんだが、退役軍人の多くは、ブラジルでは大した仕事をしているわけではないからね。言わば軍の威光を借りて地位を築いているだけだ。彼らにしてみれば日本が、いや皇軍が負けていては困るんだよ。だから頑なに敗戦を認めず、戦勝デマを流す。その上、同胞を逆恨みして襲撃するなど愚の骨頂としか言いようがない」

語気を強める大曽根の弁に、勇は徐々に反発を覚えた。退役軍人が大した仕事をしていない、などというのは勝手な言い分だ。

この大曽根という男は、胸襟を開くふりをしていても、祖国から遠く離れた土地で、日々、泥にまみれて農業と格闘する殖民地の人々の想いをまるでわかっていない。

弥栄村でも、かつて渡辺少佐が、今は瀬良が果たしている役割は決して小さくない。村を一歩出ればそこは言葉も通じないガイジンばかりの土地なのだ。ジョゼー・シルヴァのようなならず者もいる。防人として祖国を守った人が村にいてくれることがどれだけ心強いか。大曽根の物言いは、自分たちは元軍人と違って大した仕事をしていると言いたげだが、『帝國殖民』こそが、いい加減な宣伝でたくさんの人を騙してブラジルに連れてきたんじゃないか。

「もちろん元軍人の全員が、そのような者というわけではない。たとえば、脇山さんのように深い苦悩を経て、正しい選択をした人もいる。彼のような軍人こそ、尊敬に値すると私は思うよ」

大曽根はしたり顔で言った。

脇山さん——脇山甚作大佐は、例の『終戦事情伝達趣意書』なる文書にも署名をしている。信念派の間では将校でありながら敗希派に与し、同胞を混乱させた人物として評判を下げている。腹を切るべきだという意見さえ出ているのだ。脇山大佐は正しい選択などしていないし、尊敬にも値しない。

反駁したくなるのを堪え聞いていると、大曽根は「そう言えば、きみを騙した瀬良某《なにがし》という男も元軍人だとか」と水を向けてきた。

「はい」

頷くと大曽根は眉間に皺を寄せた。

「私はその瀬良という男を直接知らないが、秋山から聞く限り怪しいね。ただの元軍人より悪質な、偽軍人かもしれない」

偽軍人？

つまり、瀬良が元軍人を騙っているというのか。英雄になれと、勇を送り出してくれた男が。

突拍子もない言葉に素で驚いた。

「どういうことですか？」

尋ねたのはトキオだった。彼も驚いている様子だ。大曽根は顎に手をやりつつ説明をする。

「秋山によれば、その瀬良というのは、私が『帝國殖民』の支社長になるずっと前、三〇年以上前からブラジルにいるという。老猿《マカコ・ヴェーリョ》と呼ばれるような古株の移民だ」

それは志津からも聞いていた。大正時代の初め、家族と一緒に移民してきたと。

「そんな昔に日本で退役したあと来伯したとすれば、もう老人でなければおかしい。秋山は瀬良の正確な年齢はわからないが自分と同じくらいと言っていた。あいつは今、四六だ。仮に秋山より少し年上だとしても、来伯時はせいぜい二〇歳《はたち》くらいだ。そんな若い退役軍人はいないんじゃないか」

勇はこれまで瀬良の年齢のことなど考えたこともなかった。とっさに何も言い返せない。隣でトキオは「なるほど」と感心している。

大曽根はさらにとんでもないことを口にした。

「もしかしたら兵役逃れのために来伯してきたのかもしれない。移民は兵役を免除されるからね」

そんなわけあるか。瀬良さんが兵役逃れやなんて……。

トキオがこちらを向いた。

「そうだ。勇、ほら、前に言ってたろ、瀬良さんに情報くれるアオキって軍人がいるって」

「あ、ああ」

たしか同じ名前の詐欺師がいるとかなんとか、言っていた。

「その後、おまえ、そのアオキと会ったか」

「いや、会わんけど……」

時折、瀬良が〝アオキ大尉からの情報〟を仕入れてくることはあったが、会ったことはない。

「あれも、実はアオキなんていないというか、瀬良さん自身がアオキで、各地で詐欺を働いているんじゃないかって、疑いもあるんだ」

馬鹿なこと言うな！　秘密保持のためアオキ大尉とは軽々に会えん言うたろ――叫びたいのを堪え「そう、なんか」と、相づちを打った。

大曽根は目を細め憐れむような表情を浮かべた。

「最初から嘘の経歴で地位を築いた偽軍人で詐欺まで働いているからこそ、なおのこと日本の敗北を恐れているのかもしれないね」

そのときだ。表からばたばたと足音が響いてきた。

何事かと出入り口に顔を向けると、扉が開き、秋山が飛び込んで来た。

「大変です！」

秋山は勇たちには目もくれず大曽根に駆け寄った。いつもの飄々とした雰囲気はない。その様子から尋常ならざる何かがあったことは察せられた。彼は目の前まで来てようやく、勇とトキオがいることに気づいたかのようにこちらを一瞥した。が、すぐに再び大曽根に顔を向ける。

「どうした？」

秋山の口から出てきたのは、ほんの数分前、この場でも話題に挙がっていた人物の名だった。

「脇山大佐が、やられました」

「何だと？」大曽根が立ち上がった。「やられた、というのは、つまり襲撃を受けたということか」

秋山は無言で頷いた。

「怪我をしたのか。それとも……」

「亡くなりました。自宅に踏み込まれピストルで何発も撃たれたそうです。襲撃犯は四人、犯行後自首をして警察に連行されました。詳細はわかりませんが、先日、支社長を襲撃した者たちの残党のようです」

勇の脳裏には上田家の畑で出会ったあの青年の姿が浮かんだ。ツッパンから「大きな仕事」をしにサンパウロにやってきたという男。

「狂ってる！」

突如、甲高く叫んだのは大曽根だった。

「よりによって、脇山さんのことまで襲うだなんて、どうしようもないほど、狂ってる！」

口角泡を飛ばす大曽根のこめかみには血管が浮かんでいた。

この男もこんなふうに激するのか。今の今まで諭すように勇に話しかけていた男と同一人物とは思えなかった。

「まったく、狂信派《ファナチコ》どもめ、どこまでも愚かになっていくな！　こんなことをしても無駄だと、まだわからないのか！」

大曽根の顔に強い剣幕と裏腹の恐怖が張り付いているのを勇は見逃さなかった。

大曽根周明という男の底が知れた気がした。

たしかに弁は立つ、話には説得力もある。けれど臆病者だ。だからこそ、こんなところにこそ隠れているのだ。

やっぱりこいつは器が小さい。信用ならない敗希派の親玉だ。こんな男の話を真に受けたらいかん。

脇山大佐はブラジルにいる最も位の高い退役軍人だ。なのにくだらない文書に署名して混乱を招いた。その責任を取らねばならないのだ。今日の襲撃は介錯のようなものだろう。立派な義挙であり、狂ってもいなければ、愚かでもない。地方の殖民地の人々は襲撃犯を賞賛するだろう。英雄だ。彼らは、勇より一足先に英雄になったのだ。

トキオが「はあ」と大きなため息をついて、大曽根に同調した。

「まったくです。本当に何を考えているのか」それからこちらに顔を向ける。「わかったろ？これが、戦勝派、いや狂信派《ファナチコ》のやり方なんだ。まともじゃないんだよ、きっと瀬良さんも同じ穴の狢《むじな》だ」

半ばわかっていたことだが、落胆を覚えた。

トキオ、おまえはすっかり敗希派に染まってしもうたし、俺のことを下に見とるんやな。

「そう、やな……」

勇は本心はおくびにも出さず、襲撃の知らせに怯えている振りをして頷いた。


——一九四六年　六月四日。

襲撃の二日後、勇が配達用の自転車で車道を走っていると、二人組の警官に呼び止められた。一人は白人、もう一人は混血《メスチーソ》。二人とも勇より頭ひとつは大きいだろうか。

警官が発した言葉は半分も聞き取れないが、何を言っているのかはわかった。

勇は懐から黒い帳面を取り出す。鑑識手帳（外国人登録証）だ。警官は奪うようにそれを手に取ると、開いて中を確認し、勇のことを値踏みするようにじろじろと見た。不躾な視線に不快感を覚えるが、堪えた。

弥栄村ではこんなもの家にしまったまま生活していたが、サンパウロでは常に持ち歩かないと、いつ逮捕されるかわからない。警官は荷台にくくり付けている行李を指さし、何かを言った。中を見せろと言っているのだろう。

「はい《シン》、はい《シン》」と、身振りを交えて好きにしろと答える。

警官たちは嫌悪感を隠そうともせず、しかめ面で行李の中を検《あらた》める。洗濯物の他に何も入っていないことを確認すると、用はすんだからもういいと言わんばかりのぞんざいさで、しっしっと手を払った。

配達の途中、こうして警官に呼び止められることは珍しくない。それにしても今日はこれで二度目だ。単に運が悪いだけかもしれないが、脇山大佐が襲撃されたことで警戒が強まっているのかもしれない。勇は再び自転車を走らせる。

上田さんとこは大丈夫やろうか。不安に駆られペダルを踏む。

今日は志津と連絡を取る日だ。例によって早朝、彼女はサンパウロに着いていて、上田家の畑で待ち合わせることになっていた。

先日、あそこで会った青年は、やはり脇山大佐を襲撃した一人だったようだ。『トーア』に配達されるポルトガル語の朝刊に記事があった。勇には見出しさえ読めなかったが、写真が出ており、水田が「こいつらが脇山大佐をやった狂信派《ファナチコ》だ」と騒いでいた。写りが悪いものの、面影から彼だとわかった。潜伏先の上田家には捜査が入っているかもしれない。

しかし、ヴィーラ・マチウジに差し掛かると、そこには拍子抜けするほどいつもと変わらぬ長閑な景色が広がっていた。上田家の畑の周囲にも特に警官がうろついている様子はなかった。この前と同様、志津は赤いスカートを穿いて東屋で勇を待っていた。

「警察、おらんですか？」

開口一番、尋ねると、志津は不思議そうに「おらんよ？」と、首をひねった。

「あの、脇山大佐のことは知ってますか」

「ああ、うん。やられたんよね。ちょうど、うちが村を出る直前に、ニュースでやっとったわ。兄さん、大した義挙やって感心しとったよ」

ここで言うニュースとは、村で入手できる『快ニュース』のことだろう。

ブラジルの新聞、それも今朝の新聞を読む機会はないだろうから、先日会った彼がその犯人だということはまだ知らないようだ。

「こないだここで会った人いますよね。あの人、脇山大佐をやった一人のようです」

「ほんまに？」

「はい。今朝の新聞に写真、出てました」

志津は目を細めた。

「そっか。ただ者やない感じじゃったしねえ」

「ですから、ここも警戒されてるんやないかと思ったんですが……」

勇が視線を向けた畑に人影はなく、収穫を控えたレタス《アルファッセ》が何も言わず並んでいた。

「あん人、余計なこと言わんかったんかもね」

あるいは、今回の襲撃犯は全員が自首をしたので潜伏先はもう警戒されていないのかもしれない。どちらにせよ大したものだ。英雄と呼ぶに相応しい。改めて名も知らぬ青年に感心する。

「次はうちらの番じゃね」

そうだ。次は俺たちだ。自然と背筋が伸び、うっすらと産毛が逆立つ感覚を覚える。脇山大佐と同じくらいの大物を、大曽根をやる。そして彼らと同じ、英雄になるんだ。

「大曽根の隠れ家、わかりましたよ」

報告すると志津は破顔した。

「すごいじゃない。さすがじゃね」

ほんの少し、頬に熱を感じた。子供の頃も今も志津に誉められると、照れくささが混ざった喜びが湧いてくる。もう何度もこの女《ひと》を抱き、身体の隅々まで知りつくしたのに。

「そいで、何処におるん？」

「ピグアスのセントロゆうとこです。ドイツ人の館のポロンゆうんですか、地下に隠れております。あ、ちょっと待ってください。これ」

勇は配達に使う台帳を開き、挟んでおいた紙切れを差し出した。ピグアス全体の地図にヴェーバー邸の場所を書き込んだものだ。

「準備がええね。兄さんも喜ぶわ」

志津はそれを懐にしまった。

「そうだ、その瀬良さんのことなんですが……」

「兄さんが何？」

「あの……」

躊躇いが湧いたが、意を決して訊いてみた。

「瀬良さん、日本にいた頃、いくつで軍に入隊したんですか？」

「いくつって、歳？　何でそんなこと訊くん？」

逆に尋ねられまごついてしまう。

「実は大曽根がくだらんことを言うてまして……。瀬良さん、元軍人にしては若すぎるで、偽軍人やないかって」

「兄さんが、偽軍人じゃいうの？」

志津が顔をしかめた。慌てて否定する。

「もちろん俺は信じとらんです。きっと、言いがかりなんですよね？」

信じとらんと言いつつ、あの日以来、ずっと頭の片隅にあったし、すがるような思いで尋ねていた。志津はふわりとした笑みを浮かべて、勇が欲しかった答えをすぐにくれた。

「ほうよ。そんなん言いがかりじゃわ」

「そうですよね？」

「兄さん、兵役の年より早く、確か一六か一七んときに、自分で志願して入隊したんじゃわ。子供ん頃から柔道強くて、優秀じゃけえ軍でもあっという間に出世したんよ。じゃけど、うちら家族がブラジル渡ることんなったとき、海外雄飛に加わるのも帝国軍人の務めじゃゆうて、除隊して一緒についてきてくれたの」

「ああ、なるほど。やっぱりそんな事情でしたか」

思ったとおりだった。日本では兵役年齢に達していない十代でも志願して入隊できるのか。勇は知らなかったが、きっとそういう仕組みがあるのだろう。

「ほうよ。じゃけど、そんなおかしな難癖つけよるんじゃね。うちの兄さん、偽軍人じゃなんて、酷いわ！　大曽根ゆうんはほんま、卑怯な人じゃ！」

志津が憤る。

「まったくです」

大曽根のやつはこちらの無知につけ込み騙そうとした。まさに敗希派のやり方だ。あんな卑怯者の言うことは一切信用できない。あの日見せられた写真もきっと偽物だったんだろう。

そう思うと、あの場で涙さえ流したことが恥ずかしくなってくる。よりによってトキオにも見られたのだ。

恥をかかされた。あの男、大曽根周明に。

血の温度が上がり、熱を帯びた耳の奥から鼓動が聞こえるのがわかった。以前、御真影を踏まされた右足がうずく。

何もかも、あいつのせいや。

あいつが俺たちを騙してブラジルに連れてきた。その上、祖国を裏切って敗希派の親玉になりおった。あの男のせいで、誇りが、村が、日本人が必死になって守ろうとしているものが、蹂躙されとるんや。

赦せん。殺す——勇は殺意に輪郭が与えられる感覚を抱いていた。

3

——一九四六年　六月一二日。

その水曜日、露天市《フェイラ》の買い出しにはパウロと一緒に行くことになった。水曜日は勤め先の予備校《クルシンニョ》が休みのため、こうしてパウロが付き合ってくれることもよくある。露店が並ぶ広場の人混みに入ってゆくと、いつもよりも多くの視線を感じた。みながこちらをちらちら見ているような気がするのは、きっと気のせいではないだろう。

パウロがぼやく。

「何で狂信派《ファナチコ》のせいで俺たちが肩身の狭い思いしなきゃいけないんだよ」

一〇日前、ちょうど勇を大曽根に引き合わせている最中、脇山大佐殺害の報が飛び込んできた。犯人は、以前、大曽根を襲撃し野村忠三郎を殺害した一味の残党で、トキオたちと同世代の若い男もいたという。

事件はブラジル人の間でもかなり話題になっているためか、若い日本人の男が連れ立って歩いているとそれだけで気になるようだ。何もしていない身からすればいい迷惑だ。

秋山が仕入れてきた情報によると、襲撃犯らは『トッコウタイ』と名乗っており、「認識運動で同胞を混乱させた責任を取ってもらった」などと供述しているらしい。襲撃犯は脇山大佐に自害を迫り、大佐がそれに応じなかったため、ピストルで射殺したのだという。オールデン・ポリチカはこの『トッコウタイ』は『臣道聯盟』が育てたテロ部隊とみて捜査を進めているが、まだ詳細は明らかになっていない。

いずれにせよトキオには暴挙としか思えない。仮に『トッコウタイ』が『臣道聯盟』の配下だとしたら、脇山大佐は、理事長である吉川中佐の盟友なのだ。そうでなくても、自分たちの思い込みだけで要人襲撃に走るのは、文字どおり狂信的だ。

今回の襲撃で『トッコウタイ』なるグループは全員逮捕された。『臣道聯盟』の方も四月の時点で吉川中佐以下幹部は軒並み投獄されている。これで今後の襲撃は収まる……と楽観したいところだが、そう甘くはないかもしれない。

テロに走る者の背後には、彼らに共感している十数万人もの日本人がいる。都会でこそ少しずつ敗戦を受け入れる認識派が増えているが、在伯邦人全体ではまだまだ戦勝派が圧倒的多数派なのだ。

その一方で、認識派の人々の間にも新しい動きがあるという。

「――でな、その話し合いに参加できるわけじゃないんだが、見学はさせてもらえるそうなんだ。向こうは向こうで俺たちみたいな二世にも話を聞いて欲しいようでな」

買い物の最中、パウロから今週の土曜日に行われるという、ある会合に誘われた。

「ああ。いいな。是非、行って……」

知っている背中が目に入り、言葉が止まった。

糸や生地を売る露店の前に立つ女性。ブラジル人に比べたら小さい背中だけでなく、そこにおぶっている赤ん坊や、手をつないでいる子供にも見覚えがあった。

「あれ里子、だよな」

トキオの視線を追ったパウロも気づいたようだ。

「ああ」

里子も勤め先の『トーア』で使いを頼まれたのだろうか。

呼びかけようと近づくと、その背中から声がした。

「エ・カーロ！　デスコント！　デスコント！」

ポルトガル語だ。高いよ《エ・カーロ》、まけて《デスコント》、と言っている。

ぎょっとして声をかけそびれた。パウロも驚いているようで、二人、顔を見合わせた。

横顔が見えた。たしかに勇の妻で、トキオの幼なじみでもある、あの里子だった。彼女の倍はあろうかという大柄な露天商人《フェイランテ》は、仏頂面で指を立て値段を示した。値下げに応じたようだ。里子は両手を大きく振り「もうひと声！　もっと《マイス》！　もっと《マイス》！」と日本語も交えてさらに値下げを要求する。

　すると店主は吹き出したように笑い、指の数を減らした。里子は顔をほころばせた。

「はは、話わかるやん。買う《コンプロ》、買う《コンプロ》」

　交渉がまとまったようだ。里子は金を払い、袋詰めの生糸を受け取った。

「よい一日を《テニャ・ウン・ボン・ジーア》。お嬢ちゃん《モッシンニャ》」

　店主が声をかけると、里子は笑顔で「ありがとう《オブリガーダ》」と答えたあと、その笑顔を崩さぬまま「うちは大人の女じゃ。見てのとおり子供もおるでな。あんま馬鹿にすんなや、この唐変木が」と、日本語で付け足し手を振った。日本語などまったくわからぬだろう店主は礼を言われたと思っているのだろう、機嫌よさげに手を振り返した。

　トキオとパウロは唖然として、その一部始終を眺めていた。店の軒先から離れた里子が、こちらに気づいた。

「あれ、トキオちゃん？　そいから、パウロさんも。何よ、そんなとこ突っ立って。あ、ほら、栄、挨拶し」

　母親に促された栄は「こーちは」と舌足らずの挨拶をし、頭を下げた。パウロと二人、戸惑いつつ、「やあ」「こんにちは」と幼子に挨拶する。

「ふふ。それにしても、びっくりしたわ。あんたらも買い物？」

「い、いや、びっくりしたのはこっちだ。おまえ、いつの間にあんな、ポルトガル語《ブラジル語》、できるようになったんだ？」

　里子は照れた様子で顔の前で手を振る。

「今の見てたん？　やめてや、恥ずかしいわ。ポルトガル語《ブラジル語》なんて、ようできんよ。知っとる言葉並べてるだけじゃ。相手が何言うてるかは、雰囲気でわかるけえね。適当よ」

　適当であんなふうに、値切りの交渉ができるものなのか？　トキオは街で暮らしてもうすぐ二年になるが、とても真似できそうにない。

　パウロもいたく感心した様子で言う。

「大したものだよ。言葉というのは通じるのが大事だからね。きみ、きっと語学の才能があるんだよ」

「何、言うてんの。そんなわけないでしょう」

「いや、すごいよ。しかしおまえ、あんなおっきなブラジル人相手に怖くないのか」

　里子は「ふふ」と笑い声をあげた。

「街のガイジンなんか、怖いことないわ。いつ何するかわからん田舎者《カボクロ》に比べりゃずっと上品じゃわ」

　思えば里子は昔、ブラジル人の暴漢に襲われたことがある。それが勇と恋仲になったきっかけだが、嫌なことを思い出させてしまったかもしれない。

　当の里子はそんな様子も見せず、続ける。

「それに街の男ゆうのは、女や子供には妙に甘い気もすんのよね」

　パウロが頷く。

「ああ。女性を淑女《センニョーラ》として扱うことこそ、男らしさだって、そういう文化があるんだ。まあその分、家の中では偉そうにしている男も少なくないらしいけど」

「そういうもんかいね。まあええわよ。じゃったら、ありがたくそこにつけ込ませてもらうわ。値切った分は懐、入れられるけえね」

　里子は今、露店で買った生糸の入った袋を掲げてみせた。生来の性格もあるのだろうが、里子は見ない間にずいぶん逞しくなった気がする。これが母親になるということなのかもしれない。

「勇は？　一緒じゃないのか」

「うん。勇さんは今、配達じゃわ。ああ、そうじゃ、トキオちゃん、ありがとうね。勇さん、大曽根さんと会わせてくれたんじゃろ」

「いいんだよ。大曽根さんも勇に会いたいって言っていたから。勇は、何か言ってたか」

あの日はトキオもそうだったが、勇は脇山大佐が殺されたことに衝撃を受けたのか、帰路ではほとんど口を利かなかった。その後、二度ほど勇と里子は『ヒグチ』に食事に来ているが、店が忙しくじっくり話をするような機会はなかった。

里子はかすかに小首をかしげた。

「ああ、うん。本人にちゃんとお詫びができて、よかったって言うてたわ。そいから、沖縄の写真、見してもらったって。今、あっちがどうなっとるんかって気にしてたわ。うちはブラジルで生まれたけ、日本に心配できる故郷があるんは羨ましいけどな。そりゃ、あんたらも一緒か」

「そうだな……」

里子が言うように、この場にいる三人はみな、ブラジル生まれの二世だ。日本の景色も音も匂いも知らない。

「せや、トキオちゃん、大曽根さんてどんなお人よ？　やっぱり大した人なん？」

里子が思い出したように訊いてきた。

「そりゃあ、立派な人さ。日本とブラジルが断交したときも、交換船に乗らないでこっちに残ったのは知ってるだろ。認識運動だって邦人社会の混乱を一日も早く収めようと始めたんだ。そうするのが大御心に沿うって。考えなしに同胞を襲撃するような狂信派《ファナチコ》とは、大違いだよ」

「ふうん」

里子は何事か考えるように視線を上の方に逸らし、それから再びこちらを見る。

「どうした？」

里子は、意を決したように口を開いた。

「その……、大曽根さんがほんまは、みんなを騙しとるゆうことない？」

「騙してるって……戦争の結果のことか」

「何だ、きみはまだ疑ってるのか」

パウロが眉をひそめた。

「そういうわけじゃなあけど……」

里子はばつが悪そうに視線を下げた。

勇もまだ自分はレロレロだと言っているのだ。その勇についてきた彼女は勇以上に半信半疑なのだろう。

「里子、日本が負けた証拠はたくさんあるんだ。勇も、実際に会って話をして大曽根さんのことを信頼したはずだ」

言うと、里子は顔を上げ、それから、ふっと表情を緩めた。

「せやね。勇さんも、大曽根さんは信用でけそうって言うてたわ。じゃあ、うちも信じんといかんよね」

子供の頃、許嫁のように周りから思われていた頃のことを思い出した。二人で一緒に農園の仕事をしたり、その合間に雑談を交わすことが多かった。里子は気が強いお転婆娘と思われがちで、事実そうなのだが、聞き分けはいいのだ。

先ほどの値切り交渉も見事だったが、仕事の覚えも早く手際もよかった。きっと頭の回転が早いのだろう。トキオは思いついたことを口にした。

「そうだ、里子、次の土曜日の午後、勇と一緒に俺に付き合ってくれないか」

パウロが少し驚いた様子でこちらを見る。

「ひょっとして例の会合に連れてこうってのか？」

「そうだ。勇と里子も見学したらいいんじゃないか。『トーア』の仕事は早く終われるように、俺から水田さんに頼むし、子供たちの面倒はおかみさんたちにお願いできるだろ」

「うーん。まあそうだな。悪くはないか。お袋は子供の世話は喜んでやるだろうしな」

「ちょっと、待ってよ。会合って何よ」

里子は目をぱちくりさせていた。

「ああ、俺も今さっき、パウロから誘われたんだけど、里子、蜂谷商会は知っているよな」

「うん。名前だけじゃけどね」

「次の土曜日、あそこの社長の自宅でちょっとした会合があるんだ。パウロの知ってる人も参加するらしくて、見学に来ないかって誘われているんだ。一緒に行かないか」

蜂谷商会の社長、蜂谷専一はブラジルで商業を行う日本人として最も成功したと言われる人物だ。戦争が始まる前にサンパウロ市に設立された日本商業会議所の会頭も務めている。大曽根や脇山大佐と並ぶ邦人社会の重鎮で、例の『終戦事情伝達趣意書』に署名した一人でもある。

「敗戦派《ハイセン》の集まりってこと？」

「いや、まあ参加する人の多くは認識派だけど、認識運動とは関係ない集まりだ。そうなんだよな」

トキオ自身、今しがた聞いたばかりの話だ。パウロは頷いた。

「そう聞いている」

「じゃあ、何の会合よ？」

「学問だよ。それから芸術かな」トキオに代わってパウロが答えた。「この先、ブラジルで日本人がどうやって生きていくべきか、文化的な研究を通じて考えていこうって集まりらしい。まあ俺も詳しく内容をわかっているわけじゃないけどな」

「でも、きっとそういう人たちの話を聞いておくのはいいと思うんだ。これからは俺たちも教養を身につけなきゃいけないと思うんだよ」

「何じゃそれ。うちには小難しいわ」

里子は顔をしかめた。無理もない。田舎の殖民地では、日本語を教えることは熱心にやるが、それ以外の全般的な教養は軽視されがちだ。ポルトガル語を覚えようとする者は少数だし、日本精神以外のものの考え方は否定される。

けれど、そういったことが結果的には今回の邦人社会の大混乱につながっているのではないか。サンパウロの認識派の人々の多くはポルトガル語がわかり、それなりの教養を身につけている。田舎にもそういう人がいれば、襲撃事件が起きるようなことはなかったのではないか。トキオにはそう思える。会合の詳細はわからないが、足を運ぶ意義があると思う。できることなら勇も連れてゆきたい。

「そう言わずさ、せっかくなんだから行ってみようよ。田舎じゃ、こんな機会まずないだろ。きっと勇のためにもなるはずだからさ」

里子はじっと上目遣いにこちらを見つめ、小さく吹き出すように笑った。

「ふふ。トキオちゃん、あんたやっぱし変わらんな。こないだも勇さんとそんな話したんよ」

自分がどう変わらないのか、意味がわからず、わずかに戸惑った。里子は構わず続ける。

「ええわ。勇さんに訊いてみるね」

「本当か」

「うん。トキオちゃんが熱心に勧めるの聞いてたら、面白いような気もしてきたしね。でも勇さんが乗り気やなかったら、なしよ」

「ああ、もちろん。それでいい」

勇もきっと行きたがるはずだ。

「かー、まーだー?」

突然、地面の近くから可愛らしい声が聞こえた。退屈したのだろう、栄が里子の手を引っぱっている。

「はいはい、もう行こうね。あんま油売っとったら怒られるしね。トキオちゃん、パウロさん、そいじゃあね」

「勇にもよく言っといてくれな」

その場を立ち去る里子にトキオは手を振った。


——一九四六年　六月一五日。


乾杯のあと、ほんの少し、沈黙が流れた。

それを最初に破ったのは、籠に布を敷いた即席の揺り籠の中で眠っていた赤ん坊、勝だった。ふと目を醒まし、ふにゃふにゃとか細い泣き声をあげる。

里子が「おうおう、勝ちゃん、勝ちゃん」と声をかけながら頭を撫でてやると、赤ん坊は「あー」と目をとろんとさせて再び揺り籠の中で眠り始めた。

それをきっかけにしたわけでもないのだろうが、里子は一同に視線を戻し口を開いた。

「今日の話、やっぱし難しゅうて、うちにはチンプンカンプンじゃったわ。でも、何じゃろうね。

すごかったわ。なあ、勇さん？」

同意を求められた勇が頷く。

「たしかにすごかったな。俺もチンプンカンプンやったけど……」

勇はわずかに迷わせた視線をこちらに向けた。

「今日はありがとうな、トキオ、それから、パウロも」

勇にこう言ってもらえたことが、トキオには何より嬉しかった。

露天市《フェイラ》から三日後。土曜の夜。普段だったら賑わっているバール『ヒグチ』だが、今日は臨時休業にしたのでがらんとしている。ホールの隅のテーブルに、トキオ、パウロ、勇、里子の四人と、勇の子供たち二人。それから、厨房で洗い物をしている頼子の七人だけが店にいた。洋平は先に自宅に帰って休んでいるという。

蜂谷専一邸で行われた会合の帰り。預けていた勇の子を引き取るついでに、頼子が用意してくれた夕食を一同でいただくことになった。里子を通じて誘った勇も応じてくれて、みなで行ってきたのだ。

会場となった蜂谷邸の広間では、二〇人ほどの男たちが議論を交わしていた。参加者はかつて邦字新聞の記者をやっていた者が多かったが、他にも文筆家や、詩人、画家、弁護士、エンジニアなどさまざまな肩書きの者たちが集まっていた。

会場を提供した蜂谷専一は老齢ということもあり、スポンサー役に徹しているらしく議論には参加せず、トキオたちと同じように部屋の隅で話を聞いていた。佇まいは素朴でどこか使用人のようでもあり、パウロに促され挨拶するまで、この老人が蜂谷氏とは気づかなかった。が、彼から「今後の邦人社会を頼むよ」と言われたとき、その低く落ち着いた声と、深い皺が刻まれた顔つきに威厳を感じた。長年の苦労と成功がそうしたところに滲むのかもしれない。

広間の中央で議論を仕切っていたのは安藤潔《あんどうきよし》という四〇がらみの男だった。かつては新聞記者、今は評論家を自称していると自己紹介をしていた。他の参加者も多くは安藤と同年代で、大曽根や蜂谷など邦人社会の重鎮とされる人々よりはだいぶ若く、そして精気に満ちていた。

——この会では禁忌を設けず、あらゆる研究、討論、批判、発表の一切を自由にしてもらいたい！

冒頭、安藤が高らかにそう宣言すると、矢継ぎ早に、さまざまな議題についての意見が交わされた。

——だから混乱の原因はずっと昔からあったんだよ！　みんな肌で感じていただろう。この国には優生学を背景にアジア人差別の土壌ができあがっていた。それに加えてエスタード・ノーヴォによる同化政策を押しつけられた。ブラジル人になれ！　とばかりにね。一方で我々日本人は自分たち大和民族こそが世界で最も優れた民族と信じていた。ブラジルに同化などせず、どこまでも日本人として生きようとしていた。そうだろう？

——そのとおり。在伯邦人は日伯二方向からのナショナリズムの力を受けて引き裂かれていたんだ。戦争は大きな出来事ではあるが、きっかけにすぎない。本当の問題は我々の内側にこそある。ナショナリズムというのはね、麻薬なんだ。人を酔わせて、争わせるものさ。

——その喩えで言うなら、日本のムラとそっくりの殖民地を建設し、そこに閉じこもった我々は、自家中毒に陥っていたということか。しかしだよ、しらふで生きるには、この世は少々広すぎると思わないか？　何者でもないただの人として生きる孤独は耐えがたい。それはブラジルに取り残された我々が一番痛感していることじゃないか。

——それでも、だよ。それでももう認めるべきだ。我々は何者であるか、その答えを天皇陛下を中心とする日本精神に求める限界をね。そして探すんだ、新しい日本人のあり方を。我々が、ここ、ブラジルで。

議論の熱量は高く、トキオが普段は耳にしないような言葉が飛び交っていた。

参加者もみな個性的だった。

たとえば積極的に発言し議論をリードしていた鈴木悌一。パウロが協力する日本人の資産凍結解除運動で中心的役割を果たしている弁護士だ。会合の見学にパウロを誘ったのも彼だという。

物静かながら時折地に足の着いた意見で皆を感心させた半田《はんだ》知雄《ともお》という男のことも強く印象に残った。サンパウロ美術学校を出た画家であり、日本人の芸術家を集めサンパウロ美術研究会というグループをつくり活動しているという。

他にも日本人で初めてブラジルの大学を卒業し後進の道を拓いたエンジニア、河合《かわい》武夫《たけお》や、かつて邦字新聞『日伯新聞』でポルトガル語の紙面を担当していたジョゼー山城など、それまでトキオは名前さえ知らなかった才人が集まっており、邦人社会にはこんな人材がいたのかと舌を巻かずにいられなかった。

会合に集まった人々の考え方は、同じ認識派でも天皇陛下を敬い大御心に沿わんとする大曽根とは違っていた。トキオが生まれてからずっと培ってきた日本人としての常識さえ、疑い、壊すようなことも言っていたのだから。

まさにそのことを里子が口にした。

「何でじゃろうね。ほら、今日の人らの話、うちが少しでもわかるような部分はね、おかしなことばっかじゃったの。日本精神はいけんとか、陛下を敬うばっかもいけんとか、じゃけど、それって日本人にとって一番大事なことじゃろ。そんなこと言うたらいけん、不敬ゆうもんじゃない。ねえ」

「せやな。不敬や。とんでもない話ばっかしてたな」

勇が同意する。

「でも、ほんまどうしてかわからんのじゃけど……嫌な気はせんかったのよ」

「……実は俺もや。嫌な感じはせんかった。何でなんやろうな」

勇はちらりとこちらを見た。大きな黒い目には戸惑いが浮かんでいるようだった。それはきっと、トキオ自身も感じている戸惑いだ。

勇のためにもなるに違いないと誘ったものの、いざ参加してみると、ここまで日本人の常識から大きくかけ離れた意見や議論が交わされるとは思わなかった。トキオでさえ、不敬と思ったのだ。けれど反発を覚えず「すごい」と感心する自分がいた。勇や里子も同じように感じていたことに安堵を覚えるも、何故、こんなふうに感じるのかがわからなかった。

「みんな、未来を感じたからじゃないか」

言ったのはパウロだった。

「未来？」

「ああ。今日の人たちは、戦勝派とか認識派とか、そういう立場とは関係なく、知的な好奇心でものを言う人たちだ。安藤さんも禁忌なく語ろうって言ってたけどさ、そんな自由な知性がこの先の俺たちの未来を切り拓いていく、って。こんなふうに言語化できていなくても、無意識というかな、心の深い部分でそういうことをみんな感じていたから、嫌な感じはしなかったんじゃないか」

自由な知性。そして、未来。

それらの言葉は、すとんと腹に落ちた気がした。今日の会合で交わされた議論は、常識を壊すものだとしても、ブラジルにいる日本人がこれから進む道を照らすものだったのかもしれない。はっきりと頭で理解できなくても、心のどこかでそれを感じたから、「すごい」と思ったのでははないだろうか。トキオのみならず、勇や里子も。

トキオは自分のグラスを軽く掲げ、その中を揺蕩う液体を眺めた。

カイピリーニャ。

ほんの二年前まで飲んだことがなかった酒。それを今、飲んでいる。勇と、里子と、パウロも一緒に。

うっすらと白く濁ったカイピリーニャの向こうに、未来を思い描く。村にいる勘太たち幼なじみも、他の人たちも、瀬良でさえも一緒に、みなでこの酒を飲む、そんな未来を。

今は混乱していて同胞が同胞を襲撃する事件さえ起きているこの邦人社会が、いつかまた一つにまとまる日だってあるかもしれない。いや、きっとあるだろう。

「そうか。そうなのかも、しれないな。過去より、未来の方が大切だよな。時間は戻らないんだからな」

言いながら、視線を勇に向けた。

「なあ、勇、そう思うだろ」

言葉に入りきらない思いを込めて問いかける。

「ややこしい理屈は俺にはわからんよ。けど、せやな。未来、か……。そんな気もするな」

勇がまっすぐこちらを見返してきた。

黒瑪瑙の瞳。その黒に、色のない色に不思議な熱を感じた。そう言えば、あの石を勇はまだ持っているんだろうか。

トキオは勇の視線を受け止めたまま口を開いた。

「俺はさ、ずっと、子供の頃に帰りたいって思っていたんだ。認識派も戦勝派もなくてさ、毎日、家の仕事を手伝いながら、魚釣りや柔道の稽古してさ、勇、おまえと一緒にいつか日本で兵隊になるんだって、無邪気に信じられたあの頃に……。けれど、昔を振り返ることはできても、あと戻りすることはできない。進めるのは前だけなんだよな」

トキオの言葉を咀嚼するように間をあけ、勇が頷いた。

「せやな」

「だからさ、勇、もう一度、約束しよう。いつか一緒に日本に行こう。一〇年後でも、二〇年後でもいい。そのとき日本がどうなっているかわからない。でも行こう。行ってトキを探そう」

考えて言った言葉ではなかった。自然と口から吐き出されていた。

きっとすべてが変わってゆく。ブラジルの邦人社会も、そして祖国、日本も。すべてはよい方向に、変わるはずだ。

やはり自分は日本人なのだと思う。だから、いつか故郷の土を踏みたい。風を感じ、匂いを嗅ぎたい。自分の名前の由来となった鳥に会いたい。願わくは、親友とともに。かつて交わした約束を果たしたい。

トキオは勇のとなりの里子に視線を移した。

「もちろん、里子や子供たちも。それから……えっと」

一瞥するとパウロは苦笑した。

「俺だって行きたいさ。混ぜてくれよ」

トキオは勇に視線を戻し、グラスを掲げた。

「なあ、勇、約束しよう」

勇は一度目を伏せてから、再びまっすぐにこちらを見た。黒瑪瑙の瞳は潤んでいた。トキオも涙腺が緩んでいるのを自覚していた。あの目に宿る熱と同じ熱が自分の目にも宿っていることだろう、きっと。

「ああ。ええな。約束しような」

勇もグラスを掲げ、里子とパウロもそれに倣った。

グラスがぶつかる高い音とともに、中の甘酸っぱく人を酔わせる液体が、揺れた。

4

——一九四六年　六月一九日。


トキオたちと乾杯を交わした四日後、その日はやってきた。

朝から肌寒く、冬の訪れが感じられるそんな一日だった。

勇と里子はいつものように、夕方まで『トーア』で仕事に励んだ。閉店の午後六時になると、いつの間にか短くなった陽はもうすっかり沈んでいた。

「何だ、おまえら二人とも今日はぼんやりしてたな。仕事、覚えたと思って気が抜けてるんじゃないか」

終業後、二人揃って水田から小言を言われた。勇の配達も里子の洗濯も、割り当てを下回る量しかこなすことができなかったのだ。いつもどおりを心がけていたものの、たしかに、ふとした拍子に考え事をしている時間が少なからずあった。仕事の効率は悪かった、その自覚はある。今日ばかりは言い訳のしようもない。

「こっちは住むところまで用意してやってるんだ。しっかり働いてもらわんと困るぜ」

相変わらずの物言いに腹立たしさを覚えるも、「すみません」と頭を下げた。

仕事のあと勇たちは大抵、店舗の控え室で夕食をすませるのだが、この日は「今日は外で食べます」と外出をした。

これまでも週に一度程度は『ヒグチ』で夕食をとっていたので、水田は特に怪しむ様子もなかった。「そうかい。遅くなるなよ」といつものようにそっけなく送り出された。

勇は出がけに屋根裏部屋の行李の中から小さな石を取りだして、ポケットに入れた。

黒瑪瑙《オーニクス・ネグロ》。ずっと前、そう、もう一二年も前だ。出会ったばかりの頃、トキオがお守りとしてくれた石。あの日見た巨大な夕陽は、建物が林立する都会では見ることができない。

敵性産業騒動で結果的にトキオを村から追い出すことになったときは、さすがにもうこれを持っている資格はないようにも思った。だから返そうとしたが、トキオは受け取らなかった。

トキオは正しかった。この石を持っている限り、縁《えにし》は切れない。信念派と敗希派とに分かれても、また関わるようになった。そしてトキオは重要な、きわめて重要な情報をもたらしてくれた。

大曽根周明の居場所。

ポケットの中で握り込むと、石からほのかな熱を感じた。

今夜、決行する。

ちょうど一週間前、里子が露天市《フェイラ》でばったりトキオたちと会ったという日、勇は連絡にやってきた志津と会っていた。

――一週間後。次の水曜日の夜に、やることとんなったから。

そう伝えられた。大曽根の居場所がわかり、襲撃計画はいよいよ具体的になったのだ。

瀬良たち『決死隊』は一昨日、トラックで村を出発し、すでにサンパウロに到着しているはずだ。これからそこに合流するのだ。

勇と里子は子供たちを連れて、住宅街から街を横断するように西に向かって歩いてゆく。ただし、普段『ヒグチ』に向かうときには通らない道を選んだ。万が一にでも、トキオやパウロに出くわすのは避けたい。

薄雲りなのだろうか。空には紗をかけたような曖昧な月が浮かび、拡散した光は街をぼんやりと照らしていた。

「ねえ」

家族で出かけるときはいつもそうしているように、一歩後ろで勝を背負い、栄の手を引いている里子が声をかけてきた。

「何や」

「土曜日の会、ほんまにすごかったね。ええ身分の人らが、自由やなんやって、好き勝手言っとっただけなんにねえ、すごいて思うてしもうたわ」

この数日で何度言ったかわからない台詞を里子はもう一度言った。

「ああ、俺もや」

勇も何度目かわからない同意をした。

里子が露天市《フェイラ》でトキオに誘われたという会合。学問の話をすると聞き、内心では馬鹿にしていた。都会のインテリどもが机上の空論やら、不敬なことやらを話すに違いない、と。敗希派はこんなろくでもない話をしていると『決死隊』のみなに会ったときに教えてやろうと思い、参加することにした。

果たして、会合で交わされていた議論はたしかに机上の空論だった。不敬だった。村で口にしたら袋叩きにされても文句が言えないような内容が多くあった。

その意味で予想どおりだった。されど、どういうわけか不快感は覚えなかった。大曽根と対峙したときのような苛立ちもなかった。納得したわけでもない。そもそも大半は小難しくわけがわからなかったのだから。

ただ不思議な心地よさがあった。侃々諤々《かんかんがくがく》と言葉が交わされる蜂谷邸の広間には、男たちの熱気と裏腹の涼やかな風がずっと吹いているような、そんな錯覚がした。

「パウロさんも、案外、親切でええ人よね。最初はうち、あん人って田舎者馬鹿にするいけ好かん人やて思うてたんじゃけどね。あの日は、あん人いて助かったわ」

「そうだな。悪い奴じゃないな」

同感だった。パウロの態度には、大学を出ている自負が滲み出ることがあり、正直、そこは鼻につく。けれど紳士的で親切な男であるのも事実だ。子供の頃も弥栄村の住人でもないのに比嘉家の家づくりを手伝ってくれた。会合のあと『ヒグチ』で食事をしたときも、わからなかった言葉の意味を尋ねると丁寧に教えてくれた。

そのパウロが言った言葉。

——未来。

みな、それを感じていたのだという。

「『土曜会』って名前になるんじゃっけ。もしこの先も開かれるなら、うち、また見学したいて思うたわ」

あの会合は、しばらく準備期間をおいたのち定期的に開催されることになるという。研究発表と討議を行う場として。参加者たちは『土曜会』としてはどうかと話していた。

「でも、無理じゃろうね」

「ああ……そらでけんやろうな」

里子と子供たちは『決死隊』と合流したあと、襲撃の前に志津と共に夜行で弥栄村に戻ることになっていた。もうあの会合に顔を出すことはできないだろう。

「ねえ、勇さん。うちね、トキオちゃんと露天市《フェイラ》で会《お》うたとき、大曽根さんてどんな人か訊いたんよ。そしたら、立派な人やって。すっかり信じとるようじゃったわ。勇さんのこともね。大曽根さんのこと信頼してるて思い込んどった」

「せやろな」

「ねえ。ほんま、お人好しなんよね」

勇は胸の奥側で何かがかすかに軋むのを感じた。舗装された地面を踏む堅い音がやけに大きく聞こえた。

里子は息をついて続ける。

「でも、ね……。もしも、もしも……じゃよ。ほんまにそう思っているわけじゃなあのよ。ただ、もしも、敗希派の人らが言うとおりじゃったら。ううん、そんなわけなあのはわかっとるけど、万が一、そうじゃったらね、そいでも、大曽根さんをやらんといけんのじゃろうかね」

普段からはっきり物を言う里子にしては珍しく、回りくどい。けれど勇には里子の気持ちがよくわかった。

土曜日の会合では、参加者らが日本が負けたことを前提にしているのは明らかだった。彼らもまた、敗希派なのだ。日本は負けたのだと説得されるよりも、彼らのような聡明な者たちが、敗戦を当然のものとして受け入れ、その先の未来を論じるのを聞いている方が、気持ちが揺れた。

もしかしたら、日本は負けてしまっているんじゃないか——勇は自分の中に、戦勝への疑いが芽生えていることを自覚していた。

「それでもや」勇は自身に言い聞かせるように言った。「里子、実は俺もな、同じようなことを思っとった。もしかしたら、ってな……。そいで、こんな気持ちのまま義挙に参加できるんかて、迷いも生まれたんや」

一度、言葉を切った。ごく短い沈黙が流れる。

口を開き、自分の内側で揺蕩っている思考に形を与えるかのように、続ける。

「でもな、そもそも勝ち負けは関係ないんや。もちろん、俺はお国の勝利を信じとる。信じとるけども、万が一、負けとるようなことがあったとしても、それを軽々しく吹聴してええわけがない。認識運動なんて、俺らの気持ち踏みにじることしてええわけがない。まして敗希派は保安警察と結託して、何もしてない俺らを獄につなぎおった。拷問して、踏み絵まがいのことまでさせおった」

胸の奥側で、迷いを掻き消す熱が湧いてくる。

そうや。思い出せ！　御真影を足蹴にさせられたあんときのことを、思い出せ！　あの屈辱と、怒りを！

頭が熱く茹だり、背中にじんわり汗が浮かぶ。やったのはシルヴァだが、原因を作ったのは敗希派だ。認識運動こそが諸悪の根源だ。言葉は熱となり、熱は言葉となり、相互に増幅する。

「今、邦人社会が混乱しとるのは、信念派のせいやない。大曽根みたいな、責任ある立場の者《もん》が認識運動なんて馬鹿げたことを始めたからや。戦争の勝ち負けなんて関係なく、大曽根には落とし前をつけてもらわな、あかん」

「そうじゃよね。うん。勝ちも負けも関係なあよね。責任取ってもらうんだもんね。ガイジンや敗希派の人はわからんかしらんけど、悔しい思いしてる日本人はみんな、わかってくれるわ。間違ったことじゃないって。大曽根さんをやったら英雄じゃわ」

英雄。瀬良が言ったのと同じ単語を里子も口にした。すべてを肯定する蠱惑《こわく》的な響きが、想いを確かにする。

「終わったら、毎日でもこの子ら連れて会いに行くけえね。ご飯の差し入れもするけえね」

刑務所での面会のことだろう。

大曽根をやったあと、瀬良や勇以下、実行犯となる者たちは自首する手はずだった。先日、上田家の畑で出会ったあの青年とその仲間『トッコウタイ』がそうしたように。家族や村に累を及ぼさぬためにもそれが一番いい。そうした潔さもまた、英雄的だ。

「無理せんで、来れるときに来たらええ」

「無理させてもらうわ。勇さん、あんたのご飯の世話すんのはうちの務めじゃわ。たとえ何処におってもね」

言葉の語尾が揺れた。見ると、里子は眼に涙を溜めていた。

自首したあと、何処の刑務所に入れられるかはわからない。ブラジルは広い。場所によっては頻繁な面会や差し入れなどできないかもしれない。いや、それ以前にこちらが命を落とす可能性だってある。ヴェーバー邸には警備もいる。大曽根本人も護身用の銃くらい持っているはずだ。最悪、死ぬことになるかもしれない。しかし恐れてなるものかと思う。御真影を踏まされたときは腹を切ろうとすら思ったのだ。この世には命より重いものがある。

里子は涙を一粒こぼし、しかしはっきりと言った。

「だから勇さん、英雄になって。国賊も悪いガイジンも蹴散らす、英雄になって」

ああ、そうや。

この義挙は、自分のためでも、『栄皇会』や弥栄村のためでもない、このブラジルで暮らす、すべての日本人のためのものなのだ。田舎の殖民地で暮らす人々は、明日をもしれない不安に怯えている。

だからこそ必要なのだ。日本人に勇気を与えてくれる存在が。卑怯な敗希派や横暴なガイジンから誇りを守る存在が。だから――

「俺は英雄になったる」

勇は言った。もう迷いはない。

傍らで里子が頷くのがわかった。

「なんもかんも、全部終わってほとぼりが冷めたら、みんなでお国に帰れたらええね。トキオちゃんも、パウロさんも、みんなで。そんな未来があったらええね」

未来。あの日、感じていたはずのもの。

「ほんまやな」

会合のあと、トキオと改めて一緒に日本へ帰ると約束したときは、束の間、自分が敗希派にもぐり込んでいることを忘れていた気がする。祖国の土を踏みたい、その想いはきっとみな同じだ。あのとき、信念派も敗希派もなく、同じ未来を共有していた。

ただその前に、俺にはやらなきゃならんことがある。

勇はポケットの中の石を強く握った。街の宵闇に、トキオの姿を思い浮かべた。

いつかあいつも気づく。最初は裏切られたと思ったとしても、やがて気づく。俺が、邦人社会全体のためにやったということを。俺を英雄だと認める日が来る。そのとき、また元どおりの親友同士になれる。否、元どおりではない。

それでやっと、俺はおまえを追い越せるんや！

「かー、とー、何の、お話《あな》し？」

舌足らずの声で尋ねられ、我に返った。

「とーがこれから大事な仕事するゆうことよ」

「ほんまあ、すごいねー」

歩きながら両親がしていた話をほとんど何も理解できていなかっただろう幼い栄は、無邪気に感心しているようだ。それから栄は、小首をかしげた。

「うち何処行くん?」

普段、夜に外出するときは決まって『ヒグチ』に行くので、知らない道を歩いていることに気づいたのだろう。

「勘太のおいちゃんや、村のみんなに会うんよ。そいから村に帰るんよ」

里子が答えた。

「村に帰れるん?」

「そうよ。嬉しい?」

「うん!」

栄は声を弾ませた。子供からしたら、見慣れぬブラジル人ばかりの都会よりも、住み慣れた村の方がずっといいのだろう。

街灯と家々から漏れる光の向こうに、黒い十字架の影が見えてきた。教会だ。街の西、セントロにさしかかったのだ。あの教会の裏手にあるヴェーバー邸に大曽根がいる。

興奮がせり上がってくる。まだだ。まずは『決死隊』と合流するのが先決だ。

静かに深呼吸を繰り返しさらに西へ進んでゆく。

集団が街中で待ち合わせれば、目立ってしまう。そこで、街の西の外れにある森の中で落ち合うことになっていた。襲撃するヴェーバー邸からさほど遠くはなく、それでいて人目にはつかないので、一時的な集合場所としてはおあつらえ向きだった。

だんだんと建物も人通りも減り、閑散としてくる。地面の舗装が途切れ、土を踏み固めた径になった。匂いも変わっていく。どこか生活感のある街のかび臭さから、草木と土の発する青臭さへと。堆肥の臭いや獣臭もなく、単純に人里から離れているのだとわかる。

街灯がなくなり、月明かりだけが頼りになった。人気《ひとけ》は完全になくなった。その代わりに暗闇が気配を放ってくる。村ではこんなふうに夜が暗いのは当たり前だったのに、心細さを覚えた。たったひと月足らずでも街の夜に馴れすぎたのかもしれない。

径の脇にうっそうとした森が見えてきた。それに沿って進むと、一台、古びたトラックがまるで乗り捨てられたように停まっていた。前方にボンネットを突き出した運転席があり、その後ろに幌つきの荷台がくっついている。農作業でよく使われる一トンほどの荷物を積める小ぶりのトラックだ。

「あった」

ボンネットに見覚えのある凹みがある。間違いない。以前、『栄皇会』が中古で買ったトラックだ。瀬良たちが無事にここまで辿り着いている証拠だ。

勇は里子を促し、森の中に入ってゆく。瀬良たちは村からの移動に使ったトラックを目印代わりに停め、そこから森をまっすぐ進んだ奥で待っていることになっていた。

「怖い……」

栄がか細い声をあげた。

「大丈夫じゃよ。ここにみんなおるんよ」

「ほんま?」

「ほんまよ」

「ほんまにほんま?」

「ほんまじゃってば」

後ろから聞こえる母子の声に、栄もずいぶんと達者に喋るようになったなと感慨を抱いた。

「ここ、えらく蒸し暑いねえ」

森に足を踏み入れるや、里子が独りごちた。

たしかに蒸し暑い。陽と雨。天がこの地に注いだ熱と水を、暗闇に閉じ込めたような空間だった。少し歩くだけで汗が噴き出す。

「蛇に気いつけえよ」

後ろに声をかけた。こういった高温多湿の場所には必ず蛇がいる。一〇分ほども歩いただろうか。前方に、ほのかな光が見えてきた。同時にはっきりとではないが話し声が聞こえた。

「勇さん、あれ？」

「ああ、たぶんそうや」

しかし油断は禁物だ。音を立てぬよう、ゆっくり光に近づいてゆく。

突然、背後から赤ん坊の泣き声がした。『トーア』を出てから、ずっと里子の背で眠っていたはずの勝が、目を醒まし火が点いたように泣き始めたのだ。

前方の光の中から、人影が四つ、飛び出してきた。逆光ではっきり顔が見えない。人影は素早く勇たちを取り囲んだ。反射的に里子と子供たちを背にして身構えた。

一刹那、緊張が場を支配する。闇の中に少しずつ人影の輪郭が浮かんでくる。軍服、否、国民服を着ている男たち。体格にも見覚えがある。

知っている者たちだ――勇がほんのわずかに安堵を覚えるのと、最も大きな人影が「は、やっぱ勇らか」と声をあげたのはほとんど同時だった。

馴れてきた目に、幼なじみの顔が映る。勘太だった。前田兄弟や昭一の姿もある。

「お兄ちゃんらかあ」

背中からほっとした里子の声がした。

勇も胸をなで下ろし「久しぶりや」と声をかけたが、緊張の名残のように心臓はまだ早鐘を打っていた。

「いきなり赤ん坊の泣き声したんで驚いたで」

「ほんまじゃ」

　前田兄弟は顔を見合わせる。

「勇さん、ご苦労様です！」

　昭一が声を張り、頭を下げる。

「勘太のおいちゃん！」

　栄が勘太に駆け寄った。

「はは、ええ子にしとったか」

「しとったよ！」

　勘太は栄を抱きかかえ、里子に近づき、背中で泣いている勝を覗き込んだ。

「勝。ほれ、べろべろばあ！」

　舌を出しておどけてみせる。栄も「ばあ」と舌を出す。すると勝は泣き止んで「きゃきゃきゃきゃ」と笑い声をあげた。勘太のやつは子供をあやすのがなかなか上手く、栄もよくなついている。

「みんな、会いたかったわ」

　里子が涙ぐんだ。

　束の間、弥栄村に戻った気がした。サンパウロに来てまだひと月ほどだが、何年も村を離れていたような気さえする。自分の居場所は、敗希派が経営する洗濯屋の屋根裏などではなく、あの村なのだと改めて思う。

「二人ともご苦労さんじゃった。さ、そこに瀬良さんと志津先生もおるで」

　促され、光の方に向かってゆくと、ほんの少し木々が途切れた天然の広場のような場所に出た。中央にランプと石積みの竈があり、それを取り囲んで車座になれるよう椅子《カデイラ》代わりの石や丸太が並べられている。野営地だ。

そこに瀬良と志津がいた。瀬良は勘太らと同じ国民服姿、志津も赤いスカートではなく、村でよく身につけていたシャツとモンペという出で立ちだった。

二人とも立ち上がり、勇たちを迎えた。

「おお、勇！　ようきた。おまあは、ようやってくれたで。さすが専務理事じゃ」

「勇くんも、里ちゃんも、ご苦労さん」

その場で二人に頭を下げた。

「お疲れさまです」

「遠いとこ、ご苦労さんでした。そいから志津先生、うちの勇さんがお世話んなりました」

隣で里子がそんなことを言ったものだから、一瞬、身体が強張った。

横目で窺うと里子にはまったく屈託がなく、また志津も「ううん、勇くん、ほんまにようやってくれたわ」とすまし顔で答えていた。定期連絡のことを言っているのに決まっている。

「これでようやっと『決死隊』が揃ったな」

瀬良のひと言が、ぴりっと場の空気を引き締めた。旧交を温めるために集まったわけではない。物見遊山でサンパウロまで来たわけでもない。義挙のためだ。これから人を殺すのだ。

瀬良は一同を見回したあと「見てみい」と顔を天に向けた。

みなそれに倣う。漆黒の樹冠の向こうに濃紺の夜空が見える。いつの間にか雲は晴れたようで星と月がはっきり見えた。

「儂ら日本人はあの星じゃ。一人一人、ばらばらにおるわけじゃなあ。大きな空につつまれてみなつながっとる。日本という尊く雄大なものの一部なんじゃ。そしてその中心におるのが天皇陛下よ。今はそのお姿は見えんけども、たしかにおられる。そして儂らを照らしてくださっている。

空の真ん中のお天道様が、夜の間も月を照らしておるようにな」

　朗々と謳い上げるかのような瀬良の弁舌は、心に染み入るようだった。お天道様、日の丸、天皇陛下、日本。つながり広がってゆく連想と想像が、昂ぶる気持ちを落ち着かせてくれる。この森の蒸し暑ささえ、少し心地よく感じられてきた。

「儂らは星じゃ」瀬良は繰り返した。「儂らがより輝くことでこの空を明るくできる。全部の星が輝きを増せば、昼と変わらぬほどの光で満たせる。このブラジルに陛下の威光を知らしめることができる。ええか。儂らの真の目的は、それじゃ。日本人全部のためじゃ。ブラジルにおる日本人全部に儂らの義挙で覚醒を促すんじゃ。我ら崇高なる日本の一部ぞ、何一つ恐れることも、嘆くこともなあとな」

　瀬良の言葉が、ここに来るまでに迷いを振り切った勇の覚悟と共鳴した。今、同じ夜空を見上げる各々が、同じ日本人としての魂を抱いた輩《ともがら》なのだと確信できた。

　瀬良はゆっくり首を振り正面を見る。合図をしたわけでもないのに、全員が同じように前を向いた。そして全員が覚悟を決め、引き締まった顔つきになっていた。

「ええな？」

　瀬良が問いかける。

「はい！」

　声がぴたりと揃った。

　残響が消えるのを待ち、志津が小さく息を吐いた。

「さて、兄さん、うちらはもう行かんと」

　志津に一瞥され、里子も頷く。実行犯となる男衆を残し、女子供は今夜の夜行に乗る。

「おおそうか。もうそんな時間じゃな。志津、ようやってくれたな。そいから、里子もな」

「いえ、うちなんか、何も。ただおっただけで。でもお役に立てたなら、えかったです」

謙遜する里子の顔つきにも矜持が見てとれた。

「じゃあ、兄さん、あとはしっかりお務め果たしてください。みんなもね。うちは、あんたらのこと誇りに思います」

志津は改まった調子で瀬良と一同に声をかけた。

「おう。しっかりやりとげるわ。村で果報を待っとってくれ。なあ、おまあら」

瀬良の呼びかけに一同は再び「はい！」と声を揃えた。

ふと志津と目が合った。ランプのほのかな光が照らす口元がほんの少し動いた気がした。何を言ったかはっきりわからないが、きっと自分にだけ特別な激励をしたに違いない。

「勇さん」

横から里子に声をかけられた。ぎくりとして顔を向けると、里子はこちらに一歩近づいてきた。

「勇さん、無事に」

里子の瞳は潤み、そこに切実な憂いの色が差していた。

「どうか、無事に、やり遂げてね」

これを最後にしばらく会えなくなるかもしれない。ことによると今生の別れとなるかもしれない。あるいは志津の口元も「無事に」と言っていたのかもしれない。

名残惜しさや寂しさよりも、気概が湧いた。俺は英雄になって帰ってくる。それまで待っとれ。そんな気持ちを込めて頷く。

「ああ。里子も気いつけて、帰れな」

「うん」

里子は栄に呼びかける。

「……栄、うちらはこれから、先に村に帰るけえね。とーに、またねして」

ことの深刻さなどわからぬだろう幼子は、きょとんと首をかしげこちらを見上げ「またね」と言った。

「ああ、かーの言うことよう聞くんやぞ」

頭をくしゃくしゃ撫でてやると栄は「きゃはは」と何とも子供らしい笑い声をあげた。

それから勇は里子におぶわれている勝にも手を伸ばし、頬を撫でてやった。

「勝も元気でな。逞しく強い子になるんやぞ」

栄よりもさらに何もわからぬだろう赤児は、気持ちよさげに「あー」と声を出した。

勇は子供とやりとりする自分に、周りから、微笑ましさと尊敬とが混じった視線が注がれていることを自覚した。思えば、ここにいる者の中で子供がいるのは、勇と里子だけだ。

栄、そして勝。この子らは英雄の子になる。

それもまた未来だ。

いつか俺のことを尊敬し、誇るようになるだろう。きっとそうなる。

「里ちゃん、そろそろ行こうか」

「はい」

志津と里子、子供たちが連れ立って野営地を出てゆく。

「お元気で」「お気をつけて」

みなが声をかけた。

彼女たちの背中が木々の中に消えていった。

5

その日は何の変哲もない水曜日のはずだった。

午前中、トキオはいつものように水曜恒例の露天市《フェイラ》を訪れた。買い物をしながら、なんとなくロドリコが露店を出していないか探してみたが、今週もいないようだった。

四週間前の露天市《フェイラ》で、ツピーの祈禱師《パジェー》だという彼の祖父に占ってもらった。「今日はいいことある」と占われ、直後、勇と再会できた。あれは当たったと言えるだろう。無料《ただ》でやってもらったこともあり、改めて礼を言いたいと思っていたが、あれ以来会えていない。いつだったかロドリコは自分の祖先は好きな所で好きに生きていたと言っていたが、行商人である彼自身も、ふらりと現われ、ふらりといなくなる。

会えないのでは仕方ない。いつものように買い出しを終えて、いつものように『ヒグチ』に戻り、いつものように働いた。露天市《フェイラ》が開かれる水曜日は、みな市で買ったものを家で飲み食いするせいなのか、バールは暇になることが多い。『ヒグチ』でも他の曜日よりも閉店時間を早め、宵の口には店を閉めることにしていた。その後、トキオと洋平が厨房の、パウロと頼子がホールの片付けと清掃を行う。それもいつもどおりだった。

厨房にモップを掛けながら、トキオはふとあの占いのことを思い出した。

占いには続きがあった。たしか〝月、満ち欠けの間、秘密、暴かれる。カアアポラ、裁く〟だったか。もうすぐあれからひと月だ。月の満ち欠けは実際の一ヶ月より少し短いから、今日か明日には過ぎてしまうかもしれない。森の神様だというカアアポラのくだりはよく意味がわからないし、もともと当たるも八卦としか思っていなかった占いだ。そこまで気にしていたわけでもない。

けれど、きっかけにはなった。

占われたときはピンとこなかったが、思えば秘密を抱えていそうなやつが身近にいるのだ。だからちょうどモップ掛けを終えたところで声をかけてみた。

「おい、パウロ」

パウロは手を止め近づいてきて、カウンター越しに向かい合った。

「どうかしたか?」

目の前にすると、やや気後れもしたが、これで何も言わなければ余計に不自然だ。

「おまえ、こないだ、女のことで悩んでいるとか言っていたけど、あれ、嘘だったんじゃないか?」

「え……」

パウロは、ぽかんと口を開いた。

ずっと何かを誤魔化しているような気はしていた。ここのところのパウロの様子を見ても、色恋がらみのいざこざが起きているとは思えなかった。

「本当は、認識運動のことで何かあったんじゃないのか」

パウロの顔色が明らかに変わった。確信があったわけではなかったが、どうやら当たりらしい。よくよく思い出してみれば彼の様子が変わったのは、四月の半ば頃。大曽根が身を隠し、資料を預かり認識運動に深く関わるようになってからだ。

パウロは「参ったな」と頭をかいた。

「おまえ、やっぱり心が読めるのか?」

「読めないよ。おまえの顔に書いてあるだけだ」

洋平もこちらの会話を気にしていたようで怪訝そうに口を挟んできた。

「パウロ、認識運動がどうしたってんだ？」

パウロは渋い顔になる。

「秋山さんからまだしばらく伏せるよう言われてるんだけどな……」

「ここまで言ったんだ。話せよ」

パウロは観念したように口を開いた。

「実は……大曽根さんから預かった帳簿、ちょっと中を見てみたら、おかしかったんだよ。数字が合わないんだ。不明の支出が一〇〇万クルゼイロ近くもあるんだ」

「ええっ？」と驚きの声が重なる。

最近は物価の上昇が著しいが、それでも家が建つほどの大金だ。

「それで秋山さんに確認したら、あの人も『どういうことだ』って驚いていて。もしかしたら、誰かが金を抜いているんじゃないかって」

そう言えば、以前、パウロと秋山が「計算が合わない」と話していたことがあった。あれはオールデン・ポリチカの一斉取り締まりのとき、ちょうど四月の半ばのことだった。

「誰かがって、そんなことできる人、限られてるだろ」

洋平が顔色をなくしている。ホールの頼子も心配そうな顔つきでこちらの話を聞いている。

「秋山さんが調べた限り、金が消えたのは大曽根さんが釈放された直後のようなんだ……」

「まさか大曽根さんが抜いているっていうのか？　認識運動はあの人が始めたようなものなんだぞ」

洋平が目を剝いた。

「俺も疑いたくはないけど、大曽根さんは資産を凍結されているし、警察からも目を付けられている。生活は相当苦しいはずなんだ」

「そりゃ、うちみたいに店があるわけじゃないだろうけど……、それじゃ横領じゃないか。相談してくれりゃ、支援くらいしたのに」

「親父《パパイ》、早まらないでくれ。はっきりした証拠があるわけじゃないんだ」

「そうか……。なあ、大曽根さんに直接確認はしていないのか」

「秋山さんが、もう少し調べてからにしようって。もし本当に大曽根さんがそんなことをしているとしたら、邦人社会全体を揺るがす大問題になる。慎重に慎重を重ねてことを運ぶべきだって。中途半端な疑いをかけて、逃げられたり証拠を隠されたりしてもまずいしね」

「それは、そうだな」

洋平は額に手をやった。パウロがちらりとこちらを見た。

「こないだ隠れ家に行ったとき、直接訊かないまでも、様子を窺ってみたんだけどな。結局、何もわからなかった」

だからあの日、隠れ家を出たあと、妙に難しい顔をしていたのか……。

トキオは戸惑いを覚えるばかりだった。大曽根が本当にそんなことをしたのか。何かの間違いではないのか。信じ難い。しかしときに信じ難いことも起きることをトキオはすでに知っている。事態を冷静に見極めろと教えてくれたのは、他ならぬ大曽根だった。

「とにかく、まだ確認中なんだ。秋山さんからも口止めされている。ここだけの話にして、誰にも言わないでくれ」

一同は顔を見合わせ、頷いた。

と、音がした。ホールの奥、もう〈fechado《閉店》〉の札をかけてある店の扉を誰かが叩いているのだ。

「おおい。樋口さん、いたら開けてくれ！」

洗濯屋の水田の声だ。こんな時間に何だろう？　三人で顔を見合わせた。

ホールにいた頼子がこちらを一瞥する。

「母《ママイン》さん、俺が出るよ」

パウロがカウンターを離れ、扉を開いた。

「店閉まいしたあとにすまないね」

水田が中に入ってくる。付き添いはなく一人だった。彼は店内をぐるりと見回したあと、パウロに尋ねた。

「あいつら、比嘉のやつと嫁とガキども、今夜、ここに来てない、よな」

どうやら勇たち一家を探しに来たようだ。が、その口調には険があった。

「勇、ですか？　来てないですけど……」

勇たちは週に一度ほどは『ヒグチ』で夕食を食べるが、今日は来ていなかった。

水田は大きな舌打ちをした。

「くそ、まずいぞ……」

いかにも不穏な様子だ。勇たちに何かあったんだろうか。

「どうしたんですか」

「どうしたも、こうしたもない！　一杯食わされたようだ」

「どういう意味です？」

「あいつらはな、狂信派《ファナチコ》のスパイだったんだよ！」

絶句した。トキオならずとも、みな、驚いたようだ。

パウロが尋ねる。

「水田さん、どういうことです。あいつは、狂信派《ファナチコ》と対立して村から逃げてきたはずなのに」

「そうですよ！　勇がスパイだなんてあり得ないです！」

トキオは厨房からホールに飛び出して、水田に詰め寄った。

水田はこちらを睨み、怒声を返してきた。

「あいつら、家族全員でいなくなりやがったんだ！　俺だって『ヒグチ』に飯でも食いにきてくれりゃあって思ったさ。だけど違った。今頃、狂信派《ファナチコ》どもと合流しているに違いない！」

いなくなった？　狂信派《ファナチコ》と合流？　話が見えなかった。

「あいつは俺たち認識派に入り込んだ裏切り者だったんだ！　これが薄汚い狂信派《ファナチコ》どものやり方なんだよ！」

「いきなり、何を言うんですか！」

トキオは水田を睨み返した。

パウロが二人の間に割り込む。

「水田さん、落ち着いて。何があったのか、説明してください」

「ああ、悪いな。頭に血が上っちまった……」水田は一度息をつくと、少し語気を和らげ話し始めた。「実はな、今日、仕事が終わったあと、外で飯を食ってくるなんて言って、比嘉のやつがいなくなったんだ。家族とな。まあ、そういうことは珍しくもねえんだが……ちょうどそのすぐあと、秋山さんがうちに来てな。仕事で奥《アルタ》ソロカバナに出張しているコチアの人から電話があったとかで——」

コチアというのはサンパウロ市近郊の町だが、ここではそこを拠点とするコチア産業組合のことを指している。邦人社会で最大の経済団体であり、戦前からブラジル人相手の商売をしていたこともあり組合員には認識派が多い。組織としても積極的に認識運動に協力している。

秋山によれば、そのコチアの組合員が、ウアラツーバに立ち寄った際、地元では有名な瀬良という狂信派《ファナチコ》が仲間数人とサンパウロに向かったという話を聞いたというのだ。

「瀬良って、あの瀬良か」

パウロは怪訝そうにこちらを見る。返答できなかったが、ウアラツーバで瀬良という名を他に聞いたことはない。

水田は忌々しそうに続ける。

「ウアラツーバの日本人の間じゃ、その瀬良って狂信派《ファナチコ》が義挙を起こすに違いないって噂になってたらしい。田舎じゃ認識派なんて一握りだからな。みんな嬉しそうにそんな話をしてるんだとよ。それで、そのコチアの人は念のため秋山さんに連絡をしたそうだ」

「義挙っていうのは……、つまり襲撃ってことですか」

「おうよ。連中は一昨日、村を出たっていう、だったら今日にはサンパウロ《こちら》に到着してるはずだ。そしたらちょうど比嘉のやつが消えたんだ。これ、偶然か？」

「勇は何処かでそいつらと落ち合うために？」

「そういうことよ。俺たちちんとこもぐり込んでたに違いないんだ、あいつは。認識派の情報を得るためにな！　くそ！　恩を仇で返すような真似しやがって！」

トキオは息苦しさを覚えつつ、口を開いた。

「待ってください。その話、証拠があるわけじゃないですよね」

瀬良が義挙――襲撃事件――を起こすというのは、あくまで噂だ。しかもコチアの人が聞いたという話を、秋山が聞いて、さらに水田が聞いたという。勇がスパイだというのも推測でしかない。

水田はちっと舌打ちした。

「じゃあ、比嘉たちは何処に行ったんだ？」

「それは、だから外で……」

途中で言葉が止まった。水田は見透かすように頷いた。

「そうだ。あいつらが外で食うって言ったら『ヒグチ《ここ》』のことだ。他の何処で飯を食うんだ？」

ピグアスに来てまだひと月ほど。毎日、水田の店で働いている勇たちには、『ヒグチ』以外に気軽に入れる飲食店はないはずだ。特に夜ともなれば、小さな子供もいるのに見知らぬ店になど行くはずがない。返答に窮した。

水田は勝ち誇ったように続ける。

「比嘉をこっちに連れてきた、あの立花ってやつもグルだったってことなんだろうな。手の込んだことしてくれるぜ、まったく」

「で……でも……、まだ何も確認はできてないんですよね」

「トキオくんよ、きみは比嘉のやつと幼なじみなんだってな。まあ騙されたなんて思いたくないわな。気持ちはわからんでもない。けれど実際、比嘉のやつはいなくなったんだ。だいたい俺は沖縄者なんて信用ならんと最初から思ってたんだ」

その物言いに憤りを覚えた。勇が沖縄出身だから何だというのだ。そんなのは、ブラジル生まれの二世を蔑むのと同じだ。

「それは関係ないんじゃないですか」

「何だと？　この期に及んであいつを庇うのか。きみはことの重大さをわかっていないのか」

「どういうことですか」

「ウアラツーバくんだりから、わざわざサンパウロに出てくるんだ。ただそこらにいる認識派を襲うわけじゃないだろ。先日の『トッコウタイ』とかいう連中がやった脇山大佐くらいの大物を狙うはずだ。比嘉のやつはそのお膳立てをしてるかもしれないんだよ」

脇山大佐くらいの大物――頭の中に思い浮かべた人物の名を、隣のパウロが口にした。

「まさか、大曽根さんを？」

思わずそちらを見る。パウロは顔を青ざめさせて見返してきた。

「勇のやつ、こっちに来たときから、大曽根さんに会いたがっていたよな……」

「い、いや……だってあれは、大曽根さんに謝りたいからって」

「そんなの全部、芝居に決まってるだろ！　それらしいことを言って、大曽根さんの隠れ家を探ろうとしてたんだ。それでまんまと大曽根さんを会わせてしまったんだろ！」

水田が怒鳴った。

そうだ。会わせた。会って欲しいと大曽根に頼んだのは、他ならぬ自分だ。

パウロが頭を抱える。

「ああ、もっと警戒すべきだった。嫌な予感はあったのに！　襲撃なんてあったら、真相を探ることもできなくなる」

「真相って、何の真相だ？」

水田が首をひねるとパウロは「しまった」と言わんばかりに顔をしかめたが、すぐ誤魔化すように訊き返した。

「いや、それより水田さん、その話、大曽根さんには？」

目の前の一大事があるからか、水田は気に留めた様子もなく答える。

「今、秋山さんがヴェーバー邸に知らせに行ってる。大曽根さんも、比嘉が認識派になってくれたことを喜んでいたらしいからな。きっと気落ちされるだろうな」

トキオは、きゅっと内臓がすぼまるような不快感を覚えていた。勇の裏切り。しかも襲撃の手引きだなんて。それが事実なら大曽根の横領以上の悪夢だ。

間違いであってくれ——居ても立ってもいられず、店の出入り口に向かった。

「おい、トキオ、何処行く気だ」

「勇たちを探しに行く！」

「何処に行ったかもわからないのにか？」

ちょうどそのとき、外側から扉を叩く音がした。

「すみません！　秋山です」

はっとして扉を開くと、汗だくになって息を切らしている秋山がいた。

「おお、トキオく……」

「秋山さん、勇は？　あいつは本当に、スパイだったんですか？」

こちらの剣幕に面食らった様子の秋山だったが、すぐに察したようだった。

「なるほど。話は水田さんから聞いてるね」

秋山はトキオの肩越しに店内の面々を見回した。みな、扉のところに集まってきた。

「まだ完全に確認が取れたわけではないが、ウアラツーバの立花さんとも連絡が取れなくなっている。勇くんたちが瀬良さんらによる襲撃を手引きしている可能性は高そうだ。ことが起きてからでは遅い。ヴェーバー邸の警備には事情を伝えてきた。今夜は特に厳重に警備をしてくれるそうだ」

「大曽根さんには、何処か別の場所に隠れてもらった方がいいんじゃないですか」

パウロが意見した。

「うん。それは僕も考えたが、今すぐにヴェーバー邸よりも安全なところを見つけられるものじゃない。それに、移動するにしても夜は避けた方がいいと思う。もし移動中を襲撃されたら収拾がつかない」

「そうですね。あ、警察は？　知らせたんですか」

「もちろん。ただ、この時間だからね。実際に襲撃犯が集まっている証拠がない限りは、すぐに動く気はないようだ……」

「くそ、あいつら本音じゃ日本人同士の揉め事には関わりたくねえんだ。何かあってからじゃ遅《おせ》えのによ。日本人同士でつぶし合えくらいに思ってんじゃねえか」

水田が悪態をついた。

秋山は顔を俯かせ、片手で髪を掻きむしった。

「僕の、失敗です。間抜けでした。瀬良さんだったら、このくらいのことは仕掛けてくるって僕にはわかったはずなんです。なのに、勇くんを信じすぎてしまった。彼が認識派を頼ってくれたことが嬉しかったんです。認識運動が上手くいっていると思いたかったんだ。きっと、支社長も、そうだったんです……」

秋山が口にした無念は、そのままトキオのものでもあった。勇が考えを変えてくれたことが嬉しかった。だから疑いたくはなかった。

けれど勇は嘘を吐いていた。じゃあ、あの南雲家への襲撃はどうなんだ？　瀬良さんに騙されていたというのも嘘なのか？　あのときも勇は俺を騙していたのか？

「それを今嘆いてもしょうがねえだろ」

水田がぴしゃりと言い放った。秋山は顔を上げる。

「ええ。そのとおりです。だから僕は今からでもできる限りのことをするつもりです。もし本当に瀬良さんたちがサンパウロに来ていて、何処かで落ち合っているなら、その現場を発見できれば警察も動くはずです」

秋山は視線をパウロに向けた。

「勇くんたちを探そうと思う。手伝ってくれないか?」

トキオは横から身を乗り出す。

「勇らの行き先、わかるんですか?」

「ああ、目星はついている」

「何処なんです」

「僕がヴェーバー邸を訪れたとき、ちょうど夜勤の守衛がやってきたんだが、彼が途中で勇くんたちらしき東洋人を見かけたというんだ」

水田が顔をしかめる。

「そうか、やつらセントロに行きやがったか。こりゃあいよいよ大曽根さんを襲う気だな」

「はい。もしも彼らが支社長を襲撃する気なら、ヴェーバー邸からあまり遠くない場所で仲間と落ち合うと思います。その守衛によると、彼が見た東洋人たちは、セントロの外れからさらに西に向かって行ったそうです」

セントロの西は荒野や森の広がる街外れだ。

「あの辺り……身を隠すなら森か?」

「そう。だから、これから行って探ろうと思うんです。パウロくん、来てくれないか」

「わかりました」

「俺も行きます!」

当然のごとくトキオは名乗り出た。秋山は戸惑うような顔つきになった。

「しかし、勇くんはきみの親友だろう? つらいんじゃないか」

そのとおりだ。しかし、ここでじっとしているのはもっとつらい。

「だからです。あいつは俺の親友だからです。それに……、何もかも全部、勘違いってこともあるかもしれないし」

それが半ば、自分の願望であることはわかっていた。

「わかった。トキオくんも一緒に来てくれ」

「じゃあ、俺も行くぜ。昔取った杵柄ってやつだ。銃は得意なんだ」

「銃？　銃を持って行くんですか」

トキオは思わず声をあげた。

「狂信派《ファナチコ》どもが集まってるかも知れないんだぞ。丸腰で行くわけにはいかんだろ」

「いや、でも銃なんて……」

勇を追いかけるのに、そんなものを持って行きたくない。しかし水田はこちらに鋭い視線を向けてきた。

「きみは何を言ってるんだ？　これまで認識派《こっち》が何人やられたと思っている。これはね、もう戦争なんだよ」

戦争、という言葉に二の句を継げなかった。

水田はこちらの戸惑いなどお構いなしに、洋平に尋ねる。

「樋口さん、ここにもピストルくらいあるよな」

「ええ、まあ」

洋平は神妙な顔で息子のパウロを一瞥した。パウロは「大丈夫だ」と言うように父親に小さく頷いた。

洋平は厨房に入ってゆく。厨房のカウンターの下に、護身用のピストルがしまってあるのだ。店の男手に合わせて、三丁ある。それがテーブルの上に並べられた。

「よし、じゃあ秋山さん、パウロくん、トキオくんはこれを持ってけ。俺は一度店に戻って自分のライフルを持ってくる」

「いや、水田さんは、戻ったら待機してもらえませんか」

秋山が口を挟んだ。

「何でだよ？」

「トキオくんが言うように全部何かの間違いで、何処かで食事をしていた勇くんたちが戻ってきたら、それでいいわけですから。一応『トーア』で待っていて欲しいんです」

「はあ？　そんなことはねえと思うぜ」

「念のためです。もちろん加勢が必要になったら呼びに行きます。お願いします」

「しょうがねえな」

水田は不承不承ながらも了解した。

「樋口さんとおかみさんも、しばらく店《ここ》にいてもらえませんか。何かあったらまずここに戻ってきますので」

二人は頷く。

「わかりました」

「よし。じゃあ行こう」


トキオ、パウロ、秋山の三人は、上着のポケットにピストルを忍ばせて『ヒグチ』から夜の街に出た。秋山がヴェーバー邸の守衛から聞いた話を頼りに、セントロから、街の西の外れへ向かった。こちらの街外れにはまともな道は一本しかない。舗装されていない凸凹した土の径だ。

「子供を連れているなら荒野を歩くとは考えづらいから、この径を通った可能性が高いだろう」

秋山が先頭を進み、トキオはパウロとともにその後ろに続いた。

街中と違い灯りも人気《ひとけ》もない夜の径は極端にうら寂しい。路肩には森が広がっており、風が吹くたびに囁くような音を立てる。足が地面を踏むたびに上着のピストルがわずかに揺れてその重みを感じた。人を殺せる暴力を秘めた鉄の塊。

どうして俺は、こんなものを持って勇を探しているんだ？

心を重ねた親友だったはずなのに。まるで悪い冗談のようだ。

やがて路肩にトラックが停まっているのを見つけた。ボンネットに小さい凹みのある小型のトラックだ。

三人、足を止める。秋山がじっとトラックを見つめる。

「報告によれば瀬良さんたちはトラックで村を出たそうだ」

「じゃあ、これが？」

「だとしたら、ここから森に入ったところに集まっているんじゃないかな」

「違います！」

トキオは秋山とパウロに割って入った。

「こんなトラック、村で見たことないです」

「おまえが村から出たあとに買ったものなんじゃないのか」

「年季が入ってる。新しいものじゃない」

「そりゃあ中古で買ったからだろ」

次々とパウロに言い返されてしまう。

「行ってみればわかることだよ」

秋山は、促すように首をくいと曲げ、森に足を踏み入れた。パウロとともについてゆく。

おそらくほとんど人の手が入っていないだろう森は、うっそうとしていて、酷く蒸し暑かった。月明かりが樹冠に遮られ、闇になれた目でもなお暗く感じる。内側に進むほどに、体内に熱気が籠もる。着ているシャツの重さをやけに感じるのは、汗を吸って実際に重くなっているからか。あるいは、歩を進めたくないからか。

――秘密が暴かれる。

あの占いが当たったのだろうか。秘密とはパウロの隠し事のことではなく、勇がスパイだったことなんだろうか。

いや、まだ、わからない。この目で確かめるまでは。

6

女子供を見送りしばらくすると、丸太に腰掛けた瀬良が勘太に命じた。

「勇に得物をわたしちゃれ」

「はい」

勘太は野営地の隅にあった行李の中を探り、中から小さな黒い塊を取り出した。

それはランプの灯りに鈍く光った――ピストルだ。

「ブローニング拳銃じゃ。瀬良さんが全員分、揃えてくれた」

「おう」

ブローニングM1910。広く世界中に出回っているピストルで、日本でも陸軍の将校用の拳銃として人気があるという。

受け取った掌にずっしりとした重みを感じた。広げた掌とほぼ同じくらいの大きさの銃身は、わずかに錆びており年季が感じられる。多くの人の手を渡った中古品なのだろう。

ブラジルでは銃を手に入れるのは難しくない。村には野生動物を追い払うための猟銃があったし、瀬良が護身用のピストルを調達してきて『栄皇会』で射撃訓練をしたこともある。

その鉄の塊は、これまでになく重く感じられた。多少古くても皇軍将校が使っているのと同じピストルと思うと身が引き締まる。

シルヴァに拷問されたときは銃口を向けられた。しかしこちらから人に向けたことはない。無論、人を撃ったことも、ない。

勘太は勇の肩をぽんとたたき、懐から自分のピストルを取り出した。

「そうびびんな。おまあは十分、よう働いてくれた。あとは俺らに任せて、しんがりについてきたら、ええ。こっちは村でさんざん訓練してきたからな」

勘太はピストルの引き金の部分を指にかけ、くるくると回した。そのまま手に収めて回転を止めようとしたのだろうが、ピストルは滑った。

「おわっ、おっとっと」

危うく落としかけたが、勘太はどうにか銃把を摑む。様にならない動作に、勇は思わず吹き出した。同時に、勘太がびっしょりと汗を搔いているのに気づいた。暑さのせいだけではないだろう。

勘太とて人を殺したことなどないはずだ。

「おまえこそ、びびるなや。そんな格好つけて、暴発でもさせたらどうすんや」

「うっせい。びびってなんかなあわ」

瀬良が座ったまま、こちらを見上げる。

「ふふ。まあ、儂が仕留めるつもりでおるが、きっちり大曽根をやれたら誰でもええわ。おまあら、そんときは迷わず撃てよ」

ここから先の計画は単純だ。日付が変わる頃までこの野営地に隠れ、それから夜陰に紛れてセントロに移動し、大曽根の隠れ家を襲撃する。

大曽根以外の者は極力傷つけない方針だ。ヴェーバー邸の前には常に二人組の守衛がいるが、面識のある勇が声をかけ油断させたところで、他の者たちが後ろから取り押さえる。全員が子供の頃から柔道をやっている。上手くやれば守衛を傷付けず締め落とせるはずだ。が、相手も屈強な男たちである。最悪の場合は守衛を撃ち殺すことも厭わぬ覚悟で臨むことになっていた。

守衛を無力化したあとは、全員で大曽根がいるポロンになだれ込む。半地下の部屋は意外性という点では優れた隠れ家かもしれないが、逃げ場がない。いわゆる雪隠詰めにできる。

俺が仕留める——やつの居場所を探り当てるだけでなく、仕留めもしたとなれば、まさに独壇場。誰もが勇こそが英雄と思うだろう。

大曽根に向かって引き金を引く瞬間を頭に思い描いた、そのときだった。

瀬良があらぬ方向に首を向けた。

「どうしました?」

昭一が尋ねた。他もみな、瀬良を注視した。

「しっ」

瀬良が唇に指を当てた。全員が押し黙る。沈黙が流れる。

「勇、おまあ、尾けられたな」

瀬良が潜めた声で言った。

どういうことだ?　他の者もそろって当惑の表情を浮かべていた。

「おい、おまあら、身を隠すぞ。急げ」

瀬良は立ち上がると、野営地から離れ、足早に森の奥に進んでいく。

言われるままにその後に続いた。

瀬良は身をかがめると、目についた茂みの中に飛び込んだ。みなそれに倣い、茂みに身を潜める。野営地から一〇メートル以上も離れているが、向こうには置きっぱなしのランプの灯りがあり、木々の隙間から様子がわかる。

しばらくすると、その灯りに影が差した。人だ。一、二……全部で三人。先ほど勘太たちと出くわしたときと同じで、逆光で姿ははっきり見えない。しかしその体格や佇まいに見覚えがある。三人とも、だ。

勇は息を呑み込んだ。果たして、一人が声をあげた。

「見ろよ、ここにやつらがいたんだ！　弥栄村の狂信派《ファナチコ》たちだ」

パウロだ。

「そう考えて、間違いないだろうね。勇くんはここで瀬良さんたちと落ち合ったんだろう」

これは秋山。

そして、あと一人、言葉を発せず、俯いているのは――

「トキオ、これでわかったろ。勇は考えを改めてなんかなかったんだよ」

パウロがその名を呼んだ。

血の気が引いた。鼓動が速まる。

「勇、へましおったか」

瀬良がこちらを睨み付ける。声こそ蚊が鳴くような小ささだが、大声で怒鳴るときと同じ怒気が込められていた。

「……すみません」

身がすくみ、背中から汗が噴き出す。瀬良は小さく舌打ちをして、野営地に視線を戻した。

「あるいは秋山辺りが、村から儂らがいなくなったことを摑んで警戒しとったか……」

トキオの声が聞こえた。勇は野営地に意識を向ける。

「何かの、間違いだ」

トキオは絞り出すように言っていた。

「おまえ、まだそんなこと言ってるのか。トキオ、おまえは勇に騙されていたんだよ！」

パウロが怒鳴った。秋山の声が続く。

「これではっきりした。瀬良さんたちはもう、襲撃に向かっているかもしれない。警察に知らせよう」

このままでは義挙が失敗してしまう。

勇は瀬良を振り向いた。勘太も前田兄弟も昭一も、全員が判断を仰ぐかのように瀬良を見る。

瀬良は険を含ませつつも、落ち着いた顔つきで口を開いた。

「あの口ぶりじゃ、まだ知らせてないゆうことじゃろ。やつらをここから帰さなけりゃ、ええゆうことじゃ。回り込んで前後で取り囲むぞ。おどしてふん縛るんじゃ。ただ、言うこと聞かなかったり、強引に逃げたりするようなら容赦するな。義挙を邪魔する者《もん》は誰だろうと敵じゃ」

容赦するな——つまり、撃てということか。

誰だろうと敵——子供の頃からの親友であってもということか。

横目で仲間たちの顔を見る。みな、一様に緊張の表情を貼り付けていた。

「ええな。太郎と次郎は儂について来い。回り込んで道を塞ぐ。勇、勘太、昭一、ここはおまあらに任す。儂が空に向けて一発撃ったら、それが合図じゃ。飛び出して囲むんじゃ」

瀬良は返事を待たず「来い」と茂みを出た。前田兄弟は慌ててついてゆく。三人が野営地の周りを円を描くように移動していくのがわかった。

茂みに、勘太、昭一とともに残された。

やるしかない。考えたり、迷っている時間はない。そんなことをしているうちに、やつらは逃げてしまうかもしれない。汗が一滴、額を伝うのを感じた。

横を見ると、勘太も昭一も、汗だくながら真っ青な顔をしていた。昭一はずっと後輩としてトキオを尊敬していたはずだ。勘太はパウロのことも知っている。

その様子を見て、どういうわけか勇は落ち着きを取り戻していた。

「びびんな。もうやるしかないやろ」

二人に声をかけた。

「びびってなんかない、ゆうとるじゃろ」

「だ、大丈夫、す」

緊張した声が返ってきた。

そうだ。やるしかない。この義挙を成功させるために。英雄になるために。

取り囲み、ピストルで脅し、縛る。縄はあるのか？　いや、なければ、服でも何でも使えばいい。万が一、抵抗したり、逃げようとしたら、撃つ――やるべきことは、はっきりしている。

野営地に浮かぶ人影の一つをじっと見つめた。トキオ、頼むからおとなしく言うことを聞いてくれ。そう願ったとき、合図の銃声が響いた。

「行くぞ！」

勇は野営地に飛び出した。左右から勘太と昭一がついてくる。

反対側から瀬良と前田兄弟らが出てくるのが見えた。あっという間に六人でトキオたち三人を挟むように囲んだ。

三人が驚き身をすくませる。

ピストルを構えた。距離は四、いや三メートルといったところか。全員で一斉射撃をすればきっと蜂の巣にできる。銃口をトキオに向けかけるが、ほんのわずかに横にずらした。

「動くな！」

自分で叫んだつもりだったが、響いたのは瀬良の声だった。喉の奥がひりつき強張っている。喉がからからに渇いていることを初めて自覚した。

トキオたちは顔色をなくし、前後を見回している。

「おまあら、どうやってここを突き止めた……。何にせよ、丸腰で来るわけがなあ。得物を出して、地面に置けや」

瀬良が言った。得物？　何か武器を持ってきているのか。

「瀬良さん！　もう止めてください！　こんな馬鹿げ――」

秋山の呼びかけを、瀬良が怒声で遮った。

「黙れ！　秋山ぁ、貴様も所詮は薄汚い売国奴じゃったな！」

「瀬良さん、話を――」

「黙れ言うとるじゃろうが！　敗希派の話なんぞ聞かん！　ええから得物を出せ！」

言葉を止め下唇を嚙んだ秋山の顔つきからは普段の快活さが消え、びっしょりと汗を搔いている。上着のポケットに手を入れてゆっくりとピストルを引き出した。

「秋山さん……」

パウロが声を漏らした。

秋山は小さくかぶりを振った。

「説得は無理だ……。多勢に無勢。ここは従うしかない」

パウロは「くそ」と悪態をつきながら、ピストルを取り出した。

トキオに視線を向ける。茫然自失したかのように精気のない目でこちらを見ていた。

トキオ、おまえも銃を持っとるんやろ――一人だけ丸腰とは思えない。最悪、殺し合いになる覚悟で来たということだ。

なのに、何でそんな面《つら》でぼうっとしとるんや！

ぼんやり立ち尽くすトキオに、奇妙な苛立ちが湧いた。

「トキオ！　おまえもピストル持っとるなら出せえ！　おとなしく瀬良さんの言うこと聞け！悪いようにはせん！」

渇いた喉から声が出た。

トキオは精気のない目のまま、のろのろとピストルを取り出した。

「さっさと地面に置かんか！」

瀬良が怒鳴り声で促すと、三人ともピストルを地面に放った。土の地面に鉄の塊が落ちる鈍い音がする。

勇は息を吐いた。一緒に口から声も出ていた。

「それでええ」

言葉にしたあとで、自分が安堵していることに気づいた。三人がピストルを捨てたことにではない。これで、トキオたちを撃たずにすむことに、だ。

そのとき、声が響いた。

「何でだ！」

トキオだった。顔には赤みが差し、目には哀しみが湛えられていた。

たったひと言、責めるような問いに頭を殴られたような錯覚がした。

「何でも糞もあるか！」

勇は反射的に怒鳴っていた。その拍子に喉の奥が切れて鼻に鉄の味が抜けた。

すかさずトキオが言い返してくる。

「勇、おまえ、騙されていたって、気づいたんじゃなかったのか。使節団だって来なかったたって自分で言ってたろ！」

去年『ヒグチ』で言い争った記憶が蘇る。

あのとき使節団が来てくれたら、こんなことにはならなかった。トキオを騙して、こうしてピストルを向けることもなかったのに。

何でだ！　──それは勇の問いでもあった。

何で、来てくれんかったんや。何で、こうなったんや。

トキオはまっすぐこちらを見つめ、言葉を重ねてくる。

「約束したじゃないか！　いつか一緒に日本にって。あれは嘘だったのか？　なあ、襲撃なんて馬鹿なこと止めろ！」

いつの間にかトキオは泣いていた。

ほんの数日前の出来事が頭に去来する。

「嘘やない！　嘘なわけ、あるか！」

掛け値のない本音だ。あのときの約束に嘘はなかった。

視界がぼやける。自分も泣いていることに気づいた。涙がこぼれてゆく。言葉を振り絞る。

「せやけどやらなあかんのや！　でないと俺は、俺は──」

──守るべきものを守れない。英雄になれない。おまえに追いつけない。

「勇！　そんなことする必要はないんだ！　おまえは瀬良さんに騙されてるんだよ！」

トキオは勇と一緒にいる幼なじみたちにも視線を送る。

「勘太、昭一、太郎、次郎、みんなだ！　日本は負けたんだ！　みんな、情報の入ってこない殖民地なのをいいことに、騙されているんだ！」

左右にいる勘太と昭一が、困惑した様子で顔を見合わせるのがわかった。

「トキオお！　貴様あ！」

怒声が大気を揺らすかのように轟いた。

トキオたちを挟んだ反対側で、瀬良が仁王立ちになり、ピストルを構えていた。遠目にもその銃口がトキオを捉えているのがわかった。

「儂の前でよう言うたな。その根性だけは認めてやるわ。じゃが、一度吐いた言葉は飲み込めんぞ。いっぺん死んでみるか」

死んでみるか――その言葉が、トキオではなく、まるで自分自身に言われたかのように突き刺さった。身体中の産毛が一斉に逆立ち、鳥肌が立つ。

「そんなもんで脅すのか！　ふざけるな！」

トキオが瀬良に叫んだ。

「みんなよく見ろ！　これがこいつのやり方だ！」

トキオが両手を広げ周りを見回し、訴えた。勇に、そして勘太や昭一、前田兄弟に。かつての仲間たちに。

「そもそも、こいつは退役軍人なんかじゃないんだ！　詐欺師なんだ！　戦争に勝ったって吹聴するのも、負けたのが自分にとって都合が悪いからなんだ！　全部、嘘なんだよ！」

おまえ、何を言ってるんや。状況がわかってないんか？　ピストルを向けられているんやぞ。

「貴様ぁ！」

瀬良の指が引き金にかかるのがわかった。

銃声が響いた。

トキオたちがいる場所のすぐ脇で地面が爆ぜて土煙が上がった。

撃ったのは瀬良ではなく、勇だった。勇は、とっさに自分のピストルの引き金を引いていた。ただし、地面に向けて。

「馬鹿野郎！　おとなしく、そこに座れや！」

トキオに向かって怒鳴った。射撃の衝撃で手は痺れていた。鼻腔に侵入してきた奇妙な臭いが硝煙のそれと気づくのに、刹那の時間を要した。

勇が撃ったことは誰にとっても意外だったのだろう、場に空白が生まれた。

その一瞬に、ずっとじっとしていた秋山が動いた。素早く地面のピストルを拾った。勇にはそれが見えたが、瀬良の意識はまだこちらに向き、気づいていない。

まずい、瀬良さんが撃たれる――

未だに痺れている手と一緒に思考も痺れているかのようで、声を出すのが遅れた。

しかし秋山はピストルを構えず、そのまま瀬良に投げつけた。

ピストルは瀬良の肩にぶつかり、地面に落ちた。

「うおっ！」

不意をつかれ、瀬良がのけぞった。

「瀬良さん！」

瀬良の両脇にいた太郎と次郎が慌てる。

「今だ！　逃げるんだ！」

秋山が叫んで駆け出した。パウロとトキオも走り出す。

三人は、挟まれている前後ではなく横の森に突っ込んでゆく。

「追え！　やつらを逃がすな！」

瀬良が怒鳴り、三人が消えた森に向かってピストルを撃った。

逃げられた？

「お、追うで！」

勘太たちが森の中に駆け込もうとする。そうだ、追いかけなければ。勇も走り出そうとしたとき、瀬良に肩を摑まれた。

「余計なことをしおって！」

怒声を聞いたのと、銃把で横っ面を殴られたのは同時だった。

これまで瀬良に殴られたことは何度もあるが、そのどれよりも強烈な一撃だった。たまらず、その場でもんどり打って倒れた。口の中に、小石のような何かが出現した。奥歯が一本、砕けたのだ。吐き出すと、地面に血の混じった唾と、歯らしきものの破片がこぼれた。

みな驚いて、足を止めてこちらを注視する。

「おまあらはさっさと追え！」

瀬良に一喝され、一同は慌てるように森に入っていった。

瀬良は倒れている勇の襟首を摑み、無理矢理立たせた。

「トキオに情が湧いたか？」

至近距離で睨みつけてくる瀬良の眼には、こちらの腹の内まで覗き込むような妖しい光が宿っていた。

「やつを助けたんじゃろ！」

地面を撃ったのは無我夢中の行動だった。けれどトキオを助けるために身体が動いたのは間違いない。

「容赦するな言うたじゃろうが！　義挙を邪魔する者《もん》は誰だろうと敵じゃ言うたじゃろうが！」

瀬良は胸ぐらを摑み、勇の身体をすぐ近くの樹に押しつける。尖った樹皮が背中に刺さる。

「これは日本人全体のための義挙じゃ！　おまあのつまらん甘さで頓挫させてええもんじゃなあ！　違うか？」

「……はい」

もう覚悟は決めたはずなのだから。瀬良の言うとおりだ。この義挙はブラジルに住むすべての日本人のためのものだ。ちっぽけな個人の気持ちで揺るがしていいわけがない。きっちりやって、英雄になる。そう、誓った。

しかし——頭によぎりかけた迷いを、瀬良の声が搔き消した。

「殺せ！」

「えっ……」

「撃つなら殺せ！　容赦するな！　ええか、これは戦じゃ。陛下のための聖戦じゃ。戦場《いくさば》じゃあ甘いやつから死んでくんじゃ！」

瀬良は体重をかけて締め上げるように、勇の身体を押し続けた。胸が潰され息が詰まる。

「わかったか？」

「は……、はい……」

「ようし、おまあも行け！」

瀬良は手を離して命じた。追い立てられるように、勇は森の中へ飛び込んだ。

7

トキオは走った。

「追え！　やつらを逃がすな！」

瀬良の声。それから銃声が響いた。反射的に身がすくみかける。が、弾は当たっていない。必死に足を前に繰り出す。

「ばらばらに逃げろ！」

前から声がした。秋山だ。

意図はわかった。一人でも逃げ切れればいいのだ。一緒に逃げるよりばらけた方がいい。もっとも、もう、その秋山の姿も、パウロの姿も見えなくなっている。

まだらに生える樹木の影だけが目の前にある。枝を伸ばし、蔦を絡ませるそれらはまるで巨人のようだ。その合間を避けるように走る。枝や蔦が腕を擦り、ときに幹が身体にぶつかる。あたかも意志を持って行く手を阻むがごとくだ。

道らしき道もなく、まっすぐ走ることができない。そもそも来た道を引き返したわけではない。今自分がどの辺りにいて、何処へ向かっているかもわからなくなった。それでもとにかく、走った。足を止めれば追いつかれるかもしれない。

口は空気を求めてあえぐ。全身を勢いよく血液が巡り、うるさいほどの鼓動が聞こえる。汗と涙が混ざり合って飛び散る。

くそ！　くそ！　くそ！

頭の中を悪態が巡る。悔しかった。ただただ、悔しかった。

元凶は、あの男だ——瀬良悟朗。かつて師と尊敬したこともあった男。ここで対峙し、はっきりとわかった。あの男が、勇をそそのかしたんだ。

野営地で暗がりの中から飛び出してきた瀬良の姿は、どこか虚ろに見えた。輪郭は曖昧に闇に溶け、トキオよりも小柄なはずの身体が何倍にも大きく感じられた。

獣。かつて秋山はそう言ったが、違う。

あれは亡霊だ。

昔から知っているはずの男が、そう見えた。首元までボタンを留めた国民服は軍服さながらで、戦争に負けて滅びた国からやってきた亡霊のようだった。

その手に握られたピストルを向けられたとき、理解した。

これこそが狂信派《ファナチコ》と呼ばれる過激な戦勝派がやってきたことなんだ。愛国者を騙り、恐怖で支配し、他人の口を封じること。義挙だとか責任を取らせるとか、どれだけ都合のいい理由をつけていても、結局は卑怯極まりないテロにすぎない。

瀬良はそんなことを勇にやらせようとしている。

赦せなかった。負けてなるかと、黙ってたまるかと、叫んだ。撃たれることは覚悟していた。怒りが恐怖を麻痺させていた。

けれど、撃たれなかった。だから今、こうして逃げている。いや、逃がしてもらえたんだ、勇に。

今、あいつのためにできる最善のことは、走ることだ。走って、この森を抜けて、人を呼ぶ。馬鹿げたテロの計画を頓挫させる。勇をあの男から、亡霊から救い出す。

不意に、地面が滑った。濡れた草か、あるいはぬかるみを踏んだのか。わからないが、そのまま勢いよく尻餅をついた。

地面に手をつき、起き上がる。と、妙に視界が開けていることに気づいた。見上げた空に樹冠がなく、満月より少し欠けた月がはっきりと見えた。樹木の数がまばらになり、背の低い灌木が生い茂っているのだ。

視線を下げ、思わず息を呑んだ。

灌木のところどころに火が点き燃えているのかと思った。それは花だった。辺り一面に赤い花が咲いていた。

鮮やかな赤い大きな花弁を広げ、そこから雄しべと雌しべを突き出している。夜の黒の中、まるで爆ぜるように咲き誇っていた。

初めて見る花だ。ティランジア、サルビア、ヘリコニア、あるいは観賞用のカトレアやバラ。これまでにトキオが目にしたことのある赤い花のどれとも似ていない。そしてどの花よりも強い生命力が感じられた。

風が吹き、その花が揺れた。淡い香りがした。見た目に反してつつましやかな、甘さと清涼さを兼ね備えた、香り。

ひと目につかぬこの場所で、名も知れぬ赤い花たちが、夜ごと謝肉祭《カルナヴァル》を祝っている――そんな空想が頭に浮かんだ刹那、銃声が響いた。

我に返った。

遠くはない。誰が撃ったのか。瀬良か、勇か、他の誰かか。しかし、方向がわからない。前から後ろか右か左か。赤い花に囲まれたこの空間が、自らの内側から発せられる脈動が、感覚を阻害している。

土を踏む足音が聞こえたかと思えば、前方から人影が現われた。障害物なく射し込む月明かりが、その姿をはっきりと照らした。

「パウロ！」

「トキオ！」

パウロもこちらに気づいた。駆け寄ってくる。

「瀬良が向こうから来る、逃げろ！」

パウロが一瞥した方角、まばらな木々の奥にあの亡霊の影が見えた。こちらに近づいてくる。

まずい！　パウロと一緒になって、赤い花の中を逃げた。

走りながらパウロは吐き捨てる。

「くそ、まんまとやられた、全部茶番だった。今頃、気づくなんて！」

茶番？　パウロの顔を見た。

「襲撃の標的は大曽根さんじゃなかった。俺だったんだ！　俺をここで殺すために、この襲撃は計画されたんだ！」

一体、どういうことだ？

パウロは独り言のように続ける。

「さっきのあれは何だ？　何で銃を撃たずに投げた？　水田さんを同行させなかったのも強引だった。くそ！　全部、仕組まれていたんだ！」

ますます混乱する。

何の話だ？　何の話をしている？　いや、誰の話をしている？

「いいか、あき――」

パウロが何かを言いかけたそのとき、銃声が響いた。

続けざまに、三発。

太腿に衝撃が走るのと、顔に生温かい液体がかかるのは、ほとんど同時だった。

撃たれた——最初に認識したのはそのことだった。

右の太腿だ。先に熱を感じた。それから痛み。しかしその二つはすぐに、ほとんど判別できなくなった。走ることが叶わなくなり、たたらを踏む。

視界の端に、パウロの姿が映った。彼は首筋に花を咲かせていた。謝肉祭《カルナヴァル》を祝っている、あの花を。否、それは花が咲くかのように噴き出し飛び散る、血だ。

パウロも撃たれていた。彼は首を。

まるで時間が引き延ばされたかのように、すべてがゆっくりと感じられた。

血はこちらにも飛び散り、数滴、顔にかかった。パウロが地面に倒れ込んだ。パウロ！　呼んだつもりが声が出なかった。

倒れたパウロはぴくりとも動かなかった。

死——

はっきりと、わかった。ほんの一瞬前まで一緒に走り、何かを話そうとしていたこの命が、消えている。生命力に溢れる花に囲まれて、死んでいる。

恐怖も哀しみも湧いてはこなかった。目の前で起きたことに感情が追いつかない。

何が起きてる？　俺はどうする？　逃げる？　パウロを置いて？　いや、でも、逃げないと——足を動かそうとすると、撃たれた右の太腿に激痛が走った。まるで太腿全体が巨大な心臓になったかのように脈打つのを感じる。どくどくと勢いよく出血しているのがわかる。

寒い——撃たれた足は燃えるように熱い。身体にまとわりつく空気も熱を帯びている。しかし寒気を覚える。血と一緒に体温が流れてしまっているかのようだ。

立っているのが精一杯だ。それでもどうにか進んでゆく。

頭の中で、割れたコップのように、ばらばらになった思考が回転する。

ただでさえ暗い視界がぼやけてゆく。咲き乱れる花とパウロの血の色がにじむ。視界は朱に染まり、ほとんど何も見えなくなる。

けれど足は進むことを、頭は考えることを、止めなかった。それが本能だと言わんばかりに。パウロの言っていたことを反芻する。

秋山――パウロはきっとそう言いかけた。

瀬良が義挙を起こすかもしれないという情報をもたらしたのも、パウロをこの森まで連れてきたのも、秋山だった。まさか、あの人が仕組んだというのか？　どういうことだ？

意識は曖昧になりつつあるのに、バラバラになった思考が整えられて組み立てられてゆく感覚がする。

生きて、この森を抜け出る理由が一つ増えた。真相を確かめるんだ。

それにしても寒い。歩くごとに寒気が強まる。うだるほど蒸し暑いはずの森の中で、凍えてしまいそうだ。

日本もこのくらい寒いんだろうか。南雲家の出身地は「寒い土地《さあめ》」だったと、祖父、寿三郎がよく話していた。冬になると雪が――トキオは見たことがない白い氷の結晶が――空から降ると。

祖父は子供の頃、雪に覆われた山で薪にする枯れ木を集めていたとき、白い鳥が飛ぶのを見た。その鳥の名をトキオにつけたのだという。

――トキオよお、いつかおらの代わりに故郷《くに》に帰《けえ》ってくれそ。

ああ、そうだ。それもやらなくちゃ。行くんだ。日本に。一度も踏んだことのない、その土を踏む。トキを探すんだ。勇と一緒に。

俺にはまだやらなきゃならないことがたくさんある。やりたいことも、知りたいことも。

こんなところで、立ち止まってたまるか――不意に、前方に人の気配がした。誰かがいる。

呼ぶ声がした。

「トキオ……」

ぼやけた視界に、親友の姿が見えた。

「……勇」

トキオはその名を呼び、倒れ込んだ。

「お、おい！」

勇は身を乗り出し、身体を支えてくれた。

思ったとおりだ。こうして支えてくれる。

勇、おまえは俺を裏切ったりしない。なあ、そうだろ？　さっきもそうだった。俺を逃がそうとしてくれたんだよな。

「しっかりしろ！」

勇の声が聞こえる。トキオは精一杯の気力を振り絞り口角を上げて笑ってみせた。

「大丈夫だ……」

伝える。

伝えるんだ。

「聞いて……くれ……」

しかし、その言葉を掻き消すような怒声が響いた。

「殺せ！」

身体を勇に預けたまま首だけを振り向けると、赤い花を踏みにじってこちらに近づいてくる人影が見えた。

瀬良という獣、否、亡霊だ。

倒すんだ。

あいつを倒して、この森を出る。

勇と一緒に。

8

俺はいつの間に沖縄《シマ》に帰ってきたんやろう――トキオたちを追いかけて踏み込んだその場所で、勇は思わず足を止めた。

一面に花が咲いていた。炎のように。このむせ返るような熱気の源のごとくに。赤く染まった大きな花弁と長く突き出た雄しべと雌しべ。ほんのかすかな甘い香り。知っている花だった。仏桑花《ブッソウゲ》――ソテツ地獄と呼ばれた沖縄の花。集落で餓死者が出たとき手向ける、後生花《グソーバナー》。ずっと昔に棄てたはずの故郷に咲く花。

幼い頃の勇は、この花が怖かった。あまりにも鮮やかすぎる赤い色が、死そのものがかたちを成しているようにも思えたのだ。勇にとって集落にあったこの花の群生地は、死者の国、後生《グソー》への入口そのものだった。そこに足を踏み込んだのか。

奥歯を欠いた左の頰のうずきが、すぐに気づかせる。ここは沖縄《シマ》ではない。後生《グソー》への入口でもない。ブラジル、サンパウロ、ピグアスの外れにある森の中だ。

椰子やデイゴなど、沖縄で見慣れた植物がブラジルにも生えていることはよくある。仏桑花《ブッソウゲ》が生えていても不思議ではない。あるいは、誰か日本人が持ち込んだのかもしれない。

先に野営地を出ていった勘太らとはここまで行き合うこともなかった。径らしい径のない暗く暑い森をひたすら進むうちに、頭は茹だったようにぼんやりしてきた。方向感覚などとうに喪失していた。今、自分が森のどのあたりにいるのか見当がつかない。

不意に小さな物音を聞いた。前方の仏桑花《ブッソウゲ》《グソー》の茂みから細長い何かが這い出てくる。蛇だ。赤い花がざわめくように揺れた。蛇はまるで後生の使者のように見えた。

毒蛇、だろうか。暗くて種類の判別ができない。ちょうど蛇の頭がこちらを向いた。ぴたりと動きを止め、じっとこちらを見つめているようだ。

反射的にピストルを構えた。しかし蛇はすぐにこちらへの興味を失ったとばかりに、頭を逸らし、別の茂みに消えていった。息をつき、ピストルを降ろした。ちょうどそのときだった。

蛇が消えた茂みの向こうに人影が見えた。俯き加減で、ふらふらと進んでくる。月明かりがその姿を照らした。

トキオだった。足を引きずっていた。地面を擦る音を立てながら近づいてくる。やがて顔もはっきりと見えた。いくら何でも、向こうも気づいているはずの距離だ。しかしなおもトキオは近づいてくる。

気づいていない？　顔を俯けている。こちらの姿が見えてないのか。どうする？

どうすべきかは、わかっている。捕えるのだ。

が、勇の身体は石になったかのように動かなかった。ピストルを握った右手も降ろしたまま、ただ、その重みだけを感じていた。やがてトキオは手を伸ばせば届くほど近くまで近寄ってきた。引きずっている方の足、ズボンが変色している。濡れている。血を、流している。

撃たれたのだ。

息と一緒に唾を飲み込んだ。からからに渇いた喉にしみた。

「トキオ……」

名を呼ぶと、トキオは顔を上げた。ようやくこちらに気づいたようだ。

「……勇」

トキオは、そのまま倒れ込んできた。

「お、おい！」

石になっていた身体が自然と動き、トキオを抱き止めていた。近くで見るとトキオの顔は真っ青だった。それでいて滝のように汗を流している。

服を挟んだ感触でははっきりわからないが、身体は冷え切っているようだ。血を失い過ぎているのだ。その肩越しに、仏桑花《ブッソウゲ》の赤が不吉に揺れている。

「しっかりしろ！」

「大丈夫だ……」

トキオの顔に薄い笑みが浮かんだ。そしてゆっくりとその唇が動く。「聞いて……くれ……」

トキオが何か言おうとしたとき、声が轟いた。夜の底を震わせるような声が。

「殺せ！」

声の主はトキオの背後の暗闇から現われた。

瀬良だ。

月明かりが国民服を照らす。土を踏む音がざくざくと響く。頭上から注ぐ光の陰になっていて表情が見えない。黒く塗り潰されたそこから、声が響く。

「勇、そいつを殺せ！」

トキオは、真っ青な顔をして、勇に体重を預けている。目が合った。トキオの瞳が月明かりに潤んで見えた。やや茶色がかっている。

こいつ、こんな目の色してたんか——これまでトキオと目を合わせたことは何度もあるが、その色に気を留めたことなどなかった。

トキオも、こちらの目を見ている。今、何を思っているのか。どういうつもりで俺に身体を預けているのか。

……やれ……殺せ……やれ……殺せ……。

瀬良のみならず辺りの仏桑花《ブッソウゲ》が——後生花《グソーバナー》が——囁いているかのようだ。

頭の中はますます茹だる。額からぼたぼた汗が垂れ、至近距離にいるトキオの姿が歪む。

「言うたじゃろうが！　容赦するな。さっさとやらんか！　そいつはもう虫の息じゃ、簡単じゃろうが」

やる。もうやるしかない。まるで鉛の塊のようになった重たい手を強引に持ち上げようとする。

耳の奥でどくどくという荒い鼓動が聞こえる。それが自分のものなのか、トキオの身体から伝わってくるものなのか判別がつかない。

「勇……」

トキオの声。

瞬間、思い出す。トキオが行くのは後生《グソー》じゃない。祖国だ。一緒に帰る。トキを探す。約束をしたじゃないか。

勇は瀬良に視線を向けた。

「瀬良さん、こいつはもうろくに動けません！　殺さなくても、俺たちの邪魔はできません！」

トキオを殺す必要なんてない。生きておったら、生きてさえおったら、いつか約束を果たすことができるかもしれん。英雄になった俺が、刑務所から出たあと、トキオと一緒に日本へ行くことだってあるかもしれん。

瀬良は足を止めた。勇のいる位置から三メートルほど。先ほど蛇が消えた茂みの辺りだ。

瀬良は笑い声を漏らす。

「どうせそいつは、放っておきゃあ死ぬ。義挙を放りだして医者に連れてくか？　そんな真似はでけんじゃろ。おまあが引導渡しちゃれ」

「え……」

改めてトキオの顔を見る。その肌は暗がりでぼんやりと発光するかのように、白かった。足からはまだ血が流れ続けている。咲き乱れる後生花《グソーバナー》は、それを吸ったかのように赤い。

このままでは死んでしまう——たとえ医師でなくても、見ればわかることだった。

「勇、トキオは親友じゃろ。おまあが、楽にしちゃれ。義挙の前の、ええ予行じゃ。一人殺しとけ。それでおまあも、一皮むける。子供《じゃり》ん頃から競ってきたおまあらも、これで決着じゃ」

決着。

そうだ、この手で殺せば、紛うことなく俺の勝ちや——先ほどの重さが嘘のように腕が動いた。ピストルの銃口を正面からトキオの頭に突きつける。

トキオはまっすぐにこちらを見ている。

勇もまっすぐにトキオを見る。

トキオは場違いなほど柔らかな表情をつくった。そこには恐れも哀しみもなかった。

利那、戸惑う。おまえはどうしてそんな顔をしている？　騙され、利用された挙句、殺されようとしているのに。あきらめたのか？　それとも、いつかの全伯大会のときと同じように、俺に勝ちを譲ろうとしているのか？

「さあ殺せ。おまあの勝ちじゃ。殺して、おまあは英雄になれ！」

瀬良の声とともに後生花《グソーバナー》の囁きは叫びに変わる。

やれ！　殺せ！　殺せ！

トキオは瞬きさえもしない。

違う。

トキオはあきらめていない。俺に勝ちを譲る気などない。浅い呼吸を繰り返し、息を整えている。喋らず、動かず、身体に残った生命力をかき集めているんだ。

視線が、雄弁に語っている。

ただ、信じていると。

トキオは俺のことを信じている。何度も騙され、あまつさえ銃を突きつけられてなお、馬鹿みたいに信じている。

瞬間、記憶の洪水が起きた。

生まれた土地、沖縄の景色。後生花《グソーバナー》の赤と美しい海《チュラウミ》の青。移り住んだ大阪の汚い海と沖縄部落。日本を離れて辿り着いた弥栄村。世界で一番日本から遠い土地に造られた、小さな日本。トキオと出会い過ごした日々――瞬き一度ほどにも満たない刹那、そのすべてが去来した。

不意に風を感じた。身体にまとわりつく熱気を吹き飛ばす涼やかな風。それは匂いを運んでくる。懐かしい匂いを。土と堆肥と雨、川と草いきれ、馬や鶏、家で挽いたコーヒー豆、南雲農園の薄荷。他にもいくつもの匂いが混ざった匂い、かつてまだトキオの南雲家がいた頃の、弥栄村の匂い。もう失われてしまったはずの匂いだ。

きっとこの風は、過去から未来へと吹く風だ。

トキオの唇がかすかに動く。ほとんど声にならない、小さな声。されど何を言ったかはわかった。

勇は引き金を引かず、トキオの身体を突き放した。トキオはその場に倒れ込む。気づけば、腕をまっすぐに伸ばし瀬良にピストルを向けていた。

――瀬良を撃て。

トキオはそう言ったのだ。勇は応えた。身体が勝手に応えていた。大義も義挙も、日本人ということさえ、消えていた。比嘉勇という一人の人間として親友の声に応えた。

瀬良が目を見開く。まさか自分にピストルが向けられるとは思わなかったのだろう。勇自身、ほんの一瞬前まで、自分がこんなことをするとは思っていなかった。

トキオを殺すなんてできない。だったら、そんな命令を降すやつを殺してやる。この風が吹く先へ——未来へ——トキオと一緒に至る。

自分の想いを頭が理解したのは、引き金を引いた瞬間だった。

銃声とともに、瀬良は身をのけぞらせた。頭部から血が噴き出るのが見えた。射撃の反動で、勇の右手が跳ね上がる。

やった——そう思った矢先、しかし瀬良は倒れることなくその場に踏みとどまった。左の耳を手で押さえている。その隙間から黒い血が滴っている。弾丸は、耳を削いだだけだった。

「勇！　貴様あ！」

瀬良はピストルをこちらに向ける。勇も体勢を整え再びピストルを構える。が、間に合わない。瀬良が引き金に指をかける方が早い。

そのとき、地面を影が走った。

トキオだ。

倒れていたトキオが、瀬良に跳びかかった。瀕死とは思えない素早さで。一気に距離を詰めて、瀬良が引き金を引く一瞬前に、足に取りつく。

瀬良が体勢を崩した。ピストルが手から落ちる。トキオはそのまま瀬良を押し倒した。

「勇、今だ！」

トキオが瀬良の足を押さえたまま叫んだ。

「おおっ！」

勇は大股で駆け、倒れた瀬良の前でピストルを構えた。

外しようもない距離だ。削げた耳から血を流す瀬良の顔面に狙いを定めた。そこには、まず驚愕、それから怒りの表情が表われた。

「おまあ、儂に得物を向けるんか！　儂はおまあの師じゃぞ！　大日本帝国軍人じゃぞ！　儂に仇なすゆうことは陛下に仇なすゆうことじゃ、国賊になるゆうことじゃぞ！」

大日本帝国、そして天皇陛下──すべての日本人を包み込む、強く大きなもの。何よりも大切だと思っていた。信じてきた。そのためにこの命を賭けようとさえ思った。

けれど、気づいた。今更、気づいた。あの風が、気づかせてくれた。

かけがえのないものはもっと近くにあった。親友と、仲間たちと、時間をかけて培ったものがたしかにあった。

勇は一度息を吸い、口を開いた。

「だったら俺は、国賊でもええです」

かつてその汚名を親友に着せたことがあった。

はるか遠くの祖国の威を借りて、すぐ近くのかけがえのないものを傷付けた。

なら今度は俺が喜んでその汚名を着よう──自分の身体を動かす想いに、あとから思考が追いついてくる。

「何を言うとる！　その銃を降ろさんか！」

瀬良が怒鳴った。空気が震える。反射的に言うことを聞いてしまいそうになる。尊敬すべき軍人で、柔道の師。この男に従うべきと、頭に刷り込まれている。

否！　今はそれを断ち切るときだ！

意志の力を総動員して引き金に指をかけた。

それを見るや、瀬良は眉尻を下げ、笑みを浮かべた。そして早口になってまくし立てる。

「ま、待て！　勇！　落ちつけ。落ちつくんじゃ。わ、わ、わかった！　おまあの根性はわかった。大したもんじゃ。儂が悪かった！　親友殺せなんて、無体じゃったわ」

瀬良が謝るのを初めて目の当りにした。むしろそのことに、戸惑った。瀬良は顔の前で拝むように手を合わせる。

「その銃、降ろしてくれ。ほれ、頼むで。おまあの言うとおりじゃ、殺すことはなあ。のう。ほれ、その銃を降ろせ。なあ、はよう降ろせえ。頼むでえ」

猫なで声としかいいようのない腰の抜けた声。

命乞いだ……。

瀬良が。質実剛健を絵に描いたような男と思っていた、瀬良が。命を賭して大義を果たせと説いた、あの瀬良が。ほんの一瞬前に、大日本帝国軍人だと威を誇った男が。

「なあ、勇。いや、勇さん。ほれ、銃を降ろしてくれえな」

みっともなく、情けを乞うている。

その様は幾万の言葉より雄弁に語っていた。この男の本性を。

「瀬良さん、教えてください。あんた、ほんまに軍人だったんですか。兵役逃れのためにブラジル来たんと違いますか？　あんたが情報仕入れてくるアオキ大尉ゆう人、ほんまにおったんですか。あんた自身がアオキゆう名前で詐欺やってたん違いますか？　それから……日本はほんまに戦争に勝ったんですか。ほんまは負けとるのに、それやと都合が悪いから勝ったことにしたんと違いますか？　命が惜しかったら、全部正直に答えてください」

口から問いが溢れていた。

「それは……」

瀬良は言い淀む。

勇は引き金にかかった指をぴくりと動かした。

瀬良は慌てて手を広げて顔の前に掲げる。

「待て！　待ってくれ、言う、ほんまのこと言う。そうじゃ、全部、嘘じゃ……。おまあの言うとおりじゃ！　儂は軍人じゃなあ。アオキ大尉なんておらん。そいから日本は、負けた。負けたんじゃ！」

負けた。

日本は、負けた。

もうとっくにわかっていたはずのことだ。

こんな男に……。鼻の奥がツンとした。涙腺が緩む。こんな男に、そそのかされていた。

「ふざけるな！」

腹の底から怒りが湧いてくる。目の前の瀬良への、そして自分自身への。

抑えきれない殺意が溢れる。引き金にかけた指に力を込めた。

瀬良は目を剝き、のちに観念したように目をつむった。

が、手元のピストルはガチャリと軋んだ音を立て、引き金が途中でつかえるように止まった。

え？

弾が詰まっている。装塡不良。錆が浮くような古いピストルにはつきものの不具合だ。

目を開いた瀬良の顔に喜色が浮かんだ。

「うおおおお！」

瀬良は雄叫びを上げ、足元のトキオを蹴飛ばし振り払い、起き上がると、そのまま、勇に体当たりをした。

不意を打たれ、吹っ飛ばされる。蹴飛ばされたトキオと並んで地面に転がった。

なんとか身を起こそうとするが、目の前に瀬良の姿があった。素早く自分のピストルを拾い、銃口をこちらに向けている。

瀬良は歯をむき出しにして、笑っていた。つい先ほどみせた卑屈な笑みとは違う、楽しくて仕方がないといったふうな笑顔を湛えていた。

「形勢逆転じゃな。おまあには特別ええ夢見してやったんに、恩を仇で返しおってからに、この馬鹿者《もん》が」

「夢、やと」

「そうじゃ。おまあなんか、お国に棄てられた沖縄者《もん》じゃろうが！」

瀬良は甲高い声で笑う。

「海外雄飛じゃ新天地じゃあて煽《おだ》てられたんじゃろうが、何のことはない、全部、食い詰め者《もん》を海の外に棄てる方便よ。お国がそう仕組んでおったんじゃ。なのになあ、健気にお国を信じて汗水垂らして働いたな。日本人は立派な民族じゃ、いつか錦衣帰国すんじゃあて。度し難い。おまあだけじゃなあ、このゴミ溜めにおる二〇万の日本人、全員が度し難い棄民なんじゃ！」

昔、移民船で聞いた誰かの言葉がまた蘇る。

――俺たちはお国に棄てられたんだ！

「だからどうした！」

精一杯、言い返した。

「お国に棄てられたって、皇国臣民やなくたって、俺は俺や！　俺《ワー》は沖縄《シマ》で生まれて、大阪で暮らして、弥栄村で育った比嘉勇や！」

風が——記憶が——教えてくれたことだ。

瀬良は笑った。けたたましく、その耳障りな声が響く。

「何を言うとる。おまあだって夢を見てたじゃろうが。儂が見してやった夢を。儂らは日本男児、ガイジンなんぞよりもずっと立派な皇国臣民じゃて。日本は不敗の神国じゃ、戦争に勝ったってな。どうじゃ、気持ちえがったろう、誇らしかったじゃろ、報われたと思ったんと違うか？　なあ、そうじゃろ。おまあには志津のことも抱かしてやったけえ。えがったろうが。ずっと好いとったんじゃろ。この世の全部、手に入れた気分になれたじゃろうが。じゃがなあ、あいつは他の男ともできとったで。おまあなんざ、たくさんおる間男の一人よ」

ああ、そうか。志津先生、あんたそうやったんか……。

不思議と騙されたとも裏切られたとも思わなかった。思い出したのは、彼女の傷痕だった。渡辺少佐に火箸を押しつけられたという火傷の痕。それが、目の前の男の姿に重なった。足元の後生花《グソーバナー》が、耳から流れている血が、炎に見えた。瀬良は全身を灼かれ、肌を爛れさせながら、喋り続けるようだった。笑い声はしかし慟哭にも聞こえた。

「どうじゃ、本当のことなんて知ってもつまらんじゃろうが。馬鹿馬鹿しいじゃろうが。ずっとあの夢に浸っとればえがったんじゃ……くっ」

瀬良が突如、顔をしかめた。ピストルを構えたまま、もう片方の手を国民服の襟に突っ込んで自分の身体をまさぐった。やがて、襟から出した手にはロープのような細長い何かが握られていた。

蛇だ。倒れていたときに服の中に入り込まれていたようだ。

「糞が！」

瀬良は鞭を振るようにして蛇を地面に叩きつけ、足で踏みつけた。蛇はその場でぴくぴくと数度痙攣し動かなくなった。

隙ができないか窺うが、瀬良はしっかり銃口をこちらに向けたままだ。

「ふん、興が削げたわ。もう終わらすか。いつかおまあを介錯しちゃるて言うたの覚えとるか。今、あの約束、果たしちゃるわ」

瀬良は引き金に指をかける。

そのとき、トキオが半身を起こした。そして膝立ちのまま、懸命にその身を引きずる。逃げるのではなく、前へ。まるで盾になるように、勇の前に出て左右に腕を広げた。

「トキオ……」

肩で息をしながら、目一杯、両腕を広げるトキオの背中が語っていた。

——おまえは、俺が守る。

「あああああっ！」

勇は吠えた。

トキオ、どうしておまえは、そこまで……。

「トキオ！　ええ、そんなことをしなくてええんや！」

盾にならなきゃならないのは、俺の方や。勇はトキオを抱き寄せ、体《たい》を入れ替える。トキオの身を自分の身で覆い隠すように背中を瀬良に向けた。しかしトキオの身体は勇より大きく、すべてを隠しきれない。

「トキオ……ごめんな……ほんまに、ごめん」

俺が悪かった。俺が間違っていた。俺が愚かだった。

気づく機会はいくらでもあった。瀬良のことも、日本の勝利も、冷静に考えれば怪しいことばかりだった。けれど、自分に都合のいい幻を信じてしまった。瀬良の言うとおりだ、夢を見た。

怖かったんや――。

負けることが怖かった。地球の反対側までやってきて惨めな思いをしたくなかった。自分は立派な日本男児だと思いたかった。みんなにも思ってもらいたかった。何者でもない、ちっぽけな男だと思われたくなかった。だから夢に逃げ込んだ。

俺はただの臆病者だった。

「ごめん……」

声がかすれた。

トキオはこちらを見て微笑んだ。

おまえはそれでも俺を赦そうとするんか。赦してくれるんか。

背後から瀬良の高笑いが聞こえた。

「互いに親友を守りたいか。甘い、まったくもって甘いわ。言うたじゃろうが、甘いやつから死んでくんじゃとなあ！」

振り向き、肩越しに瀬良を睨み付ける。

「撃ってみいや！　何発でも、撃ってみい！　全部俺が受け止めたる。トキオには一発も当てさせん！」

しかし瀬良は、嘲笑う。

「何じゃそりゃあ。そんなことをしてもトキオはもう助からんわ。おまえが死んだら、そこで野垂れ死ぬだけじゃ。愚かじゃのう」

「違う……」トキオが絞り出すように言った。「おまえには……、わからない……だけだ……」

言いながらトキオは再び、体を入れ替え、自分が盾になろうとする。勇はそれを抑えて、トキオの身体を瀬良の射線から隠す。

ああ、そうだ。

瀬良《こいつ》にはわからないんだ。

一段高いところから、棄民だとか、夢を見せただとか言い放つ、この男こそが、一番自分に都合のいい夢を見ている。自分だけは他の者とは違う特別な存在だという夢を。だから、わからない。誰かのため身を挺する心が。

「おまえはただの臆病者や！」

それは勇自身のことでもあった。

「ふん、何じゃその生意気な言い草は！　ほれ、命乞いをせいや！」

そんなことしてたまるか。

ふっと、息を吐く音を聞いた。見るとトキオが不敵な笑みを浮かべていた。

ああそうか。そうやな。せめて、笑ってやろう——勇は口角を思い切り上げる。もう何もかも遅いのかもしれない。日本は負けた。英雄にもなれない。それでも、せめて。

瀬良の顔が歪んだ。

俺らが怖いんか。何より我が身が可愛いおまえやから。死を目前にしても互いを庇い笑える俺らが怖いんか。そうやろ。

「何じゃその面《つら》は！　何が可笑しい！　笑うな！　死んで後悔せえ！」

まさに引き金を引こうとした、そのとき、瀬良はぴくりと身体を震わせた。

「あ……」瀬良は突然、眉根を寄せ、あんぐりと開いた口からうめき声を漏らしだした。「ああっ……う、うう……」

顔にははっきりとした苦悶が浮び、口元から唾を吹き出した。

苦しんでいる。何故かはわからないが、瀬良は苦しんでいる。

「くそっ！　こ、こんな……、があぁ……」

瀬良は必死にピストルを構えようとするが、腕はぶるぶると震えてしまう。腕だけではない、足も首も、瀬良は全身を痙攣させている。勇はただ呆気にとられるばかりだった。

何だ？　何が起きているんだ？

まるで瀬良という人間が壊れてゆくようだった。

「ぐわらがぇえ！」

もう叫び声ですらない、獣のような断末魔の咆哮。それを最後に、瀬良はその場に仰向けに倒れた。後生花《グソーバナー》が、咲き乱れる地面に。

白目を剝き、開いた口からは泡になった唾を溢れさせていた。まるでこの森が手向けるように、赤い花弁がひとかけ落ちて、瀬良の頰に張り付いた。

ウルツー？　あの蛇はウルツーだったのか。いや、だとしても、ここまでではないはずだ。こんなに早く全身に回り、人を殺す毒を持った蛇などいない。

唐突に古い記憶が頭をよぎった。弥栄村に初めてやってきた日。馬車《カロッサ》の中で、毒蛇の話をした。あのとき、志津は言ってなかったか。「兄さんがウルツーに嚙まれた」「血清で助かった」と。二度目だったのだ。一度毒蛇に嚙まれ血清で治療をした者が、もう一度同じ毒蛇に嚙まれると、免疫が暴走して即死することがあるはずだ。これも村に来たばかりの頃に教わった。

「そうか、カアアポラ……全部……当たった……」

トキオがかすれた声で独りごちた。少し笑ったようだった。

カアア……何だ？　わからないが、それどころではない。彼の足からは未だに血が流れ続けている。

「今、医者、連れてったる！」

勇はトキオを抱きかかえ、そのまま背中におぶった。

少し軽い気がする。何より肌が冷たい。

勇は駆け出した。どちらに進めばいいのかわからない。それでもじっとしているわけにはいかなかった。どの方向でもまっすぐ進めば森を出るはずだ。そこから、街へ。トキオを医者に連れていく。トキオを助ける。

前方に人が倒れているのが見えた。思わず足を止める。

身体を半身にして首筋からおびただしい量の血を流し、ぴくりとも動かない。ひと目でわかる。死んでいる。瀬良と同じく、後生花《グソーバナー》に囲まれて。知っている者だった。

「パウロ……」

その名を呼んだ。動かぬまま、無論返事も返ってこない。

「パウロが……標的……だった……」背後からトキオの声がした。「みんな……騙された、俺も……おまえも……仕組んだ……のは――」

途切れ途切れに、トキオは驚くべきことを語り出した。

「お、おい。それほんまのことなんか?」

「……確かめて……くれ……」

トキオの声がか細くなる。

そうか、真偽はわからないのか。託すような物言いにぞっとした。トキオの身体を支える手も、すでにべっとりと血で濡れているのがわかる。

「一緒にや！」不安を振り払うように声を張り上げ、再び走り出した。「それが、ほんまやったら一大事や。二人で確かめよう」

トキオは答えず、息を吐いた。

勇は歩を進める。

この場所にいてはいけない。トキオまで連れていかれてしまう。この赤い花に。そんなことさせてたまるか。息が切れるが構わず足を動かした。

トキオを助ける。助けるんや。

やがて行く手を邪魔するようにおびただしい樹木が現われた。まっすぐ進むのが難しくなる。けれど、いいことだ。後生花《グリーバナー》の群生地を抜けたのだ。

どうだ、ざまあみろ。おまえらなんかに、トキオを連れていかせてたまるか！

――間に合わないよ。

背後から後生花《グリーバナー》の声が聞こえた気がした。

街までどれほどかかる？　トキオを背負って何分で行ける？　トキオはしばらくひと言も言葉を発していない。息をしているのか？　自分の息づかいが邪魔でわからない。

嫌な想像が頭をよぎる。

考えるな！　とにかく進め！

「勇……」

後ろから呼びかけられる。声が聞こえたことに安堵を覚えた。

しかし前方には何処までも樹木が連なり暗い森が続いている。湿気と熱気は、いくら振り払ってもまとわりつく。ちくしょう、どれだけ走れば出れるんや。街はどっちや。

――間に合わないよ。自業自得だ。全部、おまえが招いたことじゃないか。

またも後生花《グリーバナー》の声。

そんなことはわかっとる。悪いのは俺や。だったら俺を罰してくれ。どんな罰だって受ける。だから頼む。頼むからトキオを連れていかんでくれ――祈る想いで勇は走り続けた。

そのとき、声がした。

「……ありがとう」

9章　呪術師《マクンベイラ》の老婆に歌う

その老婆、渡辺志津は、何も答えず海に視線を戻す。夕陽が白く濁った水面を橙色に染め上げている。いつの間にか強まった海風が、私たちに吹き付けている。

「――過ちは繰返しませぬから」

私が言うと、志津は海をじっと見つめたまま尋ねてきた。

「何よ？」

「慰霊碑にあった言葉です。もうずいぶん前ですが、日本に行って来たんです。広島、あなたの故郷にも足を運びました。平和記念公園の原爆ドームの前にある慰霊碑に書いてあったんです。〈安らかに眠って下さい　過ちは繰返しませぬから〉。あれはきっと私たちの言葉でもありますよね」

逝ってしまった人々は、せめて安らかに。取り返しのつかない過ちは、せめて繰り返さぬように。過ぎ去った愚かさへの、せめてもの、手向け。

私は目を細めて夕陽を反射する水面を見る。

「南米の強い陽射しは、いいですね。灼いてくれるから。後悔で凍えそうな心を。じりじり、じりじり。灼いてくれる」

志津はゆっくりとこちらを向く。少し口角が上がったようだった。

「そうか。わかったわ……あんた、比嘉さんじゃろ？」

問われ、私は頷いた。この人に名字で呼ばれるのも、さん付けで呼ばれるのも、ひょっとしたら初めてかもしれない。

「立派になりおったねえ。見違えたわ。ふふ、言葉も変わりおってねえ」

志津の声が柔らかな丸みを帯びた気がした。

「街で暮らすうちに、訛りはすっかり抜けました。今はサンパウロで自転車屋をやっています。それから人文研の仕事も手伝っています。一番上の孫はもうすぐ結婚します」

人文研とは『サンパウロ人文科学研究所』のことだ。戦後、蜂谷商会の蜂谷専一の呼びかけにより始まった会合『土曜会』を母体とする研究機関である。ブラジルの日本移民史や、日系人社会に関する調査と研究を行っている。

偶然『土曜会』の立ち上げ時に居合わせた私は、のちに声をかけられて人文研の事務仕事を手伝うようになった。ろくに学校にも通っていない私の身には余ると思ったが、戦後の邦人社会、コロニアに少しでも貢献できればと引き受けた。

多少でも学をつけようと夜学に通い、かつては不要と思い覚えなかったポルトガル語も習得した。人文研では、手伝いの傍らライフワークとしてあの頃のことを――終戦直後のブラジル邦人社会の混乱のことを――調べ続けている。

「はは、そう。あんたの孫が結婚すんの。うちも歳をとるわけじゃ」

聞き覚えのある、耳に心地よい笑い声だった。

俗に「勝ち負け抗争」と称される、太平洋戦争の結果を巡る混乱は、日本人が日本人を襲撃するテロにまで発展した。ほとんどの襲撃犯は逮捕され、終戦の翌々年、一九四七年一月を最後に人が死ぬような事件は起きなくなったが、その後も数年にわたり、戦勝派と敗戦派の対立は続いた。

日本という呪い――それは慰めかもしれない。あの時代の私たちは呪われていた、とでも思わなければ、同胞同士で憎み殺し合った日々の記憶はあまりにもつらすぎる。

この呪いを解いたのは、時間だった。

時間が経つうちに、少しずつ敗戦を受け入れる者が増え、当初少数派だった敗戦派が多数派となり、日本の敗北は疑いようもない常識へと変わっていった。

区切りとなったのは一九五二年の日伯の国交正常化と、一九五四年のサンパウロ市創立四〇〇年祭だろう。人と情報の往来が頻繁になったことで敗戦受け入れの流れは一気に加速した。そしてサンパウロ市創立四〇〇年祭を機に、在伯邦人たちは混乱を超えて団結するために財団法人を設立した。

このとき、かつて「在伯邦人社会」や「日本人社会」など様々な呼び方があった、ブラジルに暮らす日本人と日本にルーツを持つ日系人のコミュニティの総称は「コロニア」で統一することになった。辞書的には「移民集団」を意味するこのポルトガル語には、同胞融和の願いが込められている。

概ねこの前後で勝ち負け抗争は終結したと考えていいだろう。

こうして再出発したコロニアの人々がやったことは記憶の封印。タブー化と忘却だった。分断を乗り越えるため、極力、抗争のことは思い出さない、話もしない。みながそう努めた。

それはある意味成功した。被害と加害をうやむやにして水に流すことで、コロニアはきわめて短期間で団結し前に進むことができた。やがてブラジル人が抱く日本人のイメージも大きく変わっていった。理解不能な抗争事件を起こした得体の知れない者たちから、勤勉で真面目な信頼できる人々へと。今やブラジルは世界で最も親日的な国の一つと言えるだろう。

しかし、その中でこぼれ落ちていったものも、ある。

勝ち負け抗争で起きた一連のテロについては〝狂信的な戦勝派が敗戦派を襲撃した〟と理解されがちだが、これはあまりにも単純化されたものだ。大半の日本人が最初は戦勝派でのちに敗戦派に立場を変えたこともあり、加害者／被害者と切り分けることさえ本来は難しい。抗争を利用し、気にくわない相手を殺害したと思しきケースも実は少なくない。

ピグアスの森で起きたあの事件もその一つだ。

「少し前に、何じゃ学者さんみたいな人が調査じゃゆうて来たっけねえ。うち、あんときは本名で答えたんじゃ。ずっと偽名で暮らしとったのに……。さすがにもうほとぼりも冷めた思うて、少し気ぃ抜いたかねえ」

「その調査を行ったのは人文研と、日本から派遣されたＪＩＣＡの職員たちです」

一九八七年から八八年にかけて「ブラジル日本移民八〇年記念事業」として、ブラジル日系人実態調査が行われた。その調査票の中に〝ワタナベ・シヅ〟の名を見つけ、私はここベレンまでやってきたのだ。同姓同名の別人である可能性もあったが、もし私の知る彼女であるなら、何としても会いたい、会わなければならないと思った。そこに意味があろうと、なかろうと。

「もしかしたらうちは、いい加減、見つけて欲しかったのかもしれんね、あんたみたいな人に」

志津の顔に表情はなく感情を読み取ることはできなかった。

私は自分が知っていることと、これまでに集めたさまざまな状況証拠により辿り着いた、あの事件の真相を彼女にぶつける。

「ピグアスで起きた襲撃事件の目的は、大曽根周明を殺害することではなかったんですよね。どさくさに紛れて樋口パウロを殺害することが本当の目的だった。仕組んだのは、アオキ。いや、あなたのお兄さんです。そうですよね」

「うちの兄さんは、あんとき死んどるよ」

「それは瀬良悟朗ですね、あなたと血の繋がった兄の。しかし、あ、な、た、に、は、も、う、一、人、血、の、繋、が、ら、な、い、兄、も、い、た。ブラジルに移民するとき条件を満たすため、構成家族として形式上の兄となり、一緒にブラジルにやってきた人物が。構成家族は便宜上のものです。特に初期の移民ではブラジルに着いたら他人として暮らすケースが多くありました。その人物もそうだった。けれど、あなたは彼をずっと兄のように慕っていた。今日もあなたは血の繋がった兄、つまり瀬良悟朗のことは『兄さん』。血の繋がらない構成家族の兄は『兄様』と呼び分けていましたよね」

　志津は小さく息を吐き、頷いた。

「その様子じゃ、調べはついておるんじゃね。兄様のことも」

「ええ。移民船の記録と日本に残っていた戸籍の記録を突き合わせ、確認しました。あなたが『兄様』と呼ぶ人物。それはサンパウロで移民会社『帝國殖民』に通訳として雇われ、のちに大曽根周明の側近になった秋山稔です」

　大曽根周明の右腕と目され、弥栄村にもよく顔を出していた、あの垢抜けた陽性の男。

　私は続ける。

「秋山稔はあなたと瀬良悟朗の構成家族だった。来伯後は他人として暮らしたけれど、秋山と瀬良は盟友と言っていい間柄だった。別にそれ自体はあの当時はよくあることでした。ただ、戦争が始まってから二人は密かに結託し、詐欺を働くようになった。あなたも、それに協力をしていた。アオキ、というのはその頃から使っていた偽名の一つで、瀬良が名乗ることも秋山が名乗ることもあったのでしょう」

「そうよ。あん二人、兄様と兄さんはね、ほんまは兵隊になるのが嫌でブラジル来たんだわ」

「でも、最初から詐欺師になるため来伯したわけでもないですよね。仮に兵役逃れだとしても、志はあったはずです。そうでなければ、この国は遠すぎます。私は、秋山が移民を助ける仕事に矜持を抱いていたのは、本当だと思っています。瀬良が弥栄村にやってきたのも、純粋に柔道の師範としてだったのでしょう。けれど戦争が始まって、政府の要人だけが交換船で逃げ帰り、『帝國殖民』も業務を停止した。ブラジルに取り残され、国に棄てられたと悟ったあのとき、変わったんじゃないでしょうか。秋山も、瀬良も——」

交換船のことを伝えながら秋山が流した涙は、心からの涙だったのだろう。

あのときの哀しみは、私もまだ覚えている。まして数多《あまた》の移民をこの国に連れて来て励ましていた秋山の絶望はいかほどだったろう。彼は移民会社の仕事と一緒に、志も奪われたのだ。だからといって、その後、やったことを肯定はできないけれど。

秋山と瀬良は敵性産業論を利用し、弥栄村から南雲家を追い出し、その土地を奪った。日本が敗戦し戦争の結果を巡る混乱が始まると、戦勝派と敗戦派に分かれてその対立をも利用して詐欺を働いた。

瀬良は狂信派《ファナチコ》と呼ばれるほどの熱狂的な戦勝派を演じ、秋山は大曽根の側近となった。秋山は大曽根から信頼を勝ち取り資金の管理を一任されるまでになった。それを利用し、認識運動の資金の一部を横領していた。

「秋山にとって誤算だったのは、人が死ぬような襲撃事件が頻発するようになったことです。混乱を利用はできても、コントロールすることなどできなかったんです。大曽根周明は身を隠し、帳簿を認識運動に協力している樋口家に預けることになりました。そして帳簿を検めたパウロが数字が合わないことに気づいてしまった。しかし——」

しかしパウロはよりによって秋山に相談してしまったのだ。横領犯本人などとは思いもせず。きっとパウロは、都会に馴染み仕事をこなす秋山を尊敬していたのだと思う。

秋山はパウロが真相に辿り着く前に、瀬良に殺害させる計画を立てた。私たちがサンパウロに送り込まれたのも、その一環だったのだろう。

あの事件の夜、みなが落ち合った野営地に、パウロを誘い出したのは秋山だった。秋山は瀬良との対立を演じ、瀬良がパウロを殺害し、計画はほとんど成功していた。

「けれどパウロは秋山が黒幕だと気づき、死ぬ直前、仲間の南雲トキオに伝えようとしたんです」

私は自分の言葉が震えているのを自覚した。南雲トキオ。その名を敢えてフルネームで呼んだ。私たちの愚かさの犠牲になった、彼の名を。

「瀬良は彼のことも始末しようとしたけれど、自身が命を落としてしまいました。蛇に嚙まれて。より正確には、同じ蛇に二度嚙まれたことで発生する強度のアレルギー反応、アナフィラキシーショックによって」

志津は「ふふ」と小さく笑った。

「よう調べなすったねえ。あんたの言うとおりじゃ。ただ、今思い返すとねえ、兄さん、狂信派《ファナチコ》のふりしてるうちに自分に酔っぱらって、いつの間にかほんまの狂信派《ファナチコ》になっとったようにも思えるわ。正味のところはもうわからんけどね。兄様は、そんな兄さんのことを『獣』て言うてたの。そいで自分は『猛獣使い』じゃて。兄さんのこと操って味《あん》ようやっと《じょう》ったんに、その兄さんが死んでもうた。そいでうちらは姿をくらませるよりなくなったんじゃ」

「その後も、あなたたちは偽名を使い、あちこちで詐欺を働いていたんですね」

「そうよ。そのうちに兄様も死んでしもうたんよ。偽宮事件で釈放されてすぐじゃったわ。風邪こじらして、肺炎になって、そのまんま……あっけないもんじゃったわ。そいからうちはずっと独り。いろんなことをしたけんど、今はこうして占いの真似事しとるわ。占いのコツはねえ、その人の言うて欲しいこと探って、それを言うてやることよ。うちはそういうの得意じゃあ。あんたも知っとるでしょう」

　志津の声はかすかに露悪的に響いた。私は否定も肯定もしなかった。

「そいで、あんたはどうすんの？」

　志津は小首をかしげた。すっかり黒ずみ皺だらけになった顔にかつての面影はない。それでもその小さな動作が醸した雰囲気は、私の知っている志津——志津先生——のそれだった。

「うちを警察に突き出す？　それとも海に突き落として殺しでもするかいね？　うちを恨んどるじゃろう。なあ、勇くんは、旦那さんは、達者かいね。里ちゃん？」

　懐かしい。私をそう呼ぶ人はもういない。およそ四五年の時が巻き戻った気さえする。

　あの夜、私と志津は夜行列車で村に帰った。けれど村についても間もなく、志津は姿を消してしまった。

　私は息を吸い、極力気持ちを落ち着かせて口を開いた。

「夫は今から八年前、心臓を悪くして息をひきとりました」

　私の夫、比嘉勇は、事件のあと、警察に逮捕され、サンパウロ州北東の海岸部にある小島、アンシェッタ島の監獄に入れられた。直接人を殺したわけでもなかったため訴追はされなかったが、およそ三年も監獄に留め置かれた。あれは一種の見せしめだったのかもしれない。

　出獄後は勤勉に働いてくれた。何もないところから自転車屋を始め、商売を軌道に乗せ、子供たちにもきちんとした教育を受けさせた。

「そうかい。うちを恨んでたろうねえ。あんただって、もう知っとるじゃろ。うちが何をしとったか。うちが勇くんたぶらかして、ええように操ったんじゃあ。ひょっとして、あの頃から気づいとったかいね？　なあ、あんたもうちを恨んどるでしょう」

その声の露悪の色ははっきり濃くなり、恨んでくれとすがるような響きさえあった。

勇と志津が関係を持っていたことに、私はあの頃から気づいていたのだろうか。実は自分でもよくわからない。疑ったことは何度かあった気がする。けれど確かめようとはしなかった。

事件後、村の男衆の何人かが志津と関係していたことが明るみに出て、ならばやはり勇も、と確信に近い感触を得たが、出獄後の勇に直接問い質したこともない。

勇は警察で南雲トキオ――トキオちゃんから伝えられた真相をひととおり証言したあとは、事件についても勝ち負けについても、一切何も語らなかった。私が事件を調べることを止めはしなかったが、自分のこと、たとえば志津との関係などを教えてくれることはなかった。彼もまた記憶を封印しようとしたのだろう、他の多くの移民がそうしたように。

「夫、勇は勤勉に働いて家族を養ってくれました。子供や孫にとっては、いい父であり、祖父であったと思います。今はもう、それでいいと思ってます」

これは私の掛値無しの本心だ。志津はつまらなそうに嘆息する。

「はあ、そうかいね」

「私が確かめたいのは、そんなことじゃないんです」

「じゃあ何よ？」

「秋山が、いえ、あなたたちが、詐欺を行っていた本当の理由。もちろん私腹を肥やし、いい思いをしたかったというのはあると思います。でも、私、覚えているんです。秋山が村に来たときよく『移民してきた人たちに希望を持ってもらうことが、僕の仕事だ』って言っていたのを」

「はは。よう言うてたねえ。じゃけえ戦争終わったときも『日本が勝った』ゆう希望を利用したんかねえ」

志津が混ぜっ返すように言うが、私は無視した。

「秋山は死ぬ間際、その『仕事』を果たそうとしたんじゃないですか。一九五四年、サンパウロ市創立四〇〇年祭のとき、コロニアの発展のために、匿名で三〇〇〇万クルゼイロ、当時のレートで二億円を超える額を匿名で寄付をした人がいて話題になりました。ちょうど偽宮事件で逮捕されたあなたたちが釈放されたあとです。あれは、あなたたちだったんじゃないですか?」

志津の頰がぴくりと動いた。私は続ける。

「秋山とあなたはそれまで詐欺で溜め込んだお金をコロニアに寄付したんじゃないでしょうか。抗争で分断した同胞たちを再び融和させるために使って欲しいと。実際、このとき集まったお金は戦後のコロニア発展を大いに助けました」

志津は何も答えない。私はそれを「はい《シン》」の答えと受ける。

「あなたたちなりの罪滅ぼしだったんじゃないですか?」

「買いかぶりじゃ……」

志津の声はかすれていた。私は一度彼女から視線を離して海を見た。その向こうに、もう今はいない二人の男を幻視する。

確かめるべきことは確かめられた気がする。

勇さん、トキオちゃん、ええよね? あとはうちの好きにしても——

私は再び志津を見つめてその言葉を口にする。

「志津先生、私はあなたを赦しにきました」

「赦す?」

「はい。私、自分が殖民地で暮らした日々のことを思い出すと、必死だったなって思うんです。ブラジルという国の中に造られた、弥栄村という小さな日本で生まれて、ものごころついた頃から毎日土と格闘して、母に言われるままに家事もして、子育てもして、結婚したら子育てもして……志津先生、あなたはさっき話してくれましたよね、あなたのお母さまはブラジルにやってきて魔女《ブルシャ》になった。でも本当はただ無理してるだけの女だったたって。私もそうでした。きっと移民の女はみんな無理して魔女《ブルシャ》になるんです。その上、あの戦争が始まって、もし負けたらガイジンの慰みものにされるんじゃないかって恐怖とも戦わなくちゃならなくて。日本が戦争に勝ってくれるということは、私たち女にとってこそ切実な希望でした。だから信じたかった。信じるしかなかった……ただただ、必死でした。開拓のことにしろ、勝ち負け抗争にしろ、移民の歴史として刻まれているのは男たちがやったことばかり。だけどその背後で私たち女は、男の何倍も必死になって生き抜いてきました。志津先生、あなたもそうだったんじゃないですか？」

志津は顔をゆっくりと背けるようにして、海に視線を戻す。日焼けと皺が刻まれたその目尻に、光るものが浮かんでいた。

「あなたは、必死に生きた。親の都合でブラジルに連れて来られ、家族、政府、祖国、いろいろなものに振り回されて、それでも必死に生きた。そんな何処にでもいる移民の女だった。もしその必死さの中で、後悔すべき罪を犯しそれを贖《あがな》おうとしたのなら、私が赦します」

ほんの少し沈黙が流れる。不規則な波の音がかすかに聞こえる。志津が息を吸うのがわかった。

「赦して、くれるんか？」

「はい。赦します」

再びの沈黙。

私の口から歌がついて出た。

「あーかい、とーり、こーとり、なーぜなーぜ、あーかい……昔、教えてくれたの、覚えていますか？」

志津が無言で頷いた。

「私はこの歌を自分の子供に教えました。子供たちは孫に教えました。私が子供の頃、先生から教わったこと、子供から孫へと伝わってます。あなたたちの計画で命を落としたトキオちゃんとパウロさん、彼らの家族もこの国に根付きました」

南雲家は農家から小売業へと家業を変え、現在はトキオちゃんの二人の甥っ子がスーパーマーケットを経営している。樋口夫妻は息子を亡くした失意を乗り越えバールを続け、引退後は懇意にしていた日系人に店を譲った。『ヒグチ』の屋号はそのままに、今では人気の日本食レストランになっている。両家ともコロニア発展の礎の一つになった。

「他にもたくさんの日本人、日系人が、このブラジルに息づいています」

それはきっと、もう呪いではないはずだ。

里ちゃん、と私を呼んだ志津の声は震えていた。

「里ちゃん……うちはね、あんたみたいに、なりたかったんじゃよ。ちゃんと子ぉ産んで、母親になりたかったんじゃ……日本の女に、御母堂様て呼ばれるような女に……。でも、えかったんかねえ。そんなふうにならんでも、うちはうちで……えかったんかねえ……」

志津は嗚咽を漏らした。私も自分の涙腺が緩んでゆくのがわかった。

「よかったんです。志津先生は、志津先生で。もうみんないなくなりました。渡辺少佐も、瀬良さんも、秋山さんも、パウロさんも、私のお兄ちゃんや、他の弥栄村の人らも、勇さんと、トキオちゃんも、みんな、みんないなくなりました。残っているのは私と志津先生だけです。だから私が赦します。先生のことを赦します」

志津は両手で顔を覆う。泣いている。幼子のように。

今からもう二〇年近く前になるだろうか。下の子、勝が結婚したとき家族で日本を訪れた。そのとき勇の希望で新潟県の佐渡島を訪れた。トキオちゃんの名前の由来となった鳥、トキを見るためだった。

私たちが訪日した当時、すでにトキは本州では絶滅、佐渡島でも数えるほどしか生存が確認できなくなっていた。佐渡トキ保護センターを見学させてもらい、一羽だけ飼育されていたトキを見ることができた。長いクチバシを具え、わずかに赤みが差した白い羽毛を身に纏ったその鳥を眺めながら、勇がぽつりと言った。

——間にあわんかった。

きっとあの夜のことだ。ピグアスの森で瀬良に撃たれたトキオちゃんは、出血多量で息をひきとった。勇は森を出て街の医者に連れて行こうとしたが果たせなかった。

トキオは、俺の背中で死にました。うめき声一つあげず、静かに眠るように死んだんです——勇は警察で、そう証言した。それはのちにオールデン・ポリチカがまとめた報告書にも記載された。

トキオちゃんが穏やかな最期を迎えたことは、せめてもの慰めだろう。誰も、南雲家の人々でさえ誰も、勇を責めようとはしなかった。ただそれでも勇がずっと罪の意識を抱えていたのは間違いないと思う。

今わの際、勇は「石を……」とつぶやいた。彼がお守りにしていた黒瑪瑙のことだとすぐにわかった。幼い頃、トキオちゃんにもらったものらしい。彼はそれをずっと手放すことなく持ち続けていた。背負った罪の証しのように。病室にまで持ってきていたそれを私は勇の右手に握らせた。

ほとんど握力など残っていないはずなのに、彼は落とさず握り続けた。旅立つ、その瞬間まで。

「赤い鳥、小鳥——」

私は再び歌う。志津も口を開く。

「なぜ、なぜ、赤い――」

何十年ぶりだろう。私たちの歌声が重なる。

「――赤い実を、たべた」

前方、海の向こうに黒い影が見えた。

大きな鳥が飛んでくる。

いや、二羽の鳥だ。赤い鳥が二羽、重なるように競うように飛翔している。つがいだろうか。

何処か遠い場所から海を越えてきたのか。

水平線の彼方から地平線の彼方へ。その鳥たちは夕陽よりもなお赤い軌跡を空に描き、私たちの頭上を過ぎていった。

終章　異郷のイービス

「……ありがとう」

背中のトキオがそう言った。

比嘉勇は必死に足を動かしている。暗く蒸し暑い森の中を走っている。トキオを連れて行こうとする何かから、逃げるように。

おぶったトキオの身体を支える掌に、ぬめぬめとした血の不吉な感触がある。まだ出血が続いているのがわかる。

「勇……ありがとうな」

礼はまだええ、もう喋らんでええ、体力を、命を温存してくれ。

しかしトキオは続ける。安らかな、優しい声で。

「ブラジルに……来てくれて……。俺と友達に……なってくれて……」

それは、俺の台詞や。おまえがいてくれたから、すぐに村に馴染めた。仲間ができた。ずっとおまえの背中を追っていた。この国で経験したええことは全部、何もかもが、おまえのお陰や。

勇は走る。ひたすら走る。いつかの運動会のときよりもさらに全力で、走る。足が折れてもいい、心臓が破裂したって構わない。そんなもんなら、いくらでもくれてやる。

トキオが一度あえいだかと思うと、絞り出すような声を発した。

「死にたく……ない」

唸るような、かすれた声が耳朶を打つ。

「嫌だ……死にたく……ない……」

つい一瞬前の感謝を打ち消さんばかりの、無念。

「なあ……嫌だよ……勇……俺は……まだ……何も知らない……」

息も絶え絶えのトキオの声がやけにはっきり聞こえる。

魂を針でえぐられるような気がした。今すぐ耳を塞ぎたい。けれどこの声が聞こえる限り、トキオは生きている。

「そうや、トキオ、俺たちはまだ何も知らんのや。だから知らなきゃならんのや」

勇は走りながら声を張る。

「きっとこれからいろんなことが変わってく。楽しいことやびっくりするようなことも、たくさんあるはずや。未来ってやつや。なあ、……トキオ？」

背後から声は返ってこなかった。

「おい、トキオ！」

足を止めずに呼びかける。

何度も、その名を呼ぶ。

しかし応えない。応えてくれない。背中に感じる重みが、ほんのわずかに減ったのがわかった。まるで決定的な何かが、失われてしまったように。

「トキオ！」

肺に残った空気を吐き出すがごとく叫んだときだ。突然、視界が明るくなった。

「勇、呼んだか」

返ってこないはずの返事が返ってきた。気づくと勇は寝転んでいて、トキオがこちらを覗き込んでいる。不快な湿気と熱気は雲散霧消し、心地よい風が吹くのを感じる。

「ずいぶん、うなされていたぜ。嫌な夢でも見たか？」

夢？

勇は身体を起こした。

そうか、夢か。酷い夢やった。トキオ、おまえをおぶって走った、あの夜の夢や。間に合わんで、おまえが死んでしまうんや。

「そりゃあ酷い夢だな」

ああ、ほんまや。おまえ、ちゃんと助かって、こうして二人で日本に来たのにな。

そうだ。ここは日本だ。俺たちは帰ってきた。行李いっぱいの札束はないけれど、心に錦をはためかせて。錦衣帰国できたんだ。

明るい光の射す平原。辺り一面に、白い鳥がいる。トキだ。数えきれないほどのトキが羽を休めている。なんて壮観なんだろう。

それにしてもな、トキオ、さっきの夢、ほんまに酷かったよ。俺な、おまえを助けられんかったばかりか、嘘も吐いてしまうんや。おまえは静かに眠るように逝ったって。おまえの無念をなかったことにしてしまうんや。戦争に負けたってこと、認められなかったんと同じや。

何故だろう。夢のはずなのに、後悔と哀しみは、やけにくっきりと胸に焼き付いている。

「それは、おまえが独りで俺の無念を背負ってくれたってことだろ。里子や、俺の家族、仲間たちの哀しみが、少しでも小さくなるように。おまえは言い訳もせず、たった独りで俺のことを背負ってくれたんだ、あの夜から、ずっと」

ちゃうよ。俺はただ臆病なだけや。トキオ、そんなふうに俺を赦さんでくれ。

「赦すも赦さないもないよ。おまえはおまえの人生を生きたんだ。家族を養ってブラジルに根付いた。子供や孫たちに故郷をつくった。それは、俺にはできなかったことだ。悪くない未来だったろ。胸を張ってくれよ」

でもトキオ、おまえの未来は……。

勇は自分が掌に何かを握っていることを思い出した。

黒瑪瑙《オーニクス・ネグロ》。幼い頃、トキオにもらった黒い石。

「ずっと持っててくれたんだな」

うん。いつかおまえに返さなきゃって思うてて。

「そうか。でもおまえが持っててくれよ。俺はおまえが来てくれただけでいいんだ。ずっと待ってたんだからさ。俺は未来を生きられなかった。何も知ることができなかった。けれど、こうしておまえが来てくれて、一番の願いは叶えることができそうだ」

願い？

トキオは微笑んだ。その顔は、初めて会った少年時代のそれになっていた。

「さあ、行こう」

行くって、それが願いなんか？　何処に？

「約束したろ。俺たちの故郷にだよ。一緒に帰ろう」

俺たちはもう日本に帰って……いや、そうか。そうやな、俺たちの故郷は、違うよな。

あの夜、暑い森の中で感じた風を思い出す。

俺たち、いろんなもんに振り回されて、ずいぶん遠回りしてもうたな。

まるで号令を聞いたように周りのトキが一斉に羽ばたいた。

勇とトキオの身体も浮き上がる。無数のトキとともに空を翔け上がる。

そのとき初めて、草原に花が咲き乱れていることに気づいた。仏桑花《ブッソウゲ》。いくつかの異名を持つ花だ。赤い花《アカバナー》、後生花《グソーバナー》、あるいは、ハイビスカス。その鮮やかな赤は、今日は恐ろしくも禍々しくもなかった。

勇はトキオと並び風に乗り滑空する。いつしか二人ともトキになっていた。

否、白いトキの群れの中にあって、その二羽だけは赤い羽毛に身を包んでいる。地上のハイビスカスの色を映したような鮮やかな緋色の鳥。

イービスだ。

二羽のイービスは、やがて群れからはぐれて飛んでゆく。

ときに風に乗り、ときに風に逆らい。陽射しに灼かれ、吹雪に凍え、いくつもの朝と夜を越えてゆく。

極東の島国から世界で一番遠い場所へ。

その果てに、歌声を聞いた。

眼下に湾があり、海辺の椰子の木陰に二人の女の姿が見えた。

歌う女たち。

その頭上を飛び、灼熱《ブラーザ》の地へ至る。

記憶が灯火のようにイービスを導く。

原生林と湿地の荒野の先にある農村へと。

村の外れを流れる川、その畔に造られた運動場《カンポ》。板葺きの家々、川と反対側の外れにある墓地。

村の大半は農地で、綿を中心に様々な作物が育てられている。ひときわ大きな農園の一画では薄荷が栽培され、爽やかな香りを漂わせている。

そこかしこに鍬《エンシャーダ》を手に畑を耕す村人の影が見える。隣人たちとともに汗を掻き、大地と格闘している。川では子供たちが魚釣りに興じ、家々からは竈の煙が立ちのぼっている。

もう陽が暮れる。大人は鍬《エンシャーダ》を、子供は釣り竿を置き、帰り支度を始める。穏やかだった風が不意に強さを増す。颪はかつて流された血と涙の臭いさえも運んでくる。

村人たちは颪を受け止め家路をゆく。そして食卓を囲むのだろう。一日を生きた証しのように、腹一杯、飯を食うのだろう。

村のすべてを包み込むように、真っ赤な夕陽が沈んでゆく。

イービスは飛ぶ。その巨大な熱に向かって、二羽のイービスは、飛んでゆく。

主要参考文献

・ブラジル日本移民史について

『ブラジル日本移民百年史』全五巻・四分冊　ブラジル日本移民百周年記念協会、ブラジル日本移民百年史編纂・刊行委員会編

第一巻　農業編（トッパン・プレス印刷出版）２０１２年

第二巻　産業編（トッパン・プレス印刷出版）２０１３年

第三巻　生活と文化編⑴（風響社）２０１０年

第四巻　生活と文化編⑵・第五巻　総論・社会史編（トッパン・プレス印刷出版）２０１３年

『ブラジル日本移民史年表』　サンパウロ人文科学研究所編（無明舎出版）１９９７年

『ブラジル日本移民八十年史』　日本移民80年史編纂委員会編（移民80年祭祭典委員会）１９９１年

『移民と徳―日系ブラジル知識人の歴史民族誌』　佐々木剛二（名古屋大学出版会）２０２０年

『ブラジル日系移民の教育史』　根川幸男（みすず書房）２０１６年

『子供移民の半生記＝Emigrando na infância―異郷の地での苦しみも喜びも家族みんなで分かちあい』　中野文雄、宮原ジャンネ訳（アート・グラフィックス・パウロス）２０１３年

『ブラジル日本移民―百年の軌跡』　丸山浩明（明石書店）２０１０年

『１００年　ブラジルへ渡った１００人の女性の物語』　サンパウロ新聞社編（フォイル）２００９年

『目でみるブラジル日本移民の百年』　ブラジル日本移民史料館、ブラジル日本移民百周年記念協会百年史編纂委員会編（風響社）２００８年

『新潟からのブラジル移住―ブラジル新潟県人会からの声』　県立新潟女子短期大学共同研究報告書（２００２〜２００３年度）掲載　井上清子（県立新潟女子短期大学）２００４年

『われら新世界に参加す―海外移住資料館展示案内』　海外移住資料館編（独立行政法人国際協力機構横浜国際センター）２００４年

『同伴移民、妻移民、子供移民――ブラジル日系女性移住体験を中心に』　阪南論集　人文・自然科学編　36巻掲載　前山隆（阪南大学学会）２００１年

『サンパウロ州内陸フロンティアにおける農業小生産者の成立過程：プレジデンテプルデンテ市周辺部の「ムラ」を

例にとって』法政大学教養部紀要　社会科学編75巻掲載　西川大二郎（法政大学教養部）１９９０年
『ブラジル日本移民70年史：１９０８〜１９７８』　ブラジル日本移民70年史編さん委員会編（ブラジル日本文化協会）１９８０年
『移民の生活の歴史―ブラジル日系人の歩んだ道』　半田知雄（サンパウロ人文科学研究所　家の光協会）１９７０年
『わが国ブラジル移民のあしあと―コロノの自作農への推移その他』　農業拓植協会　１９６７年
『移民四十年史』　香山六郎　１９４９年
『在伯同胞活動実況大写真帖』　竹下写真館　１９３８年
『ブラジルの生活』　山田辰実（広陵社）１９３３年

・「勝ち負け抗争」について

『ブラジル近代史の一頁としての「シンドウレンメイ事件」』ＪＩＣＡ横浜海外移住資料館研究紀要⑫掲載　三田千代子（国際協力機構横浜国際センター海外移住資料館）２０１７年
『「勝ち組」異聞―ブラジル日系移民の戦後70年』　深沢正雪（無明舎出版）２０１７年
『ブラジル日系社会　百年の水流（改訂版）』　外山脩（続木善夫／トッパン・プレス印刷出版）２０１２年
『十五年戦争重要文献シリーズ　補集3　輝号〈ブラジル「勝ち組」広報誌〉』　岸和田仁解説（不二出版）２０１２年
『ブラジル勝ち組テロ事件の真相』　醍醐麻沙夫（サンパウロ新聞社）２００７年
『臣道聯盟―移民空白時代と同胞社会の混乱』　宮尾進（サンパウロ人文科学研究所）２００３年
『南米の戦野に孤立して』　岸本昂一（東風社）２００２年
『「日本は降伏していない」―ブラジル日系人社会を揺るがせた十年抗争』　太田恒夫（文藝春秋）１９９５年
『狂信―ブラジル日本移民の騒乱』　高木俊朗（ファラオ企画）１９９１年
『移民の日本回帰運動』　前山隆（日本放送出版協会）１９８２年

・その他参考文献

『還流する魂《マブイ》―世界のウチナーンチュ１２０年の物語』　三山喬（岩波書店）２０１９年
『新版　ラテンアメリカを知る事典』　大貫良夫・落合一泰・国本伊代・恒川恵市・松下洋・福嶋正徳監修（平凡社）２０１３年
『「集団主義」という錯覚―日本人論の思い違いとその由来』　高野陽太郎（新曜社）２００８年

『『キング』の時代―国民大衆雑誌の公共性』　佐藤卓己（岩波書店）　２００２年
『人間この信じやすきもの―迷信・誤信はどうして生まれるか』　トーマス・ギロビッチ　守一雄・守秀子訳（新曜社）　１９９３年
『朱鷺』　宮村堅弥（講談社）　１９８７年
『一殺多生―血盟団事件・暗殺者の手記』　小沼正（読売新聞社）　１９７４年
『ラジオ・トウキョウ　全記録　戦時体制下日本の対外放送』全三巻　北山節郎（田畑書店）
Ⅰ真珠湾への道　１９８７年
Ⅱ「大東亜」への道　１９８８年
Ⅲ敗北への道　１９８８年
『ツピ単語集：対訳：ポルトガル語－日本語』　香山六郎（帝国書院）　１９５１年
『旧新約全書』　ヘンリー・ルーミス訳（米国聖書会社）　１９０４年

・ウェブサイト
『流亡の曲』　ゴンサルヴェス・ディアス　田所清克訳　http://brasil.jugem.jp/?eid=64
海外邦字新聞データベース　http://rakusai.nichibun.ac.jp/hoji/index.html
ブラジル移民文庫　http://www.brasiliminbunko.com.br/
インターネットラジオ放送「ブラジル日和」　http://www.100nen.com.br/ja/radio/
国立国会図書館　ブラジル移民の１００年　https://www.ndl.go.jp/brasil/

・映像音声メディア
ＴＢＳラジオ「荻上チキ・Session-22」『「日本は戦争に勝った！」当事者が証言するブラジル日系移民「勝ち組」抗争とは？』　２０１６年8月18日放送
映画『闇の一日』　奥原マリオ純監督　２０１２年

この他、多くの書籍、新聞記事、ウェブサイトなどを参考にさせていただいております。

これら参考文献の主旨と本作の内容はまったく別のものです。

謝辞

本作の執筆にあたっては大変多くの方の力をお借りいたしました。

大きすぎるテーマを前に尻込みする私の背中を押し、執筆の場を与えてくださった、新潮社の後藤さん、西山さん、青木さん。

ブラジルでの取材時、コーディネートを請け負ってくださったブラジルサポートサービスの塚本恭子さん。通訳兼ガイドとして取材のほぼ全行程に同行してくれたアンデルソンくん。「ディープ・サンパウロを案内します」と、旅行者が立ち入れないような場所も含め案内してくれ、興味深いエピソードを多く教えてくださった、ニッケイ新聞の深沢正雪編集長。「勝ち負け抗争」に関わった当事者の方々を紹介してくださり取材にも協力してくれたジャーナリストの外山脩さん。「勝ち負け抗争」についての貴重な体験談を聞かせてくださった、当事者のみなさん。自宅に泊めてくださり日系人としてのファミリーヒストリーを聞かせてくださった安永和教さんとそのご家族。突然の訪問にも拘わらず歓迎してくださり、私の不躾な質問に答え多くの知見を与えてくださった、サンパウロ人文科学研究所の高山儀子さん、細川多美子さん、ほか研究者のみなさん。その他ブラジルで知り合ったすべての方。

ブラジル移民関係の資料が多量に公開されているウェブサイト「ブラジル移民文庫」を企画された作家の醍醐麻沙夫先生。醍醐先生とは一面識もありませんが、この「ブラジル移民文庫」で公開されている貴重な資料の数々には幾度となく助けられたので、ここにお名前を挙げさせていただきます。

そして、連載時から毎回私の拙い原稿を読んでくださり、事実関係からポルトガル語の表記、細かな言葉遣いまで、素晴らしい監修をしてくださった、元上智大学教授、三田千代子先生。

みなさんのおかげで本作を完成させることができました。この場を借りて、心からの御礼を申し上げます。

初出　「小説新潮」二〇一九年一一月号〜二〇二一年二月号
書籍化にあたり、加筆修正を施しています。

本文中、現代では不当・不適切と思われる語句・表現がありますが、当時の時代背景に鑑みて使用したものです。当然のことながら、そうした価値観を容認するものではありません。

（著者）

葉真中顕（はまなか・あき）
1976年東京都生まれ。2013年『ロスト・ケア』で日本ミステリー文学大賞新人賞を受賞し、作家デビュー。2019年『凍てつく太陽』で大藪春彦賞および日本推理作家協会賞を受賞。他の著書に『絶叫』『コクーン』『Blue』『そして、海の泡になる』などがある。

灼熱《しゃくねつ》

発　行……2021年9月25日

著　者……葉真中顕《はまなかあき》
発行者……佐藤隆信
発行所……株式会社新潮社
〒162-8711　東京都新宿区矢来町71
電話　編集部（03）3266-5411
　　　読者係（03）3266-5111
https://www.shinchosha.co.jp
装　幀……新潮社装幀室
印刷所……錦明印刷株式会社
製本所……大口製本印刷株式会社
乱丁・落丁本は、ご面倒ですが小社読者係宛お送り下さい。
送料小社負担にてお取替えいたします。
価格はカバーに表示してあります。

© Aki Hamanaka 2021, Printed in Japan

ISBN978-4-10-354241-4　C0093